中国市民大众文学百年回眸

范伯群 著

江苏凤凰教育出版社
Phoenix Education Publishing, Ltd

图书在版编目(CIP)数据

中国市民大众文学百年回眸 / 范伯群著. — 南京：江苏教育出版社，2014.6
ISBN 978-7-5499-4134-6

Ⅰ.①中… Ⅱ.①范… Ⅲ.①中国文学—现代文学—文学研究 Ⅳ.①I206.6

中国版本图书馆CIP数据核字(2014)第110688号

书　　名	中国市民大众文学百年回眸
作　　者	范伯群
策划编辑	章俊弟
责任编辑	周敬芝
装帧设计	周　晨
出版发行	凤凰出版传媒股份有限公司 江苏教育出版社(南京市湖南路1号A楼 邮编210009)
苏教网址	http://www.1088.com.cn
照　　排	南京前锦排版服务有限公司
印　　刷	扬州市文丰印刷制品有限公司(电话0514-84225777)
厂　　址	扬州北郊天山镇兴华路25号(邮编225653)
开　　本	787毫米×1092毫米 1/16
印　　张	38.75
版　　次	2014年6月第1版　2014年6月第1次印刷
书　　号	ISBN 978-7-5499-4134-6
定　　价	88.00元
网店地址	http://jsfhjy.taobao.com
新浪微博	http://e.weibo.com/jsfhjy
邮购电话	025-85406265，85400774 短信 02585420909
盗版举报	025-83658579

目　　录

请为他们戴上“市民大众文学”的桂冠(自序)

本书的主旨是“摘帽与加冕”，为一批现代文学时段的通俗文学作家摘去具有“鸳鸯蝴蝶派”贬义的帽子，戴上“市民大众文学”的桂冠。本书的大多数文章就是为阐明这个主旨而撰写的。在过去若干的“中国现代文学史”中，有知识分子文学，往往被定性为小资产阶级或资产阶级的文学；有工农兵文学，往往被定性为无产阶级文学，等等。但是在文学史上除了明代的冯梦龙曾被称为“市民文学”作家之外，以后中国的“市民文学”却在文学史上“绝迹”了，可是从晚清到民国，中国的市民阶层却在不断地壮大。市民阶层从冯梦龙的古代农业文明时代的市民阶层，正在扩展为现代工商社会的人数更多更为成熟的市民阶层。有这样一个广大的阶层，应该在文学史上有相应的“市民大众文学”出现，可是在中国却没有。究其原因是“市民大众文学”的名称在不经意之间，被“鸳鸯蝴蝶派”取代了。例如一些武侠小说被说成是“封建的小市民文艺”，而像《啼笑因缘》一类作品被说成“半封建小市民文艺”，就是适例。“市民”头上一旦被加上一个“小”，当然主要是指中下层市民而言的，在他们头上再套上“封建”二字的帽子，于是他们就变成了狭隘、保守、愚昧、自私、无聊，甚至迷信的庸众的代名词了。从此，人们也就忌讳将“文学”与“市民”这两个字堂堂正正地挂起钩来。

其实“鸳鸯蝴蝶”是两种很美丽的动物。古来一直被视为成双成对、恩爱美满、吉祥的象征，如果不带贬意的话，将言情小说称为“鸳鸯蝴蝶小说”也未尝不可。但是将社会小说、武侠小说、侦探小说都涵盖在它的名下，似乎就不伦不类。但问题还不在于是不是“准确”、“妥帖”，而是在于一提起这个“派名”，就令人们联想到是文学中一股什么“逆流”，那就只能对它嗤之以鼻了。文学中确有通俗文学与庸俗文字之分，据说当年，有人将“海派”作为一个贬义词，可一位名演员却说得好：我们是“良性海派”，不是“恶性海派”。本书中论证的是过去被贬为“鸳鸯蝴蝶派”的通俗文学，他们应该是冯梦龙的嫡系传人。冯梦龙是古代农业文明下市民大众文学的杰出作家，鸳鸯蝴蝶派是现代工商文明时代市民大众文学的产物，而当下在市民大众之间广泛流通的“网络类型小说”则与古代冯梦龙们的市民大众文学和现代文学中的鸳鸯蝴蝶派有着血缘的关联。以文学史家的视角去研究，通俗类型小说就是在鸳鸯蝴蝶派笔下得到定型的，而且社会、言情、武侠、侦探等多种类型小说在鸳鸯蝴蝶派中都有它们各自的优秀的代表作家。但是由于时代不同了，后人的眼界往往比先辈更阔大。因此，当下的网络类型小说可以说是上接中国市民小说的传统，沿着明清小说、民国鸳鸯蝴蝶派和当代以金庸、琼瑶为代表的港台通俗文学的轨迹一路走来，并嫁接了日本的动漫、英美奇幻电影、欧日侦探小说等多种元素的新市民大众文学。“冯梦龙们——鸳鸯蝴蝶派——网络类型小说”乃是古今市民大众文学的有血缘关系的一条“文学链”。这一“文学链”也是与科学的发展同步的，从“冯梦龙们”的木刻雕版，到鸳鸯蝴蝶派的机械化媒体，再到网络小说的去纸张化与去油墨化，这使市民大众文学的道路愈走愈宽广。

冯梦龙时代的城市也是由农民的迁入而扩建的，但古代的城市的变化是“微调型”的，乡村移民进城，城市可以将他们自然消化吸纳；因为那时的农村迁入城市的乡民往往有一技之长，即他们可以靠自己的手工艺技能在城市立足了；或者他们有了一定的资金，可以将农产品等物资运送到城市作为商品流通而获取生活资源，这些具备优越条件的乡民是“乡而优则城”。研究“明史”的专家将这种明代的农民转为工、为商者称作“农工互动”型，他们“较早地适应了商品化的发展变化，改变了传统农作而转为经营化的农户，成为首先富裕起来的人”。“这很容易使我们联想起‘三言二拍’中那些城市小商贩和手艺人的生活情况。随着城市生活需求日益加强，他们在城市中的生活也就逐渐稳定下来。"[1]可是现代的上海的人口流动量则大不相同了,它往往呈"爆炸型":其中当然也有周边城市的富有者到上海来投资兴业,但极大部分是因战乱与天灾促成了移民洪流般的奔涌,他们是"破产型"的移民。由于太平军的严重破坏,冯梦龙的故乡苏城一落千丈。太平天国攻陷苏州时,无数船舶几乎覆盖了黄浦江面,都是苏州一带的难民,逃往上海避难。而上海的租界,在多次兵燹之灾中挂着中立的招牌,战乱波及不到租界,除了帝国主义的大量倾销之外,国内的不少游资也投向了上海,开埠后的上海一跃而成为中国的第一大都会。它既成为难民的逋逃薮,也成为投资者的"乐土"。而当移民人口达到超饱和状态时,就业的竞争就非常残酷,"得业则生,失业则亡",弱肉强食,优胜劣汰。在都会的超负荷情况下,必然形成交通拥堵、住房紧张、环境污染、社会骚乱、失业贫困、犯罪率上升等种种"城市病"。面对如此数量的贫苦移民的"人海潮",面对这些生活在贫民窟里的新移民,如何使他们在这"一市三制"(清政府、公共租界、法租界)的大都会里能安身立命,逐渐融入大都会的生活中去,这也是一种对他们的人文关怀,也就是说如何使"乡民市民化",如何提高这些新"市民"的素质,谁来发挥新环境、新风俗的教化职能,使传统的乡民成为现代市民,就成了一个迫切而现实的重要课题。新文学家的"探求人生"宏愿,对乡民来说是太深奥了。新文学的主要读者对象是知识分子。那么中国的普通老百姓总该有自己的文艺,有自己可读的东西。这个任务就非由冯梦龙的继承者来完成不可。因此,历史学家,特别是研究"上海学"的历史学家经过对上海市民社会发展过程的全面研究得出的结论是:一些通俗文化,特别是其中的一些优秀或较优秀的通俗世情小说,成了"乡民市民化"的启蒙教科书。如此看来,这些通俗世情小说不仅满足了中下层市民的娱乐生活,也成了"乡民市民化"的一座引桥。另外,这些所谓"鸳鸯蝴蝶派"的作家,其中不少人都是当时的新闻工作者,他们自称是"报人",当年上海的三大报纸即所谓"申、新、时"(《申报》、《新闻报》和《时报》)的副刊都由他们任主编,他们用老百姓喜闻乐见的形式和看得懂的语言写过不少政论杂感,发挥了"社会良知"、"市民喉舌"的职能。在本书的《报

① 商传:《农工互动:晚明城乡新现象》,载《博览群书》,2012年第4期。

人——引领平头百姓舆论导向》一文中，用大量的实例证明了这一点，使我们对他们在政论杂感方面的成就也肃然刮目相看。他们不属革命者，但他们也有其革命性；同时我们还应估量他们在文学上的成就，包括他们对多种类型小说的定型，这其实是通俗文学获取中下层市民读者的一种有效手段。

一位历史学家说得好，在上海这个大都会中，以知识分子为主要读者的新文学与市民大众通俗文学都以其为出版传播中心，二者长期并存，这不是文坛上一个“僵局”，而正是上海魅力之所在。一种单一的文学是不可能满足多元人群的需求的。因此，为所谓鸳鸯蝴蝶派“摘帽”，并为他们戴上“市民大众文学”的桂冠，必将成为文学研究者和广大读者的共识。

百年发展轨迹与雅俗互补互动

来龙去脉：中国市民大众文学的前天、昨天和今天

——冯梦龙们→鸳鸯蝴蝶派→网络类型小说“文学链”

（一）

只要看看《清明上河图》就能知道北宋汴京是何等繁华的一派景象。当时的汴京是中国第一座人口超百万的城市。市民阶层的人口在宋代的比重已日益增大。由于宋代官方对商业的管制比唐代显得宽松，在城市中也不再将商业区与居住区严格分开，商业网点深入到了居民的稠密区，更是兴旺便捷；而且宋代又取消了民间的宵禁制度，因此不仅有了早市、晚市，且有深宵的夜市，呈现商贸兴盛、市声鼎沸的喧嚣。相应的是酒楼、茶馆、瓦肆林立，而瓦肆中表演的“说话”也成为民间最普及和喜闻乐见的娱乐之一。听众当然是以市民为主。到了元代，它一改过去汉族将商民视为“四民之末”的积习，不仅重商，而且在文化上也与汉族的一贯重视诗文的传统相左，过去被视为“小道”的戏剧与小说的地位有了显著提升，元代杂剧曾辉煌一时，出现了像关汉卿等大师；而元末明初又出现了通俗小说的伟大杰构《三国志通俗演义》和《水浒传》。中国小说命名中加“通俗”二字是始于《三国志通俗演义》，而古代对“演义”界定是“以通俗喻人，名曰演义”。因此“通俗演义”者，就是“双重”强调作品面向大众。而用口语

* 本文是范伯群与复旦大学博士生刘小原合作撰写的，二人曾先后经过多次讨论。由范伯群执笔定稿。

(白话)写的文学作品,也从元代较为普遍地出现在杂剧的某些曲词、散曲和若干通俗小说里,其中通体用白话书写最为彻底的是《忠义水浒传》。因此,在元末明初出现了我国通俗小说创作的第一个高潮。

都市的兴盛,市民意识的增强,说话人"话本"的流传,通俗小说伟大作品的问世,用白话写小说迎合市民阶层的需求……这是冯梦龙以崭新的姿态出现在晚明文坛上的历史渊源,为他的搜集、整理和创作"三言",开拓白话短篇小说"新纪元"奠下了基石。但是冯梦龙之所以有如此之成就,除了历史渊源之外,还有其地域优势。晚明的江南是资本主义初萌的发祥地,特别是苏州乃江南最繁华的都会,不仅商贸发达,而且手工艺精湛,更是当时的时尚之都。明代有一位可与徐霞客比肩的著名人文地理学家王士性对苏州十分崇仰。此人自述除福建省外,"余已遍游海内五岳与其所辖之名山大川",他不仅足迹遍全国,而且每到一地,还特别关注当地的风俗人情及经济状况,他在《广志绎》中对明代的苏州作过较为详细的描述:首先指出明代当局对苏州的赋税特重,他非常同情"东南民力良可悯也"。但他又指出苏州之所以没有被压垮的原因在于商贸发达,"毕竟吴中百货所聚,其工商贾人之利又居农之什七,故虽赋重不见民贫"。而对苏州手工艺之精湛,王士性则赞不绝口:"姑苏人聪慧好古,亦善仿古法为之,书画之临摹,鼎彝之冶淬,能令真赝不辨;又善操海内外之权,苏人以为雅者,四方随而雅之;俗者,则随而俗之。其赏识品第本精,故物莫能违。又如斋头清玩、几案、床榻,近皆以紫檀、花梨为尚,尚古朴不尚雕镂,即物有雕镂,亦皆商、周、秦、汉之式,海古僻远皆效尤之,此亦嘉、隆、万三朝为盛。"[①]生活在万历年间的冯梦龙就是居住在这个农业文明的通邑大都会中,当然也会受到更强烈的时代氛围的熏染,因此,他的"三言"一改过去的小说模式——反映的大多是帝王将相和才子佳人的故事;而在他笔下出现了大量的他所熟悉商民、店员、小贩、作坊主、工匠等形象。而当时,"明末时的苏州,是全国重要的出版中心之一……明末苏州的书坊(书林),共有六十七家,集中在阊门一带的就有三十九家之多。……冯

① (明)王士性《广志绎》卷二。

梦龙的著名‘三言’，就是‘应贾人之请’而编纂起来的”[1]。深受冯梦龙影响的“二拍”的作者凌濛初也明确说过，他的《初刻拍案惊奇》也是应出版商贾之请而撰写结集的。他还说：“贾人一试之而效，谋再试之。”[2]他的《二刻拍案惊奇》就是这样诞生的。可见在晚明出版业已成为一种产业，这也是冯梦龙们的“拟话本”能大量出版，加上与冯、凌同类的作者已形成了一个“拟话本”的流派。以上可算是冯梦龙能编纂“三言”的地域优势。

在思想上冯梦龙与晚明的哲学家李贽同调。从传统势力看来，他们都是为当时新兴市民阶层代言的异端文人，开始对过去的统治思想进行挑战。在晚明，随着城市的扩展，商贾们已不再有昔日的自卑自贱的心态，他们看到自己在城市中所扮演角色的分量，因此就颇有点自豪感：经商亦是善业，不是贱流。在这种形势之下，必然会有异端思想的潮涌。在哲学思想上的代表人物是李贽，他是商人的后代，当然是站在市民意识的最尖端：“且商贾亦何可鄙之有？挟数万之赀，经风涛之险，受辱于关吏，忍诟于市易，辛勤万状，所挟者重，所得者末。然必交结于卿大夫之门，然后可以收其利而远于害……”[3]言下之意是对社会的压力，愤愤不平；对官府的勒索的切齿心头。这是市民意识在当时民间增强的一种具体反映，说明商贾的势力正在形成一股反拨的力量。明朝从朱元璋开国后，就严厉打击富民与整肃知识者，特别在苏州更是变本加厉，因为苏州是他的政敌张士诚盘踞的大本营；明代的扼杀异端思想也是极端凶残的，李贽就是被关进狱中又不甘屈辱而自杀的。但冯梦龙就是服膺李贽这一套“妖言邪说”，在明代许自昌的《樗斋漫录》卷六中就提及冯梦龙“酷爱李氏之学，奉为蓍蔡”。李贽认为儒家的程朱理学是伪道学，而冯梦龙在《山歌序》中也曾明确表达他的反叛的思想意识：“借男女真情，发名教之伪药。”他将当时统治阶级所信奉的“理学”封建道德，视为“伪药”，这与李贽的思想体系是匹配的。

朱元璋和他的儿子虽然使出残酷的整肃手段，但是市民这一新兴阶

① 范培松、金学智主编：《苏州文学史》，江苏教育出版社2004年版，第873页。

② 凌濛初：《二刻拍案惊奇·小引》。

③ 李贽：《焚书》卷二《又与焦弱侯》。

层正处于日益强势之中，镇压也是无法持久的，从明代正统时期起，经济从明初的破坏中已逐步得到恢复。到弘治、嘉庆、万历年间已逐渐走向富庶。正像今天，世界已成“地球村”，再要闭关锁国是不可能的一样，改革开放必然成为不可抗拒的潮流。李贽虽遭迫害致死，但他的被禁的作品，不几年又在社会上流行。这一切都说明，市民阶层的力量逐渐壮大，已成不可扼制的势力，并且会渗透到文化领域中来，而冯梦龙的出现也显示了市民文化的日益强势。综观冯梦龙所搜集、整理和创作的“三言”，在两个方面突出地表现了当时的市民意识。一是对男女诚挚淳真的爱情大加歌颂，对人的正当的欲望也加以肯定。他是“存天理，灭人欲”的对立面。他坚信“情之所钟，正在我辈”，认为人生除三种永存之事即“立德、立功、立言”之外，还应加上“立情”。情死则虽生犹死，情在则虽死犹生。因此，宁作有情之鬼，不作无情的人。他写道：“余少负情痴，遇朋侪必倾赤相与，吉凶同虑。闻人有奇穷奇枉，虽不相识，求为之地。或力所不及，则嗟叹累日，中夜辗转不寐。见一有情人，辄欲下拜。”可见，他对“情”的理解是广泛而普世性的，大大超越男女之情，因此，他说：“我欲立情教，教诲诸众生。”他将“情”上升为一种教义的高度：“万物如散钱，一情为线索，散钱就索穿，天涯成眷属。”[①]这“情教”当然为“理学”所不容。他的“三言”中的第一篇《蒋兴哥重会珍珠衫》就冲破了一切“理学”的“三纲五常”的樊篱，把“理学”中的“贞操”戒律击得粉碎。这篇“拟话本”虽出自宋懋澄的《九籥别集》，情节也大致相同，但却是冯梦龙用他的“情教”点化过的，使读者信服二人破镜重圆的可能性与真实性。在冯梦龙的“整理”中，他加上了蒋兴哥的心理活动。蒋兴哥知道他妻子不贞后，先是怒火冲天，急急地赶回家乡。看来一场暴风骤雨在所难免。等到他“望见了自家门首，不觉堕下泪来。想起：‘当初夫妻何等恩爱，只为我贪着蝇头微利，撇他少年守寡，弄出这场丑来，如今悔之何及！’在路上性急，巴不得赶回。及至到了，心中又苦又恨，行一步，懒一步”。在这段思想活动中，过去的“情”成了浇灭怒火的一场“人工降雨”，他有了自责的一面：觉得自己为“蝇头微利”而长期离家，“撇他少年守寡”，就等于承认少妇有“欲”的生理需求的一面。

① 以上关于“情”的论述，均见冯梦龙《情史类略·叙》。

冯梦龙加了这段重要的思想活动，就使蒋兴哥在以后休妻过程中的种种合情合理的做法，处处留有余地。他留“情”，他的妻子也领了他的“情”，这才日后表露出对他的“义”，肯“救”蒋兴哥一命，而使他能重会“珍珠衫”，在这里“珍珠衫”就成了他的妻子的“代名词”了。这一场“大团圆”的结局还是“情”的恩赐，也令读者信服。冯梦龙在小说中加重“情”的分量，就是用“情”去战胜“理”的“三纲五常”。这也是李贽的“好货好色”是人的本性的理论在冯梦龙脑中发挥决定性作用的明证。在“三言”的首篇他已经将全书的主调定了下来，蒋兴哥重视的是自己财富的增加，表现了“好货”的强烈愿望，即所谓“商人重利轻别离”；而他的夫人三巧儿却不愿“秋月春风等闲度”，她在薛妈妈和陈大郎的强烈诱惑下，也显露了“好色”的本性。当然，冯梦龙也不会如此“深思熟虑”，在“三言”首篇有意定下全书的主旨，但作为市民意识的代言人，有两点是深深地嵌在他心间的——市民对财富的不倦追求，只要通过正当的手段去获取的，就应得到赞许；而男女真挚纯洁的爱情，其中包括爱情达到一定高度的欲的需求，也应该得到充分肯定。他的这种观点不仅表露在普通市民的身上，连为官的乔太守也会理解“人欲”在某种特定的情势下的不可抗拒性，才会导演出那场“乱点鸳鸯谱”的喜剧来，竟然能与朱程的“存天理，去人欲”的“伪药”相悖。

正因为冯梦龙是站在为新兴市民阶层服务的立场上，“三言”用纯熟的白话体也就理所当然了。他处处宣扬用白话写“拟话本”的优长：“话须通俗方传远，语必关风始动人。”[①]通俗能使广大市民看得懂，而“关风”的“风”当然指“风化”而言的，他的“风”当然不会是“三纲五常”，而是人应该张扬个性，并有正常欲求。他认为文言只能在士大夫间传播，而白话则能深入民间，在《喻世明言》中说：“大抵唐人选言，入于文心，宋人通俗，谐于里耳。天下文心少而里耳多，则小说之资于选言者少，而资于里耳者多。”而在《醒世恒言》中也强调：文言“尚理或病于艰深，修词或病于藻绘，则不足以触里耳而振人心”。

在农业文明时代的都市中，冯梦龙与积累型的长篇小说《三国志通俗演义》和《水浒传》以及文人独创型的《金瓶梅》共同创造了小说世界的辉

① 语出冯梦龙《警世通言·卷十二·范鳅儿双镜重圆》。

煌，他的历史功绩是使中国古代短篇白话小说进入成熟境地。这些长篇和短篇小说都能代表农业文明下的市民文学的最高成就。冯梦龙在中国文学史中被作为通俗短篇小说大家载入史册。

（二）

农业文明的都市中的近代化资本因素的发展，必然会迎来一个工商文明的现代化的都市转型，而上海的开埠又成了我国都市现代化的加速器，许多沿海沿江的城市也接踵跻身于工商化都会的行列。自晚清至民国初年，工商文明都市中的新型市民社会正在发育与成长。在文化方面这些城市中肯定应有冯梦龙的接班人，也即是有适应工商社会新型市民文学的诞生。可是在中国的现代文学史中，有知识分子的文学（一度曾被定性为资产阶级和小资产阶级的文学），在1942年后，有毛泽东大力倡导的“工农兵文学”（往往被定性为无产阶级的文学），但中国的现代文学中却独缺现代工商社会中的市民大众文学。有新型的市民社会，却没有相应的属于它的文学，这可能吗？要破解这个似乎费解的难题，还得以界定何谓“市民”作为“破题”，因为中国的“市民”的概念实在是太模糊了。中国的“市民”一般就是指居于城市里的本国公民，它好像只用来与乡居的“乡民”形成对称的名词。它似乎无所不包，涵盖了城居的各个阶层。但是在我们文学界，却另外有一种“称谓”，那就是在现代的“蒋兴哥”头上，加上一个“小”字，名之曰“小市民”，他们倒是有“文学”的，那就是“小市民文学”。而这种文学却被认为是“封建或半封建性”的，于是它们就没有资格进入“现代文学”的“排行榜”了。在某些新文学家看来，有的人身体虽然跻身于现代社会，但脑袋还在封建社会之中：“1930年，中国的‘武侠小说’盛极一时……武侠小说和影片是纯粹的封建思想的文艺。”其理由是“这种‘武侠狂’的现象不是偶然的。一方面，这是封建的小市民要求‘出路’的反映，而另一方面，这又是封建势力对于动摇中的小市民给的一碗迷魂汤”①。我们不能否认，当时是有人看了武侠小说就想到深山去学

① 沈雁冰：《封建的小市民文艺》，《东方杂志》第30卷第3号，1933年2月出版。

道，以便学了一套超人的本领回到社会中来“除暴安良”，但是相信这种“出路”的毕竟是极少数，甚至是个案。至于“迷魂汤”就是让小市民“他们各自等待着英雄，他们各自坐着，垂下了一双手。为什么？因为：‘济贫自有飞仙剑，尔且安心做奴才。’”①。或者等待“青天大老爷”来救民于水火。“小市民文艺另有一种半封建的形式，那就是《啼笑因缘》。……这部小说的读者大部分是小市民层中的成年人。并且对于群众心理的作用上，《啼笑因缘》和《火烧红莲寺》也截然不同。《啼笑因缘》是感伤的气氛多，因而血气方刚的青年人就觉得远不如《火烧红莲寺》那样对劲了。”②从上述的议论，我们就可以知道，所谓“小市民文艺”，就是指那些面向文化水平较低的中下层市民的通俗读物，如武侠小说和言情小说之类。当时某些新文学作家已给它们戴上“鸳鸯蝴蝶派”或“《礼拜六》派”的帽子。“小市民”这个称谓或许是源于高尔基所写的剧本《小市民》，剧中的主人公别斯谢苗诺夫是个庸俗而空虚的角色。而我们又在“小市民”的头上冠以“封建”二字，大概就是精英分子对狭隘、保守、自私、无聊、迷信的庸众的一种蔑称。由此，我们可以得出一个结论，中国的现代文学史上之所以没有“市民大众文学”的提法，是因为它已被“鸳鸯蝴蝶派”和“《礼拜六》派”这两个称谓所代替。那么问题是武侠小说难道就只有消极的“迷魂汤”作用，或者只期待“飞仙剑”和“青天大老爷”来给予小市民以“出路”？这样的看法是有偏颇的。读者中有些人是将武侠小说视为“成人童话”；而武侠小说是最讲究分清“邪正善恶”的，这种正义感立场倒是有着积极因素的，它可以鼓励人们去“见义勇为”，能“路见不平，拔刀相助”。我们当代有一种“见义勇为”奖，但是古代好像没有听说有过这种奖励的品种。这是因为当代出现过一些“路见不平，冷漠旁观”的令人心寒的景象，因此，我们设此奖倡导并发扬社会“正义感”。而古代人却因为读过或听过许多侠义故事，“大义凛然”的民族美德常深烙心间，因此，“鲁智深们”从来没有申请过要得“见义勇为奖”。

我们认为，被贬称为鸳鸯蝴蝶派的作家，如包天笑、李涵秋、张恨水、

① 瞿秋白：《吉诃德时代》，《北斗》第1卷第2期，1931年10月出版。

② 沈雁冰：《封建的小市民文艺》，《东方杂志》第30卷第3号，1933年2月出版。

刘云若、周瘦鹃、严独鹤、毕倚虹、向恺然、李寿民、宫白羽、程小青、孙了红、蔡东藩、许指严等一大批拥有大量市民读者的优秀或较优秀的通俗作家，其实他们就是“冯梦龙们”在现代工商文明都市中的嫡系传人。这些鸳鸯蝴蝶派作家在现代工商社会中用自己的文学作品发挥了如下的三大功能和对市民文学作出了一大贡献。

一是它发挥了满足市民大众的娱乐功能。一般说来，中下层市民大众在清苦的物质生活之外，用在精神娱乐方面的消费金额是极有限的。他们想进电影院或戏院也属奢望。为了适应他们有限的娱乐消费水平，上海的里弄里有许多小小的租书摊，租一本小说消磨工余的闲暇时光，是当时最廉价的娱乐享受。据上海《社会日报》1917 年调查，这样的租书摊上海市区就有 3 721 个。新文学主要的读者群是知识阶层，而此类小书摊中的大量的通俗文艺就是面向广大中下市民大众的读物。他们就是通过其中的若干“世情小说”，在潜移默化中产生“寓教于乐”的效应。

据研究“上海学”的历史学家论证，这些小说在“乡民市民化”的现代化系统工程中，发挥了很大的作用。这是市民大众文学的第二个功能。上海开埠后，人口的增加是“爆炸型”的。在晚清和民初天灾频发或军阀混战的日子里，大批乡民流落上海避难求生，怎么才能让他们早日融入市民社会，是一种对乡民的人文关怀。即使是上海的“原往民”，在这“一市三制”(清政府、公共租界、法租界)的人口多元、法律多元、文化多元、价值观多元、生活习俗多元的复杂环境中，也难免不一头雾水，也需要扩大自己的“知识半径”，去应付这千变万化的动态社会。而在这些通俗的世情小说中，形象地向他们讲述都市生活的文明习俗、作为市民应承担哪些义务才能享受若干权利，告诉他们多种市政新设施的功能与运用途径、怎样从只关心家庭或家族的利益过渡到具有都市公共集体意识，解释契约社会的新型人际关系，洞悉资本社会的新价值观，熟练地掌握工商生产的内在规律；让市民们知道，虽然你生活在中国的土地上，但在租界里受着西方法律的约束；另外，这些世情小说还会着重告诉乡民，城市虽是文明之都，却也是罪恶之薮，有多少陷阱与圈套会等着乡民去“自投罗网”，有多少骗局像埋在路边的炸弹会将新移民炸得五花粉碎……通过阅读，可以逐渐懂得这个新型的市民社会，知道应该如何去驾驭，才不至于“翻船”而在黄浦江畔遭受灭顶之灾。这才真正叫做“寓教于乐”。历史学家们研究了这些通俗文化在上海社会的发展过程中所起的作用之后，得出的结论是：“晚清上海的市民意识是‘读’出来的。”“除报刊、出版和学堂之外，晚清上海还拥有众多贴近民众的，更为通俗化、大众化的大众艺术样式，如画报、戏曲、小说、电影、曲艺等等，它们以自己独具的魅力吸引读者和观众的视线，成为他们增长见识和休闲解闷的另一渠道……其实，云蒸霞蔚的大众文化，并不仅仅具有娱乐功能，对绝大多数城市民众而言，它更是近代市民意识萌生与滋长的触媒，或者说是近代市民的启蒙教科书。”① 这些世情小说不仅使上海的居民得益，而且对其他城市的居民或广大乡民来说也有参考价值，作为自己的知识储备，也许“今天”还用不上，但或许可作自己“明天”的不时之需。

市民大众文学的第三个功能是他们作为“报人”，用他们所写的政论构成了市民大众看得懂的“杂感天地”，成为引领平头百姓的政治舆论导向。这个功能过去被长期遮蔽着，为研究者所忽视。其实他们除创作和编刊物之外，不少市民大众文学的作家的第二身份是“新闻工作者”。他们当时自称为“报人”，例如晚清和民初的上海三大报“申、新、时”（即《申报》，1872 年创刊；《新闻报》，1893 年创刊；《时报》，1904 年创刊）的副刊的主编，都是市民大众文学的作家，《申报 · 自由谈》的主编有王钝根、陈蝶仙、陈景韩和周瘦鹃等人；《新闻报》的副刊曾用名《庄谐录》，主编是张丹斧，后改名《快活林》（1932 年后改名《新园林》），后者除日寇占领上海时除外，主编皆是严独鹤；《时报》中的《小时报》主编是包天笑、毕倚虹和李涵秋。另外，如叶小凤、何海鸣、姚鹓雏、张恨水、贡少芹等都作过“报人”。据统计，周瘦鹃在《申报 · 自由谈》发表过 1 046 篇杂感；而据《解放日报》前总编陈念云的估计，严独鹤在《新闻报》上发表的政论杂感有近万篇之多。② 严氏是在 1914 年入主《新闻报》的，主编副刊达 30 年之久，直到

---

① 熊月之主编，周武、吴桂龙著：《上海通史 · 第 5 卷 · 晚清社会》，上海人民出版社 1999 年版，第 387 页、第 394 页。

② 陈念云：《纪念新闻界前辈严独鹤先生》，《严独鹤杂感集》，上海远东出版社 2009 年版，第 438—439 页。

1949年5月《新闻报》停刊。笔者根据陈念云的指点，系统查阅了严独鹤在1915年袁世凯称帝、1917年张勋复辟、1919年五四、1923年曹锟贿选、1925年“五卅”、1926年“三·一八惨案”直到抗战和蒋介石政权崩溃过程中的近三千篇杂感随笔的主要内容，认为这些白纸黑字可以证明他们能用平头百姓喜闻乐见的形式和语言，成为平头百姓政治舆论导向的引领者，发挥了“社会良知”和“市民喉舌”的作用。过去有的批评家说，他们只能供给“小市民”一些茶余饭后的谈资。其实谁没有个“茶余饭后”，除非他是不食人间烟火的神仙。能在“茶余饭后”谈出一个正确的政治导向来，又何可挑剔之有？我们就举1923年曹锟贿选为例：那时严独鹤在《快活林》上几乎每天一篇文章揭露贿选丑闻。曹锟把黎元洪赶出北京，黎元洪拉了一批议员到了天津，这样议员投票的法定人数就不够了，怎么办呢？贿选本是军阀政府的老花样，这次曹锟的出价特高，五千元一票。可是黎元洪说，不参加投票的他给八千。史称这批议员为“猪仔议员”。有些猪仔议员先到天津拿八千，然后躲进北京的妓院，投票当天串通警察来抓他们，然后押进会场，再去领曹锟的五千。军警当天开着汽车到处抓议员。生病的用担架抬进会场。会场墙上还开了许多小洞，让瘾君子议员过瘾。这是一次丑态百出、乌烟瘴气的贿选。周瘦鹃也在《自由谈》上尖锐地将猪仔议员比作妓女，说他们拿了钱就会向曹锟打情骂俏大肆献媚了。由于报人们的尖锐揭露，这些贿选的细节被披露后成为平头百姓的“茶余饭后”的谈资，老百姓目击军阀政府的腐败无能。可以说，北伐能如此摧枯拉朽，和这些政论杂感发挥导向作用也是有一定的关系；而我们后人又可以从中看到比历史教科书上更丰富的知识。[①]《新闻报》和《申报》日销量最高均达到18万份，影响之巨可想而知。“报人”们的“杂感天地”的作用是无论如何不能抹杀的。

在20世纪20年代初，市民大众文学不仅被贬称为“鸳鸯蝴蝶派”，而且受到新文学界猛烈的批判。虽然在清末民初，它们曾辉煌一时，俨然是文坛上的庞然大物，但是在迎来新文化运动高潮后，在理论交锋上，市民

① 范伯群、黄诚：《报人杂感——引领平头百姓舆论导向》，《中国现代文学研究丛刊》2013年第8期，并已收入本论文集。

大众文学作家当然不是新文学家的对手。市民大众文学家的对策是不争中心，不争主流地位，也不争领导权，他们只争读者。对他们这些职业作家来说，读者是他们的衣食父母。在新文学家的“相克”中，努力争得“相生”，那就是要有更多的读者的拥戴：一是要留住原有的读者群，二是要吸引新的读者的青睐。这就需要苦练“内功”，使自己的作品能更符合读者的“胃口”，它必须具有强劲的吸引力；另外要不断开辟新的增长点，用新的套路来吸引新读者群的眼球。于是市民大众文学家笔下的各种“类型小说”就各显神通。在“冯梦龙们”的拟话本中，小说的类型化还不是很明显的；但是在冯梦龙的嫡系传人们手里，许多小说的“类型”都得到了定型。这是他们苦练“内功”，在新文学家的“相克”中，要求得“相生”的对策；这也就是他们超越冯梦龙们，为市民大众文学作出的新贡献。在他们的圈子里，每种小说类型都有自己突出的代表作家。例如，民国武侠小说的奠基人是向恺然(平江不肖生)，他的《江湖奇侠传》在改编成电影《火烧红莲寺》前就已大红大紫。据郑逸梅说：“据友人熟知图书馆情形的说，那个付诸劫灰的东方图书馆中，备有不肖生的《江湖奇侠传》，阅的人多，不久便书页破烂，字迹模糊，不能再阅了，由馆中再备一部，但不久又破烂了，所以直到‘一·二八’之役，这部书已购到十有四次，武侠小说的吸引力，多么可惊咧。”(东方图书馆是 1926 年开张的，到 1932 年初被日寇炸毁不过开办了 6 年时间。)[①]而平江不肖生的《近代侠义英雄传》中的主角霍元甲至今还“活”在银屏上。武侠小说的第二波领军人物李寿民的《蜀山剑侠传》在 20 世纪三四十年代，更是风靡一时。侦探小说是从国外引进的一个新的生长点，程小青主攻侦探小说，使他的《霍桑探案》成为市民大众文学中的一个名牌。他曾说：“我所接到的读者们的函件，不但可以说‘积纸盈寸’，简直是‘盈尺’而有余……他们显然都是霍桑的知己——‘霍迷’。”[②]到张恨水出现于市民大众文学的文坛上时，新文学读者的边界已开始为市民大众文学所“蚕食”。张恨水的社会言情小说，风行大江

---

① 郑逸梅：《武侠小说的通病》，《小品大观》，校经山房 1935 年版，转引自芮和师、范伯群等编：《鸳鸯蝴蝶派文学资料(上)》，福建人民出版社 1984 年版，第 135 页。

② 程小青：《霍桑探案袖珍丛刊之七·舞后之归宿》，世界书局 1947 年版，第 1 页。

南北。社会、言情、武侠、会党、侦探、滑稽、宫闱、历史、反案等等类型小说都是在清末和民国时期，由市民大众文学作家来定型的。这又是他们对通俗文学的历史性的一大贡献。

某些新文学家往往将新文学与市民大众文学视为相互“势不两立”的敌我矛盾。但历史学家则认为：“上海作为现代中国西化的橱窗这一形象经常遮掩住了‘小市民’日常生活中传统的持续性。尽管西方的事物差不多成为上海人日常生活的一部分(虽然并非每一个人每天都能用到它们)，上海人还是乐于保持和改进了很多旧的习俗和生活方式。尽管西方的影响从表面上看是城市的主流且被中国的上层社会所渲染夸大，在遍布城市的狭隘里弄里，传统仍然盛行。而且，变化往往与传统的持续性共存、结合或纠缠在一起。如果说中西文化在上海这个交汇之地谁都不占优势，那么，这不是因为两种文化对峙而导致的僵局，而是因为两者都显示了非凡的韧性。对很多人来说，这个城市的魅力正是来自这种文化的交融结合。”①那也就是说，精英与通俗两种小说的共时性存在并非是文学中的僵局，而是精英文学与平民文学的多元格局满足上海多元人群的需求，显示上海能使精英人群与“小市民”读者各得其所，这正是上海文学魅力之所在。有一位著名戏剧家曾有一句名言：我们是良性“海派”，不是恶形“海派”。同样的道理，我们所赞扬的是“良性通俗小说”，而不是“恶形庸俗小说”。对市民大众文学也应作如是观。这些“良性通俗小说”努力生发出如此多的类型小说，发挥了满足市民大众的阅读需求的功能，他们在文学史上的创造性业绩应该得到肯定。

(三)

本文的主旨既然是要论述中国古今市民大众文学的“文学链”，我们在上文已经谈及鸳鸯蝴蝶派是冯梦龙的嫡系传人；那么现在就得进一步

① 卢汉超著，段炼、吴敏、子羽译：《霓虹灯外——20世纪初日常生活中的上海》，上海古籍出版社2004年版，第274页。

论证网络类型小说与鸳鸯蝴蝶派的血缘关系。

时序进展到了当代，我们的通俗文学经过了30年的断层，在改革开放之后，当允许金庸和琼瑶等小说作为“无害”的作品登陆之后，引起了一股文化旋风，被八个样板戏霸占着所有纸面媒体和银屏，而几乎无其他文艺作品可读的广大读者和观众，他们好像在沙漠里觅到一泓清泉，那些港台的既有趣味，又通“人性”的通俗小说和文化快餐，使他们读得废寝忘食，欲罢不能。与此同时，那些年长的读者依稀记得在三四十年前，我们的向恺然、李寿民不就是“金庸们”的老祖宗吗？我们的张恨水与刘云若不也是社会言情小说“大家”吗？既然允许金庸与琼瑶“登陆”，那就必然会允许我们自己“翻印”那些老祖宗的作品！于是“登陆热”引发了“翻印热”，一股通俗文学的“回潮大浪”在大陆掀起。那时我们多么盼望在通俗文坛上能再出现向恺然、李寿民、张恨水、刘云若那样的大家。但是从70年代末、80年代初，我们一直等到90年代，好像还没有耀眼的通俗文学作家出现。

正在我们久久盼望与等待的时刻，海外的中国学子们却在20世纪90年代初开始捣鼓着一种叫做“网络文学”的新鲜玩意儿。但那时还与市民大众文学无关，或许他们仅是想通过“网络”抒发他们的乡愁，而又带有一点文学的色彩而已。但是当这套互联网的“新技术”传到了中国，于1995年就在大陆神奇地开始发酵，它逐渐被运用到了文学领域中来。最早也不过是文学爱好者业余时间的“个人狂欢”，但网络这一平等自由的平台使他们很快聚集起来。90年代末，在国内几个高校内部的BBS、网络聊天室、论坛上相继出现了可以相互交流的文学版块。到2000年前后，电子阅读的文学网站雨后春笋般涌现出来，一些大的文学网站亦初现峥嵘，而其时中国网民还不足一千万。2003年10月起中文网将网络小说VIP付费阅读制度确立下来，2004年血红的《升龙道》便创下了月收入过万的记录。当文学网站具有了文化产业链的潜质时，网络写作就变得炙手可热起来，及至blog被引进中国，博客写作更是掀起了“全民写作”的热潮。由于这个新领域可以“低门槛准入”，只要有一定的文化基础，又有点写作的欲望，还能捣鼓电脑，花两分钟的时间注册个笔名就能跨过低门槛，进入过去视为神圣的创作殿堂，即使绝大多数在网络上写作的人并没有稿费，但能挂到网上去，总有一种精神上的愉悦，况且还有机会遇识知音，每天在"检查"点击率时不免有一种意外的惊喜。随着VIP付费阅读制度的逐渐健全与普及，不少书商注意到网络文学的经济效益，纷纷与文学网站合作，为网络作家提供畅通的出版渠道，很多写手"网而优则纸"，得到了出版的机会；接着又因"网优而'触电'"，作品能热播于银屏。网络小说已进入"全版权运营"时代，涉及项目包括图书出版、在线付费阅读、无线内容提供、影视（话剧）授权和报纸杂志授权等等。"2011年5月发布的《2011年中国电影产业研究报告》显示，60.1%的受访者会观看根据自己喜欢的网络小说改编而成的电影。中国互联网络信息中心网络文学用户调研数据显示，79.2%的网络文学用户愿观看网络文学改编的影视剧，43.3%的用户愿购买网络文学实体出版的书籍，37.8%的用户愿意玩网络文学改编的网络游戏。"[①]甚至出现了"网络作家富豪榜"高悬的盛况，网络文学这个新生儿像得了魔法一样很快疯长成一个巨人，2013年7月17日中国互联网信息中心刚刚公布的《第32次中国互联网络发展状况统计报告》显示，仅2013年上半年，网络文学的受众已超过24 837万人，在中国各类网络应用的使用率高达42.1%。据说竟有350万位写手在网上游弋。[②]有数量就会有激烈的竞争，有竞争就会"呼唤"质量。在这批广大的写手中就有可能出现"候补"的张恨水、向恺然、刘云若和李寿民。这就在中国的大地上迎来了一次市民大众文学无比壮观的"文艺复兴"。

这支网络写手的大军与鸳鸯蝴蝶派是有"血缘"关系的。如2012年"网络作家富豪榜"的前三甲，榜首状元"唐家三少"在"初高中时期看金庸、古龙、梁羽生、黄易"大感兴趣，而于2004年开始涉足网络文学，由于取得成功，在2006年成为专业的网络作家。榜眼"我吃西红柿"曾说："我童年生活在乡下，喜好看武侠小说，很是痴迷，抱着小说能看得忘记白天黑夜。小说看多了，找不到新的好看的小说，无聊之下开始自己写小说。"

---

① 《网络文学飞速发展　高学历人群成为主要读者》，《中国青年报》2011年11月10日07版。

② 350万这个数字引自吴义勤《沉潜稳进又一年——我对2012中国文学发展状况的认识》，《作家通讯》2013年第5期，第97页。

探花“天蚕土豆”也回顾自己“对武侠小说有别样的感情”①。在他们成长的过程中，武侠小说是他们写作的“启蒙老师”。武侠小说的情节紧张而富有悬念，的确可以使人忘记白天或黑夜，可以令人废寝忘食。而武侠与玄幻两种类型小说又是很难分清的，这些网络作家的想象力应该是靠武侠小说而催生而蓬勃，例如唐家三少的大部分作品都具玄幻风格。这批网络作家还都很年轻。据2012年公布，唐家三少31岁，我吃西红柿25岁，天蚕土豆23岁。据业内人士透露，网络写作是一门“青春饭”，网络文学作家年龄大多集中在18至35岁的区间内，超过40岁的几乎没有。②这是一门“青年市民”的大众艺术。我国的许多艺术品种，如京剧、昆曲、评弹……为了得到青年人的青睐，要花多少精力去做普及工作，常常要到大学里去义演，似乎得到大学生的喜爱，这一“艺种”就有了希望，就有了“欣赏”的接班人。可是“网络小说”却用不到如此辛苦，它天然是一门年轻人愿意全身心投入的艺术。年龄大了，每天要更新几千或上万字，精力就搭不够；年龄大了，要在网上去读一部几百万字的长篇，目力也吃不消。但当从网络走向纸面、从网络登上银屏时，也可同样为中老年人“解馋”。当然，它不仅是市民大众喜闻乐见的艺术，由于它的通俗性和吸引力，农村人也是同样可以为之入迷的，正如我吃西红柿童年时在乡间痴迷武侠小说一样。既然它是青年作者和读者喜爱的一门文艺，它的前途应该是无量的。

我们之所以认定网络小说与曾被称为鸳鸯蝴蝶派的市民大众文学有血缘关系，那是因为被鸳鸯蝴蝶派所定型的类型小说都得到了网络类型小说的继承与发展。中国古代的小说主要分为“英雄”、“儿女”与“神魔”三大类；到鸳鸯蝴蝶派时，就号称有四大类型，即社会、言情、武侠和侦探。但是还有一些类型也时常出现在小说中的，如神魔、科幻、宫闱、倡门、反案、历史演义、黑幕小说、滑稽幽默、别裁小说等，更小的类别还可举出集锦小说、悬赏小说、“一句话小说”等等。集锦小说就是现在的接力小说或

① 以上“唐家三少”、“我吃西红柿”和“天蚕土豆”的话均引自《20名作家5年“敲”出1.77亿》一文，《姑苏晚报》2012年11月27日A14版。

② 《网络写手生存状态调查：有收入者可能仅一成》2012年4月18日，东方网。

称接龙小说,悬赏小说就是现在的多结局小说,“一句话小说”还值得现在的手机小说好好学习。又例如现在取名“穿越小说”的,过去虽然没有这个名称,但是此类小说还是大量出现过,而标示类型时则分属在“幻想小说”、“理想小说”和“寓言小说”等等的名下。它们与当代新兴的历史“穿越”可说是“同质而异向”。当代的穿越往往是一个普通的、无名的人物,带着今天的知识与见解穿越到过去一个典型的有名的时代中去,比如黄易《寻秦记》便是穿越到秦代。其中较为流行的有穿越到汉、唐、宋、明、清及民国等时期,尤其是清代康、雍、乾三朝代;在女性言情小说中甚至单独发展出“清穿”的分支。在这些穿越文中,主人公或是发挥了在当代无法施展的才能,“醒掌天下权,醉卧美人膝”;或是得到幻想中陶醉于爱情生活的机遇,与历史名人来一段千古绝恋;甚至是通过参与政事,实现振兴中国扭转历史走向的宏愿。而晚清民初的穿越小说则往往是借用一些过去已经很成功的文学作品中的典型人物穿越到现代来,这即是“异向”。比如贾宝玉、孙悟空、宋江……来到现代。吴趼人的《新石头记》是比较完整、极具代表性的一部。这部小说,最初在1905年第28号的《南方报》开始连载,署名为“老少年”。1908年又署名“我佛山人”,以《绘图新石头记》为书名由改良小说社出版单行本。全书共40回,讲述贾宝玉历经几世之后想酬补天之愿,便蓄发下山,巧遇在上海经商的薛蟠,共游晚清上海:看新报,吃西餐,参观炮弹厂、锅炉厂、水雷厂、画图房、洋枪厂、铸铁厂等,大开眼界。后来到北京,时值义和团大闹北京,看到义和团民诸多丑态和骗人伎俩。冬尽春来,宝玉回到上海,听演讲;到汉口谈维新,被官府缉拿。被朋友救出后,北上游历,走入一个乌托邦世界的“文明境界”。经老少年介绍,见识众多先进科学发明:他乘空中猎车,获大鹏鸟;坐猎艇,过太平洋,遇人鱼,得海鳅;到南极,取海貂、珊瑚等宝物;还参观了学校、工厂、市场等等,最后见到文明境界的缔造者东方文明,实为故人甄宝玉,已偿补天之愿。还有一位写此类“穿越”的名作家是陆士谔,他有一篇很有名的作品,前总理温家宝也曾经提过的《新中国》。陆士谔在这本小说中预言了上海开发了浦东,筹办了世博会,完成了梁启超在《新中国未来记》中未竟的事业。他还不止一次演绎三国故事,陆士谔让孔明、周瑜等人登上晚清社会改革舞台,引入维新变法、富国强民的思想,表达自己对现实社会政治改革的种种看法，绘出心目中的模范立宪国的理想模式。陆士谔在《新野叟曝言》中就预言中国人多为患，中国面临人口爆炸和资源匮乏的棘手问题。中国人多物少，求过于供，生计艰难。因此提出要计划生育，改良农业，使粮食增产十倍，又兴办试验公宅，以节约耕地。文素臣还率领子孙，全数迁居木星。当年中国遍地大荒，皇上派飞舰一百艘到木星去装运谷子，不料归途中与彗星相撞，一百艘飞舰全都成了碎片。从此航路被毁，地球和木星失去了联系。当时的小说家大量吸收科幻因素，幻想的空间扩展到宇宙；这类小说面向未来，主要是"文明镜像"式的想象，新颖奇特，充满了瑰丽神奇的色彩。陆士谔还写过一部有关经济改革的"穿越"小说《新水浒》，他写林冲、鲁智深等英雄得知朝廷已经维新改革，梁山也要改变依靠"打家劫舍"来维持的"八方共域，异姓一家"、"不分贵贱"、"无问亲疏"的大锅饭政策，于是吴用提议成立梁山会，宋江则指派众会员下山，各骋所长，经营各种新事业。个人所得利益，提二成作为会费，二成作为公积，余六成即为本人薪金。可以看出吴用所建议的改革模式，近似承包责任制，无疑具有极大的超前性。实际上此类"穿越小说"已包含着科幻和同人小说的因素。在鸳鸯蝴蝶派兴盛时，现在的"同人小说"那时取名为"反案小说"。反案小说是指某位作家的作品颇受读者的欢迎后，现在由另一位写手借用他小说中的主要人物，为他重构一个新的背景和事件，让他在新的环境中活动，那时主人公会作出怎样的反应，也就是说为他重新编一个故事。由于这种畅销小说受众很多，因此读者抱着好奇的心态，会很喜欢看他们在另外的新环境与新事件中的种种表现。比如《啼笑因缘》就有很多反案小说。在这些反案小说里，人物还是樊家树、沈凤喜、关秀姑等等，但他们在新的"难题"或"机遇"中，他们在新的"案子"中会有怎样的新发展，这就是当年"反案小说"的格局。

至于网上的言情小说、武侠小说和侦探小说就更是承传过去的类型而加以发展。社会小说却在今天被细化了，如官场小说在过去就是通俗社会小说中的一个分支，如有李伯元的著名小说《官场现形记》和张恨水的畅销作品《五子登科》等等；而校园小说、盗墓小说等也涵盖在当年的社会小说之中(其实"细化"也是一种发展，如"校园小说"，过去的学生即便不屑于写通俗小说，他们至少也得写“施济美式”的雅俗合璧、中西融会的作品，虽然他们的刊登地盘却都是在通俗刊物上）。而鲁迅所称的“狭邪小说”的，过去名为“倡门小说”，而现在则叫做“新青楼”；即使是“耽美小说”，我们也曾有著名的《品花宝鉴》；鲁迅在《中国小说史略》中将它归入“狭邪类”，其实它是一部写“断臂”的男同性恋小说。而“宫斗小说”过去名为“宫闱小说”，但那时的“宫闱”往往侧重于写帝皇的荒淫糜烂，而现在则侧重于宫斗争宠。就凭这类型小说的两两相对的“合榫”，也可以作为一个重要的论据，证实网络类型小说是鸳鸯蝴蝶派这一市民大众小说的嫡系传人。

但是由于时代不同了，后人的眼界往往比先辈更阔大。当代的网络小说有许多因素也是参照了国外类型小说的产物。其实“同人小说”和“穿越小说”等名称也有来自国外文化影响的因素。“同人”这一词来源于日本，原指同好者，也即是有共同爱好的人。后来又因日本的动漫中同一个著名的原型出现在不同背景与事件中，于是就有了“同人小说”的名称；而“穿越”也与国外的“时间隧道”之类的题材有关。因此，现在的网络类型小说是中国传统的通俗类型小说与日本动漫文化与欧美流行文化相融合的产物。关于这一点有不少网络作家已经有了自觉的体认，正如 2013 年获得广东省鲁迅文学艺术奖的网络作家阿菩所说的：“网络文学驳接上了中国旧小说的传统，沿着变文、评书、明清小说、民国鸳鸯蝴蝶派和近世以金庸、琼瑶为代表的港台通俗文学的轨迹一路走来，并嫁接了日本的动漫，英美奇幻电影、欧日侦探小说等多种元素。就渊源之深远复杂而论，其实并不在严肃文学之下。当然网络文学也有自身的弱点，如过度强调更新速度和泛娱乐化倾向等等。”[①]这一段话是说得很到位的。至此，我们也已论证了“冯梦龙们——鸳鸯蝴蝶派——网络类型小说”乃是古今市民大众文学的有血缘关系的一条“文学链”这一论断。这一“文学链”也是与科学的发展同步的，从“冯梦龙们”的木刻雕版，到鸳鸯蝴蝶派的机械化媒体，再到网络小说的去纸张化与去油墨化，这使市民大众文学的道路愈

① 马季：《网络：雅俗共赏，推陈出新——广东网络文学作品研讨会综述》，载中国作家协会主办的《作家通讯》2013 年第 5 期。

走愈宽广。但如何更好地去继承和发扬市民大众文学前辈的优良传统，学习国外的先进经验，那是一个宏大的课题，远远超出了本文题目所定下的目标。要使网络小说迈上经典化之路是没有捷径或快车道可走的，它需要市场和读者群的长期持续孕育、网络作家长期的艺术实践与网络评论家的广泛深入关注，才能使网络小说逐渐克服“自身的弱点”，这支网络小说大军正行进在“二万五千里”的新长征途中。

世纪回眸：百年雅俗文学分合消长及通俗文学的发展轨迹

（一）现代雅俗文学之分合消长态势

19世纪末20世纪初，中国古典文学向现代文学转型的途程中，文学呈千姿百态的竞相奔流之势，但支脉虽多，归纳起来不外乎雅俗两大流域。这两大江湖或汇合奔腾，或激荡冲撞，构成了一个世纪来特有的中国文学的景观。雅俗文学或分或合，时起时伏，此消彼长，直至懂得应该建立一个生态平衡的文学家园，几乎经历了百年光阴。这段历史非常值得回顾。

19世纪末20世纪初，中国文学现代化是以“小说界革命”为启端，当时具有标志性的文章是严复、夏曾佑在1897年天津《国闻报》上发表的《本报附印说部缘起》和梁启超在1902年《新小说》创刊号上发表的《论小说与群治之关系》。前者是严复翻译出版《天演论》的同步产物，具有纵论古今中外的历史眼光与世界视野。在文章开端，作者就像现在的记者一样作了一次街头采访与社会调查。从老百姓对优秀文学作品的感受和体认等诸多现象出发，引出了三个问题：一、文学的移情作用，指出文学典型对老百姓的亲和力与感染力可以超越地域、国界与时空；二、从进化论的观点出发，指出英雄、儿女是两大永恒母题，英雄有使人“合群”的向心力与“假器”的智胜力，而男女两性为人类繁衍之根，英雄使人类为“物竞”而“相拒得以自存”，男女使人类为“天择”而“相吸得以传世”；三、探讨文学传播的内在规律，如比较“纪实”与“虚构”而论及形象思维的优越性，如比较“雅言”与“俗语”而论及言文合一的重要性等等。总结说：“且闻欧、美、东瀛，其开化之时，往往得小说之助。”而附印小说的“宗旨所存，则在乎使民开化”。[①] 这篇文章对梁启超是很有影响的。而且，真正将这一“附印”小说的创意付诸实践的也是梁启超，因为这篇文章发表以后《国闻报》并未附印小说，所以梁启超说：“天津《国闻报》初出时，有一雄文，曰《本报附印说部缘起》，殆万余言。……余当时狂爱之……《国闻报》论说栏登此文，凡十余日。读者方日日引领以待其所附印者，而始终竟未附一回，亦可称文坛一逸话。”[②]梁启超是有大气魄的，他不是“附印”，而是创办了《新小说》，掀起了中国小说期刊现代化的第一波。据说创刊号一印就是7 000册[③]。他的《论小说与群治之关系》实际上是他的《新小说》的代发刊词。他倡导“小说界革命”，将过去视为“小道中的小道”的小说提升为“文学之最上乘”；强烈地鼓吹小说“新民说”：“故今日欲改良群治，必自小说界革命始；欲新民，必自新小说始。”可是他也有许多不足，例如他重点策划的政治小说和历史小说竟没有一篇是连载完的，包括他自己的《新中国未来记》在内。期刊的重点作者虽是他的康门师兄弟和他自己的得意门生，可谓“精英”，但是这是一批搞政治改革的班底，梁启超缺乏的是一支“新生代”的文学作者队伍。这说明了一个重要问题：知识精英们的理论是超前的，可是他们来不及培养“创作队伍”，他的现有的创作班子又远远跟不上他们的超前的理论。他们拿不出创作实绩来，而小说热潮的这把“火”倒是已经烧旺了，他们的锅子里却无法烹调出可口的食物来。这把“火”最终对谁有利？我们认为对当时的通俗文学界有利，也就是市民大众文学作家得了益。他们部分地吸收了梁启超等人的理论，大量地创作通俗小说。梁启超写小说是“专欲发表区区政见”[④]，而他们是以强烈

① 几道、别士（严复、夏曾佑）：《本报附印说部缘起》，《国闻报》光绪二十三年（1897）10月16日至11月18日。

② 饮冰室主人：《小说丛话》，《新小说》第7号，1903年9月6日出版，转引自陈平原、夏晓虹编：《20世纪中国小说理论资料·第1卷》，北京大学出版社1989年版，第67页。

③ 这个数字是根据《新小说》第1号第171页《新串班本黄萧养回头全套》的台词“新印起七千几部”得出的。

④ 饮冰室主人：《〈新中国未来记〉·绪言》，《新小说》第1号1902年11月14日出版，第1页。

的谴责与讽喻瞄准清政府的官场与当时腐败透顶的社会现状，他们与鼓吹“新民”的梁氏可算是同盟军。他们的小说也开始与传统的古代小说有所不同了，市民大众文学也在严氏、梁氏等人的理论的影响下改良自己。靠《新小说》成名的不是梁启超麾下的“小说家”们，而是吴趼人和《二十年目睹之怪现状》等谴责小说。《新小说》从第 8 期起，全由吴趼人唱了主角。吴趼人凭什么能唱这个主角？他怎么能如此快地“上马”？就是因为他不是“另起炉灶”，而仅是继承中国小说的传统而又善于改良，他基本上符合了社会时代的要求。

在小说界革命的汹涌波澜中，1903 年办了一个《绣像小说》，是李伯元主编的。1904 年办了一个《新新小说》，是陈景韩等办的（即陈冷血，他后来成了名报人），包天笑是他的合作者之一。1906 年办了一个《月月小说》，是吴趼人与周桂笙办的。同年在广州又出了一个《粤东小说林》，1907 年改名《中外小说林》和《绘图中外小说林》，迁往香港出版，是黄小配合他哥哥黄伯耀办的。1907 年上海办了一个《小说林》，是黄人与徐念慈（东海觉我）办的。除了梁启超一帮搞政治的人之外，黄人是东吴大学文科总教习，算是学院派（不过所刊登的小说仍以通俗为主），其他办杂志的，基本上都是通俗文学作家。应该说，通俗文学在此期间是大繁荣，同时也在不断更新自己的面貌。

现在要注意的另一个年头是 1903 年，也就是《新小说》创刊后的第二年，鲁迅所提到的四部“谴责小说”竟在同一年，好像事先约好似的一起开始连载了。这四部谴责小说的现代气息就更浓了，实际上是中国现代通俗社会小说的始祖。李伯元的《官场现形记》连载于《世界繁华报》。鲁迅说“《官场现形记》乃骤享大名”。据统计，从 1905 年到 1911 年，以“官”或“官场”命名的小说，至少有 16 部；而以“现形记”命名的小说，也至少有 16 种。吴趼人的《二十年目睹之怪现状》连载于《新小说》。鲁迅说：吴趼人“名于是日盛”，而这部小说“尤为世间所称”。某某怪现状之类也出版了不少。刘鹗的《老残游记》开始连载于《绣像小说》。而金松岑的《孽海花》作为政治小说先发表于留日学生的革命刊物《江苏》，后来由曾朴续写，1904 年写成 20 回。一两年内再版 15 次，印行了五万多册。它们同年出现，貌似偶然，但鲁迅回答了这个“偶然”中的必然：“特缘时势要求”，

"以合时人嗜好"。只12个字说明了许多问题。当时"群乃知政府不足与图治，顿有掊击之意矣。其在小说，则揭发伏藏，显其弊恶，而于时政，严加纠弹，或更扩充，并及风俗"①。清朝过去搞了许多严酷的文字狱，现在由于上海租界的缝隙效应，就可以大骂而特骂清政府。有能骂会骂的人，有爱听骂的老百姓，听到这些"严加纠弹"的掊击，就觉得过瘾、舒畅，心头憎愤得以宣泄，以致成为一种"嗜好"。有了这种"嗜好"，市民就会争着去买书报来看，以过宣泄之瘾，现代文化市场中的文学这一分场，就是这样建立起来的。当然，鲁迅也批评了小说的不足，"辞气浮露，笔无藏锋"。不过从另一个角度去看，这也是通俗小说"适俗"的一种需要，太含蓄的小说，老百姓不一定能领会，恐怕也不易成为"嗜好"。至于《老残游记》和《孽海花》可说是第一流文学。胡适对《老残游记》与蔡元培对《孽海花》的评价都极高。胡适认为"《老残游记》最擅长的是描写技术，无论写人写景，作者都不肯用套语滥调，总想熔铸新词，作实地的描画。在这一点上，这部书可算是前无古人了"②。蔡元培说："《孽海花》出版后，觉得最配合我的胃口了，它不但影射的人物轶事多，为从前小说所没有，就是可疑的故事，可笑的迷信，也都根据当时的一种传说，并非作者捏造的，加以书中的人物，大半是我所见过的，书中的事实，大半是我所习闻的，所以读起来更有趣。"③

这个时期的一个很值得注意的现象是知识精英理论开路，他们是栽树人，可是流行的却是市民大众文学，结硕果的是通俗作家。这是一个中国文学现代化起步时非常值得玩味的现象。不过在1906年到1912年之间，中国的文坛也受到很大的损失。1906年，李伯元逝世，时年40；1907年，李伯元的合作者和得力助手欧阳钜源逝世，年仅24；1908年，《小说林》的主要编者徐念慈逝世，时年34；1910年，吴趼人逝世，时年45。梁启超是淡出文学界的了，后来黄人也在1912年突发疯病，1913年逝世；

① 以上鲁迅关于谴责小说的论述均见《中国小说史略·第28篇·清末之谴责小说》，《鲁迅全集》第9卷，人民文学出版社1981年版，第282—292页。

② 胡适：《老残游记·序》，《胡适文存》第3卷，黄山书社1996年版，第407页。

③ 蔡元培：《追悼曾孟朴先生》，转引自魏绍昌《〈孽海花〉资料》，上海古籍出版社1982年版，第198页。

而在南方，黄小配从1906年起，写了不少通俗小说，如《廿载繁华梦》、《洪秀全演义》、《宦海潮》、《大马扁》、《宦海升沉录》等等，也主编期刊《中外小说林》，可是他在1912年被陈炯明枪毙了，时年41岁。在当年的办刊者中只剩下一个《新新小说》社的陈景韩，还有给《新新小说》、《月月小说》、《小说林》撰稿的包天笑。中国现代第二个办刊高潮的带头人就是陈景韩与包天笑，他们在文友们的死死伤伤、“天不假年”中，于1909年创办了《小说时报》。

《小说时报》没有发刊词，创刊号的首篇是陈景韩的《催醒术》，这是1909年发表的一篇“狂人日记”，是用象征手法写一个觉醒者被人视为狂人的寓言体小说，表明他办杂志的目的就是“催醒”——启蒙。《小说时报》最引人注目的是翻译小说的量大得惊人。它从1909年10月办到1917年11月，出版了33期加1期增刊。据统计，翻译作品约占4/5。陈景韩和包天笑是懂外语的，不像林纾，自己没有选择的余地。这个刊物中，外国名家小说很多，如普希金、托尔斯泰、契诃夫、狄更斯、雨果、大仲马、莫泊桑等等。译者也较多，但以冷血、天笑、恽铁樵、周瘦鹃、张汉毅为主力。1912年，史量才独资买下《申报》后，聘陈景韩为总主笔，以后他很少有精力编文学杂志了。于是这第二个办刊高潮的主力就应该算包天笑了。当然还有别的杂志，如1910年王西神、恽铁樵办的《小说月报》；1914年王钝根、周瘦鹃办的《礼拜六》等许多刊物。但以包天笑贡献最突出。他于1915年8月至1921年6月，创办了大型季刊《小说大观》，每期300多页，30多万字。这是中国第一个文学季刊，共出版15期。刊登的小说有创作短篇100篇，创作长篇18部，翻译短篇50篇，翻译长篇26部。其中很有值得一读的好作品。包天笑还在1917年1月办了一个通体是白话的《小说画报》。包天笑认为“小说以白话为正宗”。“盖文学进化之轨道，必由古语之文学变而为俗话之文学。中国先秦之文多用俗话，观于楚辞、墨、庄，方言杂出，可为证也。自宋而后，文学界一大革命即俗话文学之崛然突起。”所以他在《例言》中说：“小说以白话为正宗，本杂志全用白话体，取其雅俗共赏，凡闺秀、学生、商界、工人，无不咸宜。”《小说画报》创刊的同年同月，胡适发表《文学改良刍议》，而陈独秀则说：“白话文学，将为中国文学之正宗，余亦笃信而渴望之。吾生当亲见其成，则大幸也。”

(发表《文学改良刍议》时的跋语)《新青年》1918年5月才全部改用白话。陈独秀在北京写《文学改良刍议》的跋语时，恐怕不知道在上海已出版了一个通体白话的小说刊物。《小说画报》还有一个特色，即只登创作，不登翻译，似乎与《小说时报》有些“分工”。在1917年初，包天笑一个人手中有三个很有影响的杂志：一个以翻译为主，一个是大型季刊，还有一个是通体白话、专刊创作。你说他能不能算是第二个办刊高潮中的主力？

以上为什么只提通俗刊物，不提通俗小说单行本的成就？那是因为当时几部有名的小说，都先经报刊连载，才出版单行本的，谈刊物，就是谈当时若干影响很大的长篇小说。那时优秀的短篇小说不多，短篇小说集更是稀有。最著名的短篇集是翻译小说集。如1917年3月，周瘦鹃在中华书局结集出版《欧美名家短篇小说丛刻》，分上、中、下三卷。鲁迅、周作人曾加以推荐，并加赞语：“凡欧美四十七家著作，国别计十有四，其中意、西、瑞典、荷兰、塞尔维亚，在中国皆属创见，所选亦多佳作，又每一篇署著者名氏，并附小像略传，用心颇为恳挚，不仅志在娱悦人耳目，足为近来译事之光。”认为在当时实属“昏夜之微光”，“鸡群之鸣鹤”[①]。凡此种种举措，如此多多的成果，请问，他们究竟是作为1917年文学革命的对立物，还是一座步入“文学新纪元”的桥梁？许多新文学作家那时还是少年，不少人是读着他们的译作，才开始知道外面还有一个广阔的世界。据不完全统计，在五四前，这个通俗文学作家的圈子中(后来被称为鸳鸯蝴蝶派作家的)就有34人或多或少以各种形式从事过文学作品的译介工作。我们认为这些通俗作家是为五四作过“隐性准备”的。文学的现代化是一个系统工程，通俗作家当然也作过或多或少的贡献。这是一条宽广的大道，不只是少数人才能涉险而过的独木小桥，更不是新文学家的“专利品”。新文学重在引进“新质”，通俗作家重在改变“旧例”，都是现代化的系统工程中的必要组成部分。有些通俗作家也写过若干庸俗文字，那是我们应该指出的，也必须剔除和剥离。可是我们也应该看到，在市场化的情况

① 见1917年11月30日《教育公报》第4年第15期。此系鲁迅任“通俗教育研究会”小说股主任时，决定为该书授奖而写的评语，由周作人起草。转引自《鲁迅佚文集》，四川人民出版社1979年版，第115页。

下，庸俗文字打着通俗文学的牌子出现，混淆视听，这不是正派的通俗作家中的某几个人可以控制得了的。其实不少通俗作家有儒家风范，黄色下流是不会成为他们的“派色”的。至于说是袁世凯称帝，政治上的反动，才使鸳鸯蝴蝶派“大行其道”，这种说法更是属于“政治过敏症”的论调。他们之中有许多人是“反袁斗士”。在“附刊”中刊登《玉梨魂》和《孽冤镜》的《民权报》就是因为反袁而被袁世凯当局封杀的。

在19世纪末20世纪初的中国文坛上，通俗作家们实际上构成了一个现代文学中的“继承改良派”。他们承传中国古典小说中的志怪、传奇、讲史、神魔、讽刺、狭邪、公案、侠义等小说门类与品种，加以新的探索与发扬，进行了必要的改良。如，随着现代化的步伐而社会关系日趋错综复杂化，社会小说就成了凌驾于各品种之上的一种小说门类。又如，随着社会犯罪与作案的现代化，破案的手段也必须随之现代化，公案小说就退居了次席，这就存在一个西方侦探小说如何中国化的问题，出现了所谓“包公与福尔摩斯交接班”的创作新倾向。再如，随着外国侵略者日益猖獗，而清朝政府愈益腐败，一种掊击现实的新型作品——谴责小说——应运而生，大受老百姓的欢迎。凡此种种，都是在继承基础上的改良，或是在继承基础上的借鉴。因此，我们可以称他们为“继承改良派”。在我们的词典里，一直将“改良”这个词贬得很低。那是因为在19世纪末20世纪初的民族民主革命中，改良路线对革命起过干扰作用。但是“改良”也只有对革命的正确决策起破坏作用时，才是‘逆流”;“改良”绝不是任何时候、任何场合都应该否定的策略。在中国文学现代化的途程中，有一批作家去承传弘扬民族的文学传统，从而满足广大中下层读者群的需求是好事而绝不是坏事。

历史发展到五四前后，一个崭新的情况发生了，那就是新文学的创作队伍已经形成，甚至有的人已达到了非常成熟的地步。《新青年》的整体水平也远远超过《国闻报》与梁启超所办的报刊的理论高度。鲁迅在《新青年》等刊物上所发表的小说，篇篇分量凝重。胡适的《文学改良刍议》提出了比梁启超倡导的“新文体”更彻底的语言革命的纲领。在文学上，中国的一个“借鉴革新派”开始形成。这“借鉴”是指他们向世界文学精华的学习与吸纳。他们翻译并尝试创作，从而掀起一个文学革命运动，使本民族的文学与世界接轨，并力争使自己成为世界文学之林中的佳木。胡适的《尝试集》就是诗歌革新的初步尝试，而鲁迅的《狂人日记》是借鉴果戈理的作品的框架来针砭民族痼弊的革新之作，乃至成为新文学巨人起步的划时代丰碑。正如鲁迅自述《狂人日记》的创作过程时所说的："大约所仰仗的全在先前看过的百来篇外国作品和一点医学上的知识，此外的准备，一点也没有。"[①]周作人也在 1921 年说过："中国现在文艺的根芽，来自异域，这原是当然的；但种在这古国里，吸收了特殊的土味与空气，将来开出怎样的花来，实在是很可注意的事。"[②]这实际上说的是作家的继承、借鉴与革新的三者的关系问题。但有一点是可以肯定的，这一大批作家是以"借鉴革新"为基调，因此，他们在中国现代文学史中构成了一个"借鉴革新派"。他们就是后来被认定为五四新文学作家中的主流。

这些由知识精英组成的"借鉴革新派"对那些曾经在现代化的道路上"渐进"的人当然会有若干非议。于是周作人、钱玄同等指认他们是"鸳鸯蝴蝶派"；到后来指责与碰撞更为剧烈，也就发生了《小说月报》改组等实质性的变革。在某些新文学作家们的批判声中，市民大众文学的作家一般总是采取守势，因为他们缺乏理论人才去阐明自己存在的必然性与必要性。1921 年 5 月《文学旬刊》创刊，到 1923 年 7 月第 81 期时改名为《文学》，发表《本刊改革宣言》说："以文学为消遣品，以卑劣的思想与游戏态度来侮蔑文艺，熏染青年头脑的，我们则认他们为'敌'，以我们的力量，努力把他们扫出文艺界以外。抱传统的文艺观，想闭塞我们文艺界前进之路的，或想向后退去的，我们则认他们为'敌'，以我们的力量，努力与他们奋斗。"这里所说的两点，前者是文学功能观上的分歧，后者是指责传统文艺观的问题了。这一"宣言"起了定性的作用，使雅俗文学形成了一种"敌我"态势。

这个宣言的内容是偏颇的。当现在的现代文学史专家纵观文学史的发展路径时，指出："在 20 世纪中国的文坛上，'鸳蝴派'和新文学诚然是不同的流派，有明显的区别；但在实际的历史进程中，在不少的具体事例

① 鲁迅：《我怎么做起小说来》，《鲁迅全集》第 4 卷，人民文学出版社 1981 年版，第 512 页。
② 周作人：《在希腊诸岛·附记》，《知堂序跋》，岳麓书社 1987 年版，第 249 页。

中，又往往是你中有我、我中有你，相似相通的。”“清末民初，当封建旧文学日趋式微，现代工商业开始勃兴和现代都市陆续形成，首先在东南沿海地区，以市民为主要对象(包括以都市男女的世俗生活尤其是他们的情爱纠葛为主要创作素材，以市民阶层为主要读者，以迎合满足市民的消费娱乐要求为首要任务)的‘鸳蝴派’文学应运而生。比之于原先的局限于士大夫狭小圈子的旧文学它在面向较为众多的接受群体，内容较为贴近社会现实，形式上注意借鉴现代手法技巧等方面，都是历史的超越和艺术的创新，它也因此迅速取得文学市场的巨大份额，成为20世纪最初三四十年代里相当活跃的流派。在中国文学从传统向现代的历史性转换中，比之五四新文学，它在好几个方面(比如文学的平民化、世俗化，文学作品的商品化等)，倒是个先行者。从这个意义上说，把它称为‘前现代(化)文学’，‘前新文学’，也不为过，至少是得风气之先，在新文学之前作过一些探索，取得若干成就，起了无可替代的历史作用。这是‘鸳蝴派’在近现代文学史上的主要建树和历史地位。”“五四之前，‘鸳蝴派’应该说是当年文坛上一个最有影响的新的流派。在中国文学现代化的进程中，就文学的写作传播等环节而言，现代报刊出版事业—现代稿酬方式—作为自由职业者的专业作家‘三位一体’体制的确立，起了决定性的作用。这种体制实现了文学的商品化，而如果没有这样的商品化，文学事业的物质生产过程就难于摆脱传统的种种羁绊，走上现代化的道路。……如果说，‘鸳蝴派’原是依靠这种新的写作传播体制，才得以存在发展；那么这种体制又何尝不是通过‘鸳蝴派’作家的广泛实践，才得以确立壮大起来？在这方面，新文学步的是‘鸳蝴派’的后尘。也正是同样具备商品的属性，最终决定两者多有相似之处。”①

在五四时期，我们的前辈恐怕还无法站在像今天樊骏那样回顾性的纵观历史的全面体察视野，于是在这个宣言之后，接踵而至的是“三顶帽子”也扣上了市民大众文学作家的头颅：一是封建思想与买办意识的混血种，二是半封建半殖民地十里洋场的畸形胎儿，三是游戏的消遣的金

① 樊骏：《能否换个角度来看》，《中国现代文学论集(上)》，人民文学出版社2006年版，第480—481页。

钱主义。这三顶帽子，从总体而言，是不合市民大众作家头颅的尺码的。现代通俗作家的作品中并非没有封建思想。他们的代表人物之一就曾说过，他写作的宗旨是“拥护新政制，保守旧道德”[1]，也就是说，对孙中山的反清廷、反帝制、反民族压迫的民主主义革命是拥戴的，这也不失为一种进步立场；而他对传统道德的过分依恋也不能视为一个封建道德的不贰忠臣，传统道德与封建道德之间是不能画上等号的。中国的“旧道德”中既有封建思想的糟粕，也有民族美德的精华。在他们的写作实践中，我们可以看到，他们在“保守”的同时，也以世界潮流为参照，进行若干“改良”，世称“改良礼教”，这至少说明他们并非一成不变的花岗岩头脑。他们作品中是有一些“从一而终”、“发情止礼”、“愚孝”之类主张，但也随时代的步伐而不断“冲淡”，以至建立新的道德观。而买办思想是根本没有的；他们有爱国思想，也非常看重民族大义与民族气节之类的操守。

所谓“半封建半殖民地十里洋场的畸形胎儿”，同样是以误解为基点的不实之词。近现代通俗文学的繁荣与兴盛，和超级大都市的形成、工业的发展与商业的旺热、人口的激增、科举的废除等诸多因素有极大的关系。有的外国学者在谈及中国鸳鸯蝴蝶派小说的起步时，曾把它放在世界同类文学现象中去加以考察。他们说：五四作家认为，鸳鸯蝴蝶派小说这种“坏”文学是中国特有的弊病，对它的真正能够做到普及化感到困惑不安。其实不然，在英国，跟鸳鸯蝴蝶派相差无几的通俗小说也曾随着工业革命而大量地产生，它们也曾随着工业主义同时传到其他西欧国家和美国去。在东亚，日本（主要是东京与大阪）最初出现了新兴都市阶层为消遣而翻译和模仿英法的通俗小说，以后也出现一个通俗潮。20 世纪初，上海作为中国第一个“现代都市化”的城市，也涌现出大量的娱乐性小说。外国学者就将此作为一个全球性的规律来烛照中国近现代通俗小说热的内在成因。不过中国也有与英国和日本的不同之点。中国没有英国的工业革命，中国的现代工业是跟着帝国主义的炮舰输入国门的，而中国的大都市的形成也与帝国主义划定通商口岸有关联。于是“张冠李戴”的错位就发生了：那股于世纪之交兴起的通俗热，好像就变成了在炮舰庇护

---

[1] 包天笑：《钏影楼回忆录》，中国香港大华出版社 1971 年版，第 391 页。

下的“畸形胎儿”。其实，反映何种生活绝对不等于何种势力的产物。正如藤本植物“爬山虎”，它的卷须附着于墙壁与岩石，而它的根深深地植于土壤之中。近现代都市通俗文学主要是继承了传统白话小说的章回体形式，去反映大都市生活的“琳琅满目”，但它是从都市的“市民视角”观察外在世界，而不是从殖民者的视角去解释这种社会结构的合理合法性。它并非是什么“畸形胎儿”，而是中国传统小说在新时代律动下的新的对应，以它的存真性为当时的现实生活留了多幅形象而珍贵的图卷。

至于“游戏的消遣的金钱主义”，是属文学功能观不同的论争。其实，文学的功能是很宽泛的，例如有审美功能、认识功能、娱乐功能、教化功能与战斗功能等等。过去的主流意识蔑视娱乐功能而过分强调战斗功能，对注重娱乐性与趣味性的通俗文学就严厉排斥。但通俗文学也包蕴着教化功能，非常看重“寓教于乐”。我们将“金钱主义”理解为文学的商品性。通俗文学作家是中国第一代职业作家，从口头文学的“说话人”的职业化，到通俗小说家的职业化倒是一脉相承的，所以张恨水有“流自己的汗，吃自己的饭”的格言；而周瘦鹃则称自己为“文字劳工”。将知识之本，将作品之本，求生存之利，按质论价，凭发行量抽版税吃饭，这也是文学现代化的标志之一，说明文人已再不是“庙堂”的产物，再也不是御用文人，而是自由职业者了。今天，对许多新文学作家来说，文学作品的商品性观念，也已经为他们所接受，更不能作为一种“罪状”来罗织罪名了。

遗憾的是，当时的通俗作家讲不出这番道理，他们的对策是在论争中基本保持沉默，他们不争领导权或中心、主流等等；他们只争夺读者，保住自己的领地，以便有汗可流，有饭可吃。在新文学还缺少成功的长篇小说可以楔入市民读者层的时候，通俗作家主要的对策是利用中国通俗传统小说的长篇章回形式去占领读者市场。在 20 世纪 20 年代前后，他们拿出了《广陵潮》、《歇浦潮》、《恨海孤舟记》、《人间地狱》、《春明外史》、《上海春秋》、《金粉世家》等社会小说或社会言情小说，《江湖奇侠传》、《近代侠义英雄传》、《奇侠精忠传》、《荒江女侠》、《山东响马传》等武侠会党小说。这些作品的确占领了广大的市民读者市场。他们不仅以情节取胜，令市民读者喜闻乐见，而且他们笔下的那些人物与事件，也是新文学作家笔下所没有的或是不熟悉的。就以《近代侠义英雄传》中的王五、霍元甲而论，新文学作家不会去写他们，但他们又是活在市民大众心目中的英雄人物。这些通俗作家既弘扬民族传统，又贴近老百姓的欣赏习惯，这是他们遭受知识精英作家的“排炮”轰击却还能自存的重要原因。

在新文学作家中，像朱自清那样真正看到了他们的继承性的人是不多的：

> 在中国文学的传统里，小说和词曲（包括戏曲）更是小道中的小道，就因为是消遣的，不严肃。不严肃也就是不正经；小说通常称作“闲书”，不是正经书。……鸳鸯蝴蝶派小说意在供人们茶余酒后的消遣，倒是中国小说的正宗。中国小说一向以“志怪”、“传奇”为主。“怪”和“奇”都不是正经的东西。明朝人编的小说总集有所谓“三言二拍”。“二拍”是初刻和二刻的《拍案惊奇》，重在“奇”很显然。“三言”是《喻世明言》、《警世通言》、《醒世恒言》，虽然重在“劝俗”，但是还是先得使人们“惊奇”，才能收到“劝俗”的效果，所以后来有人从“三言二拍”里选出若干篇另编一集，就题为《今古奇观》，还是归到“奇”上。这个“奇”正是供人们茶余酒后消遣的。[①]

其实朱自清在这段文章中除了说明现代通俗小说的“继承性”之外，还说了一个大众化的很重要的因素，就是“趣味性”。我们讨论了多次大众化问题，谈了很多方案和方法，例如“旧瓶装新酒”之类，我们首先想到的是如何用通俗的形式让老百姓能接受我们要宣传的意识形态，可是从来不讲大众化首先要注意趣味性。鲁迅说：“说到‘趣味’那是现在确已算一种罪名了，但无论人类底也罢，阶级底也罢，我还希望总有一日弛禁，讲文艺不必定要‘没趣味’。”[②]“在实际上，悲愤者和劳作者，是时时需要休息和高兴的。”[③]可是我们的有些作家，并不懂得这一点。

市民大众文学作家笔下的生活的广阔性以及他们所关注的题材人

① 朱自清：《论严肃》，《朱自清全集》第 3 卷，江苏教育出版社 1996 年版，第 139 页。
② 鲁迅：《〈奔流〉编校后记》，《鲁迅全集》第 7 卷，人民文学出版社 1981 年版，第 168 页。
③ 鲁迅：《过年》，《鲁迅全集》第 5 卷，人民文学出版社 1981 年版，第 440 页。

物，是与新文学作家极具互补性的。市民大众文学对中国现代文学的最大贡献是写出了我国都市的民间生活与民俗风貌。新文学作家虽侨寓大都会，但他们却不大能贴近都市的民间民俗生活，他们笔下的乡土文学是他们少年时代故土的独特民间民俗生活。鲁迅在论及乡土文学时也委婉地向他们提出了他们不熟悉侨寓的都市生活的意见。但是如果我们去研究市民大众文学的价值时，就可知道它是以反映市井生活为主的，而在写市井生活时，它更喜欢写出这种生活中的民风与民俗，而且还能写出这种风俗的沿革，它的来龙与去脉，以至于达到一种“都市乡土小说”的境界。这些小说“存真性”较强，原汁原味，虽然常被指责为“低层次的真实”，可是它不像某些新文学作家的小说，常将一棵小苗按照作家对社会生活“规律”的所谓“预测”，有时又叫做“革命浪漫主义”，写成了一棵参天大树。值得担心的是，这种所谓对人民产生指导作用的作品，到我们子孙手中是否会被淘汰。也许子孙们更想读一点当时原汁原味的作品，以帮助他们懂得祖先们是怎样生活过来的。这里就举梁启超的《新中国未来记》作比吧。他是在 1902 年展望 1962 年的“未来”，在什么万国大会中展现中国宪政的成就非凡之类。可是以我们“子孙”的眼光看来，简直如同儿戏。不及存真性较强的吴趼人的《二十年目睹之怪现状》。梁启超的“展望”只能鼓舞他那个时代的相同政见者，与我们“子孙”是没有关系的。可是，通俗文学却提供了许多值得我们去研究的东西。从社会学的视角去阅读这些小说，我们能看到一幅清末民初社会机体急遽变革的画像，旧的机体正在以怎样的速度与形态无可挽回地衰朽着。我们若要研究清末民初的社会，在他们的作品中一定可以获得许多有用的东西。如果我们从民俗学的角度去窥探，我们可以得到许多民俗沿革的瑰宝，特别是欧风美雨东袭登陆上海，与固有传统习俗相对抗相杂交时，民俗的细致变异，然后再辐射到内地去的过程。凡是从研究文化学的视角透视通俗文学，就会发现它是一座蕴藏量极丰的富矿。我们还可以列举通俗文学的其他价值，如从经济学的视角去衡定，它提供了若干中外“商战”的交锋和中国近现代经济结构变性的图画；从地域史的视角去追踪，我们会感到，要写上海、北京、天津、南京等大都会的历史，要写苏州、杭州、扬州等文化名城的地方史，编撰中国的租界史，而去阅读相关的通俗小说，就会得到许多感性的知识。张恨水做了5年记者才开始写《春明外史》，以百万言再现故都在新旧流变中的社会众生相。李涵秋的《广陵潮》以鸦片战争至五四运动的许多重大事件为背景，再现70年间的稗官野史，使当时中下层社会的民间风情、闾巷习俗跃然纸上。而姚民哀则以优秀评弹艺人的身份混迹江湖，悉心研究江湖会党，成为以写会党小说著称于时的通俗小说家。包天笑侨寓上海20年，长期的记者与主笔生涯，使他积累了大量的生活素材，写成了长篇小说《上海春秋》，这是一部"十里洋场二十年目睹之怪现状"。市民大众文学就是靠这些作品显示自身的活力，证明这个派别有值得保留的必然性与必要性。至于市民大众文学的局限性也是非常明显的。我们以为新文学作家对他们的若干批评也是有道理的，只是将这一派别置于敌我矛盾的总体估价上是存在偏差的，因此使许多批评失去了"准星"。

从五四时期起，在双方呈对峙态势中，20世纪20年代最大的一次阵地争夺战是接编《小说月报》，可是商务印书馆又另办《小说世界》。20世纪30年代最大的一次阵地争夺战是接编《申报·自由谈》，但报馆老板又另办《申报·春秋》。这种"接编—另办"模式是耐人寻味的。其实道理也很简单：你知识精英文学领导时代新潮流，我就将很有名望的老牌阵地让给你办，以显示我并非逆时代潮流而动。可是那么一大批市民读者群我也不准备放弃，如果我商务印书馆放弃，我《申报》放弃，别的出版社和报社也会将这些读者争取到自己的门下。因此，我也不得不赶快去"另办"。这是出版社和报社的"有倾向性的走钢丝的平衡动作"，但内在的"指挥棒"却是文学的生态平衡规律——全民的多元需求不容文学单一化。这只无形的手，在控制局面，调度一切。我们以为这个"接编—另办"模式极具象征意义，以至可以用来概括20世纪二三十年代的文学生态的缩影。而在20世纪30年代中张恨水、刘云若的走红，还珠楼主(李寿民)等北派武侠小说的兴起，是对通俗文学作了又一轮的更新，说明要将通俗文学"扫出文艺界"是不可能的，也无这个必要。

抗日民族统一战线的建立，使文学上的雅俗对峙也有了新的松动。可是这个文学中的抗日统一战线并没有真正清算20年代已经形成的"敌我情结"；某些人或者还以为是特殊国情下的对通俗文学的一种恩赐。在20世纪40年代末50年代初，用行政或半行政的手段中止了大陆通俗文学的发表权与流通权，从此形成了大陆通俗文学的30年断层。自此，那些以继承中国古典小说传统为特色的现代通俗文学只能在中国台港地区显示其生机，在大众读者视听的地平线上升起了如金庸、梁羽生、高阳、古龙、琼瑶等璀璨群星。在大陆发生断层期间，台港的通俗作家正在探索如何融会新文学与西方现代主义的精粹，为“我”所用，在继承的前提下开启新思路，探索新模式，以期更符合新一代读者大众的审美情趣。通俗文学理应沿着民族化的道路，在进行自我革新的现代化途程中发展壮大自己。

在20世纪70年代末80年代初，大陆趁改革开放的时机，将这些作品引了进来，使大陆文学迎来了一个手不释卷、趋之若鹜的阅读热潮。而“引进热”使大陆的读者顿然醒悟，台港通俗文学的“根”原是在我们大陆，于是引发了一场清末民初通俗小说“重印热”。这好像是一次“大循环”，却包含着一个极为深刻的历史教训：那些以斗、批、扫、围、堵、截为己任的“鲧”先生们也该对自己的所作所为有所反省了。他们所缔造的防“洪”大堤一夜间就被冲塌了。应该知道，对待通俗文学要以“因势利导”的“禹”的治水方法，使其走上“良性循环”的健康发展的道路。想以一元化的文学作品去满足全民的多元需求，这种想法本身就是不现实的。过去想将通俗文学扫出文艺界，这是一种永远也不能成功的“无效劳动”。懂得了这个道理，就能迎来文学双翼展翅的新机遇，迎来一个知识精英文学与大众通俗文学并肩前进、相互学习的新的时代，就能使雅俗文学在一个生态平衡的文学家园中共同欣欣向荣。

（二）现代通俗文学之发展轨迹——开拓启蒙·改良生存·中兴融会

开拓与启蒙　随着现代化大都市的成型，中国现代通俗文学就顺应着时潮，在文学的领域里开疆拓土，为建立现代化的文化市场，并肩负着启蒙中国而发挥作用。那时，为中国开创新文学的“五四一代”作家大多尚在襁褓或童少时期，有的甚至还没有诞生，当然也还未能向外国文学“取经”。因此，揭开中国文学现代化的序幕的，责无旁贷地是中国传统文人中能接受社会转型洗礼的作家们，即现在被我们称为通俗作家的。

首先，在19世纪末，中国通俗文学就已受到初萌的中国现代化媒体的促进，开始与这些新生的媒体共同创建现代化的文化市场。1892年开始连载、1894年正式出版的《海上花列传》是中国现代通俗文学的开山之作，它不仅是最早以自己的广角镜反映了中国大都会的现代生活，更是与中国的现代化媒体最早"联姻"的本土长篇小说：《海上花列传》的作者韩邦庆自创了图文并茂的个人文学期刊《海上奇书》，他请《申报》属下的一个出版机构"点石斋"代印，并在《申报》上大做广告，在杂志的封面上也标明由"《申报》馆代售"。它开创了一个中国自己的原创长篇在现代化媒体上分期刊载的先河。自后，从1897年始，上海兴起"小报"潮，有的小报也就学着连载小说，不过不是像《海上奇书》那样，每期刊载长篇小说两回，而是每天附赠石印的连载小说一页（在这一页上即使一句话还没有说完，也戛然而止，明日才从下半句续下去）。如1898年创刊的《采风报》在"本馆告白"中就宣布随报赠送孙玉声所著的"石印绘图《海上繁华梦》，每日一页，蝉联而下……以酬诸君雅爱"。这也是一部现代沪人写现代沪事的长篇小说。而1901年创刊的《笑林报》则随报附送"海上剑痴"（孙玉声）的《仙侠五花剑》，亦为每日一纸。但这些小报只是将小说随报附送，它们还没有将小说作为报纸的一个内在的组成部分。直到1903年，李伯元才在他编辑的《世界繁华报》上连载《官场现形记》，于是连载小说就作为一个有机组成部分在小报上扎了根。在19、20世纪之交，中国小说就是这样在现代化的媒体上开拓自己的地盘的。在这个过程中，知识精英梁启超也起了很大的推动作用，那就是他倡导"小说界革命"，并于1902年，在日本横滨创办了《新小说》，在创刊号上就推出了六部连载小说；并与通俗作家联手合作，从《新小说》第8期开始，连载吴趼人的《二十年目睹之怪现状》等长篇。在《新小说》创刊的次年，也即1903年，在国内由商务印书馆出版的、敦请李伯元主编的《绣像小说》的创刊号上也刊出了四部连载小说和两个连载的传奇新戏（按当时的分类，传奇也在说部之中）。从此中国的初兴的现代化报刊媒体使长篇小说进入了一个"分期付款"的阶段，即作家的长篇小说可以在现代媒体上定期分段写作，读者也"必须"养成这种定期分段阅读的习惯。如果反映良好，日后就印成单行本，进入了某部长篇小说"零存整取"阶段。

办报纸与杂志的人当然会有自己的信念与宗旨，而在他周边也需要有一个有形或无形的集团或群体，才能支撑起这份报纸或杂志的定期出版。中国的作者随着现代文化市场的需求，除了仍属个体脑力劳动的性质之外，也必然会养成紧跟办报办刊人的宗旨，而走上集约化、群体化的道路。像韩邦庆那样办个人杂志的毕竟是个别的，也是难以持久的。这说明了中国媒体在现代化的途程中，也连带着使中国的小说生产的方式开始告别“古典”，而作品的内容上也与古典型的小说拉开了距离：《海上花列传》反映了初具现代化雏形的上海滩的资本色彩；李伯元的《文明小史》，对中国的维新运动进行了“极尽绘声绘色之妙”①的描述，而梁启超的《新中国未来记》则带着强烈的现代政治理念，其他如《洪水祸》、《东欧女豪杰》、《泰西历史演义》等小说，也拓展了中国读者的世界视野；而像《海底旅行》等译作则引领中国读者进入了科幻境界。凡此种种，说明中国文学开拓了一个步入与现代化初级形态相适应的“现代型小说”的时代。

其次，在五四之前，通俗文学中的社会小说数量急遽上升。鲁迅在《中国小说史略》中提及的四部谴责小说皆不约而同地在 1903 年开始粉墨登场。这是一种有别于古典型的现代通俗社会小说。胡适在同意鲁迅对谴责小说的艺术性极为粗糙的观点之后，还作了非常有见地的补充：

> 讽刺小说之降为谴责小说，固是文学史上大不幸的事。但当时中国屡败之后，政制社会的积弊都暴露出来了，有心的人都渐渐肯抛弃向来夸大狂的态度，渐渐肯回头来谴责中国本身的制度不良，政治腐败，社会龌龊。故谴责小说虽是浅薄，显露，溢恶种种短处，然他们确能表示当日社会的反省的态度，责己的态度。这种态度是社会改革的先声。……我们回头看那班敢于指斥中国社会的罪恶的谴责小说家，真不能不脱下帽子来向他们表示十分敬意了。（重点是原有的）②

胡适的这一论点，实际上肯定了谴责小说的启蒙中国的因素。他强调的

① 阿英：《小说四谈》，上海古籍出版社 1981 年版，第 132 页。
② 胡适：《〈官场现形记〉序》，《胡适文存》第 3 集，黄山书社 1996 年版，第 393 页。

是现代通俗社会小说与中国社会意识形态现代化之连锁关系，同时也赞许了谴责小说的社会效应。胡适在为《官场现形记》定调子时，第一句话就说："《官场现形记》是一部社会史料。它所写的是中国旧社会里最重要的一种制度与势力——官。它所写的是这种制度最腐败，最堕落的时期——捐官最盛行的时期。"①胡适又说："其实当时官场的腐败已到了极点。这种材料遍地皆是，不过等到李伯元方才有这一部穷形尽相的'大清官国活动写真'出现，替中国制度史留下无数极好的材料。"②《官场现形记》和《二十年目睹之怪现状》标志着一种新型的通俗社会小说的诞生，是反映西方帝国主义势力入侵而清廷极端腐败的社会现状的通俗社会小说。鲁迅对谴责小说的评价是以《儒林外史》为标尺的。胡适则认为，《儒林外史》与"浅人社会"的关系是不大的："况且书里的人物又都是'儒林'中人，谈的什么'举业'、'选政'都不是普通一般人能了解的。因此，第一流小说之中，《儒林外史》的流行最不广，但这部书在文人社会里的魔力可真不小。"③在胡适看来，晚清如再出现一部《儒林外史》式的"婉而多讽"的小说，对"浅人社会"不可能有《官场现形记》那么巨大的社会影响。那时是需要火辣辣的、炙手可热的"掊击"与"纠弹"的小说。胡适认为，李伯元小说中也有像《儒林外史》式的篇章，"但作者个人生计的逼迫，浅人社会的要求，都不许作者如此做去。于是李宝嘉遂不得不牺牲他的艺术而迁就一时的社会心理……"④这的确是一部深入中下层社会，动员普通市民关心政局，为清廷掘墓的小说，起到了梁启超们倡导的政治小说所达不到的启蒙社会的效果。像李伯元的《官场现形记》和吴趼人的《二十年目睹之怪现状》之类的小说是中国社会转型期的产物，他们笔下的社会，和"三言二拍"小说中所触及的社会已大不相同了。帝国主义的炮舰打开了中国的闭关自守的国门，那种"柔媚迎洋，衅不我开"的"恐洋症"已充斥了若干官员的脑门，一股甘愿被外国瓜分的颓败之气弥漫于官场。在《二十

① 胡适：《〈官场现形记〉序》，《胡适文存》第3集，黄山书社1996年版，第384页。
② 胡适：《五十年来中国之文学》，《最近之五十年——〈申报〉馆五十周年纪念》，《申报》馆1922年版，第16页。
③ 同注②。
④ 同注①，第392—393页。

年目睹之怪现状》中，一个总理衙门的大臣竟说出了这样的话："台湾一省地方，朝廷尚且送给日本，何况区区一座牯牛岭，值得什么！将就了他罢！况且争回来，又不是你的产业，何苦呢！"这些内容都证明了它们"零距离"地观照了转型期的中国社会，它们是最早以小说的形式在"浅人社会"中发挥着他们的启蒙作用。

第三，在西风东渐的过程中，社会在转型，人们的思想也随之嬗变，特别是当时青年们关心自己的"终身大事"。他们意欲冲击封建罗网时的思想阻障与心灵挣扎在写情小说与哀情小说中得到了充分的表现，于是在稍后于谴责小说，又形成了一股写情与哀情小说的热潮。过去，在文学史上对通俗文学中的写情小说与哀情小说的评价是极低的，甚至是作为一种封建意识形态的反面文类来加以批判的。在我们今天看来，胡适的《终身大事》中所喊出的"此事只关系我们两人，与别人无关，你该自己决断"、"这是孩儿终身大事。孩儿应该自己决断"[①]等话语是天经地义的。可是在中国的老儿女们的思想中，还是有很大的顾忌的，过去我们总以为，这种思想上的战栗，就是他们对封建戒规的投降。可是如果拿胡适在当时的行动作一番对比，可以发现胡适在这方面并不比中国的老儿女们高明多少。他在自己所写的独幕剧里说得如此响亮，可是自己的行动却是彻头彻尾的"妥协"。这位新文化反传统的领袖人物也是奉母命成婚的，他刚从美国留学回归，在1917年年底接受了由母命早就定下的一门亲事，接受了一位曾经缠足的姑娘——江冬秀。他在1918年5月2日给朋友胡近仁的信中说："吾之就此婚事，全为吾母起见。故从不曾挑剔为难(若不为此，吾决不就此婚事。此意但可为足下道，不足为外人言也)。"[②]而鲁迅也为了同样的理由，牺牲了个人的幸福，于1909年与朱安结婚。他也是为不使寡居的母亲伤心。他曾自我解嘲地说过，他接受了她母亲给他的"礼物"；可是与其说是母亲的赠予，倒不如说他接受这桩婚姻，是他赠给周太夫人一件礼物——一个媳妇：儿子长年在外，就让朱安在您老人

① 胡适：《终身大事》，《中国新文学大系·戏剧集》，上海良友图书公司1935年版，第8页。
② 转引自严家炎：《论"五四"作家的西方文化背景与知识结构》，《上海鲁迅研究》第16期，上海文艺出版社2005年版，第15页。

家身边代我尽孝吧。"早年因父母包办而结婚的还有李大钊、陈独秀、顾颉刚、郭沫若、郁达夫、闻一多、傅斯年、苏雪林等，他们都没有正面反抗。傅斯年 15 岁就听从母命与一位姑娘成婚。虽然其中有些人后来经过自由恋爱又重新结婚，但当初接受包办婚姻，确实说明传统的伦理道德观念对他们有极深的影响。"[1]他们都曾接受了封建的千年铁律的安排。如此说来，通俗文学中的写情小说与哀情小说，所反映的当时中国青年的种种裹足不前的思绪，还是当年中国青年的内心的一种真实的写照。这是西风东渐的初期，正如恽铁樵所说："外国言情小说，层出不穷，推原其故，则以彼邦有男女交际可言，吾国无之；彼以自由婚姻为法，我国尚在新旧嬗蜕之时。"[2]那么在我国的文坛上涌现一批哀情小说也是时代与社会的特殊产物。在这新旧嬗蜕之时，从 1906 年的《禽海石》起，中国青年就希望更定婚制，解决自己的切身问题。这部小说一开始就控诉"父母之命，媒妁之言"的千年铁律，甚至批判"亚圣"孟子：

> 看官，可晓得我和我的意中人，是被哪个害的？咳！说起来也可怜，却不想是被周朝的孟夫子害的。看官，孟夫子在生的时到了现在，已是两千几百年了，他如何能来害我？却不想孟夫子当时曾说了几句无情无理的话，传留至今。他说世界上男婚女嫁，都要凭父母之命，媒妁之言，否则，父母国人皆贱之。咦！他全不想男婚女嫁的事，以男女两面都有自主之权，岂是父母媒妁所能强来干涉的。……我真不解孟夫子这样一个专讲平权的人，如何一时心地糊涂，说出这几句无情无理的话来。自从有了孟夫子这几句话，世界上一般好端端的男女，只为这件事被父母的专制政体所压伏，弄得一百个当中倒有九十九个成了怨耦。不论是男是女，因此送了性命，到枉死城中去的，这两千余年以来，何止恒河沙数。（第 1 回）

---

① 转引自严家炎：《论"五四"作家的西方文化背景与知识结构》，《上海鲁迅研究》第 16 期，上海文艺出版社 2005 年版，第 15 页。

② 铁樵：《论言情小说撰不如译》，《小说月报》第 6 卷第 7 号，1915 年 7 月 25 日出版，第 2 页。

至于像《玉梨魂》、《孽冤镜》和《霣玉怨》这一类小说，他们也将对婚姻不自由的怨恨表现得淋漓尽致。那种既控诉父母专制，又乞求父母恩赐的悖论心理，跃然纸上。我不知胡适与鲁迅在接受不自由的婚姻时的内心世界是否有如此强烈，但心态一定是极为矛盾的。我们应该看到，胡适与鲁迅对自己的上一代的态度是“东方式”的，对下一代的态度是“西方式”的。他们这些先“觉醒的人”，愿“各自解放了自己的孩子”，他们只能“自己背着因袭的重担，肩住了黑暗的闸门，放他们到宽阔光明的地方去；此后幸福的度日，合理的做人”[①]。因袭的重担和黑暗的闸门中，何尝没有不合理的婚姻制度在？写这些话时，鲁迅的内心想必是有难言的苦衷。在当时，鲁迅还没有做父亲，但是他却写出了《我们现在怎样做父亲》；可是他一贯是一位“孝子”，他却不敢如实地写“我现在怎样做儿子”。因为，在新文学作家的笔下是讳言谈“孝”的。他们与通俗作家的不同是，通俗作家直言其痛楚与矛盾，而他们只在私人信件中表达自己的不满，而且还希望收信人“不足为外人言也”；在他们的作品中则用一种积极的（我们今天叫做“向前看”）的态度说道“这是孩儿终身大事。孩儿应该自己决断”。胡适回国结婚不久，他写了《终身大事》并参与翻译了《娜拉》，他似乎在对青年读者说，别问我的行动怎么做，我希望你们读我的著译作品，懂得你们应该怎么做。因此，通过对比，我们是否可以这样说：通俗作家的哀情小说写出了“我们现在怎样”，而精英作家写的婚姻问题的小说则是写出了“我们应该怎样”。这是一个问题的两个侧面。当然我们可以说，那些徐枕亚们是倡导“发乎情止乎礼”的，这不是封建思想的铁证吗？他们的作品中的确有封建思想在；但是还有另外一点，我们也应该顾及：如果不装上这类“门面话”，处处表白自己是童男贞女，作品在当时也难见容于社会的。其实徐枕亚与梨娘的原型在生活中已冲破了“禁令”，他们在现实生活中已从“情的极致”发展到“肉的结合”。可是这一类作品却同样都采取了“绝欲”的态度，连勇敢控诉孟子的《禽海石》的作者也不得不撇清自己道：“其实我与纫芬彼时的交情，却是以情不以淫，在性情上相契，不在肉欲上相爱。”在当时，在“性”与“淫”之间是画上了等号的。那么，那些哀

① 鲁迅：《我们现在怎样做父亲》，《鲁迅全集》第1卷，人民文学出版社1991年版，第140页。

情小说并非没有积极的一面，它们的启蒙作用在于：使中国的老儿女们从认为“父母之命，媒妁之言”的婚制是天经地义的，青年只能俯首服从，过渡到1906年的《禽海石》中的对孟子的责难，并对千年婚制进行了控诉；再发展到1919年的胡适的《终身大事》中的反抗，或者像鲁迅笔下的子君所说的：“我是我自己的，谁也没有干涉我的权力。”这是一个一个的“阶梯”。写情与哀情小说也是一种“过渡”，是一个大“?”号，是一个“跳板”，使在陆上的人们借着它的过渡，跨到自由婚制之舟上去。胡适的《终身大事》与鲁迅的《伤逝》已不是一个大“?”号，而是一个大“!”号。写情小说与哀情小说显然也是有启发蒙昧的作用的。

上述所论及的三个方面说明了在五四之前的转型期中，通俗作家曾是中国文学现代化道途的开拓者，并且也承担着启蒙民众的任务，当然那时的“启蒙”与五四时期的大规模的“启蒙运动”的广度与力度还是有相当差距的。

改良与生存 以“海归”派为主导的文学青年们在五四前后结聚了自己的力量，他们发动一场“新文化运动”向中国的传统文化进行猛烈的攻击。他们形成了中国现代文学中的一个“借鉴革新派”。即借鉴外国文学中的某些精华，在中国开展一场“文学革命”，其意图是唤醒民众，同时要使中国文学与世界文学接轨。鲁迅在1923年说：“现在的新文艺是外来的新兴的潮流，本不是古国的一般人们所能轻易了解的，尤其是在这特别的中国。”[①]在1934年他又说：“小说家的侵入文坛，仅是开始‘文学革命’运动，即1917年以来的事。自然，一方面是由于社会的要求的，一方面则是受了西洋文学的影响。”[②]而在1936年，他在《“中国杰出小说”小引》中说得更加绝对：“新文学是在外国文学潮流的推动下发生的，从中国古代文学方面，几乎一点遗产也没摄取。”[③]终其一生，鲁迅坚持其“借鉴革新

① 鲁迅：《关于〈小说世界〉》，见《集外集拾遗补编》，《鲁迅全集》第8卷，人民文学出版社1991年版，第112页。

② 鲁迅：《〈草鞋脚〉小引》，见《且介亭杂文》，《鲁迅全集》第6卷，人民文学出版社1991年版，第20页。

③ 鲁迅：《“中国杰出小说”小引》，见《集外集拾遗补编》，《鲁迅全集》第8卷，人民文学出版社1991年版，第399页。

派”的立场。尽管中国文化传统中的许多精华也在他的血管中奔流，但这只是隐潜的。新文学家往往对中国小说中的“继承改良派”——也即通俗作家是采取彻底否定的姿态的。这些通俗作家继承中国古代小说的传统，并且随着时代的更新而进行了若干改良。在他们的某些作品中开始斥责“割股疗亲”是非人道的“愚孝”，通过媒妁的“婚姻”是青年家庭幸福的杀手，“从一而终”的节烈观是封建的桎梏等等。他们作为爱国者，作为中国早期的启蒙者，并不对五四青年爱国运动持反对的态度。但是若干新文学家对他们的敌我态势已经形成，在1923年，《文学旬刊》改刊更名为《文学》时发表《本刊改革宣言》说：“以文学为消遣品，以卑劣的思想与游戏态度来侮蔑文艺，熏染青年头脑的，我们则认他们为‘敌’，以我们的力量，努力把他们扫出文艺界以外。抱传统的文艺观，想闭塞我们文艺界前进之路的，或想向后退去的，我们则认为他们为‘敌’，以我们的力量，努力与他们奋斗。”[①]这一宣言不仅否定了文学的娱乐功能，实际上也是斩断了“寓教于乐”的后路；同时又对传统文艺观也采取了一概排斥的态度。因此在这种形势之下，通俗文学进入了一个在外部文潮的严厉“相克”中是否能求得自己的“生存”的阶段，也即是在外力的猛烈的批判声中，自己的“继承改良”是否能得到广大“受众”的承认。继承改良成功则生，失去广大受众则亡。

回顾这一“在相克中求得相生”的生存竞争的文坛旧案，是重写文学史的一个新课题。在清末民初，通俗文学曾是文坛的庞然大物，它们虽曾发挥过早期启蒙作用，但在五四以后，借鉴革新派高举“德先生”和“赛先生”的大旗，所用的武器比他们的先进得多，锐利得多，使他们感到望尘莫及；而从外国新引进的许多“问题”与“主义”，又是他们的知识库存中并不具备的东西。因此，在与新文学家争辩时，他们老是处于下风，在舆论面前他们老是被置于被告席上。在这时，通俗文学作家还是有自知之明的，他们的对策是不争中心、不争主流，更不争文坛的领导权，他们只争读者。对这一批中国最早的职业作家说来，“古国的一般人们”，特别是广大的市民读者是他们的衣食父母，而新文学却又是“特别的中国”的老百姓所不

① 西谛：《本进改革宣言》，《文学》第81期第1版，1923年7月30日出版。

易看得懂的文艺。通俗作家在当时所要探索的是如何“迎适”广大市民读者的需求。通俗作家是在“改良”古代传统小说的基础上，要使广大的市民读者群体“喜闻乐见”于他们的作品。因此，在这一时段中，继承改良派在精英作家的严厉“相克”中要采取新对策——在这一文潮的新形势下，他们的当务之急是“练内功”。而所谓“练内功”就是要如何改良自己，符合广大市民读者的需求。

通俗作家的“练内功”应该说是相当成功的。新文学作家要将他们“扫出文艺界以外”，可是当时新文学家仅仅是在短篇小说方面磨砺自己，鲁迅在《中国小说的历史的变迁》中也说：“至于民国以来所发生的新派小说，还很年幼——正在发达创造之中，没有很大的著作，所以也姑且不提起它们了。”[①]这是非常实事求是的评价。仅凭这些短篇要将继承改良派赶出文艺界，力量显然是不足的。因此，通俗作家在舆论中虽处于弱势，在作品传播上却是处于“默默的强势”。他们在与新文学相抗衡中，采取的是“你无我有，你弱我强”的策略，例如你侧重于短制，我则在长篇章回上下功夫；你面向知识阶层，我吸引市民大众……于是他们与新文学界形成了各有侧重点的读者群体。今天回顾，文坛的“相克相生”，竟使我们的现代文学在不自觉中形成了一个雅俗优势互补、读者各得其所的局面，颇有“歪打正着”之感。

其实通俗作家也是受着五四启蒙运动的影响的，不过他们在抗衡中不愿在口头上承认而已。他们在作品的内容上也努力改良自己。例如过去在狭邪小说的写作中他们“先是溢美，中是近真，临末又溢恶”[②]，但到了20世纪20年代初的毕倚虹和何海鸣笔下，他们抛开了过去的几种模式，却是加进了人情与人道主义的新因素，出现了像毕倚虹的《人间地狱》这样的优秀长篇，而在短篇方面，何海鸣的《老琴师》与《先烈祠前》也属此类中的翘楚。他们是将娼妓问题作为一个社会问题来加以研究的，喊出了“妓女也是一个人”[③]的呼声。通俗作家又为民国武侠小说奠基：1923

① 鲁迅：《中国小说的历史的变迁·第6讲·清小说之四派及其末流》，《鲁迅全集》第9卷，人民文学出版社1991年版，第340页。

② 同①，第339页。

③ 何海鸣所写的《倡门之子》中的人物语，见范伯群、范紫江编：《倡门画师何海鸣代表作》，江苏文艺出版社1996年版，第133—146页。

年向恺然(平江不肖生)在《红》杂志上推出《江湖奇侠传》,同年在《侦探世界》上连载《近代侠义英雄传》。前者以它的奇幻性,为武侠小说赢得了大量的读者。据郑逸梅回忆,上海东方图书馆于 1926 年开馆,至 1932 年 1 月 28 日被日寇炸毁共约 5 年多时间,《江湖奇侠传》就连续被读者看"烂"了 14 部之多。而后者则侠风可鉴、义薄云天,是民国武侠小说的奠基之作。小说一开首就写王五对安维峻的义肠侠骨,写他与谭嗣同的肝胆相照、无畏慷慨。接着是写霍元甲的爱国深情,一股民族自卫自强的凝聚力跃然纸上。像王五、霍元甲这样的人物是新文学家所不熟悉的民间英雄,而通俗作家则以他们的爱国的热诚与民族的凛然正气塑造了一代气贯长虹、铁骨铮铮的侠客义士。侦探推理小说是国外传入的文类,它在 1896 年传入中国,引起了巨大的反响,国人竞相译介。阿英说:"而当时的译家,与侦探小说不发生关系的,到后来简直可以说是没有。"[①]而周桂笙则被阿英称为"是这一类译作能手"[②]。可是周桂笙在译介时使他的心灵最为震撼的还不是小说的情节曲折起伏、跌宕多姿,而是侦探小说内蕴含着尊重"人权"与重证据的"科学"精神。他说:"至于内地谳案,动以刑求,暗无天日",这与侦探小说的科学态度竟有天壤之别。"至若泰西各国,最尊人权,涉讼者例得请人为辩护,故苟非证据确凿,不能妄入人罪。此侦探学之作用所由广也。"[③]因此,侦探小说在五四提倡"德先生"与"赛先生"之前,就为我国吹来一缕民主、人权、科学、文明的新风。可是新文学在五四以后却不接受这一文类,认为侦探只是维护资本主义秩序的看家奴才。五四之后只有曾参与翻译过《福尔摩斯侦探案全集》的程小青等,花工工将侦探小说"中国化"。他塑造了一个侦探霍桑的形象,出版过系列的《霍桑探案》,在读者中"制造"了一批"霍迷"。他笔下的霍桑从小喜墨子之兼爱主义,因墨家行侠仗义之熏陶,遂养成其疾恶如仇、扶困抑强之习性。因此,他成为大侦探后,也蔑视权贵强暴,具有同情中下阶层的正义感。程小青认为侦探小说既有"移情"又有"启智"的功能,使他百思不得其解

---

① 阿英:《晚清小说史》,人民文学出版社 1980 年版,第 186 页。

② 同注②。

③ 周桂笙:《歇洛克复生侦探案·弁言》,《新民丛报》第 55 号,第 85 页。

的是侦探小说拥有如此大量的读者，为什么有不少人还要摒侦探小说于文学的疆域之外，甚至目侦探小说为“左道旁门”？另外在20世纪20年代，国产电影的生产量也日益增多，那时的电影剧本也几乎为通俗作家所占领，(左翼作家到30年代才进入电影界)它有助于通俗文学得到更多的受众。只要看《火烧红莲寺》的狂热，就可以知道电影与小说“联姻”所产生的巨大的影响。徐枕亚的《玉梨魂》与包天笑的译作《空谷兰》也由于被明星电影公司拍成电影而流行一时。而20年代，照相制版也开始普及，通俗作家在上海掀起了一股画报潮，也为通俗文学带来了助力。

历史告诉我们，通俗文学在巨大的压力下的改良与自强是成功的。新文学界要将通俗文学“扫出文艺界以外”，可是匪夷所思的是他们却将老百姓最喜闻乐见的若干文类与题材，都推给了通俗文学。其实，武侠小说中的传奇性是可以为任何小说所利用的，侦探小说中的推理性也可以为任何小说增加其悬念性。可是新文学界看不起这些东西，很多作家只要思想性，忽视可读性。因此在舆论上通俗小说似乎被打倒了，但是它在“默默的强势”下却在“悄悄地流行”。

在20世纪20年代通俗小说家最可称的并非是上述这几种文类与题材，从文学的角度而言，他们对现代中国的最大贡献是善于写“都市乡土小说”。我们之所以冠它以“都市乡土小说”的名称，是强调它与一般的“市井小说”之间的差别。它们能将中国的大都会的民间民俗生活，包括这些城市发展的沿革与地方性，和盘托于读者之前。这些是新文学界写乡土小说的作家所不熟悉的生活。鲁迅在论乡土小说时有一层意思往往为我们所忽略，他称这些乡土作家是侨寓者，他们来到了大城市“侨寓”却写不出侨寓所在地的民间民俗生活，只能在回忆中写他们本乡本土的故事。由于新文学界的乡土小说的题材都是小城镇或乡村，以致后人误认为乡土小说就是写乡镇的小说。其实乡土是指地方性，纽约、伦敦、巴黎都有它们的地方性，上海、北京亦然。除了国民性之外，各个地方都有它们的地方性。上海是十里洋场，北京则是个乌纱帽交易所，地方特色是大有区别的。而通俗作家极大多数是从外地流向大城市的“文字劳工”，但他们却能写出侨寓地的民间民俗生活及其发展沿革。就凭这一点，他们就可以与新文学中的社会剖析派小说构成互补的态势。张恨水、叶小凤、陈慎言、何海鸣都不是北京人，可是他们写出了《春明外史》、《如此京华》、《故都秘录》和《十丈京尘》等等充满京味的作品。在陈慎言笔下，满贵族、清遗老、阔伶官个个写得活灵活现；在何海鸣的说部中，一个董元惠、一个全豹卿、一个贡济川，就令你好像看一部“中国《死魂灵》”。包天笑与平襟亚不是上海人，但他们写出了《上海春秋》与《人海潮》。读了包天笑的《甲子絮谭》你才会懂得叶圣陶笔下的潘先生一家出火车站时，怎么会挤散的，使潘先生掉下妻离子散的眼泪；你才会领会当时上海的军阀“拉民夫”时的惨状。通俗作家生活在广大的市民之中，他们生活的接触面很广，他们涉足的社会领域是复杂而多样的，因此，他们的作品有其民间民俗的丰富性。他们笔下的存真而传神的生活场景与人物，也为我们子孙留下了一份珍贵的文化遗产，供我们研究现代中国时，有着许多活生生的真实图像与画面。通俗作家经过不懈的努力，在改良中找到了许多新的生长点，生产出了系列成果，他们在文学领域中取得了无法撼动的生存权。

中兴融会　经过20年代的改良与自强，一批南方的通俗作家仍然能保持其创作的势头，但也不免有定型化之嫌；这时一些北方作家却更能显示出通俗文学创作的后劲，那就是张恨水、李寿民(还珠楼主)和刘云若等人的作品开始为人们所瞩目。特别是张恨水不再仅在北方一隅有众多读者，他成了全国性的著名作家，竟使人们产生了一种通俗文学再次“中兴”的感觉。他的作品打破了原有的通俗文学读者的疆界，开始蚕食新文学的读者群的边境，“入侵”到了知识青年读者中去了。在一封读者来信中，我们可以听到这种百思不得其解的惊讶声：

> 为什么这些害人的旧小说还可以风行一时？为什么偏有许多人会入他们的迷途呢？譬如《啼笑因缘》，在目前出版界，依然是一部销行最广的小说；难道是因为它的内容丰富？(当然不是的)或者是因为它的技巧神巧？(也不见得)照你们的看法，世界上的事，即使这样的小事，总也不该有所谓偶然的吧。[①]

① 夏征农/伍臣：《读〈啼笑因缘〉——答伍臣君》，转引自魏绍昌编《鸳鸯蝴蝶派研究资料》，上海文艺出版社1962年版，第63页。

而李寿民则是民国武侠小说第二波的领军人物，在他的作品的影响下，出现了北方的宫白羽、郑证因、王度庐和朱贞木等武侠小说作家群。其时，通俗文学不仅经得起外界的压力，而且与新文学形成了并驾齐驱和双翼展翅的局面。这里还有一个重要的因素就是统一战线政策的提出，双方对立的态势也大大缓和。

在抗日战争中，一个可以从中得到启示的文学现象是值得我们进行再思考的：在沦陷区里的作者竟写出了一定数量的小说精品；而在大后方，一些新文学中的非主流作家所写的通俗性的作品，竟然使人们趋之若鹜，成为最畅销的读物。例如到现在还有过争议的"张爱玲现象"（争论的焦点似乎是"是否热过了头"）。其实她的成功也不是偶然的。当时，身历其境的柯灵说出了其中的道理，但他说得很巧妙，要我们细细咀嚼，才会感到其中的含蓄的回味：

> 中国新文学运动从来就和政治浪潮配合在一起，因果难分，五四时代的文学革命——反帝反封建；三十年代的革命文学——阶级斗争；抗日时期——同仇敌忾，抗日救亡，理所当然是主流。除此之外，就都看作是离谱，旁门左道，既为正统所不容，也引不起读者的注意。这是一种不无缺陷的好传统，好处是与祖国命运息息相关，随着时代亦步亦趋，如影随形，短处是无形中大大削减了文学领地，譬如建筑，只有堂皇的厅堂楼阁，没有回廊别院，池台竞胜，曲径通幽。我扳着指头算来算去，偌大的文坛，哪个阶段都安放不下一个张爱玲；上海沦陷，才给了她机会。日本侵略者和汪精卫政权把新文学的传统一刀切断了，只要不反对他们，有点文学艺术粉饰太平，求之不得，给他们什么当然是毫不计较的。天高皇帝远，这就给张爱玲提供了大显身手的舞台……张爱玲的文学生涯，辉煌鼎盛的时期只有两年（1943年—1945年），是命中注定的，千载难逢，"过了这村，没有那店"，幸与不幸，难说得很。①

---

① 柯灵：《遥寄张爱玲》，《张爱玲文集》第4卷，安徽文艺出版社1992年版，第427页。

说白了，柯灵的意思是说，我们有些人缺乏容许“百川归海”的雅量。可是张爱玲自己却更言简意赅地说清了她的作品的长处，她说：“我的作品，旧派的人看了觉得还轻松，可是嫌它不够舒服。新派的人看了觉得还有些意思，可是嫌它不够严肃。”[①]觉得故事轻松而“不够舒服”者，大概是指它过于“洋气”；认为有些意思而“不够严肃”，大概是指书中缺乏“主义”。这种新派旧派都想看，而又都不感到满足的况味，正是表现了张爱玲善于融会中西、超越雅俗的本领。张爱玲将中外、古今、雅俗的文学都作为一种丰富自己、滋养自己的有用的资源，为她烹调自己的特色菜肴。她的“热”是有道理的，在融会与超越上，她的境界虽不能说是独步，可是能比肩的作家，恐怕不多。

在沦陷区还有另一类作家，他们不像张爱玲那样出尽风头，他们是环境的不合作主义者，如天津的刘云若，他闭门写作，有时十天半月也不出门一次，他用《粉墨筝琶》中翥青的话为他代言：“我想不出什么好办法，当初本可以到内地去，已经把机会误了。现在做生意，不但没有本钱，没经验，我也不愿发那国难财。做事情更不愿吃汉奸饭，受矮子气。就是当一个号称清高的教员，我不忍看着许多好青年去给日本人修飞机场，运军用品。”他在1941年就写了六部作品，其中就有像《旧巷斜阳》这样的精品。

现代中国的武侠小说作家更是以中国的传统美德作为自己作品的灵魂。宫白羽、王度庐这些写武侠小说的作家是非常重视民族气节的。白羽说：“昔逢时变，抱病闲居；创小学以宅心，鬻小说以糊口……”在抗战时期，他办“正华学校”，写武侠小说，决不与敌伪发生关系。而王度庐笔下的中国传统美德也令人叹为观止。在“鹤—铁系列”中的李慕白与俞秀莲这对恋人，在孟思昭逝世后，本可以结婚了。大家也这么劝他们早日成婚。铁小贝勒也说：“你也就无妨娶她……这也不算是什么越礼。”可是孟思昭是为李慕白而牺牲的，因此李慕白的回答是“礼上纵使勉强说得过去，但义气上太难相容”。俗话说“爱情是自私的”，可是在李慕白看来“义高于情”，他以义制情。中国传统美德中的“义”却能打破恋爱中的自私的坚冰。在现代中国，许多通俗小说为我们保存了一脉民族传统美德的高贵情

① 张爱玲：《自己的文章》，《张爱玲文集》第4卷，安徽文艺出版社1992年版，第175页。

谊。这是我们过去所忽视的，也是现在要特别强调的。另外我们还应该看到，像宫白羽、王度庐受新文艺的影响也是很深的，宫白羽一直感戴鲁迅与周作人对他的培养与教诲；而王度庐也有很高的新文学的修养。

中国的普通老百姓之所以爱读通俗小说，就是因为在鉴赏他们能理解的文艺作品时，还能在小说中得到一些生活的教训以及为人的基本准则。例如在张恨水的《春明外史》中的主人公杨杏园身上，看到了他的洁身自好，清白自许，出污泥而不染的品德。而《金粉世家》中的冷清秋则是女性的杨杏园，《啼笑因缘》中的樊家树是中产阶级，他是富有的杨杏园。当然，他们每个人都有他们的个性，也各有自己特定的品格，例如樊家树已建立了现代的性爱观。而冷清秋的生活道路则告诫我们："齐大非偶。"在小说中还写出了她的对立面纨绔子弟，他们却是金玉其外，败絮其中。刘云若说过，他的小说中喜欢写一种"稀有人种"——至性人，他对"至性人"的解释是"性情淳厚，一往情深，宁可苛待自己，也要成全他人者"。这些都是为人的基本准则，在旧社会需要，在今天何尝不需要呢？当然，在现代中国光有这些品质是不够的，那就需要新文学的主流派来进行完善了，例如阶级斗争的概念。在中国的传统道德中并非没有斗争。在武侠小说中常常表现对友人"义"，对邪敌"惩"，而且在"惩"之前，往往有一番仁至义尽的"劝"，这才算是英雄本色，即使在除恶中也贯穿一个"仁"字。但是在过去的通俗小说中，"阶级"这个概念是不明确的。因此，在道德准则上也是需要精英文学与通俗文学相互补充的。

在抗战时期，还有一种值得关注的文学现象，那就是同样是爱国题材，同样具有精英文学的若干素质，却不用主流的精英文学的写法。他们借用新文艺的笔调，又借鉴外国通俗小说的模式，却得到了广大读者，特别是新市民读者的击节赞赏。其中的代表性作家就是徐訏和无名氏。徐訏的《风萧萧》是一个爱国题材。小说完全用的是精英文学的笔调，可是内容却是非常通俗的故事，他又融合了外国间谍小说的格局，而间谍小说又是在国外很流行的通俗模式的题材，可读性极强。这是一种"嫁接"的作品。小说在报上连载时"重庆江轮上，几乎人手一纸"[①]。因此，1943 年

① 陈乃欣等著：《徐訏二三事》，台北尔雅出版社 1980 年版，第 249 页。

曾被称为“徐讦年”。无独有偶，在西安的无名氏连载《北极风情画》于报端时，他出去理发、沐浴，上饭馆、咖啡馆，进公园喝茶，到处都听见有人在谈论此书，形成了“满城争说无名氏”的盛况。对这些小说我们简直不知道说它是精英文学还是通俗小说为好。这是一个超越雅俗，融会中西的良好的势头。小说能写到这个份上，得到多种类型读者的“热捧”，真可说是雅俗合流而又别开生面了。它们是爱国题材，却又走的是“畅销书”的套路。可是过去的文学史上对这些作家的评价是非常吝啬的，甚至是略去不计的。其实这是精英作家的一种尝试，也是通俗文学的一种更新。这是现代中国文学史上很值得关注的文学现象之一，是精英文学与通俗文学各自走向成熟时的一次合流，它们所生的“孩子”各取了他们父母身上的若干优点。可是由于政治大形势的影响中断了这种良好的尝试。从第三时段的双翼展翅、并驾齐驱进而双向合流、难分彼此，这是中国现代文学在现代化的途程中的另辟蹊径，值得重视。

从 19 世纪 90 年代初到 20 世纪 40 年代末这 50 多年中，中国现代通俗文学经历了一个发展三段式。开始，他们曾是庞然大物，几乎是独家经营，为中国现代文学开拓新领地，并对浅人社会进行了初步的启蒙；在五四前后，他们风光不再，在相克的不利形势下，他们考虑如何通过改良，求得生存与自强，他们在“默默的强势”与“悄悄地流行”中有着自己的广大的读者；在 20 世纪二三十年代的交错点上，出现了北方通俗文学家带来的“中兴”态势，而在新文学与通俗文学相互嫁接中，又出现了融会中西、超越雅俗的新的生长点。通俗文学发展的历史经验与教训是值得、也应该好好总结，它将作为双翼展翅文学史中的一翼，大大丰富和拓展我们的现代文学的领土与疆域。

在以后的近半个世纪中，就经历了通俗文学的 30 年断层，直到改革开放之后，才开始重新评价通俗文学，那就由另文来加以评述了。

◎ 《黄衫客传奇》作者陈季同小像。

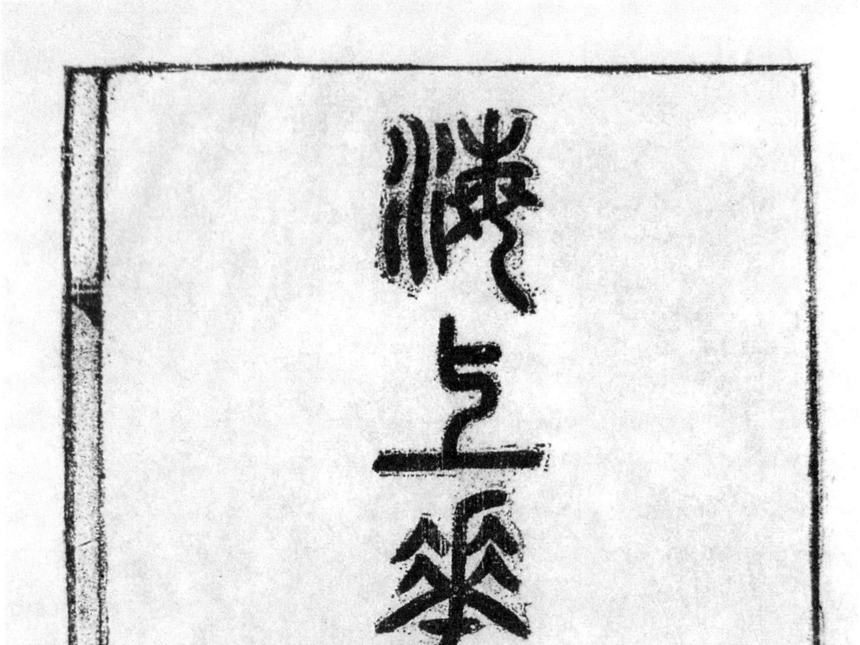

◎ 《海上花列传》光绪二十年(1894)石印本的扉页,此为赵景深师的藏书。

古今转型：1890—1892 新文学的先驱和现代通俗文学的开山

论新文学的先驱《黄衫客传奇》

2009年5月，在北京大学召开的纪念五四90周年的国际学术研讨会上，国际与国内专家、学者高朋满座，济济一堂。第一位大会发言的是北京大学资深教授严家炎，发言的题目是《“五四”文学思潮探源》。他开宗明义地表明了自己的独特见解：“中国的现代文学起于何时，这是一个大可讨论的问题。像过去那样，现代文学史就从五四文学革命写起，如今的学者恐怕已很少有人赞成。”他提及较多学者都认为应从戊戌变法写起，也就是颇为流行的“二十世纪文学史”的观点。但经他的研究“似乎还应该从戊戌变法向前推进10年，即从19世纪80年代末、90年代初算起。”他当即提出三个方面的史实来加以论证。一、黄遵宪(1848—1905)在1887年定稿的《日本国志》提出书面语与口头语应相一致的“言文合一”的倡导，这比胡适的《文学改良刍议》足足早了30年；二、1890年，当时清国的驻法的一位使节曾用法文书写并出版了一部长篇小说《黄衫客传奇》，他认为这是“由中国作家写的第一部现代意义上的小说作品”；三是他认为1892年开始连载，1894年在上海正式出版的《海上花列传》的意义确实属于现代。[①] 严家炎从理论倡导、国际交流、创作成就三方面探源了中国现代文学的起点，而且他非

① 严家炎：《“五四”文学思潮探源》，陈思和、王德威主编《建构中国现代文学多元共生体系的新思考》，复旦大学出版社2011年版，第273—279页。

常坚持自己的观点;间接的证明是他在为高等教育出版社主编《二十世纪中国文学史》(2010 年版)时,就将"探源"的论点编进了他主编的教材,成为该教材的第一章第一节"中国现代文学的发端及其标志"和第二节"陈季同(1852—1907)的《黄衫客传奇》"。这与他在某个会议上的发言的分量就有所不同了,也证实他对这个论点是经过反复推敲和深思熟虑的:写进一部"普通高等教育'十五'国家级规划教材"是有其郑重其事的正规性与严肃性的。当苏州大学请严先生赴校讲学时,他的讲题就是《论陈季同的〈黄衫客传奇〉》。临别我送他上车时,他知道我还未能买到这部小说,就请他夫人卢小蓉女士重新打开行李,将他带来的这部小说的中法文对照本赠送给我。本文就是我对严先生的"探源"一文以及读了这部小说后的一点粗浅的观感。

(一)

黄遵宪《日本国志》中有关"言文合一"的见解,我是知道而未加以重视的。我过去认为这样的见解在 1878 年发表,当然有它的"先行性",但这样的观点如梁启超等人也有类似的言论,而且以实绩而言,梁启超比黄遵宪更为显著,梁氏虽然没有做到"言文合一",但他的"新文体"确是"文"和"言"合一的一个过渡性产物。但这次严先生的文章中论证:五四来自三代人的努力,这是一种"量"的积累到"质"的飞跃。这三代的代表性人物就是黄遵宪——梁启超——胡适、陈独秀。我觉得这样提出的视界就更阔大而高远。

我读了《黄衫客传奇》以后极感兴趣,因此又找来了对陈季同其人其文有深入研究的专家孟华和李华川的所论所译所编的著作。其中有李华川著的《晚清一个外交官的文化历程》(北京大学出版社 2004 年版)和他们二位主编的"陈季同法文著作译丛"五种(均为广西师大出版社 2006 年版),即《中国人的自画像》(段映红译)、《中国人的戏剧》(李华川、凌敏译)、《中国人的快乐》(韩一宇译)、《巴黎印像记》(段映红译)和《吾国》(李华川译)。在这五本书的共同的"序一"中孟华教授写道:"第一次读到陈季同的名字是在李广利的论文中,广利是我 1991 年招收的硕士生,他以'曾朴和法国文学'为研究对象,自然会涉及曾朴的'法国文学的导师'陈季同。"于是孟华每次到法国去参加学术活动时,总是设法要搜集有关陈季同的资料,她终于在法国国家图书馆中"找到了这位在国内名不见经传的‘小人物’的名字(西文写作‘Tcheng-Ki-Tong’)，当然也就一下子得到了排在他名下的七部法文著作及五篇报告、序文的题目与各种出版信息，足见这位小人物在当时法国的名气”。她将这些宝贵的资料无私地给了她的第一位博士生李华川，而在 2001 年当李华川的《晚清一个外交官的文化经历——陈季同研究》的博士论文通过答辩，并得到好评，于 2004 年正式出版后，孟华教授才说“这个课题终于结出了第一个正果”。读了这篇“序一”后，我不仅为他们师生二人的挖掘、开拓精神所感动，而且知道严先生所看重的《黄衫客传奇》是隔了一个世纪，于 2010 年由李华川译，由人民文学出版社出版，才正式与国人见面的。他的法文版出版于 19 世纪末的 1890 年，但译成中文是 21 世纪初的 2010 年，中间相隔整整 120 年，我们才开掘出了一本久久被埋藏的、在中国现代文学史应有它特殊地位的珍宝，在世界的宝库中我们发现了一朵中国的文学奇葩。法国文学研究专家的发现又经中国著名教授严家炎的“鉴定”，并为这本小说出版写了中译本序——《一部真正具有现代意义的晚清小说》，这才在中国现代文学界得到了广泛的传颂。我们应该重点去研究它，进而在我们的心目中确立它在文学史中的地位。

至于严先生所认定的第三个标志是《海上花列传》的出版，他在《“五四”文学思潮探源》一文中说：“近几年上海几位学者如栾梅健、范伯群、袁进等更纷纷撰文探讨这部小说的里程碑意义，为学界所瞩目，我个人也很赞同。所有这些，都从各方面证明：《海上花列传》的意义确实属于现代。”[①]在严家炎主编的《二十世纪中国文学史》中既肯定五四文学革命的伟大的历史性胜利，同时也指出这个历史性的胜利是由三代人的不倦努力而取得的。

---

① 栾梅健为《海上花列传》发表过多篇文章，具有代表性的是《论〈海上花列传〉的文学史意义》，载《文汇报》2006 年 4 月 23 日；《论〈海上花列传〉的断代价值》，载《文艺争鸣》2007 年第 5 期。袁进对《海上花列传》除发文之外，由严家炎主编的《二十世纪中国文学史》的第 1 章第 3 节“韩邦庆的《海上花列传》与狭邪小说”就是他执笔撰写的。我在 2001 年《复旦学报》第 4 期上曾发表拙作《在 19 世纪 20 世纪之交，建立中国现代文学的界碑》，在对《海上花列传》作了评价后得出的结论性意见是：“从时代开拓性而言，从文学艺术性而言，《海上花列传》可以称得上是一部现代都市通俗小说的开山之作。”此后我又在《中国现代文学研究丛刊》2006 年第 3 期上发表《〈海上花列传〉：中国现代通俗小说的开山之作》，此文除由“人大复印资料”和《新华文摘》转载外，还在《Frontiers of Literary Studies in China》2008 年第 3 期中被译成英文，向国外推荐。

而第一代人就是黄遵宪的"言文合一"的倡导,但仅仅是理论上的倡导是不够的,还要有符合这种理论的"断代价值"的文学作品,以证实这种理论的划时代意义,而严家炎提出的作品就是《黄衫客传奇》与《海上花列传》。

(二)

读完陈季同的《黄衫客传奇》,我觉得这的确是19世纪末的一部优秀的长篇小说。严家炎在为《黄衫客传奇》写"序"时指出:它"早在五四前约30年,就已对家长包办儿女婚姻的旧制度以及'门当户对'等旧观念、旧习俗提出了质疑。"这部小说的情节是借用了唐代蒋防的著名传奇小说《霍小玉传》中的主要人物状元李益和少女霍小玉以及他们相爱的情节(这个故事又曾被大戏剧家汤显祖的"临川四梦"之一的《紫钗记》作为剧本的主干情节)。但是陈季同将人物的性格作了很大的更动,因此,人物的命运也发生了重大的变化,而结局也和《霍小玉传》与《紫钗记》有了根本性的差别。蒋防笔下的李益是个负心郎,他背叛了对霍小玉的信誓旦旦的承诺,霍小玉惨死后变为厉鬼一再报复了李益。《紫钗记》的李益考中状元后并没有背叛霍小玉,但由于卢太尉欲招李益为婿而一再从中阻碍他们的婚恋,又因破坏不成,欲置李益于死地,最后由侠士"黄衫客"仗义,并借用皇上之力,惩罚了卢太尉,使有情人终成眷属,因此这是一出大团圆的喜剧。而陈季同的《黄衫客传奇》中的李益由于性格的软弱与犹疑,在封建婚制和家族制度的双重枷锁下,最终将李益和霍小玉双双迫害致死,成为惨绝人寰的一出大悲剧。因此,《黄衫客传奇》不是陈季同根据古代传奇与戏剧的改写,而是一次成功的且有新意的再创作。

问题是我们得鉴定陈季同的这种新意"新"到了何种程度,我们应作何种评价。我个人认为,在不同的出身、不同的条件、不同的环境、不同的地域之中,陈季同的这部优秀的作品的确有他特殊的新意,他的"新",就新在19世纪90年代就有了超前的具有新文学的素质的第一部长篇小说。

首先陈季同不是科举出身,他是福州船政学校的学生,在作学生时他的教师都是法籍人士,专业课本也皆是法文,他出国之前就打下了较为坚实的法语基础。他24岁首度出国,大约在一年多的时间中,他遍游英、法、德、奥四国,后曾回国向李鸿章等高官汇报,并著《西行日记》四卷,深得上层官员赏识。26 岁他又与 40 多位学生一起赴欧，他虽也是学生身份，但却由他兼任文案，专门翻译各种法文函件，并已有年薪 1 200 两，可见他的中外文修养俱佳。这 40 多位同行者中后来成为著名人士的极多，如严复、马建忠等在近代思想史、文化史上成就卓越，而刘步蟾、林泰曾、邓世昌和萨镇冰等的业绩在海军军史上皆能载入典册。陈季同于 27 岁转入外交界，在欧洲生活了 16 年，而驻节最长的是在法国。他受欧西的思潮的影响极深，名义上他是一位驻外武官，法国人称他为陈季同将军，但他却博览文学作品。据李华川介绍，他对法国古典主义作家的作品相当熟悉，他尤其敬仰莫里哀，自称是“莫里哀的弟子”；同时他也喜爱帕斯卡尔、蒙田和高乃依的作品。在他的法文著作里曾引用过达尔文、巴尔扎克、缪塞、大仲马、左拉和儒勒·凡尔纳等人的作品，说明他的阅读视野的广阔。更值得一提的是：曾朴称他为自己学习法国文学的导师。曾朴在译《吕伯兰》一书的扉页上曾有这样的文字：“为纪念我的老友及法国文学的启蒙师陈季同将军。他曾嘱咐我移译嚣俄戏剧，并嘱先译克林威尔、欧那尼、吕伯兰。今先印行吕伯兰，以慰英灵。他的忠恳之友东亚病夫。”曾朴所以对陈季同有这样的感情，是因为“我自从认识了他，天天不断地去请教，他也娓娓不倦地指示我；他指示我文艺复兴的关系，古典与浪漫的区别，自然派、象征派，和近代各派自由进展的趋势……”[①]曾朴曾谈及陈季同还在更新文学观念方面对他进行过指导：“他常和我说：我们在这个时代，不但科学，非奋力前进，不能竞存，就是文学，也不可妄自尊大，自命为独一无二的文学之邦；殊不知人家的进步，和别的学问一样的一日千里，……我在法国最久，法国人也接触得最多，往往听到他们对中国的论调，活活把你气死。”接着陈季同为曾朴分析了形成这种现状的原因：

一是我们太不注重宣传，文学的作品，译出去的很少，译的也未必是好的，好的或译得不好，因此生出种种隔膜；二是我们文学注重的范围，和他们的不同，我们只守定诗古文词的几种体格，做发抒思想感情的正鹄，领域很狭，而他们重视的如小说戏剧，我们又鄙夷不

① 曾朴：《曾先生答书》，《胡适文存》3 集卷 8，亚东图书馆 1931 年版，第 1128 页。

盾，所以彼此易生误会。我们现在要勉力的，第一不要局于一国的文学，嚣然自足，该推广而参加世界的文学；既要参加世界的文学，入手的方法，先要去隔膜，免误会。要去隔膜，非提倡大规模的翻译不可，他们的名作要多译进来，我们的重要作品也需全译出去。要免误会，非把我们文学上相传的习惯改革不可，不但成见要破除，连方式都要变换，以求一致。然要实现这两种主意的总关键，却全在乎多读他们的书。①

郁达夫曾这样评论过曾朴："中国新旧交替时代的这一道大桥梁，中国 20 世纪所产生的诸新文学家中的这一位先驱者，我想他的形象，将留在后世的文学爱好者的脑里，和在生前见过他的我的脑里一样。"②既然曾朴可称得上中国新旧交替时代的"大桥梁"、"先驱者"。那么被曾朴认为要他"参加世界的文学"的"启蒙师"的陈季同，我们要将他放在何种地位呢？陈季同既有这样的文学新观念，既在 19 世纪末就深深地受到外国新思潮的濡染，他写一部长篇小说中能具有 20 世纪新文学所倡导的新素质，难道是不可能的吗？鲁迅曾不止一次强调过："现在的新文艺是外来的新兴潮流"③、"新文学是在外国文学潮流的推动下发生的"④。那么，陈季同在特殊的条件、特殊的环境、特殊的地域，接受了外国文学的潮流，打破了章回体的格局，采用了欧洲习惯的叙事方式和艺术结构，用 28 个章节，表现出类似日后国内新文学一样的素质，难道不是顺理成章的事吗？

其次，再就小说的语言而论，陈季同虽然是用法文作小说，但这是"言文合一"的法语小说。他掌握法语在此时可以说达到很自如和娴熟的程度。这可以罗曼·罗兰的日记为证：

在索邦大学的阶梯教室里，在法语联盟的课堂上，一位中国将军——陈季同在讲演。他身着紫袍，高雅地端坐在椅上，年轻饱满的

① 曾朴：《曾先生答书》，《胡适文存》第 3 集第 8 卷，亚东图书馆 1931 年版，第 1128 页。
② 郁达夫：《记曾孟朴先生》，《越风》第 1 期，1935 年出版。
③ 鲁迅：《关于〈小说世界〉》，《鲁迅全集》第 8 卷，人民文学出版社 1981 年版，第 112 页。
④ 鲁迅：《中国杰出小说小引》，《鲁迅全集》第 8 卷，人民文学出版社 1981 年版，第 339 页。

面庞充溢着幸福……他的演讲妙趣横生，非常之法国化，却更具中国味，这是一个高等人和高级种族在讲演。透过那些微笑与恭维话，我感受到的却是一颗轻蔑之心：他自觉高于我们，将法国公众视作孩童……着迷的听众，被他的花言巧语所蛊惑，报之以疯狂的掌声。[①]

这足以说明陈季同与法国公众直接对话时是如此的"得心应口"，那当然是"言文合一"的"白话"。其实我这样的"证明"是多余的。胡适早在《建设的文学革命论》中就谈到意大利、英国、法国和德国"国语"（即我们现在所说的"普通话"）的形成过程。他说："五百年前，欧洲各国但有方言，没有'国语'。欧洲最早的国语是意大利文。那时欧洲各国的人都用拉丁文著书通信。到14世纪的初年意大利的大文学家但丁(Dante)极力主张用意大利话来代拉丁文。他说拉丁文是已死了的文字，不如用本国的话语优美。……现在英国通行全世界的'英文'在五百年前还只是伦敦附近一带的方言，叫做'中部土话'。当14世纪时，各处的方言都有些人用来做书。……后来到了15世纪，印刷术输进英国，所印的书多用这'中部土话'，国语的标准更确定了。……此外，法国、德国及其他各国的国语，大都是这样发生的，大都靠着文学的力量才能变成标准的国语的。"[②]那么1890年出版的《黄衫客传奇》当然不会用"已死了的"拉丁文，而是用的法国"国语"，这是陈季同运用"言文合一"的不二选择，也就相当于陈季同用中国的"普通话"写过一部长篇。

第三，即使以开国以后曾对新文艺提出的要求：新文艺"是无产阶级领导的人民大众反帝反封建的新民主主义的文艺"。《黄衫客传奇》在反封建这一点上，也与鲁迅的《狂人日记》的"意在暴露家族制度和礼教的弊害"[③]的意图是相通的。其实《黄衫客传奇》写得最精彩的就是第15节至第18节，这是揭露家族制度和礼教弊害最猛烈的四节。小说主人公李益

① 罗曼·罗兰1889年2月18日的日记，转引自《中国人的自画像》扉页，广西师大出版社2006年版。

② 胡适：《建设的文学革命论》，《中国新文学大系·建设理论集》，上海良友图书公司1935年版，第131—132页。

③ 鲁迅：《〈中国新文学大系〉小说二集序》，《鲁迅全集》第6卷，第238页。

是抱着坚定的信心和必胜的信念想回家说服母亲，允准他和小玉之间的“事实上的婚姻”。他们二人从相恋到事实的婚姻已经整整两个多年头了，这次为官上任之前，一是顺道探望久别的母亲，二是取得家长的首肯。他以为母亲不可能强迫他再娶别的女子。可是他的母亲所精心布置的场面要比他想象中自己斗争的决心强硬得多，那是一场具有突然震慑力的审判，母亲的强大后盾是列祖列宗的牌位与她去请来压阵的甘肃总督大人的官威。这场审判是不仅要当场宣判，而且要立即将李益押上“刑场”，将他与小玉的爱情判处死刑，而且剥夺权利终身。他母亲一身皂素，面若严霜，将他带进祠堂：

当他们一踏入祖先神主的宗祠门槛，她就将大门关闭。

房间里烛火高照，香烟缭绕。四壁挂满牌位，依照谱系等级排列，还有完整的历代宗谱。

她停了片刻，望了一眼本支的牌位，忽然以一种极其激动的、断断续续的声音讲起来。

——你没有理解我书信中跟你说的话！你刚才还想要求的事情，你不知道我已经明确答复你了吗？好！这次让列祖列宗来回答你。

看看这些牌位！每一位先人都有既体面又受人尊敬的头衔；他们都在那里望着你，都在质问你怎么能让他们蒙羞，这是没有先例的。你看！在他们每人的名字旁边都写有头衔和对他们为官的评语，你还能看到一个妇人的名字：每个都与我们家门当户对。

而你呢？当你有能力继承他们的传统而且可以光宗耀祖的时候，你做了什么？你要把未来寄托在一个没有父亲的女子身上吗？正是她，在某一晚上，像花船上跑出来的歌女一样，投入你的怀抱；你竟想让这样的一个女子跻身于我们高贵清华的门第吗！

他母亲断然宣判这是一场“露水姻缘”，非撕毁不可。他母亲偷袭式的狂轰滥炸，简直使李益的大脑停止了转动，他踉跄得像一个醉汉。当祠堂门一开，他立刻被套上红色的新郎绶带，飞速地被扣上婚礼时才用的金花冠。他母亲向众人鞠躬致意，高声宣布："承蒙总督大人光临寒舍，着实令蓬荜生辉。今以亡夫的名义宣布，同意爱子李益与卢小姐喜结连理。"那天对付李益的何止冷若冰霜的母亲，在她身后是一个列祖列宗组成的大兵团。这难道还不是深刻地揭露家族制度和礼教的弊害吗？他的母亲用手压在他的肩上，命令他跪下拜堂，终于他在拜堂后昏厥了过去，在以后的三个星期中处于生死一线之间，在幻觉中，他母亲像一个怪物追逐他，像啃噬他心的吸血鬼。事后当小玉抑郁地悲惨死去后，李益这位新科状元也由神经分裂乃至发疯，最后他在幻觉中看到了小玉向他召唤：

——来吧，李郎！你受的苦够多了。疾病的折磨能够抵消你的过错了，我现在原谅你了，我还是爱你的，我来带你同去那无尽的乐土，来吧，我的爱人！

——小玉，我来了！他大声喊着。

他用尽气力站起来，僵在那里；不幸的面孔，被狂喜所照亮，一时间变得英俊非凡。随后，他全身剧烈痉挛，发出一声深深的叹息，又倒在椅子上。通过幸运地与死亡亲吻，李益最终从身体的折磨和精神的痛苦中解脱出来。也只有死亡，可以永久治愈人世间所有的苦难。

终年仅 23 岁。小说中的李益不似蒋防笔下的负心郎，也不像大戏曲家汤显祖将结局写成大团圆，而是一场惨绝人寰的大悲剧，有力地控诉了封建礼教。

我想从以上我们所论述的三点，即陈季同在接受外国的新思潮方面，在他小说的语言的必然选择以及作品强烈的反封建礼教和家族制度的弊害方面，使《黄衫客传奇》成为在中国人中间有超前意识地具有了新文学素质的优秀作品。当然它在艺术上还不能算是无懈可击，这应该由另文去加以剖析。本文的任务只是想指出，在特殊的条件下，在特殊的环境里，在特殊的地域中，他有可能具备这种超前性。可惜这部小说是在严家炎告诉我们之后才知道它的价值；可惜它到 2010 年才被全文译成汉语；

可惜它没有当年在中国产生影响;可惜它只做到给法国读者阅读为止;可惜陈季同没有用自己本国的文字让它在祖国落地生根。在法国它是有影响的,就在当年(1890 年)的法国《图书年鉴》中就这样评价道:“这是一本既充满想象力,又具有独特文学色彩的小说。通过阅读这本书,我们会以为自己来到了中国。作者以一种清晰而富有想象力的方式描绘了他的同胞的生活习俗。”①但是不论我们有多少个“可惜”,它的确是中国人写的一部长篇,虽然没有更早地有中国译本,但不可否认它是一个客观存在。我认为,既然它过去没有发挥其应有的影响,我们就不能说它是中国新文学的“开山之作”,因为它缺乏自己的“后续部队”。它只是孤军突击式的单兵作战。它与《海上花列传》的情况不同。《海上花列传》的确称得上为中国现代通俗文学的“开山之作”,它在中国及时地发生了影响。中国新文学的“开山之作”还得让位于鲁迅的《狂人日记》,但我们不得不称《黄衫客传奇》是一位“迟到”的“先驱”,从它的内在素质而言,它具备新文学所必须具备的所有条件,它远远地走在所有新文学作品之前,将它定性为中国“新文学的前驱”,应该是完全够格的。

(三)

在作了上述的分析之后,我们还不得不看到,作为外交家的陈季同与作为小说家的陈季同常常是自相矛盾的。我们应该如何去理解他的苦衷,如何以“全人”去评价陈季同。

当他在法国“往往听到他们对中国的论调,活活把你气死”的环境中,他作为中国的外交官就得站出来去破除西方人对中国的各种偏见。在他的许多著作和他的讲演中,中国几乎是一个完美无缺的理想国度,甚至对我们国家中的许多“陋习”,也即封建性的糟粕也加以颂扬。就在《吾国》这部著作中,收入了一篇《中国的社会组织》的长文,文中他将中国的君主制的种种封建法规,将家族制度的种种弊害,作了尽量的美化。他甚至说:中国“年轻人的结合完全取决于其未婚妻的节操,况且,未婚妻由父母

① 法国《图书年鉴》1890 年号,转引自《黄衫客传奇》一书的封底。

来选择，父母的人生阅历也使其完全有能力为儿子选择未来的伴侣”①。如此说来，李益的母亲为他的儿子选择卢小姐，应该是无可厚非的。陈季同在这篇长文中还提到，在中国的年轻人“在他的身后有列祖列宗促使他承担一个君子的责任，并其使其子孙以自己为榜样，这都是为了延续能使宗族强盛的光辉传统”②。如此说来，李益的母亲在祠堂中以列祖列宗为后盾，对其进行偷袭式的狂轰滥炸是完全出于希望李益“承担一个君子的责任”，以后可为自己的子孙作出“榜样”。在有的作品中他甚至将中国妇女的缠足等“陋习”也加以辩护，他形容缠足的女子不仅能参加劳动，而且还像外国女子一样跑步。但是当他写这些文章或者作此类演讲时，他自己内心难道不觉得理亏吗？作为作家的陈季同难道不扪心自问，而去责难作为外交家的陈季同？的确，他是要找借口来安慰自己不平静的心。就在这篇《中国的社会组织》一文中，他这样为自己开脱：

如果我向你们保证谈论自己国家时不自吹自擂，那是很难做到的。我会尽力控制自己在这方面感情用事。不过，当人们爱他的国家的时候，说得再多也没用。因为有必要认为我们至少都具有这一品质，否则生活将索然无味。③

我们只要看罗曼·罗兰谈及他讲演时的姿态，他作为一个弱国的外交家，他尽量显得自己非常高贵，表现出自己是“一个高等人和高级种族在讲演……他自觉高于我们，将法国公众视作孩童”。他觉得要有自己民族的尊严。他甚至一再表白，他的讲演中和著作中的一贯的“抑西扬中”是不得已而为之的。这是为强邻所迫的一种反拨：

人皆以不识洋文为憾，余则悔识此洋文。每读西人欺侮讥刺之词，眉欲倒竖，发欲冲冠者屡矣，而懵懵者尚毫无知觉。识洋文与不

① 陈季同:《中国的社会组织》，广西师范大学出版社 2006 年版，第 13 页。
② 同注①。
③ 同注①，第 29 页。

识洋文，其苦乐不几判若天渊乎？……惟为中国痛哭流涕、欷歔太息而已。[1]

他讲如此激愤填膺的话，是希望读者对他有所谅解，使自己在“自吹自擂”之后，又有一丝自我安慰。但是当陈季同回国之后，他的态度就有了明显的变化。最突出的表现是他曾办过《求是报》，作为创办者，他的办报思想是“实事求是，引进西学，倡导维新”[2]。陈季同游历欧洲十多年，他经过西风西雨熏染沐浴，对于西方的政教伦理有比一般人更为切实的体认，他所主办的《求是报》自然对国内的维新变法持肯定态度，况且他那时已经脱下了外交官的“紧身衣”，他可以自由地做“伸展运动”了。我们只要看他在 1897 年认识曾朴之后，对曾朴的指导，哪里还看得出“抑西扬中”的味道？他还是要曾朴向西方的优秀的文学学习，并告诉他应该具有世界文学的眼光，中外文学应以平等的姿态进行双向交流。因此，作为作家的陈季同，写出《黄衫客传奇》，乃是陈季同的真实的一面；而作为外交官的陈季同是有他苦衷的另一面。当他摆脱外交官的身份时，在他的脑海中只有两个字，那就是“求是”。过去的矛盾就统一在“求是”的旗帜之下。曾朴在 1928 年的日记中写道：“陈季同是我法文的导师，我在真善美杂志上已经提过多次了。这回因张若谷来，又提起了他。若谷提议像这种世界文学的先驱者，我们应当替他做一篇文章，表扬一下。”[3]写这篇日记已是陈季同逝世了 22 年之后。曾朴确曾郑重其事地在《真善美》杂志上两次刊登广告，征求陈季同的著作和生平事迹，还准备为他出一个专号，可是在当年，好像没有引起人们的注意，后来曾朴的《真善美》杂志也停办了，终于没有引起反响。直到 1991 年以后，他的著作由孟华与李华川二位逐渐发掘出来，并译成汉语；又由李华川出版了他的博士论文《晚清一个外交官的文化历程》，这位“世界文学的先驱者”终于浮出了水面。再经严家炎在北京大学纪念五四 90 周年大会这样的国际学术界场合加

① 李华川：《晚清一个外交官的文化历程》，北京大学出版社 2004 年版，第 113 页。
② 同注①，第 109 页。
③ 同注①，第 220 页。

以颂扬，还为《黄衫客传奇》作“序”，而且将陈季同和他的《黄衫客传奇》编入了“普通高等教育‘十五’国家级规划教材”之中，其力度就不可同日而语了。

严先生还很热情地将《黄衫客传奇》这部小说赠送给我，我当然应该认真阅读，并写下了上述的读后感。我还想将本文纳入我的论文集，并与我以前所写的《中国现代通俗小说开山之作——〈海上花列传〉》相合成，所取的题目是《1890—1892：中国新文学的前驱与现代通俗文学的开山——论〈黄衫客传奇〉与〈海上花列传〉》。以答谢严先生赠书的雅意和向同行与读者请教。

论《海上花列传》为现代通俗文学开山

(一)

既然我们论证了《黄衫客传奇》已具备了新文学的素质，但它又是在与国内不同条件、不同环境、不同地域之下的一个单兵独进的特例，那么我们还得再考察中国文学的线路图，从文学的古典型转轨为现代型时，应该还得找一个鲜明的转轨标志。正如从电车或地铁的某号线路到达某一站点时，要换乘到另一条新的线路上去一样，它要给乘客一个提示，要给大众一个醒目的信号。文学的列车亦然。经过反复的勘测与论证，我们选定《海上花列传》就是这样的一个新站点。那就需要拿出若干可信而实证的根据来，显示它就是文学列车从古典型驶向现代型的转轨换乘交接点。下面我们列举《海上花列传》的六个“率先”，说明它在文学创作上具有开创性的意义。

一、《海上花列传》是率先将频道锁定，将镜头对准“现代大都会”的小说，不仅都市的外观在向着现代化模式建构，而且人们的思想观念也在发生深刻的变异。它虽然被称为狭邪小说，但当时的高等妓院，首先是发挥高级的社交场所的职能，而不是现在概念中可以与“性交易”画上等号的门庭。在晚清的男女禁隔的社会中，她们“扮演”的是一种大众情人或红粉知己角色。她们的生活起居是作为一种“时尚”与都市现代生活方式同步演进，甚至是起着“领跑”的作用。二、上海开埠后成为一个“万商之海”，小说以商人为主角[①]，也以商人为贯串人物。在封建社会中，商人为“士农工商”的“四民之末”，而在这个工商发达的大都市中，商人的社会地位迅速飙升，一切以“钱袋”大小去衡量个人的身份。在这部小说中已初步看到资本社会带来的阶级与阶层的升沉浮降。鲁迅的《中国小说史略》里提到的几部著名的狭邪小说中，它率先打破了该类题材“才子佳人”的定式，才子在这部小说中不过是扮演“清客”的陪衬角色。三、在世界步入资本化时代，许多国家的著名作家都曾以“乡下人进城”作为自己的题材。这是资本社会的一个具有世界性的题材，因为很多现代化大都市皆是靠移民大量涌入，形成人口爆炸，劳动力资源丰富，市场广阔，交通便捷才得以运转、扩容和建成。而在中国，《海上花列传》率先选择“乡下人”进城这一视角，反映了现代生活的一个重要侧面：农村的式微，使贫者涌向上海；即使是内地的富者，也看好上海，将资本投向这块资本的“活地”。作品以此为切入点，反映了上海这个新兴移民城市的巨大吸引力，以及形形色色的移民到上海后的最初生活动态。四、《海上花列传》是吴语文学的第一部杰作，胡适曾认为其在语言上是“有计划的文学革命”，吴语当时是上海民间社会的流通语言，特别是上层社会或知识分子的通用语言，人们以一口纯粹的“苏白”以显示自己的教养与身份。这部书成了当时想挤入上层社会的外乡人学习和研究吴方言的“语言教科书”。五、作者曾“自报”他的小说的结构艺术——首先使用了“穿插藏闪”结构法，小说行文貌似松散，但读到最后，会深感它的浑然一体。在艺术上它也是一部上乘甚至是

① 说到以商人为主角问题，《谭瀛室笔记》中说：“书中人名，大抵皆有所指。熟于同光间上海名流事实者，类能言之。”接着点出了书中人物在现实生活中的10个名流的姓名。日本平凡社出版的《中国古典文学大系(49)〈海上花列传〉》的译者太田辰夫按图索骥地找到了其中8个人的传记，除小柳儿是京剧名武生外，其他7人的背景皆与商业有密切的关联。在这里我们不想指出真名实姓，对小说的原型可作考证，但也不宜一一坐实，因此下面只作介绍，说明原型的某些背景，使读者有所参照。如黎篆鸿乃“红顶”巨商，曾得钦赐黄马褂；王莲生从事外事工作，担任过招商局长；李鹤汀是财界大亨，后任邮传部大臣；齐韵叟官至安徽巡抚、两江总督；高亚白博学而擅长诗词，辞官后客居上海，与《申报》有关系；方蓬壶，诗人，曾是《新闻报》总主笔；史天然，京师大学堂总办，参议院议长，辞官后隐居天津。译者在最后说道：作者在例言中讲到“‘所载人名事实俱系凭空捏造，并无所指，如有强作解人，妄言某人隐某人，某事隐某事，则不善读书不足与谈者矣。’……有人认为，正因为是原型小说，才放这样的烟幕弹来蒙混过关”。

冒尖之作。六、韩邦庆是自办个人文学期刊第一人，连载他的《海上花列传》的《海上奇书》期刊又利用现代新闻传媒《申报》为他代印代售，他用一种现代化的运作方式从中取得脑力劳动的报酬。在文人中，韩邦庆是很有经济头脑的人。他还重视在现代媒体上大登广告，去推广和推销他的刊物，这种《海上奇书》广告前后多达 43 次；在出版之前的预告就占了 11 次，以后每期出版前均有目录刊出。除初版 16 开本外，以后又出“袖珍版”，即 32 开“口袋本”，以便读者随身携带，随时抽暇阅读。

这六个“率先”，以一股浓郁的现代气息向我们迎面扑来，《海上花列传》从题材内容、人物设置、语言运用、艺术技巧，乃至发行渠道等方面都显示了它的原创性才能。作为中国文学转轨换乘的鲜明标志，它可以当之无愧。韩邦庆使通俗文学走上现代化之路当然不会是完全自觉的；但惟其是自发，也从另一个角度说明了中国通俗文学的现代化是中国社会推进与文学发展的自身的内在要求，是中国文学运行的必然趋势，是中国社会的阳光雨露催生的必然结果——由于现代工商业的繁荣与发达，大都市的兴建以及社会的现代化，民族文化必然要随着社会的转型而进行必要的更新，也必然会有作家对它有所反映与回馈。《海上花列传》就是这种反映与回馈的优秀的文学作品。中国的新文学是受外来新兴思潮的影响而催生的；但中国通俗文学则证明了即使没有外国文学思潮为助力，我们中国文学也会走上现代化之路，我们民族文学的自身就有这种内在动力。

(二)

韩邦庆(1856—1894)，江苏松江(今属上海市)人，字子云，号太仙，别署大一山人、花也怜侬。父宗文，颇有文名，官刑部主事。邦庆少小时随父居京师。他资质聪慧，读书别有神悟。约 20 岁时，回籍应童子试，为诸生。次年岁考，列一等，食饩禀。后屡应乡试不第。曾尝一试北闱，仍铩羽而归。那是 1891 年，当时孙玉声与他同场赶考，又同舟南归，两人在船上已互换阅读《海上花列传》和《海上繁华梦》的部分初稿。孙玉声的这段回忆极为重要：

> 辛卯年(1891)秋应试北闱，余识之于大蒋家胡同松江会馆，一见有若旧识。场后南旋，同乘招商局海定轮船，长途无俚，出其著而未

竣之小说稿相示，题曰《花国春秋》，回目已得二十有四，书则仅成其半。时余正撰《海上繁华梦初集》，已成二十一回。舟中乃易稿互读，喜此二书异途同归，相顾欣赏不止。惟韩谓《花国春秋》之名不甚惬意，拟改为《海上花》。而余则谓此书通体皆操吴语，恐阅者不甚了了；且吴语中有音无字之字甚多，下笔时殊费研考，不如改易通俗白话为佳。乃韩言："曹雪芹撰《石头记》皆操京语，我书安见不可以操吴语?"并指稿中有音无字之"朆"、"覅"诸字，谓"虽出自臆造，然当日仓颉造字，度亦以意为之。文人游戏三昧，更何况自我作古，得以生面别开?"余知其不可谏，斯勿复语。逮之两书相继出版，韩书已易名曰《海上花列传》，而吴语则悉仍其旧，使客省人几难卒读，遂令绝好笔墨竟不获风行于时。而《繁华梦》则年必再版，所销已不知几十万册，予以慨韩君之欲以吴语著书，独树一帜，当日实为大误。盖吴语限于一隅，非若京语之到处流行，人人畅晓，故不可以《石头记》并论也。[①]

孙玉声毕竟还只能是孙玉声。他还看不出韩邦庆定见之深意。孙玉声确有他的一定的成就，但他在文学史上无法与韩邦庆并肩。正如陈汝衡对孙的这段有些沾沾自喜的话所作的评语："孙漱石所言，未必可信。《海上繁华梦》虽能邀誉于一时，而文学上之价值自远逊于《海上花列传》。今日孙氏之书已少人读，其描写之引人入胜，尚在狭邪小说《九尾龟》之下，韩子云之《海上花列传》，则文艺批评界久许为有数之晚清现实小说矣。"[②]韩邦庆有着一种"不屑傍人门户"的气势。在某种意义上说，他觉得自己在"原创性"上，要有那种与仓颉、曹雪芹平起平坐的开拓型的"冲动"。但孙玉声的这段笔记，却为我们留下了极其珍贵的文学史料。至少对这位具有开创性的作家的个性、气质与抱负，有了立论的根据；同时也告诉我们，他的小说的创作进程。例如说他在 1891 年已有初稿 24 回。到 1892 年农历二月初一，韩邦庆出版第 1 期《海上奇书》。第 1 期至第 10 期为半月刊，以后 5 期为月刊，共出版了 15 期。每期刊登《海上花列传》2

① 孙玉声：《退醒庐笔记・16・〈海上花列传〉》，山西古籍出版社 1995 年版，第 113—114 页。
② 陈汝衡：《说苑珍闻》，上海古籍出版社 1981 年版，第 91 页。

回，应刊登至30回止（胡适说共出版14期，共刊28回）。① 那么就是说，韩邦庆南旋后，又写了40回。其中1891年所写的24回初稿经修订后再加6回，是先在期刊上刊出的。到1894年出版时，未经连载的新回目有34回。其实他胸有成竹，《海上花列传》的续集也已有腹稿。可惜在出版全书的当年，韩邦庆就因贫病而与世长辞，年仅39岁。这确是中国文学的一大损失。

《海上花列传》以妓院为基点，用广阔的视野写上海的形形色色社会众生相。刘复（半农）说：

> 花也怜侬在堂子里，却是一面混，一面放只冷眼去观察，观察了熟记在肚里，到了笔下时，自然取精用宏了。……不但是堂子里的倌人，便是本家、娘姨、大姐、相帮之类的经络，与其性情、脾气、生活、遭遇等，也全都观察了；甚至连一班嫖客，上至官僚、公子，下至跑街、西崽，更下以至一般嫖客的跟班们的性情、脾气、生活、遭遇，也全都观察了。他所收材料如此宏富，而又有极大的气力足以包举转运它，有极冷静的头脑足以贯穿它，有绝细腻绝柔软的文笔足以传达它，所以他写成的书虽然名目叫《海上花》，其实所有不止是花，也有草，也有木，也有荆棘，也有粪秽，乃是上海社会中一部分“混天糊涂”的人的“欢乐伤心史”。明白了这一层，然后看这书时，方不把眼光全注在几个妓女与嫖客身上，然后才可以看出这书的真价值。②

《海上花列传》在中国文学史上可说是光芒四射的。至少有四位大师

① 魏绍昌主编：《中国近代文学大系·史料索引集(1)》，第46—47页：“花也怜侬(韩子云)于上海创办《海上奇书》……本年出版15期，前10期为半月刊，后5期为月刊，点石斋石印，申报馆代售。……《海上花列传》，自撰的吴语长篇小说，每期刊2回，共刊30回……”而胡适则在《〈海上花列传〉序》中说：“《海上奇书》共出了14期，《海上花列传》出到第28回。先是每月初一、十五，各出一期的；到第10期以后，改为每月初一日出版一期，直到壬辰(1892)十月朔日以后才停刊。”（《胡适文存第3集》，黄山书社1996年版，第359页）笔者在上海市图书馆仅看到第1—10期，而北京图书馆也只有第1—10期，因此姑存二说。但查《申报》上有关《海上奇书》的广告，是有第15期即将出版的预告的。

② 刘复：《半农杂文·第1册·读〈海上花列传〉》，星云堂书店1934年版，第241页。

级的文学家——鲁迅、胡适、张爱玲以及上面已引用了他一大段话的刘半农，他们都给予它高度的评价。

最先评价它的是鲁迅。在《中国小说的历史的变迁》中说“到光绪中年，又有《海上花列传》出现，虽然也写妓女，但不像《青楼梦》那样的理想，却以为妓女有好，有坏，较近于写实了。一到光绪末年，《九尾龟》之类出，则所写的妓女都是坏人，狎客也像无赖，与《海上花列传》又不同。这样，作者对于妓家写法凡三变，先是溢美，中是近真，临末是溢恶”①。这里的“真”与“写实”，还得应该用鲁迅说它“甚得当时世态”的话来作解。那就是说，韩邦庆笔下人物的个性与当时的世态是密切相关，是转型环境中的转型性格。例如在第23回，姚二奶奶到卫霞仙堂子里去向卫“讨”姚二少爷，大兴问罪之师的一段，简直可称得上通俗小说中的经典“唱段”。

姚二奶奶是姚季莼的正室夫人。这位“半老佳人，举止大方，妆饰入古”，乘一顶轿子，带了一帮娘姨丫环，“满面怒气，挺直胸脯趋进大门”，一见卫霞仙劈头盖脸地责问：“耐拿二少爷来迷得好，耐阿认得我是啥人？”看样子今天只有卫霞仙低头服输，作出保证，从此不许姚季莼再踏进门来，才能罢休。否则姚奶奶一声喝打，不但自己受辱，连这房间也有被砸得落花流水的危险。大家七张八嘴劝解之际，被卫霞仙一声喝住道：

> “覅响，瞎说个多花啥！”于是卫霞仙正色向姚奶奶朗朗说道：“耐个家主公末，该应到耐府浪去寻啘。耐啥辰光交代拨倪，故歇到该搭来寻耐家主公。倪堂子里倒勿曾到耐府浪来请客人，耐倒先到倪堂子里来寻耐家主公，阿要笑话？倪开仔堂子做生意，走得进来总是客人，阿管俚是啥人个家主公。耐个家主公末，阿是勿许倪做嗄？老实搭耐说仔罢：二少爷来里耐府浪，故末是耐家主公。到仔该搭来，就是倪个客人哉。耐有本事，耐拿家主公管牢仔，为啥放俚到堂子里来白相？来里该搭堂子里，耐再要想拉得去，耐去问声看，上海夷场浪阿有该号规矩？故歇覅说二少爷勿曾来，就来仔，耐阿敢骂俚一声，

① 鲁迅：《中国小说的历史的变迁》，《鲁迅全集》第8卷，人民文学出版社1963年版，第351页。

打俚一记？耐欺瞒耐家主公勿关倪事，要欺瞒仔倪个客人，耐当心点！二少爷末怕耐，倪是勿认得耐个奶奶啘！”①

卫霞仙一席话说得姚奶奶大哭而回。胡适称赞卫霞仙的“口才”，说她一席话说得“轻灵痛快”，吴方言中就叫做“刮辣松脆”。作者当然是将这个妓女“鲜明个性”写了出来，可是我们还应该看得更深一层，那就是“当时世态”，即卫霞仙所说的“耐去问声看，上海夷场浪阿有该号规矩”。夷场即洋场，洋场浪的“规矩”是妓院要交捐纳税，然后发经营牌照，这是一种受法律保护的“生意”，是一种“正当”营业。你管得牢你丈夫就是你“狠”，你管不牢你丈夫，就是你无能，你丈夫有他进堂子的自由。这里就有一个观念的改变问题，卫霞仙懂这个“规矩”，她有恃无恐。这位“妆饰入古”的姚奶奶在封建社会中有权兴师问罪，在这个洋场资本社会中，就是她“理亏”，只好哭着“落荒而逃”。通过这个例子，我们可以体会在这“写实”中不仅写出了人的个性，而且写出了当时人们的思想观念的变异。

但鲁迅对《海上花列传》的最高评价往往为人们所忽略。鲁迅说韩邦庆“固能自践其‘写照传神，属辞比事，点缀渲染，跃跃如生’（第1回）之约者矣”。这才是最高的评价。也就是说，韩邦庆在第1回中自定要达到这16个字的艺术水准，鲁迅认为他已经不折不扣地“自践其约”了。也即是在人物塑造上，在事件描写上，在情节设置上，皆能发挥到淋漓尽致的程度，以致达到了“跃跃如生”的神境。鲁迅还说小说写得“平淡而近自然”②，这是将它提到中国传统美学观中的高度来加以鉴赏的。“平淡”决非平庸与淡而无味之谓。在中国的传统美学范畴中，平淡就是王安石所说的“看似平常最奇崛，成如容易却艰辛”。而苏东坡则说：“大凡为文，当使气象峥嵘，五色绚烂，渐老渐熟，乃造平淡。其实是非平淡，乃绚烂之极也。”③而

① 韩邦庆：《海上花列传》，百花洲文艺出版社1993年版，第192—193页。

② 以上所引用的均见鲁迅：《中国小说史略》第8卷，人民文学出版社1963年版，第224—226页。

③ 这里对“平淡”、“自然”的理解，皆参照英国汉学家卜立德的《一个中国人的文学观——周作人的文艺思想》中的《“平淡”与“自然”》章节（第100—102页）。陈广宏译，复旦大学出版社2001年版。

"自然"当然应作"浑然天成"解。

继鲁迅之后，刘半农在1925年12月所写的《读〈海上花列传〉》对其人物塑造与方言运用也大为钦服；他提出"平面"和"立体"两个概念，认为韩邦庆笔下的事事物物"好像能一一站立起来，站在你面前"，他笔下的人物确有立体感。作为一位语言学大师，刘还盛赞小说在语学上的贡献："若就语学方面说，我们知道要研究某一种方言或语言，若靠了几句机械式的简单例句，是不中用的；要研究得好，必须有一个很好的本文(Text)做依据，然后才可以看得出这一种语言的活动力，究竟能活动到一个什么地步。如今《海上花》既在文学方面有了代表著作的资格，当然在语学方面，也可算得很好的本文；这就是我的一个简单的结语了。"①

第三位大师就是1926年为《海上花列传》(东亚版)作《序》的胡适了。为了作《序》，胡适先"内查外调"考证韩邦庆的生平。鲁迅写《中国小说史略》涉及韩的作品时，还只看到蒋瑞藻《小说考证》中所引的《谭瀛室随笔》资料一条。而胡适知道孙玉声与韩相熟，正要拜访时，就读到刚出版的《退醒庐笔记》。当胡适再请孙玉声深入开掘时，由于孙的打听，却引出了颠公的《〈海上花列传〉之著作者》一文。这些珍贵的作者生平皆一一收入了胡适的《序》中。如说韩："为人潇洒绝俗，家境虽素寒，然从不重视'阿堵物'；弹琴赋诗，怡如也。尤精于弈；与知友楸枰相对，气意闲雅，偶下一子，必精警出人意表。至今松人之谈善弈者，犹必数作者为能品云。作者常年旅居沪渎，与《申报》主笔钱忻伯、何桂笙诸人暨沪上诸名士互以诗唱酬。亦尝担任《申报》撰著；顾性落拓不耐拘束，除偶作论说外，若琐碎繁冗之编辑，掉头不屑也。"可以说，胡适的《序》是既有资料，又包举了鲁迅与刘半农的论点，还有许多自己的见解。特别是胡适认为"《海上花》是吴语文学的第一部杰作"。论证颇详：

但三百年中还没有一个第一流文人完全用苏白作小说的。韩子云在三十多年前受了曹雪芹的《红楼梦》的暗示，不顾当时文人的谏

① 刘复：《半农杂文·第1册·读〈海上花列传〉》，星云堂书店1934年版，第247页。

> 阻，不顾造字的困难，不顾他的书的不销行，毅然下决心用苏州土话作了一部精心结构的小说。他的书的文学价值终究引起了少数文人的赏鉴与模仿；他的写定苏白的工作大大减少了后人作苏白文学的困难。近二十年中遂有《九尾龟》一类的吴语小说相继出世。……如果这一部方言文学的杰作还能引起别处文人创作各地方言文学的兴味，如果从今以后有各地的方言文学继续起来供给中国新文学的新材料、新血液、新生命，——那么，韩子云与他的《海上花列传》真可以说是给中国文学开了一个新局面了。[①]

而几乎令人不可思议的是张爱玲在晚年用了将近10年时间，二译《海上花列传》，先是将它译成英语，以后又将它译成"国语"——普通话。通过这两次"翻译"，可以说，张爱玲将《海上花列传》的每一个字进行了"掂量"。与鲁迅、刘半农、胡适不同的是，他们是"评价"、"推崇"《海上花列传》，而张爱玲则侧重于"理解"、"阐释"《海上花列传》。张爱玲说，《海上花列传》的"主题其实是禁果的果园"。这"禁果的果园"五个字，可说是道尽了书中的奥秘。张爱玲解释说："盲婚的夫妇也有婚后发生爱情的，但是先有性再有爱，缺少紧张悬疑，憧憬与神秘感。"在男女禁隔的社会里，只有未成年而情窦初开的表兄妹之间才能尝到恋爱的滋味，"一成年，就只有妓院这脏乱的角落里也许有机会"。早婚的男子对性已失去神秘感，他们到妓院中去，有人是想品尝"红粉知己"赐予的"恋爱"的滋味。"'婊子无情'这句老话当然有道理，虚情假意是她们的职业的一部分。不过就《海上花》看来，当时至少在上等妓院——包括次等的幺二——破身不太早，接客也不太多……女人性心理正常，对稍微中意点的男子是会有反应的。如果对方有长性，来往日久也容易发生感情……"[②]这种剖析，才是真正的"理解"与"阐释"。可是在这种地方品尝"恋爱之果"是有危险性的。人类的老祖宗在伊甸园里受了诱惑，吃了禁果，被上帝赶出了伊甸

① 以上所引的胡适的话均出自胡适《〈海上花列传〉序》，《胡适文存·第3集》，黄山书社1996年版，第352—369页。

② 张爱玲：《国语本〈海上花〉译后记》，上海古籍出版社1995年版，第636页。

园。上帝对亚当说："你必终身劳苦，才能从地里得吃的。地必给你长出荆棘和蒺藜来，你也要吃田间的菜蔬，你必流汗满面才得糊口……"[①]在禁果的果园中摘果子吃是要付出代价的。在《海上花列传》中，这些吃禁果的人"概莫能外"。黄翠凤该算是有情有义的侠妓了吧？可是她在权衡鸨母与罗子富利害轻重之间，还是选择了帮助鸨母敲了罗子富一个大竹杠，她得最后为鸨母赚一笔养老钱。至于其他如王莲生、朱淑人之类，就更不在话下了。人说妓女是"卖笑生涯"，可是王莲生买到的是什么？是"气"，是"泪"，是"累累伤痕"。他常常是"长叹一声"，"无端吊下两点眼泪"，还时不时被沈小红用"指甲掐得来才是个血"，他简直是花钱买"私刑"。而朱霭人本来想施行他的特殊教育法，带他年轻的弟弟到社会上来"历练历练"，好让他的弟弟日后见怪不怪，可是经过他弟弟的一"劫"，他"始而惊，继而悔，终则懊丧欲绝"。即使是像陶玉甫和李漱芳那一对具有"天长地久，海枯石烂"忠贞之心的爱侣，结局也是如此悲惨，他们自身双双食了苦果；所不同的是仅仅剩下受人敬佩的"吊唁"而已。看来为了品尝恋情的滋味而拼死食禁果，这也是当时中国某些男子的矛盾人生吧？因此，作者开宗明义就说："此书为劝戒而作，其形容尽致处，如见其人，如闻其声。阅者深味其言，更返观风月场中，自当厌弃嫉恶之不暇矣。"[②]这话倒不属"头巾气"的说教。但也像"围城"一样，在风月场中尝到禁果的苦涩的人冲城而出；而在城外的人还想夺门而进，想去领略园中的旖旎风光。按照上述所引的刘半农与张爱玲的分析，我们可以认定，《海上花列传》实际上是一部通俗社会言情小说。

(三)

韩邦庆的作品之所以取得如此高的成就，与他的熟悉社会与熟悉花丛的生活当然有关，但孙玉声的熟悉程度决不在韩之下，为什么孙玉声小说的成就比较的低呢？关键在于韩邦庆有见解——有深入洞悉文艺规律的奥秘的不凡见解。而这些见解在今天看来就是很深刻的文艺理论。例

① 《圣经·创世记·第3章》，南京爱德印刷有限公司1988年版，第3—4页。
② 《海上花列传·例言》，《海上花列传》，百花洲文艺出版社1993年版，第3页。

如他说写“列传”有三难：

> 合传之体有三难：一曰无雷同，一书百十人，其性情言语面目行为，此与彼稍有相仿，即是雷同。一曰无矛盾，一人而前后数见，前与后稍有不符，即是矛盾。一曰无挂漏，写一人而无结局，挂漏也；叙一事无收场，亦挂漏也。知是三者而后可与言说部。①

这前两难韩邦庆果然是解决了。这第三难恐怕就不易解决。可是当他阐明了自己的“见解”后，似乎也“迎刃而解”了。他将读小说与游太行、王屋、天台、雁荡、昆仑、积石诸名山作比：

> 今试与客游太行、王屋、天台、雁荡、昆仑、积石诸名山。其始也，扪萝攀葛，匍匐徒行，初不知山为何状；渐觉泉声鸟语，云影天光，历历有异，则徜徉乐之矣；既而林回磴转，奇峰沓来，有立如鹄者，有卧如狮者，有相向如两人拱揖者，有亭亭如荷盖者，有突兀如锤、如笔、如浮屠者……夫乃叹大块文章真有匪夷所思者。然固未跻其巅也。于是足疲体惫，据石少憩，默然念所游之境如是如是，而其所未游者，揣其蜿蜒起伏之势，审其凹凸向背之形，想象其委曲幽邃回环往复之致，目未见而如有见焉，耳未闻而如有闻焉。固已一举三反，快然自足，歌之舞之，其乐靡极。噫，斯乐也，于游则得之，何独于吾书而失之？吾书至于64回，亦可以少憩矣。64回中如是如是，则以后某人如何结局，某事如何定案，某地如何收场，皆有一定不易之理存乎其间。客曷不掩卷抚几以乐于游者乐吾书乎？②

看来韩邦庆对读者的要求也是极高的。他竟然将“无挂漏”这一要求“转嫁”给读者了。其实一般读者，只是读懂了他作品的故事情节，因为他的作品毕竟是通俗的；但读者也是分层次的，他还要求读者进而“一举三

① 《海上花列传·例言》，《海上花列传》，第5页。
② 《海上花列传·跋》，《海上花列传》，百花洲文艺出版社1993年版，第525页。

反”地深得其中三昧。真所谓“外行看热闹，内行看门道”了。他期望读者去看他的“门道”。他认为我既然已经写出了“这一个”的个性，又在作品中为他们铺设了生活道路，读者就可以揣想他的未来。正如俗语所说的“三岁看到老”了。优秀的通俗小说往往是经得起“雅俗共赏”的。但雅俗读者之间的所得也往往是不平等的。世界上恐怕找不到对每一位读者都“平等”地雅俗共赏的作品。

至于小说的结构，韩邦庆更有自己独到的见解，在这种见解指导下的小说，当然使他的结构艺术优胜于前人：

> 全书笔法自谓从《儒林外史》脱化出来，惟穿插藏闪之法，则为从来说部所未有。一波未平，一波又起，或竟接连起十余波，忽东忽西，忽南忽北，随手叙来并无一事完，全部并无一丝挂漏；阅之觉其背面无文字处尚有许多文字，虽未明明叙出，而可以意会得之，此穿插之法也。劈空而来，使阅者茫然不解其如何缘故，急欲观后文，而后文又舍而求他事矣；及他事叙毕，再叙明其缘故，而其缘故仍未尽明，直至全体尽露，乃知前文所叙并无半个闲字，此藏闪之法也。①

从穿插法而言，书中的五组主要人物是作品波澜迭起之源。一、王莲生与沈小红、张蕙贞；二、罗子富与黄翠凤、蒋月琴，还加上一个钱子刚；三、陶玉甫与李漱芳；四、朱淑人与周双玉；五、赵二宝与史公子、癞公子。而又以洪善卿与赵朴斋甥舅两人为串线。作者就是靠这五组人物之间的瓜葛，掀起了一波未平，一波又起的动感，指挥着忽南忽北，忽东忽西的调度。至于藏闪之法，因为是“劈空而来”，真有使人“防不胜防”之感。例如沈小红人还未出场，韩邦庆就为她定了“调子”：当洪善卿到沈小红堂子里去访王莲生时，扑了个空，连沈小红也不在，说是“先生（妓院中的下人称妓女为“先生”——引者注）坐马车去哉”（第 3 回）。从此“坐马车”就成了“轧姘头倒贴”的代名词。张蕙贞在王莲生耳边影影绰绰揭沈小红倒贴姘头，说她“常恐俚自家用场忒大仔点”。王莲生还不大在意地茫然答道：

---

①《海上花列传·例言》，《海上花列传》，百花洲出版社 1993 年版，第 4 页。

"俚自家倒无啥用场，就不过三日两头去坐坐马车。"说明他当时还对沈小红是深信不疑的；后来略有觉察时，曾向洪善卿探问沈小红是否有姘贴？洪"沉吟半晌"，才吞吞吐吐地说："就为仔坐马车用场大点。"（第 24 回）直到第 33 回，王莲生亲眼看见沈小红与小柳儿"搂在一处"，才像一道闪电，照亮了以前的一切暧昧情节。包括第 9 回中，向沈小红报信，使沈与张蕙贞大打出手的，皆是小柳儿所为（小柳儿为京剧武生，当时嫖界皆以妓女姘贴"戏子"与"马夫"为大忌，视为是对恩客的奇耻大辱——引者注）。因此韩邦庆说："此书正面文章如是如是；尚有一半反面文章藏在字句之间，令人意会，直须阅至数十回后方才能明白，恐阅者急不可待，特先指出一二。……写沈小红，处处有一小柳儿在内。"①这样的"藏闪"之法，在作品中形成若干"暗纽"，直到作者在关键时刻为我们点亮，才知全文之丝丝入扣。无怪胡适对韩邦庆的文学技巧如此钦服，以致说：《红楼梦》"在文学技巧上，比不上《海上花》"②。张竹坡在给《金瓶梅》写回评时说："做文如盖造房屋，要使梁柱榫眼，都合得无一缝可见；而读人的文字，却要如拆房屋，使某梁某柱的榫，皆一一散开在我眼中也。"③韩邦庆的确想做到"合得无一缝可见"；可是反复阅读而又二译《海上花列传》的张爱玲就生怕韩邦庆因"渐老渐熟"，达到了化境，"乃造平淡"；而行文的"浑然天成"又使它一半反面文章还藏在字行之间，以致读者容易被它的"穿插藏闪"弄得眼花缭乱，拆解不开。因此她在《译后记》中以调侃自己方式出现，说："《海上花》两次悄悄的自生自灭之后，有点什么东西死了。虽然不能全怪吴语对白，我还是把它译成国语。这是第三次出版，就怕此书的故事没完，还缺一回是：张爱玲五详《红楼梦》/看官们三弃《海上花》。"④张爱玲的"调侃"用意倒还是想告诉读者，这部书要细读才能咀嚼出兴会无穷的味汁。关于这一点，今天张爱玲在天之灵倒是可以不必再担心的了。这样的结局恐怕是不会再有的了。当我们知道它在文学史上的重要地位之后，我们当然会从各个视点去解读这部优秀的作品。当我们发现《海上花

① 《海上花列传·例言》，《海上花列传》，百花洲文艺出版社 1993 年版，第 4 页。
② 胡适：《胡适〈红楼梦〉研究论述全编》，上海古籍出版社 1988 年版，第 290 页。
③ 张竹坡点评《金瓶梅》第 2 回的回评，齐鲁书社 1991 年版，第 40 页。
④ 张爱玲：《国语本〈海上花〉译后记》，上海古籍出版社 1995 年版，第 684 页。

列传》这六个"率先",它的文学史身份也随之提高而会引起多方的关注与开掘。当我们尊它为现代通俗小说的开山之作时,实际上就将它作为中国文学古今演变的"换乘点"的鲜明标志,它就是中国现代文学的起步点;因为新文学丰碑还要迟四分之一世纪才诞生,而它作为通俗小说之优秀代表作却早已悄悄地开拓着中国现代文学的新垦地。

◎ 《老残游记》作者刘鹗小像

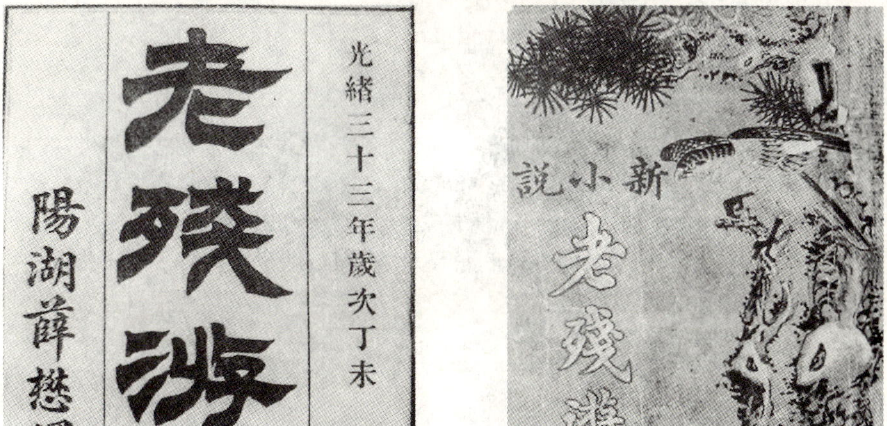

◎ 《老残游记》的两个版本之书影

◎ 李伯元小像

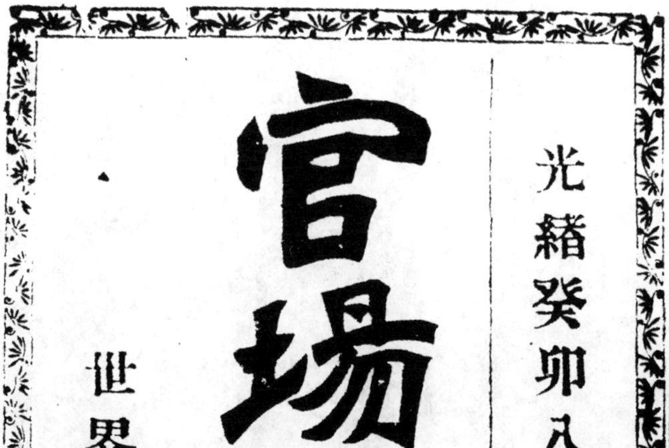

光緒癸卯八月既望

官場現形記

世界繁華報館刊行

◎　1903 年出版的李伯元的《官场现形记》书影。

◎ 吴趼人小像

揭发伏藏：特缘时势要求以合时人嗜好

——以评议鲁迅、胡适的有关“谴责小说”论点为中心

1903年李伯元在《世界繁华报》上连载《官场现形记》(以下简称《现形记》),而吴趼人在《新小说》上连载《二十年目睹之怪现状》(以下简称《怪现状》),以后又出现了《老残游记》和《孽海花》两部未竟的优秀小说。这些小说为现代文化市场的开拓,发挥了更显著的作用。鲁迅说,《官场现形记》“特缘时势要求,得以为快,故《官场现形记》乃骤享大名”[①]。而吴趼人因连载《二十年目睹之怪现状》而“名于是日盛”,“尤为世间所称”。为什么会有如此大的魅力?鲁迅认为他们的小说能“以合时人嗜好”。可以想象,一般的市民对李伯元的作品已有了一种“嗜好”,那就是有了一种“瘾”,就如嗜烟嗜酒一样,现在是嗜书——嗜谴责小说,有李伯元在《世界繁华报》上的《现形记》的连载,就要去买来过“瘾”,人们才会从自己的口袋里掏出钱来,购买你的文化产品,上海的现代化文化市场中的文学板块就是这样孕育发展起来的。只要看《现形记》的光绪甲辰本(1904),就是24册36卷的“口袋本”,每册只有2回,至多3回小说,这种64开本的书是给人放在口袋中的,它不是给文人雅士在书斋中密圈密点地去研读的,而是符合市民读者的既便于随身携带,也可随时翻阅的要求,这也说明我们的文化市场正在考虑迎合各类读者的需求——不仅内容的迎适,而且

① 鲁迅:《中国小说史略·第28篇·清末之谴责小说》,《鲁迅全集》第9卷,人民文学出版社1981年版,第282—295页,本文中所引的鲁迅评谴责小说的引文,如不特别注明,皆引自该文。

也考虑到外观形式的多样化，这也是文化市场步向成熟的一个标志。而《孽海花》前20回出版后，很快就再版达15次，行销5万部，得到许多好评。这种行销量在当时可谓惊人。这四部作品及其他同类可读性强的小说成了建立现代文化市场的畅销产品。

“谴责小说”这一文学史上的学名是由鲁迅在《中国小说史略》中命定的，一直沿用至今。鲁迅在《中国小说史略》中，将“讽刺小说”、“谴责小说”和“黑幕小说”分为三个档次。讽刺小说以《儒林外史》为代表，说它“秉持公心，指摘时弊”，“感而能谐，婉而多讽”，“烛幽索隐，物无遁形”，“无一贬词，而情伪毕露，诚微词之妙选，亦狙击之辣手矣”。[①] 可见优秀的讽刺小说是具备很高的艺术水准的。至于谴责小说则是以《现形记》等为代表，在晚清“群乃知政府不足与图治，顿有掊击之意。其小说，则揭发伏藏，显其弊恶，而于时政，严加纠弹，或更扩充，并及风俗。虽命意在匡世，似与讽刺同伦，而辞气浮露，笔无藏锋，甚且过甚其辞，以合时人嗜好，则其度量技术相去亦远矣，故别谓之谴责小说”[②]。显然，其艺术性就远不及讽刺小说了。对黑幕小说，鲁迅则认为是此种揭露性小说的一种“堕落”，它“以抉摘社会弊恶自命，……其下者乃至丑诋私敌，等于谤书；又或有谩骂之志而无抒写之才，则遂堕落而为‘黑幕小说’”[③]。对谴责小说，鲁迅是抱着一分为二的态度，既指出它有“特缘时势要求”的一面，又感到它们的艺术品位较为低下。在《中国小说史略·第28篇·清末之谴责小说》中，鲁迅提及了李伯元的《现形记》、吴趼人的《怪现状》、刘鹗的《老残游记》、曾朴的《孽海花》等四部小说，被后人在文学史上引申为“四大谴责小说”。

（一）

胡适在1927年为《现形记》的东亚版写序之前，是读过鲁迅的《中国

① 鲁迅:《中国小说史略·第23篇·清之讽刺小说》,《鲁迅全集》第9卷，人民文学出版社1981年版，第220—223页。

② 鲁迅:《中国小说史略·第28篇·清末之谴责小说》,《鲁迅全集》第9卷，人民出版社1981年版，第282页。

③ 同上，第292页。

小说史略》的，他在序言中也表示同意鲁迅的观点。但胡适在序言开端介绍了李伯元的生平之后，第一句话就说："《官场现形记》是一部社会史料。"这第一句话就表示他要换一个"视角"来加以论述。胡适既同意鲁迅所用的文学审美视角，但他又要侧重从社会史料的角度去加以剖析《现形记》，这样才不致重复鲁迅的意见，而且能写出自己的新意来。胡适写道：

> 《官场现形记》是一部社会史料。它所写的是中国旧社会里最重要的一种制度与势力，——官。它所写的是这种制度最腐败、最堕落的时候，——捐官最盛行的时期。（重点是原有的）①

如果从"社会史料"的角度去研究，它就成了最重要最有价值的东西了，这部书就有永恒的保留价值，它在比较宽阔的界域中揭露了封建没落时期的官场。1903年欧阳钜源（茂苑惜秋生）在所写《现形记》的《序》（胡适认为这篇序大概是李伯元自己写的）中就深刻地指出，人们会争着去做官的原因："盖官者有士农工商之利，而无士农工商之劳也。天下爱之至深者，谋之必善；慕之至切者，求之必工。"而在小说结束的第60回，再一次强调了这个"利"字的诱惑力："统天底下的买卖，只有做官利钱顶好，所以拿定主意，一定也要做官。"利钱最厚，而做官又不难，举手之劳，还能有丰厚的回报，何乐而不为呢？

另一部谴责小说《怪现状》也有大量的篇幅去写官场，而且与李伯元的上述的结论是共同的，真可谓异曲同工。在它的第100回的"回评"中也说：

> 曾闻诸人言，合肥李文忠恒詈人曰："天下最易的是做官，连官也不会做，真是无用的东西了。"昔者闻而疑之，何文忠之轻视做官，一至于此！今观此回，以一蠢如鹿豕之人，仅在官署当仆役数年，即能袍笏登场，俨然人上；始信文忠之言为不谬也。以不通一进而为不知羞，即可做官，是殆作者之微言欤。

① 胡适：《官场现形记·序》，见《胡适文存》第3集，黄山书社1996年版，第383—393页，本文中所引的胡适评《官场现形记》的引文，如不特别注明，皆引自该文。

李鸿章的这个故事是流传得很广的：李鸿章每问被保荐来的人，有何专业？如学过某种专业，他就尽量派他去做相关专业的工作；如果说，什么也没有学过，他就会说：那就做官去！这也是形容在封建社会中做官不必学有专长，是非常容易对付的事。更何况晚清是有捐官的定制，也是买官与卖官最盛行的时代。

因此，在《现形记》和《怪现状》中开头就着重写“跑官买官”。在《怪现状》的第50回，九死一生说：“至于拿官当货物，这货只有皇帝有，也只有皇帝卖。”然后就从高到低，逐级按价一层层卖将下去，或批发，或零售。在《现形记》第4回中就出现了这样精彩的描写：

> 他这人生平顶爱的是钱，自从署任以来，怕人家说他的闲话，还不敢公然出卖差缺，今因听得新抚台不久就要接印，他指日也要回任，这藩台是不能久的，他便利令智昏，叫他的幕友官亲，四下里替他招揽买卖（原批：贿赂公行，不成世界）。其中以一千元为码，只能委个中等差使。顶好的缺总得头二万银子。谁有银子谁做，却是公平交易，丝毫没有偏袒。

正因为当时跑官买官风气特盛，所以《怪现状》第5回所写的情节与《现形记》几乎“撞了车”，可是他们的作品是在同年发表的，不存在这个人去套用了那个人的情节：

> 他在怀里掏出一个折子来递给我。我打开一看，上面开着江苏全省的县名，每一个县名底下，分注了些数目字，有注一万的，有注二三万的，也有注七八千的。我看了虽然有些明白，然而我不便就说是晓得了，因问他是什么意思。他此时炕也不坐了，拉了我下来……他附着了我的耳边，说道：“这是得缺的一条捷径。若是要想那一个缺，只要照开着的数目，送到里面去，包你不到十天，就可以挂牌。”

做官的自己爱钱，而他的官又是花大价钱买来的，他到任后的搜括当然更是凶狠，因此，《现形记》里至少两次提到做官七字诀：“千里为官只为财。”从这个视角出发，胡适就不用鲁迅用过的“笔无藏锋”的贬词，而是用了“酣畅淋漓”的褒词。写到这里，我们不得不承认，胡适所着眼的“社会史料”的视角定位也是非常有道理的。

但侧重社会史料角度之外，胡适也是从文学的角度去评判《现形记》的得失的。他认为《现形记》写得最好的是第43、44、45回。他说：“这三回的‘佐杂现形记’真可算是全书最有精彩的部分。”他认为，李伯元写大官往往不大自然，因为材料是间接得来的，而写佐杂小官，就有声有色。可是李伯元抵挡不住若干“话柄”的诱惑，如果他不去摭拾这些官场话柄，而是写他自己观察过的和体验到的生活，“他的文学成绩必定大有可观，中国近代小说史上也许添一部不朽的名著”。也就是说，这3回的内容与笔法是《儒林外史》式的。

鲁迅从审美的角度批评谴责小说“甚且过甚其辞，以合时人嗜好”。胡适却从“浅人”（主要是中下层市民）的视角去看待这一问题，于是他认为：

> 但作者个人生计上的逼迫，浅人社会的要求，都不许作者如此做去。于是李宝嘉遂不得不牺牲他的艺术而迁就一时的社会心理，于是《官场现形记》遂不得不降作一部摭拾话柄的杂记小说了。
>
> 讽刺小说之降为谴责小说，固是文学史上大不幸的事。但当时中国屡败之后，政制社会的积弊都暴露出来了，有心的人都渐渐肯抛弃向来夸大狂的态度，渐渐肯回头来谴责中国本身的制度不良，政治腐败，社会龌龊。故谴责小说虽是浅薄，显露，溢恶种种短处，然他们确能表示当日社会的反省的态度，责己的态度。这种态度是社会改革的先声。……我们回头看那班敢于指斥中国社会的罪恶的谴责小说家，真不能不脱下帽子来向他们表示十分敬意了。（重点是原有的）

胡适知道李伯元虽享盛名，但毕竟是个贫困的卖文为生者，为了生存，他的作品不可能精雕细刻；其次胡适谈到了至关重要的一点，那就是“浅人社会”的要求，所以作家也“迁就一时的社会心理”。鲁迅的“以合时人嗜好”也是这个意思，但鲁迅是一种“精英视角”。而胡适却认为通俗文学是有一个面向中下层市民社会的问题。我们常常用很不礼貌的“媚俗”这一贬词去指责通俗文学，“媚俗”的作品当然是有的，但李伯元的小说没有什么“媚态”，说他“适俗”，我以为还是恰如其分的。如果李伯元当时写出《儒林外史》这样的作品，中下层市民并不一定会如此趋之若鹜的“狂热”：

> 晚清上海，本是中国骂官的最好的场所，允许骂，有人听。《官场现形记》骂得痛快淋漓，全面，解恨，因此出版以后，纸贵一时，影响空前。模仿之作，风起云涌。①

据统计，从 1905 到 1911 年，以“官”或“官场”命名的小说，至少有 16 部，而以“现形记”命名的小说，也至少有 16 种。② 清朝的文字狱是一直非常厉害的，可是在上海就能骂。胡适说：

> 向来人民对于官，都是敢怒而不敢言；恰好到了这个时期，政府的纸老虎是戳穿的了，还加上一种傥来的言论自由，——租界的保障，——所以受了官祸的人，都敢明白地攻击官的种种荒谬，淫秽，贪赃，昏庸的事迹。

其实鲁迅的“特缘时势要求”，“以合时人嗜好”这 12 个字是容量非常大的。但“以合时人嗜好”的精英视角与大众视角的结论是不同的。而胡适更从“反省态度”和“社会改革的先声”这个角度来论证此类谴责小说的社会作用，这是一个很重要的论点。中国人过去一向自诩为“地大物博”、“开化最早”、“外国物质文明虽高，中国精神文明更好”。鲁迅称之为“合群的爱国的自大”③的夸大狂。而胡适则认为谴责小说出现了一种民族的“反省的态度”、“责己的态度”，这也是一种民族的良知的觉醒，因此他觉得应该向这些指斥中国罪恶的谴责小说家脱帽致敬。我认为胡适在这

---

① 熊月之主编：《上海通史·第 6 卷·晚清文化》，上海人民出版社 1999 年版，第 517 页。
② 林瑞明：《〈官场现形记〉与晚清腐败的官场》，《晚清小说研究》，台湾联经出版社 1988 年版，第 236 页。
③ 鲁迅：《热风·三十八》，《鲁迅全集》第 1 卷，人民文学出版社 1981 年版，第 311 页。

篇序言中既同意鲁迅的审美角度去批评《现形记》的不足，同时又多角度地探讨谴责小说的积极面，胡适的见解是全面而中肯的。

再说，《儒林外史》与《现形记》的社会影响面也是不同的。胡适看到了这一点：

> ……书里的人物又都是“儒林”中人，谈的什么“举业”、“选政”，都不是普通一般人能了解的。因此，第一流小说之中，《儒林外史》的流行最不广，但这部书在文人社会里的魔力可真不少！[①]

至于《怪现状》，胡适没有为它写过什么长篇论文，但胡适 1917 年在《新青年》中与钱玄同通信时说：“钱先生谓《水浒》、《红楼梦》、《儒林外史》、《官场现形记》、《孽海花》、《二十年目睹之怪现状》六书为小说之有价值者，此盖就内容立论耳。……《二十年怪现状》在上所举同类之书中，独为最上物。所以者何？此书以‘我’为主人。全书中种种不相关属之材料，得此一个‘我’，乃有所附着，有所系统。此其特长之处，非李伯元所及。”[②]当时的评论家是很重视第一人称的小说的，认为这是刚从外国小说中学来的技巧。因此，在《怪现状》中一个“捉襟见肘”的“我”，竟使胡适钦服到这般地步，贸然就将它列为六部之首。到 1922 年，他在写《五十年来中国之文学》时，对这一“我”字结构的评价略有改正。但他对该书并没有什么精辟深刻的论点。

（二）

胡适还为《老残游记》写过序言[③]。胡适序言的开端也像《现形记·序》一样是从刘鹗的传记谈起的。他首先为刘鹗辩诬。关于这一点，在今

① 胡适：《五十年来中国之文学》，载《最近之五十年——〈申报〉馆五十周年纪念》，上海书店 1987 年根据 1922 年《申报》馆本影印，第 16 页。

② 胡适：《再寄陈独秀答钱玄同》，转引自《胡适文存·第 1 集》，黄山书社 1996 年版，第 28 页。

③ 胡适：《老残游记·序》，见《胡适文存》第 3 集，黄山书社 1996 年版，第 394—411 页。本节中所引的胡适评《老残游记》的引文，如不特别注明，皆引自该文。

天看来，也是大快人心的。像刘鹗这样一个人，一生也做过不少好事，也想救国救民，结果被流放到新疆，郁郁客死他乡。他的罪名竟是“汉奸”。胡适却为他翻了案：

他是一个很有见识的学者，同时又是一个很有识力与胆力的政客。……刘鹗先生一生有四件大事：一是河工，二是甲骨文字的承认，三是请开山西的矿，四是贱买太仓的米来赈济北京难民。为了后面的两件事，他得了许多毁谤。太仓米的案子竟叫他受充军到新疆的刑罚，然而知道此事的人都能原谅他，说他无罪。只有山西开矿造路的一案，当时的人很少能了解他的。他的计划是要“严定其制，令三十年而全矿路归我。如是则彼之利在一时，而我之利在百世矣”。这种办法本是很有远识的。但在那个昏愦的时代，远见的人都逃不了惑世误国的罪名，于是刘先生遂被人叫做“汉奸”。

刘鹗真是生不逢时，如果他生在今天，那他一定会在改革开放大业中做个开路先锋，还是一位为引进外资大显身手的外贸谈判专家。刘鹗的见解实在太超前了。

解放以来，主要是因为他对“北拳南革”的一些所谓“预言”不合潮流，以至于被戴上了“反动文人”等等的帽子。但胡适对这一问题作了比较客观公允的评价。他认为，“《老残游记》的预言无一不错。这都是因为刘先生根本不赞成革命。”他又用一种精确的计算法告诉我们：“此书作于庚子乱后，成于丙午年，上距拳匪之乱凡五年，下距辛亥革命也只五年。他说拳祸，只是追记，不是预言。”那么，胡适是话中有话的，就是说刘鹗对拳乱的评价是不错的。我认为，胡适的见解是基本正确的。胡适对刘鹗将“南革”看成是“阿修罗部下的妖魔鬼怪”，是持否定态度的。不过他又指出，刘鹗也“只是根据当时的趋势”，我们总不能因为在革命派与改良派尚在剧烈论争中，他对革命有误解，而否定他的整部作品的成就。胡适就在这样的前提下，开始用审美视角谈《老残游记》的文学技术。胡适说：

但是《老残游记》在中国文学史上的最大贡献却不在于作者的思

> 想，而在于作者描写风景人物的能力。古来作小说的人在描写人物的方面还有很肯用力气的；但描写风景的能力，在旧小说里简直没有。
>
> 《老残游记》最擅长的是描写的技术；无论写人写风景，作者都不肯用套语烂调，总想熔铸新词，作实地的描画。在这一点上，这部书可算是前无古人了。（重点为原有）

在这一点上，鲁迅与胡适的见解是有相通之处的。鲁迅也认为刘鹗的作品“叙景状物，时有可观”。但胡适则是将刘鹗这一优点，提到了文学史的高度——着眼于作品在文学史上富有创新的闪光点。胡适认为这闪光点最主要的表现在两个方面：一、以第12回刘鹗写“止水结冰”、“流水结冰”和“月下云山”等描写段落为例，说作者懂得不但人有个性的差别，“景物也有个性的差别”；二、以第2回王小玉唱书为例，说作者善于用“通感”手法使读者“从这些逼真的印象里感觉那无形象的音乐的妙处”。关于第一点，胡适非常称颂刘鹗的实地的精细的观察，“知道了景物各有个性的差别，我们就应该明白：因袭的词章套语总是浮泛的，笼统的，不能表现某地某景的个别性质”。胡适将刘鹗的成功经验给总结出来了，有精细观察还得和顶尖的白描工夫相匹配，互为表里，才能相得益彰：“这种白描的工夫真不容易。只有精细的观察能供给这种描写的底子；只有朴素新鲜的活文字能供给这种描写的工具。”所谓“通感”也叫“移觉”：“人们日常生活中视觉、听觉、触觉、嗅觉、味觉等各种感觉往往可以有彼此交错相通的心理经验，于是，在写说上当表现属于甲感觉范围的事物印象时，就超越它的范围而描写成领会到的乙感觉范围的印象，以造成新奇、精警的表达效果。”[①]胡适认为，王小玉的唱书是小说中“最用气力的描写”，也是“很大胆的尝试”：“音乐只能听，不容易用文字写出，所以不能不用许多具体的物事来作譬喻。白居易、欧阳修、苏轼都用过这个法子。刘鹗先生在这一段里连用七八种不同的譬喻，用新鲜的文字，明了的印象，使读者从这些逼人的印象里感觉那无形音乐的妙处。”我们读那第2回时，先是感

---

① 《辞海（增补本）》，上海辞书出版社1983年版，第325页。

到“叹为观止”，叹是叹的刘鹗能将具体的比喻化为乐谱，用文字再现王小玉的歌喉；后又感到“余音绕梁”：他的文字“凝固”了这美妙的乐音，刘鹗这段文字可以随时随地为读者“重放”这段千古绝唱。胡适在论文中一再用“白描”、“新鲜”、“鲜活”、“肯用力气”、“熔铸新词”、“逼人”的“活文字”，来强调刘鹗的特有的、前无古人的文字魅力，说明了他受感染和被征服的阅读体验。

至于对《老残游记》的主要内容的欣赏，鲁迅与胡适是有着共同的感受的。那就是写所谓“清官”的可怕。他们两人共同引用了刘鹗的第16回回评：

> 赃官可恨，人人知之；清官尤可恨，人多不知。盖赃官自知有病，不敢公然为非；清官则自以为不要钱，何所不可，刚愎自用，小则杀人，大则误国。吾人亲目所见，不知凡几矣……作者苦心愿天下清官勿以不要钱便可任性妄为也。历来小说皆揭赃官之恶；有揭清官之恶者，自《老残游记》始。

胡适指出，刘鹗笔下的两个“清官”，一个是实有其人的，玉贤即影射毓贤；另一个是刚弼，“似是一个假名，只借‘刚愎’的字音”，是作者塑造的酷吏形象。毓贤在山东曹州做知府时，杀人如麻，竟杀出了一个“路不拾遗”政声来，被上司误当“清官”与“能吏”。可是《老残游记》却指出，这个玉大人“只为过于要做官，且急于做大官，所以伤天害理的做到这样。而且政声又如此奇好，怕不数年之间就要方面兼圻的吗。官愈大，害愈甚：守一府则一府伤，抚一省则一省残，宰天下则天下死！”那就是说，刘鹗所否定的不是“清”字，而是“任性妄为”，将那种不顾老百姓死活，劳民伤财还不够，甚至用“万家流血顶染腥红”作为手段，炮制“政绩”，为自己画就一幅连升连捷的“升官图”。刘鹗笔下的酷吏，虽然没有贪污，可是他们不择手段，甚至以残害百姓的恶劣手段制造“政绩”，他们的升官是建筑在民不聊生的基础之上的，这实际上是呈现了刘鹗自己的一副“为民请命”的赤热心肠。

通过上述对《老残游记》的分析，它确是在内容和艺术上均属上乘之作，小说既无“辞气浮露”，又没“笔无藏锋”，也不“连篇‘话柄’”，它怎么能划进“谴责小说”之列？

（三）

胡适对所谓“四大谴责小说”的评价的最大失误是对《孽海花》的若干见解。他在1917年答复钱玄同对六部有价值的小说的评价时说：“《孽海花》一书，适以为但可居第二流，不当与钱先生所举他五书同列。此书写近年史事，何尝不佳？然布局太牵强，材料太多，但适于札记之体（如近人《春水室野乘》之类）而不得为佳小说也。”他接着又说：“《孽海花》尚远不如《品花宝鉴》。”[①]这更不知从何说起，因此，后人认为胡适只是在上海念书时读过《孽海花》，以后就只凭印象随便说话，而且再也没有认真去研究它。1922年，写《五十年来中国之文学》时，在论及谴责小说的前三部后，竟然对《孽海花》一字不提。直到曾朴逝世，胡适写纪念文章时，对曾朴的翻译功力大加赞扬，而对《孽海花》还是坚持己见：“但我曾很老实的批评《孽海花》的短处。十年后我见着曾孟朴先生，他从不曾向我辩护此书，也不曾因此减少他待我的好意。”[②]其实曾朴是为他的小说的“布局太牵强”的批评作过辩护的，只是胡适没有读到此文罢了。曾朴说：

> 譬如穿珠，《儒林外史》等是直穿的，拿着一根线，穿一颗算一颗，一直穿到底，是一根珠练；我是蟠曲回旋着穿的，时收时放，东西交错，不离中心，是一朵珠花。譬如植物学里说的花序，《儒林外史》等是上升花序或下降花序，从头开起，谢了一朵，再开一朵，开到末一朵为止；我是伞形花序，从中心干部一层一层的推展出各种形象来，互相连结，开成一朵球一般的大花。《儒林外史》等是谈话式，谈乙事不管甲事，就谈到丙事，又把乙事丢了，可以随便进止；我是波澜有起

---

① 胡适：《再寄陈独秀答钱玄同》，转引自《胡适文存·第1集》，黄山书社1996年版，第28页。

② 胡适：《追忆曾孟朴先生》，转引自魏绍昌编《〈孽海花〉资料》，上海古籍出版社1982年版，第211页。

伏，前后有照应，有擒纵，有顺逆，不过不是整个不可分的组织，却不能说它没有复杂的结构。[①]

这正是鲁迅评价《孽海花》时所说的“结构工巧”了。鲁迅对《孽海花》的结构的见解是胡适所不及的。分析长篇小说“结构”是需要“细读”的，稍一粗疏，就会忽略过去，与作者的匠心产生极大距离。胡适对《孽海花》结构艺术的批评即为适例。

当金松岑将这一题材写成政治小说，把稿子寄给曾朴看时，曾朴建议“想借用主人公做全书的线索，尽量容纳近三十年来的历史，避去正面，专把那些有趣的琐闻逸事，来烘托出大事的背景，格局比较廓大。当时就把我的意见，告诉了金君，谁知金君竟顺水推舟，把继续这书的责任，全卸到我身上来。我也就老实不客气的把金君四五回的原稿，一面点窜涂改，一面进行不息，三个月功夫，一气呵成了二十回”[②]。曾朴敢接这部稿子并非贸然。曾朴过去经常出入金雯青的原型洪钧的府第，洪“为吾父之义兄，同时又为余闱师之师，谊属‘太老师’，故余当时每称赛金花为‘小太师母’”[③]。他们是世交。曾朴既熟悉晚清上层知识界和官僚的生活，他笔下的许多人物原型又是他的父执，而他又很有气魄地定下了这部小说的主干立意：

这书的主干的意义，只为我看着这三十年，是我中国由旧到新的一大转关，一方面文化的推移，一方面政治的变动，可惊可喜的现象，都在这一时期内飞也似的进行。我就想把这些现象，合拢了它的侧影或远景和相连系的一些细事，收摄在我笔头的摄影机上，叫他自然地一幕一幕的展现，印象上不啻目击了大事的全景一般。[④]

---

① 曾朴：《曾孟朴谈〈孽海花〉》，魏绍昌《〈孽海花〉资料》，上海古籍出版社 1982 年版，第 130 页。

② 曾朴：《曾孟朴谈〈孽海花〉》，魏绍昌《〈孽海花〉资料》，上海古籍出版社 1982 年版，第 129—130 页。

③ 崔万秋：《东亚病夫访问记》，魏绍昌《〈孽海花〉资料》，上海古籍出版社 1982 年版，第 139 页。

④ 曾朴：《曾孟朴谈〈孽海花〉》，魏绍昌《〈孽海花〉资料》，上海古籍出版社 1982 年版，第 131 页。

因此，鲁迅说它“结构工巧，文采斐然”是不错的。至于说它“张大其辞”的批评就显得较笼统，因为“张大其辞”与夸张之间是划不出明确的界线的。将《孽海花》说成是谴责小说也缺乏足够的根据。其实这是一部优秀的历史小说。有论者认为：“事实上，最早突破传统历史小说‘复活’‘历史’模式，用‘生活史’和‘精神史’形式表现历史进程的，是20世纪初曾朴的《孽海花》。”也就是说，过去中国的历史小说的模式是“复活”历史，而对法国文学素有研究的曾朴则吸收了法国19世纪小说的叙事格局，以世态风俗描绘去展示时代风貌，他实际上是一位“中国现代长篇历史小说的开拓者”①。蔡元培则说：

> 《孽海花》出版后，觉得最配我的胃口了，他不但影射的人物与轶事的多，为从前小说所没有，就是可疑的故事，可笑的迷信，也都根据当时的一种传说，并非作者捏造的。加以书中的人物，大半是我所见过的；书中的事实，大半是我所习闻的，所以读起来更有趣。②

而林纾则评价说：“方今译小说者，如云而起，而自为小说者鲜。纾日困于教务，无暇博览，昨得《孽海花》读之，乃叹为奇绝。”③他又曾说：“所恨无迭更司其人，能举社会中积弊著为小说，用告当事，或庶几也。呜呼！李伯元已矣，今之健者，惟孟朴与老残二君，能出其绪余，效吴道子之写地狱变相，社会之受益，宁有穷耶！谨拭目俟之，稽首祝之。”④至于对曾朴这位作家在文学史上的定位，还是郁达夫说得较为确切：“中国新旧文学交替时代的这一道大桥梁，中国20世纪所产生的诸新文学作家中的一位最大的先驱者。”⑤

本文的结论是，按照鲁迅对谴责小说的“界定”，“辞气浮露，笔无藏

---

① 杨联芬：《晚清至五四：中国文学现代性的发生》，北京大学出版社2003年版，第261页。

② 蔡元培：《追悼曾孟朴先生》，魏绍昌《〈孽海花〉资料》，上海古籍出版社1982年版，第198页。

③ 林纾：《红礁画桨录·译余剩语》(英·哈葛德原著)，商务印书馆1906年版。

④ 林纾：《〈贼史〉序》(英·迭更司原著)，商务印书馆1908年版。

⑤ 郁达夫：《记曾孟朴先生》，魏绍昌《〈孽海花〉资料》，上海古籍出版社1982年版，第207页。

锋，甚且过甚其辞，以合时人嗜好，则其度量技术相去亦远矣，故别谓之谴责小说”，那么我们只能将《现形记》与《怪现状》列为谴责小说。《老残游记》虽有如此强烈的谴责性，可是它应属于社会小说；而《孽海花》则是历史小说。这两部虽是未竟之作，但就已发表的部分来看，它们的艺术水准是达到了优秀小说的条件了，不应属于“别谓之”的档次之中。

不过我们也应该辩证地看问题：谴责小说本不能算是一种严格意义上的小说类型。我认为，应该着眼于鲁迅的非常精辟的“特缘时势要求”、“以合时人嗜好”这一论点，这 12 个字真可算是对“谴责小说”的经典评价：它说明在清末的时势中，这种谴责性的小说的数量必然是可观的，而所谓“嗜好”，也就是读者的强烈的“期待视野”。这些小说对揭发当时腐败的政府，曾发挥了巨大的作用；它们其实也是清末特定时势下的从讽刺走向“怒斥”的必由路径；这些谴责小说深入中下层社会，动员市民关心政局，起到了梁启超们倡导的政治小说所不能达到的社会效应。在那时，“婉而多讽”不可能成为时尚，那时的流行色调是“掊击”与“纠弹”，鲁迅的这 4 个字也是极有分量的，它说明特殊的时势要求小说有一种火辣辣的烧炙感。对这种从讽刺走向怒斥的小说我们也可“别谓之”谴责小说，像《老残游记》这类优秀的小说，按其内容划归为“社会谴责小说”也无可厚非，条件是在我们的头脑中应该将鲁迅对谴责小说的判断不视为一个“定义”，也不再将谴责小说看成“低人一头”的小说类型，“辞气浮露，笔无藏锋”是某些具体作品的缺点，不是所有谴责小说的通病。

◎ 吴研人主持的《月月小说》于 1906 年 11 月创刊。

新颖文士：论中国早期自由职业文化人对文学现代化的贡献

(一)

我在《〈海上花列传〉：现代通俗小说开山之作》一文中提出，中国文学从古典型转轨为现代型起点的标志是 1892 年开始连载、1894 年正式出版的《海上花列传》。不过韩邦庆对文学现代化的推进尚处于不自觉状态。

可是到 1898 年前后，我国的知识分子对文学的现代化的推进就逐渐进入自觉状态了。这一初具自觉状态的群体大约由三部分人所组成：一是早期的海归者，二是戊戌失败后的政治流亡者，三是中国早期的自由职业知识分子。早期海归者可以严复等为代表，他翻译了《天演论》等重要的著作，成为启蒙的有力工具；他写出了《本馆附印说部缘起》等文章，被梁启超誉为“雄文”。政治流亡者当然是以梁启超等为代表的维新人士，他在国外办起了《新小说》杂志，他写出了《论小说与群治之关系》等倡导小说革命的文章，而且在“诗界革命”、“文体革命”和“戏曲改革”方面，都提出了一系列革新文学现状的主张。以上这两部分人在促进文学现代化事业上的功绩是抹杀不掉的。但是中国早期的自由职业知识分子的贡献却往往为人们所视而不见，至少是大大低估了。那就是李伯元、吴趼人、包天笑等为代表的中国早期自由职业者。所谓“早期自由职业文化人”是指晚清崛起的一个由“士人”向新型知识分子过渡的群体。他们已有较新的知识结构，也不再苟同于传统士大夫的价值观，不再把读书做官视为实现人生价值的唯一途径，他们不愿做传统庙堂的御用文人，而是属于社会民间的自由人，凭借新的知识技能，或独立谋生，或服务于新式文化教育机构，从事新闻、教育、出版、西书翻译、画师、作家、科技、医疗、律师等等职业的知识分子。本文重点论述的是服务于新闻出版等大众传媒事业中的文化人对文学现代化的贡献。

在1903年，清廷开考经济特科。当时有人保荐李伯元和吴趼人去参考，可是被他们拒绝了。吴趼人在李伯元逝世后为其写一小传，其中说道："光绪辛丑（辛丑为1901年，年代有误，应为癸卯，即1903年——引者注）朝廷开特科，征经济之士，湘乡曾慕涛侍郎以君荐，君谢曰：使余而欲仕，不俟（及）今日矣。辞不赴。"[①]当时对这种人往往尊称为"征君"（旧称曾经朝廷征聘而不肯就职的隐士为"征君"）。可是吴趼人表扬了李伯元，却没有透露自己也是被人推荐而不赴者。李葭荣的《我佛山人传》中曾提及此事："先是湘乡曾慕陶（涛）侍郎饫耳君名，疏荐君经济，辟应特科，知交咸就君称幸，君夷然不屑曰，与物亡竞，将焉用是，吾生有涯，姑舍之以图自适，遂不就征。"[②]以上材料日本学者樽本照雄教授在《李伯元和吴趼人的经济特科》一文中有详细考证。[③] 对吴趼人只谈李伯元的经济特科事，而没有提及自己也同时被推荐，有人说这是吴趼人品格高尚而自谦，有人说他表扬了李伯元，也就等于表扬了自己。或者说二者兼而有之。但樽本先生的结论是很重要的：

> 对于知识分子来说，当时在上海除了做官以外，还有别的方法、别的世界可以维持生计。李伯元和吴趼人选择了新闻界。他们大概在新闻界已经做了很多事情并且充分体会到生活的价值。不用说他们也是在经济上独立的。事已至此，他们完全不想到北京去投考。李伯元和吴趼人不去投考经济特科这件事，也象征着新闻界在上海

---

① 吴沃尧：《近代小说家李伯元征君遗像（后附李伯元小传）》，《月月小说》第1年第3号（无页码），1906年12月30日出版。

② 李葭荣：《我佛山人传》，载1910年《天铎报》，转引自胡寄尘《虞初近志》卷6，广益书局1913年版，第34页。

③ 樽本照雄：《清末小说研究集稿》，齐鲁书社2006年版，第127—146页。

已经形成了。

新闻界之在上海的形成是有一个过程的。在戊戌维新以前，左宗棠等人诋毁报人为“江浙无赖文人之末路”。认为新闻记者是极尽挑拨离间之能事的一伙人。因为过去的信息与舆论是掌握在少数统治者之手，现在有现代传媒面向市民大众，初具了一个“公共空间”，市民也就有了参与，甚至成为社会舆论（民情）的主体，这种“垄断权”的被打破，民众成了信息与舆论的“共享者”，使统治者甚为恼火，因此报人的地位也被有意地打压得很低。但是从戊戌维新开始，康有为、梁启超的《时务报》问世，“乃为上海报界放一异彩，……前此贱视新闻业因而设种种限制之惯习，复悉数革除”。报纸主笔、新闻记者、特约通讯员之类的人也扬眉吐气，受社会之重视。上海报业之盛，又是因为托足租界，可以免受国内的政治暴力，所以舆论上也有了相对的自由度，社会信用有所增高。[①] 但李伯元、吴趼人所编的小报则仍被视为“戏报”与“花报”。可是自从吴趼人成了《新小说》的台柱，李伯元被国内最大的私营出版机构商务印书馆聘为《绣像小说》的主编之后，他们的档次得到了大大的跃升。他们成了很有名望的人物。过去的读书人以科举考试作为荣宗耀祖的捷径，能破格推荐你们去参与经济特科的考试，当然是特别看得起你们的意思，真像吴趼人的“知交”都纷纷向他祝贺——“咸就君称幸”，可是他们却不屑参加特科的考试。过去的“征君”是隐士，可是他们不是隐士，他们是中国早期资本社会的“自由职业者”。“自由职业者”的阶层在知识分子人群中的日益扩大，是一股新的社会中产阶级的制造舆论的力量。

这批自由职业者，收入也颇为可观的。当时清政府废科举办学校，山东青州府请包天笑去办学堂（教员也是自由职业者），“我的薪水，是每月白银五十两，……五十两银子，恰好是一只元宝，在南方可以兑换银元七十元左右。我自从受薪以来，以每月束脩二元始，至此亦可算是最高阶级

---

① 从左宗棠语至此的观点，可参看姚公鹤《上海闲话》，上海古籍出版社 1989 年版，第 128—132 页。

了，私心窃喜，学佛者也不能戒除这一个贪字呢”[1]。他在青州大约两年时间，后来 1906 年他到了上海，他在《时报》的工资是每月 80 元，“小说林编译所”又请他兼职，薪水每月 40 元；编辑《小说时报》他不拿编辑费，但稿费照算，千字 2 元；他还为商务印书馆写教育小说，千字 3 元。他还给《新新小说》等多种报刊写稿，还要到学校去兼课，忙当然很忙，可是收入也比在青州更加可观。如此看来，李伯元、吴趼人根本不想去考特科，也不是他们的清高。一方面，他们经济上有较丰厚的收入，另一方面，他们在新闻工作中看到了自己的人生的价值。当他们眼看“当今之世，国日贫矣，民日疲矣，士风日下，而商务日亟矣”的现实时，他们作为自由职业的报人，可以率性“以痛哭流涕之笔，写嬉笑怒骂之文”。[2] 而吴趼人也是为了“舍之以图自适”。这“自适”并非是做什么“逍遥派”，而是发挥最适合自己的人生价值的才能。

价值取向不同了，李伯元与吴趼人在写作具有现代性的作品的自觉意识方面也与韩邦庆不同了。这两位具有自觉意识的专业报人与作家，写出了我国最早的现代型的通俗社会小说，轰动一时。他们的具有现代性的通俗社会小说除了有一定的文学价值之外，也是当时的一种启蒙的利器。因此我认为，中国文学的现代化是因三部分人鼓吹而形成气候的。但能将启蒙力量穿透到社会中下层去的，倒还是要靠这些在本土土生土长的自由职业知识分子笔下的通俗小说。过去我们对这些作家的成就的估价却是远远不够的。

（二）

我们强调这批自由职业者的重要性是为了说明清末已有一批知识分子正从旧卵中破壳而出。他们所写的小说中已有着明显的现代性。在当时，还没有后来所称的“新文学作家”；但是这些后来被称为“旧文学作家”的人已在传统小说的外壳中显示了自己作品的新质，那就是时代的启蒙

① 包天笑：《钏影楼回忆录》，香港大华出版社 1971 年版，第 279 页。
② 李伯元：《论〈游戏报〉之本意》，《游戏报》第 63 期，1897 年 8 月 25 日出版。

精神。他们兼报人与作家于一身,以启蒙中下层民众为己任。鲁迅对他们的启蒙的社会效应是很肯定的。

> 盖嘉庆以来,虽屡平内乱(白莲教、太平天国、捻、回),亦屡挫于外敌(英、法、日本),细民暗昧,尚啜茗听平叛武功,有识者则已翻然思改革,凭敌忾之心,呼维新与爱国,而于"富强"尤致意焉。戊戌变政不成,越二年即庚子岁而有义和团之变,群乃知政府不足与图治,顿有掊击之意矣。其在小说,则揭发伏藏,显其弊恶,而于时政,严加纠弹,或更扩充,并及风俗。

这些小说能将热衷于听"平叛武功"的"细民"转变他们的注意力,去关注时政的弊恶,让群众知道"政府不足与图治",而且"呼维新与爱国",这难道还与"启蒙"无缘的吗?但后来对他们的评价却很低,大概与鲁迅对他们在艺术上的粗糙的评论"太经典"有关:"辞气浮露,笔无藏锋。""终不过连篇'话柄',仅足供闲散者谈笑之资而已。"[①]这样将他的"掊击"、"纠弹"之类的评价都冲淡了。自从鲁迅在艺术上对谴责小说作出了评价之后,胡适与阿英等人都"委婉"地提出了不同的看法。胡适认为鲁迅是站在精英立场上,没有考虑到这些小说主要是针对"浅人社会"的要求而写作的。[②] 阿英则认为:

> 而这时的清政府,对外则屈辱投降,奴颜婢膝,对内则贪污腐化,苛敛暴征。生活在这样愤怒不遑的情况之下,"辞气浮露,笔无藏锋",是不易避免的,不但小说,就是诗词也很少不例外。这与当时的局势是有关系的,不能说只是"度量"与"素养"的问题。所谓"嗜好",也只是标帜着人民对政府、对帝国主义憎恶的深度而已。

---

① 以上鲁迅的有关谴责小说的评价均见《中国小说史略·第28篇·清末之谴责小说》,《鲁迅全集》第9卷,人民文学出版社1981年版,第282和286—287页。

② 对于胡适与鲁迅的不同看法可参看本论文集中的《特缘时势要求,以合时人嗜好——以评议鲁迅、胡适的有关"谴责小说"论点为中心》一文。

所描写的"话柄"，主要取材于当时的"官场"和"洋场"。在一定限度上，反映了腐朽的封建统治与半殖民地国家所特有的生活堕落与道德败坏的现象。

《二十年目睹之怪现状》，在当时是"妇孺能道之"（汪维甫：《我佛山人笔记叙》），在读者间影响之大，可以想见。而数十年来流传迄今不衰，亦足证其真价。盖虽未达艺术高峰，却一定深度的反映了当时现实也。所述"话柄"，据蒋瑞藻《小说考证》引《缺名笔记》，大都有所本。①

所谓"话柄"，按照《辞海》上的解释是"被他人当作谈话资料的言论或行为"。我认为"话柄"与"情节与细节"是很难分别的。范进中举后吃了一只猪油手的一个大耳光，严贡生临终前的"两根灯草"，都是可以作为"话柄"，被他人当作谈话资料的言论或行为。讽刺小说中出现较多"话柄"，是常有的事，至于深入到妇孺皆知，是否也算是被"闲散者"作为谈笑资料？我以为也是难于分清的。不过阿英所说的"未达艺术高峰"这一评价倒是可以落实的。

过去我们是将"反帝反封建"作为鉴定是否是现代文学的一个重要标准。但是这一标准定得是否妥当，还可以讨论。现代文学是靠其现代性而有别于古典作品的。但是如果我们姑且拿这个"反帝反封"标准去衡量李伯元与吴趼人的作品，也倒非要承认它们是非常合格的"产品"不可。当阿英谈及《官场现形记》的广泛影响时说：

无论是在政治上抑文学上，还是很大的。揭露了封建统治的腐朽，揭露了帝国主义的阴谋，也鞭挞了社会许多不合理现象，反对科举制度等等，从而提高了中国人民的觉悟。就由于这部小说的诞生，与时势的要求，逐渐形成了晚清谴责小说的高潮，在相当深度上反映

① 以上阿英的三段话，见阿英的《小说三谈》，上海古籍出版社 1979 年版，第 202、213、220—221 页。

了当时社会的现实："山雨欲来风满楼"的革命前夜的现实。是谴责小说中的典范之作。[①]

这确是一部不同于古代文人小说的、具有现代性的中国现代通俗社会小说。李伯元不仅在自己的创作中能显示出这种现代性，而且在他所编辑的文学杂志中也展现了期刊的现代性的面容。在他主编《绣像小说》的"发刊缘起"中就宣称："远摭泰西之良规，近挹海东之余韵，或手著，或译本，随时甄录，月出两期，借思开化夫下愚，遑计贻讥于大雅。呜呼！庚子一役，近事堪稽，爱国君子，倘或引为同调，畅此宗风，则请以此编为之嚆矢。"他完全要以"嚆矢"——"林中的响箭"般的先行者的身姿态出现；另一方面，它又不像梁启超办刊物，处处只求表现他的"专欲发表区区政见，以就正于爱国达识之君子"，而是一本"正宗"的文学刊物。《绣像小说》的"看家作品"是《文明小史》，它从第 1 期连载至第 56 期，阿英曾给予高度的评价：

> 《官场现形记》诚然是一部杰作，但就整然的反映一个变动的时代说，《文明小史》是应该给予更高的估价的。……特殊是写湖南的十多回，可说是全书最精彩，也是作者笔力最酣畅，最足以表现创作力的高强的表征。写个人的性格，写群众的活动，写官僚的媚外，写豪绅的作恶，真是旧话所谓"极尽绘声绘色之妙"。出现于这部书里的人物，一般的说，虽止官僚、维新党、帝国主义三方面，但各有其姿态，各有其性格，各有其不同的活动，是并不使读者有"重现"之感的。至于全书采用讽刺与幽默的笔调，也可算是一种独特的特色。[②]

阿英将《文明小史》视为"在维新运动期间，是一部最出色的小说"。他对《文明小史》开端的十几回的艺术性也予以充分的肯定。除了主编者自己拿出优秀的作品来之外，其他的来稿中可圈可点的也是不少的。如从第

① 阿英：《小说三谈》，上海古籍出版社 1979 年版，第 212 页。

② 阿英：《小说四谈》，上海古籍出版社 1981 年版，第 131—132 页。

7 期起，刊出了《邻女语》这样的优秀之作。蒋瑞藻引《清代轶闻》中语："《邻女语》一书，记庚子国变事颇详确，文笔清隽可喜，实近日历史小说之别开生面者。"[①]所可惜的是全书未能续成。而《绣像小说》第 9 期又推出了《老残游记》，此书在后代的评价中已是有口皆碑。在《老残游记》的第 1 回的回评中说："举世皆病又举世皆睡，真正无下手处。摇串铃先醒其睡，无论何等病症，非先醒无治法。具菩萨心，得异人口诀，铃而曰串，则盼望同志相助，心苦情切。"刘鹗作为一位"业余"作家，他的小说能写到这一地步，真可谓是"天才"。《绣像小说》佳作迭出。李伯元还用多种办法，显示其刊物的现代性。在第 1 期上有一篇特别的稿子，名曰《京话演说：振贝子英轺日记》，连续刊登了 38 期。这是满清大员振贝子出使英伦贺英皇加冕的日记，他由英而法，由法而美，由美而日，给中国人讲了许多外国的政、军、经、法、农、商、文教等等的新鲜事。其实它根本不是振贝子自己的记录，而是他的随员唐文治的日记。唐文治是一位大学问家。他曾任南洋公学（交通大学前身）监督 14 年之久，后来主持无锡国专。他当年是作为四品衔外务部主事随贝子爷出使的。这是较早走出国门的一次考察活动，日记也可以是每天的流水账，但在这篇账目里却能呼吸到五湖四海的新鲜空气。李伯元不但刊登唐文治的日记，而且自己在第 1 期中以讴歌变俗人为笔名，写了三种作品：1."俗耳针砭弹词第 1 回"（从第 2 期起，第 2 回即改名为"醒世缘弹词"）；2."经国美谈新戏"；3."时调唱歌"。阿英对这种民间的文艺形式非常关注，特别是对"时调唱歌"。他说："这些时调、开篇、道情，都是发表在杂志《绣像小说》上的，还不是真正流行在民间的作品，但却反映了当时人民的愤慨、伤感与热望。其他刊物，除《月月小说》偶登一两篇外，是不收这一类的作品的，大概是因为'太不高雅'吧。"[②]李伯元从《绣像小说》的创刊号起，就启用了如此多的文艺形式，这说明了什么呢？那就是他是当年上海市民文化中的面向中下层的启蒙主义者，而用精英立场去评价其作品，难免有不合口径之处。

至于吴趼人他也是像李伯元一样，向"官场"与"洋场"的黑暗面开刀。

---

① 蒋瑞藻：《小说考证续编》，上海古籍出版社 1984 年版，第 418 页。

② 阿英：《小说二谈》，上海古籍出版社 1985 年新 1 版，第 196 页。

他的反对“媚外”，痛恨“汉奸”的程度，恐怕比李伯元更激烈。在中国人民反对美帝国主义华工禁约运动中，吴趼人其时在汉口《楚报》工作，就因为此报是美国人所经营，他就辞职返沪，对反帝运动多所尽力。就吴趼人而言，他常自称是“旧道德”的拥戴者，但“旧道德”与“封建道德”是不能画等号的。记得鲁迅在《为了忘却的记念》中谈及柔石时，曾说过：“无论从旧道德，从新道德，只要是损己利人的，他就挑选上，自己背起来。”[①]可见鲁迅对旧道德中的“先天下之忧而忧，后天下之乐而乐”的精神，即使是损己而利人，也自甘承担的风尚也是非常欣赏的。当吴趼人在写《恨海》时，写到棣华最后的悔恨，不是将他自己恪守的“旧道德”（张棣华以前恪守的是封建道德）击个粉碎吗？他们这对未来的小夫妻在逃难时，处处怕“越礼之罪”，始终不肯同坐一车，“徒步相随，方才散失，以致今日。这明明是女儿害了他”。而到这时，棣华竟亲口为病入膏肓的伯和哺药，这应该是她冲破了“越礼”的禁锢，表示自己的忏悔：“自己把药呷在口里噙住，伏下身子，哺到伯和嘴里去。看他咽了，再哺。一连哺了二十多口……这些来人，无非是店里打杂、出店之类，都知道伯和是个未成亲的女婿，棣华是个未出嫁的女儿。今见此举动，未免窃窃私议。有的说难得的，有的说不害臊的，纷纷不一。”（《恨海》第10回）这不是吴趼人在用他笔下的人物在批判他的“旧道德”中的封建成分吗？这也就是在批判他自己头脑中的封建因素啊。我们也许可以说这就叫作“现实主义的胜利”。在这个在转型的社会中，要坚持地地道道的封建道德也只有那些顽固不化的花岗岩脑袋才能办到。一般说来，像吴趼人等人所坚守的“旧道德”中也是有若干合理的民族美德在内的；而其中不合理的封建的规范，也会由生活来教导他们，说明它们的不合时宜，乃至害人害己。就像棣华的“忏悔”，最后，她的行动甚至比“新人物”还走得更远。

现在再看包天笑，他在1901年在苏州办了一个木刻版的《苏州白话报》，它的第1期中的第1篇就是“论说”，题目是《国家同百姓直接的关系》，开头说道：“今日是《苏州白话报》第一次的议论，吾要把吾们中国第一要紧的道理，演出来讲与大家听听。那一样是紧要的道理呢？就是我

① 鲁迅：《为了忘却的记念》，《鲁迅全集》第4卷，人民文学出版社1963年版，第371页。

题目上表明的，国家与百姓有直接的关系便是。你们看这白话报的，自从小的时候，都听着父兄老辈的说话，他们见了国家两个字，便说道：我们是小百姓，与国家不干涉的。他们见了国家的政事，便道，这是官长的职役，我们小百姓是无份的。虽则是谨慎小心的意思，然而讲到那，真道理便大错了。大家要晓得，国家究竟是甚么物事做起来的呢？便是合拢那些小百姓做起来的，倘若除去了小百姓，便那里去寻出国家来？”①读了这一段议论，我们可以知道初期白话的形态，更可以知道文章是在倡导民权，它简直将个皇帝老儿放在一旁了。这显然是受了梁启超在《清议报》上的文章的影响：“国者何？积民而成也。”他首先提出“国民”这个概念，认为中国几千年来只知有“国家”，不知有“国民”，无国民，则只有奴隶。包天笑在开宗明义第1篇文章中就灌输一个重要的思想，那就用“国家”取代“朝廷”，用“国民”取代“臣民”，宣扬的是“天下为公”的思想。应该说，他们是一批正在转型中的但还没有完全挣脱儒家传统的平民主义者。然而他们在文学的现代性上，却非常鲜明，他们正在为平民制造一种“启蒙”视野。他们是不再去依附“朝廷”的、已具有一定独立性的一群知识分子。在当时，上海是中国现代化的中心城市。这种环境正在吸引、培育和支持着一批新的过渡性人物。在这批人的身上，新的思想观念、新的生活方式、新的自我理解的价值观正在形成，他们是这个现代化都市中哺育出来的新型知识分子阶层，也使上海较早地出现了有别于古代文人文学的现代型的市民文学。他们是中下层市民社会的启蒙者，是社会转型的参与者，也是政府的监督者，但他们还不是革命的鼓动者。而上海的现代化的机械印刷和现代出版业，通过它们印刷的报纸和其他出版物，又逐渐渗透到中国的内地去。包天笑身在苏州，但他就受了这股时潮的感染，他的《苏州白话报》以其启蒙精神也成为文化现代化的实践者。

（三）

五四文学革命是从提倡白话文学开始的。可是在过去，即使是读汉

① 包天笑：《国家同百姓直接的关系》，载《苏州白话报》第1期，1901年10月21日出版。

语言文学系的学生又有几个人知道裘廷梁这个名字的呢？又有几许人知道在胡适于1917年1月发表《文学改良刍议》时，于同年同月在上海出版了一本通体白话的文学刊物名叫《小说画报》的呢？凡此种种，都在被文学史“遮蔽”之列的内容。但是从“将20世纪文学作为一个整体来进行研究”的设想提出之后，这些被“遮蔽”的内容正逐渐浮出“20世纪文学史”的水面。黄修己教授主编的《二十世纪中国文学史》中就有了态度鲜明的论述：

> 五四文学革命，是从提倡白话文学开始的。而提出用白话写诗的主张，却可追溯到半个世纪之前。黄遵宪在1868年就提出“我手写我口”，1888年左右写成的《日本国志》中，又进一步提出了“言文合一”的问题，可谓发近代白话文运动的先声。梁启超在戊戌变法前后也是“言文合一”的鼓吹者。晚清白话文运动中最引人注目的人物则是裘廷梁。1898年，他在《无锡白话报》发表《论白话为维新之本》，该文痛陈文言之流弊，细诉白话之优长，旗帜鲜明地提出了“崇白话而废文言”的主张。其崇白话的立足点固然在开通民智，但把文言置于白话的对立地位，丝毫不给文言一席之地，这种断然决绝的态度与五四新文化运动中胡适、陈独秀等人的主张已没有什么根本的区别。……五四时期之所以能确立白话文学的地位，除了新文学运动的先驱以优秀的作品树立了典范外，也是与在此之前经过了十多年的宣传、实践、探索分不开的。晚清的白话文运动，既是时代的要求，也是整个民族觉醒的产物，它与五四白话文运动实有一脉相承的内在联系，早期启蒙主义先驱推动“白话文学”诞生的贡献，是不可抹杀的。[①]

中国最早的白话报刊确是《无锡白话报》，据《中国近代期刊篇目汇

① 黄修己主编：《20世纪中国文学史（上卷）》（该段执笔者为张海元），中山大学出版社1998年版，第26—27页。据有人统计，清末民初的白话报刊共有170多种，见黄霖：《近代文学批评史》，上海古籍出版社1993年版，第417页。

录》上介绍："《无锡白话报》1898年5月（光绪二十四年闰三月）创刊，在无锡出版。5日刊。从第5期起，改名《中国官音白话报》，……为无锡裘廷梁（可桴）及其侄女裘毓芬（梅侣女史）所倡办和主编。为我国最早的白话刊物。"①裘廷梁在《无锡白话报·序》中说："古今中外变法，必自空谈始（这里的"空谈"应作"大造舆论"解——引者）。故今日中国将变未变之际，以扩张报务为第一义。阅报之多寡与爱力之多寡有正比例，与阻力之多寡有反比例。"裘廷梁曰："欲民智大启，必自广兴学校始，不得已而求其次，必自阅报始，报安能人人而阅之？必自白话报始。"他在序言中谈起1897年7月，他到上海去"力请汪君穰卿增设浅报，穰卿事冗不遑也"。当时汪穰卿（即汪康年）正与黄遵宪、夏曾佑办《时务报》，延请梁启超为主笔。由于汪无力他顾，而裘就自办《无锡白话报》，但他又觉势单力薄，因此呼吁："然区区一二人之力不足应天下之求。余又以为必每县自设一报，浸淫遍于十八行省而后民智大开。……以话代文，俾商者、农者、工者及童塾子弟，力足以购报者，略能通知中外古今及西政、西学之足以利天下，为广开民智之助。他县有踵行者乎？余日望之。光绪戊戌正月，裘廷梁。"创刊号的第二篇文章是裘毓芬的《劝看白话报》："这报是专门捡各样有用处的书，与各种报上新奇有益处的事情，一齐演成白话，叫大家一点心思不费，一看就可以知道古往今来的事迹；又可以知道各国的一切情形，还可以知道现在世界上的形势。无论念书人、生意人、乡下种田人，与女人小孩，这白话报总不能不看的。"于是这张报纸的性质也就一目了然了，它主要是一张将"文"译为"话"的报纸。不过它也有本埠新闻，名曰《无锡新闻》栏。第1期就有一篇《白话大行》的新闻："无锡做白话头一个人，是吴举人名眺，号叫稚晖。他两三年前，做出好几种白话书，个个看了佩服，可惜都未做完。现在城里举人、秀才，个个想做白话书……这十几个人，都是有学问有名声的，有几个说要做公法律例书，有几个说要做格致工艺书，做成白话，都叫本馆代刻。这白话风气开了，以后做白话的，越出越多，可以做到中国四万万人，个个有见识有学问。白话的功劳，比文

① 上海图书馆编：《中国近代期刊篇目汇录（1）》，上海人民出版社1980年版，第922页。

理极好的书还大，这都是天下人的福气。”[①]我们引用这些的资料，是可以从中知道无锡确有一帮倡导白话的“志士”。

1901年杭州出现由林獬等人主持的《杭州白话报》。同年苏州也出现了由包天笑等主持的《苏州白话报》。1903年在上海的宁波同乡会发行《宁波白话报》等等。这些冠以市县域名的白话报不知是不是响应裘廷梁的“每县自设一报”的号召；但有一点却可以肯定，早期启蒙者在白话文的倡导中也起了先头部队的作用。而第一个纯用白话的小说期刊则是1917年1月由包天笑创办的《小说画报》。在包氏主笔的白话小说杂志的卷首就写道：“盖文学进化之轨道，必由古语之文学变而为俗语之文学……自宋而后文学界一大革命，即俗话文学之崛然特起。”在编者《例言》的第一条，他就表明：“小说以白话为正宗，本杂志全用白话体，取其雅俗共赏，凡闺秀、学生、商界、工人，无不咸宜。”[②]当然，包天笑只提“小说以白话为正宗”。与同年同月胡适在《文学改良刍议》中所提出的白话文学“为中国文学之正宗”，是有一定的差距的。正因为是“文学”之正宗，胡适才迎难而上，在“白话诗”创作中进行了勇敢的尝试。但当年胡适、陈独秀等高举文学革命大旗时，就开始有“遮蔽”昔日的先驱者的“嫌疑”：他们对过去的白话文的倡导者的功绩是不计入其内的。为此包天笑是很有看法的，他在1926年的一篇文章中说：

> 倡白话文，今人均知为胡适之。其实奔走南北，创国语研究会有远在胡适之前者。如吾乡陈颂平先生即其一也。颂平先生……服官于教育部。当民国元年，即为提倡国语之运动。至沪时，首来访余。欲求于报纸上任宣传之责。故余之创《小说画报》，即秉此请。……故《小说画报》开风气之先，纯粹用白话也。时胡适之先生，方为章秋桐之《甲寅》杂志译短篇小说曰《柏林之围》，则纯用文言体；而创“她”

---

① 以上所引《无锡白话报》的文字，均见该刊第1期，但因是线装刊物，页码甚难标清。在《中国近代期刊篇目汇录》的《无锡白话报》目录上，不知为什么竟没有《无锡白话报·序》和《劝看白话报》这两篇重要文章的目录，是否该报第1期有两个版本？这里只能存疑。在文中也不免多摘录几句这两文章的内容，以供读者参考。

② 包天笑：《小说画报》第1期，1917年1月出版，第1页。

字之刘半侬先生，佐余《小说画报》中撰一章回小说曰《歇浦陆沉记》也。数年来，诸公之思想，丕然一变矣。[1]

类似的话包天笑是说过不止一次的，他在《钏影楼回忆录》中还忆及20世纪初不少人开风气之先，创办白话报："其时创办杭州白话报者，有陈叔通、林琴南（林琴南有否参加了创办，待考；但林琴南于1901年在杭州参与创办了《译林》——引者注）等诸君。写至此，我有一插话：后来林在北大，为了他的反对白话文而与人争论，实在成为意气之争，有人诟他顽固派，这位老先生大为愤激，遂起而反唇也。至于反对白话文，章太炎比他，却还激烈。再说：提倡白话文，在清季光绪年间，颇已盛行，比了胡适之等那时还早几十年呢。"[2]他对历史的并不公正提出了自己的意见。

（四）

至于文学翻译，从1899年林纾（冷红生）与晓斋主人（王寿昌）合译《巴黎茶花女遗事》产生巨大的影响之后，中国从此逐渐进入了规模性的文学翻译工程。这期间有梁启超的倡导译印政治小说等等的号召。但是远不及林纾翻译一百多部的外国小说的影响，是他，通过译介，几乎培养了一代知识精英作家。当时，即将成为中国第一代"新文学"的作家还很年轻，他们许多人都受过这些译作的熏陶：周氏兄弟、郭沫若、冰心、李劼人、钱钟书等人，都受过此类译作之恩惠。尽管后来的现代文学史上大多将林纾描绘成"新文学"的头号敌人。就主观而言，林纾的思想确有倒退之嫌；但在客观上，也有人指出化名王敬轩者们"设套"——预设陷阱，逼着林纾出丑，连胡适也觉得他们如此做法是不合文学界的正常的"游戏规则"的。"林纾与五四新文化的冲突，实在说，更像是一出喜剧——年近70的颟顸老人，独自与一群偏激少年鏖战。林纾的种种失态，首先是他

① 天笑：《钏影楼笔记——白话文之始》，《上海画报》第115期第3版，1926年5月27日出版。

② 包天笑：《钏影楼回忆录》，香港大华出版社1971年版，第168页。

的不智，但也实在有点被‘逼’的意味。”①我认为将这个客观因素计算在内，才能得到公允的评断。文学历史上总有将这场论争进行一次澄清的必要。至于谈及林纾的翻译，文坛上还有一种说法：林纾竟然连小说与戏剧也分不清，他“将小说和剧本混为一谈，如莎士比亚、易卜生的剧本(《亨利第四》、《群鬼》等)竟以小说形式出现，面目全非”。据日本研究清末小说的专家樽本照雄教授的考订，这种说法的“始创者”是郑振铎先生。林纾逝世于1924年10月9日。郑振铎先生在1924年11月10日出版的《小说月报》第15卷第11号上，发表了一篇纪念林纾的文章，题目是《林琴南先生》，这篇纪念文章原意是想为林纾说几句公平话的，目的是要大家公允地评价林琴南。可是郑先生在文中有这么一段话：

> 还有一件事，也是林先生为他的口译者所误的：小说与戏剧，性质本大不同。但林先生却把许多极好的剧本，译成了小说——添进了许多叙事，删减了许多对话，简直变成与原本完全不同的一部书了。如莎士比亚的剧本，亨利第四，雷差得纪，亨利第六，凯撒遗事以及易卜生的群鬼(梅孽)都是被他译得变成了另外一部书了——原文的美与风格及重要的对话完全消灭不见……

樽本先生列出一张长长的名单，指出郑振铎的这一说法在中国一直被援引至今天。但樽本先生找到了林纾翻译时所据的原本：那是奎勒·库奇(Quiller-Couch)出版于1899年的“Historical Tales From Shakespear”。因此，樽本先生认为林琴南的责任只是没有注明“林译，原奎勒·库奇改写莎士比亚作品”。而“郑振铎等评者未探索林琴南翻译所采用的版本”，因此误说成了林纾是连小说与剧本也分不清的人，以致常常被人们引为笑谈。同样，樽本先生还找到了林纾译易卜生的《群鬼》(梅孽)的原本，那是杰克得·德尔(Draycot M. Dell)改写易卜生的剧本为小说的IBSEN'S “GHOSTS” Adapted as a Story。樽本先生证明了林琴南所翻译的都是小说而非剧本。由于没有追根究底地查对就加以“指责”，

① 杨联芬：《晚清至五四：中国文学现代性的发生》，北京大学出版社2003年版，第123页。

以致在文坛上传为"笑柄"，真有点将林纾小丑化、妖魔化了。樽本教授的结论是"根据以上证据，即可判定自1924年郑振铎发表论文之后，83年来批评林琴南将剧本译成小说的定论，是不能成立的"。[①] 有关林纾的种种公案，樽本照雄教授出版了一部长达418页的专著《林纾冤罪事件簿》，可以参看。[②]

除了林纾等少数翻译者外，在五四之前，通俗作家在译介方面也承担了大量的工作。粗略统计一下，大概也有30多位通俗作家与翻译文学作品是能挂得上钩的。最先受林纾影响而开始翻译外国小说的是包天笑与杨紫麟于1901年合译《迦因小传》。在1903年，包天笑译科学小说《铁世界》；同年陈景韩译《明日之战争》和《侦探谭》。这一年精英作家方面鲁迅译《斯巴达之魂》、《哀尘》、《月界旅行》、《地底旅行》等。1904年，包天笑译地理小说《秘密使者》；而周作人则译《侠女奴》。1905年包天笑译《法螺先生谭》；鲁迅译《造人术》，周作人译《玉虫缘》。1906年徐卓呆译《大除夕》，胡适译《暴堪海舰之沉没》。这是从1901年至1906年的一篇不完全的翻译账。

而在当时，与吴趼人合作办《月月小说》的翻译家周桂笙，译作也很多。特别应该指出的是，周桂笙以译侦探小说著称，在19世纪20世纪之交时，侦探小说在中国的确起过一种特殊的作用。通过这些侦探小说与我国当时的法制与典狱的现状相对照，例如与《绣像小说》中的连载小说《活地狱》相对照，科学、人权、民主、文明等新思想就借体于侦探小说为媒介，像一股清新的风吹进了闭塞和暗无天日的中国。这应该看作是五四时期热烈欢迎"德先生"与"赛先生"的先声。侦探小说用文艺的形式让科学、民主、人权和文明之风在五四之前就对我国的民众进行了初步的启蒙。

1909年陈景韩与包天笑合编《小说时报》，这本刊物共出了33＋1期（临时增刊1期），翻译几乎占了4/5，几乎像一本"译林"杂志。1915年，包

---

① 樽本照雄：《林琴南冤狱——林译莎士比亚和易卜生》，载［台北］《政治大学学报》第8期，2007年12月出版。

② 樽本照雄：《林纾冤罪事件簿》（日文），【日本】清末小说研究会发行，2008年3月版。

天笑办大型季刊《小说大观》,前后共 15 期,其中共发表短篇创作 100 篇,短篇翻译 50 篇;长篇创作 18 部,长篇翻译 26 部(笔记、补白均不计入其中)。在陈景韩的翻译中最值得注意的是他所译的俄国虚无党小说。“虚无主义”并不是我们现在所定义的否定一切和持怀疑、颓废观的人生哲学。在 19 世纪是俄国一部分民主派和知识分子用“虚无主义”一词表示他们反对农奴制度和封建思想的批判态度。虚无党小说实际上是反映当时俄国革命民主主义者对封建专制的沙皇统治的前赴后继的革命活动。陈景韩所翻译和创作的这类小说在当时是有鲜明的鼓舞反对清廷的革命立场的。

在 1914—1917 出版的前 100 期《礼拜六》周刊中,周瘦鹃发表了 88 篇作品,其中翻译 48 篇,创作 33 篇,另外改写外国电影故事 5 篇,还有 2 篇是翻译还是创作尚存疑。后 100 期出版于五四之后,译与作两两相比,也近一半对一半。周瘦鹃将 1917 年之前在《礼拜六》等刊物上的译作都收入了《欧美名家短篇小说丛刊》,而鲁迅与周作人对该书予以高度的评价:

> 凡欧美 47 家著作,国别计十有四,其中意、西、瑞典、荷兰、塞尔维亚,在中国皆属创见,所选亦多佳作。又每一篇署著者名氏,并附小像传略。用心颇为恳挚,不仅志在娱悦俗人耳目,足为近来译事之光。

周氏兄弟评语的结论是“则固亦昏夜之微光,鸡群之鸣鹤耳”![①] 这说明了其社会效果也是可称的。另外还可值得一提的是 1916 年的前期《小说月报》上,恽铁樵与张舍我首次引进了外国的“问题小说”;而程小青等人的侦探小说的翻译,也触及了许多社会问题,赢得当时人们的好评。总之通俗小说家的翻译工作的成绩也是相当可观的。据不完全统计,在 1901 年至 1919 年间,他们出版翻译的单行本有 139 部,在刊物上翻译单篇小说 368 篇,其中连载的是 85 篇,大多是中长篇小说。当然,中国早期译风也有不少问题与局限,由于篇幅关系这里就不能加以论述了。但这么许多早期翻译在五四以后,也大多是被“遮蔽”了。正因为被“遮蔽”,所以每当谈及通俗作家的时候,总将他们看成是“三家村”的冬烘先生,一脑

① 录自 1917 年 11 月 30 日《教育公报》第 4 年第 15 期“报告”栏。

袋的封建思想。其实，他们的不少人的翻译是带着启蒙目的的，如周瘦鹃，他对翻译被压迫的弱小民族国家的作品就很重视。他说过："欧陆弱小民族作家的作品，我也喜欢，经常在各种英文杂志中尽力搜罗，因为他们国家常在帝国主义者压迫之下，作家发为心声，每多抑塞不平之气。"①

以上我们从上海初萌的一批都市新型的知识分子阶层正在旧卵中破壳而出谈起，论述了他们所写的作品和所办的刊物已经具有了明显的现代性的内容，这是一个为中国文学的现代化铺路的新的群体。而在白话文的倡导与初期文学翻译方面，他们也是先驱式的人物，这一段历史是不容遮蔽的。我对"五四断裂论"是这样理解的：某些新文学作家将五四当作一把刀，他们一刀切下去，将五四前后，他们的作品就称为"新文学"；而五四前的"非我族类"就是"旧文学"。他们对清末民初的文学领域中先行者都有若干微词，或者是想将"开拓之功"全记在自己的账本上，或者是没有查清原始资料，而对前辈作出不符实的评价（郑振铎对林纾译作的指责即为适例）；再将这些遮蔽与指责形成文学史的"定论"，于是形成了"合群的自大"，意思是五四这个"坎"你们是爬不过去，也休想超越。但历史的事实告诉我们，中国文学的现代化的进程是起自清末民初，我们的中国现代文学史的起点也应该"向前位移"。

① 周瘦鹃：《世界名家短篇小说集》，大东书局1936年版，转引自郑逸梅《书报话旧》，书林出版社1983年版，第54页。

中外交流：一支被忽视了的翻译方面军

在中国近现代文学史中共有三条中外文学交流渠道：一支是以林纾为代表的近代文学翻译家群体，许多新文学家都是读着“林译丛书”而成长的；一支是通俗作家译群，可以周瘦鹃为代表人物，这个译群在五四之前发挥了不小的作用；一支是新文学作家译群，那就更是人才济济了。但是在过去，通俗作家受到某些新文学作家的严厉批判，因此，他们上述的成就也就不大被提起了，以致造成一种印象，他们既然是新文学家的“对立面”，因此就认为他们是“旧派文人”，是一班遗老遗少，是“三家村”里的“冬烘”。可是事实却不然，经我们粗略地统计一下，通俗文学作家在五四前与翻译挂上钩的，竟有三十多位，这个数字是相当可观的。其实如果我们去追溯他们的学习外文经历，能肯定的、真正说得上精通某一国外文的人，大概只占1/3。其他的人要么就是学习外文的经历“不详”，有的倒可以肯定说不通或基本不通。这大概也是由于林纾这位不通外文的“翻译大家”带的头吧。只要找一位能作外文口译的人做助手，有些通俗作家也就成了译家。因此，中国的早期翻译的特殊情况倒是值得作一番评述的。

在这里先将从事过文学翻译工作的通俗作家名单介绍一下。这些所谓通俗作家，有的也并不太“纯粹”。他们或是写过若干通俗小说，但也同时有从事雅文学的经历，如王西神、恽铁樵、姚鹓雏等；有的是早期启蒙主义者，正因为要启蒙，也就与通俗小说发生了关系，从事过通俗小说的创作，如陈景韩等。下面的名单是仅就五四之前而言，基本上按照他们翻译的外国小说作品出现的早迟为排列顺序：包天笑、周桂笙、陈景韩（冷血）、徐卓呆、许指严、王蕴章（西神）、李涵秋、张春帆、恽铁樵、周瘦鹃、贡少芹、张毅汉、徐枕亚、严独鹤、胡寄尘、程瞻庐、陈蝶仙、李定夷、程小青、叶小凤、李常觉、陈小蝶、朱瘦菊、陆澹安、姚鹓雏、刘铁冷、陈蝶衣、赵苕狂、毕倚虹、张碧梧、张舍我、姚民哀、许瘦蝶、吴绮缘、王钝根、顾明道、闻野鹤等等。除了上述的名单之外，我们知道李伯元和吴趼人也与翻译有过关联，而曾朴则是对法国文学有精深研究的专家。

自从 1898 年梁启超在《清议报》第 1 册上发表《译印政治小说序》，同期刊物上，他就翻译政治小说《佳人奇遇》。接着在第二年，也即 1899 年，林纾（冷红生）、晓斋主人（玉寿昌）合译《巴黎茶花女遗事》。就是这一册《巴黎茶花女遗事》却在中国产生了巨大的影响，正如严复的诗句所形容的："可怜一卷《茶花女》，断尽支那荡子肠。"梁启超鼓动大家译介政治小说的文章，是颇有些豪言壮语的，所选定的视点也是很高瞻远瞩的，可是他所译的小说，却不能激动读者的心。而林纾的译《巴黎茶花女遗事》则没有这些鼓动性的宣传，他要翻译这部小说的动机与目的，也是非常"生活化"的。据说是林纾因丧偶而郁郁寡欢，王寿昌为帮他解闷，就怂恿他合作翻译这部小说，出乎意料的是它竟一炮打红；另一说是王寿昌从法国回来，向他盛赞此书，乃小仲马之"极笔"，于是他提出合作翻译的建议。其实这两说是没有矛盾的，也许王寿昌有莲花妙舌，能说得他怦然心动；而那时正好林纾丧偶。可是书一出版，却使许多人大开眼界，原来外国也有这样的好的文学作品，于是有人就称它为"外国《红楼梦》"。与林纾同调的是那些通俗作家在"为什么"要译书这一点上，开始也是无甚高论的。

在通俗作家中译书最早的是包天笑。他自述英、法文是学过的，但刚学不久就放弃了，基本不通；至于日文，他也读过，而且对其语法进行过一番自修，因此"书中汉文多而和文少的"①日本小说，他也有点看得懂。那么他在 1901 年与杨紫麟合译《迦因小传》时，他也像林纾一样，只是笔录和润文而已。因为当时杨紫麟正在学英文，他在公园里边读边讲解给包天笑听，杨对包说："这有点像《茶花女遗事》，不过茶花女是法国小说，这是英国小说，并且只有下半部，要搜上半部，却无处搜集，也曾到别发洋行

① 包天笑：《钏影楼回忆录·译小说的开始》，《钏影楼回忆录》，中国香港大华出版社 1971 年版，第 171 页。

去问过。"[1]不过在包天笑的思想中那种想开风气之先的朦胧的愿望还是有的，他曾自述当时受梁启超的《时务报》的影响，很有点"喜新厌故"的激动。《迦因小传》最初刊于《励学译编》第1—12册（1901年4月3日—1902年2月22日），即使他在1905年为《迦因小传》出版单行本写序时，也只是用几个象征性的境界，谈了他对这部小说的感想。他在读此书时："剪灯坐钏影楼，时则新月娟娟，冷乎馨乎，微闻粼女笛声，若诉若泪，……手持迦因读之，此一境也。"[2]他一连用了三个不同的境界，无非是说《迦因小传》太"凄美"了，令人有一种"凄灵幽咽"的感觉，他在静夜吞咽着这一种美感。根据上述归纳之，包天笑因这本书像《巴黎茶花女遗事》而想翻译，这是他受了林纾译文的影响；他也为介绍西方新学，想开风气之先而译；他觉得此书能给读者传达一种美感，能将人带到一种美好的人生境界。如此而已，他在译书的目的性上没有什么豪言壮语与精辟警句。通俗作家们有时还要谈及译稿能卖钱能维持生活之类的话。因为他们一般是卖稿为生者，所以他们并不回避这一点。另一位后来在翻译界大有名望的周瘦鹃也大体相类。例如他谈起那本很有名的《欧美名家短篇小说丛刻》时也曾说："22岁时，为了筹措一笔结婚费而编译这部书的。包天笑先生序言中所谓'鹃为少年，鹃又为待阙鸳鸯，而鹃所辛苦一年之集成，而鹃所好合百年之侣至'，即指此而言；他老人家原是知道这回事的。"[3]可是就是这样"生活化"的译者，一谈到国家的被侵略，民族的不平等，他们就会"拍案而起"，表示他们的义愤。包天笑在1905年为他和杨紫麟合译的《身毒叛乱记》做序时说：

呜呼！今日平等自由之谈嚣国中矣，倾心彼族者，方以为白种之民德高越地球，足为世界文明之导线，噫唏！孰知于事实大相剌谬，其惨毒酷厉全无心肝，所谓公理者，仅为荧人视听之具耶！彼人恒言

① 包天笑：《钏影楼回忆录·译小说的开始》，《钏影楼回忆录》，中国香港大华出版社1971年版，第172页。

② 包天笑：《〈迦因小传〉序》，《政务通报》第9期，转引自阿英编《晚清文学丛钞·小说戏曲研究卷》，中华书局1960年版，第284页。

③ 周瘦鹃：《一瓣心香拜鲁迅》，《拈花集》，上海文化出版社1983年版，第34页。

亡国之奴，即文明者亦施以野蛮之礼，狡为是言，用济其恶。甚者且谓不国之民，不当以人类相待。嗟乎！我国民者其奈何弗省欤？……瓜分惨祸，悬在眉睫，大好亚陆，将成奴界。今者，美禁华工，至惨酷无人理，同胞为奴之朕兆，不已见乎？每一念及，血为之冷！我不知读我书者，其感情当如何也？噫！①

同样，周瘦鹃在谈到他对翻译被压迫弱小民族国家的作品时说："欧陆弱小民族作家的作品，我也喜欢，经常在各种英文杂志中尽力搜罗，因为他们国家常在帝国主义者压迫之下，作家发为心声，每多抑塞不平之气。后来在大东书局出版《世界名家短篇小说集》80 篇中，也列入了不少弱小民族作家的作品。"②他们是爱国者，为爱国而译往往又是他们共同的宗旨之一。

陈景韩(冷血)是一位早期启蒙主义者，他不能算是纯粹的通俗作家，但为了启蒙也从事通俗小说的创作。他在编《新新小说》时，讲述了他的著译是为了宣扬一种"侠主义"，"侠"，首先就要饱含对弱小民族的同情与对侵略者誓死反抗的精神。他曾编大型刊物《小说时报》，这个刊物是以刊登翻译作品为主，而他的带有"代发刊词"性质的小说，题名为《催醒术》，表明他要用这个刊物为"催醒"同胞的利器，显示了一位启蒙主义者翻译外国文学时所抱的态度。

不过这些通俗作家在翻译外国文学作品时，除了会对某一具体作品发表自己的译后感外，有时也会对某一作品文类作总体介绍，并联系国内的现实，以表示文类在现实生活中会发挥何种针对性的作用。如精通英、法文的中国早期翻译家周桂笙，他在开始翻译生涯时对侦探小说特别感兴趣，早在 1904 年就对侦探小说这一文类发表了很有价值的看法：

尤以侦探小说，为吾国所绝乏，不能不让彼独步。盖我国刑律讼

---

① 包天笑：《身毒叛乱记·序》，阿英编《晚清文学丛钞·小说戏曲研究卷》，中华书局 1960 年版，第 293—294 页。

② 周瘦鹃：《世界名家短篇小说集》，郑逸梅《书报旧话》，书林出版社 1983 年版，第 54 页。

狱，大异泰西各国，侦探之说，实未尝梦见。……至于内地谳案，动以刑求，暗无天日者更不必论。……泰西各国，最尊人权，涉讼者例得请人为辩护，故苟非证据确凿，不能妄入人罪，此侦探学之作用所由广也。而其人又皆深思好学之士，非徒以盗窃充捕役，无赖当公差者，所可同日语。用能迭破奇案，诡秘神妙，不可思议，偶有所记，传诵一时，侦探小说即缘之而起。①

中国早期通俗作家在翻译外国文学作品时，外国小说的技巧，大开了他们的眼界。他们虽然不能在"为什么"要翻译外国文学这一点上，说出像梁启超一样的许多道理来，视角也站得不高，但是他们对艺术技巧的借鉴却要比梁启超们更加敏感。这可以分两个方面加以阐说。先是他们对某些技巧加以模仿，例如吴趼人在《新小说》中为《电术奇谈》衍义，他将这部小说的倒叙技巧马上运用到了他改写的《九命奇冤》中去，而且也学得很恰当。另外，当时中国的小说是一直习惯于全知全能视角的，可是吴趼人却很快地体会到"第一人称"的好处，于是在《二十年目睹之怪现状》就运用了第一人称"我"——出了九死一生这样一个角色，虽然运用得还不够娴熟，但在胡适看来，在结构上就比《官场现形记》要强多了。至于外国小说中的心理描写也引起了吴趼人的兴趣，因此他在《恨海》中就大量运用这种心理描写，使女主人公的内心世界，活生生地呈现在读者面前，取得了显著的效果。吴趼人真是一位很善于借鉴外国小说的技巧的作家。周瘦鹃也是一位善于将外国小说的技巧运用到自己的创作中去的作家。由于他的创作主要是短篇小说，因此这种借鉴的痕迹更为明显。如他翻译过莫泊桑、欧·亨利、契诃夫和托尔斯泰的作品，他就很认真地学习这些大师们的创作手法。如他的短篇小说《旧恨》，写一个 20 岁就因情场失意而削发为尼的慧圆师太，在 70 岁时偶遇她昔日的情人——浪子刘凤来。此时这个昔日的纨绔子弟已成普陀高僧，就在他们四目对视时闪光的一瞥中，慧圆师太扑地"圆寂"了。在小说中，慧圆青灯佛号的 50 年孤

① 周桂笙：《歇洛克复生侦探案·弁言》，转引自陈平原、夏晓虹编《20 世纪中国小说理论资料·第 1 卷》，北京大学出版社 1989 年版，第 119—120 页。

寂生涯是如何度过的，作家又不是直笔坦书，而是通过尼庵中的小尼的眼睛去间接勾勒的。这不是中国式的从头至尾的"来龙去脉"叙述法，而是非常纯粹的西方小说的横断面的"拦腰一刀"手法。而周瘦鹃的短篇《脚》的结构很像托尔斯泰的《三死》。开端一段议论统率着下面并不相互关联的两三个故事。周瘦鹃的《九华帐里》是独白小说，而《阿郎安在》则是心理小说。周瘦鹃翻译过《自杀日记》，后来他自己创作了《断肠日记》；而他的《珠珠日记》是以人物与作家的通信为形式，实际上是学的外国的书信体小说。包天笑也是一位善于在翻译中学习外国作家技巧的作家，他将这种书信体小说运用到他别出心裁的《冥鸿》中去，即活人与死者的"通信"：青年大哀在辛亥革命中牺牲了，他妻子遵守大哀从军时的"卿每星期必以书报我"之嘱咐，"每星期必作一书焚化于炉中"，名曰《冥鸿》，写得十分感人。他也很早运用外国的系列小说的形式，在《小说画报》中有 4 篇《友人之妻》，其中 3 篇都涉及留学生的婚姻观问题。当时科举已经废除，留学生身价"升值"，新的价值观念被引进了这组小说之中。至于徐卓呆也在翻译中努力学习，致成为五四前中国最优秀的短篇小说家之一。他的《入场券》、《买路钱》、《温泉浴》、《卖药童》、《微笑》、《箍》等都是当时短篇中之佼佼者。

通俗小说家在翻译中向外国小说学习的另一种常见的形式是将某一种小说类型整体地搬来，并将它中国化，从而成了中国小说的"新的生长点"。如翻译侦探小说的程小青就将侦探小说中国化，日后自己塑造了一个"霍桑"私人侦探的形象，成了著名的侦探小说家，甚至"培养"了一批"霍迷"。而张舍我在翻译国外作家的"问题小说"的过程中，自己成为一位写问题小说的"专业户"，甚至被人称为"张问题"。

通俗小说家的翻译工作的成绩还是相当可观的。据不完全统计，在 1901 年至 1919 年间，他们出版翻译的单行本有 121 部，翻译单篇小说 369 篇，其中连载的是 77 篇，大多是中长篇小说。有的翻译作品的社会性效果是很好的。如鲁迅与周作人对周瘦鹃的《欧美名家短篇小说丛刊》评价就是社会效益的最好实例。

鲁迅当时在教育部任社会教育司科长之职，分管评选小说佳作的工作。当他看到周瘦鹃的译作《欧美名家短篇小说丛刊》时，非常激动。其实在当时的教育部，工作是很清闲的。鲁迅不在办公时间处理对此书的评价，却带回绍兴会馆，与周作人共同赏鉴，说明他对此书发生了不同寻常的好感。他认为一个青年译者能继承他与周作人在十年前的《域外小说集》的未竟之志，是值得高兴与赞扬的。因为《域外小说集》在当时的社会影响并不大，加之寄售处又因失火，积压的书也被火神菩萨所吞噬，以致他们失去了收回本钱再续译续出的希望，而这十年来，几乎没有看到过继承《域外小说集》之志的短篇译作集的出现。今天似乎是“他乡遇故知”般地看到了“老朋友”，因此他与周作人共同拟定了一则评语，赞扬周瘦鹃“所选亦多佳作……用心颇为恳挚，不仅志在娱悦人之耳目，是为近来译事之光。……则固亦昏夜之微光，鸡群之鸣鹤矣”[①]。教育部也因此发给周瘦鹃一张奖状。但此奖状的原委直到新中国成立后，周作人化名鹤生在《亦报》上发表文章，才首次得到透露。文章谈及“《域外小说集》早已失败，不意在此书中看出类似的倾向，当不胜有空谷足音之感吧？”[②]《亦报》是一张小报，文化界关注这种小报的人不多，没有造成广泛的影响。直到1956年纪念鲁迅逝世20周年时，周作人以周遐寿的笔名在10月5日的《文汇报》上发表《鲁迅与清末文坛》一文重提此事，才由鲁迅研究者查找出当年《教育公报》上的评语的全文公之于世。而在今天，严家炎在主编《二十世纪中国文学史》时，亦高度评价《欧美名家短篇小说丛刊》：“这是继鲁迅、周作人兄弟翻译的《域外小说集》之后最为重要的短篇小说译本，而其影响远远超过《域外小说集》。《域外小说集》收录英国小说仅王尔德一篇，法国仅莫泊桑一篇，轻视主要资本主义国家的短篇小说。译者本意自然希望人们重视俄罗斯文学和北欧等弱小民族文学，但不免有矫枉过正之嫌。《欧美名家短篇小说丛刊》正可以成为互补，帮助读者更全面地了解欧美文学。过去有人推测周瘦鹃该书是根据海外短篇小说原版本翻译，其实不然，有证据表明这是周瘦鹃自己下工夫找来的资料。尤其是作

① 鲁迅、周作人：《〈欧美名家短篇小说丛刊〉评语》，载1917年11月30日《教育公报》第4年(1917年)，由周作人执笔。

② 鹤生：《鲁迅与周瘦鹃》，转引自周瘦鹃《一瓣心香拜鲁迅》，收入《花前续记》，江苏人民出版社1956年版。

家小传，从中可以看到译者所花的心血。”[①]这本《欧美名家短篇小说丛刊》是应该永垂于中国现代翻译史册的。周瘦鹃亦因此成为通俗作家中最著名的译家。周瘦鹃在20世纪60年代写给在香港的女儿的信中也自认：“在我这50年笔墨生涯中，翻译之作倒是重要的一环。”[②]直到1947年，他还出版了《世界名家短篇小说全集》共4册，内中有80篇译作。以80篇就称外国名作“全集”，未免挂一漏万，大概是出于书商的“生意眼”的夸大之词了。

但是，中国的早期翻译也存在较大的缺点，这些缺点也会表现在通俗作家的翻译操作过程中。只要看他们的五花八门的标示，就可以知道，这是一种很不严格与很不正规的操作法。他们除了用“译”标示外，还有“译述”、“译意”、“意译”、“戏译”、“重译”、“译补”、“述译”、“助译”、“原译”、“校订”、“校补”等等，除了“校订”是我们今天常做一道工序之外，“重译”也可能过去已有了一个译本，但译得不好，现在再来重新翻译一遍。至于其他的一些“译意”与“意译”之类，其弹性之大，简直是难于估量。又例如，“戏译”是什么意思？那时称“戏作”是有的，读毕后也总能知道作者为什么要称“戏作”。那么在翻译时为什么要称“戏译”，就很费解了。是不负责任的“胡乱”翻译，还是想和原作者或读者开什么玩笑？大概只有查对原文才能知道，可是能查原文的又何必要“你”来“戏”？但即使要查原文，也很难查到，因为早期译作还常犯一个毛病，那就是翻译体例很不完备，往往不注明原著的作者的姓名，更不注国籍，即使注出原作者的姓名，但因为译名不统一，也会给查找带来一定的困难。例如在《小说时报》第2期（1909年12月出版）陈景韩用“冷”为笔名译契诃夫的《生计》，注明原作者是“屈华夫”，而在同期上包天笑也译两篇契诃夫的小说《写真帖》等，署原作者名为“祁赫夫”。到该刊第4期（1910年4月出版），包天笑译契诃夫的《六号室》，原作者署名为“奇霍夫”。据考证，一位很著名的科幻小说作者儒勒·凡尔纳，一位很著名的侦探小说家柯南道尔，他们是中国早期翻译者经常“光顾”的对象，可是“对于这样两位作家的译名，每人竟有

---

① 严家炎主编：《二十世纪中国文学史》（上册），高等教育出版社2010年版，第95页。
② 周瘦鹃：《笔墨生涯鳞爪》，香港《文汇报》1936年6月17日，“姑苏书简”专栏。

不同译音八九种之多，于此可见在当时外国作家译名之混乱”[1]。再说，有的通俗作家能注明这是译作，也就很“客气”的了；有的作家就根本不注明，更有甚者，还加上一个“著”字，也就公然“剽窃”了。这可以包天笑译《爱的教育》为例。这是亚米契斯的著作，全书大概是100小节，但包天笑译成《馨儿就学记》时只剩下了50节左右，其中还有几节是自己的创作，有一节写他全家上坟祭祖，还被编进了当时的小学课本中去。馨儿是包天笑的爱子，8岁时患病早夭，包天笑哀伤之余，想留个纪念，就将这本“译作”定名《馨儿就学记》，而且在封面上赫然印上“天笑生著”。由于《爱的教育》是宣扬爱心教育，重在启发儿童良知和自觉，因此很得当时国民小学很多教师的赞赏。那时正逢我国大大发展小学教育，许多学校就拿这本小说作为学期结束时给优秀生的奖品，因此，有的学校一次就要购上百本，销路极佳，一版再版。而包天笑加上一段祭祖，大概他觉得西洋人的孝思远逊于中国，因此这当然有意“补充”原作之不足。当包天笑晚年在回忆中谈及此事时，非常坦然，毫不觉得当时是一种“剽窃”行为，根本不存在“侵犯版权”的内疚感。那大概就因为是当时比较普遍的现象。钱钟书在《林纾的翻译》中也谈道：

> 大家一向都知道林译删节原作，似乎没注意它也像上面所说的那样增补原作。……一个能写作或自信能写作的人从事文学翻译，难保不像林纾那样的手痒；他根据自己的写作标准，要充当原作者的“诤友”，自以为有点铁成金或以石攻玉的义务与权利，把翻译变成借体寄生的、东鳞西爪的写作。在各国翻译史里，尤其在早期，都找得着与林纾做伴的人。[2]

这包天笑当然是能算与林纾做伴的人了。可是，包天笑凭他一生的创作业绩，也不像是“剽窃者”，那只说他是爱子心切，希望用他人的“石材”为爱子镌刻一块“纪念碑”。我们只能用这个理由为包天笑开脱了。

---

① 郭延礼：《中西文化碰撞与近代文学》，山东教育出版社1999年版，第154—155页。
② 钱钟书：《林纾的翻译》，商务印书馆1981年版，第27—28页。

此类情况，连周瘦鹃也在所难免。他在《游戏杂志》第5期（1914年4月出版）上，发表小说《断头台上》时，在“瘦鹃附识”里也曾“自暴其假”：“系为小说，雅好杜撰。年来所作，有述西事而非译自西文者，正复不少。如《铁血女郎》、《鸳鸯血》、《铁窗双鸳记》、《盲虚无党》、《孝子碧血记》、《卖花女郎》之类是也。”这也是19世纪末20世纪初，中国有些作家常用的手段之一，他们有时将自己创作冠于译作拿出去发表，或者将译作戴上创作的桂冠。

在早期译作中还有一种“豪杰译”，这一名词来自日本。明治初年的翻译者常将原作的主题、结构乃至人物均作修改，于是人们称其为“豪杰译”。至于有的日本译者在翻译西方的作品时，将人名、地名、称谓、典故乃至生活习惯统统改成日本式，而中国译者，从日本再转译时，又将日本化的西洋原作，再作一番中国化，此种情况更是司空见惯，而译者认为如此乃符合中国审美欣赏习惯。

谈到符合中国审美欣赏习惯和民情民风，在早期译作中竟还出现这样的公案，姑且名之《迦因小传》公案吧。我们在上文中已引用包天笑的话，说明杨紫麟的确只找到了半本《迦因小传》。后来林纾得到了全书，就将全本译了出来，这当然是件好事，却引起了一场寅半生大骂林纾的风波。在包、杨的“半部本”中，迦因是个纯情女郎，她愿意牺牲一己的感情和生命以换取爱人的幸福，为中国读者所钟爱。可是到林纾将“全本”（在林纾译本中与包、杨本不同的是《迦因小传》变成了《迦茵小传》，多了一个草字头）译出，迦茵与男友亨利未婚先孕，两人又不顾父母之命自由恋爱等等情节“第一次”出现在中国读者眼中，在当时未婚先孕，是寡廉鲜耻的大罪状；而违背父母之命去自由恋爱，也是“父母国人皆贱之”的行为。金松岑在评论中仅是温和地说：“《迦因》小说，吾友包公毅译。迦因的人格，向为我所深爱，谓此半面妆文字，胜于足本。今读林译，即此下半卷内，知尚有怀孕一节。西人临文不讳，然为中国社会计，正宜从包君节去为是。”[①]可是钟骏文（寅半生）就严厉得多了。他非常肯定地说，包、杨本

① 松岑：《论写情小说于新社会之关系》，载《新小说》第17号，陈平原、夏晓虹编《20世纪中国小说理论资料·第1卷》，北京大学出版社1989年版，第153页。

"非真残缺焉，盖曲为迦因讳也"。

> 不意有林畏庐者，不知与迦因何仇，凡蟠溪子所百计弥缝而曲为迦因讳者，必欲历补之以彰其丑。……迦因何幸而得蟠溪子为之讳其短而显其长，而使读《迦因小传》者，咸神往于迦因也；迦因何不幸而复得林畏庐为之暴其行而贡其丑，而使读《迦因小传》者，咸轻薄夫迦因也。……今蟠溪子所备用《迦因小传》者，传其品也，故于一切有累于品者，皆删而不书。而林氏之所谓《迦因小传》者，传其淫也，传其贱也，传其无耻也，迦因有知，又曷贵有此传哉？甚矣译书之难也！①

寅半生所谓的"译书之难"就是要译者"懂得"如何去为了"中国社会计"而去删改原文，要译者善于为了中国的旧礼教去"避讳"其所谓的"丑行"。这种公然要译者不忠实于原作的篡改伎俩，居然能堂而皇之地发表，不惜鼓动译者对原作施展大刀阔斧的"暴行"，这也是中国早期翻译界所受的社会压力之一，因此他们按"国情"或"己意"而"背离"原作也被视为理所当然。包、杨译本被寅半生奉为"典范"，而且表扬他们百计弥缝，曲意为迦因讳，好像他们是有意识地出炉这部"半面妆"的。但直到老年写回忆录时，包天笑"不敢"受寅半生之抬举，还是肯定了他们只是译了一本小说的残本。

包天笑在谈及自己的"外国文的放弃"时，告诉读者，自己不精于外文，他早期与杨紫麟合作译书，后来又与精通外文的张毅汉合译。包天笑在翻译史上当然是不可能有地位的，但却是中国早期译界最具典型意义的人。一、他能代表当时不懂外文也能翻译小说的一批人，在当时像这种译家是占相当数量的；二、他也像不少通俗作者翻译作品一样，缺乏明确的从事这项工作的宗旨与目的，仅有一个较为笼统的想开新风气之先的思想，也有为生活而换取稿费的念头；三、作为一个通俗小说家，他在译作

---

① 寅半生：《读〈迦因小传〉两本书后》，载《游戏世界》第 11 期，陈平原、夏晓虹编《20 世纪中国小说理论资料·第 1 卷》，北京大学出版社 1989 年版，第 229—230 页。

的过程中，的确向外国作品学习了不少创作技巧；四、在早期翻译中的不规范操作在他的身上也表现得也较为突出，删节、增添，甚至“借体寄生”，包括将“译作”篡改为“著作”；五、当时，许多未来的新文学作者开始读包天笑、周瘦鹃的译作才知道外面还有如此广阔的世界，因此早期通俗作家的翻译在客观上是发挥过一定的作用的，包天笑的客观社会效果当然不及周瘦鹃的《欧美名家短篇小说丛刊》那样大，但他的第一部“翻译”《迦因小传》就能令人如此瞩目，是连他自己也感到非常意外的。

中国早期翻译带着一股新鲜感和一派稚拙性呈现于中国读者的面前。

分道扬镳：1921—1923 中国雅俗文坛的分道扬镳与各得其所

从19、20世纪之交的雅俗“蜜月”谈起

小说“身价”之飙升——从娱乐消闲之“玩偶”到启蒙新民之“利器”，是始于19、20世纪之交。如果说，1897年是这种新小说观的舆论发动年，那么1902年则是它的倡导实践年。在1897年，几道（严复）、别士（夏曾佑）、康有为和梁启超等维新志士从西方的经验中探知小说的“伟力”时，曾对他们心目中未来的“新小说”寄予厚望；但是他们当时在政治舞台上身兼数役、日无寸暇，还腾不出手来顾及创作实践。直到“百日维新”失败，流落异国时，梁启超才在1902年11月于日本横滨创办了《新小说》，实验他的“小说界革命”的宏愿。梁启超的《论小说与群治之关系》中的小说“觉世新民”观、小说乃“文学之最上乘”论，超越了当时革命或保皇的党派之政见，得到了广泛的响应。他不仅自己撰写《新中国未来记》，他的师兄弟和学生也著译《洪水祸》、《东欧女豪杰》和《回天绮谈》等政治小说，他们展望中国维新的前景，纵谈法、俄、英等国革命或改良的政治经验与教训。可是梁启超实际主持《新小说》的编务也仅仅只有三期，1903年2月，他赴美国考察去了。以当时的条件，要“遥控”一个刊物是不可能的。《新小说》月刊的第3与第4期之间竟脱期5个月之久。如果仔细去掂量第4至第7期的《新小说》的内容，拿它们与前三期相比，就显得捉襟见肘。为《新小说》“救场”的是通俗作家吴趼人。从第8期起，直到《新小说》终刊的第24期，由吴趼人创作、改写和衍义的作品，每期几乎占了一

半以上的篇幅。为什么梁启超有如此“雅量”，让自己搭建起来的舞台，肯给吴趼人们去唱戏呢？因为在他看来，通俗作家吴趼人等的作品是他启蒙民众的“同盟军”。作为维新政治家，梁启超对“通俗”是并不反感的。他在1897年所写的《变法通议·论幼学》中就提倡：“今宜专用俚语，广著群书：上之可以借阐圣教，下之可以杂述史事，近之可以激发国耻，远之可以旁及彝情，乃至宦途丑态，试场恶趣，鸦片顽癖，缠足虐刑，皆可穷极异形，振厉末俗。其为补益，岂有量耶！”①吴趼人等人的作品正好与他的倡导是近似的。因此，他在1903年10月，从美国返回日本，也只参加《小说丛话》的撰写，而大量的篇幅还是让吴趼人、周桂笙等人去挥洒。

此时，在国内，民间最大的出版机构商务印书馆也步《新小说》后尘，请出通俗作家李伯元创编《绣像小说》。这本通俗刊物共出版了72期，刊登了晚清的若干著名的小说；但它只绝无仅有地发表过一篇理论文章，那就是别士（夏曾佑）的《小说原理》，文中写道：

> 综而观之，中国人之思想嗜好，本为二派：一则学士大夫，一则妇女与粗人。故中国之小说亦分二派；一以应学士大夫之用，一以应妇女与粗人之用。体裁各异，而原理则同。今值学界展宽（注：西学流入），士大夫正日不暇给之时，不必再以小说耗其目力。惟妇女与粗人，无书可读，欲求输入文化，除小说更无他途。②

与梁启超一样，别士作为知识精英，他在文中对通俗小说也予以充分的关注。凡此都说明了在清末，一方面有一批知识精英在理论上倡导开路，另一方面则有一批通俗作家能以创作实践体现这些理论的倡导，雅俗关系之融洽就不言而喻了，说是“蜜月”期是并不过分的。

在清末民初还有一些作家，很难将他们定性为通俗作家，如《小说时报》的主编陈景韩（冷血）、《小说月报》的先后主持人王西神（蕴章）与恽铁

---

① 梁启超：《变法通议·论幼学》，《时务报》第18册，光绪二十三年（1897年）1月21日出版，第1页。

② 别士：《小说原理》，载《绣像小说》第3期，1903年6月25日出版，第4页。

樵(焦木),但他们所办的刊物都能兼顾都市市民读者的需求。陈景韩有着深刻而新颖的思想,他在《小说时报》创刊号上发表的《催醒术》可以说是“1909 年所发表的一篇‘狂人日记’”,而他笔下的“催醒”实际上是“启蒙”的代名词;而他与通俗作家包天笑的合作关系是相当默契的,他们甚至常常合用一个笔名:冷笑。王西神是位词章大家,1910 年主持《小说月报》。恽铁樵也长于古文,他在 1912—1913 年之交接替王西神,编辑《小说月报》时,发了鲁迅的第一篇小说《怀旧》,并以编者身份加以盛赞;恽曾写长信与叶圣陶讨论其小说的得失;他也曾鼓励过张恨水的创作。因此,后人谈及恽时称他为“慧眼伯乐”。王西神与恽铁樵主持的前期《小说月报》不能以“顽固堡垒”目之。特别是恽铁樵编刊时期,更有良好的业绩,将刊物办得“雅驯而不艰深,浅显而不俚俗,可供公余遣兴之需,亦资课余补助之用”[1]。他兼顾娱乐性与教育性,并重视审美功能,使《小说月报》成为一个纯正的、不断改进的、悉心培养青年新进作者的、没有门派观念的、较有全国性影响的文学公共园地。在刊物中除了发鲁迅、叶圣陶的作品之外,也培养了徐卓呆、程瞻庐和程小青等一批通俗作家。在新文学诞生之前,中国的雅俗文学的门户是并不森严的。

《小说月报》半革新时的通俗作家动向

《小说月报》从第 9 卷(1918 年)起至第 11 卷(1920 年)为止,又自恽铁樵手中交还给从国外归来的王西神。这是《小说月报》逐年走向下坡的时期,读者也不断减少,其原因是多方面的:《新青年》杂志的创办、五四新文化运动的兴起,对进步青年产生巨大的吸引力和影响力,相形之下,《小说月报》虽是一个纯正的文艺刊物,但缺乏相应的改革力度,这必然会流失了一部分青年读者。王西神想挽救发行数减少的局面而采取的对策之一是,从第 9 卷第 4 期起开辟“小说俱乐部”。他的宗旨是:“鼓励小说家之兴会,增进阅者诸君之趣味。”在刊物上搞游戏性的征答,甚至竟出现了“金鱼图谱”、“花谱”、“竹林新谱(麻雀牌的一种新玩法)”等等。将一个文

---

① “《小说月报》·特别广告”,载《小说月报》第 4 卷第 1 号(封 2),1913 年 4 月 25 日出版。

艺刊物搞成了不伦不类的杂货拼盘。从主观上他想增加刊物的发行量，可是这些对策无异于缘木求鱼。

商务印书馆的高层领导决心实行改革，第一个措施就是划出一定的篇幅请茅盾主持一个“小说新潮”的栏目。“小说新潮”的“新”是体现在它主要是刊登白话翻译小说，将国外的新兴思潮介绍给国人。开辟“小说新潮”栏目虽然表示了商务印书馆上层要改革《小说月报》的初衷，但这一措施并不能解决发行量下滑的趋势，因为《小说月报》并未改变大拼盘的整体面貌。例如其中的“文苑”栏，在这一卷的12期中，刊登文章13篇，内容为序跋，有传记、碑记、祝寿、祭文和墓志铭等；古体诗133首，词58首。因此在对比中，知识青年仍然觉得太暮气，而市民读者却又觉得“小说新潮”太洋气。到第10期，销量下降为两千册。“冶新旧于一炉，势必两面不讨好。当时新旧思想斗争之剧烈，不容许有两面派。果然像王莼农（即王西神）自己所说，他得罪了‘礼拜六派’，然而亦未能取悦于思想觉悟的青年。而况还有不肯亏‘血本’的商务当局的压力。王莼农最怕惹麻烦，而且他也无意恋此‘鸡肋’，结果他向商务当局提出辞职。”[①]这就是迎来了《小说月报》全面革新的契机。

在这半革新的一年中，有两位具有代表性的通俗作家的动向是很值得注意的。一是周瘦鹃。他在“小说新潮”栏中翻译了7个短篇和一个多幕剧，即易卜生的《社会柱石》，这个多幕剧连载了8次才刊登完毕。那么也就是说，在12期“小说新潮”中周瘦鹃的名字出现了15次。在这一栏目中，他可以说是一位“主干”。或许他是完全自认为是这股“新潮”的拥戴者。但是茅盾却并不这样认为。在稿源不足时，他只能用周瘦鹃的稿件。但他对周的稿件是有意见的。直到1979年，茅盾还旧事重提：在半革新的第1期“小说新潮”栏内，除了茅盾自己的《小说新潮栏宣言》外，“只有周瘦鹃译的法国G.伏兰（Gabruel Volland）的短篇小说《畸人》。……《畸人》之所以被周瘦鹃选中加以吹嘘，正因为其内容是‘礼拜六派’一向所喜爱的所谓‘奇情加苦情小说’（‘礼拜六派’喜欢把男女关系的小说分类为艳情、奇情、苦情等等，以期吸引一般以读小说为消遣的小

① 茅盾：《革新〈小说月报〉的前后》，《新文学史料》第3辑，1979年5月出版，第70页。

市民的注意)。”茅盾的分析是带着他对所谓“礼拜六派”作者的偏见的。这篇小说是写一位老学者娶了一个年轻娇媚的妇人(他雇佣的誊写人)。那女子奢华无度,还“享受”她那“不正当的自由”。老学者为了避免破产,坚决搬到自己乡下的旧宅中去住,结果与夫人发生了大冲突。第二天老学者命令老园丁与他一起埋葬一只大箱子。老园丁以为老学者已杀了他的夫人,箱内是夫人的尸体;但他又不敢去报警。直到老学者逝世,老园丁才找来警察掘起那箱子,“只见箱中装满的都是些美丽脆薄的东西,分明曾经偎贴过美人儿玉肤的,却并不见甚么死尸。……这一件事人家那里想到这个被妻抛弃的可怜人并不把死尸装入箱中,却是葬他爱情上的一片幻影。那些殉葬礼品物,就都是引起妇人虚荣的成绩品”。女人抛下了老人“出奔”了。老人痛苦之余埋葬了他的爱情的残痕与他遇人不淑的悔恨。周瘦鹃在介绍作者时说:“他那一枝笔,真是蘸着墨水和眼泪一起写的。”而这篇译文的最后一句也是哀叹:“唉!他到底是个畸人。”作品对这位可怜孤单的畸零人是满溢着深厚的同情!这篇小说好像与廉价的“奇情加苦情小说”应该有所区别的吧?周瘦鹃在半革新的一年中,是积极的;他翻译易卜生的《社会柱石》就更应该值得称赞。他是竭力想向革新的一面“靠拢”的,起码他是有做“同路人”的资格的,是有被“团结”的可能性的。可是他对“小说新潮”栏那份支持,并没有改变茅盾对他的看法,这看法一直保留到1979年茅盾写回忆录的时候。

值得注意的第二位通俗作家是胡寄尘(怀琛)。他在“文学新潮”中的一首新诗《燕子》曾得到茅盾的赞许:“胡怀琛的《燕子》很有意思。”胡寄尘是一位小说家、诗人、学者,还是一位善写通俗文艺论文的评论家。有人曾说他的《燕子》写得比胡适的《蝴蝶》好。全诗抄录如下:“一丝丝的雨儿,一丝丝的风,/一个两个燕子,飞到西,飞到东。/我怎不能变个燕子,自由自在的飞去?燕子说:你自己束缚了自己,怎能望人家解放你?”他在这首诗后面加了一段长长的跋语,这里只能抄他自认的“得意之笔”:那就是在“雨”字之后所加的一个“儿”字,他以为极有讲究:“第一行里的一个‘儿’字,似乎可以不要,岂知不要他便不谐。因为‘儿’字上的‘雨’和‘儿’字下的‘一’字,同是一声,读快了便分不清,读慢些又觉得吃力,所以用个‘儿’字分开,读了‘雨’字之后,稍停的时候,顺便读个‘儿’字,毫不费力,且觉得自然好听，这也是天然音节的一斑，不懂这个，新体诗便做不好。”胡寄尘是很重视新诗中的炼字炼句的，因此他还曾发表过若干诗论。胡寄尘曾说：“胡适的《尝试集》出版而后，我很诚恳、很公平，很详细的批评了一下；因此打了半年多的笔墨官司。”[①]他为胡适的《尝试集》改诗，就像给中学生改作文一样。搞得胡适很无奈，只好不理他；而他却再撰文逼胡适“表态”。这是文坛上的一桩很有趣的公案。茅盾对胡怀琛的《燕子》诗的按语也发表了很长的意见：

> 胡怀琛这番话，有积极意义。第一，他承认如要反对新体诗，必须自己做过新体诗；第二，自己做过以后，才知道新体诗决不易做，不是脱不了词曲的旧套，便是变了白话文，都不叫新体诗；第三，他又提出天然音节问题，承认是“很难”。……甚至在六十年后的今日，也还没有完全彻底解决。胡怀琛的《燕子》诗最后一句“燕子说：你自己束缚了自己，怎能望人家解放你?”意味深长，是这首诗的警句。但我们研究胡怀琛之为人及其诗文，觉得《燕子》诗这个警句实在为他自己写照。胡怀琛自己束缚自己，思想越来越“不解放”。[②]

茅盾在60年之后写回忆录时，评价胡怀琛“自己束缚自己，思想越来越‘不解放’”，是因为在《小说月报》全面革新之后，胡寄尘与茅盾也有过几次小小论争。其实像胡寄尘这样的人既懂点新文学，同时又能写通俗作品，他对新文学的若干意见并非是恶意的，也有其值得参考的价值，但茅盾却认为胡的站到通俗文学的一面是“自己束缚自己”。

周瘦鹃、胡寄尘这两位有代表性的通俗作家在《小说月报》的半革新过程中，他们是有“趋新”的良好表现的，这表明他们有向“新潮”靠拢的动向，也显示了五四新文化运动对他们是有所触动的。但是作为先锋派作家的新文学家却早有了潜在的界线与定见，这预示着双方的分道扬镳是迟早会发生的事。

---

① 胡寄尘：《〈大江集〉自序》，《大江集》，上海梁溪图书馆1924年第3版，第2页。

② 茅盾：《革新〈小说月报〉的前后》，《新文学史料》第3辑，1979年5月出版，第69页。

《新声》的创办与《小说月报》的全面革新

在《小说月报》半革新时，部分通俗作家也在筹备一个类似的半革新的刊物，以表示自己在五四思潮启迪下的新体悟。那就是1921年1月出版的《新声》——在新思潮的推动下自己也应该发出一种"新的声音"。这个刊物的创办者是施济群与严谔声。施济群是一位医生，但他热衷于文艺，很想自己来办一个杂志，但办杂志是需要相当数量的周转资金的。"他是一个学医的，没有钱，但在邑庙附近有两间祖传的市房，他就毅然把它卖掉来作资本。"[①]编辑部就设在严谔声家中。严谔声是一位"雅俗两栖"的文化人。他在办《新声》之前就为《时事新报·学灯》写稿，说明他对新文化的修养也是有一定的基础。这个杂志也的确有一部分很新的内容。最突出的是创刊号至第3期上开卷第一个栏目——"思潮"栏，主要刊载政论与杂文。作者大多是当时政坛与报界的著名人士，例如邵力子、廖仲恺、朱执信、吴稚晖、叶楚伧、沈玄庐、戴季陶等等。其中邵力子、叶楚伧、戴季陶是曾创办与主持过著名的《民立报》、《民呼报》和《民国日报》的名报人。这些作者大多是同盟会会员，也即是国民党的元老级人物。这是由叶楚伧(叶小凤)出面敦请这批人参加撰稿的。当时国民党还是在孙中山先生领导之下的革命政党，因此在该刊中所发表的文章也颇有新思潮的光芒，对五四新文化运动也予以高度的评价。在第1期中严慎予的《新思想发生的源泉——"思惟"》一文的开端就写道：

> 五四以后，中国的思想界、学术界，突然开辟了一个新纪元。一切旧制度旧习惯，统统有"立不定"、"站不住"的趋势，破产的时期也快到了。可是旧制度、旧习惯的本身，并没有变化；是因为"人"对于这种制度、习惯，仔细观察，觉得非常怀疑，非常惊骇，于是现出一种不安的状态，有了脱离这些制度、习惯的要求。这一点"怀疑"，便是

① 郑逸梅：《新声杂志》，载魏绍昌编《鸳鸯蝴蝶派研究资料》，上海文艺出版社1962年版，第326页。

旧制度、旧习惯、旧思想破产；新制度、新习惯、新思想建立的发源和根据。

当时，即使是在新文学的杂志中，像这样热情地歌颂五四，也极少见；虽然文中把除旧布新的道路看得太平坦了些，可是这种乐观的精神实在是非常感染读者的。当时还是共产党员身份的沈玄庐则写了一篇杂文《解放》：

现住的世界，是什么世界？是已经觉悟的世界。觉悟点什么？觉悟“解放”的要求。觉悟了，能够不解放么？

家属要求家长解放，女子要求男子解放，工人要求资本家解放，农夫要求地主解放。那班做家长、男子、资本家、地主，解放不解放，诚然有一种肯与不肯的问题；但是家属、女子、工人、农夫，是要求定了。

在这些文章中说得最深刻的是朱执信的遗著《睡的人醒了》。发表此文时，朱执信已被桂系军阀杀害，因此在文中还刊登了朱执信的遗像。他是从“睡狮论”谈起的：

你如果说中国睡了几百年，我是承认的；说中国现在醒了，我自很希望的；说中国没有睡以前，是一个狮，所以醒了之后，也是个狮，我就不敢附和了。

一个国对一个国，一个人对一个人，要互助，要相爱！不要侵略，不要使人怕！不要做狮子！……我只可再说一声，睡的人——要醒了！

朱执信在文中正确地指出，“睡狮论”有时是很符合外国侵略者的需求的，它能为侵略者制造借口：“醒了！这是最好没有的事。不过为什么醒了不去做人，却要去做狮子？他们要侵略中国的，像俾士麦、威廉一辈子的人，自然提起中国来，便说：‘这是狮子，他醒了可怕，将来一定有黄祸，我们赶快抵御他。'"文中说，中国是一个爱好和平的民族，在历史上是一个处处防御侵略的国家，而"他们欧洲人拿蒙古代表中国，因为蒙古侵略过欧洲，所以讲起中国，就想起蒙古，凭空想出'黄祸'这一名词，就是未曾了解中国的凭据"。像朱执信这样的文章，不仅在当时与新文学所倡导的"人的文学"是相通的，即使到今天，也还有它的现实意义。现在看到中国"醒了"，在国际上不是又有人在炮制"黄祸论"，妄图抵制"醒了"的中国吗？我们过去没有发现过《新声》的"思潮"栏的有关资料，这一栏中的有些文章是值得大书一笔的。

《新声》的"新"还表现在胡寄尘对"新派诗"作了一些探索性的尝试。他在这一刊物上首发了他的《大江集》。《大江集》是胡适出版《尝试集》后中国的第二本新诗集子。胡寄尘对自己的"新派诗"是有一套理论的，他认为诗是"偏于情的文学，能唱的文学"。"偏于情不能唱，不能算诗；能唱，不偏于情不算诗。"他给新诗下了一个定义："极丰富的感情，极精深的理想，用很朴质的、很平易的（便是浅近），有天然音节的文字写出来。"①他的《大江集》的第一首诗是《长江黄河》："长江长，黄河黄，/滔滔汩汩，浩浩荡荡。/来自昆仑山，流入太平洋，/灌溉十余省，物产何丰穰，/沉浸四千载，文化吐光芒。/长江长，黄河黄，/我祖国，我故乡。"胡寄尘自我介绍说："它的好处在于对偶和押韵的地方，完全是天生成的，没一字是人工做成的。"②在我们今天看来，倒是很有点爱国主义情愫在其中。这首诗是胡寄尘视为他的新派诗的"样板"。其实他是想写成一种可哼、可吟、可唱的，具有民族形式的新乐府式的白话诗，这未始不是一种新尝试新探索。

《新声》中还有标明是"新小说"的小说若干篇，以胡寄尘写的为多，白话，新式标点，但没有什么精彩的篇章。不过严独鹤的长篇《人海潮》倒很值得称赞，可惜只连载了10回就因停刊而暂时中断了。

《新声》原想编成一本像《小说月报》一样的半改革的杂志，用以说明通俗文坛也能编这样的新文学与通俗文学"合璧"的刊物。可是它是一本"迟到"的半革新刊物。在它创刊后的10天，《小说月报》就彻底改组与全

① 胡寄尘：《诗学讨论集》，上海新文化书社1923年第3版，第23页。
② 胡寄尘：《文学短论》，上海大中书局1934年第7版，第112页。

面革新了。《小说月报》的全面革新说明了中国的新文学作家已在大城市结聚,形成了一股文学界的新生力量,要使中国文学与世界文学接轨。正如茅盾所表达的:"我敢代国内有志文学的人宣言:我们的最终目的,是要在世界文学中争个地位,并作出我们民族对于将来文明的贡献。"①这又是《新声》所望尘莫及的。因为从他们的文学观与知识结构来说,他们最多也只办出拼盘式的刊物,更何况其中最精彩的政论杂文部分还是外稿呢。

《新声》的那些新的声音并没有引起新文学界的注目,相反,在批判许多通俗刊物时,它也常常被点名,列在其中。而《新声》第1至第3期中的新的声音,也受到了通俗文坛中的部分作家的责难,郑逸梅在记载中提到:"那'思潮'是谈新文化的,后来觉得有些新旧不调和,也就把这一栏取消了。"②《新声》处在两面不讨好的尴尬局面。从施济群、严谔声办这个刊物来说,未始不是一种"趋新"的表现,表示通俗文学界也有人受五四的影响,要显示自己也有革新的需求。可是却没有达到办刊者的预期的效果,出版了10期之后,于1922年6月宣布停刊。但施济群的办刊的热情与才能倒是被世界书局发现了。于是世界书局请严独鹤与他去主持一个通俗文学周刊——《红》杂志。在《新声》的《本杂志结束通告》中,不无遗憾地说:编者未曾辜负读者的盛意,但在这种局面下也只好"急流勇退"了。也许他们还是回到通俗刊物的路上去,更显得驾轻就熟。一场"迟到"却又是很有"诚意"的"半革新"的演出也就此谢幕了。

《文学旬刊》对通俗文学的严厉"拒斥"

《小说月报》的全面革新在中国现代文学史上是一种新局面的开创。这也是在商务印书馆总体规划中的一个组成部分。当时,商务印书馆除了改组《小说月报》之外,《东方杂志》、《教育杂志》、《妇女杂志》和《学生杂

① 茅盾:《我走过的道路(上)》,人民文学出版社1981年版,第187页。
② 郑逸梅:《新声杂志》,魏绍昌编《鸳鸯蝴蝶派研究资料》,上海文艺出版社1962年版,第327页。

志》等刊物也都先后进行了革新，编辑也都进行了“换马”。“改组的《小说月报》第1期印了五千册，马上销完，各处分馆纷纷来电要求下期多发，于是第2期印七千，到第1卷末期，已印一万。”[①]这是脱离了拼盘式的面貌后的“立竿见影”的结果，有了针对性的读者群——在喜爱新文学的知识青年中当然会受到意想不到的欢迎。

但是对习惯于读传统小说的读者来说却有着不同的反应。这种种的反应都是用“看不懂”这三个字作为抵制的挡箭牌的。所谓看不懂，这是因为它与民族阅读习惯之间有一定的差异。但除了的确有“看不懂”的读者之外，有些人主要是“看不惯”，但他们也高喊“看不懂”。一位笔名为东枝的人事后也撰文分析道：“凡是一种新思想新文艺的初次介绍，必有一个时期是与国人心理格格不相入的。”他接着报道了两个信息：“第一件是年来小书坊中随便雇上几个斯文流氓，大出其《礼拜六》、《星期》、《半月》、《红》、《笑》、《快活》，居然大赚其钱。第二件是，风闻该馆又接到前11卷《小说月报》的读者来信数千起，都责备《小说月报》不应改良。”[②]说周瘦鹃、严独鹤等人是“斯文流氓”当然是一种诬蔑，从中也可以看到当时的“门户”之见的森严。但从数千封(这个数字可能是夸大了的)的“呼声”中书商们却觉得大有可为了。你商务印书馆不要市民大众读者，这笔大生意我们来做。而从周瘦鹃、胡寄尘等过去的(前期)《小说月报》的台柱们看来，既然你们将我们排挤出商务刊物的阵地，我们可以用自己的“多余的创、编、译的精力”去自立门户。王钝根、周瘦鹃的“复活”《礼拜六》也就成了必然会采取的对策；而胡寄尘则将自己的“创作剩余精力”用到《红》杂志和以后创刊的《小说世界》中去。

《小说月报》是1921年1月改组。《礼拜六》是同年3月复刊。周瘦鹃在《礼拜六》第103期(即复刊第3期)的《编辑室》中写道：“本刊小说，颇注重社会问题、家庭问题，以极诚恳之笔出之。”以表示自己过去有“趋新”的表现，现在也不想“倒退”；而作为编者，他也希望作者能多撰写这方面的稿件。他在第102期中发表的《血》、第106期上的《子之于归》和第

① 茅盾：《革新〈小说月报〉的前后》，《新文学史料》第3辑，第75页。

② 东枝：《〈小说世界〉》，《晨报副刊》1923年1月11日。

114 期上的《脚》等，就是他关心社会问题与家庭问题的小说。但是周瘦鹃在复刊后的《礼拜六》中只负责了很短一个时间，就被大东书局“挖”了过去。而严独鹤也几乎在同期，被世界书局聘去主持刊物。这也就是东枝所谓的“小书坊”雇“斯文流氓”的那回事了。

过去一直有一种说法，商务印书馆编译所储备的人才可与当时北大中文系的教师阵容相媲美。它也曾有雄心请胡适来主持编译所。其他的书局当然无法与它抗衡。可是它现在将市民读者这一块“大肥肉”让出来，上海门槛“贼精”的书商马上觉得有大利可图。世界书局与大东书局的老板过去是从事古旧书买卖的，现在看到商务的“革新”，他们正中下怀。他们也从事新书业了：你打“知识精英”牌，我们与你比“市民大众”牌。它们分别请出上海的“一鹃一鹤”为他们主持若干市民大众文学的期刊。世界书局请出严独鹤与施济群办《红》杂志周刊。它先备足了 4 期稿子，事先印好，才开张发行。以后也每每备 4 期“存货”，它宣称是个不脱期的刊物。《红》杂志共出版 100 期，严独鹤几乎写了近 40 篇短篇小说，颇有可读之作；长篇主打平江不肖生的《江湖奇侠传》。真可谓“红”极一时。《红》杂志的延伸就是著名的通俗期刊《红玫瑰》。与办《红》杂志同时，严独鹤等又办《侦探世界》，连载不肖生的《近代侠义英雄传》，大刀王五、霍元甲跃然纸上，这位霍元甲至今还在影视上一再被传颂。世界书局又请江红蕉办《家庭》月刊，请李涵秋办《快活》旬刊。而大东书局将周瘦鹃从《礼拜六》中挖出来，为他们办《半月》、《游戏世界》。后来《半月》的延伸是著名的通俗期刊《紫罗兰》。而周瘦鹃又以他个人的号召力于 1922 年夏创办了他的个人杂志《紫兰花片》。大东书局又请出通俗文坛老将包天笑办《星期》周刊。《小说月报》改组后虽然发行量有所上升，可是这大批的通俗期刊的销量相加却更为可观。

《小说月报》主要是刊登小说，它不便于作短兵相接的战斗；于是茅盾与郑振铎就在 1921 年 5 月创办了《文学旬刊》(附在《时事新报》中发行)，作为文学研究会的机关刊物。应该肯定，这个刊物发表了不少好的文章，但本文着重要谈的是“分道扬镳”的过程与责任。可以说，这个先锋文学刊物也担负着过于繁重的战斗任务。它四面树敌：首当其冲的当然是针对刚于 3 月“复活”的《礼拜六》及其他被他们称为鸳鸯蝴蝶派的通俗文学期刊；其次是南京东南大学的《学衡》派；第三，与创造社的郭沫若和成仿吾也有公开论战；还有是针对南京高师的一些学写古体诗的青年学生展开了关于“骸骨的迷恋”的批判。本文只能介绍它与通俗文坛的交锋。这个刊物是过去精英话语一统天下时的现代文学史上的“权威结论”展示平台，其实是应该通过具体的分析作出再评价的。

首先，《文学旬刊》的某些编、作者对通俗文坛的批判缺乏以理服人的态度，对部分通俗作家有“趋新”和“靠拢”的表现也不予理会，采取的是以“痛斥”为主要手段的“严拒”。该刊的“记者”在回答读者来信时说：

> 《礼拜六》那一类东西诚然是极幼稚——亦唯幼稚的人喜欢罢了——但我们所不殚劳的再三去指斥，实是因为他们这东西，根本要不得。中国近年来的小说，一言以蔽之只有一派，这就是“黑幕派”，而《礼拜六》就是黑幕派的结晶体，黑幕派小说只以淫俗不堪的文字刺激起读者的色欲，没有结构，没有理想，在文学上根本没有立脚点，不比古典派旧浪漫派等等尚有其历史上的价值，他的路子是差得莫明其妙的；对于这一类东西，惟有痛骂一法。[①]

把先锋文学之外的常态文学“一锅脑儿”都归入黑幕派本来就已很成问题了；对待此类东西，“惟有痛骂一法”，更令人感到是简单地“扣帽子”，而缺乏理性的分析。因此在文章中经常出现“文丐”、“文娼”、“狗只会作狗吠”等诬蔑性的谩骂，认为通俗文坛已“无可救药”。而对周瘦鹃的表示要关心“社会问题”与“家庭问题”的回音，则是斥为：“什么‘家庭问题’咧，‘离婚问题’咧，‘社会问题’咧，等等名词，也居然冠之于他们那些灰色‘小说匠’的制品上了。他们以为只要篇中讲到几个工人，就是劳动问题的小说了！这真不成话！”[②]究竟不成什么话呢？语亦不详。这其实是一种“不准革命”的翻版——“不准进步”！

在“痛骂”通俗作家之外，还有一个缺点就是“迁怒于读者”。在他们

---

① 记者：《通讯》，《文学旬刊》第13期，1921年9月10日出版。

② 玄（茅盾）：《评〈小说汇刊〉》，《文学旬刊》第43期，1922年7月11日出版。

看来，中国的读者们不仅仅是幼稚的问题，“说一句老实话罢，中国的读者社会，还够不上改造的资格呢！”①它是个“懒疲的‘读者社会’”。② “现在最糟的，就是一般读者，都没有嗅出面包与米饭的香气，而视粪尿为‘天下的至味’。”③总之，在《文学旬刊》的某些编、作者看来，“一般口味低劣的群众正要求着腐烂的腥膻的东西”，是“不生眼睛的‘猪头三’”。④

不过我们也应该看到，在《文学旬刊》的编、作者中，除了上述的很激愤地“痛骂”所谓“灰色小说匠”和“懒疲的‘读者社会’”者之外，也有另一种经过思考的较为清醒的声音，那是以叶圣陶和朱自清等为代表的具有建设性的意见：

> 呼号于码头，劳作于工厂，锁闭于家庭，耕植于田野的，他们是前生注定与文学绝缘，当然不会接触新文学。有的确有接触的机会，但一接触眉就绉了，头就痛了；他们需要玩戏的东西，新文学却给他们以艺术，他们需要暇闲的消磨，新文学却导他们于人生，所得非所求，惟有弃去不顾而已。于是为新文学之抱残守缺者，止有已除旧观念，幸而不与文学绝缘，能欣赏艺术，欲深究人生的人；这个数目当然是很少了。就是这少数的人，一边提倡鼓吹，一边容纳领受，便作潮也不能成其大。看看成效是很少，影响是很微，奋勇的心就减了大部；应说的已经说了，其余的还待创作，还待研究，于是呼声低微了，或竟停息了。现在的情形就是这样了。……重行鼓起新文学运动，向多方面努力地运动！……我们不愿听‘就是这样了’，愿新文学一天有一天的发展与进步！⑤

在《文学旬刊》的第26、27期的《民众文学的讨论》专刊中，叶圣陶提出，现在没有可能去培养民众读新诗与新小说，而是要“就他们（指民众）

① 西谛：《杂感》，《文学旬刊》第40期，1922年6月11日出版。
② 西谛：《新文学观的建设》，《文学旬刊》第37期，1922年5月11日出版。
③ 西谛：《本栏的旨趣和态度》，《文学旬刊》第37期，1922年5月11日出版。
④ 玄：《评〈小说汇刊〉》，《文学旬刊》第43期，1922年7月11日出版。
⑤ 斯提（叶圣陶）：《杂谈・就是这样了吗？》，《文学旬刊》第18号，1921年11月1日出版。

原有的种种以内，加以选辑或删汰，仍旧还他们以各人所嗜好的；这是一。或者取他们旧有的材料，旧有的形式，而为之改作，乘机赋以新的灵魂；这是二。创作各种人适宜的各种文学；这是三。不论改作或创制，第一要于形式方面留心的，就是保存旧时的形式”。而朱自清在那次讨论中也赞成叶圣陶的意见，认为就创作与搜辑相比较，搜辑民众文学比创作更为重要，在搜辑后应该作内容上的修改，但“也只可比原意作进一步、两步，不可相差太远。——太远了，人家就不请教了”。“民众文学底目的是享乐呢？教导呢？我不信有板着脸教导的‘文学’，因为他也不愿意在文学里看见他教师底端严的面孔。”因此他认为要保留“趣味性”与“乡土风”，应该用“感情的调子”“稍稍从理性上启发他们”，以发挥“‘潜移默化’之功”。这些意见在当时都是难能可贵的诤言，可惜以后也很少有人去做那种“搜辑”而又加以“修改”的工作。

在当时这批通俗刊物的内容中，当然也有叶圣陶和朱自清等所提到的低俗的东西，有的甚至是“俗不可耐”的趣味。典型的如在 1921 年 5 月 28 日的《申报》中登载了一则《礼拜六》的广告，且是用王钝根的“墨宝”制版，格外醒目：“宁可不娶小老姆，不可不看《礼拜六》”。这实际上是继 1914 年王钝根发表《〈礼拜六〉出版赘言》，将读小说代替“平康买笑”的“代用品”的恶性发展。叶圣陶立即写了《侮辱人们的人》：“我从不肯诅咒他们，但我不得不诅咒他们的举动——这一举动。无论什么游戏的事总不至于卑鄙到这样，游戏也要高尚和真诚的啊！”[①]因此，我们一方面不赞成“惟有痛骂一法”的简单化；但另一方面也应该肯定，对庸俗低下的东西也须要进行必要的批判。在这方面，《文学旬刊》也曾发挥了一定的作用。

《小说世界》的创刊与雅俗文坛各得其所格局之形成

世界书局与大东书局办了这么一大堆通俗刊物，生意兴隆，俨然向出版界的“龙头老大”有挑战的意味。不久，商务印书馆也发现自己的“改刊”策略虽然赢得了声誉，却未必见得赢得了实惠。把老牌的阵地让给新

① 圣陶：《侮辱人们的人》，《文学旬刊》第 5 号，1921 年 6 月 20 日出版。

文学是顺应时潮之举,但市民读者我们也不能放弃,否则正合"世界"与"大东"的"胃口",犹如为渊驱鱼。这时在1922年7月3日的《晶报》上出现了几首打油诗,其中一首是:"看客双眉皱不停,《疯人日记》忑瞢腾。股东别作周刊计,气煞桐乡沈雁冰。"下有小注云:"桐乡沈雁冰先生,新文化巨子也,主任商务之《小说月报》,务以精妙深湛自炫,销路转逊于前。商务主人,乃别组《小说周刊》,为桑榆之收焉。《疯人日记》,《小说月报》中篇名也。"①这大概是较早传出的一个信息:商务要另办通俗小说刊物了。

在商务改组《小说月报》至创办《小说世界》,其中隔了整整两个年头。有的中国现代文学史上往往将《小说世界》看成是杀回商务的"还乡团"。是那批通俗作家向商务施加了"压力"才得逞的"复辟"。事实并非如此。试想:"鸳鸯蝴蝶派"向商务施压,"压"了整整两年,才如愿以偿,他们的力气也太不济了;商务老板"顶"也顶了两年,终于顶不住了,"英雄本色"丧失殆尽,实在可怜可悯。是这样吗?非也。其实要办一个通俗小说刊物,最着急的不是那些通俗作家们,因为世界书局与大东书局已经给了他们广阔的地盘,况且周瘦鹃手中还有《申报·自由谈》,严独鹤手中还有《新闻报·快活林》。问题的症结在于商务要将世界书局和大东书局抢占去的市民读者的份额夺回来,至少自己也要分一杯羹。对通俗作家而言,当然是阵地多多益善;再说还能挽回被商务逐出的面子。因此谈不上是因《疯人笔记》小说引起了一场"另办风波"。

《小说世界》从1923年创办到1929年终刊,共出版264期。先后由叶劲风、胡寄尘编辑。如果不以成见看问题,这个刊物还是经得起评价的。这个刊物的灵魂人物是被茅盾称为"自己束缚自己"的胡寄尘。在264期中除他写的《编辑部报告》之类的文字不算,他的作品足足在200篇以上。而写稿较多的几位是徐卓呆(约70多篇,他的长篇《万能术》连载16续,译话剧《茶花女》连载14续,均算一篇)、程小青(约40余篇)、范烟桥(约30多篇)、何海鸣(近30篇)。这几位作家在他们各自的"强项"

① 清波(毕倚虹):《稗海打油诗(半打)》,《晶报》1922年7月3日。《小说周刊》乃指后来(1923年1月)出版的《小说世界》周刊。《疯人日记》系冰心的小说《疯人笔记》之误,刊于《小说月报》第13卷第4号,1922年4月10日出版。

中皆有自己的特色。徐卓呆在民初《小说月报》上发表的《卖药童》、《微笑》等，在那时就是第一流的短篇，而在《小说世界》时期，他的小说向幽默滑稽的格调上发展，被称为“东方卓别林”。而何海鸣在20年代初，在《红》上发表的《一个枪毙的人》、在《小说世界》上发表的《先烈祠前》、在《半月》上发表的《老琴师》等短篇决不在新文学家的优秀短篇之下；而他在《半月》上连载的长篇《十丈京尘》的若干片段，直可令人拍案叫绝，颇有果戈理的《死魂灵》风；程小青的侦探小说、范烟桥的文化掌故等虽非独步，但也可算佼佼者之属。由于新文学的某些刊物的门户把守较严，因此，有些外稿也会流到《小说世界》中来。这里只举一部连载了8续的“长篇”(以现在的标准系中篇小说)《恋爱与义务》，作者是罗琛女士。小说前有一蔡元培写的“叙”。限于篇幅，这里只录一小段：

> 罗琛女士，华通斋先生之夫人也。原籍波兰，长于法国。兼通英德俄诸国语及世界语。工文学。居北京既久，于治家政外，常尽力于慈善事业；尤喜为有益社会之小说。近日以新著《恋爱与义务》小说汉本见示。余方养病医院，受而读之，心神为之一振。其叙事纯用自然派作法。……1921年12月31日蔡元培叙。[①]

罗琛女士嫁给一位留法的中国高级工程人员，久居北京。曾译过鲁迅的《阿Q正传》。她的小说既能了解中国的伦理规范，又参之于外国的道德准则，故事既曲折，人情又练达，读了令人既感动又信服，真是难得的好作品，无怪连蔡元培也要“心神为之一振”。其他的外稿这里就不能一一介绍了。

在当时，在文坛上有两个事件是具有标志性的。一件是商务既出版新文学刊物《小说月报》，又另办以通俗小说为主的《小说世界》；在商务的上层看来，这两本面向不同的读者群的文艺刊物应该“各得其所”。第二件事是《文学旬刊》改版为《文学》周刊，发表宣言：“认清了我们的‘敌’和‘友’”：

---

① 蔡元培：《〈恋爱与义务〉·叙》，载《小说世界》第1卷第6期，1922年2月9日出版。

> 以文艺为消遣品，以卑劣的思想与游戏态度来侮蔑文艺，熏染青年头脑的，我们则认他们为‘敌’，以我们的力量，努力把他们扫出文艺界以外。抱传统的文艺观，想闭塞我们文艺界前进之路的，或想向后退去的，我们则认为他们为‘敌’，以我们的力量，努力与他们奋斗。①

在当时，也有人一再提出“新旧文学的调和”的问题。例如黄厚生就写过《调和新旧文学谭》、《调和新旧文学进一解》②等。但《文学旬刊》在刊登黄厚生的文章的同一期上，就发了西谛的《新旧文学果可调和么?》、《血和泪的文学》两篇文章予以批驳。其实“调和”的确是有困难的，但“并存”却是可能的，也是应该的。在若干中国现代文学史中总是将1921—1923年出了那么多的通俗文学期刊，说成是“鸳鸯蝴蝶派”对新文学的一种反扑。这种论调是值得商榷的。

在中国文学史中市民大众往往是具有巨大导向性的动力源。鲁迅在谈到宋代的志怪、传奇时，对当时文人的此类作品颇有微词，但对市民中兴起的“另类”的鲜活的文艺却大加赞赏：“宋一代文人之为志怪，既平实而又乏文采，其传奇，又多托往事而避近闻；拟古且远不逮，更无独创之可言矣。然市井间，则别有艺文兴起。即以俚语著书，叙述故事，谓之‘平话’，即今所谓‘白话小说’者是也。”③而郑振铎在日后撰写《中国俗文学史》时也谈及古代的“变文”与“讲唱”，“愚夫冶妇乐闻其说”。④ 章培恒、骆玉明主编的《中国文学史新著(增订本)》对市民在文学史上所产生的导向性作用也特别予以强调：“唐宋的俗文学主要是适应市民的需要而产生的，随着市民在社会上的日益壮大，这类文学也越来越显示出它的生命力，并扩展其影响于士大夫阶层；当然同时也从士大夫的文学中吸取营养。……总之，由于唐代俗文学的兴起，一方面为宋词的繁荣奠定了基

① 西谛：《本刊改革宣言》，《文学》第81期，1923年7月30日出版。

② 厚生：《调和新旧文学进一解》，《文学旬刊》第6号，1921年6月30日出版。

③ 鲁迅：《中国小说史略·第12篇·宋之话本》，《鲁迅全集》第9卷，人民文学出版社1981年版，第110页。

④ 郑振铎：《中国俗文学史(上)》，上海书店1984年版，第191页。

础，另一方面又为宋代以后的通俗小说和戏曲的发达直接或间接地提供了条件。”[①]可是五四了，向外国文学学习了，中国市民也就被某些新文学家所蔑视，嘴里一口一个“封建小市民”。不可否认，当时有了新的导向性的动力，那就是对我们颇有启示的外国文学，但市民的导向作用并没有从此消失。特别是在19、20世纪之交，中国社会转型之际，上海等等的新式大都会的建成，华洋杂居的新世态，乡民急需转化为市民的迫切的要求，凡此种种都必然会对文学进行一次大导向——也就是说，在新形势下，市民又会站出来对文学进行一轮新导向，也就必然会形成中国的现代通俗文学的兴旺与流行。某些知识分子蔑视它，可是市民大众需要它。鲁迅说：“现在的新文艺是外来的新兴的潮流，本不是古国的一般人们所能轻易了解的，尤其是在这特别的中国。”[②]这是很实在的话。但古国的一般人总要有自己看得懂的文艺。新文学作品不仅探求人生，优秀的小说还研究“国计”——作“中国向何处去；中国要不要经过资本主义历史阶段等等之类”解——例如茅盾的《子夜》。可是老百姓还没有达到研究“国计”的高度，他们关心的是“民生”——直白地解释：就是“我们要吃饭”。在新文学家中好像也只有朱自清懂这个道理。他认为古人从实际政治中懂得了“民以食为天”的道理，直到现在，我们的老百姓也还只认那“吃饭第一”的理儿。朱自清认为，相对老百姓而言，知识分子有时还不太认识到“吃饭问题”的严峻性，或者他们愿意为自己的理想去忍受暂时的饥饿，“不像小民往往一辈子为了吃饭而挣扎着”。[③] 想当年，天灾人祸将许多难民灾民或其他想找饭吃的人驱进了像上海这样的大都市；但正如包天笑所说：“都市者，文明之渊而罪恶之薮也。觇一国之文化者，必于都市。而种种穷奇梼杌变幻魑魅之事，亦惟潜伏横行于都市。”[④]通俗作家就是应老百姓之需，告诉他们在这个五光十色、千奇百怪的冒险家的乐园里，老老实实的乡民们要随时警惕暗处潜藏着的陷阱与捕机，千万不能踩上“路边炸

① 章培恒、骆玉明主编：《中国文学史新著（增订本·中卷）》，复旦大学出版社2007年版，第7—9页。

② 鲁迅：《关于〈小说世界〉》，《鲁迅全集》第8卷，人民文学出版社1981年版，第112页。

③ 朱自清：《论吃饭》，《朱自清全集》第3卷，江苏教育出版社1996年版，第155页。

④ 包天笑：《上海春秋·赘言》，漓江出版社1987年版，第1页。

弹”,以致被炸得“粉身碎骨”。再进一层,就是关心乡民进城以后如何从乡民转型,融入市民社会的问题了。乡民市民化也是一项现代化的工程,也需要“启蒙”。从如何解决吃饭问题到如何角色转型,这对老百姓说来是一个“安身立命”的大问题。应该说,帮助乡民懂得此类问题也是一种人文关怀。也许在当前的所谓“乡下人进城”的热潮中,我们更加会感到“乡民转化为市民”的工程的重要性与迫切性;由此反观,也会联想到当年知识精英文学与市民大众文学的确有“并存”的必要。在这里,我们还是来听听熟悉上海发展沿革的历史学家的声音吧。那些写《上海通史》的历史家们在自己的史书中高度评价了通俗文化对市民的“启蒙”作用:“有人说,晚清上海的市民意识是‘读’来的。……各种大众化的艺术样式就是市民文化。就其功能而言,主要体现在两方面:一是娱乐消遣,丰富市民的闲暇生活;二是以市民喜闻乐见的形式有效地灌输近代意识……其实,云蒸霞蔚的大众文化,并不仅仅具有娱乐功能,对绝大多数城市民众而言,它更是近代市民意识萌生与滋长的触媒,或者说是近代市民的启蒙教科书。”“问题的另一面是大众文化的兴盛又意味着文化向中下层社会的全面开放,它在一般性地满足中下层社会的娱乐消费需求的同时,又从多方面改变和塑造着中下层社会,是上海人从乡民转变为市民的又一座‘引桥’。”[①]这就充分估价了通俗文化的历史使命,通俗文学在这一项现代化工程中是发挥了自己的积极作用的。

在五四以后,通俗文学作家曾在“趋新”中希望“靠拢”新文学文坛,得到它们的承认;可是在《文学旬刊》等刊物的猛烈的批判声中,他们才懂得“趋新”是应该的,但“靠拢”是“靠不拢”的。不过,他们得到了市民大众的无言无声的拥戴,这就够了。我们从《文学旬刊》的多篇文章中,也能从另一视角看到通俗文学在市民读者中的影响,同时在这些文章中也不时地透露出某些新文学家深感在市民读者中的“寂寞”的身影:

他们似乎对于供消遣的闲书,特别欢迎。所以如《礼拜六》、《星

① 熊月之主编,周武、吴桂龙著:《上海通史·第5卷·晚清社会》,上海人民出版社1999年版,第387、394、395页。

期》、《晶报》之类的闲书，销路都特别的好。[①]

我亲见有许多人，他们从来不关心时事，从来不看报纸里的新闻记载，但因为他们要看《自由谈》，要看《快活林》，要看李涵秋的小说，要看梅兰芳的剧评，所以都要买一份报纸看看。[②]

这给我们一个总的印象是，在当时，舆论的评判上主要是由新文学掌控的；但通俗文学却也是在“悄悄地流行”，他们拥有大量的读者，倒是处于“默默的强势”之中。事实上，祈愿梁启超式的“雅量”是不现实的。“蜜月”本来就是短暂的，蜜月是不能年年、月月、日日、常常过的。从1921—1923的岁月之中，分道扬镳是定局的了，但《小说月报》与《小说世界》等通俗文学刊物的“并存”，的确是一个标志性的事实，说明了新文学与通俗文学是“各有受众”的，它们正在“各尽所能”，在未能达到“超越雅俗”的高水准的融会之前，必然也会“各得其所”的。这样的局面在某一时段中就如此“定格”了。

[附注] 本文中所提及的先贤们，在日后是各有其发展的。如西谛(郑振铎)写出了可以传世的《中国俗文学史》等；但本文论及的是仅限于1921—1923年的一场具有历史关节性的文坛的论争。它不像过去所说的是一方的凯旋与另一方的“淡出”，而是在某一历史时段中，双方各有自己侧重的读者群体与各自发挥自己的作用的相对“定格”。

---

① 西谛：《杂感》，《文学旬刊》第40期，1922年6月11日出版。

② 化鲁(胡愈之)：《中国的报纸文学》，《文学旬刊》第44期，1922年7月21日出版。

形象教材：市民大众文学——“乡民市民化”形象启蒙教科书

（一）

在明末，农本社会中的城市更趋繁荣，而市民意识的影响也呈扩张之势。在这种情况下，古代的大都会苏州出了一位通俗文学大家冯梦龙。他继《三国志通俗演义》和《水浒传》之后，使白话小说、特别是短篇白话小说更趋成熟的态势；并且对通俗文学的理论也有所突进。他不仅提出要以“情教”替代“名教”，而且强调文学应该更好地为市民大众服务：“话须通俗方传远，语必关风始动人。”[①]那就是说，只有通俗，才能使作品的受众更为广泛，为更多的市民群众所看得懂；而“关风”当然是指要有自己的道德规范，发挥移风易俗的教化作用，表现了他对“人性”的关怀，这才能与市民感情产生共鸣。他的“拟话本”鲜明地站在市民大众的立场上，重视向当时的民间“说话人”学习，他在《喻世明言·叙》中说：

> 大抵唐人选言，入于文心；宋人通俗，谐于里耳。天下之文心少而里耳多，则小说之资于选言者少，而资于通俗者多。试今说话人当场描写，可喜可愕，可悲可涕，可歌可舞……怯者勇，淫者贞，薄者敦，顽钝者汗下。虽小诵《孝经》、《论语》，其感人未必如是之捷且深也。

① 语见冯梦龙：《警世通言·卷十二·范鳅儿双镜重圆》。

噫，不通俗而之乎？[1]

他倡导作品要“娱心”与“教化”作用相结合。而他搜集、整理、改编和创作的“三言”显示了市民力量壮大以后，他们除了在“瓦子”听说话人的表演之外，还需求有纸质“话本”，好让他们在闲暇时作案头的阅览，于是就出现了冯梦龙们的文人“拟话本”，因此，市民实质上也是“拟话本”的“动力源”。鲁迅在《中国小说史略》中也确认“话本”的“动力源”是出于“市井”的需求，而“拟话本”这个学术名词乃鲁迅之首创：

宋一代文人之为志怪，既平实而乏文彩，其传奇，又多托往事而避近闻，拟古且远不逮，更无独创之可言矣，然在市井间，则别有艺文兴起，即以俚语著书，叙述故事，谓之“平话”，即今所谓“白话小说”者是也。……后人目染，仿以为书，虽已非口谈，而犹存曩体，小说者流有《拍案惊奇》、《碎醒石》之属，讲史者流有《列国演义》、《隋唐演义》之属，惟世间于此二作，渐不复知所严别，遂俱以小说为通名。[2]

在这段话中，鲁迅追溯到宋代民间“平话”乃白话小说的肇始期，他肯定“市民”是“平话”发生的“动力源”，而文人仿以为书的“拟话本”《拍案惊奇》等也不再与“话本”严别，通名为“小说”了。明清两朝也成了小说的丰收季节。清乾隆以降，通俗文学遂成一统天下的局面。

如果明末是中国自身近代化的启端，那么，鸦片战争后1843年上海的开埠则是加速中国“现代化”的推助。过去是建立在农业文明基础上的古代城市，而现在由于“被现代化”，正在逐步成为西方工商文明类型的现代都市。这是一次重大的社会转型，它的巨大变化简直可以说是从中世纪的农本社会向现代化的资本社会的大跨越。经济基础与物质生产的变革，带来了令人头晕目眩的变化。特别是上海这个“一市三制”(指清政府、公共租界与法租界管辖区)的半殖民地格局，更是行政多元、法律多

① 冯梦龙：《喻世明言·叙》，人民文学出版社2007年版，“叙”第1页。

② 鲁迅：《中国小说史略》，《鲁迅全集》第9卷，人民文学出版社1981年版，第110页、117页。

元、人口多元，于是在上层建筑也就必然文化多元和道德多元。从相对封闭的沿海县城一跃而为国际化的大都会。自从华洋杂居起，在租界中，华人没有离开国土，却生活在西方文明的背景下，人们急需扩大与延伸自己的“知识半径”，掌握这个日新月异、五光十色的陌生社会的发展规律。于是上海也率先成为一个现代化信息网络异常发达的社会。在民间，影响逐渐扩大的“新闻纸”是1872年创办的《申报》，同年，它还出版《瀛寰琐记》月刊，刊登文人墨客的文艺性的来稿；在1876年3月附出文字更通俗的《民报》，但为时不长；而影响很大的是1884年它附刊的通俗画报《点石斋画报》（旬刊），直至1898年才停刊。而文人要以文学作品反映这个“一市三制”的错综复杂的大都会，也需经过一个较为漫长的体察消化过程，过去冯梦龙反映的是农本社会下的市民意识；而现在，冯梦龙的继承者们要反映的是工商并举的现代化的市民意识。这批文人如韩邦庆、孙玉声、李伯元、吴趼人和曾朴等能以长篇小说反映这个社会，是直到19世纪末和20世纪初才实现。但20世纪初出现的面向上海市民大众的通俗作家，后来被新文学家命名为鸳鸯蝴蝶派的，却没有得到冯梦龙般的幸运。冯梦龙在中国文学史上还有一席之地，是颇有口碑的中国通俗文学大家。他倡导的“情教”之作，在文学史中还属“正面形象”。而冯梦龙的通俗文学后继者们却没有这样的风光了。他们受到了新文学家的猛烈的批判，说围攻是并不过分的。例如创办《文学旬刊》的目的之一就是为了商务印书馆太“胆小”，在改版的《小说月报》上无法批判鸳鸯蝴蝶派，于是在《时事新报》上另辟《文学旬刊》，“我们在它上面发表文章就不必存什么顾忌了，首先，我们对于鸳鸯蝴蝶派就可以正面攻击”①。当时，创造社与文学研究会也正在论争与龃龉中，但对这一通俗流派的批判却是同仇敌忾的：

先生攻击《礼拜六》那一类的文丐是我所愿尽力声援的，那些流氓派的文人不攻倒，不说可以夺新文学的朱，更还可以乱旧文学的

① 茅盾：《复杂而紧张的生活、学习与斗争（上）》，《新文学史料》第4辑，1979年8月出版，第8页。

雅。……攻击哟！攻击哟！用着二十四生的大炮去攻击哟！我不久也要来助战了。[1]

1843年上海开埠使社会与经济进入转型期，一批“潜在”的通俗作家需要自己先去初步认识这个社会，才能从“潜在”状态进而正式“上岗”，撰写通俗文学作品；而在五四前后，新文化运动的勃兴则相当于一次文化上的“转型”，通俗文学作家却成了“革命对象”。《文学旬刊》于1923年7月30日第81期发表了西谛的《本刊改革宣言》，明确表示：“我们则认他们为‘敌’，以我们的力量努力将他们扫出文艺界以外。”其实这仅是“知识精英文学”与“市民大众文学”之争，并非敌我矛盾。在1923年，鲁迅说：“现在的新文艺是外来的新兴潮流，本不是古国的一般人们所能轻易了解的，尤其是在这特别的中国。”[2]在1936年鲁迅再一次确认：“新文学是在外国文学潮流的推动下发生的，从中国古代文学方面，几乎一点遗产也没有摄取。”[3]鲁迅终其一生抱着精英观点，一再指出新文学思潮的“外来论”。这是鲁迅对“动力源”的明显的变化。从古代的市井动力源，变而为外国动力源。他曾解释为什么有这种变化，在1934年的《〈草鞋脚〉小引》中他说：“小说家的侵入文坛，仅是开始‘文学革命’运动，即1917年以来的事。自然，一方面是由于社会的要求，一方面则是受了西洋文学的影响。”[4]这里的“小说家”当然是专指新文学作家而言的；却排除了《中国小说史略》中的小说家们，而原因就是“由于社会的要求”（其实，冯梦龙时代的“话本”与“拟话本”也是由于当时社会的需要而侵入文坛的）。茅盾也曾有相似的看法：“那个时候是一个学术思想非常活跃的时代，受思潮影响的知识分子如饥似渴地吞咽外国传来的各种新东西，纷纷介绍外国的各种主义、思想和学说。大家的想法是：中国的封建主义是彻底要打倒了，替代的东西只有到外国找，……这样地热心于19世纪欧洲各派文艺思潮，在今天看来，似不可理解。但在当时，大家有这样的想法，既要借鉴

① 郭沫若：《致郑西谛先生信》，《文学旬刊》第6号，1921年6月30日出版。
② 鲁迅：《关于〈小说世界〉》，《鲁迅全集》第8卷，人民文学出版社1981年版，第112页。
③ 鲁迅：《“中国杰作小说”小引》，《鲁迅全集》第8卷，人民文学出版社1991年版，第399页。
④ 鲁迅：《〈草鞋脚〉小引》，《鲁迅全集》第6卷，人民文学出版社1991年版，第20页。

于西洋，就必须穷本溯源，不能尝一脔而辄止。我从前治中国文学，就曾穷本溯源一番过来，现在既把线装书束之高阁了，转而借鉴于欧洲，自当从希腊、罗马开始，横贯19世纪，直到‘世纪末’。”[①]当时激进的新文学主流一族，虽然一味臧洋否中，或重洋轻中，但他们毕竟自小读过许多中国书，因此，中国传统中优秀的东西还是会在他们的血管中隐性地循环回流的。这些当年的彻底的“借鉴革新派”，激情洋溢的“封建罗网冲击者”，在今天看来，不能不说是有所偏颇了。有些华裔学者也就有所批评：“及到20世纪以降，国人软媚成风，连学者教授、文坛健将，也俱崇洋畏洋，回首自侮本国祖先所遗，固有文化一概鄙弃不顾，则以效法西洋为时髦。”[②]不过如果我们追根溯源，那么新文学的推手是外国文艺思潮，而通俗文学继承的是中国古代冯梦龙们的传统。

其次，我们还应该看到在“人口多元”的情况下，文学必然会出现“分层现象”。正如有的历史学家所指出，多元、混杂乃大城市文化的共性：“世界性与地方性并存，摩登性与传统性并存，贫富悬殊，高度分层，这使得近代上海市民文化呈现驳杂奇异的色彩，有中有西，有土有洋，中西混杂，现代与传统交叉，都市里有乡村的内容与基因。多元、混杂，这就是近代上海民众文化的特点。”[③]新文学的主要受众是知识分子。茅盾在1928年7月时也说过，尽管“六七年来的‘新文艺’运动虽然产生了若干作品，然而并未走进群众里去，还只是青年学生的读物；因为‘新文艺’没有广大的群众基础为地盘，所以六七年来不能长成推进社会的势力”[④]。那么从另一方面看，在清末民初，一群通俗文学作家——后来被称为鸳鸯蝴蝶派的——他们继承“三言二拍”的传统，在社会新的转型期中，开始尝试着反映此类新型都市的面影，探索着现代市民意识的形成，在他们笔下诞生了上海早期的都市文学。这种文学我们应该命名为现代“市民大众文学”。

---

① 茅盾：《回忆录(二)·商务印书馆编译所生活之二》，《新文学史料》第二辑，1979年2月出版。

② 王尔敏：《中国近代文运之升降·自序》，中华书局2011年版，第9页。

③ 姜进主编：《都市文化中的现代中国》，华东师范大学出版社2007年版，第26页。

④ 茅盾：《从牯岭到东京》，李何林编《中国文艺论战》，东亚书局1932年版，第378页。

（二）

在中国，对“市民”的界定是相当模糊而宽泛的，它泛指住在城市里的本国居民。如此宽泛的概念，也必然可以将各类文学，不论精英或通俗都可包括在“市民文学”的“一揽子”大筐之中。但我们所说的“市民大众文学”，指认的却只是通俗文学。茅盾批判过“封建的小市民文艺”：《江湖奇侠传》的片段改编的《火烧红莲寺》是封建小市民文艺；而《啼笑因缘》则是半封建的形式：“这部小说的读者大部分是小市民层中的成年人。”[①]如此看来，我们所称谓的“市民大众文学”与茅盾所说的“小市民文学”是可以画上等号的。如果这个推断是不错的，那么，我们应该先弄清的是“小市民”到底是属于都市中的哪些阶层或人群。华裔历史学家卢汉超的著作《霓虹灯外——20世纪初日常生活中的上海》中对“小市民”的解释很可供我们参考。所谓“霓虹灯外”，就是指霓虹灯的闪烁的光芒照不到的地方，那就是上海的普通里弄和棚户区。他研究的是20世纪上海日常生活中的中下阶层：

> “小市民”是一个统称，通常用来形容城市中那些位于中等或者中下阶层的人们。这个形容其实不见得准确，就好像我们习惯上给社会各个阶层分类一样。“小市民”的含义比较模糊，很难说清哪些人属于这一类而哪些人不包括在内。位于社会顶层的精英和处于社会底层的穷人们从来不会被称为“小市民”，它仅仅用来指称那些位于这两个阶层之间的人们。……当人们用“小市民”来形容一个人时，经常的含义是“此人来自普通的街坊”。旧时曾经有一个类似的词语来形容普通的城镇居民——“市井之辈”……石库门是上海小市民的家。在这座城市里，“石库门里的小市民”是一种经常的提法。[②]

① 茅盾：《封建的小市民文艺》，载《东方杂志》第30卷第3号，1933年2月1日出版。
② 卢汉超：《霓虹灯外》，上海古籍出版社2004年版，第48—49页。

卢汉超指出，在20世纪早期这类里弄石库门是上海最普通的小市民居所。他认为各类职员是小市民的主体，根据调查统计资料，他告诉我们，20世纪30年代，职员及其家属的人数占上海总人口的40%。小市民的另一个主要部分是工厂工人。这些工人大多来自农村。他们最初的落脚点当然是棚户区，但他们的一个强烈的愿望是早日“逃离棚户区”，当他们有了稳定的工作和掌握了一定的技术后，他们就能实现“逃离”的愿望，初步融入了上海的市民社会，走上了“乡民市民化”的途程。虽然一幢50平方米单开间的石库门，平均要住四户人家，甚至拥挤着24人之多，这种情况是常见的现象，显示了上海“寸土寸金”的昂贵租金。外国历史学家曾拿出证据来说明：“产业工人是一个高度分化的群体，他们因个人的出身、工作的种类和自身的性别而有种种层次与差别。……住在石库门房子里的工人家庭与那些处于社会底层的‘阶级兄弟’——临时工、长工、各类没有技术的劳力有很大的不同。后者因为贫困，只能在城市边缘聚居，被住在石库门而心满意足的小市民轻蔑地称为乡下苦力或‘乡巴佬’。”①当然，在特定时期或阶级利益一致的时候，他们也会团结起来去进行斗争，但在平时，这种“层次与差别”感，又会在日常生活中显现。例如在女工中，有许多姐妹会，由于苏南的女工分到的往往是技术含量比较高的工种，而苏北的只能从事最脏、苦、差、累的繁重工种，因此双方的对立情绪也较为明显，阶级姐妹就像“陌生人”一样，迎面连招呼也不打。她们之间岗位的稳定性就会有差别，而工资收入也就会有差距，文化水准也有高低之分，其中还有不少文盲，于是一部分就能成为石库门的居民，而另一部分则蚁居在棚户区。而在20世纪二三十年代石库门里的小市民则是鸳鸯蝴蝶派的忠实读者，不过由于小说的通俗性，也同样会受到农民的欢迎。通俗文学虽然受到新文学家的超强火力的批判，可是读者数量却远远超过新文学的受众。只是由于小市民还没有文化水平能在媒体上为通俗作品造势，因此通俗作品只能在霓虹灯光照不到的里弄里“悄悄地流行”，构成了“默默的强势”。

在新中国成立后，由于政治上的原因，需要颂扬无产阶级如何步上和

① 卢汉超：《霓虹灯外》，上海古籍出版社2004年版，第50—51页。

占领文艺舞台的丰功伟绩，在大学汉语言文学系新设了一门二级学科——中国现代文学。在教材中将与共产党风雨同舟的新文学主流一族视为正统，有的教材则将鸳鸯蝴蝶派视为“逆流”，至少是作为被批判的反面教员，影响所及，这种思想的残余至今在文学界还有一定的惯性作用。但是中国的历史学家对市民文化进行研究时，却对鸳鸯蝴蝶派持基本肯定的态度。他们是基于对历史的认真考察，发现鸳鸯蝴蝶派的作家作品在上海的发展建设中曾作出过贡献。例如，鸳鸯蝴蝶派作家周瘦鹃，曾是《文学旬刊》上的“众矢之的”；可是他们却肯定他是“优秀的文人与作家”。[①] 文学界与历史学界之所以有较大的分歧，主要是文学界对鸳鸯蝴蝶派的认识有几个误区。

首先，他们仅仅看到这一流派作品的娱乐性，而在当时娱乐性几乎被某些新文学家排除在文学的职能之外，认为这是玩物丧志的东西，因此宣称：“以文艺为消遣品，以卑劣的思想与游戏的态度来侮蔑文艺，熏染青年头脑的，我们则认他们为‘敌’。”[②]历史学界则认为这些作品固然有消遣娱乐性，但历史学家还看到这些通俗作品“对绝大多数城市民众而言，它更是近代市民意识萌生与滋长的触媒，或者说是近代市民的启蒙教科书”。我们应该承认，新文学家的探求人生的作品是优秀的文学，但对中下阶层人民说来，则不易理解其“真谛”，而且也不大符合民族的欣赏习惯，于是“曲高和寡”。但通俗文学是全面向中下层民众“开放”的作品，它们主要用平易近人的讲故事的形式为艺术媒介，贴近普通百姓的日常生活体验，通俗地与俗众相通。历史学家认为这“是上海人从乡民为市民的又一座‘引桥’”[③]。那些通俗文学中的世情小说，在中下层市民闲暇消遣之时，形象地向他们讲述都市文明习俗、市民应享的权利与该承担的义务，了解市政设施与管理概略，灌输公共意识，解释新的价值观，熟悉工商生产的内在规律……这才真正的是“寓教于乐”，在消遣中潜移默化地传

---

① 熊月之主编，许敏著：《上海通史·第10卷·民国文化》，上海人民出版社1999年版，第195页。

② 西谛：《本刊改革宣言》，载《文学》第81期，1923年7月30日出版。

③ 熊月之主编，周武、吴桂龙著：《上海通史·第5卷·晚清社会》，上海人民出版社1999年版，第394—395页。

授知识，这是使乡民能在不知不觉中融入都市生活的渠道之一，也就成了中国庞大的现代化工程中的一种形象化的启蒙教材。在当年也没有什么电视与网络，即使进三轮影院，由于经济原因，也只好偶一为之；但小市民也需要娱乐，在当时上海的里弄里有小小租书摊，这是最廉价的买得“娱乐”的地方，据上海《社会日报》1917 年调查，这样的租书摊上海市区就有 3 721 个。从那里出借的书，当然良莠不齐，我们所说的是指好的或较好的通俗小说或连环画。

其次，在辛亥革命前，“中国小说写作的动机不外三种，愤政治之压制不得不作，痛社会之混浊不得不作，哀婚姻之不自由不得不作。……两性私生活描写的小说，在此时期不为社会所重，甚至出版商人，也不肯印行”[①]。阿英所引述的这一估价是基本正确的，于是有些文学界的人就据此推断：鸳鸯蝴蝶派是辛亥革命以后、袁世凯搞复辟时，某些文人意志消沉、自甘堕落的产物。这又是一个误区。其实在革命的高亢期过后，人们总要回到正常的日常生活中去；但辛亥革命以后，许多旧道德、旧观念并没有多大的触动，这些涉及老百姓的民生问题也需要作家去面对。例如 1912 年发表的《玉梨魂》提出的是寡妇再嫁问题，直到 1924 年拍摄成同名电影时，还引起人们的强烈共鸣；在 1917 年 1 月，包天笑创办通体白话的《小说画报》时，就在刊物上试图探讨新道德、新观念、新价值、新伦理，传播新知识和新的生活方式。最初“闯上海滩”，求生存与发展的几乎都是男性，尤其是青年为多数，当年上海居民中的男女比例严重失调，通常在 130∶100 以上，有时竟高达 141∶100，狭邪小说之多与这种社会现象是有关联的。但是随着有不少男子闯上海滩的成功，在上海站稳了脚跟，他们就将家乡的妻子接出来，那时就从家乡的大家庭制变为小家庭的格局，于是就产生两个问题，一是小家庭内应如何相处，才能成为和谐的小家庭；二是又如何对待留在家乡的大家庭中的其他成员。当时，鸳鸯蝴蝶派作家朱瘦菊编了一部电影《儿孙福》，在上海引起过轰动，他就是触及了这些上海市民关心的家庭与民生问题。至于像《上海春秋》和《歇浦潮》一类的作品，一方面可让乡民了解上海的错综复杂的社会，另一方面是希望

---

① 阿英：《晚清小说史》，人民出版社 1980 年版，第 3 页、第 5 页。

乡民进城之后，要提高警觉，上海有许多陷阱与骗局须时时留心提防。一家一姓的福祉平安以及由商品社会、世俗功利所造就的个人利益及其保全意识，也总是小民百姓最基本的诉求。既然探索“为人生”的课题对那些“新来乍到的乡民”太深奥，那么为新移民的安身立命着想，就成了通俗作品常常关涉的题材，而关心民生问题，该是作家应有之义。这种对新移民的人文关怀却被某些人视为不值得一提的“鸡毛蒜皮”，是茶壶里的风波。马克思说：“现代人首先是一个‘独立的个人’，‘利己的市民’和‘法人化的公民’。”[①]市民虽是利己的，但也应该跳出家庭或家族小圈子而有社会公共意识。

有些新文学家完全从政治观点出发，将鸳鸯蝴蝶派的生成与袁世凯称帝硬性联系起来；他们中的有些人关心政治大事、阶级较量是正确的，但忽视对小市民的日常的民生题材的关注，以致成为习惯性思维。而历史学家却提醒我们要从另一个视角历史地看问题：

> 如果我们不是以政治上的褒贬来评判鸳鸯蝴蝶派，不是先验地把鸳鸯蝴蝶派作为一个贬义词，那么，用鸳鸯蝴蝶派来概括民初上海文坛上出现的这种新的小说倾向，也未尝不可。作为民国以后上海最早出现的文学现象，应当说鸳鸯蝴蝶文学努力在建立一种适合现代都市商业运作机制的文化形式，……小说作为一种文学形式受到社会人士的广泛关注，却是由民初的鸳鸯蝴蝶派逐渐造就的形势。而且，由民初职业文人所建立的报刊、小说、戏剧、电影之间的共同关系，对于文学传播和扩大影响产生了良好的效果。实际上，阅读的趣味，从某种程度上来说，是作者和读者共同创造的。就这个意义而言，鸳鸯蝴蝶派小说是创造了上海城市的阅读趣味。作为现代都市文学的滥觞，我们应该看到鸳鸯蝴蝶派在民初上海文化上的广泛影响。[②]

---

① 马克思：《论犹太人问题》，《马克思恩格斯全集》第1卷，中央编译局1985年版，第443页。

② 熊月之主编，许敏著：《上海通史·第10卷·民国文化》，上海人民出版社1999年版，第76—77页。

这样的提醒在现代文学界同行中也不是没有。在拙编著的《中国近现代中国通俗文学史》出版后，现代文学研究资深专家樊骏写了一篇题为《能否换个角度来看》的文章，对我进行了提醒。我的理解是他对我的“雅俗两个翅膀论”并没有否定，但他希望能更辩证地看问题，只注意现代文学史中的雅俗对立是不够的，还要历史地看它们是否有内在联系。樊骏毕竟是中国现代文学研究学者中的大手笔，他具有深邃的史家的眼光：

> 在20世纪中国的文坛上，“鸳蝴派”和新文学诚然是不同的流派，有明显的区别；但在实际的历史进程中，在不少的具体事例中，又往往是你中有我、我中有你，相似相通的。……在中国文学从传统向现代的历史性转换中，比之五四新文学，它在好几个方面(比如文学的平民化、世俗化，文学作品的商品化等)，倒是个先行者。从这个意义上说，把它称为“前现代(化)文学”、“前新文学”，也不为过，至少是得风气之先，在新文学之前作过一些探索，取得若干成就，起了无可替代的历史作用。这是“鸳蝴派”在近现代文学史上的主要建树和历史地位。……五四之前，“鸳蝴派”应该说是当年文坛上一个最有影响的新的流派。在中国文学现代化的进程中，就文学的写作传播等环节而言，现代报刊出版事业—现代稿酬方式—作为自由职业者的专业作家“三位一体”体制的确立，起了决定性的作用。……如果说“鸳蝴派”原是依靠这种新的写作传播体制，才得以存在发展；那么这种体制又何尝不是通过“鸳蝴派”作家的广泛实践，才得以确立壮大起来？在这方面，新文学步的是“鸳蝴派”的后尘。①

樊骏与上文所引的观点与历史学家的观点是基本相类的，但他是现代文学的专业研究者，因此，比历史学家说得更具体而全面。

---

① 樊骏：《能否换个角度来看》，《中国现代文学研究丛刊》2001年第2期。

(三)

既然这些通俗文学流派的作品是近代市民的启蒙教科书,那么就意味着它们也播种了文明。上海许多民间媒体为播种文明是作出过贡献的。如果没有1872年创办的《申报》、1893年创办的《新闻报》和1904年创办的《时报》,清末的上海市民能有这样的文明程度吗?能够如此具有世界性的眼光吗?《申》、《新》、《时》是清末上海的民间三大报,它们不仅使上海市民的素质有了大大的提高,而且随着发行网络的不断延伸,周边城市受到了辐射,乃至在全国也有一定的影响。在民国时期的报纸上,经常可以看到这样的标题,"北平社会的上海化"(见《晶报》1920年11月3日);"上海化之南京市面"(见《晶报》1932年10月22日);"上海化的苏州",(见《晶报》1928年8月28日)……这些信息透露出上海生活方式对全国的示范作用和影响。[①] 应该说,这些报纸在清末就为提高国民素质发挥了积极的作用,这实际上也是中国的现代化工程的一个不可或缺的组成部分。鲁迅在日本时常探讨"什么是最理想的人性",那么提高市民的文明素质与培养理想的人性是否有关呢?如果有关联,那么与改变国民性是否有帮助呢?随着文明程度的提高,是否能"拔出'人性'中的萧艾,培养'人性'的芝兰"?[②] 这是一个很值得我们去深入探讨的好课题。

就《申报》而论,在1877年2月10日《论本报之销路》一文中说:"余尝闻之售报人所言,皆谓阅报之人市肆最多。我等亦询诸店肆友君等,何以众皆喜阅《申报》?肆人应曰:《申报》文理不求高深,但欲浅显,令各人一阅而即知之。购一《申报》,全店传观,多则数十人,少则十数人,能识字即能阅。既可多知事务,又可学演文墨,故自《申报》创设后,每店日费十余文,可以有益众友徒,亦何乐而不为哉?"《申报》从1912年起至1934年——它的"老板"史量才被国民党特务暗杀为止,是"史量才主政时期"。

① 以上资料引自熊月之主编,罗苏文、宋钻友著《上海通史·第9卷·民国社会》,上海人民出版社1999年版,第181页。

② 茅盾:《最理想的人性》,载《中苏文化》第9卷第2、3期合刊。

《上海通史》谈及史量才的编办报理念时是这样说的，他"强调《申报》要独立自主，无党无派，保持客观公正的报导态度。史量才把报纸看作是现代的《史记》，在这样的理念指导下，《申报》与当时盛行的一些党派社团报纸的面貌迥然不同，成为当时公认的、比较客观的公共媒体"①。有人说史量才的政治态度稳健而不失正义，这样评价是恰如其分的。蒋介石政府也想控制这张全国出版最久、影响极为广泛的报纸，想方设法对其进行威胁利诱，蒋介石甚至亲自出马找其谈话。蒋介石曾对他说，你得罪我可以，但我手下几百万的大军是得罪不起的。史量才回答道："蒋委员长，您的大军得罪不起，可我报纸的千百万读者更加得罪不起。"因此有"虎胆文人"之称，以致被蒋帮下了毒手，在 1934 年 11 月 13 日派特务暗杀了他。《申报》曾为市民提高文明素质作出了贡献，市民的文明素质愈高，说明这个社会有了群体性的进步，无论哪种势力占据了上海，左也好，右也罢，由于市民的较高素质，无论哪种政权在无形中都能得益。这个道理是很容易明白的。当然，抗战胜利后，国民党接收了这个报纸，周瘦鹃等一班人也被排挤出报馆。《申报》成为国民党掌控下的所谓"民间报纸"，终于在 1949 年 5 月 27 日停刊。

我们为《申报》画出一个总轮廓后，就可以进而勾勒文艺性副刊的面貌了。在抗战前几个大报副刊都是由鸳鸯蝴蝶派作家主编的。《申报·自由谈》是周瘦鹃，《新闻报·快活林》（抗战时改名"新园林"）是严独鹤，《时报》是包天笑、毕倚虹。不少现代文学研究者只研究黎烈文编的 1932 年 12 月起《自由谈》革新到 1934 年黎氏去职时为止。其实编《自由谈》最久的是 1919 年至 1932 年近 13 年之久的周瘦鹃，后来他又主编《申报·春秋》副刊约 6 年，直到抗战爆发时才终止。严独鹤自 1914 年起就一贯主持《新闻报·快活林》。当时，周瘦鹃编的《自由谈》和严独鹤编的《快活林》也是颇有人气的。新文学家的言论可以为它作反衬："我亲见有许多人，他们从来不关心时事，从来不看报纸里的新闻记载，但因为他们要看《自由谈》，要看《快活林》，要看李涵秋的小说，要看梅兰芳的剧评，所以都

① 熊月之主编，许敏著：《上海通史·第 10 卷·民国文化》，上海人民出版社 1999 年版，第 240 页。

要买一份报纸看看。”[1]这说明了《申报》和《新闻报》销路会如此广，与他们的副刊的受欢迎也是有一定关系的。至于读李涵秋的小说与看梅兰芳的剧评也是正当的娱乐。胡适也曾说过，自从李伯元、吴趼人逝世后，这时代的小说只有李涵秋的《广陵潮》还可读。从正面赞扬这些大报的副刊的则有郑逸梅：市民读者“爱看附刊的小文章（当时往往将‘副刊’称作‘附刊’——引者注），其时《申报》号称日销十五万份，《新闻报》号称日销二十万份。所以有这样的销数，还是靠着附刊的号召与吸引。因此报社的主持者，一般都注重附刊，以迎合读者。附刊的编者，也绞尽脑汁采用连载的作品，如小说、笔记等，使读者如看连台戏一般，一本一本地看下去不肯中辍，那报刊的销数也就蒸蒸日上。销数多，自然招徕了许多商品广告，广告费成为大宗的收入，真所谓‘财源茂盛达三江’了。附刊的编辑的地位因而日益提高，外界往往不知道报纸的总主笔为谁，而附刊编辑却成为家喻户晓的著名人士。这时差不多把周瘦鹃作为《申报》的代表，严独鹤成为《新闻报》的代表，这种错觉是有理由的”[2]。例如当时的《申报》总主笔陈冷（景韩），肯定没有周瘦鹃名气大。周瘦鹃和严独鹤在所办副刊中其实也发表了大量的短小的政论与杂感，站在市民大众的立场上发出正义的呼声，使那些不大关心国家大事的读者在他们所写的几十或几百字的政论杂感中，感知自己应该站在正义的一边，知道自己应持的态度与立场。但这些“小杂感”、“小言论”似乎没有引起后来的研究者的重视，倒是他们组来的一些可读性特强的作品一直为后人所津津乐道：20 世纪 30 年代，严独鹤组来了张恨水的《啼笑因缘》；40 年代周瘦鹃组来了秦瘦鸥的《秋海棠》，使报纸销量大增，商家纷纷要求自己的广告靠近连载小说的版面。真所谓“财源茂盛达三江”了。周瘦鹃和严独鹤自己的作品当然还不能算是第一流的通俗文学，但是他们在现代通俗文学大本营——上海，是第一流的通俗文坛的组织者。他们除了在两大报中主编副刊之外，周瘦鹃曾短期主编过（后期）《礼拜六》（但他的供稿之多，算得上是《礼拜六》的台柱），他还受大东书局之聘，主编《半月》、《紫罗兰》、《紫兰花片》、《新

---

① 化鲁（胡愈之）：《文学旬刊》第 44 号，1922 年 7 月 21 日出版。

② 郑逸梅：《回忆六十年·严独鹤与快活林》，（香港）《大成》第 195 期，1991 年 4 月 1 日出版。

家庭》等期刊；而严独鹤则为世界书局办《红》杂志、《红玫瑰》、《侦探世界》等期刊。我们的一些现代文学的研究者，有的是研究过这些杂志的，觉得它们的娱乐性太强，消闲味太重。但是我们的研究工作者往往没有认真去查阅他们所编的大报副刊，这些副刊是每天与市民见面的，而且像周瘦鹃编《申报》的副刊《自由谈》和《春秋》长达十八九年，而严独鹤也是自始至终是《快活林》（包括《新园林》）的主编，长达数十年之久。那真是面广量大，要去研究这些副刊得花多大的时间与精力。但最近几年，有的博士、硕士研究生正在下工夫，研究这些大报的副刊，对这些鸳鸯蝴蝶派作家的评价也就会更全面了。大报副刊除了小说、笔记、娱乐性和知识性短文之外，它是不可能与政治和社会问题"绝缘"的。因为它是大报的一个组成部分，它们要配合报纸主体版面的调子，包括重要的时事与社会新闻。周瘦鹃可以说是踏着五四的鼓点进入《申报》"见习"的，虽然是"练习生"，但实际上他从1919年5月下旬起就掌控了《自由谈》。大约经过了将近一年的考察，他的成绩极佳，在1920年4月1日正式受聘为《自由谈》主编。在拙作《周瘦鹃论》[①]中我详述过他在五四与"五卅"时的良好表现。他在1919年5月31日，作为编者发表第一篇文章《小说杂谈（一）》，列举了众多的外国著名作家，然后总结说：他们"心血所凝，发为文章，每一编出，足以陶铸国民新脑。今日欧美诸邦之所以日进文明，未始非小说之功也"。他还连续发表了15篇《影戏话》（那时电影在中国尚称为"影戏"），这是中国最早的系列影评，他在《影戏话（一）》中开宗名义提出："盖开通民智，不仅在小说，而影戏实为一主要之锁钥也。"1919年6月3日上海爆发了学生罢课、工人罢工、商人罢市，响应北京学生的爱国运动。周瘦鹃从6月4日至28日，以"五九生"为笔名，写了14篇《见闻琐言》，主要报道上海学生罢课、工人罢工和商人罢市的壮举。在6月8日的报道中说："上海竟罢市了。华界租界中大大小小的商店，都一起关上了门，停止营业。……医学家说：病人临死的当儿，神经昏乱了，往往要发一种死物狂。……我说眼前北京政府的举动不是很像死物

① 拙作发表在《中山大学学报（社科版）》2010年第4期，收入《周瘦鹃文集》，文汇出版社2011年版。

狂么？一日间平白地拿了一千多个热心爱国的好学生，似乎要坑死他们才罢。”6月9日：“罢市已一连三天了。昨天我见许多商店的门上都在贴着‘不去国贼不开门’，‘不诛国贼不开市’的纸条儿。……我听说几天来北京学生因为拿得太多了，没有这大监狱容纳他们，就把个大学法科做一临时监狱。我说何不把个北京城改造一所天字第一号的大监狱。先把北京学生和附和学生的小百姓一齐拘禁了起来。第二步就把通国罢课的学生、罢市的商人也一网打尽，都去关在这大监狱中，四面用二十万兵马团团围住，绝他们的饮食，瞧他们生生饿死，岂不爽快？只可惜没有这个魄力罢了。”他对当时的军阀政府予以辛辣的讽刺和投以蔑视的一瞥。6月11日，周瘦鹃在《申报》上发表题为《晨钟——为北京幽囚之学子作》的短篇小说，声援被捕学生。开端小序中非常郑重而恳切地以“同学”的身份，向他们致敬：“夜深寂坐，悲愤煎心。起草斯篇，聊以自慰。北望燕京，祝诸君无恙，并遥致最诚挚之敬礼于诸君之前。七年前之上海民立中学学生周国贤敬识。”他觉得用他自己的学名向北京学生致敬，更为隆重。他将北京的爱国学生比作“晨钟”，这“晨钟”是“少年中国的福音，唤大家牺牲一切，救这可怜的中国，……我们少年精神不死，中国的精神永永不死”。陈建华在《读〈周瘦鹃文集〉》一文中写道：“其实我们再看看周氏的两部日记(指《亡国奴日记》与《卖国奴日记》——引者注)，都用白话写的，像《卖国奴日记》恐怕是最早最及时反映‘五四’运动的小说，至少有点历史价值。从这一点说，作为‘五四’作家的还应该有点难为情。”①由于《卖国奴日记》言论激烈，没有出版社敢印，而是由他自费出版的。在女师大事件中，周瘦鹃也声援学生的正义斗争，他在1925年8月29日的《自由谈·三言二语》专栏中写道：

章士钊为了女师大女生厮守着学堂不肯走，他一时倒没有法儿想。这也是他福至性灵，斗的计上心来，便召集了三四十个壮健的老妈子，浩浩荡荡杀奔女师大而去。末了儿毕竟马到成功，奏凯而归。这种雷厉风行的手段，我们不得不佩服他。但是女学堂不止女师大

① 陈建华：《读〈周瘦鹃文集〉》，上海《书城》月刊2011年5月号。

> 一所，起风潮亦在所难免，照区区愚见，不如组织一个常备老妈子队，专为应付女学堂风潮之用，免得临时召集，或有措手不及之虞……但不知密司脱章可能容纳我这条陈么？

在“三一八惨案”后，周瘦鹃在1926年3月26日的《自由谈》中又写道：“我看了北京惨案中死伤的调查表，不禁吓了一跳，想段大执政的手段，委实可算得第一等辣了。任是那震动中外的‘五卅惨案’，也没有死伤这样多的人啊！唉，外边人要杀，自己人又要杀，这真是从哪里说起？”除《自由谈》的编者后记《自由谈之自由谈》之外，周瘦鹃的短论与杂感有一千多篇。我们不能因为对他们冠以了鸳鸯蝴蝶派的名称，就以为他们只写些卿卿我我的小说。鸳鸯蝴蝶派的文人不少是兼为报人的，有的是以报人为主要身份的。他们也写许多政论与杂感，但是由于我们对他们所办的报纸，还研究得不够，因此对他们的这方面的表现还缺乏评价。

无独有偶，严独鹤在《快活林》中经常有《谈话》一栏。在《文学旬刊》中也曾对其进行贬斥，我们当然不能说严氏所写的《谈话》篇篇的观点是正确的，有时也只涉及一些民生的小问题。左派文人是不屑一顾的。但在郑逸梅的《记严独鹤》一文中曾为这些文章不能印成单行本而深表惋惜：“独鹤主要的作品是《谈话》，……所谈的都是针对当时的社会与政局，……独鹤晚年也深感耗了一辈子的心血在《谈话》上，迄今成为废纸，为之追悔。”①幸亏现在能有机会让《严独鹤杂感录》出版了（上海远东出版社2009年11月版），读后会感到他的确为我们留下了许多历史的足印。我读了周瘦鹃们和严独鹤们的杂感，深感我们不能一般地研究了他们所编的杂志为满足，还应该去研究他们在报上的言论，包括他们的小政论与小杂感。他们的这些几十或一二百字的小文章，或许没有左派作家的政治性那么强，那么激烈；可是不乏机智与正义感。人们可以去指认他们为鸳鸯蝴蝶派，但他们在所谓的“软性”与“娱乐性”之外，还有另一面，作为报人，他们还有“社会良知，市民喉舌”的一面。通俗文学之中的优秀

① 郑逸梅：《记严独鹤》，原载香港《大成》杂志第129期，转引自《严独鹤杂感选》，上海远东出版社2009年版，第453—454页之附录。

作家是冯梦龙的正统传人。

中国的知识精英们有他们的文学，过去大多被称为“资产阶级”或“小资产阶级”的文学；中国的工农兵也有自己的文学，毛泽东发出号召，动员作家深入工农兵，从而写出歌颂工农兵的文学，被称为无产阶级的文学；但唯有中国的市民大众文学或市民大众文化没有受到某种政治力量的支持。“左面”批判它，至少冷淡它，说它太保守；右面也忌恨它，甚至动用暗杀手段来对付它。那倒真是“两间余一卒，荷笔独彷徨”了。但虽然像压在大石头下曲折成长，可是只要有庞大数量的中下层市民大众，就会有市民大众文学。市民大众文学是永恒存在的。新文学的主流作家有许多优点，可是有些人却不懂得“水至清则无鱼”的道理，他们很容易将“一元化”重新请回来，关门主义不光是“左联”曾经有过。在有些学者看来，“上海作为现代中国西化的橱窗这一形象经常遮掩住了‘小市民’日常生活中传统的持续性。……尽管西方的影响从表面上看是城市的主流且被中国的上层社会所渲染夸大，在遍布城市的狭隘里弄里，传统仍然盛行。……如果说，中西文化在上海这个交汇之地谁都不占优势，那么，这不是因为两种文化的对峙而导致僵局，而是因为两者都显示了非凡的韧性，对很多人来说，这个城市的魅力正是来自这种文化交融结合”①。精英与通俗不是简单对立的关系，它们不过是为了人口多元化的分层人群的各自需求而存在。但可惜的是解放之后，这一通俗文学流派的作品竟被断层了30年。今天，随着市场经济的逐步回归，一个多元化的市民社会又开始复苏，于是通俗文学又大行其道：由于按字数计算稿费的做法退场，而版税制盛行，作品是否畅销，成了作家获取稿费多少的市场法则，因此作家会希望市民大众也成为他们作品的读者，于是雅俗合流的趋势也正在日益明显。网络作品更受到市民大众青睐，据2011年年末统计，全国网络文学用户达一亿九千四百万，网络文学作者有一百多万人。一些在市民中受宠的作品，随着在网上巨量的点击率而“网而优则纸”，再由出版社印行；或者“网优而‘触电’”，在屏幕上热播。市民大众文学的动力源仍来自“市井”。这些作品中几乎全是类型化的通俗文学，很有点昔日的鸳鸯蝴

① 卢汉超：《霓虹灯外》，上海古籍出版社2004年版，第274页。

蝶派文学的味道。我们总不能在这个广泛而深入民间的文学现象面前，采取“鸵鸟政策”。冯梦龙——鸳鸯蝴蝶派——网络类型文学，是一个从古至今的市民大众“文学链”。但正因为它的通俗性，因此，广大农民也从中得到了认识城市生活、认识广阔外在世界的启示，这个文学链可说是属于社会中下层所共有的精神财富。2009 年以后，中国作协对网络文学的关注也明显加强，并组织从事纸本“传统”作家与网络作家“结对”相互学习，取长补短。而 2011 年，中国的城镇人口已首次超过乡村人口，市民大众文学也必然会更方兴未艾。而要展望市民大众的未来，这与总结过去的通俗文学——鸳鸯蝴蝶派的经验教训也有相应的关系，特别是农民工大批进城，“乡民市民化”的问题又成为现实的重大课题，而昔日被称为这方面的形象化“启蒙教科书”的市民大众文学在今天有哪些值得参考？在今天，有些地方“城乡一体化”的问题已提到议事或实践日程上来，那么昔日乡民步上都市文明“引桥”的通俗文学作品的经验是否值得学习？仅仅有一套精英文学的评价标准，已不够当代文学发展的运用，多元共生体系的评价标准又如何建构？凡此种种，都可以去作进一步的反思与探究。而我们所期望的是文化商品化而又不庸俗化的佳作的涌现，以迎接一个繁荣而高质的新市民大众文学的大潮的到来。

源流轨迹：新文学与通俗文学的各自源流与运行轨迹

（一）

在追溯新文学的源流时，鲁迅的三段话引起我的特别注意：一是他在1923年所写的《关于〈小说世界〉》中所说的："现在的新文艺是外来的新兴的潮流，本不是古国的一般人们所能轻易了解的，尤其是在这特别的中国。"①二是在1934年的《〈草鞋脚〉小引》中他又说："小说家的侵入文坛，仅是开始'文学革命'运动，即1917年以来的事。自然，一方面是由于社会的要求，一方面则是受了西洋文学的影响。"②这里的"小说家"当然是专指新文学作家而言的，并不包括《中国小说史略》中的小说家们。三是1936年，他在《"中国杰出小说"小引》中就说得更加绝对："新文学是在外国文学潮流的推动下发生的，从中国古代文学方面，几乎一点遗产也没摄取。"③终其一生，鲁迅始终坚持新文学源流的"外来论"。鲁迅有关此类的言论是很多的，甚至可以构成一个系统。例如在创作实践中，当他谈到《狂人日记》的创作经历时曾说："大约所仰仗的全在先前看过的百来篇外国作品和一点医学上的知识，此外的准备，一点也没有。"④创作如此，而在阅读方面他又告诫青年人："我以为要少——或者竟不读中国书，多看

① 鲁迅：《关于〈小说世界〉》，《鲁迅全集》第8卷，人民文学出版社1991年版，第112页。
② 鲁迅：《〈草鞋脚〉小引》，《鲁迅全集》第6卷，人民文学出版社1991年版，第20页。
③ 鲁迅：《"中国杰出小说"小引》，《鲁迅全集》第8卷，人民文学出版社1991年版，第399页。
④ 鲁迅：《我怎样做起小说来》，《鲁迅全集》第4卷，人民文学出版社1991年版，第512页。

外国书。”[①]我想能讲这种话的人至少可以得出一个反证，那就是他自己读过很多中国书，否则他怎么能断然地劝青年人少读或竟至不读中国书呢？我觉得鲁迅的这些一贯性的观点是很容易使人产生“五四断裂论”的错觉的。那么就新文学而言，中国文学的“古今演变”似乎也就无从谈起。当然宽泛地说，“演变”也是有的，因为即使是“断裂”也是“演变”形式之一种。但我们所说的“古今演变”是侧重于研究现代作家和理论家如何受古代文学的影响，是从继承和弘扬方面着眼的。

在新文学界与鲁迅持相同观点的人是不少的。例如周作人也说过：“中国现在的文艺的根芽，来自异域，这原是当然的，但种在这古国里，吸收了特殊的土味与空气，将来开出怎样的花来，实在是很可注意的事。”[②]他似乎还有点担心这异域的文艺传到中国来很可能会变味变质。综上所引，我们可以得出或可以引申出如下的几个论点：首先，就新文学的源流而言，的确是来自国外的思潮，而鲁迅等人所引进的当然大多是先进的思潮。不过它们要在中国立足，必定要有一个过程，因为它“不是古国的一般人们所能轻易了解的”，这就不仅要花大力去启蒙，而且要经历一个艰苦和持久的“被接受”的过程。那么在这个“古国”或称之为“特别的中国”里何种人能首先接受这种新兴的思潮的呢，当然是那些在清末民初接受过也是从外国引进的新教育体系所培育出来的新式知识分子。新文学面向新型知识分子是必然的，因为我们本可以将他们称作为“同源体”。第二，由于“古国”的一般人不能轻易了解这些新兴思潮，而新文学家又希望广大的人群能早日接受这种新兴的思潮，从而缩短中国的改革与更新之路，因此，他们对表现较为迟钝的反应或有所抗拒的阻力，往往容易产生“怒其不争”的峻急或焦躁——甚至是严厉的反感情绪。于是有时会不惜用一种“片面的深刻”对“古国”中固有的传统采取过度否定的态势，也可能会受到“矫枉过正”的思维模式的统制，更严重的是有的人还曾将固有的传统“妖魔化”。第三，他们为了扩大这种外来的先进思潮的受众，为建设一个新世界而愿作“决裂者”，“决裂”并不等于“断裂”。因为从他们的

① 鲁迅：《青年必读书》，《鲁迅全集》第 3 卷，人民文学出版社 1991 年版，第 12 页。
② 周作人：《在希腊诸岛·附记》，《谈龙集》，岳麓书社 1989 年版，第 43 页。

另一些言行中可以证明他们并不是“断裂者”。例如鲁迅曾钩沉过不少古小说与古代典籍，著作过足能传世的《中国小说史略》和《汉文学史纲要》等著作，对许多优秀的古典文学如吴敬梓的《儒林外史》和曹雪芹的《红楼梦》等均加以盛赞。他怎么可能是“断裂论”者呢？而周作人也讲过“今次的文学运动，其根本方向和明末的文学运动完全相同”[①]的话，说明了古今还是有相仿相通之处的；而他在某些散文中则更表现出他受传统思想之深。对周氏兄弟等人，我一直以“借鉴革新派”相称。我认为新文学家是我们现代文学史上的“借鉴革新派”，他们侧重于借鉴外国文学之精华，要在国内进行一次文学革命，使中国的文学能成为世界文学之林中的佳木；他们并不排斥继承中国古典文学中的民族优良传统。不过应该注意的是在五四时期的一些新文学作家在理论和实践中往往也是“矫枉过正”者，对传统中的精华与糟粕他们一时难以分清，就“勇往直前”地对传统进行掊击。例如在“打倒孔家店”声中，我们就不能为他们辩解说，他们否定的仅仅是被历代统治者所歪曲了的“伪孔子”。他们在当时的水准还无法做到“一分为二”的精当。我们应该肯定他们作为革新者的功绩，但也不必为他们“文过饰非”。我们应该承认他们在宣扬新兴思潮、扩大新文学的影响时，作出了战斗的姿态，对其他文学流派曾有过激的攻击；对一时还不能接受新文学洗礼的古国的人们也曾笼统地扣上“封建小市民”之类的帽子。如果说这是一个时代发展中必经之“坎”，那么也应该承认，这是他们在引领时代前进时尚存局限性。第四，五四时期的那批文学革新者们，自小是读过不少“中国书”的。应该说，中国书中的精华早已化为他们的血液在他们的血管中奔流，他们在精神气质上也仰仗着这些奔流的血液在为人为文和处世，但他们的肉眼有时体察不到这些鲜红的液体的涌动，还以为仅仅是仰仗外国新兴思潮的影响，对古代的遗产几乎一点也没有接受；也就是说，他们是靠着那些“潜移默化”的“幼功”在对民族的优秀文化传统进行继承与弘扬。因此，可以说他们的承传与弘扬有着一定的“不自觉性”，或者说他们是“隐性”地“潜在”地承传与弘扬我们优良传统的甘饴。第五，我们在考察和研究他们的继承与发扬的过程中，应该将他

① 周作人：《中国新文学的源流》，江苏文艺出版社 2007 年版，第 57 页。

们的“古今演变”的继承与他们热衷的“中外交流”一起加以关注和研究。他们认为“古”与“中”就是他们移植新兴思潮过程中必然会接触的“土味”与“空气”，而这又会发生怎样的“化学反应”或“嫁接变异”呢？周作人认为这还是一个未知数。茅盾的一席自述很典型地流露出了这批革新者在五四时期的心态：

> 那个时候是一个学术思想非常活跃的时代，受新思潮影响的知识分子如饥如渴地吞咽外国传来的各种新东西，纷纷介绍外国的各种主义、思想和学说。大家的想法是：中国的封建主义是彻底要打倒了，替代的东西只有到外国找，“向西方国家寻找真理”。……我那时所以对尼采有兴趣，是因为尼采用猛烈的笔触攻击传统思想，而当时我们正要攻击传统思想，要求思想解放：尼采也攻击市侩哲学，而当时的社会，小而言之，即在商务编译所本身，市侩思想与作风就很严重。……这样地热心于十九世纪欧洲各派文艺思潮，在今天看来，似不可理解。但在当时，大家有这样的想法：既要借鉴于西洋，就必须穷本溯源，不能尝一脔而辄止。我从前治中国文学，就曾穷本溯源一番过来，现在既把线装书束之高阁了，转而借鉴欧洲自当从希腊、罗马文学之研究……我认为如此才能取精用宏，吸取他们的精萃化为自己的血肉；这样才能创造划时代的新文学。我的同时代人，大都是有这样的抱负……①

“重西轻中”在当年这批同类的作家中具有共同性。从他的这席话中，我们既能感到他们一往直前的革新愿望；同时也感到他们那种峻急的心态也难免不会出现“擦枪走火”的误伤。而从前曾经穷本溯源过的“线装书”已束之高阁，他们恐怕是不会主动去思考如何对古代文学中的优良传统进行继承与弘扬的了。这就带给今天的研究者若干困难，在阐释现代作家受古典文学的影响时，要做更多更细致的挖掘探究与烛幽探微的工作。但像茅盾这些作家毕竟不是“断裂论”者，他们有时也会做一些“显性”的

① 茅盾：《我走过的道路（上）》，人民文学出版社1997年版，第149—151页。

承传的工作。例如在1925年，茅盾做过《淮南子(选注本)》和《庄子(选注本)》等很有价值的工作，他毕竟也曾为研究中国传统文学“穷本溯源”下过一番苦功，当然就会有这继承与发扬的“本钱”。应该说，新文学作家中的情况是多样的，类型也是多种的，但本文以上所涉及的作家是指茅盾所说的“我的同时代人”，他们后来是无可争议地成为新文学作家的主流一脉。

(二)

与中国新文学家相比，中国现代通俗文学家在“古今演变”的继承和发扬中也有他们的运行轨迹。首先他们在内容和形式乃至思想上都有所承传，当然也有所改良与弘扬。其次，他们在文学史观上就没有新文学主流作家的那种“一元独生”的“霸气”。也许是在论争时他们处于劣势，他们希望自己在文学界有一席之地，也就必然会承认文学流派的“多元性”，他们中的许多人也并非不懂外国的优秀文艺作品，但是他们在学习外国的经验的同时，还是回到自己的民族传统中去，还是去面向那些“古国的一般人们”，去创作普通老百姓所能“了解”的文学。像刘半农那样的“跳出鸳鸯蝴蝶派”的人并不多。例如周瘦鹃就说：“小说之作，现有新旧两体，或崇新，或尚旧，果以何者为正宗，迄犹未能论定。鄙意不如新崇其新，旧尚其旧，各阿所好，一听读者之取舍。”[①]这是周瘦鹃在《申报·自由谈》上的论调。他提出的那种“多元共存”的想法，是当时现实的客观存在。不过既然“多元”可以共存，本就不必争论谁是“正宗”。新文学与通俗文学的服务对象是不同的，那么各自的运行轨迹也必然会有差别。新文学侧重于为“同源体”的新型知识分子服务；而通俗文学作家则主要面向那些“古国的一般人们”的广大的普通市民。其实他们作品的发行量是远远超过新文学的，但普通市民限于文化水平，也不会将他们读了这些作品的感受与得益广布于报刊，因此就通俗文学当时读者数量而言，与新文学相比，实际上是处于“默默的强势”与“悄悄地流行”状态之中。我们可

① 周瘦鹃：《自由谈之自由谈》，《自由谈小说特刊第11号》，《申报》1921年3月27日第14版。

以再看另一位市民大众文坛的代表人物严独鹤所阐明的办副刊的宗旨。他提出如下四点：

> （一）新旧折中　今之主张极端者，每曰世间事物，有新则无旧，新旧之间，不容模棱两可。此其谈固至痛快，然或不免偏于理想，而远于事实。盖新旧递嬗，实为凡事不易之原理，所谓过渡时代者是也。在此过渡时代，不谋新自无从进化，然必尽弃旧者以言新，则新亦失其依据。故新旧调和之说，颇为当世学者所容纳。国中文学家于新旧之争，实至剧烈。编者于此，未敢为左右袒。但就个人之眼光以观察之，觉与其趋于极端，不如折中之为愈。快活林所记载之作品，未尝皈依新化，亦不愿独弹古调，殆取其适中而已矣。
>
> （二）雅俗合参　文艺之作，宜取高雅，此固正当之论第。就报纸之性质以言之，则陈义过高，取材过雅，皆似不适于普通读者。盖报纸之功用，舍传播消息主持舆论外，亦可目为通俗教育之一种利器，与其他艺术专书、文学著作，只供通人研究者不同，若一编既出，而不能得一般人士之了解，则已失其报纸之效用矣。故快活林之文字，颇取通俗，求适于群众，但浅薄无味或鄙俚不可卒读者，亦概不阑入，冀其俗不伤雅也。①

第三点他提出“不事攻讦”；第四点则是“不涉秽亵”。严独鹤貌似在新旧间保持其平衡与公正，其实他基本上是与周瘦鹃同调。他们二人，在上海的两个影响最大报纸上主掌两个最有影响的副刊。他们两人的英语都很好，也翻译过不少东西，对外国文学皆有一定的知识，但他们有他们的“面向”。这“面向”就决定他们是中国现代文学中的“继承改良派”。

通俗文学家的作品从内容到形式，大多是继承中国古代白话小说的优良传统，并加以改良的新型作品。因为他们所面向的再也不是农耕时代的小农经济制控下的读者，而是涌进初具现代规模的上海的正在由乡民转化为市民的广大群体。在当时能为上海的“现在正在进行时”的“乡

① 严独鹤：《十年中之感想》，《〈新闻报〉三十年纪念册（1893—1923）》，《新闻报》馆1923年印行。

民市民化"的群体服务，也就基本上能适应全国普通老百姓的需求，就能引领这一广大群体缓缓地适应正在逐步现代化的社会。例如徐枕亚的《玉梨魂》提出了"寡妇再嫁"的问题，能这样提出问题，在当时也就不算是顽固派了。林纾所译的《茶花女》主要是在知识分子中流传；而徐枕亚创作的《玉梨魂》却进入了普普通通的市民阶层，向当时的市民提出了一个妇女在婚嫁后常见的切身的"现实问题"。新文学家批评周瘦鹃有"从一而终"的封建思想，而周瘦鹃后来则写了《娶寡妇为妻的大人物》："娶寡妇为妻，在我们中国是一件忌讳的事，而在欧美各国，却稀松平常，不足为奇。"[①]他列举了美国国父华盛顿、前总统威尔逊、法国怪杰拿破仑、英国大儒约翰逊和海军第一伟人奈尔逊等人为例，他们都是娶寡妇为妻的。他接着说，在中国一定要去除娶寡妇不吉利的迷信思想，寡妇才能有自由再嫁的可能。以此文表示自己在"节烈观"上已不存在"从一而终"的问题了。新文学家批评他有"愚孝"的旧思想，周瘦鹃则撰文说，"我们做儿子的不必如二十四孝所谓王祥卧冰、孟宗哭竹行那种愚孝，只要使父母衣食无缺，老怀常开，足以娱他们桑榆晚景，便不失为孝子"，[②]表白自己也在更新自己的观念。另一位通俗作家代表人物包天笑说过："提倡新政制，保守旧道德。"[③]但在他的作品中也看不出有多少迂腐的封建思想，他的所谓"旧道德"主要还是指中华的传统美德而言的。应该看到，包天笑著译的大量"教育小说"乃是在我国传扬新教育思想的初露端倪，他是我国早期的启蒙主义者。我们今天或许会奇怪，为什么他们当年甘心于以"旧派"自居，这顶"旧"字的帽子戴在头上岂非自贬？其实那时做"旧派"是并不难为情的，反而还有点自豪感，就像我们今天称自己是"中华百年老店"一样抬高自己的身价。直到解放后，范烟桥写《民国旧派小说史略》时，这个"旧"字才表示了他的自贬。

在形式上他们也继承中国古代白话小说的章回体和笔记体的范式，但也加以改良。例如《玉梨魂》就是改良章回体。而即使用章回体，他们

---

① 周瘦鹃：《娶寡妇为妻的大人物》，《上海画报》1926 年 5 月 10 日第 3 版。
② 周瘦鹃：《说伦理影片》，《儿孙福》专号，大中华百合影片公司 1926 年印行。
③ 包天笑：《钏影楼回忆录》，香港大华出版社 1971 年版，第 391 页。

也在许多写法上运用外国短篇小说的“横断面”的手法。例如平江不肖生向恺然的《近代侠义英雄传》开端写大刀王五护送安维畯至关外以及他和谭嗣同之间的生死之交等等的情节，皆显示了“义薄云天”的传统美德，但小说里都是用的“横断面”的手法。徐枕亚在《玉梨魂》出版后写了它的姐妹篇《雪鸿泪史》，就用的长篇日记体。通俗作家在民初常写“哀情小说”，为新文学家所鄙视，但他们的“哀情小说”则与中国传统文艺中喜用的“大团圆主义”已大异其趣了；而“哀情小说”乃是希冀打破“父母之命，媒妁之言”的千年婚制的铁律，在当年也有一定的进步意义。总之，通俗作家各自在继承的前提下显示了自己具有的改良意向。在作品的形式上，他们也有着自己的“继承改良”的运行轨迹。

在道德评价层面上，新文学家与通俗文学家的侧重点也有所不同。新文学家侧重于暴露国民的劣根性，而通俗文学家则侧重于弘扬民族美德。这也显示了运行轨迹上的各异和并行不悖，因为这两个侧面是“互补”的，也是缺一不可的。例如对有关“孝”传统美德问题，通俗作家尤为颂扬。当然，新文学家并非是“非孝者”。但是他们在作品中一般是不敢言孝的。冰心是用颂扬“母爱”启发人们的爱母孝母之心；朱自清以写《背影》流露他对父亲的深情，这份深情就是孝思的“变奏”。鲁迅与胡适都是孝子。但是他们作品中都不涉及言孝的内容。胡适作为反传统的领袖人物，他一方面写他的独幕剧《终身大事》，①通过剧中人喊出了：“此事只关系我们两人，与别人无关，你自己决断。”“这是孩儿终身大事，孩儿应该自己决断。”可是另一方面，（他那时刚从美国回来）就奉母命与一位曾经缠过足的姑娘结了婚。他给好友写信：“吾之就此婚事，全为吾母起见。故从不曾挑剔为难（若不为此，吾决不就此婚事。此意但可为足下道，不足为外人言也）。”②鲁迅也于1909年奉母命回国与朱安结婚。一切按照他母亲的布置与安排。他当时的心情或许就像《孤独者》中的魏连殳：“都可以的。”“他却只是默默地，遇见怎么挑剔便怎么改，神色也不动。”③事后

① 胡适：《终身大事》，《中国新文学大系·戏剧集》，良友图书公司1935年版，第1—9页。

② 转引自严家炎：《论“五四”作家的西方文化背景与知识结构》，《上海鲁迅研究》第16期，上海文艺出版社2005年版。

③ 鲁迅：《彷徨·孤独者》，《鲁迅全集》第2卷，人民文学出版社1991年版，第88页。

他曾解嘲地说，这是他母亲送给他的一件礼物。其实应该反过来说，这是他送给他母亲的一件礼物：儿子在国外闯荡，就让这媳妇代我尽孝吧。鲁迅与胡适，对长辈是采用“东方式”的礼仪，而对自己的下一代则采取“西方式”的道德标准。所以鲁迅只能写《我们现在怎样做父亲》，而不会去写《我们现在怎样做儿子》，因为新文学家是不言孝的。鲁迅只是说：“没有法，便只能先从觉醒的人开手，各自解放了自己的孩子。自己背着因袭的重担，肩住了黑暗的闸门，放他们到宽阔光明的地方去；此后幸福的度日，合理的做人。”[①]这“黑暗的闸门”中就包括要他与朱安结婚这样的不合情理的“东方式礼仪”在。至于胡适还在1919年8月写过一首诗，刊在第33号《每周评论》上，题名《我的儿子》：“我实在不要儿子，/儿子自己来了。/‘无后主义’的招牌，/于今挂不起来了！/譬如树上开花，/花落天然结果。/那果便是你，/那树便是我。/树本无心结子，/我也无恩于你。/但是你既然来了，/我不能不养你教你，/那是我对人道的义务，/并不是待你的恩谊。/将来你长大时，/这是我所期望于你：/我要你做一个堂堂的人/不要你做我的孝顺的儿子。”这首诗发表之后，在《每周评论》第34号和第35号的通信栏里，胡适和汪长禄就“孝”的问题进行了一来一往两回的商榷和探讨。汪长禄指出：“为父母的单希望他做他俩的儿子，固然不对。但是照先生的主张，竟把一般做儿子的抬举起来，看作一个‘白吃不回账’的主顾，那又未免太‘矫枉过正’罢？”其实胡适的这种“父子无恩观”不过是显示一种高级知识者的“开明”罢了，他的经济条件用不到中国传统的“养儿防老”意识去“保障”。这对普通劳动者说来，是无论如何也无法接受的。当社会的全民保障体系没有完善之前，他们当自己丧失劳动力时，是需要自己的后代供养的。在通俗文学作家笔下对中华传统美德是理直气壮地加以颂扬的。如程瞻庐刊登在《小说月报》第8卷第10至12期上的《孝女蔡蕙弹词》。程瞻庐将“孝”看成是一种人类应该共同遵循的美德，他还以外国孝女耐儿等为例，并指出当年中国有些所谓“新派”女性对中华传统美德的误解：“一般巾帼效西欧，设解文明与自由，观念不离新世界，家风拼弃旧神州。”他认为不应该否定一切传统中美好的道德规范，应

① 鲁迅：《我们现在怎样做父亲》，《鲁迅全集》第1卷，人民文学出版社1991年版，第130页。

该是："孝思到处人崇拜，不问中华不问欧。"孙中山先生在《民族讲义》中也说："一般醉心新文化的人，便排斥旧道德，以为有了新文化，便可以不要旧道德，不知道我们固有的东西，如果是好的当然要保存，不好的才可以放弃。""讲到孝字，我们中国尤为特长，尤其比各国进步得多"，"所以孝字更是不能不要的"。[1] 应该说，通俗作家就在"古今演变"的源流中继承了传统美德的若干精华，他们在新文学家尚不知对传统道德如何"一分为二"时，在扬弃了"愚孝"与"节烈"等的糟粕后，就上升为中国传统美德的忠实"守护人"。这是通俗作家在古今源流演进中所遵循的原则之一；他们也并非不接受新道德，但是他们在扬弃封建糟粕的同时，也理直气壮地宣扬传统美德，他们的作品就是沿着这一轨迹运行的。

耐人寻味的是运行轨迹与所从事的职业居然会有极大的关联。新文学作家中的佼佼者都能登上大学的讲坛，主要就因为他们的借鉴革新观是新教育制度的"同源体"；而通俗作家中却走的另一个路子，他们出了不少名报人，他们能登上大学讲坛的极少，大多只能在没有围墙的"社会大学"中驰骋。这种职业(或者说兼职的)的不同，也就使二者出现不同的运行轨迹。当时上海的最有名的三大报——所谓"申、新、时"的副刊都在通俗作家手中，那就是1872年创刊的《申报》、1893年创刊的《新闻报》和1904年创刊的《时报》。这些大报的文艺副刊主要是面向市民大众的，而这些副刊的主编们在20世纪二三十年代所办的《红》杂志、《半月》、《红玫瑰》、《紫罗兰》等刊物也很畅销。雅俗文学的源流不同，不仅关涉到他们的职业，甚至还会影响他们作品的结构。通俗副刊上有若干在市民大众中"叫得响"的连载小说，这些小说的结构大多是"串联式"或称"集锦式"的——现代文化生产机制使长篇小说就像现在银行的"零存整取"一样，长篇小说并不需要一气呵成；这就使通俗作家的小说容易写成集缀型的，其结构是由多个故事拼接而成，就好似一串串香肠；而读者也不一定是报刊的长年订阅者，看到其中的一段"香肠体"的小说也就品尝得"津津有味"了。其中有的写得好的连载小说，如在《侦探世界》上连载的向恺然的《近代侠义英雄传》，它本身就是列传体的。其中有些人物就像闪光珍异，

① 孙中山：《民族讲义·第6讲》，《孙中山选集》，人民出版社1984年版，第681页。

丰神奕奕，如写大刀王五、针灸医生黄石屏、伤科专家秦鹤岐等等的传奇人生，真是精彩纷呈；更不用说是写霍元甲这根主线了。而从总体上看这部小说，就会感到那种气贯长虹的爱国至诚与民族正气扑面而来，塑造了一代铁骨铮铮的侠客义士、英雄豪杰的群像，堪称民国武侠小说的奠基之作。因此，我们读其中片段犹如精致小酌，读整部长篇更似开怀畅饮。而通俗文学中的这类优秀的作品，就是看得出受了《儒林外史》结构的影响。这也就成为报章中通俗长篇小说的一种常见的模式。当他们从连载发展到印成单行本时，就会感到它们的结构是较为松散的“香肠体”。通俗小说家擅长的是叙事，即所谓“传奇”。当然叙事叙得好、“传奇”传得好的也就出现了典型人物。《水浒传》也是一段段的叙事，一个一个英雄好汉出场，然后让他们齐聚到梁山泊中去。但因为它叙事叙得好，林冲、鲁智深、武松就栩栩如生地站在读者面前了。向恺然的《近代侠义英雄传》也有霍元甲等人物，至今还在人们的传颂中。而那种运用“集缀型”而写得差的作品，也往往成为某些通俗小说的通病，或者称其为常见的“顽症”。但新文学家就不大有此类的缺点。因为他们不会满足于“叙事”而是着眼于塑造“典型”，西方小说往往以“人”为中心，因此结构上就不采用“集缀型”的结构，老舍的《骆驼祥子》也是连载小说，但却使读者觉得有一气呵成之感。在“叙事”与“塑人”上，雅俗作家也有他们各自的侧重点。

通俗作家与新文学作家不同的还在于创作的“目的论”，他们既不像新文学作家中的一派，提出文学是“为人生”的，也不像新文学作家的另一派，是“为艺术而艺术”的；他们就是为了给“看官们”消遣与把玩的，趣味性是通俗作家所看重的。这往往成了他们的一种罪状。其实这正是继承了中国古代的小说的传统。在新文学家中独一无二的只有朱自清说过这样的话：“鸳鸯蝴蝶派的小说意在供人们茶余酒后消遣，倒是中国小说的正宗。……《拍案惊奇》重在‘奇’很显然……但是还是先得使人产生‘惊奇’，才能收到‘劝俗’的效果……《今古奇观》，还是归到‘奇’上。这个‘奇’正是供人们茶余酒后消遣的。”[①]正因为通俗作家的主要读者是市民

① 朱自清：《论严肃》，《中国作家》1947年创刊号。

大众，更需要在“传奇”上下工夫。如果他们的作品能做到“寓教于乐”，也就不失为是承继了古代小说的“劝俗”的传统。鲁迅也说曾过：“说到‘趣味’那是现在确也算一种罪名了，但无论人类底也罢，阶级底也罢，我还希望总有一日弛禁，讲文艺不必定要‘没趣味’。”①鲁迅还说过：“在实际上，悲愤者和劳作者，是时时需要休息和高兴的。”②因此，即使是单纯给读者一些高兴，一种健康的娱乐，也是文艺的功能之一，无论如何是不可能据此而予以“定罪”的。但是新文学家往往认为通俗文学的趣味是低级的或庸俗的。的确，这趣味也是分层次的。主流的新文学作家大多是革命者，他们的读者也以阅读“要求改变现状”的作品为“趣味”，他们认为作品能给予他们“深思”，启发他们如何去改变社会的现状，才更符合他们的胃口。例如，鲁迅也需要娱乐，他的休息方式之一是看电影，但他从来不看当时普通市民青睐的国产片，而喜爱看外国片，对俄罗斯苏联名著改编的电影就尤为热衷，因为它们既有思想性、艺术性，又有娱乐性。通俗作家的作品一般不会提出革命的要求，他们考虑的是如何改善普通市民的生活现状。“目的”的不同，往往就产生“趣味”的层次。新文学家认为“趣味”与“消闲”之间不宜画上等号。通俗作家在“寓教于乐”中只希望能使“乡民市民化”，使乡民改掉身上的小农习性，能在城市中安身立命；而新文学的主流作家却认为“寓教于乐”是为了使“市民革命化”。通俗作家承袭了“小说供人们茶余酒后消遣”的传统，而只是将它“改良”为使涌进大都市的乡民能适应都市的市民生活方式，使他们融入都市，通俗作家所赋予他们的现代意识是使他们进入安居乐业的境地，这当然也不失为一种人文关怀。而新文学的主流作家是要灌输一种更为激进的意识，也即“改变现状”的革命意识。“为人生”与“为生活”虽然只有一字之差，但显示了他们之间的“目的论”是不同的，这也会使他们在运行轨迹上有所差异。但不论是“为人生”或是“为生活”都应该艺术地反映生活，概念化或图解生活都是为文学作品所不取。

① 鲁迅：《〈奔流〉编校后记·五》，《鲁迅全集》第7卷，人民文学出版社1991年版，第168页。

② 鲁迅：《过年》，《鲁迅全集》第5卷，人民文学出版社1991年版，第449页。

(三)

所谓“轨迹”当然是指有规律性的运行路线;而我以上的论述仅是“断想”而已,不过是在思考这一问题时“挂一漏万”的若干“碎片”。想“抛砖引玉”的是希望能引起同行与读者诸君进而共同探讨文学史中的两个重要的问题。一个是文学的“古今演变”的源流问题。自从我们的课程设置将“古代文学”与“现代文学”成为两个“二级学科”之后,“各立门户”的结果就产生了“各自为政”,甚至形成“不相往来”的局面;于是我们很少去考虑古今的承传与演变,古和今是如何从量变到质变的,其临界时段是如何过渡的等等文学史上必须回答的问题。章培恒曾指出:“中国古代文学研究与现代文学研究至今仍被作为两个并立甚或平行的学科……实在是害处多而并无好处的,当前已到了必须填平鸿沟的时候了。”[①]于是在教育体制没有改变之前,他提议并得到教育当局的同意,开设一个“古今演变”专业研究方向,为“填平鸿沟”而研究“古今贯通”的问题,最终去填平这道现存的鸿沟,使中国文学史从古到今成为一个内在有机的整体。在研究的过程中当然也会涉及中国现代文学的生发时,外国新兴思潮与中国古代文学传统是否各自都有所“担当”。另一个重要的问题是根据晚清民国的文坛实际情况,是新文学“一元独生”呢,还是多种文学派别“多元共生”的?过去的“现代文学史”是否存在偏颇?雅俗是彻底对立的,还是可以共存而互补的?“古国的一般人们”是否有享受文学作品的权利,而他们过去所享用过的文学作品是否都是庸俗的,必须将它们赶出文学史而后已?我在上文的一些“断想”中,企图说明,雅俗文学的服务对象是各有重点而可以相互补的;在暴露国民的劣根性与弘扬民族传统美德方面也正好是互补的;而吸取外国的新兴思潮,借鉴革新,与承传民族的优良遗产,加以必要的改良,也是互补的。我认为应该填平过去文学史上存在的另一条鸿沟,也即是雅俗之间的鸿沟。我在字里行间还贯穿着一个论点,那

① 章培恒:《不应存在的鸿沟——中国文学研究中的一个问题》,《文汇报》1999 年 2 月 6 日《文艺百家》专栏。

就是雅俗作家都有各自的优长与局限性，他们各有自己的成长与成熟的过程。我认为，进一步去深入地研究雅俗的各自源流与运行轨迹，就是为了解决文学史上的“古今贯通”与“多元共生”这两个大问题，否则我们即使承认应该“重写文学史”，可还会是停留在原点上踏步，而不是具有前瞻性地向前“开步走”。

异中有同：论新文学与通俗文学的互补关系

现在，许多现代文学史的研究者都承认新文学与通俗文学不是敌对关系，而是互补关系。在这个大前提得到肯定之后，我们就应该进一步研究，它们有哪些“互补点”，也就是说，它们有哪些优长值得相互学习与借鉴；在学习与借鉴的过程中可以建立一种什么样的“新型的关系”。这种关系的建立必将对今后的文学创作产生深远的影响。

从各自独特的艺术规律看互补的可能性

新文学作家在写小说时，往往以塑造典型为他们的追求目标。阿Q是中国现代文学的“第一典型”，所以鲁迅的小说是伟大的。现代通俗小说中也有成功的典型人物，可是通俗作家并不以塑造成功的典型为其追求的目标。他们追求的是作品的“趣味性”，对读者能产生强大的磁场，要吸引读者达到痴迷的程度，然后产生作品的劝惩效应。读者中产生了“《啼笑因缘》迷”、“《金粉世家》迷”、“《霍桑探案》迷”，是他们的莫大荣耀。他们在故事性上下工夫，他们在生动的新鲜事物与令人拍案叫绝的细节上下工夫，无论如何要使读者“手不释卷”、“欲罢不能”，甚至“废寝忘食”。他们的作品除了故事性之外，也往往会渗出浓郁的文化味汁。总之，新文学崇尚“塑人”，塑造在文学史画廊中永不磨灭的典型；而通俗文学则偏爱“叙事”，叙能传之后代的奇事，这“奇”又往往与当年的“新”挂起钩来，而这种“新奇”之事，让后代可以从中看到文化的流变创新与民俗的渐进更迭。但是他们的这种努力与成就，在过去往往被新文学作家当作批判的对象。例如茅盾在《自然主义与中国现代小说》一文中就说：

> 总而言之，他们做一篇小说，在思想方面惟求博人无意识的一笑，在艺术方面，惟求记账似的报得很清楚。这种东西，根本不成其为小说，何论价值？但是他们现在尚为群众的读物，尚为群众认为小说，所以我也姑且把他们放在"现代小说"题目之下……①

所谓"无意识的一笑"，大概是针对追求"趣味性"而言的；而"惟求报账似的报得很清楚"却正是通俗小说异于新文学的特点之一。它们的"精细的记述"正是文化味汁浓郁的泉源。而茅盾也不得不承认这是"群众的读物"，也被群众首肯为"小说"，也就是说这是老百姓喜闻乐见的民族形式的小说。

下面我想举实例来比较新文学与通俗文学的各自的特色。为了说明问题，对比二者在同一题材中的视角不同与写法的各异，是不失为能切实剖析其肌理的一种方法。叶圣陶的《潘先生在难中》与包天笑的《甲子絮谭》②同是反战题材，而且都是反映 1924 年江浙齐卢大战的小说。当年反映这场战争中苏州一带居民为逃避战祸而躲进上海租界的小说特别多。叶圣陶着眼点是要塑造小学教员潘先生这一"灰色小人物"的典型形象。

可是包天笑的《甲子絮谭》根本不重在塑造典型，但文化味汁特别浓厚。小说开端就写一位洞冥子对缥渺生的一席"泄漏天机"式的谈话，叙述一个三元甲子"转关"的神秘兮兮的话题，而且这"转关"正逢一个"劫数"。每逢甲子年，中国多少总会闹些乱子出来。这 1924 年（甲子年）看样子也逃不过"劫数"了。那是一种古老的星相占卜术派生出来的预言文化。一席预言过后，作者才写江、浙、沪三地战事迫在眉睫的严峻形势。所谓"絮谭"就是作者与读者轻声细语而又滔滔不绝地"神聊"。因此，镜头不一定对准这场战争，即便是写战争与声讨军阀罪行，也决不放弃这场

---

① 茅盾：《自然主义与中国现代小说》，载《小说月报》第 13 卷第 7 号。

② 《甲子絮谭》收入范伯群编的《包天笑代表作》，华夏出版社 1999 年版。

战事中的一些奇闻与逸事。

包天笑将镜头转到黄渡乡下红桥镇一家殷实富户周云泉家中，周家怕战事一旦降临，他儿子原先已经预订好的婚事将可能拖得遥遥无期，他决心要赶在战前办好这件家庭大事，即使是草草成亲，也在所不惜。乾坤双方都同意吉期定在甲子八月初二，吉时是在夜半子时，结婚第二天便准备逃到上海租界这只"保险箱"中去避难。

> 新娘子轿子进门，照理是要放三个炮。这炮手，红桥镇还没有，却是从青浦带来的。他的火药格外的填得结实。加着秋高气爽，而且在夜深人静之中。那炮声分外的响亮。谁知这三声炮，却轰破了江浙和平空气，蔓延到了全国，影响了世界。

因为双方的士兵早已在战壕中荷枪实弹，专等敌方开第一枪，以便把挑起战争"祸首"的"帽子"戴到敌方头上去："衅由汝启，吾不得不自卫耳。"《甲子絮谭》第1章，就津津乐道、绘声绘色地写这战壕之外的三声炮响。这场必然要发生的战争，却由这根毫无关联的"导火线"引爆的。读来也实在令人感到偶然，也觉得其中有着必然，不过被他这么一写就变得饶有兴趣。包天笑这部长篇中，总是喜欢写此类"大背景"下的"小插曲"。至于"三元甲子"一说，也不是他一个人的"神乎其神"，我记得在张春帆的《政海》这部长篇中，江对山曾向陈铁舫讲今后的时局时，陈铁舫也是从"三元甲子"说起的。可见这是当时民间盛传的一种带有迷信色彩的"推背图"式的预言。

再例如，军阀战争中的"拉夫"，是这两个作品共同描述的情节之一。叶圣陶是这样写的：

> 这就来了拉夫的事情：恐怕被拉的人乘隙逃脱，便用长绳一个联一个的缚着臂膀，几个兄弟在前，几个兄弟在后，一串一串牵着走。因此，大家对于出门这事都觉得危惧，万不得已时，也只从小巷僻路走，甚至佩有红十字徽章的如潘先生之辈，也不免怀着戒心，不敢大模大样地踱来踱去。

这当然也是为塑造潘先生这个人物服务的。可是在《甲子絮谭》中，包天笑还是通过周小泉（逃难到上海的新郎，周云泉的儿子）的眼睛将拉夫的场面，整整写了一章。这并不是为塑造周小泉服务的（最多写了周小泉是个有同情心的人），可是却看到当时的拉夫使许多家庭妻离子散的惨相。包天笑笔下的有些描写与叶圣陶作品中的情节完全相同，可见这是当时的实况。

这两天华界里凡是穿短衣服的，走路都有些危险。

果然见有三四十人一大串，手臂上都用草绳扎住，两个人一排，甲的左手与乙的右手一同扎住了。在马路上鱼贯而行。前面两个兵士荷枪而行。中间的两旁，还有兵士夹护，恐防他们逃出来。后面又有两个兵士押队。好像是押解俘虏一般。一路行来，直送火车站那个货栈铁房子里去了。

"昨天为了拉夫，已经有人写信到他们的什么司令部里去。司令部里说，我们并不要拉夫。我们因为缺乏夫役，叫当地招募四五百人，优给薪工，他们愿意的就去不愿意的就不去。"周小泉道："这个法子就对啦，不是要他们自己愿意的吗？"那个人道："可是说虽如此说，他们拉却尽管拉。"那老婆子忽然哭喊道："我的儿子何尝情愿呢，可怜我只有一个儿子了。我的媳妇还有七个月身孕，倘若被他们拉去，战死在战场上，我的老命一条是不要的了。我的媳妇也要急死苦死了。她腹中的小孩子也不能生出来了。我的一家都完了。天杀的啊！你们要打仗，关我们什么事啊？你们自己要死就死便了。为什么要拉我的儿子去啊？"……这时一个警察站在马路中心。老婆子旁边的人便低声道："你别骂吧，不要又吃了亏。"老婆子道："不怕，不怕。我宁可他们枪毙了我，我也不要活了！"……周小泉跟着他们来的，看得出神了。心想："这就叫做拉夫。生生的把人家夫妇母子拆开，惨酷极了。这都是那班军阀家的罪恶啊！"

读了包天笑的这些记述，我总存一份感激之心。《潘先生在难中》的潘先生的形象固然使我极为赞赏，可是我也在通俗文学中得到有益的认知。通俗作家的职能是传奇，海阔天空地记叙古今奇闻逸事，使“看官们”从中得到一种享受，写得好就更是一种艺术的享受，这是通俗文学不同于新文学的一种艺术规律；而且写得好也会出现典型人物，但它的最高境界应是令人目不暇接的传奇性。包天笑的《甲子絮谭》就使我们较为全面地了解20年代齐卢大战时期的上海社会的许多畸形面。通俗小说的“奇”中也包括许多新鲜的事物，因此在当时它有一定的新闻性；而这“奇”，有时也对古代奇闻逸事进行钩沉，那是它的旧闻性。只要是经过艺术加工的，就有它的艺术味汁，也有它的浓郁的文化品位。因此，通俗小说的丰富性、存真性，乃至艺术性是绝不可低估的。就存真性而言，通俗小说对这一次齐卢大战的内因是“一语中的”的。包天笑借人物之口说：“上海地方，就是那不正当的营业容易发财……现在上海最时髦的就是贩土，其次就是办发财票，再次就是开赌，再其次便是卖假票欺骗人家，开游戏场引诱良家。你想这一次打仗，却是为什么打的？谁也不知道为了鸦片烟土的事，大家争一个鸦片地盘呢！”在其他的通俗小说中也是这个结论。如《江左十年目睹记》[①]中就说这次战争的起因是为争“十一太保”的利益。“十一太保”就是一个“土”字。鸦片俗称“土”。这个结论与《剑桥中华民国史》中讲这一次战争的起因是一致的。[②] 讲到这“十一太保”，包天笑还在小说中写了它的危害已深入到下层社会，即使在军阀的部队中也有许多人沾染上了这种恶嗜：

> 今天又到了许多福建来的队伍，据说都是吸鸦片的。打起仗来说甚是勇猛咧……正在开火的当儿，他们却便正在过瘾，过足了瘾精神百倍，他便奋勇异常。你可知道，鸦片烟这件东西是个兴奋剂呀！……哪里有这许多烟枪烟灯？其实的确有许多鸦片器具，而且这些东西也都是他们夹带的，不过那种东西实在是简陋得可笑。我

① 姚鹓雏的长篇《江左十年目睹记》原书名《龙套人语》，用笔名龙公。1984年文化艺术出版社用《江左十年目睹记》的书名重印。

② 参见《剑桥中华民国史（上）》，中国社会科学出版社1993年版，第322—324页。

> 先讲他们的烟枪，他们的烟枪大一半自然是皮条枪，取其便于携带。一声令下，开赴前敌，他们将皮条枪向衣袋里一塞，跟着大家跑了，自然是最轻便。可是也有许多人是吸不惯皮条枪的，他们便用一种毛竹枪，制作是粗陋得很的嘘，也不能太粗太长，也要衣袋里搁得进。至于烟斗呢，有的果然像一只烟斗，有的你道是什么东西做的？倒也难为他们想得出，原来广东店里有一种卖青盐陈皮的黄沙小罐，牛奶色的也和烟斗差不多大小。那底是尖的，他把那罐口磨光了，尖底的地方戳一个眼儿，装在枪上，便算是个烟斗子……他们一块马口铁皮剪得圆圆的，要不就是听头香烟里开出来的一个小圆盒儿也好，把半段洋蜡烛烧热了，沾在上面，再用一个鸭蛋壳敲破了两头，在那洋蜡烛上一罩，便成为烟灯了……他们把一些稻草在地下一铺，枕头是没有的了，只好把破衣服包上几块砖头，睡下来点上洋烛，罩上蛋壳，抽出皮条枪嗤嗤嗤的猛吸了几十口烟。那个时候，前面怎样的炮火连天，尸骸遍地，他也只好不管，闭着眼睛，扛着肩架，猛抽他的烟，便是一个炮弹飞过来，连人带他的烟具，一古脑儿都变成了炮灰，他也不管的了。只好付之天命。及至过足了瘾，把烟枪袋好在身边，便精神抖擞的起来，呐一声喊，猛冲前去，让前敌的弟兄们退下来过瘾。这时候那种吸烟兵勇猛百倍，一以当十，好似一群野兽，那才厉害呢。这便像机器加足了油，橡皮管里打足了气一般。

把士兵吸烟的特制器具写得如此详细，把他们吸烟时的将生命置于度外的神态，写得如此逼真，也许这所谓“勇猛”却是疯狂。恐怕也只有通俗小说中能“记账似的报得很清楚”。可也不是纯粹的无聊笔墨，也不仅仅是供读者消闲。它将军阀部队的腐朽性，生动形象地勾勒出来，活像继承了八旗子弟兵的衣钵。这样吸大烟的士兵，必然会有极强的金钱欲，他们倒喜欢打仗。所谓“枪炮一响，黄金万两”，他们就可以扰民，可以奸淫掳掠。包天笑接下去就写军阀军队的扰民与敲诈勒索。

以上是两部同一题材的小说对照其视角的不同与写法的各异，找出了规律性的东西来，从中可看到两者之间互补的可能性。

特有的叙事传奇功能
为新文学提供背景式的参照

通俗文学的详细的叙事特色，往往可以给我们许多感性知识，当我们去读新文学作品时，通俗小说常常发挥一种背景式的参照作用。这里举一个通俗小说对鲁迅的杂文做了极好补充的事例。鲁迅在他临终前，接连写了两篇有关章太炎先生的文章。其中有一篇是他逝世前两日搁笔的未完成稿。读后觉得鲁迅对章先生有一种“尊敬的贬意”。当我看到鲁迅对章太炎的“既离民众，渐入颓唐，后来的参与投壶，接受馈赠，遂每为论者所不满，但这也不过白圭之玷，并非晚节不终”的评语时，觉得鲁迅先生还是笔下留情的；不过此文与事实是稍有出入的。我也曾经老是想不通，这个章太炎也太离奇了，你去参加军阀孙传芳的那一套玩意儿干什么呢？关于这一公案，在《鲁迅全集》中有两个注释。一是讲孙传芳“盘踞东南五省时，为了提倡复古，于 1926 年 8 月 6 日在南京举行投壶古礼”。对投壶的注释是“古代宴会时的一种娱乐，宾主依次投矢壶中，负者饮酒”；又有一注说：“1926 年 8 月间，章太炎在南京任孙传芳设立的婚丧祭礼制会会长，孙传芳曾邀他参加投壶仪式，但章未去。”后面一个注释是与事实相符的。1926 年我还没有出生，我也没有专程去查过 1926 年有关这方面的报刊。只是想象中觉得这是怪事一桩，或者说是一幕滑稽剧而已。而章太炎怎么会与孙传芳搞在一起的呢？鲁迅的文章中说：“先生遂身衣学术的华衮，粹然成为儒宗，执贽愿为弟子者綦众……”[①]大概也不失为一种解释。可是我读了姚鹓雏的小说《龙套人语》（即《江左十年目睹记》），觉得大有裨益。小说用了一章多的篇幅为我们详写了这幕复古活剧。那就是第 18 章的《乡饮投壶先兵后礼，大庠入彀偃武修文》。请谁主持古礼的小说上也有姓有名。这样生动详尽的描写，大概连报章上的报道也无出其右了。因为是写了整整一章有零，我就无法抄录了。但在这一章中有

① 以上鲁迅的杂文及其注释见《且介亭杂文末编》：《关于太炎先生二三事》、《因太炎先生而想起的二三事》，《鲁迅全集》第 6 卷，人民文学出版社 1981 年版。

一段书中主人公魏敬斋与师孟的对话，说出了军阀们当年为什么会欣赏章太炎的道理。书中的魏敬斋倒是个"硬里子"的名士，颇有见地，又能诗善画。他们的这席对话，说出了鲁迅语焉不详的若干道理：

师孟道："庄遁庵（即书中影射章太炎之名）近来在这班藩镇之间，红得不得了，真可以算是诸侯上客，但是他所讲究的'国故'，并不是为帷幄运筹用的。他们请教他是些什么？我倒不懂。"敬斋道："有甚不懂。我好有一比，比如我们卖书画的，人家说卖书卖画，简直可以说末等生意了。因为书画这一类东西，既非如粟米之疗饥，又非如珠钻之可贵，穷的人买不起，不消说了，稍为够过的，也不要买这类不急之物。至于大家巨阀呢，钱是有的，也尽有余暇来考究那些，可是他家里的古董书画，早已装满了几十个木箱，又无需我们的那种新鲜出品，算来算去，惟有那些暴发财的人家，骤然间有了钱，便要装潢门面，附和风雅，那便是我们这行买卖的惟一受主，可是在这惟一受主，暴发户的心目中，还要分几个等级次序。当他发了几十百万的财之后，要穷奢极欲起来，便先是锦衣玉食，次是娇妻美妾，到最后一着，方才是住的问题。于是乎必须盖新房子，以满足他住的奢欲。盖起房子来如果他盖的是洋式巨宅，还需要不到我们的这种东方艺术的书画。照此程序推算下去，第一步要他发财。发财之后第二步奢侈到衣食，衣食之后第三步到妻妾。妻妾之后第四步到洋房汽车。只在这四步之中，有一条小小岔路，便是希望那暴发户盖的是中国式的房子，这才有挂我们这些旧书画的余地。那才可以讲行情，论交易。还要人情熟练，应酬圆到，方可得到这'惟一受主'之一顾。你想那种买卖难乎不难？这类职业可做不可做？可是现在那些大军阀、大将军，在金钱权势上，固然完全是一个大大的暴发户，论起他的知识来，又只想盖中国大厦，而不想收罗'洋才'，所以东方书画式的庄遁庵就值了钱了。现在那些大将军的地盘，便如新盖的中国式的大厦一般，那庄先生便是吴昌硕的一张花卉，康有守（影射康有为）的大字。东也要拿他去挂两天，西也要拿他去悬几日，以表示他们暴发的神气，礼贤的盛事，于是乎庄先生乃大红而特红。"（《龙套人语》第18回）

这样精辟的论述出现在魏敬斋这个人的口中是非常合乎身份而一点也不板滞的。但这席话是可以去补充鲁迅杂文中所没有写到的内容。鲁迅只写了章太炎的主观世界的一面："既离民众，渐入颓唐。"但那些军阀大佬为什么如此大捧特捧章太炎，看了这段议论，于情于理，都能令人信服。更何况作品如此生动详细地描绘了"投壶"大礼的场面呢。姚鹓雏小说的这一章，简直可以作为鲁迅论述章太炎文章的"重要参考资料"去读。而且这部小说精彩处很多，真是令人感到美不胜收。因此我在《中国近现代通俗文学史》中称姚鹓雏为"不朽而被尘封的通俗作家"①。

对小说类别与题材的不同理解
派生出百花齐放态势

新文学与通俗文学对某些小说的不同类别有不同的理解，而这种不同的理解将会导致创作的丰富多样性，从而使小说呈百花齐放、争妍斗艳的态势。这也是一种"有你也有我"的互补局面。例如，新文学与通俗文学皆有"问题小说"之目。周作人为新文学的"问题小说"作界定时，要读者分清"教训小说"与"问题小说"之不同。他说："教训小说所宣传的，必是已经成立的、过去的道德。问题小说所提倡的，必尚未成立，却不可不有的将来的道德。一个重申旧说，一个特创新例，大不相同。"②也就是说，新文学的问题小说是要启迪读者探索未来应该建立的、有异于封建陈规的新道德。它重在探索，当然并不一定需要有答案。这是受易卜生的"问题剧"的影响。胡适在介绍《易卜生主义》时说：

> 易卜生把家庭社会的实在情形都写了出来，叫人看了动心，叫人看了觉得我们的家庭社会，原来是如此黑暗腐败，叫人看了觉得家庭社会真正不得不维新革命——这就是"易卜生主义"。表面上看去，像是破坏的，其实完全是建设的，譬如医生诊了病，开了一个

① 拙编：《中国近现代通俗文学史(上)》，江苏教育出版社 2000 年版。

② 周作人：《中国小说中的男女问题》，《每周评论》1919 年 2 月 2 日。

脉案，把病状详细写出，这难道是消极的破坏的手续吗？但是易卜生虽开了许多脉案，却不肯轻易开药方。他知道人类社会是极复杂的组织，有种种极不相同的境地，有种种极不相同的情形。社会的病，种类纷繁，决不是什么"包医百病"的药方所能治得好的。因此他只好开了脉案，说出病情，让病人各人自己去寻医病的药方。①

这就是新文学"问题小说"的祖师的观点，也就是新文学"问题小说"创作的路子。鲁迅也写过《娜拉走后怎样》的杂文。可是他没有开出什么药方来。他只说娜拉走后出路只有两条，一条是堕落，一条是回来。要不堕落，也不回来，就要自己解决"经济权"问题，可是怎么才能取得这种权柄呢，鲁迅也不知道，"单知道仍然要战斗"。② 这也不能算是一个答案。早期的鲁迅是与易卜生同调的。他在《我怎样做起小说来》一文中说："所以我的取材，多采自病态社会的不幸的人们中，意思是在揭出病苦，引起疗救的注意。"③这几句话是很有分寸感的。他也不包治百病，而只是引起疗救的"注意"。他并不开药方。

通俗文学在1916年就有以写"问题小说"为标榜者。代表人物是张舍我。但与他共同发起的还有《小说月报》的主持人恽铁樵。张舍我在小说《博爱与利己》的"作者附识"中说：

问题小说(Problem Story)，创自美国之小说家施笃唐氏(Prank Stockton)，其小说《女欤虎欤》(The Lady or The Tiger)[某君译之为《妒之研究》，见《小说月报》7卷，恽铁樵先生尝悬赏征文以论其究竟，颇饶兴味]。氏以二千金售之《独立周刊》，披露后极为一般哲学家与心理学家所称许，而氏之名亦遂大噪。问题小说之作，原由于哲学上或社会上之一种重大问题。著者以为非一二人所能武断解决，

① 胡适：《易卜生主义》，《胡适文存》第1集，黄山书社1996年版，第464—465页。

② 鲁迅：《娜拉走后怎样》，《鲁迅全集》第1卷，人民文学出版社1981年版，第161页。

③ 鲁迅：《我怎样做起小说来》，《鲁迅全集》第4卷，人民文学出版社1981年版，第512页。

亦非一二人之思想识力所能解决，故演之于小说，以求社会上之共同研究与解决，意至善也。故今日欧美小说家中，从事于此种作品者渐多。首期之《父子欤夫妇欤》一篇为社会的，此篇则为哲理的。然粗率疏散，无当大雅，愿读者诸君有以教之。①

施笃唐氏在《女欤虎欤》中将问题直白地置于读者面前。小说的内容并不复杂，但问题的回答则非 A 即 B，非 B 即 A 那么简单。正如有人译为《妒之研究》一样，研究报告的结论是可以各执一词的。故事内容是写一蛮族之王一贯用一种特殊的方法来判决治下的罪犯：在一个巨大的斗兽场内，将罪犯置于大庭广众之前。在场内有两扇绝然相同的门。一扇里面是猛虎，一扇里面是美女。叫受判的罪犯自己去开启其中的一扇。如果开了内有猛虎的一扇，就是证实他是有罪的，他被吞噬是罪有应得；如果开启了有美女的一扇门，则就将美女嫁给此人，说明他是受了冤屈，现在以"艳福"补偿之。蛮王有一女儿，乃掌上明珠，可是她与宫中一个仆役相爱。蛮王迁怒于仆役，要将少年送入斗兽场判决。公主付出了巨额贿赂，知道哪扇门内是猛虎，哪扇门内是美女，欲以左右手向少年示意。可是公主又知道门内之美女乃她的情敌，此女经常与少年眉目传情。现在"罪犯"将等待公主之示意行事。公主举起了右手，少年准备去开右门。此时，施笃唐写道：

扉启以后，其中为猛虎欤，美人欤？是皆出于公主之所赐。惟记者不欲更言，今当留此问题，经待慧心人之解决。诸君试一为思惟，当觉答此难题非易易也……使情人一入虎口，则死者不复生；一为情敌之夫，则往者不可谏。此后悠悠岁月，终为埋恨之光阴，即止地老天荒，此恨无极。一生一死，终难两全。或生或死，无非一散。然则公主心中欲其所欢施身于何方乎？想其转辗踌躇，魂梦缭绕，芳心一寸，回辘无穷。有时念及所欢，将饱虎腹……碧血四飞，丰肌立尽……时或想情人，启门而睹彼美……欢也既庆更生，又偿夙愿，轻

① 张舍我：《博爱与利己》，《小说月报》第 7 卷第 7 号。

怜缓惜，笑见新人……凡此诸端，萦回不已。生生死死，两不能甘。而必择一而处，此情真到万难矣。或者欲长保情郎，毋为他人所夺，宁为玉碎，不为瓦全，冀他日冥冥之中，犹得欢聚泉下，此亦未使非计也。然驱爱者置之死地，心或有不忍为，则留以有待，亦属人情之常态。要之明人于此，当各自有会心，无烦余君之喋喋。诸君于茶余酒后，试各审思而裁度之。美人欤，猛虎欤？

通俗文学之“问题小说”有时也会涉及社会诸问题，但其重点不在于探索，而是热衷于“慧心者”进行一种智力测试。让他们经过巧思后作出“自圆其说”的答案。这是非常符合通俗文学追求趣味性的宗旨的。但如果真正从《妒之研究》入手，“爱”与“妒”之间有着多种因素互相制约，是很可以发挥的。因此《小说月报》之编者恽铁樵在文后附言悬赏征文：“欧美盛行辩论会，常分团体为两组，拟答互诘。盖所以造就言语之才，备他日折冲之选。本题命意，取义于此。爱读诸君……对于本篇，定多隽论，倘录取往返辩驳之词见示，当择优刊录，以公同好。篇幅幸勿过长，以不逾六百字为合。”①在 1916 年就有此种刊登与提倡，可见通俗文学的“问题小说”的资格要比新文学的“问题小说”为老。但他们的构思的主要套路是不同的，在文坛上应该各有它们自己的位置。由于新文学作家与通俗文学作家的写作目的不同，视角各异，在他们笔下的作品也必然会出现不同的风采。

与新文学中的乡土小说、社会剖析派小说互补的通俗文学“都市乡土小说”

在小说的民俗价值上，通俗文学是一座富矿。在这方面，即使是新文学中的乡土小说，也是望尘莫及的。新文学中的乡土小说是作家被自己的故乡放逐以后，当他们侨寓在大都市时，所写的怀恋乡土和忆及童年的活泼的民间生活的作品。可是他们对现在所侨寓的大都市的民间生活却

① 张舍我：《博爱与利己》，《小说月报》第 7 卷第 7 号。

是不甚了了的。而通俗作家所擅长的是反映大都市的民间生活与民俗文化，有些作家简直能把中国大都市上海和北京的民间民俗生活和盘托出，他们善于把上海、北京的民间生活作为“乡土小说”来写。“乡土”非“乡村”，“乡土小说”不是“乡下小说”，而是指某地的地域特色。在通俗作家笔下，不仅能写出南北都市之间不同的乡土特色，而且还能更为细致地写出南方不同城市的差异性，这种更为细微的地方个性，令人不得不感到他们观察乡土差别的敏锐程度。例如在苏州作家程瞻庐的笔下，常常能写出苏沪间的豪华与精致的不同的城市“个性”。讲到苏州，“一饮一啄，一茶一饭，却是掂斤播两，标新立异，一点儿也不肯将就。上海要算是繁华地方，任凭什么东西，应有尽有，然而在生活细节上就没有苏州这般顶真。上海茶寮里，只有红茶、绿茶；苏州茶寮里，便分出君眉、寿眉、雨前、雨霖、龙团、螺春，一逢夏令，不是泡一碗莲汤，定是泡一碗双花点汤的红龙镶。上海面馆里，也不过直截爽快的鸡面、鸭面、鱼面、肉面；苏州面馆里，花色便多了，名目便繁了，细针密缕，五花八门……”接着程瞻庐写苏州人是如何“点吃一碗面”的，读后才知道为什么苏州作家陆文夫能写出脍炙人口的《美食家》来：

原来苏州面馆里，凡是佐面的鸡鸭鱼肉一律唤做浇头，一碗面堆着两样浇头，便唤做鸳鸯，堆着鸡鸭浇头，就是鸡鸭鸳鸯，堆着虾蟹浇头，便是虾蟹鸳鸯，又唤虾蟹糊涂。此外，又有小鸳鸯，大鸳鸯。把猪肉切成小方块，红汤煮熟了，唤做腺子肉，又唤作卤子肉。另把黄鳝丝镶做浇头，唤做小鸳鸯，又唤做鳝鸳鸯。前人吴门杂咏诗道：“红日半窗刚睡起，阿侬浇得鳝鸳鸯。”可以算得有诗为证。大鱼大肉镶配做浇头，唤做大鸳鸯，又唤做红两鲜。……还有轻面重浇，是说面要减少，浇头要加多；宽汤免青，是说汤汁要宽些，葱蒜要免除；加红油，便是另加鱼油；做底浇，便是把浇头藏在面底。肉要硬膘大精头，是说拣选精肥各半的肉；不要瘦五花，是说不要一层精一层肥的五花肉。鱼要肚挡，是说拣选鱼肚上的肉；不要凫水，是说不要鱼尾巴。这一篇累累赘赘的话，比着鲁智深在状元桥买肉，拣精拣壮，拣寸筋软骨，还要加倍挑剔，加倍疙瘩。（以上所引的茶寮与面馆这两段均

见《众醉独醒》第19回）

我们过去也许有一种思维定式，认为乡土小说主要是反映农村或小城镇的生活的小说，其实，乡土是指地方特色，正如“乡土教材”不等于“乡村教材”一样，而是指某一地域的环境、物产、风土、人情的教材。与新文学的乡土文学相比，通俗文学侧重于写都市而不是侧重去写乡村与小城镇的生活；与新文学中的都市社会剖析派小说相较，它们的视角又各有重点，它比较侧重于都市的民间民俗生活。这就形成了可以互补的前提。通俗文学中的“都市乡土小说”就是显示这一都市的沿革与民间民俗传统特色。写这类都市通俗小说又何止反映上海、北京、苏州等地，刘云若的《小扬州志》等作品，戴愚庵的《沽上英雄谱》、《沽上游侠传》等“混混小说”就是写天津的都市乡土中的特殊一类人物，也就是鲁迅提到过的“青皮精神”。应该承认，这种“惟求记账似的报得很清楚”的现代通俗小说中的都市乡土文学，极具文学价值、文化学价值、民俗学价值和社会学价值，是我们现代文学中的瑰宝之一。

临界演变:在文学语言古今演变的临界点上

“临界点”通常是指“临界温度”。水在某一温度点上和在一定的压强下,会由液态而凝固或汽化。本文论及文学语言古今演变时借用这一“科学”词汇。这里是指晚清至文学革命前后这一时段内,是时代的哪些“温度”与“压强”,使文学语言发生了从“文”到“白”的演变。在过去的有些现代文学史中总是比较简单化地以胡适的《文学改良刍议》为标志性的起点,阐明在五四白话文运动中,才确立了言文的一致。这当然是“演变”的重要因素之一,但这只是“之一”而不是“唯一”的因素。正如袁进先生所指出的:“一种语言的转换需要整个社会的响应与支持,这是需要时间的!因为语言是整个社会交流的工具,它不大可能只由少数人在短短几年时间内支配决定。如果按照新文学家的叙述,五四新文学靠着这么一点作家振臂一呼,办了这么一点杂志,在短短的几年内,就能够转变中国的语言,可以说是创造了世界语言史上的奇迹,值得人们去进一步深究。”①而我认为,至少有“六路军马”在文学语言的文白演变中发挥了大小不等的影响:一是中国已有一千多年的白话小说的传统,由晚清到民初仍有一批作家继承着这一民族的优良传统,并随着时代的推进加以不断的探索与改良;二是在19世纪末至20世纪初,为了启蒙民众,一股面向中下层民众的白话报刊热和当时的演说潮,推动了这一演变的过程;三是在晚清开始各种拼音文字的方案与国语统一运动促使“言文合一”加速

① 袁进:《重新审视欧化白话文的起源——试论近代西方传教士对中国文学的影响》,《文学评论》2007年第1期,2007年1月出版。

实现；四是北洋政府发布变“国文”为“国语”以及教科书从小学直到中学逐渐改变为语体文的政令，使白话文在教育领域中确立了不可动摇的地位；五是教会为了向中下层民众布道，以及《圣经》的翻译，也在文字的通俗化与语言规范化方面做了若干有益的尝试；六是新文学家在创作与翻译的过程吸取了新鲜的词汇和欧化的精密语法。以上“六路军马”的作用，逐渐形成了一种有别于古代白话文的现代白话文。本文想重点介绍其中的一、二、六等三路“军马”在“演变”中所发挥的作用，并将三、四、五等三路“军马”的有助于文白演变过程“插播”其间。从而试图描绘出中国文学语言古今演变“临界点”的“立体”画幅与“全息”影像。

(一)

鲁迅在《中国小说史略》中写道：“宋一代文人之为志怪，既平实而乏文采，其传奇，又多托往事而避近闻，拟古且远不逮，更无独创之可言矣。然在市井间，则别有艺文兴起。即以俚语著书，叙述故事，谓之‘平话’。即今所谓‘白话小说’者是也。”[①]但藏于伦敦大英博物馆的敦煌写本的年代告诉我们，大约在唐五代就有白话话本流传于民间。中国古代白话就是通过话本的逐渐普及成为最早的传播途径，使我们民族的统一和规范的白话书面语言得以基本定型。据石昌渝主编的《中国古代小说总目》[②]盘点，从古至1912年前，“总目”搜集到的文言小说共2 904种，白话小说共1 251种。虽然文言小说数量大于白话小说，但最著名的几部长篇小说如《水浒传》与《红楼梦》等，已无可置疑地证明白话小说已完全能艺术地反映古代生活。这种广泛流传而又被视为经典的长篇小说的影响大大超过了文言小说，取得雅俗共赏的佳效。无怪包天笑在1917年1月创办通体白话的刊物《小说画报》时能坦然宣称：“小说以白话为正宗，本杂志

① 鲁迅：《中国小说史略·第十二篇·宋之话本》，《鲁迅全集》，第9卷，人民文学出版社1981年，第110页。

② 石昌渝主编：《中国古代小说总目》：“文言卷·凡例”、“白话卷·凡例”（均不标页码），山西教育出版社，2004年。

全用白话体，取其雅俗共赏，凡闺秀、学生、商界、工人，无不咸宜。”①他对宋代“平话”的兴起的评价，与以后鲁迅在《中国小说史略》中的论点，也是不约而同的：“盖文学进化之轨道，必由古语之文学变而为俗语之文学。中国先秦之文多用俗话，观于楚辞、墨、庄，方言杂出，可为证也。自宋而后，文学界一大革命即俗话文学之崛然特起。”②

在文学革命之前，我们就是基本上用这种古代白话小说的语言作为启蒙工具的。那就是梁启超在强调“言文合一”重要性时所指的“俚语”。在1897年他写道：“古人文字与语言合，今人文字与语言离……今宜专用俚语，广著群书；上之可以借阐圣教，下之可以杂述史事，近之可以激发国耻，远之可以旁及夷情，乃至宦途丑态，试场恶趣，鸦片顽癖，缠足虐刑，皆可穷极异形，振厉末俗。其为补益，岂可量耶！”③这种“俚语”就是“俗话”，也即是以后他编《新小说》时主要依赖的古代白话小说的语言。同样，那位以后在文学革命中倡导“文学以白话为正宗”的举旗人胡适，在1906年开始参与《竞业旬刊》写稿到后来成为该刊主编时，也用这种古代白话为工具，进行著译；在他的《四十自述》中也回顾道，这一段时间中用白话撰文，“给了我一年多作白话文的训练”，“白话文从此成了我的一种工具”。④

而当上述这些有影响的名人如梁启超和胡适等人在运用白话著文时，他们一般都追溯到1868年黄遵宪的《杂感》诗对他们的启示：“我手写我口，古岂能拘牵？即今流俗语，我若登简编，五千年后人，惊为古烂斑。”胡适曾评价道：“这种话很可以算是诗界革命的一种宣言。末六句竟是主张用俗话作诗了。”⑤的确，此话的可贵是主张用俗话写诗。至于古代的白话小说的“我手写我口”是随处可见的。在那时，真可说是“百花争艳”，所谓“百花”，就是运用各地的方言写小说，例如曹雪芹就是用北京方言写

---

① 包天笑：《小说画报·例言》，《小说画报》创刊号，1917年1月。
② 包天笑：《小说画报·短引》，《小说画报》创刊号，1917年1月。
③ 梁启超：《变法通议·论幼学》，《时务报》，第18册，第1174页，1897年2月22日。
④ 胡适：《四十自述》，《胡适文集》，第1卷，北京大学出版社1998年版，第85页。
⑤ 胡适：《五十年来中国之文学》，《最近之五十年——〈申报〉馆五十周年纪念》，《申报》馆1922年，第9页。

《红楼梦》;《金瓶梅》则是用山东方言;而在1892年韩邦庆则用吴语写小说。胡适认为韩邦庆"这是有意的主张,有计划的革命"[1]。胡适作为文学革命与语言革命的旗手,能将韩邦庆看做是他的先行者,是一个很值得我们重视的评价。在韩邦庆的时代,中国还没有提出以北京音为标准实现"国语"统一的主张。这一统一语言的主张,最早是在1903年由当时京师大学堂总教习吴汝纶在赴日本考察后提出的,但这还仅是他在私人信件中发表的见解。而韩邦庆开始发表《海上花列传》是早在1892年。当孙玉声读他的原稿劝他改用"通俗白话"写小说时,韩邦庆理直气壮地回答:"曹雪芹撰《石头记》皆操京语,我书安见不可以操吴语?"[2]的确,同样是方言,在当时应该是"平等"的,都是实践了"我手写我口"的主张,他们也都是用高度艺术化的手段去贯彻了这一主张。胡适称"《海上花》是吴语文学的第一部杰作"。虽然这之前也有《何典》这样的吴语小说,但胡适将《海上花》封为"第一部杰作"是说明《何典》还无法望其项背。作为改革者的胡适之所以赞赏用吴语作小说的"破天荒"的创举,是因为"必须先有方言的文学作品,然后可以有文学的方言。有了文学的方言,方言有了多少写定的标准,然后可以继续产生更有价值的方言文学"。胡适如此重视"方言文学",是因为他倡导的"国语文学不过是最优胜的一种方言,今日的国语文学在多少年前都不过是方言的文学。正因为当时的人肯用方言作文学,敢用方言作文学,所以一千多年之中积下了不少活文学,其中那最有普遍性的部分遂逐渐被公认为国语文学的基础……国语的文学从方言的文学里出来,仍须要向方言的文学里去寻他的新材料,新血液,新生命"[3]。因此,古代白话也不是一成不变的,它也是随时通过各种方言小说,在"活水"里流动着向前涌动。

从上述的简介中我们就可以知道,在五四运动以后,文学革命的文白演变之所以能较为迅捷地结出理想硕果,是有我国一千多年的白话小说的传统,以鲜活的方言写出了若干"活文学"作为基石的。没有这个民间

---

① 胡适:《海上花列传·序》,《胡适文存》,第3集,黄山书社1996年版,第364页。
② 孙玉声:《退醒庐笔记·〈海上花列传〉》,山西古籍出版社1995年版,第114页。
③ 以上所引的胡适有关《海上花列传》的评论均引自《海上花列传·序》,第363—368页。

的深厚的传统，要在短时期内完成文白演变是很难想象的。

（二）

随着甲午战争的惨败，在切肤扼腕之痛中，维新志士认定只有“变法”才能救亡图存，启蒙民智已成为维新人士关注的要务。而启蒙的重要面向就是要使中下层民众有所觉醒，于是创办白话报就提上了日程。就在百日维新的高潮即1898年的5月间，裘廷梁创办《无锡白话报》，该报从5、6期合刊起又改名为《中国官音白话报》，而且在第8期上发表了裘廷梁的《论白话为维新之本》，痛陈文言之流弊，细诉白话之优长，旗帜鲜明地提出了“崇白话而废文言”的主张。大概是觉得自己势单力薄，因此他呼吁：“然区区一二人之力不足应天下之求。余又以为必每县自设一报，浸淫遍于十八行省而后民智大开。……以话代文，俾商者、农者、工者及童塾子弟，力足以购报者，略能通知中外古今及西政、西学之足以利天下，为广开民智之助。他县有踵行者乎？余日望之。”[①]可是1898年9月，百日维新以失败而告终，21日慈禧复出训政，幽禁光绪。我们至今只能看到9月16日出版的第23、24期合刊的《中国官音白话报》，大概它在这股政坛“逆流”中停刊了吧？但这次百日变法的失败更使维新人士感到，皇帝也不作为，那就只有在启蒙民智方面下更大的功夫了，民意或许胜于皇权。因此，办白话报势头倒是不减反增的。1900年1月澳门《新知报》发表教育革新家陈荣衮的《论报章宜改用浅说》，他从启蒙广大受众的视角作了一个生动的比喻：“文言譬如古玩店，浅说譬如卖米店。一国之中，可以人人不买古玩，不可以一人不买米。”[②]从戊戌维新“落幕”后，白话报的创办不仅没有沉寂，却反而掀起了一个高潮。对清末民初的白话报是有各种不同的统计数字的。“晚清曾出现过近200种白话报，没有一份是大报，而且绝大部分都以所在地区标名，具有浓厚的地方色彩。如今虽然能

---

① 裘廷梁：《论白话为维新之本》，无锡《中国官音白话报》第19、20期合刊，1898年8月27日出版。裘廷梁所办的报纸原名《无锡白话报》，1898年5月11日创刊，从同年6月19日第5、6期合刊出版时，更名为《中国官音白话报》。

② 陈荣衮：《论报章宜改用浅说》，澳门《新知报》，第111册，1900年1月。

看到的只是其中很少的几种，但可以发现，尽管其语言千差万别，大体上还是相近的，除谣讴以外，真正使用当地地道方言的为数不多。”[①]裘廷梁的《中国官音白话报》虽然停刊了，但纷纷后起的近200种白话报倒像是“圆”了裘廷梁的“每县自设一报”的梦似的。也有统计说“1897—1911年出版的完全采用白话的报刊，至少有130种”[②]。而在《上海通史》中，有“晚清上海白话报刊举要”的列表，在上海印行的一共有25种白话报刊。[③] 当时白话报的文字大多是浅白到“去艺术化”的程度，试举1901年包天笑创办的《苏州白话报》的第一篇文章“白话短论”为例，题为《国家同百姓直接的关系》：“今日是《苏州白话报》第一次的议论，吾要把吾们中国第一要紧的道理，演出来讲与大家听听。那一样是紧要的道理呢？就是我题目上表明的，国家与百姓有直接的关系便是。你们看这白话报的，自从小的时候，都听着父兄老辈的说话，他们见了国家两个字，便说道：我们是小百姓，与国家不干涉的。他们见了国家的政事，便道，这是官长的职役，我们小百姓是无份的。虽则是谨慎小心的意思，然而讲到那，真道理便大错了。大家要晓得，国家究竟是甚么物事做起来的呢？便是合拢那些小百姓做起来的，倘若除去了小百姓，便哪里去寻出国家来？”[④]读了这一段议论，就可以知道文章是在倡导民权，简直将个皇帝老儿放在一旁了。这显然是受了梁启超的《清议报》上的文章的影响：“国者何？积民而成也。”梁启超率先提出“国民”这个概念，认为中国几千年来只知有“国家”，不知有“国民”，无国民，则只有奴隶。包天笑那时的思想是维新的，语言是模拟口语的。为什么会偏离了普通白话而模拟口语呢？朱自清曾做过分析：“这种白话我看到的不多，就记得的来说，好像明白详尽，老老实实，直来直去，好像从语录和白话小说化出；我们这些人读起来大概没有什么味儿。原来这种白话只是给那些识得些字的人预备的，士人们自

① 王风：《晚清拼音化与白话文催发的国语思潮》，收入夏晓虹、王风等著《文学语言与文章体式》，安徽教育出版社2006年，第27页。

② 夏晓虹：《中国现代文学文学语言形成说略》，同上，第10页。

③ 熊月之主编：《上海通史·第6卷·晚清文化》，上海人民出版社1999年，第501—502页。

④ 包天笑：《国家同百姓直接的关系》，《苏州白话报》创刊号，1901年10月21日出版。

己是不屑用的。他们还在用他们的'雅言'，就是古文，最低限度也得用'新文体'，俗语的白话只是一种慈善文体罢了。"[①]朱自清的分析是很有道理的。例如裘廷梁写《论白话为维新之本》，他提倡白话，却也是用的浅近的雅言撰文，那是他写给文士们看的，希望看了他的这篇文章，能响应他的倡导，用白话作文，投入急迫的启蒙工作中去。而与裘廷梁一起办报的他的侄女裘毓芬所写的《劝看白话报》就不同了，她用的就是"慈善文体"："这报是专门捡各样有用处的书，与各种报上新奇有益处的事情，一齐演成白话，叫大家一点心思不费，一看就可以知道古往今来的事迹；又可以知道各国的一切情形，还可以知道现在世界上的形势。无论念书人、生意人、乡下种田人，与女人小孩。这白话报总不能不看的。"[②]她浅白得连"学生"、"商人"、"农民"、"妇女"和"儿童"这样的词汇也不用了。她说明了这张报纸的性质主要是将"文"译为"话"的报纸。说"慈善化"当然是将这些文人说得还有点"居高临下"的布施的味道。其实是他们在做启蒙工作时，希望给读者带来一种亲切感，他们尽量想拉近与老百姓的"距离"。我们拿包天笑的《国家同百姓直接的关系》和他的白话小说相比，就可以感到他希望用这种模拟口语，减少与受众的隔膜。

但是维新人士觉得用这种白话报作为启蒙的工具还不够彻底。因为它排除了更大多数的受众——那些不识字的老百姓。虽然这样浅白的模拟口语只要读给他们听，就能懂；但如果用"演说"，那么连不识字的老百姓也就成了启蒙话语的直接听众了。因此，当时梁启超学了日本人的办法，提倡启蒙"文明三利器"："犬养木堂语余曰：日本维新以来，文明普及之法有三：一曰学校，二曰报纸，三曰演说。大抵国民识字多者，当利用报纸；国民识字少者，当利用演说。……风气既开，今日凡有集会，无不演说者矣。虽至数人相集宴饮，亦必有起演者。斯实助文明进化之一大力也。……去年湖南之南学会，京师之保国会，皆西人演说会之意也。湖南风气骤进，实赖之力。惜行之未久而遂废也。今日有志之士，仍当著力于是。"[③]

---

① 朱自清：《论通俗化》，《朱自清全集》，第 3 卷，江苏教育出版社 1996 年版，第 142 页。

② 裘毓芬：《劝看白话报》，《无锡白话报》，第 1 期，1898 年 5 月。

③ 梁启超：《传播文明三利器》，《饮冰室合集·专集第 1 册》，上海中华书局 1936 年版，第 41 页。

按照梁氏之说，日本运用演说的普及程度，已经大大超出对不识字民众的范围，成了一种人们相互交流文明思想的工具。但在中国，经梁启超的提倡，演说与白话报就开始汇成一股洪流。演说是“口头白话报”，白话报则成为“纸面的演说词”。这种模拟口语，打破了古代小说白话的羁绊，在语文的古今演变中又开了一个新的生长点。白话报和演说的确扩大了受众面，可是却又带来了必须解决的新问题：演说虽然使不识字的人也能受到文明启蒙之惠，可是各用方言，十八行省的人并不是人人都能听懂的。于是为方块字太难学的问题，有人就想用注音字母来解决；而方言不能行遍天下的问题，就出现一个“以北京音为标准”实现语言统一的问题。

在19、20世纪之交，为了普及文字，维新人士把研制字母式的汉语拼音文字改革当作一件救国大业去全心投入的。中国的第一个汉语拼音方案是1892年卢戆章的《一目了然初阶(中国切音新字厦腔)》，卢戆章认为用汉字拼音是普及教育和科学的最佳手段。在他之后不断有其他的维新人士提出多种方案。他们将汉语拼音视为启导民智与国家富强的重要工具。在这方面王照作出了重要贡献。他在1900年著成《官话合声字母》。他一方面“强调‘言文合一’的重要，批评当时‘以摩古为高，文字不随语言而变’的文言文”；另一方面，他在1903年重印《官话合声字母》时，在“凡例”中明确地为“官话”下了一个定义：“所谓‘官’者，公也，‘官话’者公用之话。”他还将“官话”与北京的土话区别开来：“殊不知京中市井小民有土语，与京中通用之官话自有不同，不得借此黜彼也。”[①]而在他的“凡例”中还出现了“国语”一词。除了将汉语拼音作为普及教育与科学的工具的维新人士之外，对拼音极感兴趣的是传教士们，他们为了向中下层民众传播“福音”，也在拼音字母上挖掘“潜力”，不识字的“教友”只要花几十个小时的训练，就能掌握用方言拼音读《圣经》。这种方言《圣经》，据说竟有17种之多。但是，这种方言《圣经》只能流传在某一地域。异地之间，这种“急于求成”的方言注音字母，却仍然无法互相交流。这也从另一个角度证明，王照所提出的“官话合音”的重要性，说明以北京音为标准实现国语

① 王照：《官话合声字母·凡例》，费锦昌主编《中国语文现代化百年记事》，语文出版社1997年版，第8—10页。

统一的重要性。

随着汉语拼音方案的“叠出”，随着要求制订“国语统一”的要求，劳乃宣在1906年提出了“强南就北”还是“引南就北”的问题。而朱文熊则把汉语分成“国文”，即文言文；“普通话”，即各省通行的话；以及“俗语”，也即方言等三类。因此，除了提出“国语”之外，朱文熊是第一个提出“普通话”这个概念。于是晚清发动的白话运动的“言文合一”与官音国语的“语言统一”开始合流。似乎迎来1917年的文学革命与语言革命也已指日可待了。可是事实告诉我们，从那时到胡适的《文学改良刍议》的发表，“言文合一”的道路也并不是一帆风顺的。

（三）

虽然启蒙大潮汹涌，“言文合一”与“语言统一”的呼声汇流，可是古今演变的步伐在顺利推进中也尚有曲折。其原因就应该在发动者的主观方面和社会背景的客观因素中去找寻。也许“温度”正在升高，可是“压强”却还达不到预期的要求。首先应该看到发动者自身就时时受到习惯势力的拘囿。在理论上他们是热情的鼓吹者，但行动上还难于做到是积极的实践者。例如梁启超本人，他是一位“言文合一”的率先呼吁者，但是他在实践中又曾是半途折返者。理论倡导是一回事，在自己实践时也会出现走样的现象。他在1903年翻译《十五小豪杰》时就遇到了实际困难：“本书原拟依《水浒》、《红楼》等书体裁，纯用俗话，但翻译之时，甚为困难。参用文言，劳半功倍。计前数回文体，每点钟仅能译千字，此次则译二千五百字。译者贪省时日，只得文俗并用。明知体例不符，俟全书杀青时，再改定耳。但因此亦可见语言、文字分离，为中国文学最不便之一端，而文界革命非易言也。”[①]梁启超老老实实地“坦白”了自己言行的不一，他受着习惯的拘囿。像这样的情况在当年是很普遍的。鲁迅在1903年译《月界旅行》，这是一部科幻读物。他在“辨言”中写道：“初拟译以俗语，稍逸

① 少年中国之少年(梁启超)：《十五小豪杰·第4回·译后语》，《新民丛报》第6号，1902年4月22日出版。

读者之思索，然纯用俗语，复嫌冗繁，因参用文言，以省篇页。”[①]以此为理由是经不起推敲的，难道《红楼》、《水浒》都是浪费篇幅之作？其实这还是一个习惯问题。那时的知识分子自幼受过严格的文言文的训练，因此觉得用文言表达，比用白话省力得多，效率也要高得多。当时知识分子对文白转换的困难说得最清楚要数姚鹏图：“凡文义稍高之人，授以纯全白话之书，转不如文话之易阅。鄙人近年为人捉刀，作开会演说、启蒙讲义，皆用白话体裁，下笔之难，百倍于文话。其初每倩人执笔，而口授之，久之乃能搦管自书。然总不如文话之简捷易明，往往累牍连篇，笔不及挥，不过抵文话数十字、数句之用。固自以为文人结习过深，断不可据一人私见，以语白话之短长也。”[②]姚鹏图是举人出身，在山东多处任过知县，曾游历日本，有维新思想，山东创办图书馆等事均由其策划。他虽然讲了自己运用白话的诸多不便，可是也声明“断不可据一人私见，以语白话之短长也”。他还是承认，主要是“文人结习过深”。大概正因为他“久之乃能搦管自书”等等的历练，在当时也实属难能可贵，所以在民国时他能在内务部任礼俗司司长。从上述的实践情况表明，在“临界点”上，白话之替代文言，也不是一朝一夕所能办到的。它必然有一个量变渐进或者反反复复的过程。

另外，在当时客观上还有其他因素的“牵缠”与“掣肘”。从表面现象看来，1909 年前后，文言著译小说的数量又开始陡增。显著的例子是昔日办《苏州白话报》的包天笑在 1909 年办《小说时报》时，又恢复了用文言写《一缕麻》等文言小说了。昔日在《时报》上写出晚清第一批白话短篇小说的陈景韩（陈冷血），又用浅近的文言写《催醒术》了。有人认为这是文言文的一次“回光返照”；不过这样下结论似乎又太简单化了一点。在“临界点”上之所以出现这样的一次起伏大致有如下社会“压强”的背景。

第一是，自 1899 年林纾与王子仁合译的《巴黎茶花女遗事》出版后，洛阳纸贵，海内风行，严复诗赞曰：“可怜一卷《茶花女》，断尽支那荡子肠。”渐次，“林译说部丛书”风靡一时，竟成了全国的一个著名文学品牌。

---

① 鲁迅：《〈月界旅行〉辨言》，见《鲁迅全集》第 10 卷，人民文学出版社 1981 年，第 152 页。
② 姚鹏图：《论白话小说》，重庆《广益丛报》，第 65 号，1905 年 3 月 5 日。

包天笑曾多次谈及林译受欢迎的盛况:“这时候写小说,以文言为尚,尤其是译文,那个风气,可算是林琴翁开的。林翁深于史汉,出笔高古而又风华,大家以为很好,靡然成风地学他的笔调。”①因此,有些维新人士,又回到他们驾轻就熟的以文言撰文的路子上去了。如果包天笑比较偏重于从“阅读时尚”的角度上看问题,那么胡适则从译学品位的视点评价了林纾的贡献:“平心而论,林纾用古文作翻译小说的试验总算是很有成绩的了。古文不曾做过长篇小说,古文里很少滑稽风味,林纾居然译了欧文与迭更司的作品。古文不长于写情,林纾居然译了《茶花女》与《迦茵小传》等书。古文的应用自司马迁以来,从没有这样大的成绩。”②胡适是白话文的倡导者,他在1922年仍用这样的语气去颂扬一位以撰文言著称的文人,这就不得不使人们对“林译说部”刮目相看了。

第二是《小说林》的主干东海觉我(徐念慈)经过了调查,拿出了有说服力的具体数据,促成了一种市场导向。他在《余之小说观》一文中将文言小说与白话小说在社会上的实际流通情况作了下述的报告:“余约计今之购小说者,其百分之九十,出于旧学界而输入新学说者;其百分之九,出于普通之人物;其真受学校教育,而有思想,有才力,欢迎新小说者,未知满百分之一否也。所以林琴南先生,今世小说界之泰斗也,问何以崇拜者之众?则以遣词缀句,胎息史汉,其笔墨古朴顽艳,足占文学界一席而无愧色。”③这与上述第一个原因是相关联的。过去士大夫轻视小说,认为是俗而又俗的“小道”。经林纾用古朴雅致的笔调一译,也就变得非常适合士人的胃口,成了高雅的艺术品。于是,林译在不经意间似乎填平了雅(文人)俗(小说)之间的鸿沟,更何况旧学界不少人想将自己的视域展宽,林纾的译作也就成了他们了解西方社会的中介,读小说的人也就大大增加;而且有不少士人也学着写小说,认为这也是科举制度废除后文人的出路之一。那么既然购小说者90%是旧学界想将视域展宽者,而他们在阅读中又觉得“文话”要比“白话”更省力,于是在1909年前后,文言小说也

① 包天笑:《钏影楼回忆录·〈小说林〉》,大华出版社1971年版,第325页。

② 胡适:《五十年来中国之文学》,《最近之五十年——〈申报〉馆五十年纪念》,上海书店1987年影印版,第6—7页。

③ 觉我:《余之小说观(续完)》,《小说林》第10期,1908年10月,第9页。

就成了一种“时尚”了。因此一些维新人士都认为这是一种开展“间接教育”的重要途径，即通过这些喜读“林译说部丛书”的文士再去教育老百姓，于是他们的杂志中文言的分量有了显著的增加也就不足为怪了。

第三是，当时流行着一种“文白分工”论。例如高凤谦在1908年撰文说：

> 文字有二，曰应用之文字，曰美术之文字。应用之文字，所以代记忆、代语言，苟名为人者，无不当习知之，犹饥之需食，寒之需衣，不可一个不学，不能一是或缺也。美术之文字，则以典雅高古为贵，实为一科专门学，……吾于是下一断语曰：欲文化之普及，必自分应用之文字与美术之文字始。①

高凤谦的这种意见在当时有较广泛的市场，即使是在五四以后，也还有一定的影响。例如蔡元培于1919年11月17日在《国文的将来》的演说中就有类似的说法：“所以我敢断定白话派一定占优胜。但文言是否绝对的受排斥，尚是一个问题。照我的观察，将来应用文一定全是白话。但美术文，或者有一部分仍用文言。”②当时认为文言文才能出“美文”；因此，在五四以后，当冰心与朱自清的散文被认为是“美文”时，周作人曾为之欢呼：白话文也能写“美文”，新文学也有了自己的“美文”！

在1909年以后，在用文言文写小说较为时尚的年代里，又出现了一种说法。吴曰法在《小说月报》上撰文：小说自宋元以来，“以俗言道俗情者，正格也；以文言道俗情者，变格也。”③这种说法是有一定道理的。例如《聊斋》就是用文言道俗情的，它就是“变格”的通俗小说，不能因为它是用文言写成而说它就是雅文学。而在清末民初，也出现了苏曼殊式与徐枕亚式的“变格”，因为也是道的“俗情”，一般也被归入了通俗小说的范畴。

---

① 高凤谦：《论偏重文字之害》，《东方杂志》，第5年第7期，《辛亥革命前十年间时论选集》第3卷，三联书店1977年，第11—13页。

② 蔡元培：《国文的将来》，《蔡元培文集》第3卷，中华书局1984年版，第368页。

③ 吴曰法：《小说家言》，《小说月报》第6卷第5号，1915年5月25日。

1913年，鲁迅在《小说月报》上发表他的第一篇小说，那就是用文言写成的《怀旧》；但是在1918年，他发表《狂人日记》，被誉为中国新文学史中的里程碑式的白话小说。他的从文言变为白话结撰小说的过程，正说明了这几年正值语言古今演变临界的关节点上。

应该说，随着国内的“压强”的变化，情况也会发生变化。1913年读音统一会正式召开会议，以吴稚辉为会长，他是无锡人（原籍武进，自幼就居无锡），在《无锡白话报》创刊前，他就致力于倡导白话撰文。1916年8月中华民国国语研究会召开第一次大会，选举蔡元培为会长。在大会的推动下，教育界有识之士紧锣密鼓地掀起一个要求文字改革的运动，主张“言文合一”和“国语统一”。大会敦促北洋政府公布注音字母和改学校“国文”科为“国语”科。在这股声浪下，1917年1月，新文学界与通俗文学界也有了进一步的行动。可以说，在多重的铺垫下，正式拉开语言古今演变的大幕，就在这时发生了“量变”后的“质变”。胡适在北京出版的《新青年》第2卷第5号上发表《文学改良刍议》，提出“文学以白话为正宗”；而敏锐的包天笑也进一步看清了白话必将代替文言的大势，于是及时地“调转”笔头，在上海创办了通体白话的《小说画报》，提出“小说以白话为正宗”。《新青年》也于1918年5月的第4卷第5号上一律改为白话撰文。包天笑主笔的《小说画报》共办了22期，除他自己之外，有32位通俗作者，发表了147篇次的白话小说，这在通俗文学界也是影响很大的举措。但是一南一北，精英文学与通俗文学的提倡白话虽然相类，可是细辨其性质也还是有相异之处的。胡适的“文学以白话为正宗”是宣告，在语言上我们要“借鉴革新”；包天笑的“小说以白话为正宗”，则是表态我们要“继承改良”。胡适不仅是在小说文体上运用白话，他还要在整体的文学领域中，包括最难攻克的诗歌体裁中也尝试用白话。而包天笑则是要继承中国古代白话小说的传统，编辑他的《小说画报》，当然他不可能全盘用《水浒》、《红楼》和《儒林》的语言，随着时代的发展，口语的变化，他当然要进行改良。

胡适用《尝试集》突破诗歌领域这一难点是被载入史册的，可是鲁迅更指出，随着时代的发展，随着我们思维活动的更新，古代白话的词汇就显得捉襟见肘，越来越感到它的贫乏了，我们的语法也暴露出不够精密的缺陷。总之，我们的“话”实在太不够用了。

> 中国的文或话，法子实在太不精密了，作文的秘诀，是在避去熟字，删掉虚字，就是好文章，讲话的时候，也时时要辞不达意，这就是话不够用……这语法的不精密，就在证明思路的不精密，换一句话，就是脑筋有点胡涂。……要医这病，我以为只好陆续吃一点苦，装进异样的句法去，古的，外省外府的，外国的，后来便可以据为己有。这并不是空想的事情。远的例子，如日本，他们的文章里，欧化的语法是极平常的了……①

在这篇文章中，鲁迅特别注重翻译：“这样的译本，不但在输入新的内容，也在输入新的表现法。”这些话虽然是鲁迅在20世纪30年代说的话，但所指的实在是五四前后文学语言演变临界点时的境况。在五四前后鲁迅的小说和周作人的译作，已经率先作出了革新语言的榜样，证明了新的语法结构与大量的新词汇“输入”的重要性。正如陈思和先生所说的：“鲁迅是第一个自觉到这个特性的人，他的《狂人日记》一发表，立刻就拉开了新旧文学的距离，划分出一种语言的分界。现代白话与古代白话之间的区别不是在形式即语言作为工具层面上，而是在思想思维即语言作为思想的层面上。现代白话是一种具有自己独特的思想思维体系的语言体系。”②的确，如果我们今天脱离了在清末民初，特别是五四前后引进的新名词和新句法，恐怕现在我们连话也不大会说了。那些常用的“团结”、“罢工”、“坚决”、“动摇”、“组织”、“法律”……莫不都是引进的或创造的新名词。记得擅写笔记的柴小梵讲过一则轶事。端方在批某生课卷时，说某生的文章有思想而乏组织，惜新名词太多。殊不知他的批语中的“思想”、“组织”就都是新名词，连“新名词”的“名词”也是新名词。端方连用了三个新名词尚不自知，足可以在笔记中作为笑谈记录下来。可见在晚清，这种外来的新名词，已是司空见惯的了。说明古今语言的演变有时竟

① 鲁迅：《关于翻译的通信》，《鲁迅全集》第4卷，人民文学出版社1981年版，第382页。
② 陈思和：《试论“五四”新文学运动的先锋性》，《复旦学报(社科版)》，2005年第6期。

在人们的不知不觉中“输入”人们的脑际了。因此，鲁迅认为译书时，即使是给略为识字的群众看的书，“也应该时常加些新的字眼，新的语法在里面，但自然不宜太多，以偶尔遇见，而想一想，或问一问就能懂得为度。必须这样，群众的言语才能够丰富起来”[①]。我们在上文说到，外国传教士是用拼音字母推行地区性方言的“言文合一”者。但是教会也为中国人翻译了一部现代白话文的《圣经》，连周作人也极为赞赏。原本周作人对《圣经·新约》的文言文译本是不满意的，而后来他读了白话文《圣经》，“又觉得白话的译本实在很好，在文学上也有很大的价值，我们虽然不能决怎样是最好，指定一种尽美的模范，但可以说在现今是少见的好的白话文，这译本的目的本在宗教的一面，文学上未必有意的注重，然而因了他慎重诚实的译法，原作的文学趣味保存的很多，所以也使译文的文学价值增高了”。他甚至这么说：“我记得从前有人反对新文学，说这些文章并不能算新，因为都是从《马太福音》出来的；当时觉得他的话很是可笑，现在想起来反要佩服他的先觉；《马太福音》的确是中国最早的欧化的文学的国语，我又豫计他与中国新文学的前途有极大极深的关系。”[②]在五四前后的文学革命中，中国的新文学家在著译的过程中并不一定会去参照《圣经》，可是像周作人等作家，在文学翻译中之所以有上乘之作，是因为他们也用了“慎重诚实的译法”，于是就取得了像白话《圣经》一样的成绩。一个是为传播福音，另一个是为文学交流，可是他们“慎重诚实”的态度是一致的，就都会将外国的精密的语法与新词汇，介绍到中国来，我们不妨叫做“异工同源”吧。

由于胡适和陈独秀等人在《新青年》上的倡导，由于鲁迅与周作人等作家拿出自己的著译的实绩来，一种新的现代白话文正在加速形成，并借他们的作品得到日益的推广。“国语统一”、“言文合一”和“文学革命”联袂开拓了一个汹涌澎湃的新思潮运动。在1919年11月的国语统一筹备会第一次大会上，刘半农、周作人、胡适、钱玄同等人提出《国语统一进行方法》的议案，主张“改编小学课本”，把“国文读本”改作“国语读本”。

---

① 鲁迅：《关于翻译的通信》，《鲁迅全集》第4卷，人民文学出版社1981年版，第382页。
② 周作人：《圣书与文学》，《小说月报》第12卷第1期，1921年1月。

1920年，北洋政府教育部训令全国各国民学校将一、二年级国文改为语体文。4月，教育部又发出通告，分批废止以前的旧国文教科书，要求各学校逐步采用经审定的语体文教科书，其他各科教科书也相应改用语体文。这几道命令引起了极大的反响。胡适评价道："这个命令是几十年来第一件大事。他的影响和结果，我们现在很难预先计算。但我们可以说：这一道命令把中国教育革新，至少提早了20年。"[①]这就是胡适曾经说过的"政府一纸空文"能顶民间倡导20年的论调了。随着中学课本也改为白话文，从此文言文成为一种要经专门训练才能熟练地掌握的学问了。五四前后语言古今演变取得了空前的成就，现代白话基本上得到了定型。但在我国的文学语言的古今演变中，我们既要看到古代白话曾为我们的言文合一"奠基"，而在建构现代白话文的过程中，清末民初的维新启蒙运动，白话报刊和演说潮的兴起，拼音化中的"引南就北"的国语统一等种种举措，其中还有政府的发布命令和教会提供的助力，凡此种种都发挥过一定的作用，直至五四文学革命与语言革命使"六路军马"汇流而总其大成，才建构了我们民族的符合时代需求与发展的现代白话文的交流大厦。

① 转引自费锦昌主编：《中国语文现代化百年记事》，语文出版社1997年版，第33页。

题材类型之名作名家

◎ 陈景韩(冷血、冷)小像

催醒術

新作短篇

催醒術（冷）

冷曰世傳催眠術我談催醒術催眠術科學所許也催醒術亦科學所許也催眠術爲心理上一種之作用催醒術亦爲心理上一種之作用中國人之能眠也久矣復安用催所宜催者醒耳作催醒術

伏者起立者趨走者狂瘖者以明事者强以有力滿途之人一時若飲劇藥若觸電氣若有人各於其體魄中輿之精神力量者干亩使之頓然一振者

時予方倚窗而觀途人見途之人如是余心甚異之未幾忽有一人來衣常人衣服常人服所有一切悉視常人惟手持一竹梢若警管然見有人在即舉竹梢擬之被指之人立時躍起若前所云狀

予更心異之彼何人用何術能令途人若是彼忽仰視見予

下觀叉用竹梢向予直指予驚予心豁然予目豁然予耳豁然予口鼻手足無一不豁然予若易予筋換予骨予若另成一予

予目乃明甚一時頓見予向之所未見者當極應何多也予乎予何

◎ 1909 年创刊的《小说时报》第 1 期所刊的陈冷血的代《发刊辞》短篇小说《催醒术》。

志在催醒：

《催醒术》——1909年发表的“狂人日记”

——兼谈“名报人”陈景韩在早期启蒙时段的文学成就

（一）

现在研究中国近现代新闻史的人都会知道陈景韩，因为他是近现代中国新闻界的名人。研究中国近现代文学史的人，知道陈景韩的恐怕就不太多了，因为他从1913年就任《申报》总主笔以后，就很少有精力再写文学作品了。但是他的一些文学作品以其独特视角，在“前五四”的早期启蒙中使他成为文坛领军人物之一。

陈景韩（1877—1965），别署冷血、冷，还曾与包天笑合用笔名“冷笑”，江苏松江人（今属上海市）。老同盟会员，1903年在日本东京出版的、由江苏同乡会编辑发行的《江苏》刊物上，就连载过他的译作《明日之战争》。1904年，他在上海主编《新新小说》。同年，就任上海《时报》主笔。当时，上海的“申（报）、新（闻报）、时（报）”是鼎足而立的三大报纸。而《时报》当时的主要读者对象就是知识阶层。请容许我多引用几句胡适的话，说明由陈景韩主持笔政的《时报》的独树一帜、锐意革新的面貌。

> 我于前清光绪三十年的二月间从徽州到上海求那当时所谓“新学”。我进梅溪学堂后不到两个月，《时报》便出版了。那时正当日俄战争初起的时候，全国的人心大震动。但是当时的几家老报纸仍旧

做那长篇的古文论说，仍旧保守那遗传下来的老格式与老办法，故不能供给当时的需要。就是那比较稍新的《中外日报》也不能满足许多人的期望。《时报》应此时势而产生。它的内容与办法也确然能够打破上海报界的许多老习惯，能够开辟许多新法门，能够引起许多新兴趣。因此《时报》出世不久就成了中国知识阶级的一个宠儿。几年之后《时报》与学校几乎成了不可分离的伴侣了。

我那年只有14岁，求知的欲望正盛，又颇有一点文学的兴趣，因此我当时对于《时报》的感情比对于别报都更好些。我在上海六年，几乎没有一天不看《时报》的。……我当时把《时报》上的许多小说诗话笔记长篇的专著都剪下来分贴成小册子，若有一天的报遗失了，我心里便不快乐，总想设法把它补起来。

我现在回想当时我们那些少年人何以这样爱恋《时报》呢？我想有两个大原因：

第一，《时报》的短评在当日是一种创体，做的人也聚精会神的大胆说话，故能引起许多人的注意，故能在读者脑筋里发生有力的影响。……《时报》对于这几件事都有很明决的主张，每日不但有“冷”的短评，有时还有几个人的签名短评，同时登出。这种短评在现在已成了日报的常套了，在当时却是一种文体的革新。用简单的词句，用冷隽明利的口吻，几乎逐句分段，使读者一目了然……这确是《时报》的一大贡献。我们试看这种短评，在这十七年来，逐渐变成了中国报界的公用文体，这就可见它们的用处与它们的魔力了。

第二，《时报》在当日确能引起一般少年人的文学兴趣。……那时的几个大报大概都是很干燥枯寂的，他们至多不过能做一两篇合于古文义法的长篇论说罢了。《时报》出世以后每日登载“冷”或“笑”译著的小说，有时每日有两种冷血先生的白话小说，在当时译界中确要算很好的译笔。他有时自己也做一两篇短篇小说，如福尔摩斯来华侦探案等，也是中国人做新体短篇最早的一段历史。……我们可以说《时报》的第二个大贡献是为中国日报界开辟一种带文学兴趣的“附张”。自从《时报》出世以来，这种文学附张的需要也渐渐的成为日报界公认的了。[①]

引了这么一大段，主要是想说明陈景韩在新闻与文学两方面的具有独创性的贡献。胡适在1921年已是文化界的新兴的权威人士了，他那么深情地用“爱恋”这样的词汇来称颂当年的《时报》，真可谓高度评价了。冷血的独创性在他的脑海中留下了至深的印象。我过去读胡适这段话，还觉得他给我提供了许多我所不懂的知识，例如“时评”是“双关”，它最早是专指“《时报》的评论”，显示了《时报》的独树一帜；以后才发展成为“时事的评论”的总名与泛称；又如报纸与小说的结缘是有一个过程的：最早，1897年天津《国闻报》发表《本报附印小说缘起》，这篇论文长达万字，可是《国闻报》却连一篇小说也没有刊载，什么原因，不得而知。后来的小报，例如李伯元办的《世界繁华报》连载《官场现形记》，很受注目。接着专门的小说刊物也出现了。可是大报对刊载小说还是很冷淡的，也许总认为小说不登大雅之堂。而在1904年的《时报》上，才让大报与小说结缘（是否是全国首创，连胡适也未敢肯定）。总之，读了胡适的这篇赞扬《时报》的文章，唤起了我对陈冷血这个人物的极大的兴趣。

不仅胡适受过陈景韩的影响，据周作人所谈及，当年陈景韩的文体——“冷血体”也曾使鲁迅甚感兴趣：“所谓‘冷血体’的成型和出名，是在1904年《时报》和《新新小说》的大量撰述之后，其体式确让人耳目一新。”[②]“对于当时国内的创作小说，鲁迅似乎一向不大注意，那些南亭亭长等的大部著作，大概也是在后来讲小说史的时候，这才细读加以评价的。以前在上海《时报》上见到冷血的文章，觉得有趣。记得所译有《仙女缘》，曾经买到过。天笑的便不曾发生关系。”[③]据此，近代文学研究专家王风曾对比鲁迅早期所译的小说《造人术》后也发表这样的意见：“1905年《女子世界》发表鲁迅译的《造人术》，同样标明‘短篇小说’，也是满身‘冷血气’的。”[④]纵观清末最流行的文体，大约可说是有三种，那就是梁启

① 胡适：《十七年的回顾》，《胡适文存》第2卷，黄山书社1996年版，第285—286页。
② 周作人：《周作人散文全集·〈关于鲁迅（二）〉》，广西师大出版社2009年版，第7页。
③ 周遐寿：《鲁迅与清末文坛》，《文汇报》1956年10月5日。
④ 王风：《周氏兄弟早期著译与汉语现代书写语言》，《鲁迅研究月刊》2009年第12期。

超的“新民体”、林纾的“史汉笔法”和陈景韩的“冷血体”，前二者当比“冷血体”影响更广，但鲁迅却对“用简单的词句，用冷隽明利的口吻”的“冷血体”更感兴趣，也曾用过相近的笔调撰文。当然，以后鲁迅的杂文却形成了影响更广泛的“鲁迅风”。

(二)

过去，我们谈起晚清的小说期刊时，总是说“清末四大小说期刊”，即《新小说》(1902/11—1906/1，共出 24 期)、《绣像小说》(1903/5—1906/4，共出 72 期)、《月月小说》(1906/11—1909/1，共出 24 期)和《小说林》(1907/2—1908/10，共出 12 期)。这四种小说期刊被称为“大”，那么其他的小说期刊就变“小”了。但我认为还有其他的值得关注的期刊，例如陈景韩主编的《新新小说》(1904/9—1907/5，共出 10 期)和黄世仲(小配)和黄伯耀兄弟主编的《粤东小说林》(1906 年创刊于广东，1907 年迁香港，改刊名为《中外小说林》，至 1908 年停刊，我们现在已知共 37 期)。这些刊物皆有它们自己的特色。下面只谈陈景韩主编的《新新小说》的特点及其文学上的成就。

首先，它为什么取名《新新小说》。在《〈新新小说〉叙例》中他说：“小说有支配社会之能力，近世学者论之綦详，……欲社会之日新，必小说之日新。小说新新无已，社会之革新无已，事物进化之公例……吾非敢谓《新新小说》之果有以优于去岁出现之《新小说》也，吾惟望是编乙册之新于甲，丙册之新于乙；吾更望继是编而起者之尤有以新之也，则其有裨于人群岂浅鲜哉！”[①]他是希望期刊生生不已，面貌新新不已。但是如果比较《新小说》与《新新小说》的主旨，那么是有很大的不同的。梁启超是改良派，他的《新中国未来记》就是提倡“无血革命”；而陈景韩的《新新小说》倡导的是一种革命精神，有时还不得不采取暴力手段。他宣称的“任侠好义、忠群爱国”的内核是革命与反帝思想的结晶。因此，我觉得，陈景韩也

① 侠民：《〈新新小说〉叙例》，《大陆报》第 2 卷第 5 号，转引自陈平原、夏晓虹编《20 世纪中国小说理论资料第 1 卷(1897—1916)》，北京大学出版社 1989 年版，第 124—125 页。

许认为《新小说》并不新，他编的是比《新小说》更“新”的《新新小说》。他是既同意小说有至伟的社会作用，同时又对梁氏的改良主张并不苟同，因此以“新新不已”的追求目标来自励。

不知为什么，这一刊物在创刊号上的征稿启事与刊物的实际内容是相互矛盾的。它在征稿启事中说：“凡有诗词、杂记、奇闻、歌谣、俚谚、游戏文字，以及灯谜令、楹联、词钟等，不拘新旧体裁，本社均拟广为征集，按期录选，四方风雅勿吝珠玉为幸。”①可是刊物上并不多见这些东西。创刊号上的第一、二、三篇分别是政治小说《中国兴亡梦》、社会小说《侠客谈》和历史小说《菲律宾外史》(皆是连载小说)，好像放“排炮”似地宣告该刊编者有一种变革现状的迫切愿望，而且小说中采取的行动还颇为剧烈与叛逆。在第2期中，首页就发表《法文马塞尔士原词第1章》、《汉译法兰西大革命国歌第1章》，也即是陈景韩译的《马赛曲》。下面还附上五线谱与简谱。梁启超在《新小说》上写法国革命的小说的题名是《洪水祸》，而陈景韩却大唱《马赛曲》，因此，我认为他的《新新小说》是不赞成梁启超的立宪模式的，而他的《侠客谈》中的“侠”，并非是中国武侠小说中的“侠”的概念，他的“侠”是期望要建立一种无视清政府的独立不羁的权力系统。刊物到了第3期，又在卷首的《本报特白》中宣告：“本报发始，不过为一二友人戏作，后为见者怂恿，因以付刊。故一切定名等类，皆近游戏。现虽仍旧不背此义，然自本期始，已筹足资本，认定辑员，按期印行，不再稍误。且本报……又以12期为一主义，如此期内，则以侠客为主义，故期中每册，皆以侠客为主，而以他类为附。至12期后，乃再行他主义。凡此数语，皆当预告，以代信誓。”②我们可以估计，这是出版了两期之后，几位刊物的同人又一次的“新设计”，也围绕主旨亮出了新版式。从第3期起，目录上就标明以“侠客谈”为总题。将过去连载的《菲律宾外史》冠以《南亚侠客谈：菲律宾外史》的新版式；把第1、2期连发的《侠客谈》改名为《百年后之侠客谈：刀余生传二》；又新发了两篇译作《俄罗斯侠客谈：虚无党奇话》和《法兰西侠客谈：秘密囊》。其他与侠客无关的作品则一律归入《附

① 《〈新新小说〉社启》：《新新小说》第1年第1号封2，1904年9月10日出版。
② 《本报特白》：《新新小说》第1年第3号封2，1904年12月7日出版。

录》与《杂录》栏内。后来各期均贯彻这一原则，如政治小说《中国兴亡梦》冠以《理想之侠客谈：中国兴亡梦》，新作有《女侠客》，新译有《法国侠客谈：决斗会》和《侠客别谈》等等。

在诸多反映侠客的作品中，我们不妨重点分析第1期所发表的、乍看能令人惊讶不已的《侠客谈：刀余生传》。那是讲一个曾杀过很多人的匪窟，这位“刀余生”原也是被强盗虏俘来准备宰杀的人，可是经过审查后，刀下余生，不仅没有杀他，以后竟“接班”做了匪首。现在这位后来者被定名为“刀余生第二”的旅客也是被强盗俘来的。匪首刀余生见此人强毅而有定见，颇为赏识，不仅不杀他，还带他在匪窟中到处参观，其中有“洗剥处”、“斩杀处”、“解剖处”等杀人的场所。俘虏来的人该杀不该杀是有“内定标准”的。刀余生介绍说：

> 鸦片烟鬼杀！小脚妇杀！年过五十者杀！残疾者杀！抱传染病者杀！身体肥大者杀！侏儒者杀！躯干斜曲者杀！骨柴瘦无力者杀！面雪白无血色者杀！目斜视或近视者杀！口常不合者杀(其人心思必收检)！齿色不洁净者杀！手爪长多垢者杀！手底无坚肉者脚底无厚皮者杀(此数皆为懒惰之证)！气呆者杀！目定者杀！口急或音不清者杀！眉蹙者杀！多痰嚏者杀！走路成方步者杀(多自大)！与人言摇头者杀(多予智)！无事时常摇其体或两腿者杀(脑筋已读八股读坏)！与人言未交语先嬉笑者杀(献媚已惯)！右膝合前屈者杀(请安已惯故)！两膝盖有坚肉者杀(屈膝已惯故)！齿常外露者杀(多言多笑故)！力不能自举其身者杀(小儿不在此例)！凡若此者，均取无去。其能有一定职业，能劳动任事者，均舍去，且勿扰及财物。[①]

看上去像是“格杀毋论”，但实质上主要是向中国民族劣根性与若干民族陋习的一种宣战。当时在知识分子中“物竞天择”、“生存竞争”的《天演论》学理深入人心，为加速淘汰劣败，就在小说中构想了一幅“血腥”的画面，再加上带点幽默感的“注释”。读来确有点像是“戏作”，但更多的是

① 冷血：《侠客谈》，《新新小说》第1年第1号，第22页。

表达了作者的愤激心情。关于这一点可由匪首刀余生的一番议论作证：

> 世界至今日，竞争愈激烈，淘汰亦愈甚，外来之种族，力量强我数十倍。听其天然之淘汰，势必不尽灭不止。我故用此杀人之法以救人，与其淘汰于人，不如我先自为淘汰，与其听天演之淘汰，不如用我人力之淘汰。[①]

陈景韩对那些“该死”的同胞是抱有一种“恨铁不成钢”的心理，他对我国的民族劣根性与若干传统陋习“咬牙切齿”，苦于无“速成”之法以扭转乾坤，于是只好在幻想中将它们“开刀”，杀！杀！杀！不仅如此，作品中还将这个庞大的盗窟描写成一个自成体系的新型社会。他们内部不仅有自己的大金库，而且成员之间还有精细的分工。牺牲部是专管抢掠与杀人的；营业部是从事农、工、商业的，他们有了钱可以去买地经营农业，办厂或开矿，甚至有人打入官府去做官；考察部是派遣到各处去考察的；而游学部则是“余供学费以游学者”，那是到各国去留学的。总之“能生人，能杀人，能育人，能用人，能支配人之财，能干涉人之行；有钱，有人，有土地，有事业，政府能有者，我无一不有！”[②]而匪首刀余生的目的是“我意欲救我民，救我国，欲立我国我民于万国之民之上”[③]。如此看来，《新新小说》的“侠”精神的第一个层次是要改造国民的精神与体质，革除传统的陋习，以强硬的铁腕，按照自己的理想建立一个国中之国。当然这只能是一个幻想之国。作者也承认他的刊物中有许多是“戏作”，但是受“怂恿”而将它们发表出来，就是为了张扬一种救国救民的“侠主义”。

《新新小说》的“侠主义”的第二个层次是介绍外国的革命精神、叛逆精神和反抗侵略与压迫的精神。如果我们国人没有这种民族的魂魄，那就真有亡国的危险。在《菲律宾外史·自叙》中，他甚至用亡国的菲律宾人民强毅的民族性来刺激、激励我同胞：

---

① 冷血：《侠客谈》，《新新小说》第1年第1号，第20页。
② 同上，第18页。
③ 同上，第19页。

菲律宾人,为近顷亡国健者。其一轭于西(班牙),再轭于美。频年血战,两当强大国之冲;内颠多年之异族政府,外抗甘言之野心径敌。弹丸黑子,志不稍屈;力竭势穷,愿举全岛为焦土,遂使菲律宾三字之价值,辉耀于全世界。固一时之雄杰哉!虽顿遭挫折,然其民族之强武,学艺之精邃,文明程度已彬彬乎达于共和自治之域。其视吾东方病夫,任人宰割,犹复谓他人父,忝颜事仇者,固未可同日语也,居尝钦其侠勇,又以同病之故,感念益深。①

《新新小说》动用了许多国家的革命史、反殖史,痛斥奴化思想,唤醒我同胞,用心是良苦的。这里应该附带说及,在 20 世纪之初,陈景韩是我国翻译和创作俄国“虚无党”革命题材最著名的作家之一。他笔下的所谓“虚无党”实际上是俄国的革命民主主义者。他们对农奴制度和封建君主专制所采取的斗争是前赴后继的,他们的献身精神是可歌可泣的。他们有早期革命者的局限,但也并不像布尔什维克上台后所“歪曲”的如此不堪。《新新小说》中有《俄国侠客谈:虚无党奇话》。在《新新小说》停刊后,陈景韩自 1907 年 11 月《月月小说》第 10 期起,连续发表了若干篇有关“虚无党”的小说。因为当时翻译小说不一定注明是译作,所以我们也一时分不清陈景韩此类作品是译是作。不过在小说的结尾,他往往学太史公的“模式”站出来作几句总评,他将“刻实坚定”、“艰苦敏捷”、“坚忍不拔、穷心经营”等优秀品质献给这些出生入死的革命民主主义斗士。

《新新小说》的“侠主义”的第三个层次才是传统的“劫富济贫”。在《马贼历史之慷慨谈》中写道:

吾属虽以劫掠为生,然亦颇有所择。劳力之贮蓄不取,血汗之贷价不取,正大之商贩不取,孤寡贫弱之养赡不取,无业小民,犹时时出其所得金帛,周其缓急。彼贪黩宦囊,垄断盈利,百计千方,为吾属聚其财,藏之外府,吾属不啻为司出纳而均平分配于世,以故良善平民,绝无以吾属为可怖者。其与吾属势不两立之人,惟为富不仁之守财

① 侠民:《菲律宾外史·自叙》,《新新小说》第 1 年第 1 号,第 1 页。

奴，与其间官吏耳。近者略吾土地之俄人，仇视吾属尤甚。①

但他所写的“劫富济贫”最后还是落实到当时在东北的抗俄的民族正义斗争中去。

这三个层次大概就是编者想统率这第1年的12期的“侠主义”的主要内容。可惜只出了10期，刊物就终止了。虽然在第3期中表示了自己的“信誓”，可是这个刊物的最大缺点还是像以前那样脱期严重，最后两期几乎是成了年刊。但是我们并不能因为它只出了10期，就把它排斥在清末重要刊物之外。它的内容在这6种刊物中还是有特色和独树一帜的，应该引起我们的重视，同时从中也反映出了陈景韩的思想及其在文学上的贡献。

(三)

《新新小说》是1907年停刊的。到1909年，《时报》的总经理狄平子手中还握有印刷技术先进、设备精良的有正书局，认为自己麾下的编辑力量与印刷力量足够办几个刊物。他先在1909年10月，创办了《小说时报》；以后又在1911年6月创办《妇女时报》。

《小说时报》由陈景韩与包天笑共同主编。这是在《小说林》停刊后的一个重要的小说期刊。《小说时报》开始为月刊，从17期起改为四月刊。其中的一个重要原因是陈景韩到《申报》去任总主笔了，编辑工作就只能由包天笑独自承担。刊物到1917年11月停刊，共出了33期加1期增刊。创刊号的首篇就是陈景韩的短篇小说《催醒术》。②

小说写“予”(我)某日被一个手持像笔管一样的“竹梢”者一指，“我”就像脱胎换骨似地从此心明、眼亮、耳聪……一切都变得“豁然开朗”。那时他才看清自己身上竟是满身尘垢，而世人也遍体积秽。他赶快洗清了自己，再帮友人们洗涤。他哀叹：“予欲以一人之力，洗涤全国，不其难

① 侠民：《中国兴亡梦·马贼历史之慷慨谈》，《新新小说》第1年第2号，1904年10月26日出版，第17页。

② 冷：《催醒术》，《小说时报》第1期，1909年10月14日出版，第1—4页，下面所引《催醒术》之原文，均在第1期第1—4页中，不再一一注明。

哉。"可是朋友们根本看不到自己身上的污泥浊水,反而"群笑予为狂"。他听到屋外有可怜人的哀号,赶去救助,可是友人们都听不到,反而"窃窃私议曰,彼殆病神经"。他痛感"何人人咸聋若此"?他觉得世界上"秽气触鼻",到处是蝇、蚊、虱、臭虫、飞蛾吮吸着大家的鲜血,他就拼命去扑杀。可是人们却"安之若素",谈笑自若。小说最后,"我"叹息道:我原以为自己变得耳聪目明,心敏身捷,是自己莫大的幸福,哪里知道反而狼狈到这般地步,而且还不为人们所理解。这位"异人"既然要点醒人,为什么只催醒我一个?他决心要去找那个手持笔管的人,"问彼以故"。可是四处寻觅,毫无踪影。……陈景韩用象征的手法,写出当时先进分子觉醒后的孤军奋战与内心苦闷。这是一种智慧的痛苦。世人反而嘲笑他是狂人,说他患了"神经病"。这些描写,自然使我们联想到鲁迅 1918 年所写的《狂人日记》及有关的鲁迅的杂文。我觉得就深刻的程度与艺术性的高下而言,《催醒术》与《狂人日记》相比当然是有很大差距的,但陈景韩的构思与鲁迅的《狂人日记》以及有关杂文,也不无相通之处。鉴于《催醒术》创作于 1909 年,说明当时陈景韩的思想确是站在时代的前列的。

陈景韩在小说的开端就表示了自己的感慨:"中国人之能眠也久矣。"他之所以写《催醒术》就是希望"所宜催者醒耳"!他描绘了一下催醒后的中国:"伏者起,立者肃,走者疾,言者清以明,事者强以有力。满途之人,一时若饮剧药,若触电气,若有人各于其体魄中与之精神力量若干,而使之顿然一振者。"这是作者的理想。

可是一旦他自己被"催醒",小说进入了它的象征性情节时,事情就并不如此简单了。他在"目明"之后,"一时顿见予向之所未见者",那就是周围到处的"尘垢"与"积灰";"予夙自命为清洁之人"可是"目明"之后,看到自己满身是"宿尘"与"宿垢"。鲁迅认为,中国人是一贯自诩"固有的精神文明",因此他们从来不去睁了眼看,更谈不上去解剖自己。"红肿之处,艳若桃花;溃烂之时,美如乳酪。"[①]"加以旧染既深,辄以习惯之目光,观察一切,凡所然否,谬解为多,此所为呼维新既二十年,而新声迄不起于中

① 鲁迅:《热风·随感录 39》,《鲁迅全集》第 1 卷,人民文学出版社 1981 年版,第 318 页。

国也。夫如是,则精神界之战士贵矣。"[①]国人一切以"旧染"与"习惯"为观察与权衡之标准,在传统"谬解"中还自以为是。现在有一个人看到这些其实全是"积尘"与"宿垢",这就是"醒"的表征,更何况他能自己忙于洗涤,还不厌其烦地为诸友人与诸仆洗涤,称他为"精神界的战士",也是名实相副的了。但是在这一过程中,"予"始终有一种"孤独感":"欲以一人之力,洗濯全国,不其难哉?"而他的叹喟声所得到的回响则是"诸客与诸仆人,群笑予为狂","客、仆益大笑,笑予为狂"。而对待他所听到的贫者和弱者的"悲以切"、"惨与酷"的呼号,大家"淡然""若勿闻"。他喟叹"何人人咸聋若此"。可是人们皆"窃窃取私语曰,彼殆病神经"。他不仅孤独,而且被视为"狂人"。鲁迅对这种"个人的自大"曾作过很精辟的分析:

> "个人的自大",就是独异,是对庸众的宣战。除精神病学上的夸大狂外,这种自大的人,大抵有几分天才,——照 Nordau 等说,也可说就是几分狂气。他们必定自己觉得思想见识高出庸众之上,又为庸众所不懂,所以愤世嫉俗,渐渐变成厌世家,或"国民之敌"。但一切新思想,多从他们出来,政治上宗教上道德上的改革,也从他们发端。所以多有这"个人的自大"的国民,真是多福气!多幸运![②]
>
> 我告诉你们,是这个——世界上最强壮有力的人,就是那孤立的人。(见《国民之敌》)[③]

鲁迅的这些话我们还不能完全吻合地套在"予"的头上,但"予"与鲁迅所分析的人的精神是相仿的。我们应该看到陈景韩能写出这样"个人的自大"的人,有这样的"醒"者,即使深感自己孤立,但民族的"幸运",却因有这样的"醒"者而发端。陈景韩的笔下能塑造这样的"狂人",其实也与他的品性有关。人们虽然未说陈景韩有"几分狂气",可是他也曾被同事们视为"怪人":"人每目景韩为怪人,当时的所谓怪人者,便是不谐世

---

① 鲁迅:《摩罗诗力说》,《鲁迅全集》第1卷,人民文学出版社1981年版,第299页。
② 鲁迅:《热风·随感录38》,《鲁迅全集》第1卷,人民文学出版社1981年版,第311页。
③ 转引自鲁迅:《热风·随感录46》,《鲁迅全集》第1卷,人民文学出版社1981年版,第333页。

俗，好自立异，或者出于礼法之外。但景韩实一志识高尚的人，凡所作为，亦未见有损于人。"①

"予"在醒后，觉得这世界简直无法使他安身。周围"秽气"触鼻，"毁败之气"直冲脑门，"凄然臭气"阵阵袭来。"群蝇扰扰"，"蚊也，虱也，臭虫也，飞蚁也，种类不一，而扰予身，吮予血则一"。虽然其象征性仅为单纯的比喻，而不像鲁迅的"复调式"小说有纵深感，可是能用这样的语言去概括当时的世界，也已不失为有一份"清醒"。他所痛心的是人们"均甚安然若无鼻"，或"若无目口鼻，并无手足身体皮肤之感觉者"。于是有一种"梦醒了无路可走"的感觉泛上了他的心头。鲁迅曾说：

> 人生最苦痛的是梦醒了无路可走。做梦的人是幸福的；倘没有看出可走的路，最要紧的是不要去惊醒他。②

"予"倒并非无路可走，他只是自怨自艾：醒了而无能为力。我想这大概也应该划在无路可走的范围之内的。他深感孤军奋战，有一种进入了"无物之阵"的疲劳和无奈。"醒"对一个人来说，是应该感到庆幸，可是在"予"说来，却产生了生存的巨大压力。这样发展下去，他是否会因"愤世嫉俗"而成为"厌世家"？陈景韩没有告诉我们。他只是写到"予乃复上途，四处寻问彼手持竹梢异人。尽终日力，不得"。他要责问的是"彼既能醒人，何独一予？"但是如果这位异人一下子能点醒所有的人，或者能点醒一大批人，使中国举国"顿然一振者"，那还要"精神界战士"干什么呢？在结尾时，"予"牢骚满腹，而不像鲁迅那样：

> 这种漆黑的染缸不打破，中国即无希望，但正在准备毁坏者，目下也仿佛有人，只可惜数目太少。然而既然已有，即可望多起来，一多，可就好玩了。③

---

① 包天笑：《〈时报〉怀旧记（上）》，《钏影楼回忆录》，大华出版社 1971 年版，第 410 页。
② 鲁迅：《坟·娜拉走后怎样》，《鲁迅全集》第 1 卷，人民文学出版社 1981 年版，第 159 页。
③ 鲁迅：《两地书·6》，《鲁迅全集》第 11 卷，人民文学出版社 1981 年版，第 26 页。

在分析陈景韩的《催醒术》时，我们不得不拿鲁迅的《狂人日记》出来作一番比较。当然，这也是我们对陈景韩的苛求。因为有些鲁迅在1907年时所写的论文中的思想，与陈景韩在《催醒术》中所表达的思想是有相通之处的；但我们也拿鲁迅在20世纪20年代的思想水平与陈景韩作品中表达的思想水平相比，那他当然会自叹不如了。但我们也不能否定他在1909年，能写出他自己的“狂人日记”，那还是有一定的价值的。作为《小说时报》的创刊号首篇，陈景韩恐怕也是自己“掂”过分量的。《小说时报》没有“发刊辞”，但陈景韩将《催醒术》放在第一篇，也就是他在主观上是想办一个刊物，它的宗旨就是“催醒”。他是一位很有贡献的早期启蒙者。

我认为1909年的“狂人日记”(这至少是用象征手法所记下的一天的经历，但称它为《狂人手记》亦可)与1918年的《狂人日记》的最大的距离是在于，鲁迅经过多年的思考与探索，将封建社会的“吃人”的本性看透了，因此，不仅在文学上成为巍巍高峰，而且凭其深邃的哲理性，在中国的思想史上也作出了突出的贡献。

差距是谁也会承认的。但是我想再提出一个问题：我们过去为什么从来不提《催醒术》？我们应该承认，在中国的“狂人世家”中是有一个发展的谱系的，老祖宗不免“原始”一点，后来者的发展是令人振奋的。中国的文学史上应该研究文学形象中的“狂人史”。可是我们过去将1917年文学革命的产物称为“新文学”，好像以前的东西就是“旧文学”。《新新小说》被挤出清末四大小说期刊之外，当然也不会去重视它了；而且还将《小说时报》划进了鸳鸯蝴蝶派的期刊，而陈景韩也曾被派定是“鸳蝴派”。但是读一读《侠客谈：刀余生传》，特别是《催醒术》，我们能说它们是“旧文学”吗？一个铁的事实放在我们面前，中国文学的现代化进程，是早已在19世纪与20世纪之交就开始了。陈景韩的作品也可以为此作证。我们的不少同行说，现代文学是研究得差不多了。我认为这个结论下得太早了。我们没有跳出过去的框范，在一个单一的圈子里“兜来兜去”，便自满起来。若以如此之视野，实在是兜不出多少新名堂来的；但我觉得有许多文学现象，有许多有价值的线索，一旦当我们冲出了以前所划定的框范，我们还是有极大的回旋余地的。

陈景韩的主要贡献是在新闻史上，关于这方面我没有发言的资格。我只是谈到从《新新小说》到《小说时报》，他在其中是发表了一些值得一读的东西。陈景韩不一定要“入中国现代文学史”，但是在谈中国文学的“狂人谱系”，或是作“匪徒颂”时，都应该有他的一席之地，那么他也就实实在在地“入史”了。

催醒术

原载《小说时报》创刊号（1909 年 10 月出版）

冷

冷曰：“世传催眠术，我谈催醒术。催眠术科学所许也，催醒术亦科学所许也。催眠术为心理上一种之作用，催醒术亦为心理上一种之作用。中国人之能眠也久矣，复安用催？所宜催者醒耳，作催醒术。伏者起，立者肃，走者疾，言者清以明，事者强以有力。满途之人，一时若饮剧药，若触电气，若有人各于其体魄中与之精神力量若干，而使之顿然一振者。”

时予方倚窗而视途人，见途之人如是，余心甚异之。未几，忽有一人来，衣常人衣，服常人服，所有一切，悉视常人，唯手持一竹梢，若笔管然。见有人在，即举竹梢指之。被指之人，立时惊起，若前所云状。

予更心异之。彼何人，用何术，能令途人若是？

彼忽仰视，见予下观，次又用竹梢向予直指。

予惊，予心豁然，予目豁然，予耳豁然，予口鼻手足无一不豁然。予若易予筋，换予骨，予若另成一予。

予目乃明甚，一时顿见予向之所未见者。窗楼尘何多也，予手何多垢，途人之帽，何积灰若此。途人之衣，何积秽若经年未濯。途人之面，途人之发，何若多年未梳洗也。

予急返身取予镜，见予镜甚不洁，急取物拭镜。镜明，视予面，予面亦然。视予衣服与发，予衣服与发亦然。予急取栉，拂栉上宿尘。尽力栉予发，予发乃净。予又急取刷，刷予衣服，衣服乃净。予又急取盥洗具，又先力去盥洗具间宿垢，乃洗予面，洗予手，予手及面乃净。

予自思，予夙自命为清洁人，予日盥洗，予日拂拭，何尚多尘垢若此？然而予一仰视，忽大惊，何予室中，尘污多若身？一俯视，又大惊，何予桌椅尘垢又多若室？一周回视，又大惊，何予室间所有一切物，尘垢多若桌椅？予急取水，急取拂拭具，急拂拭予桌椅，拂拭予一切物，拂拭予室及窗棂等，而予心乃稍安。

忽有客来询予何事。予一见客，未问客来何事，已见客帽积尘，客面积垢，客衣服积秽，急为客取水，取盥洗具取栉取刷，请客梳洗，为客拂拭。客大奇，客不可，强而后可。正梳洗拂拭间，忽又来一客，积尘积垢积秽如前。予又急为之洗，急为之拂拭。客又大奇，客不可而又强客。正纷扰间，又有二三客来，尘垢积秽亦与前两客等。予乃无法，急呼仆人来助予。待仆至，尘垢积秽，甚客数倍。因呼他仆，他仆如之。又呼他仆，他仆亦如之。予乃喟然叹曰："嗟乎！予欲以一人之力，洗濯全国，不其难哉？"而当时室中诸客及诸仆人，群笑予为狂。

予又自思，彼辈岂无目？如此尘秽积垢，何绝不在意？正萦思间，忽闻铮然一声，予遽蹶起曰："钟声又鸣矣，其殆七下。"予所事尚未竣，急舍群客群仆，趋予位就事，客仆益大笑，笑予为狂。

予方振笔，疾书数行下，忽又蹶起曰："此哭声也，何为乎来？"急下楼走。众惧愕然，亦从余走。窃窃私语曰："彼殆病神经，何尝来哭声？"走至道，道左果有一病妇，抚孩而号，号声悲以切。予乃大可怜，探手入囊，取所有钱与之。然而行道之人，多如蝇蚁，淡然过之，若勿闻也者。

予既与病妇钱，病妇谢。予忽又闻哭声，急又转身走，越邻居，又越邻居，立门外潜听。推门入，进内室，见一半老妇，手鞭，鞭一十五六岁女儿。女儿正号，号声惨以酷。予又大忿恨，夺妇手中鞭，扶女儿起。女儿大骇，妇大怒，与予斗，复夺鞭去，复按女儿鞭之。女儿又号，予乃呼邻人，邻人若勿闻。予乃出门呼巡街捕，巡街捕又若勿闻。予又喟然叹曰："嗟夫！何人人咸聋若此？"

予方叹息，似有秽气触予鼻，予又勃然起，四方审视，见巷内宿菜若干，蝇声哄哄然。予急掩鼻，疾走。走数武，又见一死鼠，弃路侧，蛆自其口出，毁败之气，直入脑。予又急掩鼻，疾走。走又不数武，其声凄然，臭气又阵阵来，胸间作恶数四，不能忍。予急四视，见有一人，方对墙而溲，

溲处已有宿渍，若红若白若黄。斑斓墙上，知系久溲者。然而除予之外，行道之人，均甚安然若无鼻。

奔走间，予腹枵矣。予乃入饭肆，呼饭来。饭系杂宿饭者，味有异。呼菜来，菜亦系宿菜，气有异。乃吐饭与菜。予方吐饭菜，而群蝇扰扰竞趋饭菜间，甚若不肯吐弃饭菜者。予益心恨之。然群蝇犹未已，进而扰及予手予面予耳目口鼻间。予更大忿恨之，正欲用扇驱逐蝇，予腿忽又触如刺。予急探手刺处，肉已隆起，痒不可少耐。既而臂上亦如之，既而手指间亦如之。一一探视，则蚊也虱也臭虫也飞蚁也，种类不一，而扰予身，吮予血则一。予乃急急寻觅，急急捕除，椅间桌间壁间空间，处处浮动，处处咸是，予手足几不知所措。然而他客，同坐此椅，同抚此桌，同倚此壁，同处此室之空间，同受此蚊此虱此臭虫此飞蚁之害，而食则食也，饮则饮也，若无耳目口鼻，并无手足身体皮肤之感觉者，亦若勿知，亦若勿知。

予又喟然叹曰：“嗟夫！予之生于世也，不自今日始矣。予之有身体手足耳目口鼻也，与生而俱来也。至今日而身体手足耳目口鼻之感觉，灵敏于他日，灵敏于他人，予方以为予之幸也。不意予有此灵敏之感觉，而予乃劳若是，予乃苦若是。予回忆他日，是他日之予逸，而今日之予劳也。予外观他人，是他人之予乐，而予之予苦也。此皆予之感觉灵敏为之也，此皆予之醒之故也，此皆予遇彼手持竹梢人成之也。彼何人，用何术，误我若此？彼既能醒人，何独一予？令予一人劳若此，苦若此，予必索彼，访彼，问彼以故。”

予乃复上途，四处寻问彼手持竹梢异人，尽终日力，不得。

◎ 李涵秋青年时之小像

◎ 《广陵潮》书影

社会写真：通俗社会小说现代化传人——李涵秋

胡适曾说："民国成立时，南方的几位小说家都已死了，小说界忽然又寂寞起来。这时代的小说只有李涵秋的《广陵潮》还可读；但他的体裁仍旧是那没有结构的《儒林外史》式。"[①]这是一位新文学界的权威人士，对"旧文学"作品的有保留的评价。在胡适笔下得"还可读"三字，也该心满意足的了。但是胡适的评价显然是偏低了的。特别是说它"没有结构的《儒林外史》式"的，这与作品的实际不符。这是一部有主人公和中心人物，结构也是似散实整的长篇。胡适在关于"结构"问题上评价的"脱靶"也不光是对《广陵潮》，在对《孽海花》的结构评价上与作品的实际更是大相径庭。他在《五十年来中国之文学》的长文中，评论了《官场现形记》、《二十年目睹之怪现状》和《老残游记》，可是对《孽海花》却只字未提，说明他的评论的眼光也有出现偏差的时候。与胡适不同的是，《广陵潮》在通俗文学界很受好评，而在中下层市民社会中也受到广泛的欢迎。由于李涵秋擅写长篇说部，因此还有"小说王"之美誉。现在学界对它的评论则较为公允。在严家炎主编的《二十世纪中国文学史》中对《广陵潮》的评价是："作者的意图在于描绘一幅清末民初数十年历史的长卷……因此，它的内涵在某种程度上要比晚清任何一部'谴责小说'更为丰富。……《广陵潮》最为出色的，还是对一系列重大历史事件的描绘。"[②]杨

① 胡适：《五十年来中国之文学》，《最近五十年——申报馆五十周年纪念》，上海书店 1987 年影印版，第 18 页。

② 严家炎主编：《二十世纪中国文学史》（上册），高等教育出版社 2010 年版（此节为袁进执笔），第 116—117 页。

义认为，《广陵潮》“初步融合了晚清谴责小说和民初言情小说的成分，成为嗣后旧派小说中最有文学分量的意味的‘社会言情小说’的前奏曲”①。就这些评价而言，《广陵潮》的确是在朝向社会小说现代化的途程跨步。

《广陵潮》最早是在1909年武汉的《公论新报》等报上连载，原名《过渡镜》，后来又在上海《大共和日报》和《神州日报》上连载，并在1914年由震亚图书局分集陆续出版单行本，仅就震亚资料统计，至1939年它们已出版到第16版。其他翻印亦缕缕不绝。在1946年，百新书店又隆重推出改版本，恭请张恨水、刘云若、严独鹤等一批通俗小说名家为其写序。《广陵潮》拥有众多读者，以至连鲁迅也不得不与它打交道。在1917年12月31日的《鲁迅日记》中就记载：“上午寄家信并本月用泉五十，附二弟三弟妇笺各一枚，又寄《广陵潮》第七集一册。”这当然是因为周太夫人爱读的缘故。

李涵秋（1874—1923），名应漳，以字行，别署沁香阁主、韵花馆主等，扬州人。家清贫，17岁即设帐授徒。1905年，同乡李石泉在武汉为官，聘他为西席，课其子女。1909年回乡历任中小学教师。1921年应邀至上海主编《时报》副刊《小时报》及后期《小说时报》，并兼任世界书局《快活》旬刊编辑主任，因不习惯沪滨生活，于1922年返扬州，次年即因脑溢血暴卒，年50岁。所著小说文言11种，白话23种，并有诗词、谐著、短评等，可谓蔚为大观。

他从小就喜读小说，也深受扬州评话的影响，而他的家庭中就有一种喜爱评话与唱本的传统。他回忆道：

“至今犹有萦绕我脑筋之一事，先大母于灯下唱《安邦志》，我虽蒙被而卧，不时侧其耳朵，从枕上静听，至筋节处，皇皇然惟恐其尽，先大母疑吾睡熟，偶一趋视，吾则哆口而笑，先大母呵曰：小学生不用心读书，乃学顽劣书中情事，汝安得解？不再休息，鞭挞汝矣！余聆是言仍作娇痴，且举所听者，具述以告先大母，似表示吾之敏慧，先大母亦笑，乃为我再唱一二节，是时我方寸小心坎中，遂储满赵少卿之

① 杨义：《杨义文存》第2卷，人民出版社1998年版，第765—766页。

艳福，及冯仙珠以下诸美人之神韵。”[①]

活活画出小儿娇态，不仅对故事入迷，还深受唱本中之内容之影响。而他的祖母，在灯下还要吟唱《安邦志》，可见这个家庭中对唱本之类的曲艺倾心喜爱的氛围。贡少芹也回忆过李涵秋幼年就酷爱扬州评话的事实：

> 涵秋幼时最喜听讲，且成癖焉。顾天资极颖慧，一经入耳，悉不遗忘，归即摩肖书中人之姿态与口吻，于祖母及其母前复述之，颇得其仿佛。更能历举书中之情节脱漏处，语极中肯。祖母戏谓之曰："待汝长成，将使汝习评话业也。"厥后君为当代第一小说家，所取材料，半基于此。[②]

李涵秋自幼受扬州评话精湛艺术的熏陶，成长后果然成了用笔“讲”评话的小说家。

李涵秋最早是以言情小说起家的，那是因为他从小除受《安邦志》等唱本的影响外，他自己读了许多“风云月露，脂香粉黛”的小说，“及至与书中人周施既久，遂亦醉心于佳人才子，欲于环境中得一人反折证之，十八岁乃有私眷媚香之一事”[③]。他与媚香絮絮私语了二年，甚至偷尝了爱情的禁果后，于是提议“拟就吾两人事，戏编说部，媚香亦欣然允诺”[④]。这篇小说题名为《珠玉因缘》。但当时因李涵秋的才力还没有达到驾驭长篇的能力，只写了十之三四，就弃之于箱簏中，那时李涵秋还只有19岁。当媚香要他保媒提婚时，李涵秋则以功名未成而婉拒。后来媚香家庭离开扬州迁回原籍，为了这段不了情，李涵秋亦久久忏悔自己当时的动摇胆怯与无情，每回忆前尘，此情此景常在他梦寐中萦绕。直到他32岁时，在武

① 1921年11月4日到1922年3月27日，李涵秋在《时报》副刊《小时报》上连载《我之小说观》98则，本文所引该文的连载时先以中文数字标示，然后注明发表日期。上引乃为第2则，1921年11月5日发表，以下如有引均同此格式。

② 第6则，1921年11月9日。

③④ 第7则，1921年11月11日。

汉授徒，客中空闲极为无聊，才在箱笼中找出《珠玉因缘》续成之，改小说名为《双花记》，在友人的鼓动下，才于33岁时投汉口《公论新报》发表，后再刊于沪上《大共和报》，三刊于《小说林》之单行本。因此，李涵秋说此书是初写于“未冠”，而成书刊印已是中年了。接着武汉报纸就愿出重金购李涵秋作品，他接着创作《瑶瑟夫人》。从《双花记》到《瑶瑟夫人》是李涵秋的小说从文言到白话的跨越。而从《瑶瑟夫人》到其代表作《广陵潮》则是李涵秋从言情到社会小说的蜕变。李涵秋说：“小说之命意，我深知与人之年龄上大有差别，髫年之时，其思想往往近于浮艳，写一男子大率潘安卫玠，写一女子大率郑旦王嫱，言过其实勿恤也。”[①]“我叙说我著《广陵潮》之缘起……只觉社会形形色色可惊可憎可耻可笑，意谓我苟有此一支灵活之笔，当为之一一写照。”[②]

《广陵潮》以百万字的篇幅反映鸦片战争直至五四前夕中国社会一隅的风貌。其实它的原名《过渡镜》倒是耐人寻味的。这是一个中国从近代过渡到现代的复杂而多彩的社会。求幸福斋主何海鸣说：“此书最初实刊诸汉口《公论报》、《趣报》，原名《过渡镜》，先生善于描写过渡时代之中国社会，论者亦目先生为过渡时代之好小说家，此《过渡镜》之所以为名著也。”[③]在1909年，何海鸣也正好活跃于武汉军界与报界，他算得上是《过渡镜》初刊时受读者拥戴盛况的亲历者和见证人。《过渡镜》的历史背景是从英人犯我广东写起，历经中法战争、上书变法、百日维新、武昌起义、洪宪帝制、张勋复辟，直到五四前夕的抵制日货、国民演讲大会结束。这正是中国从旧民主主义革命到新民主主义革命的一个过渡阶段。能涉及如此众多的历史事件的小说，一般有两种类型，一种是史诗文献型，使读者看到众多历史性的画面；另一种是轶事逸闻型。李涵秋曾在小说中作这样的自我介绍：“我这《广陵潮》小说是个稗官体例，也没有工夫记叙他们革命历史，我只好就社会上的状态夹叙出他们些事迹……”所以《广陵潮》热衷于反映的是街谈巷语、道听途说、闾里风俗、遗闻旧事。是“小”说

① 第28则，1921年12月16日。

② 第77则，1922年3月3日。也即是说，随着他的社会阅历的深广，他觉得此时就有了撰写社会小说的积累与底气。

③ 何海鸣：《悼涵秋先生》，载《半月》第2卷，第20号，1923年6月出版。

而非“大说”。这种“稗官体例”以维扬风尚、掌故为描摹对象，正是“二十四桥之风物，犹跃然纸上”。李涵秋将《过渡镜》改名为《广陵潮》也有它的深意在。就全国而言，这可称是一个特定的过渡阶段，可是就这部小说的个性而言，则是以维扬地方风尚与潮汐为特色。“广陵国”与“广陵郡”乃千年名邑、文化古城扬州的先名，用《广陵潮》更能显示小说所反映内容的地方个性与特色，这要比广而泛之的“过渡镜”更加贴切而有地域韵味。而就表现形式而言，它借鉴人们所喜闻乐见的扬州评话的特点，使叙述语言更有“广陵风味”。正如张恨水所说的：“据一个扬州朋友告诉我，扬州人说书，就是这个作风。那末《广陵潮》的技术方面，还有地方性存在了。”①

《广陵潮》以云家为中心，以姻亲为串线或以师生之谊为纽带，串联了伍家、田家、何家、富家的婚恋关系，借此反映扬州在时代潮汐中的社会百态。在这过渡时代中又着重塑造了一个过渡性的人物——云麟。

在第39回，这新旧风潮就在扬州交汇冲撞形成风口浪尖、激荡不已了。青年志士富玉鸾借史公祠向人们作演讲，许多言辞虽有刚入世的青年的“幼稚性”，但的确能中肯地表达当时中国的现状和他那寻求探索的决心：

> 诸君呀，诸君，知道我们中国的大势呀！诸君看看我们这中国外面好像如花如火，其实内里已经溃烂了……北美西欧，谁不想来瓜分这中国？……第一要劝诸君中明白事体的，从速将那无用八股决意抛弃，专心在实业上用功。以我们中国同胞的聪明，也断不让与外人。只是二千余年以来，转被那咬文嚼字的腐儒弄坏了。像日本目下敬重圣人，又不是这样，只不过取孔圣人书中大意，可行的便照他去做；不可行的就把来放在一旁，何尝去寻章摘句，一味牵强附会呢！

“富玉鸾说到此，那眉棱眼角早露着无限热诚的意思，云麟不觉为他也有些感动起来……猛听那场里东南角上惊天动地起了一片哭泣之声。”

① 张恨水：《广陵潮·序》，《广陵潮》，百新书店1946年6月改版第1版，第5页。

大家还以为富玉鸾的演说着实感动了人，哪知这是云麟的老师、腐儒何其甫的“捶胸顿足”、“慷慨痛哭”：

我把你这少不更事的小生，上刀山，下油锅！用阎王老爷面前一架大秤钩子挑你的牙！滴你的血！入十八层阿鼻地狱，万世不得人生！你侮蔑圣经，妖言惑众，该当何罪？八股乃历代圣贤立言，我朝自开国以来，便以此得的天下。文官武将，大都从此中出身。有我辈，然后国可以兴；无我辈，然后国可以败。你是哪一国的奸细，得了洋人几多贿赂，叫你来说这亡国的话？况且你说的话，漏洞正多，既说中国溃烂，为何又说外国要求瓜分，外国难不成转看上这溃烘的瓜？我们不为你这无知小子惜，我转替我们堂堂大圣人伤心。阿呀呀！讲到此，我肝肠已是痛碎的了！

接下来，同他一起来的腐儒们“都是擗踊哀号，如丧考妣”。这一段长篇痛号，不仅是属于腐儒腔调，而且是非常纯粹的扬州评话风味，也活现地刻画出了那何其甫的个性。当他看到学生云麟也在场时，就责问：“你也在此听这大逆无道的说话么？”云麟眼看躲不掉，只好勉强答道：“学生不知道这里演说是讲的这些话，早知道如此，不该来了。学生心里此时却十分懊悔得很！”也刻画出了剧烈碰撞的过渡时代的一个模糊软弱的过渡人。在富玉鸾眼中，云麟无疑是一个“好人”，可是在尖锐的斗争中，富玉鸾知道他是一个“脓包”。后来富玉鸾在南京壮烈牺牲，他去收尸时，看到街上的人都没有“豚尾”了：

自惭形秽，也就命淑仪替他铰去了一半头发，还留其一半头发，盘着瘦辫子，藏在帽子里面。好在天气严寒，头上总戴着帽儿，也没有人瞧得出来。他的意思，以为大清反正，我这半条辫子，总算是忠心于故君，就使天命已绝，竟由君主变成共和，我那时候再斩草除根，还他个新朝体制，也不为迟。所以打从民国成立以来，他事未遑，便这人人头上一把烦恼丝，那时候真个费人万分踌躇，百端斟酌呢！

那么云麟就是一个“顺民”？也不，李涵秋写的是扬州人所说的“扬虚子”的性格。怕事，遇事心里就先发虚的“虚子”。他心中好恶是有的，是非也基本上能分清。他知道老师何其甫之腐，但他觉得必须服从“师道尊严”；他也知道清廷之腐，但他惧怕专制统治之剑。有时他也发些议论，被人誉为“新派”或“新学家”。洪宪称帝之前，他有过一番“警告”；而对张勋之复辟，他也预言其下场必然不妙，议论不为不“精辟”：

> 大势所趋，怕将来这君主政体，未必能存立世界。那时候万一有人暗干天位，恐怕不能安然无事，少不得反对的又要高揭义旗起而对抗，弄得兵连祸结，民不聊生，列强眈眈，再借清乱为名瓜分中土，真是鹬蚌相争渔翁得利，那才危险呢。
>
> 即使他（指张勋——引者注）达到了目的，也不过如袁世凯的83天皇帝，昙花一现，断断不能持久。何以呢？在前清时代，在人民脑筋中，尚不知共和为何物，虽受了专制之毒，惟敢怒而不敢言。而今政体既改了共和，又复行专制，人民即无实力与之反抗，我逆料那些爱国的伟人必有挺一旅义师殄此小丑者。到了那时，“复辟”二字，怕不是就此烟消火灭么？

可见他倾向性还是有的，只是觉得自己“无实力与之对抗”，他只能寄期望于“爱国伟人”的“义师”。这些情节与言论，为我们画出了一个胆小怕事的过渡人的形象。

在日常生活中，云麟是一位有修养有学问的词章家，他是雅儒，是名士。更确切地说，是一个“情种”。“情种”是古代雅儒的“专利”，也是名士活得“潇洒”的“表征”。他是写言情小说步上文坛的，因此在社会小说中他也编织了大量言情情节，后人称他为“现代社会言情小说”的前奏曲，也是不错的，在《广陵潮》中，云麟有青梅竹马的伍淑仪，有端庄明礼的发妻柳氏，有冰姿侠骨的青楼名妓出身的红珠。他从柳氏这位“女博士”身上，学会相敬如宾的礼让；他从美丽的红珠处体会名士的“艳福”，而且还有不菲的嫁奁供他小康；他曾与表妹伍淑仪两小无猜，本是天生的一对，竟然受到封建包办婚姻的摧折，而伍表妹的丈夫富玉鸾又遭不测，使他与表妹见面时又含有一股淡淡的哀情。“情种”没有这“淡淡的哀情”的点缀，似乎也少了一个用情之处，他真可谓应有尽有了。李涵秋就是以他为中心，串联一切，把这位温柔敦厚的“老好人”放到各种势力构成的漩涡中去，让他浮沉翻腾于广陵潮汐之中，趁此请这位介乎新旧之间的“道德之士”评价一切。云麟在《广陵潮》中的全方位的折腾也是够辛苦的。到第100回，他母亲秦老太太“飞升”佛国之后，他完成了孝子的任务，从此他“教子读书，诗文自娱。与伍、秦诸家，时常往还，云麟又介绍何其甫的女儿，给晋芳做了媳妇，结为秦晋之好。从此《广陵潮》告一结束，著书的人也就搁笔了”。有人说云麟是作者李涵秋的“自况”，这还需作进一步的对比考证；如果说是“气质相通”，我看是不会有什么不妥的。

李涵秋对腐儒的刻画的深刻程度恐怕是不亚于《儒林外史》的。当然，他的广度不及《儒林外史》，但就何其甫这个形象而言，厕身于《儒林外史》，人们会感到有异曲同工之妙。何其甫者，何其腐也。作者对他的笔伐能使他成为一个典型形象立于现代文学史人物画廊之中。他将何安插在云麟的开蒙老师的位置上，以便随时可以拿他出来示众。他组织的“惜字会”、“文言统一研究会”，使他在文化上的倒行逆施，暴露无遗。他平时道貌岸然，但写到他到南京去参加科举时，在船上的看到姿色美艳的女子，性欲冲动达到了走火入魔的程度，又显示了他的伪善本性。而第65回的“明伦堂腐儒大会，净慧寺泼妇飞来”，写何其甫等5个腐儒为表示自己是大清国的忠臣，要在明伦堂上当众自缢：

> 大家看见明伦堂上，已有学宫里的门斗替他们在二梁上依次悬上五根麻绳，绳子底下通通打着五个大圈儿……已经设了一张极长的香案，上面香烛已点得通光透亮。他们五个人，果然肃恭敬谨，齐齐排列，向北行礼。从人声嘈杂之中，还隐约听见他们嘴里念念有词。说是：“皇上圣明，列祖列宗，在天之灵，秘鉴微臣何其甫、严大成、龚学礼、汪圣民、古慕孔等孤衷，于今年八月十五日午时三刻，同在本城明伦堂殉节，微臣等生不能匡弼圣清，死当为厉鬼以杀共和而击民国！”

他们你推我让，先以岁数大小来排列上吊的次序，后来又要用拈阄来决定悬梁的早迟。看热闹的人山人海，评价是“这哪里是殉节？简直是在这里挨命”。这纯粹是一幕沽名钓誉的丑剧。《广陵潮》中的怪事甚多，但这些怪事并非出自作者的夸大或生造，而是当时生活的一种呈现。刘云若对这种种怪相的典型意义，说出了自己的看法：“洎余涉世日深，阅人日多，所遇之奇形怪状，滔滔者皆《广陵潮》中人也；若扩而充之，亦可言全社会之秦镜，不得以狭义而小之……”[1]李涵秋将何其甫的死安排在张勋复辟失败之后，也是极为恰当的时机。张勋复辟消息传来，何其甫觉得自己应该赶快“操练操练”八股，好让自己考那优贡时笔底下不致生涩。后来听说张勋失败，逃进荷兰大使馆去了，他就倒在床上，失声痛哭，从此一病不起。

《广陵潮》中对封建包办婚姻的控诉，也是极为深刻的。云麟与伍淑仪原是天生一对，地设一双。就是因为算命先生说云麟乃“克妻”的“三妻之命”，迷信葬送了他们的良缘。美娘嫁给何其甫，绣春嫁给流氓田福恩，读来令人忿恨，为这两个好女子的苦命而不平。作者一而再，再而三地关注这种包办婚姻所造成的人生悲剧，读来令人痛心疾首！

《广陵潮》虽然没有正面写历史的大事件，为历史人物树碑，可是从普通人物身上让我们看到了历史的潮汐，这是一部从历史的侧面看时代动向的社会小说，而李涵秋所写的逸事轶闻，充盈着文化积淀，哪怕是写“开蒙”、“缠足”、“冲喜”都令人回到往昔的氛围中去。就是写云麟母亲为绣春缠足这一段，母女的痛苦呻吟，哭成一团的惨景，令读者也为之心酸。因此，张恨水将《广陵潮》称为清末民初民俗的“活化石”：“我们若肯研究30年前的社会，在这里一定可以获得许多材料。”[2]而这些堪称“活化石”的资料，皆得之以日积月累的实地观察，以至烂熟于心，笔下也自然惟妙惟肖。

李涵秋对自己所写的社会小说也是充满自信的。他认为布局需绵密细致。他说，长篇要“由分而合，由散而整”，成“群山万壑赴荆门”之势，那么当“一卷既终，掷笔狂笑，此乐正不可多得”。[3] 言下对自己的《广陵潮》

① 刘云若：《广陵潮·序》，《广陵潮》，百新书店1946年6月改版第1版，第3页。
② 张恨水：《广陵潮·序》，《广陵潮》，百新书店1946年6月改版第1版，第5页。
③ 第21则，1921年12月2日。

是暗自称许的。也有熟悉李涵秋的文化人素知李涵秋精于观察，善于构思，如俞牖云说："先生于无聊时，每缓步市上，于以觇社会上之种种情状，以为著述之资料，所谓实地观察也。"[①]而阿杏又笑谈李涵秋构思小说的专心致志：李涵秋"一日乘骡走乡间，叉于两树间，骡自胯下逸去，而先生方穷思小说资料不觉也"[②]。

对俞牖云的关于"实地观察"的话，李涵秋是首肯的，而以为阿杏的笑谈有夸大之嫌："小说原不难作，只不可粗心浮气，……犹记某君于《游戏杂志》上披露我之轶事，谓我于驴子背上筹划小说之结构，以致触树而踣，驴子从胯间驰去，若罔闻知。此虽未免形容太过，然而构思至于精密，往往有此等现象，思之殊复失笑，盖我不轻易出户，苟出户，于路途间之一事一物，必较常人注意，下而至泼妇骂街，醉汉寻衅，车夫争路，菜佣估价，亦必察其形状，储为学问，他如酬酢之场，衣冠之地，清客取媚，细崽工颦，尤属绝好材料。"[③]其实，李涵秋的日常生活是很悠闲的："忆我居扬州，每日十二小时，除食息外，我以六小时莳花种竹、调鸟养鱼，三小时于园中散步，或出门访友闲话。伸纸濡毫，不过仅费一二小时耳。每一小时能成一千五百字，故担任说部虽多，曾不虞其竭蹶。入寝最早，向不愿于灯下构一字一句，以时近午夜，则人之神志远不如日中之清澈也。"[④]郑逸梅在《红玫瑰》第1卷第19期上曾写过一篇《著作家之嗜好》，说李涵秋最喜爱调教画眉鸟。因此，他的暴卒非"过劳死"，而是本人的体质及长期潜伏的病根一旦暴发所致。

李涵秋生前还开始写《新广陵潮》，拟在杂志上连载，但只写了一回就逝世了。《红玫瑰》杂志社请程瞻庐赓续，这就难为了程瞻庐。如果写了"半拉子"，由另一作家续成之，似乎还说得过去，现在只写了第一回云麟"扫墓遇雨"，废去是毫不可惜的，当时要程瞻庐续写，使他颇为纠结。但程氏是善续同人未完稿的老手，而从沈知方老板看来，他舍不得丢弃这个"热门"的好题目；况且程瞻庐也是一位大名家，实际上要他利用这个读者

① 俞牖云：《涵秋轶事》，《半月》第2卷第20号，1923年6月出版，第25页。
② 阿杏：《李涵秋轶事》，《半月》第2卷第20号，1923年6月出版，第27页。
③ 第72则，1922年2月24日。
④ 第30则，1921年12月8日。

熟知的好题目重新写一部长篇而已。在沈知方的再三敦请下，程瞻庐只好勉为其难，续写了另外的49回，共40万言，实际上是从云麟说起，“即撇开一边，别具机杼”。全书写的是另一个悲欢离合的故事，与广陵地方也若接若离，有时甚至与外国地方挂上了钩。直到小说结尾，再毫不勉强地回到云麟当年“扫墓遇雨”的那一刻，“即作本书之结脉，首尾联合，如环无端，于是乎《新广陵潮》乃得离《广陵潮》而独立成书”。[1] 可见程瞻庐的本领的确了得。在本文的结尾，为何要提起《广陵潮》，因为程瞻庐写到《新广陵潮》的第38回时，居然借书中人物蒋孝廉之口，当着云麟的面，痛斥了云麟一番，这是读者万万不会想到的。那是在一个喜宴中，书中云麟用的是云趾青的名字。那时云趾青先生在席间大谈如何才算“真情种”，俨然自己以真情种自居，旁边一个蒋孝廉先生实在听不下去了，他趁云趾青在座也就大发议论：

“趾翁，不是这般说，一个顶天立地的男子汉，仗着妇人家生活，本是一椿可耻的事(语中有刺——以下括弧中的话均是原书中的点评——引者注)，况人言籍籍道，这妇人赚来的金钱，又不甚正当……这男子何等的好骨气，要是没有骨气的男子，便不然了，不名一钱，居然也去嫖妓。妓女褪下一枚金戒指，向他手里一塞，他居然接受了，权充自己的使用，也不管这枚戒指，是妓女把皮肉换来的(语有所指，见前集40回)。他受了妓女的接济，已觉说不过去，他兀自不知足，为着妓女接待了别一个嫖客，他竟使醋劲，摔东西教妓女难受(见前集第41回)似这般的行为，怕不好算真情种子罢，要知天下最可怜的是妓女，做了男子汉，不能把妓女救出火坑，反而到妓院里去揩油，把妓女淫业上赚下的金钱充使用，试问这个人，人格何在(骂得痛快)？后来妓女嫁了一个阔人，阔人死后，妓女掳掳掇掇，把许多金珠财物带了出来，和那揩油的恩客做一对儿。这时节那个揩油的恩客，正穷得狗肝都出，蓦然间得了这个好消息，异常快活，又有了艳妾，又有了艳妾带来的财物，一辈子享用不尽。这快活宛比中了状元，骑了高头

① 以上程瞻庐的整体构想，均见《新广陵潮·序》，世界书局1929年版，第3页。

白马去游街，觉得无上光荣，不可一世，也不嗅嗅这财物是香的还是臭的（骂得痛快）。他也没有正当事业，专仗这下堂的姬妾的一笔意外横财，居然轻裘肥马，呼奴喝婢，住大宅子，在衣冠队里混充绅士，诗酒风流，高谈阔论，自命是真情种子，而且旧小说的思想很深，得陇以后，尚且望蜀，恨不得化身为《三笑》弹词中的唐伯虎，九美为妻，左拥右抱，才遂了他的心愿。殊不想一介寒士，有了贤内助，又有了情人作偏房，安坐而食，无忧无虑，已觉得非分，怎么时时挂念，尚放不下人家的一个青年寡妇。他侈谈的情字，是爱博而情不专的情字，似这般的真情种子，在新旧道德上都无根据。论着旧道德，他和寡妇的丈夫是好友，才闻别鹄之歌，便作凤凰之操，不知将置死友于何地？论着新道德，爱情是神圣的，是专一的，不该有了贤内助，尚图美貌偏房，有了美貌偏房，尚图人家的青年寡妇。趾翁，兄弟的议论是不是呢？哎呀，趾翁却向哪里去了？”（你的议论太爽快了，教趾翁如何能终席？）

这与其说是蒋孝廉对云趾青高谈阔论的驳斥，不如说是《新广陵潮》作者程瞻庐对云麟的所作所为的评价。当我们在关注他是一个政治态度上的“过渡人”的特性时，程氏毫不留情面地对云麟进行了一场“道德审判”。在这里我们的关注角度是有差异的。当云麟被驳得面孔红一阵白一阵、汗如雨下时，程瞻庐还在“点评”中“幸灾乐祸”地大声叫好。云麟“只得推托解手一缕烟的跑了”。其实这就是程瞻庐对李涵秋从小就十分欣羡的“艳福”观的一种反感。李涵秋正因为羡慕男子日夜企盼地得到意想不到的“艳福”，在写社会小说时，大量“插播”了云麟左拥右抱的艳福，而且从美人处得到了“轻裘肥马”的意外之财，那真是十全十美的了。但是程瞻庐却认为从新旧道德去衡量都是令人不齿的。今天的读者大多还比较熟悉《广陵潮》，而读过《新广陵潮》的人是较少的，因为此书的传播远没有《广陵潮》广泛。我们将它引在这里，让读者知道，当《广陵潮》从侧面为我们反映了众多的历史大事件之外，对云麟的“情种”的私德和李涵秋的“艳福”观，还是应该有清醒的认识的。

◎　由李涵秋的《广陵潮》所引发的“潮”字书系中的几部代表作。

移民都会：移民大都市与移民题材小说

——论清末民初上海移民题材中的中长篇小说

（一）

在传统社会中，城市社会结构的变动往往只是静态的微调。可是在鸦片战争后，有的沿海沿江的一些小县城被辟为商埠，有的小渔村被建成码头——上海、天津、青岛、大连、汉口等地都开始在城市化的过程中脱颖而出，天时地利使它们改变了昔日的面貌，纷纷跃升进入都市的行列。青岛原先不过是个荒岛——黄海之滨、胶州湾上的五个小村；大连也仅是个60户人家的半农半渔的村庄；汉口，明清时曾是镇的建制，属江夏县治；天津在1860年开埠后，城市面积竟超过了旧城厢的8倍；上海开埠前是一个属于松江府的仅有10条街的县城，可是它很快取代了广州的地位成为中国最大的外贸中心，并一跃而为中国第一大都会。据1927年统计，人口超百万的中国都市依次是上海、武汉、北京和天津，除北京是老大帝都外，其他都是雄踞于江海要津的城市，特别是上海已经拥有人口260万，它在中国的都市化中更具典型性，值得作为移民城市中的一个“精品”加以解剖。

所谓非常态的“都市化”实际上就是在工商发达的大背景下移民潮所形成的人口爆炸——都市里的新式企业创造了数以万计的工商就业职位；而在中国的农村与小城镇中，人们又往往饱经连年战乱和灾荒的煎熬；但在清末民初的太平天国、中法战争、八国联军、日俄战争、辛亥革命、江浙战争中，上海的租界当局，却都以中立的姿态出现，在内地的硝烟滚滚中，租界仍然在风平浪静中生息繁衍。于是在国人的心目中，上海就成了避难所与淘金场，大量的投资者、手工业者和农民就涌流到上海。上海成为国内最典型的一座移民大都会。当时上海的租界沿袭西方城市习尚，没有户口登记管理制度，人口流动更是频繁。统计数字惊人地告诉我们，1885年，移民约占上海人口的85％，1930年占78％。[①] 我们今天俗称的“乡下人进城”这个概念还不能概括“移民潮”的全部内涵。因为在当时“难于计数的逃难者，投资者，冒险者，躲债者，亡命者，寻找出路者，追求理想者，有文化的，没文化的，富翁，穷汉，红男，绿女，政客，流氓，都向上海涌来。上海成了容纳五湖四海各色人等的人的海洋”[②]。以上所列举的均属国内移民；可是在这个国际大都市中，还有数量不小、能量超群的国际移民。这些国内、国际的移民使上海处于不间断的裂变之中，酿成种种惊天奇观，对它的了解，不仅要靠经济学、政治学、社会学等一系列科学著述去勾勒其面容，而且也需要有文学作品对它作形象的反映。与其他的大都市相比，上海这个特大的移民城市似乎有着更丰厚的积累——在清末民初的文学中有着大量的反映当地“移民”题材的通俗小说，特别是众多的长篇，将当年的“移民”生活的图景“定格”，形成一道永不消逝的风景线，不仅使我们后代能形象地了解历史，而且还可“借昔鉴今”。但是这份丰厚的宝藏却长期被忽视、轻视，甚至蔑视。我们从来没有从移民的角度去开掘这座富矿，提炼出对我们今天也极有参照意义的借镜。

最早反映这股移民潮的是1892年开始连载、1894年全书出版的长篇小说《海上花列传》，它的第一回就是《赵朴斋咸瓜街访舅，洪善卿聚秀堂做媒》，写的是赵朴斋这一“乡下人进城”，而他的舅舅洪善卿则是一个久居上海的商业移民。小说中有众多的移民形象：投资经商者，为官为吏者，文人清客，流落海上的娼妓……形形色色，不一而足。从此写移民生活，成了通俗小说的一条文字漫游热线。《发财秘诀》写广州人到上海，《海上繁华梦》、《人海潮》和《甲子絮谈》写苏州人进上海，《恨海孤舟记》写

① 邹依仁：《旧上海人口变迁的研究》，上海人民出版社1980年版，第112—113页。
② 熊月之：《上海通史·第1卷·导论》，上海人民出版社1999年版，第72页。

北京学生南下上海，《人海梦》写宁波人到上海，《人间地狱》写杭州人到上海，《市声》则是写扬州人、无锡人进上海，《上海春秋》除写苏州人到上海之外，扬州人到上海也占了相当的篇幅，而在《上海大观园》和《黑幕中之黑幕》中则写了国际移民的多种面目。这些人到上海或投资办厂、经商，或做买办、通事，或避难躲灾，或读书而后又将上海作为留洋的跳板，或办报办学传播知识，或挥金如土浪游纵乐，当然极大多数是成为出卖劳动的工人苦力，甚至沦为卖笑的娼家。应该说，这些通俗小说家抓住了对城市发展至关重要的移民生活，通过这一具有典型意义的窗口，让读者看到了当年上海的众生相。我们还应该看到，有些通俗小说家并非是与这一重要题材偶然相遇，相反，他们对反映移民生活是有着很强的自觉欲望。在网珠生的《人海潮》（即平襟亚，又名沈平衡）中有着一段"论述"写作社会小说（包括移民题材小说）的重要性的对话，对话的双方是两位乡村知识者——一对恋人。少女湘林称赞迭更司的一支笔仿佛一面显微镜，能把社会上的一针一芥放大几千倍，描摹刻画入木三分。由此他们谈到社会小说的作者非要有阅历，有胸襟，有文采，要读千卷书，行万里路，能深刻洞悉社会者才能胜任。湘林说：写社会小说在乡村街坊有三处材料总批发所，那"便是小茶馆、小酒店、燕子窠（鸦片馆——引者注）"。可是她的男友沈衣云说出了一番更有见地的话：

> 我有一处人们注意不到的小说资料，要比你说的三处地方来得有趣味、有统系，写出来一定有刺激性，能够哄得人笑啼并作。……这块地方小虽小，却是流动的，普遍在各乡各镇，便是一条驳船。这驳船每天清晨开往塘口，接上海小轮上的搭客，驳送到各乡镇；垂晚又把各乡镇往上海的搭客，驳到塘口小轮，每天满载一船。这其间，男女老幼，哭的、笑的、叹的、忧的，千态万状，哀乐不齐。哭的，无非夫妻勃谿、母女口角，一时气愤，遁迹海上；笑的，赢获巨金，衣锦还乡；叹的，入得宝山，赤手空回；忧的，身怀私货，中心彷徨。这是现面的事，细究内幕，更不少伤心黑暗的资料。（第8回）

这席话说明当时的一些通俗作家已经自觉地意识到"乡下人进城"这

一题材有着不少深刻的社会内容可供开掘。作家看到了这一条条小小驳船每天连接着塘口（苏州所属的一乡镇，每天有班船开往上海）的小火轮，使上海周边的乡镇与中国第一大都市发生千丝万缕的联系，它满载着乡民们的喜怒哀乐，从中可以探索他们在上海的种种遭遇，进而深究上海种种社会内幕。于是湘林称赞衣云说："你的形容也绝妙的了，照你说，这艘驳船内，确有不少小说材料。"平襟亚的这部《人海潮》共 50 回，前 10 回写苏州农村，后 40 回写这些苏州的各色人等到上海的种种际遇，有的定居下来成了上海移民，有的带着心灵的创伤又乘着这条驳船回到了农村，这样的构思，确是有着它的独到之处。

（二）

当通俗作家的小说中出现大批农村劳动者流向城市时，他们能清晰地反映出这些下层移民的窘况：那就是他们在城市中几乎没有任何可以利用的社会资源；而他们的农业耕作技术在大都市已无用武之地，他们缺乏城市所需的技能与职业培训，除了自己的体力之外，别无长物。于是他们只能在城市里从事苦力劳作，妇女则成为家庭佣工。即使是能出卖劳力，他们中的有些人也就觉得心满意足了。如清末上海周边的农村"妇女贪上海租界佣价之昂，趋之若鹜，甚有弃家者，此又昔之所未见者"[①]。这种前所未见的情况，在《人海潮》中就有所反映："现在乡间女子，真不比往前了，只要心中稍受委曲，便走这条路，上海商埠，仿佛专为她设的。自从有了上海，丈夫父母便不好责备妻女，否则便是驱雀入渊。等到身入繁华之地，简实没有还乡之望。"但是农村移民除了"劳力"这点资源是远远不够的。《人海潮》中写乡村小皮匠小春到上海，沦为乞丐。难道他不能仍旧靠做小皮匠的技能为生吗？他的确这样做过，可是要在上海的里弄口摆个皮匠摊又谈何容易？上海随便做什么是要有自己的"地盘"才能立足的。小春说得好："上海地方来寻饭吃，倘使只该一双空拳，不识字、不熟

① 黄苇、夏林根编：《近代上海地区方志经济史料选辑》，上海人民出版社 1984 年版，第 336 页。

路、没力气、没荐保，简直乞丐公会里好预定一个位置，不走这条路不行。除非'亏得'两字，亏得朋友……亏得亲眷……亏得女儿……亏得妻子……平空可以发财。"那意思就是说，识字者，找职业的路子要比文盲宽些，道路熟至少可以去拉车，有力气才能干苦力活，而随便去就何种职业，都得要有"殷实铺保"。而小春即使做乞丐也是拜了师傅的，他在乞丐师傅的荫蔽下才有一块可以乞求的"地盘"。在他的一席话中我们可以知道，这些下层的移民除了他们的体力之外，也只有亲戚、朋友、族人、同乡作为他们的社会资源了。所以他说了这么许多"亏得"。而亏得"女儿"和"妻子"可以"平空发财"，那就是可怜到只能靠出卖妻女的肉体作为资本了。所以除了体力之外，肉体就成了一些女性的可怜的"资源"。在《人海潮》中的衣云有这样的议论："一乡只要出一个在上海青楼做鸨母的，一乡中的优秀女子，便断送她一人手中。鸨母回乡，能够哄动合村的虚荣心，她安坐在家里，魔力比大学、中学登报招生还大。入她那所无额学校好在不须试验，大批满载而去。"毕倚虹的《人间地狱》的开端，就是写鸨母兰阿奶，从杭州将薇琴带到上海从事淫业，在兰阿奶的嘴里是："上海的日子好过，比杭州要便当得多了。你在杭州随便怎样做，老实说人是糟掉，一辈子也不能出头。我帮你到上海来。只要你……"鸨母回乡"招生"，抹掉女性的羞耻心，加固女性的虚荣性，发扬女性的不劳而获的精神，然后将这些女性推入火坑，过着万劫不复的"人间地狱"的生活。

但有的女子沦为娼妓，并非是由于鸨母的"勾引"，她们是出于被生活所胁迫，在走投无路中只好饥不择食。《人海潮》中的银珠就是生活胁迫与父亲金大的"亏得"的合力所塑成的娼妓。银珠曾很沉痛地叙述："我吃这碗饭，也叫末着棋子。养活爷娘是顶要紧。当初爷娘弄得六脚无逃，我没有法想，只好老老面皮，踏进堂子门，平心而论，总不是体面生意经。结底归根，对不起祖宗，没有面孔见亲亲眷眷……"她逃荒刚到上海时，进了妓院做大姐(佣工)，她不是妓女却也要受无耻嫖客的调戏。于是就去做刺绣女红，绣了四整天仅得了四毛钱，被她嗜酒的父亲金大讨去只够吃了一顿酒。金大眼看女儿手上被绣花针刺出的鲜血，他一边喝酒一边流泪，觉得对不起女儿。他盘算了一夜，"亏得"两字冒上了头："女儿面貌身材也不差，做手工总弄不好，自己酒又不能不喝，拿她手工钱喝酒，委实不忍。非替她计划一番大事业，让她吃一碗省力饭不行。”其实以后银珠的生活才是血泪的生活。但这种血泪生活在恬不知耻的鸨母嘴里却另有一种说法：

> 你现在一切功架已是不差，一张嘴还欠圆活一点，因为你做小先生（指不与嫖客发生性关系的雏妓——引者注），更加要圆活，否则大少爷难为了许多钱，瞧些甚么颜色呢！天下世界，千穿万穿，马屁弗穿。老话说得好，打杀人要偿命，骗杀人弗偿命，你对付客人，专靠一张花言巧语的嘴，……你只要打定主意，店里的底货弗卖好了。……这件宝贝，就是你一生一世靠着它吃着不尽的一只金饭碗。只是现在做小先生，用不着它，只消靠上头两爿嘴唇皮。便是将来用得着金饭碗时，也不好随处乱用。……只要在紧要关子上献一献，你越小气，人家越要转你念头。

这部《人海潮》的开端第一回就写乡村赤贫者金大到小镇上千方百计想赊酒吃。到“亏得女儿”才使这位嗜酒的醉汉有酒吃，而到了小说的末一回写银珠“衣锦还乡”探亲，而她的父亲金大现在已阔极阔极，屋宇连云，呼奴使婢了。这种笑贫不笑娼的观念使小说中的主人公沈衣云惋叹不止，也算是这部写善良的移民——失意者沈衣云的生活时，与之对比的一条线索。

通俗作家惯写移民中的娼妓生活，也与他们接受狭邪小说的传统有关。但出卖“底货”的生活，却又是女性移民挣扎在死亡线上的血泪写照。据1920年工部局的调查统计，上海娼妓总数为60 141人。[①] 而据《第一次中国劳动年鉴》统计，民国初年上海的人力车夫却只有50 000人。娼妓的人数竟然比整天在大街小巷中辛劳奔波、招手即可雇到的、几乎遍地皆是的“黄包车夫”还多，岂不令人惊悚！

通俗作家在涉及下层移民题材时，除了指出他们几乎不占有任何社会资源之外，还非常客观地强调，这个孤苦无告的群体也必然会带来一个

① 王书奴：《中国娼妓史》，上海生活书店1934年版，第331页。

严重的后果——城市中出现一支庞大的失业大军。而在无业群体的无序膨胀的“流向”中，如果“流幅”与“流速”失控，就会导致严重的城市社会问题。这个问题在清末民初的通俗小说中反映得最为典型的是自然灾害时的灾民与战乱时期的难民“潮涌”，随之而来的城市不安全因素大增。包天笑的长篇小说《甲子絮谈》就是反映1924年的江浙战争时的难民潮。“流向”是非常集中的——弹丸之地的上海租界，其“流幅”之宽，“流速”之快，使租界无法有序消化。包天笑首先反映的是“房荒”，但他没有止步于这个浮面的层次上；接着他写了上海的下层移民被军阀拉去作“民夫”的惨象。但包天笑重点指出的是，“流幅”、“流向”的失控，无业游民的激增，使租界变成了盗匪横行的世界，偷窃抢掠随时发生，百姓财产没有保障，生命也缺乏了安全感。小说的第6回“棘地荆天坦途匪易，枪声灯影广市不宁”就是写的持枪抢劫案，写出了“越货伤人成惯技，可怜群盗正如毛”的都市混乱局面。而第18回与19回“掌上失明珠竟成恶谶，眼前留匪窟大有疑踪”、“驱驰逆旅肉券赎娇儿，挥斥家财泪珠抛阿母”就是写租界上的绑票案。

(三)

在描写下层移民居于都市受苦受难的惨状时，有些作家很容易犯的一个片面性，那就是坠入“城恶乡善”的模式而不能自拔：片面地只强调城市是罪恶的渊薮。可是也有不少通俗作家在当年就自觉地舍弃了这个片面模式，而是全面看待城市在国计民生中的重要地位与作用。正如包天笑在《上海春秋》的“赘言”中非常有分寸感地指出的：“都市者，文明之渊而罪恶之薮也。觇一国之文化者，必于都市，而种种穷奇梼杌变幻魍魉之事，亦惟潜伏横行于都市。”他认为中国最大的都市上海在这两方面都是极具代表性的。

在1904年，欧阳钜源写长篇《负曝闲谈》时就指出上海是维新派的根据地：

原来，那时候上海地方，几乎做了维新党的巢穴。有本钱有本事的办报，没本钱有本事的译书，没本钱没本事的全靠带着维新党的幌子，到处煽骗，弄着几文的，便高车驷马阔得发昏，弄不了几文的，便筚路蓝缕，穷得淌屎。他们自己跟自己起了一个名目，叫做“运动员”。（第12回）

他的小说则侧重于揭露假维新派的“运动员”们的丑陋面目。到1907年吴趼人所写的中篇《上海游骖录》中，从乡下来的政治避难者辜望延一心想到上海找革命党：“上海租界上革命党最多，我何妨先到上海去访问革命党。”他到了上海读了许多新书，包括当时的禁书《革命军》，可是辜望延在生活中并没有找到革命党，遇见的只是“谭味辛”（空谈维新者）之流。于是他想到日本再去进一步求索：“那几个谈革命的行为，倘与他们同了一党，未免玷污了自己。左想也不是，右想也不是，且待到了日本，看看那边中国人的人格再定主意。”

在欧阳钜源与吴趼人笔下，只是提及了上海是维新派与革命派在国内的大本营，也是一个大造革命舆论的中心；但是在他们的小说中没有出现真正的革命者的形象。尽管当时像蔡元培、章太炎、邹容、吴稚晖等革命派作为外地的移民汇聚在上海，办起了爱国学社，在张园频频举行爱国集会，鼓吹反清革命。

在通俗小说中正面反映辛亥革命前后革命党的种种活动的是姚鹓雏的《恨海孤舟记》。小说反映的是知识移民，其中有不少革命党人或革命的同情者，汇聚在上海，利用租界的“缝隙效应”，从事舆论宣传，策划革命暴动，直至掌控辛亥以后的革命政权。小说中的不少出场者都是实有的历史人物，如陈髦公（陈其美，浙江湖州人）、张樵江（宋教仁，湖南桃源人）、庄乘伯（章太炎，浙江余杭人）、花吴奴[叶楚伧，江苏吴县人（现属江苏苏州市）]、杨平若（柳亚子，江苏吴江人）、赵栖桐[其中部分事迹是作者自况，江苏松江人（现属上海市）]……小说是以写北京大学生南下上海为开端：辛亥年八月十九日，北京风声鹤唳，说是当晚要严闭内城搜杀汉族，而且要从已经剪辫子的人杀起。京师大学（北大前身）和译学馆当然首当其冲。纷扰得学校只好停课，学生也相继离校回家。赵栖桐到了上海，还未返里，就被《东海日报》的花吴奴聘为编辑：“请你替我编两版中央要闻吧，带做一个时评。磐磐大才，只好暂屈。我今日便说定了。”在上海没有成为大都市之前，它的文化底蕴是并不深厚的。但在开埠之后，特别是科举废除之后，中国的士人们为了要找寻新的出路，在社会上为自己重新定位，就纷纷到上海做“知识劳工”：

> 上海在开埠以后二三十年中，已逐渐形成一个新型知识分子群。这些人主要分布在出版、教育、新闻等文化事业中，到戊戌维新时期，上海新型知识分子已颇具规模。戊戌政变以后，各地知识分子纷纷汇聚上海，如容闳在政变后逃出北京来到上海；张元济因参加维新被革职而南下上海；蔡元培在政变后辗转来到上海。1900 年北方战乱，又驱使一批新型知识分子进入上海。……据估计，到 1903 年，上海至少汇集了 3 000 名拥有一定新知识的知识分子。……这批人中产生了许多中国杰出的教育家、出版家、翻译家、名记者、国学大师、文学大师、小说家、诗人、律师、政治家等。[①]

在 1903 年已有约 3 000 人，何况是在 1905 年科举废除之后呢？《恨海孤舟记》就是在一定程度上反映了外来的知识移民对上海成为文化中心与革命前哨所作出的贡献。特别在是反对袁世凯吞噬革命成果、妄图恢复帝制时，上海的革命党人的英勇斗争与献身精神。小说中反映了袁世凯在 1913 年和 1916 年先后阴谋刺杀革命党领袖人物宋教仁与陈其美的两大事件，为历史留下了形象化的史料。当然他也用了很大的篇幅续写谢柏山（蔡锷）如何逃脱袁世凯的软禁，到云南高揭反袁义旗。《恨海孤舟记》打破了那种浅薄的“城恶乡善”模式，显示了在清末民初上海这个城市发挥着文明新知的重镇与二次革命中的堡垒作用。姚鹓雏后来对自己这部小说是一再表示不满的，这是因为他用了很多的篇幅去叙述赵栖桐接连两次在妓院堕入情网；作为一个知识者，他在找不到出路时，消极颓废，遁迹空门，不知所终。但这部小说写了那么多的历史事件与历史人物的活动，还是有其一定的价值的。

---

① 熊月之：《上海通史 · 第 1 卷 · 导论》，上海人民出版社 1999 年版，第 23 页。

比《恨海孤舟记》更进一层的是严独鹤的《人海梦》，它的视野更为阔大。小说的主要定位是将上海作为一个传播新知、培养革命者的摇篮，并将青年送出国门，使他们成为反对清廷的健将，也为辛亥革命输送了干部。小说以写宁波人进上海为开端，主人公华国雄与表兄钟温如到上海求学，进入了假道学的官僚所开办的腐败的正谊学校读书，看到学校中的形形色色的怪事；但他们却是追求正义与真理的青年。一天学校当局以迅雷不及掩耳之势，突袭搜查学生有否私藏革命书刊，查出他们的宿舍里有《党人魂》、《革命军》和《自由血》等禁书，学校当局“竟要一面通禀上宪，一面将他们送往上海县中拘押起来，听候治罪”。以此事为契机，华国雄去日本留学，加入了同盟会，步入了他的职业革命生涯。在辛亥革命成功后，国内正急需革命骨干时，立即回到上海，成了沪军都督府的一位科长。小说除了涉及他们的故乡宁波之外，主要写上海、日本还有南京这三处地方，而写南京则又是华国雄及其女友——也是一位革命奇女子冯蕊仙，与两江总督方制台之间的多次机警智巧的斗争。

在这些清末民初的通俗小说中，上海被描写成反抗清政府和北洋政府的进步人士的活动基地，也在它的移民中培育了大批革命中坚分子，大大树立了上海的正面形象。

（四）

上海既是帝国主义侵略中国的桥头堡，也是中国人民反帝反封建斗争的前沿阵地。这不仅表现在政治斗争中，同时也表现在经济斗争和文化斗争等多个方面。在清末民初的通俗小说中，将这个以商兴市、以港兴市的上海描写成民族资产阶级与帝国主义及买办势力进行商战的主要战场。为了要反映这一经济领域的鏖战，也就必然会写出若干商业移民的面貌。这里既有帝国主义的代理人，也有民族资产阶级的代表人物。在清末民初的移民小说中，也的确有值得一读的作品。

在鸦片战争之前，清朝不仅实行海禁，而且严格规定“一口通商”，即一切外贸皆以广州入关为限。在鸦片战争失败后订立了《南京条约》，五口（广州、福州、厦门、宁波、上海）通商使上海在 1843 年正式开埠。由于地理条件优越，加上当时主要出口商品生丝、茶叶、棉纱产地皆就近于上海港口等等原因，上海很快超越了广州的贸易额而居全国外贸的龙头老大地位。于是“一批野心勃勃、富有对华贸易经验的洋行大班，挟巨资先后踏上了黄浦滩；‘通事’与‘买办’亦尾随他们而来”[1]。最初在通俗小说中比较集中反映这批买办移民的是吴趼人在1907年发表的中篇小说《发财秘诀》（又名《黄奴外史》）。从这个“又名”中，读者就可以知道作者是怎样为这批特殊的商业移民定性的。

中篇一共10回，前5回主要是写这批黄奴在广州的活动，他们开初不过是洋行中的听差一类的人物，他们用着自己的“奴性”为洋大班忠心耿耿地效劳，以博得外商的信任。在第五回中，他们已开始嗅到洋大班要移师上海的行踪，如能被带到这个新开辟的商业战场上去，这是他们升迁的极佳机会。

> 秀干忽对庆云道：“方才我听见说大班日间要到上海，不知可曾对你说起。”庆云道：“我也听见说，不知确否。”又园插嘴道：“倘使连家眷一起去，只怕你兄弟两个，都要去了。”秀干道：“阿枢（庆云的小名——引者注）总不肯留心，须知我们既然得了这种好事，总不宜轻易丢了。我已经和女东家说过，求她是必带我们两个。”

陶秀干以黄奴的敏感，觉得非抓住这个千载难逢的开拓新机不可。他很怪老弟庆云的迟钝。可是陶庆云却得意洋洋地说：“这是家兄瞎操心。老实说，敝东和我就同一个人一般。凭他到上海、到下海，怕他少得了我？我们这样人，老实说，谁见了谁欢喜。你看和我们一辈的人，那一个不是一年换两三个东家。顶了不得的做了一年也要滚蛋的了。我从在澳门跟着敝东，直到此时，足足三个年头了，那一天他不赞我两句？……你想他能离得了我么？”这说明了他是一个质量上乘的“黄奴”。在第6回中，我们看到他的确成了上海的商业移民。通过旁人之口介绍，我们已

① 熊月之主编，陈正书著：《上海通史·第4卷·晚清经济》，上海人民出版社1999年版，第225页。

知，“同乡到上海的，陶庆云得意的最快了。……此刻是台口洋行的副买办了。东家信用了他，只怕不久要升正买办呢！”请听陶庆云自述他的从洋行佣工一类的角色如何爬上副买办的高位的“黄奴经”：

老实说，像兄弟这几年，倘不是说话灵通，任凭东家怎么好，也到不了这个地位。对了洋人，第一要会揣摩他的脾气；第二要诚实；第三也轮到说话了，倘使说话不能精通，懂了以上这两层，也是无用的。我此刻虽算是东家赏脸，然而也要自己会干、会说话，才有今天啊！

这会揣摩脾气，当然是黄奴善于逢迎拍马的必备条件；这诚实当然不是对所有的人诚实，而是只对东家一个人“诚实”；陶庆云还一再强调“会说话”这一点，他非常注重学外语，当时，像他这类买办精通外国文字的很少，但是他们的口语，特别是商业口语能力是很强的，陶庆云在广州时，一直强调要学好“杂话”，也就是后来上海称为“洋泾浜”式的外语的。初期的买办是在中外相互悬隔的夹缝上滋生起来的社会力量。他们不仅懂商业投机，而且凭着他们能与外国商人在语言上交流的“强势”，从中获取最大的利益。王韬曾说：“沪地百货阗集，中外贸易，惟凭通事一言，半皆粤人为之，顷刻间，千金赤手可致。”[①]正因为他们能在顷刻间可以“无本万利”，所以在上海开埠初期的商人移民中，就形成如此有势力的“广潮帮”。但这些人在中外贸易之间，主要不是赚洋商的钱，而是设下许多陷阱，为虎作伥，残酷剥削中国商人。这在《发财秘诀》中有着很深刻的反映。请听陶庆云与花雪畦的一段对话：

庆云道：“……要靠赚外国人的钱，可就难了，纵然发财也有限得很。”雪畦听到这里，不觉愕然道：“听说办洋装茶是专作外国人生意的，请教不赚外国人的钱，还赚谁的钱呢？”庆云道：“赚外国人的钱是有数的，全靠赚山客的钱。”雪畦道：“甚么叫做山客？”庆云道：“山客是从山里贩茶出来的，到了汉口，专靠茶栈代他销脱。要赚他们的

① 王韬：《瀛壖杂志》，上海古籍出版社1989年版，第8页。

钱，全靠权术。他初到的时候，要和他说得今年茶市怎样好，怎样好，外洋如何缺货，洋行里如何肯出价。说得他心动了，把货捺住，不肯就放手。一面还向洋行里说谎话，说今年内地的茶收成怎样好，山客怎样多。洋行自然要看定市面再还价了。把他耽搁下来，耽搁到他盘缠完了，内地有信催他回去了。这边市面价钱却死命不肯加起来。闹得他没了法子。那时候却出贱价钱和他买下来。自然是我的世界了。”雪畦道：“这样一办，那山客吃亏大了。”庆云道：“岂但吃亏，自从霭兰这样一办，那山客投江的、上吊的、吃鸦片的，也不知多少。哪个管他，须知世界上不狠心的人一辈子也不能发财。”

这就是他们千金赤手可致的手段。他们匍匐在洋东的脚下，啃着同胞的尸体连骨头也不吐。他们的奴性已达到了数典忘祖的境界，上海有利洋行买办魏又园的人生座右铭是：“我家叔时常教我，情愿饥死了，也不要做中国人的事。这句话真是一点也不错。依我看起来，还是情愿做外国人的狗，还不愿做中国的人呢！”吴趼人在描摹这些人物时，真是“怒眦为之先裂”。这些黄奴的确有他们的“发财秘诀”，吴趼人借知微子之口总结了这一秘诀：把“本有的人心挖去，换上一个兽心”。

如果说，吴趼人较好地反映了上海商业移民中的买办一类的人物的话，那么姬文的《市声》则写了一心想与外国资本进行商战的中国民族资本家们。小说连载于1905年的《绣像小说》，该刊于1906年停刊时，小说发表到第25回中断，后于1908年3月由商务印书馆出版全本36回的单行本。

过去，评论者只提及这一题材在当年小说中属凤毛麟角，当时中国很少有商业题材的小说；但由于这部作品结构比较散漫，许多事迹也描绘得较为抽象，因此就很少有人对它进行较为详细的剖析。不过我们如果了解从1901年至1910年上海华商界通过自强而与洋商抗争的史实，就会知道《市声》这部小说中所描写的事实皆有若干现实的“影子”，它不仅是与上海商业移民所做的事是“同步”的，有的甚至是“超前”的。作者写出了这类商业移民正在为中国的民族工商业的振兴发挥自己的智与力。小说的艺术性差是不能原谅的，但能与生活同步甚或超前的作品存有若干缺陷，至少是可以被理解的。

小说的第1回写一位商界的“忧时豪杰”名叫华兴的宁波商人，他一心“要合洋商争胜负”。他挟巨资来到上海，可是他经营失败，“生生把百万家私，折去九十多万”。现在他只好收了摊子回老家宁波去。他的账房以为失败的根子就在于“与洋商争胜负”：“东翁，你开口闭口，要合洋商斗胜负，这是个病根。如今洋人的势力还能斗得过么？”但华兴却有东山再起的豪气：“报上载的，我们京城里开了什么工艺局，还有什么实业学堂，只怕我们经商的也要学学才是。我一些不知道这蹊径，难怪折阅偌大的本钱。我回家去，倒要拼几个财东，开个商务学堂才是。”在商业移民中，宁波商人在沪上是很有实力的，他们也各有成败，如1902年沪报载，宁波旅沪巨商周某所开的兴泰号突然倒闭，沪市为之震动。姬文写的不一定是周某，但这些事实是可以使他在现实生活中得到启发的。可惜这个华兴在以后的作品中没有发展下去。从第1回“折资本豪商返里”至第5回，这一线索没有得到发展，这几回小说只是将蚕茧、棉纱、茶叶这三项出口商品的情况作了一个概貌的介绍。小说在《绣像小说》上连载到第5回以后，作者停顿了三个月才发表第6回，他决心另起炉灶，于是另一位扬州豪商在小说中“出世”：“扬州府豪商出世，上海滩茧市开盘”。因此，这部小说从第6回至36回实际上是作者考虑了三个月之后的重新开张。这位豪商叫李伯正。作品介绍说：“如今扬州府出了一位大豪商，家私有个几千万两，诚心合外国人做对，特地放出价钱收买茧子。自己运了西洋机器来，纺织各种新奇花丝绸等类，夺他们外洋进来的丝布买卖。”此人的祖宗是靠盐商起家的，他自己考了一个当时的“商籍秀才”，平时喜看新翻译的书刊，很有些华兴所没有的新气质，他一到上海经商，开口就气势不凡：“我的做买卖，用意合别人不同。别人是赚钱的，我是不怕折本。我这收茧子，难道不吃亏么？原要吃亏才好，我这吃本国人的亏，却教本国人不吃外国人的亏，我就不算吃亏了。……我所以开茧行，替中国小商家吐气，每担只照市价加五两收下，我有用处。”作者心中不一定有他的模特儿，但当时上海确有从丝业起家的巨贾。1903年12月，报载丝业巨贾莫某创业初见成效，独资开设丝厂十多家，执缫丝业之牛耳。小说中李伯正投资兴建南北两大丝厂在现实中也不是没有影子的。

除了李伯正之外，小说还重点写了无锡商业移民范慕蠡与从外国学成后归国的南昌技术移民刘浩三。他们不仅与李伯正联手，而且购地兴建校舍，开办高等实业学堂。他们创建的尚工学堂，不收学费。刘浩三还叫范慕蠡开办劝业公所，“将来学堂里制造出器物来，就归劝业公所发售”。他们团结了一位日本留学归来的杭州商业移民杨必大，三位实业家抱成团体。杨必大还建议成立工品陈列所，建立工业负贩团：“我说这个工业负贩团，就合工品陈列所相附而行的。负不起的东西，在陈列所替他们销售，负得起的东西，等他们苦业界中的人负着贩卖，只不过替他们提倡个结团体的法子。……我所以望二位拼着几间房子，作为负贩团的住处，并替他们预备下饭食，只从自己同乡中招来。那些没本业的人见有这样现成的衣食，那个不愿来呢？等他们货物售出，便结算一次，还我们房金饭费，他们也自情愿。”其实他们所提的种种“维新事业”在1905—1908年的上海还是相当“超前”的设想。清政府在1903年设立商部，鼓励绅商创办工商企业。1905年袁世凯在任直隶总督时，为了表示拥戴清政府的新政，开通风气，在天津设立了工艺总局。1905年商部又在北京设立劝工陈列所，并要求各省设立高等实业学堂。在上海，1905年，南洋公学（交通大学前身）改名为高等实业学堂，设电报、轮船、铁路工程、税务等科。《市声》中范、刘的办尚工学堂，就算是当时的新事物。又如1908年6月在上海法租界开办中国商品陈列所，前往观展者极为踊跃。这是作品出版三个月以后的事，作者在小说中就写了上海当时还没有的新事物，那是他将北京、天津的一些做法，先搬到了上海。至于负贩团是从日本学来的方法。当时，日本的负贩团十分发达，还组织“东来负贩团”到中国贩货，贩卖仁丹、胃活之类的东西，甚至深入穷乡僻壤。从上面的史实看来，《市声》所反映的“维新事业”在上海皆是萌芽时期，作为振兴民族工商业，上海的商业移民们作出了重大贡献。

（五）

清末民初的上海小说中出现过一些外国移民的形象。通俗作家从爱国的立场出发，对帝国主义的侵略是义愤填膺的，可是他们一般不从狭隘的民族主义的立场出发，一味去丑化外国人。中国的一些小说家当时就已经跳出了“洋恶中善”的模式。如在李伯元的《文明小史》中就有非常好的传教士，拯救被清廷迫害的一群文士，然后以负责到底的精神将他们送到上海租界，摆脱了清廷政治迫害的魔掌。

在孙玉声的《海上繁华梦》中已出现了外国侨民，但只是在堂子里看到他们的身影。但是在他的《黑幕中之黑幕》中却进而出现了多种类型的外国移民。孙玉声为小说中的人物取名时，往往使你一眼就可以看出这个人的性格，如毛藻岑，此人的性格就非常急躁；而钟厚丞则是个很地道的忠厚人，如此等等。因此他笔下人物的性格常常显得单一而类型化。他为外国移民取名时，也用的同一种手法。如这部小说中出现了佛力哥、麦克麦克、麦乃来和毕的生斯等四个外国人的形象。这其实都是用的当时上海的“洋泾浜”英语的译音。其中毕的生斯是个没有国籍的无业流氓，不仅品德恶劣，而且与中国的骗子相勾结，靠着一张白种人的面孔，到处胡作非为。毕的生斯就是英语中的 Empty cents，即不名一文的穷光蛋。当甄朗之在上海开珠宝店时，几个中国骗子怂恿他请一个外国人做“出面东家”，此人不要出什么资本，只领一份干薪，但店里遇到麻烦时，就要仗着他是外国人的势力从中吓唬对方。当时上海的有些新闻媒体，也请外国人做出面东家，在舆论上触犯了清廷时也往往可作“保护伞”之用。可是毕的生斯却存心不良，珠宝店开业不久，他就伙同中国骗子到店里来“鸠占鹊巢”，以开业广告上曾刊登他的名字是“东家”为根据，就将甄朗之等中国投资人强行赶出店门。当时外国骗子在中国横行，是很普遍的事，下面是外国人自己的一个调查数据：

据工部局 1864 年 9 月的报告，英美租界内有 360 名“下流的外国人”，其中 260 个没有任何职业。他们除了机智和冒险精神外，别无长技和财产。他们蔑视一切法律和权威，来上海的唯一目的就是尽快发一笔横财，然后离开。……一位在上海发迹的外国强盗说：“我爱上海，甚至超过我的祖国。”其原因就是“上海使我成为一个体面的绅士,而在故乡我只是一个一文不值的坏家伙"①。

这样的骗局在通俗小说中是司空见惯的。在《市声》的第26回至30回,就是写中国各地军阀为培植自己的武装势力,纷纷到上海采购军火与军装。广西和直隶来采购军火与军装的大员在中外骗子的合谋下,都上了钓钩;二品衔直隶候补道鲁仲鱼一下子就被外国骗子穆尼斯骗去银子五万两。

但在孙玉声的笔下,正派的外国人也是有的。如甄朗之被毕的生斯逐出店门后,就只能诉诸法律。他们先找到名律师佛力哥,这是英语中的Very good的译音。孙玉声写道:"说那佛力哥的历史,为人刚方正直,矩步规行,先前在外国曾做过法部大僚,因年老致仕,游历至华。在上海办理律师事务。……在上海律师里头可算是铁中铮铮,庸中矫矫。"他听了甄朗之的陈述,认为他证据不足,必败无疑,不愿接这个案子。尽管甄朗之愿意付大笔律师费。后来改请麦乃来,麦乃是"钱"的译音,这个律师只要你肯付钱,什么案子都肯接,当然他是无法胜诉的,只是以拿原告的钱为目的。最后甄朗之只好向外国商人麦克麦克求助,此名是英语Make make的译音,表示赚钱很多、颇为富有的意思:甄朗之走投无路时,有人为他想到了一个与他们曾有杯酒往还的麦克麦克:"他正是光明正大的洋商,与毕的生斯大不相同,从来说正能克邪,况且同是外人,可与他讲外邦法律。"后来麦克麦克激于中国常说的"侠义"之心,为甄朗之出场。麦克麦克先是怒斥毕的生斯:"好个不要脸的毕的生斯,人家拿出资本,请你做出面大班,你公然喧宾夺主,竟把公司占为己有,我们外国人的体面,被你削尽了。今夜我正为此事而来。你若稍有羞耻之心快把公司依旧让还朗之……若有半个不字,可与你法律相见。"毕的生斯哪有羞耻之心,而且他也知道对方没有法律上的证据,他请麦克麦克不要多管闲事。后来还是麦克麦克说甄朗之开公司的钱是向他借款的,他有告他的权力,并且以"驱逐"他出境相威胁,使毕的生斯不得不考虑后果。经过讨价还价后,赔

① [英]爱狄密勒著,包玉珂编译:《冒险家的乐园》,上海文化出版社1956年版,第12页、第214页。

偿麦克麦克五千两银子的“损失”。麦克麦克将这笔钱如数交还了朗之，也分文不收报酬。他算是外国正派商人中的佼佼者了。孙玉声笔下的上海外侨虽然写得较为类型化，但至少出现了外侨中的各式人等，也反映了上海当时的若干现实。

在通俗小说中，也有写外国名人行状的长篇，如1924年出版的乌目山人的《海上大观园》就是写当年上海首富犹太人哈同(Silas Aaron Hardoon，1849—1931)的发迹史。小说没有用真名，男主人公名为“罕通”，写他如何从一个低级职员到成为上海首富的暴发简史。小说写他娶了罗迦陵(螺蛳姑娘)后，时来运转，专做“地皮烟土，土价日涨，罕通年年赚钱，地皮亦然。果真娶了螺蛳，天然配合，日渐发迹”。为了加入英国籍，他独资修某大马路：“‘路固归我修，我可要从此入籍，算英国人了。’合局赞成，……罕通从此为英国籍，且为公共租界领袖董事。”小说中一再颂扬罕通是位忠厚长者，写他对螺蛳是惟命是从的。他热心慈善事业，也大力支持罗迦陵的各种善举和推动文化事业的举措。小说用大量的篇幅写他出资八十万元，由乌目山僧黄宗仰(书中名慧眼山僧)设计建筑规模宏大的海上大观园(即爱俪园)。在较为详细地写了园中整体的格局后，又突出“一乘大桥临前，桥上造起牌楼，题‘西风东渐’四字”。

> 总计园中共有楼八十，台十二，阁十六，亭四十八，池沼八，小榭四，十大院落，九条马路，七乘桥，大小树木，约八千有奇，花数百种，真是洋洋大观。
>
> 围墙之外，即后买之一百余亩，拟开辟“罕通路”，作官路，路西造数十条弄，拟取名“民德里”，约有千余幢房屋出租，中间造小菜场……

罕通俨然成为上海房地产巨商。书中的种种情节有一定的纪实性，也为外国侨民兴建海上大观园——爱俪园留下了形象资料。可惜小说以罗迦陵为第一主角，她的事迹写得非常详尽；相比之下，罕通的经商与生活实录却显得不足。这恐怕与小说作者在爱俪园中所担任的角色有关。作者乌目山人被有些人误认为是鼎鼎大名的黄宗仰。其实乌目山人与乌目山僧虽只有一字之差，却完全是两个不同的人。据香港《大成》杂志上载文考证，作者乃郭某，是园中所办的学校中的一位国文教员。因此，他对办学过程、成立“广仓学会”、为考试而设“广仓文会”、行古礼、奏古乐、耆老会等事写得较为详细。但从小说中我们也可以看到罕通虽花了大量金钱委托罗迦陵资助中国文化事业，不过复古的气息实在太浓，且有姬觉弥（书中名周儒檀，号意君）的不懂装懂和好大喜功的成分在内。不过有人在《大成》杂志上评论说：“书中描写的，也许有一半以上是近乎事实的。”[①]看来清末民初的小说家的视野还是宽阔的，他们不仅反映了中国移民的生活，也兼及了外国侨民在上海的行状。

（六）

通俗小说再现了上海早期的移民生活，它们得到了当时广大移民的喜爱。其中一个重要的原因是它们能告诉移民们，上海虽然是“文明之渊”，可是千万不要忘记它也是“罪恶之薮”，种种魑魅魍魉都潜伏横行于其间。移民到了这个新兴的大都市中，若想安身立命，就得有一双火眼金睛，要能识破各种鬼蜮伎俩，且莫踩上那些骗子们预先埋下的“路边炸弹”，否则不仅不能安身立命，反而会遭到粉身碎骨的厄运。因此不少通俗小说写了大量的陷阱与骗局，例如在孙玉声的《海上繁华梦》中，在包天笑的《上海春秋》中，在朱瘦菊的《歇浦潮》中，张春帆的《九尾龟》中……真可谓不胜枚举。不少小说均指出酒色误人、赌局翻戏、人口贩子等等皆是坑人的陷阱，再加上什么“仙人跳”、“放白鸽”之类的“专用名词”，简直层出不穷。关于这类小说历来是有争论的。一种意见认为这些乃是“罪恶教科书”、“嫖学教科书”。这一种意见也是有一定的道理的，如果一些作恶者想从中学到骗人的法门，或是对付妓女的手段，岂非就成了教唆工具。但是从另一个角度去观察，对广大的民众说来，他们并不想去学那些犯罪作恶的歪门邪道，他们只想从中学到自卫和防范的必要警惕，那么这些小说就会发挥积极的效果。因此应该用两分法去看待这些小说，如果作者以炫耀为能事，也许消极作用会大些。但是有些作品，如我们上面所

① 以上两处提到《大成》杂志的材料，均见该刊第255期上哈同邻的《罗迦陵与姬觉弥》一文。

提到的孙玉声的《黑幕中之黑幕》，在盲目地反对"黑幕小说"的中国，名声是一直不大好听的。可是这是一些没有看过这部小说的人的想当然的"先验"结论。其实这部小说是写了一个非常有超前意识的好题材。它是写在租界内，一些中外骗子会利用中国居民缺乏法律意识的弱点，钻空子实行连环的骗局。例如先用女色勾引甄朗之，发展到赁屋同居的热度，买了高档家具，骗去了不少首饰，然后女方的"丈夫"出现了。双方诉之法庭。"丈夫"在法庭上出示事先准备好的结婚证书，女方还保留了买家具的发票。在租界的法庭上是重证据的。于是甄朗之人财两失，反受牢狱之灾。接下来就是问他要不要"取保候审"，又要被骗去不少金钱。取保候审未果，继而为他设计，要不要装病取得"保外就医"的机会，于是又伙同滑头医院与医生进行骗财的种种机巧。总之，他们以法律程序的种种规章制度，别有用心地一步一步都从中捞取大量的不义之财。除了这种连环骗局称为"黑幕中之黑幕"之外，还有的就是"螳螂捕蝉，黄雀在后"，也是一种黑幕背后还有黑幕的写法。应该说，上海的居民的法律意识要比其他中小城市的居民略高，这与上海的这种客观环境以及这些通俗小说的教育是有关系的。

> "有人说，晚清上海的市民意识是'读'来的。""除报刊、出版和学堂之外，晚清上海还拥有众多贴近民众的，更为通俗化、大众化的大众艺术样式，如画报、戏曲、小说、电影、曲艺等等，它们以自己独具的魅力吸引读者和观众的视线，成为他们增长见识和休闲解闷的另一渠道。……不少学者认为各种大众化的艺术样式就是市民文化。就其功能而言，主要体现在两方面：一是娱乐消遣，丰富市民的闲暇生活；二是以市民喜闻乐见的形式有效地灌输近代意识……其实，云蒸霞蔚的大众文化，并不仅仅具有娱乐功能，对绝大多数城市民众而言，它更是近代市民意识萌生与滋长的触媒，或者说是近代市民的启蒙教科书。"①

① 熊月之主编，周武、吴桂龙著：《上海通史・第5卷・晚清社会》，上海人民出版社1999年版，第387、394页。

> “问题的另一面是大众文化的兴盛又意味着文化向中下层社会的全面开放，它在一般性地满足中下层社会的娱乐消费需求的同时，又从多方面改变和塑造着中下层社会，是上海人从乡民转变为市民的又一座‘引桥’。”①

从这一新视角来观察问题，我们应该对这些上海的移民题材的小说“刮目相看”，就它们的主流而言，它们应该得到这样高度的评价而当之无愧。

① 熊月之主编，周武、吴桂龙著：《上海通史·第5卷·晚清社会》，上海人民出版社1999年版，第395页。

◎ 毕倚虹小像

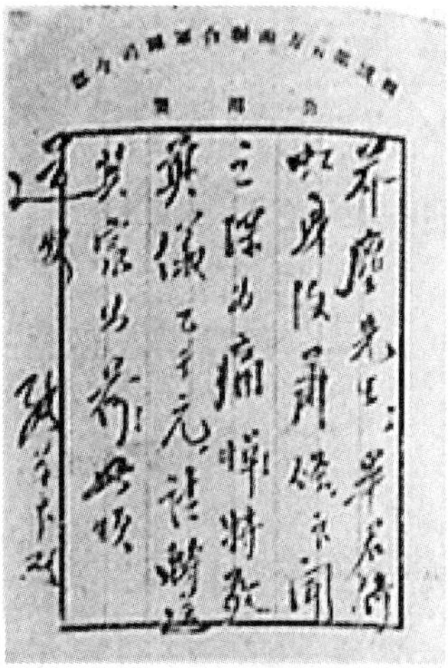

芥尘先生：毕君倚虹身后萧条，闻之深为痛悼，特致奠仪一千元，请转达其家属为荷。此颂
近祺 张学良启

◎ 张学良悼念毕倚虹的亲笔信：知毕君身后萧条，特敬奠仪一千元，请钱芥尘转致毕君家属

◎ 毕倚虹主编的《上海画报》引起了一股上海三日刊画报潮

◎ 周瘦鹃主编的《半月》杂志上所刊的何海鸣小像。

人的尊严：狭邪小说的人情和人道化

鲁迅在论述清代的狭邪小说时，选择了三部小说作为典型加以剖析，即《青楼梦》、《海上花列传》和《九尾龟》。《青楼梦》乃“溢美”之作，《海上花列传》为“近真”，而《九尾龟》则是“溢恶”。显示了小说家对妓女评价的演变，也以妓女与嫖客之间各异的人人关系为主旨。但到了民国情况就为之一变，民国的倡门小说当然也关涉人人关系问题，但更主要的是将倡门作为一个社会问题加以挖掘与探究，而且显示了新的特色，那就是加强了人情人道的浓郁的色彩。其中毕倚虹的《人间地狱》、何海鸣的《倡门红泪》和周天籁的《亭子间嫂嫂》可为其代表作。

（一）在地狱边缘写尽人间纯情的毕倚虹

毕倚虹（1892—1926），江苏仪征人。他在15岁时，就随父赴京，捐班买得陆军部郎中之职，做起了清朝的小京官。他在自传体小说《十年回首》中写他离家前，祖母看他生得矮小稚弱，很为他担心：“你要上京到衙门的时候，穿上一双高底的靴子，靴子里面我再叫王妈替你做上一个棉垫。你走起路来腰杆子再挺一挺直。两边这一凑，岂不是有个大人的模样了么。”他自嘲道：“同戏上的花旦的踩跷差不多。”祖母答得好：“自古说得好，‘官场如戏场’，你们还不像唱戏的么？”他的这部长篇处女作就显示了他在通俗文学领域中的不凡的起点。小说连载于包天笑编辑的《小说画报》上，所用的笔名是春明逐客，春明即指北京。可惜因《小说画报》的停刊而未成完璧。

毕倚虹就是这样成了“舞台小天地，天地大戏场”中的“戏子”，但他短短35岁的一生演的却是一幕幕的悲剧。1911年，他作为随员，准备出使新加坡。岂料到了上海，武昌起义成功，他这个“春明逐客”就不再北上而弃官从学，入江湾中国公学法政科。这位春明冗职闲官，当起了民国的学生。当时他与正在编《时报》的包天笑结识。也由包天笑的推荐，过起了报人生涯。包天笑很深情地回忆道：如果毕倚虹不遇到他，毕倚虹也许不与笔墨发生因缘，也许就会有另样的走上坡的人生道路，因此包天笑心中总是“横梗着一个念头，如果不遇着我，或者他的环境不同，另走一条康庄大道，也不至于如此身世凄凉，我对于他很觉一直抱歉似的……”[①]包天笑慨叹：“最初导娑婆生（毕倚虹发表《人间地狱》时的笔名——引者注）入文字地狱者，我也。”[②]“灵山无分，相迟为地狱中人，则我之踉跄于前，而娑婆生颠顿于后。”[③]包天笑任《小说大观》主笔时，称毕倚虹是他得力的“先锋”。但毕倚虹的父亲畏三公却认为新闻界乃是非之地，逼他重回政界，并为他奔走了一个浙江萧山沙田局局长之职。这对毕倚虹来说，无异于回到像“精神沙漠”一样的官僚生涯中去。好在他带了江红蕉一起去上任，而年轻的江红蕉也受到他的熏陶而成为通俗文学作家。不久，毕倚虹父亲病逝，据说亏空公款甚巨，私人家产悉被充公外，尚不足抵债。按照中国的传统法律是父债子还，毕倚虹就被拘留起来，但他不是刑事犯，也不过被软禁在衙门里而已。包天笑办《星期》周刊时，毕倚虹写了许多短篇小说，包天笑问他，这些题材是从哪里来的。毕倚虹说，是看守他的老狱卒给他讲了许多他闻所未闻的故事。而他的《人间地狱》的前几回也就是在“监狱”中写成的。

说到倡门小说，毕倚虹曾写过为人称道的短篇名作《北里婴儿》[④]。雏妓蕙娟中了嫖客的圈套而怀了孕。鸨母素来是将出卖雏妓的“初夜权”作为敲嫖客一笔大竹杠的“可居奇货”。于是为失却了发财良机而残酷地对待蕙娟，迫着挺了七八个月的大肚子还出局给嫖客唱曲子，有人说这未免太不人道了。鸨母冷笑道：“谁叫她自己寻开心，也叫她尝尝开心的滋

① 包天笑：《钏影楼回忆录续编》，大华出版社1973年版，第43页。
② 包天笑：《人间地狱·序二》，《人间地狱》，自由杂志社1930年再版，第1页。
③ 包天笑：《人间地狱续集》，第61回。
④ 毕倚虹：《北里婴儿》，《半月》，第1卷第18号，1922年5月27日出版，第11—15页。

味呢。"生养的第二天，鸨母就将一个玉雪可爱的男婴抱走了，说是她不能带孩子，只有送掉。产后不到一月，她又得重操旧业。4个月后，鸨母叫她到自己的"安乐窝"去，说是领养了一个孩子，叫他们姐弟相称。蕙娟一看这个"假弟"就是自己的儿子，当时，咬着牙叫了声"弟弟"。心想："我有真儿子可看，比较不知下落，瞧不见他总要好些。"她给孩子做各种衣着，表现了一颗慈母之心。不久，她正对镜理装准备出局时，小丫头奉命急召她到鸨母家中，鸨母劈头对她说：

"他死了，特为喊你回来，去瞧他一眼吧，就要送他出去了……"说着用手向房里一指。蕙娟这时昏了，赶忙走进去，只见她那亲生儿子，假称弟弟，已是直挺挺的睡在地板上，身上还穿着前天替他做的一套红点子盛泽纺的小衣裤，可是小眼睛已紧紧闭着，小嘴微微的开着……蕙娟正在哭个不住的时候，忽然有人将她拉了一把，蕙娟抬头一看，见是小丫头。小丫头道："姆妈叫你不要哭了。院里有人来催你赶紧去，说有十几张局票到了，等着你去侑酒呢。快去吧，琵琶已经替你携来了。"

短篇戛然而止。多少读者为这篇小说一洒同情之泪。何海鸣读后立即写了《评倚虹所撰的〈北里婴儿〉》：

我偶然做了几篇小说，描写倡门中疾苦。瘦鹃说我做得还好，《半月》上从此要留意娼妓问题，替那些苦海中的苦女子请命。那种"请命"的作品，现已有倚虹的《北里婴儿》和民哀的《倡门之女》等等。不想我抛了一块砖，竟引起如今许多玉块儿来。我真喜欢得了不得。……《北里婴儿》那篇煞尾，蕙娟儿子死了，哭还来不及。偏偏那狠心的鸨母，催她到妓馆去，有十几张局票和琵琶等着她咧。掩卷细思，这下面的情形，何等悲惨。然而倚虹一笔收住了，就留下无限凄惶，供阅者咀嚼。难怪寒云说倚虹的作品富于余味。[①]

---

① 包天笑：《钏影楼回忆录续编》，大华出版社1973年版，第43页。

如果说《北里婴儿》的结尾有无限余味，那么他的长篇《人间地狱》则实在起笔不凡：

话说天堂地狱这两个名词，原是佛教中劝惩人类的一句话。究竟天堂是怎样的快乐地狱是怎样痛苦……也没有游历回来的人做个报告书……有一个极顶聪明的人下了一个解释……天堂地狱的滋味也不必人到死后方能领略……凡世人所受用的苦恼即是地狱，快乐就是天堂。地狱天堂不过是一种苦乐的代名词。但其中也略略有个分别，有的明明是瞧着他快乐，仿佛如在天堂，不知人所感受的痛苦，比堕落在地狱中还要难受……即如最热闹的功名富贵也不知包含了多少铜柱油锅；最旖旎的歌阵酒场，也不知埋伏了多少刀山剑树；交际场中，也不知混杂了多少牛头马面；绮罗队里，也不知安排了多少猛兽毒蛇……因此，在下发一个愿心将这些人间地狱中的牛鬼蛇神、痴男怨女、狞狰狡猾的情形、憔悴悲惨的状态，一一详细地写他出来，做一幅实地写真。

《人间地狱》中的狎客与《海上花列传》中的狎客有所不同，他们不是“万商之海”中的商人，而是上海的另一个群体。陈灨一曾用两句话就涵盖了这部50多万字的长篇的梗概，指出它是“以海上倡家为背景，以三五名士为线索”[1]，勾勒出一幅幅活地狱现形的写真。小说中的人物以苏曼殊（苏玄曼）、包天笑（姚啸秋）、叶小凤（华稚凰）、姚鹓雏（赵栖梧）和毕倚虹自己（柯莲荪——可怜生之谐音）等人为原型。《人间地狱》的主干故事，就是柯莲荪与姚啸秋等名士在青楼中竟对妓女动了真情；而妓女也希望以这些“恩客”为日后从良的终身依托。柯莲荪与秋波之恋，就不是企望肉欲的欢宴，而是纯精神之恋。姚啸秋与碧嫣的感情也从不来自色欲，而是讲究佛家所谓的一个“缘”字。这些名士派雅客在秦楼楚馆中风流倜傥，妙语连珠。文人名士加上恬静派的倌人，使整部小说格调显得极其高雅。他们是在封建婚姻之外对红粉知己的一种感情宣泄。对这种高等的

① 陈灨一：《人间地狱·序七》，《人间地狱》，自由杂志社1930年再版，第1页。

妓院的烟花地狱的本质的揭示，毕倚虹采取的是非常含蓄而深沉的刻画：不是写物质生活的匮乏，皮肉的痛楚，而着重写“人情”的被扼杀，“终身”的无依托，人生归宿的渺茫无际。当柯莲荪钟情于“小先生”（即雏妓或称清倌人，处女也）秋波后，鸨母惋春老四这个心狠手辣的妇人，想在柯莲荪身上敲一笔大大的竹杠。这是中产之家的柯莲荪的经济能力所无法承受的。鸨母在表面上是温馨笑语，骨子里防柯莲荪如防贼，处处监视，也唯恐秋波的“情”之泛滥。作品妙在写出无形的枷锁，心灵的监禁。在柯莲荪和姚啸秋眼中，直是瞧他们的红粉知己“在脂粉地狱里熬刑”。毕倚虹要读者在读作品时“大彻大悟”：这只用金丝编织的鸟笼，是扑杀“人情”的阴曹地府，“悟来纸醉金迷地，正是烟花地狱场”。

《人间地狱》从 1922 年 1 月 5 日起连载于周瘦鹃编辑的《申报·自由谈》上。其时毕倚虹的父债已由几位父执为他料理弥补。他重回沪上时，包天笑回忆道：“但是家已破了，财已尽了，房子早已充公，亲属亦且离散。”[①]于是只好卖文为生。那时他杂务缠身，文债山积，在“穷应付”中真是捉襟见肘。周瘦鹃曾谈及长篇连载时的情况：他“随作随付予，略无存稿。且日必迟至。往往《自由谈》余版皆已付排，而《人间地狱》未来。余每枯坐以待，或以电话相敦促，日以为常”。[②] 毕倚虹对这位文债的大债主是非常感激的：“去年来海上，事务较杂，每届黄昏，犹未著一字，赖周瘦鹃先生，频以电促，使余不能偷懒。是人狱之成，瘦鹃实第一功臣。”[③]此书毕倚虹只写到第 60 回，就因身体欠佳而暂告一段落。他在 1924 年 5 月 10 日的《申报·自由谈》上发表娑婆生启事：“春来多病，时有辍作，歉仄尤深，兹拟于 60 回后，暂告一结束，稍资休息。”在他生前，除 1925 年他又发表过将近两回《新人间地狱》之外，直到 1926 年逝世，也未著一字。后来包天笑为此书续作了 20 回，算是他们友谊的又一结晶。问题是毕倚虹每天交稿如此逼促，他怎么会写出如此脍炙人口的一部长篇来的呢？这正是我们应该探索的“奥秘”所在。

---

① 包天笑：《钏影楼回忆录续编》，大华出版社 1973 年版，第 58 页。
② 周瘦鹃：《人间地狱·序五》，《人间地狱》，自由杂志社 1930 年再版，第 1 页。
③ 娑婆生：《人间地狱·著作赘言》，《人间地狱》，自由杂志社 1930 年再版，第 1 页。

原来这部长篇至少是毕倚虹在1917年就开始“酝酿”的，而且是与包天笑一起“酝酿”的，因此，这部长篇也以他们两人为“主人公”的。我们的证据是：只要读《小说大观》中的包天笑的短篇《回忆》（载《小说大观》第11集，1917年9月30日出版）、包天笑的短篇《天竺礼佛记》（载《小说大观》第12集，1917年12月出版）与毕倚虹的长篇《猩红》（载《小说大观》第14集，1919年9月1日出版），就可以知道，这三篇作品就是《人间地狱》中的重要片段。但经过毕倚虹的再次加工，我们简直惊服毕倚虹的艺术才能，他能将这些“初稿”改成通俗小说的“经典折子戏”，我们就可以知道所谓“艺术的升华”这几个字的分量了。柯莲荪与秋波之恋的促成者是苏曼殊。包天笑在《回忆》中写到当时的情况：

> 丁巳春（1917年——引者注）吾友曼殊大师自南海归。大师者，学佛而深于情者也。乃觞之于酒家，座仅三人。倚玉与焉。酒酣征歌。曼殊曰：“我于海上殊寥落。顷见一豸，颇娟娟可人，惟太娇稚耳。”余笑曰：“……以大师法眼如炬，宁有差错？”曼殊亦笑曰：“衲子心如沾泥，且为居士辈广结善缘耳。”笺召至。为一雏，翩然入室，乃无伴者。询其年，才十四耳。余私询倚玉曰：“美乎？”倚玉曰：“美无度也。”彼闻吾二人之议彼，则立垂其目。曼殊合掌曰：“善哉，善哉，是惟有情，乃成因缘。”于是令移坐于倚玉。倚玉口弗诺而心已许。是为倚玉与秋波良晤之始。
>
> 秋波之媚，其媚在目。目巨如星，双瞳点漆；其次则发，盛鬋覆额，黑光可鉴。玉躯娇小，着高底履，阁然有声。语微作吃音，期期然适增其娇憨之态。

小说中的倚玉当然是指毕倚虹。包天笑这篇小说倒像是实事的记叙散文。可是在《人间地狱》中毕倚虹作了很大的艺术加工。在长篇第20回，玄曼上人出场。在柯莲荪的眼中的玄曼上人是：“虽说是自称和尚，但见他诗酒风流，酒色不忌，性情孤洁，语言雅隽，并且文擅中西，诣兼儒佛，实在算得如今一位硬里子的名士了。”接着写玄曼上人在叫堂唱时点了秋波，于是写秋波第一次出场时的光艳照人了：“果然见一个十三四岁窈窕流丽的女郎，脸上含着笑容，带一半矜持，一半娇羞的样子，走了进来，一双晶莹如露如电的眼波，向四座一射，盈盈的向玄曼身边一坐，叫了一声苏老。"其时柯莲荪叫的堂唱谢翠红刚离席而去，苏玄曼就将秋波转介绍给柯莲荪。在毕氏笔下，竟是一段绝妙的精彩文字：

> 苏玄曼见谢翠红去了，忙对柯莲荪道："我看你快些将倚翠偎红的心思收拾干净吧。这一种翠，这一种红，谢谢吧。大可不必倚，不必偎呢！"莲荪听着也笑起来道："你简直在这里将谢翠红三个字，拆散了做文章呢。"玄曼说："谢翠红我也瞧得出不生问题了。老老实实一句话，秋波这孩子这般光艳明秀，确是出类的人材，我一见就赏识她。尤其好的是天真未凿，颦笑之间还夹三分稚气，两分憨态。这种稚气憨态，女儿家只有十四五岁的时候有。过此以往，光艳有余，娇憨渐去。这时候正是极好的时代，所谓好花看在半开时。不过有一件可虑与可异的事。她不幸在惋春老四（惋春老四为鸨母——引者注）的手底下讨生活，所闻所见全是浮滑轻佻，还学得出什么好样子？娟娟此豸，如不及早振拔，未免可怜可惜。我是衣钵云游，行踪飘忽，不能常常在此地。你既常在上海，可随缘调护，也不枉山僧饶舌。"

好一个"随缘调护"，这简直是大法师"点化"柯莲荪做了个"护花使者"，使那天然光艳之花不要为俗物淫风所摧残糟蹋。他要柯莲荪去呵护那天生的"美"质，这里哪容得风月场中的半点轻浮？这样的介绍，哪是"推荐"一个妓女，这是佛家的一种"振拔"，简直是要柯莲荪永葆她美的青春，青春的美！柯莲荪难道不知其中的分量吗？于是在《人间地狱》中就是写名士们的"清游风味"，是对美的鉴赏，也是对美的膜拜，在狭邪场中显示了他们的文雅风流，人情佳话。

毕倚虹自己写的《猩红》（《小说大观》中注明长篇，这是当时的"标准"，今天看来，只是一个"短中篇"也勉强——引者注）的情节是秋波患了极可怕的传染病猩红热时，鸨母怕传染，也不甚敢于多接近病人，柯莲荪则冒死救助。那篇小说中毕倚虹这一角色名为"忆秋"，而秋波则名曰"绿珊"。当友人问他，万一绿珊不治，又将奈何。忆秋回答道：

> 珊死，我之悲，为又一问题；为彼计，亦殊干净。归魂之棺，我任之。更请其母，乞以香骨付我，虽千金，所弗吝。嗟夫，我纵不能生致其人，但能死有其骨，天愿亦足……我意就西子湖头，西泠桥畔，拓一弓地，为彼埋香。春秋佳日，我与公等，荡舟湖上，偶一凭吊徘徊，殆亦不负伊人矣。

可是到了《人间地狱》中则又深了一层。毕倚虹是将这“歌阵酒场”、“旎旖风光”简直是看“透”了，看“穿”了：就在秋波九死一生时，柯莲荪在探病回程的马车上，在风丝雨片的悲凉中，他对姚啸秋说了许多痴情的话：万一秋波香消玉殒，他要向老鸨收买秋波的遗骨：

> 我觉得在青楼中买人，远不如在青楼中市骨。买人的结果，平添了许多烦恼……像我这买骨的痴想：我觉得一抔黄土，郁郁埋香。春秋佳日，冢次低徊，怀想其人，永远不能磨灭。脑筋里有些永久的悲哀，便存了些此恨绵绵之想，岂不甚好。那种意境，远在金屋春深，锦衾梦暖之上。

这是“情”的极致，也是对“情”的杀手的最悲愤的控诉。一切肉欲的皮相的东西，都会在这股情的激流的面前，自惭形秽。这“不能生致其人，但能死有其骨”，与“在青楼中买人，远不如在青楼中市骨”是两种很不相同的境界。人生阅历的深浅是不可同日而语了。

至于包天笑的《天竺礼佛记》是写“余”与“素”相约天竺礼佛还愿。这一情节也被纳入《人间地狱》。因此，可说《人间地狱》是毕倚虹与包天笑两人在1917年前后共同“酝酿”而在1922年由毕倚虹为主来完成的。更何况用毕倚虹的话来说是：“余撰《人狱》之旨，自信无多寄托，特以年来所闻见者，笔之于篇，留一少年时代梦痕而已。”[①]重要片段既有“初稿”，又经长期“酝酿”，再加上是自己亲身经历，喜怒哀乐，点滴皆在心头，因此“烂熟于心”，当然也就一挥而就了。

① 娑婆生：《人间地狱·著者赘言》，《人间地狱》，自由杂志社1930年再版，第1页。

在毕倚虹逝世之前，他还在自己所办的《上海画报》上发表过近两回(连载32次)《新人间地狱》，主要是写另一妓女白莲花联合其他三个北里小姐妹逃离妓院，争取人身自由、婚姻自主的故事。我们并不以写不写反抗题材为衡量文学作品好坏的标尺。我们赞赏的是毕倚虹笔下写活了一个有决断，讲义气，办事周密，性格刚烈的妓女形象，这是一个与秋波不同类型的有个性有血肉的女性。用鸨母的话说，“讨人造反，这还了得!”因此也可以说，这是一个“了不得”的妓女。白莲花急于向学过法律的柯莲荪问道：“我先问你堂子里老鸨顶凶的就是捏着讨人的一张卖身契纸头，因此，讨人无论怎样凶，强不脱她的手掌。究竟老鸨捏着卖身契，要紧不要紧?”这就像祥林嫂对“我”的一问一样，也令人震悚。当然，白莲花的叛逆只能是在上海滩上找一位“护花律师”，保护自己作为人的起码权益。但是，在毕倚虹则能写出一个曾受封建愚民政策“污染”过的活生生的可爱的灵魂。在作品中作者善于用细节刻画出这一形象的多侧面的“综合”的素质，令人叹服他有如此多的细节，足以表达他的人物的多面性：白莲花在逃离妓院时，为了怕鸨母诬她卷逃，一切金玉珠宝、贵重饰物皆不带，只穿了随身的旧衣裳出走。但她却在出走前夕，“处心积虑”地在半夜偷运出一个包袱来，待打开一看，柯莲荪等人都目瞪口呆：里面竟是几十双各色旧鞋子和一团平日梳头梳下来的头发。她说，潜逃后鸨母一定恨之入骨，一定要报复她们。而这些东西沾染了本人的人气与汗水，仇人拿去，连同时辰八字一起交给专门阴损别人性命的道婆，作起法来，迟则一二月，快则七天，便能伤人性命。一方面既写出了一个“色相女奴”的自发反抗，另一方面则又写出了她们身上受封建愚昧制约的沉重心理负担，勾勒出十里洋场这个半封建社会特有的民俗文化背景。在毕倚虹逝世后，包天笑为《人间地狱》又续写了20回(第61—80回)，其中的一个重要成就，就是将白莲花写得更加有声有色，以致白莲花在作品中喊出了这样的声音：

我也不要别人帮忙。我早已打定了主意了，拼着一条小性命，给他们上一上。我先给他们一个脚底板看看。成功就成功，不成功我就向黄浦里一跳。本来我们这种性命，也不值什么钱，死了也只算死了一条狗。让她一万八千去讨价，看她可以得着一个大钱。

如此抱着必死的决心去与鸨母斗争，也就是她们必胜的资本了。

在《人间地狱》连载时和出版单行本后，好评如潮。它的第一个“读者”周瘦鹃用饱蘸深情之笔写道：“每写一人，尤能曲写其口吻行动，至于一一逼肖。掩卷以思，即觉其人跃然纸上，盖已极文章之能事矣。”[①]周瘦鹃还盛赞他的文字功力是上上乘的，由于他又以诗词见长，因此，在长篇中所制的回目尤有字里飞花之致，读者为之击节叹赏。周氏誉为“隽妙可喜”之佳品。严独鹤说：“予事甚冗，于报纸所载长篇小说，未暇一一浏览。独于《人间地狱》则逐日披阅，无或间断，其感人深矣。”[②]严氏对毕的结论是：“予与朋辈，恒推倚虹为文坛唯一健将。”[③]而袁寒云则誉毕氏为“今之小说无敌手”。[④] 通俗文坛前辈孙东吴则力称：“清末民初的社会小说，《孽海花》外，当推《人间地狱》可屈一指。”[⑤]毕倚虹自己也曾谈及读者给予他很多鼓励：“乃《申报》刊布后，友朋知好，盛加推许；艺林评论，时致褒词；更有友人辗转告语，谓时流席上，每以《人狱》为樽边谈片。余受兹宠，益不敢草草执笔。”[⑥]毕倚虹在当时全国读者中的确算得上著名作家了。1925年6月22日，毕氏以《上海画报》记者身份在沪采访张学良。“张第一语即莞尔曰：‘吾与君虽第一次晤谈，然君之文字，已晤见久矣。’”张学良事后还题赠照片给毕倚虹，刊登在《上海画报》上。在毕倚虹逝世后，张学良通过《上海画报》送奠仪一千元。张氏的亲笔信写道：“芥尘先生：毕君倚虹，身后萧条，良闻之深为痛悼，特敬奠仪乙仟元，请转送其家属为荷，此颂，道安。张学良启。”[⑦]张氏与毕倚虹大概就是这么“一面之交”

① 周瘦鹃：《哭倚虹老友》，《紫罗兰》第1卷第13期，《呜呼毕倚虹先生专号》，1926年6月出版，第7页。

② 严独鹤：《人间地狱·序四》，《人间地狱》，自由杂志社1930年再版，第1页。

③ 严独鹤：《挽毕倚虹》，《紫罗兰》第1卷第13期，《呜呼毕倚虹先生专号》，1926年6月出版，第5页。

④ 转引自陈灨一：《人间地狱·序七》，《人间地狱》，自由杂志社1930年再版，第1页。

⑤ 转引自郑逸梅：《毕倚虹与臧伯庸》，《大成》，第148期，1986年3月1日出版，第54页。

⑥ 娑婆生：《人间地狱·著者赘言》，《人间地狱》，自由杂志社1930再版，第1页。

⑦ 张学良致钱芥尘信（亲笔信原件照相制版），见《上海画报》，第127期，1926年7月3日出版。

吧？但毕氏的文字，一定在张学良心中留下深深印象，因此，这些奠仪也是代表一位读者的一瓣心香。

在包天笑续写了20回之后，在毕倚虹逝世将近30年之后，毕倚虹的一位老友——天虚我生陈蝶仙之子陈小蝶（定山）在台湾续写秋波之恋，直写到秋波之死，因为是毕倚虹的老友，故完全能贯彻当年毕氏写小说时之初衷。长篇中的另一条主线是写穆庸（以杜月笙为原型）的发迹史。陈定山笔下的秋波"殉情"情节乃出自作家的虚构。但读者读小说，有什么必要去追究情节的真假？读者满足的是包天笑的《人间地狱续集》未能有的结局，在《黄金世界》中按照人物性格的发展与情节的推进，得出了一结局，虽然是很悲惨的结局。陈定山写《黄金世界》，将秋波之恋作为小说的主线之一，这件事情的本身就说明，秋波还活在陈定山的心中，他还希望通过他的写作，让《人间地狱》也在人们的记忆中唤醒，让《人间地狱》这样一部优秀的通俗长篇小说活在读者的心中。

陈定山笔下的秋波，既有毕倚虹小说中的娇憨与天真，却又随着年龄的增长而多了一份刚烈。《黄金世界》中的柯莲荪与秋波为了预卜今生的缘分，到月下老人祠中求签。所得签书是第十上吉："凤凰鸣矣，于彼高冈。"下面还有小字："行人至，婚姻成，失物得。"这当然是很好的预兆。可是柯莲荪却认为，"好是好，只是'于彼高冈'这个'彼'字有些费解。"陈定山的这个情节是沿用毕倚虹在《猩红》中的忆秋到杭州白云庵叩问月老"我与绿珊之究竟"，得到的签书是《西厢》中的两句："风弄竹声，直道金佩响；月移花影，疑是玉人来。"别人都说是好签，可是忆秋（即《人间地狱》中的柯莲荪）推敲下来，觉及"曰直道，曰疑是，皆虚空想象之词，吾事或竟如镜花水月乎？"看来，陈定山为写这部小说是很想保持毕倚虹原有的小说风貌的。事态的发展竟是被柯莲荪不幸而言中。不久四川来了一个贩鸦片的军阀——曾兆凤师长，他愿出大价钱给鸨母惋春老四，为雏妓秋波"梳拢"，也即"开苞"，就是买下破她贞操的初夜权。贪财的惋春老四当然求之不得。秋波为此向柯莲荪求救。他们在尚公馆（尚宫保在书中是影射盛宣怀）的密谈被穆庸的亲信范森听得，义形于色地向穆庸求援。结果穆庸以黑社会老大的身份向曾兆凤打招呼，又出了一大笔钱给惋春老四，才得以使秋波冲出"重围"。他们将柯莲荪与秋波双双送到杭州。此时，柯莲荪虽然可以“合法”地享受秋波的灵与肉，但他对她的“处子美”视为神圣，似乎还应该有什么庄严的仪式或吉日良辰似的。谁知他们刚游览嘉兴到达杭州旅馆时，惋春老四已先期等在那里。后她趁柯莲荪出外时，就不告而别，携秋波而去。他们一到上海，就从火车站直奔十六铺码头，上了去武汉的长江轮船。秋波为了反抗作为色情女奴的命运，怨恨万分，愤然投江而死。惋春老四毒如蛇蝎，为了推卸罪责，托人在上海方面造谣，说秋波结识了同船去武汉的淮海海军副司令柯凤荪并要嫁给柯凤荪了。此人姓名中与“曾兆凤”一样，名字中有一个“凤”字，又似乎暗合了月老祠的签书：“凤凰鸣矣。”其实这位同船的青年军官倒是一位南方革命党人的同情者，他不仅与秋波没有瓜葛，后来还趁出差之便，将秋波的灵柩运回上海，在兵荒马乱中找到了柯莲荪，倒是暗合了他“市骨”的夙愿。《黄金世界》就在这样的悲剧氛围中结束了。秋波至死还是一个处女，陈定山始终贯彻毕倚虹的“清游风味”，将这部“狭邪小说”始终满溢着人情和人道的韵味。

一个雏妓的形象被持续塑造了30年，小说起步于大陆，终结完成于台湾，而续完部分中的“秋波之恋”的情节片段后来又在香港《大成》杂志上连载，它真正涉及了两岸三地，凡此皆可作为文学界的佳话，经久流传。

（二）在倡门小说中泛出人道之光的何海鸣

何海鸣有着非常复杂的历史。在辛亥革命前后，他曾叱咤风云，做过大将军和讨袁司令。他是一块搞政治的料子，可是他又有不凡的文才，因此，当政治上没有出路时，他就跳到文学这只船上来。正由于他的见解高于一般的通俗作家，他的作品也往往比一般的通俗作家高出一头。

何海鸣（1891—1945），原名时俊，湖南衡阳人，笔名有一雁、衡阳孤雁和求幸福斋生、求幸福斋主等，生于九龙。7岁时，英国强迫“租借”九龙半岛，激起幼年之何海鸣的义愤。“既长，辄嘘唏向人，谓不知今生尚能重见其复为中国疆土否？”[①]15岁只身游鄂。清末投湖北第21混成协第41

① 赵苕狂：《海鸣小说集·本著者何海鸣君传》，大东书局1924年，第1页。

标1营当兵，参加群治会社，受革命思想的影响。因在军中谋起事，又常向汉口报纸投稿，受到警告处分。他自请退伍，任《汉口商业报》和《大江报》记者。因发表《亡中国者即和平也》短评，受到清政府严密监视。后又发表黄侃与之呼应之文章《大乱者救中国之妙药也》，《大江报》被封，何被判一年半徒刑。辛亥革命成功，即出狱。“革命同志派他陪伴黎元洪，费了一天一夜的唇舌，黎才说：‘只好跟你们小孩子拼上一拼。’”[①]何海鸣也出任汉口军政分府少将参谋长。癸丑之役，更使他名震一时。1913年宋教仁遇刺案发，中山先生力主讨袁。7月15日，先是黄兴入南京宣布独立，组织讨袁军。“29日南京革命军总司令黄兴援绝遁走。都督程德全通电取消独立。8月8日，何海鸣等据南京以讨袁军总司令名义宣布独立，旋被捕。11日，驻南京第1师攻击第8师宣布独立。何海鸣任临时总司令。9月1日，张勋率部攻南京，拔之，焚淫虏劫……”[②]在黄兴遁走时，何海鸣正寄寓上海《民权报》馆，撰文骂袁世凯，得悉南京空虚，即向中山先生请命，于8月8日抵宁起事，与张勋率领之北军鏖战24日。天堡城五得五失，直到狮子山炮声寂然，辫帅才敢入城。最后隔着一道城墙又交战5日5夜，浴血苦战至9月1日，南京才完全陷落。何海鸣回忆道：“癸丑秋，9月1日，金陵城破，集败军战于雨花台，台陷，兵尽窜，炮弹如雨下，予憩于草地，倦极，歌声乃作，同辈力止之，此情此景，使人不忘。”他作为一位失败的英雄，浩天长歌，长歌当叹。不久东渡日本作亡命客。他自述其丰富的阅历时说：

予生二十余年，曾为孤儿，为学生，为军人，为报馆记者，为假名士，为鸭屎臭之文豪，为半通之政客，为二十余日之都督及总司令，为远走高飞之亡命客；其间所能又经过者，为读书写字，为演武操枪，为作文骂世，为下狱就审，为骑马督阵，为变服出险，种种色色，无奇不备。[③]

---

① 贺觉非：《辛亥革命首义人物传（下册）》，中华书局1982年，第403页。

② 同上。

③ 何海鸣：《求幸福斋随笔》，民权出版社1917年再版，第24页。

这样丰富而扣人心弦的生活,使他的创作路子非常宽阔,使他敢于去触及多种多样的题材。他在《我作小说之经过》中说:"颇思于社会小说上多费气力,间及于军事、言情、侦探诸作。如倡门小说,惟于主编指定征集时,始一为之,然世人始终以倡门小说家目我,我亦无如之何也。"[①]在这个做过"大将军"的人的头上冠以"倡门小说家"的徽号,他既不自辩,也不忌讳。这其中也有他自己的思想逻辑:"予流落江湖二十年,惟妓中尚遇有好人。"所以当政坛矛盾纠结难解时,"乃又复纵情于北里"。他的沉湎倡门并非"纵欲",而是苦闷时欲求解脱而"纵情"。他有一句"名言":"人生不能作拿破仑,便当作贾宝玉。"[②]这大概也是他的人生信条。他还据此发挥:"流亡东瀛后,闲无一事,欲编一项羽传,名曰《楚霸王》,以少参考书而罢。一日抑郁甚,信口吟七律一,其词曰:'人生如梦复如烟,明日白头今少年。不向风尘磨剑戟,便当情海对婵娟。英雄儿女堪千古,鬓影刀光共一天。没个虞姬垓下在,项王佳话岂能传。'"[③]在何海鸣的心目中,拿破仑艾于楚霸王。他以后的问题也就出在这样的人生观上。但此人写倡门小说确是一把好手。他后来在自己为《海鸣诗存》起草广告时,索性自我介绍说:"作者工于倡门小说。"[④]

《老琴师》是以美的毁灭为主题的倡门小说。它以一个老琴师的视角看北京八大胡同的"歌舞升平"中的无血的残杀。这是何海鸣早期的倡门短篇的代表作。他说:用白话体试作的《老琴师》刊出后,"颇得阅者赞许,即新文学家亦有赞可者。我遂决心为小说家矣!"[⑤]老琴师是八大胡同各清吟小班里教曲子最有名气的教师爷。3 年前在一家"南边班子里收下一个极有天赋的只有十二三岁的女徒弟。在老琴师的和霭可亲的悠扬的琴声中,她肯尽心尽意地学"。这个叫阿媛的女弟子的那种天然的美和为人的真,直打动老琴师的心,所以他格外喜欢阿媛,要将毕生的歌剧艺术传授给她。3 年学成,老鸨给她的第一个人生的责任是出堂差条子在酒

---

① 何海鸣:《我写小说之经过》,《红玫瑰》,第 2 卷第 40 期,第 6 页。

② 何海鸣:《求幸福斋随笔》,民权出版社 1917 年再版,第 10 页。

③ 同上,第 1 页。

④ 何海鸣:《介绍〈海鸣诗存〉出版》,《家庭》,第 8 期广告,1922 年出版。

⑤ 何海鸣致周瘦鹃信,载《半月》,第 1 卷第 7 号,1921 年 12 月 13 日发行,第 1 页。

宴前唱曲子给人家听。这老态龙钟的老琴师则整日价颤巍巍地拿着胡琴跟在她身后。她虽不愿意唱给那些侮辱与玩弄她的俗物听，可是当她“高唱入云的时候，自己对自己得着一个很大的安慰。她唱得高兴，自然就会自己安慰自己，说这是唱给我自己听的，或者是师傅听的，再或者是邻座姐妹们听的，他们都道好，自己也觉得真不错”。但当她唱红了一年多以后，她的身体也出脱得更美丽。于是急色的嫖客们就“要在这盛名之下艺科名妓的洁净的肉体”。“那位老领家妈妈不懂得什么叫做女子的贞操，更不懂得什么叫做艺术家的人格，她只知道娼妓卖身是法律上许可的商业买卖行为”，于是将这处女的贞操像拍卖一样给了一个出价最高的军阀；他“在那国库支出的兵饷内克扣了一笔，约莫有五千多银子，悉数拿出来孝敬那位老领家妈妈，便如冲锋陷阵、慷慨赴义一般，得了这注头标，足够北京全城政学军商各界冶游家，不约而同地发生一种羡慕与妒忌”。一夜蹂躏，这女孩子就倒了嗓，声音由清脆变成了浑浊：“咳！这天生的女艺术家，给昨夜一宵轻轻地毁了。可怜她人生问题中两大部分——贞操与艺术，都被万恶的金钱断送给那军官大爷了。”而老琴师呕尽心血教成的女弟子从卖唱生涯一变而为卖皮肉的生涯了。当阿媛被摧残得病势沉重时，那军官大人硬逼着她高唱入云，她万分支持不下时，军官还暴跳如雷，准备唱死她。

> 阿媛刚刚唱了一句，在那尾音上一口气接不上来，心里一急，哇的一声吐出一口鲜血来。恐怕被人看见，一只手用手巾遮住嘴，一只脚便在地毯上乱擦，想擦碎那块鲜血。老琴师一清两楚地看在眼中，心里如刀割的一般，蹦的一声，——上帝呀，他看在上帝的面上，拿出一百二十倍的勇气，做出一种重大价值的破坏——是世界上公理、正义、人道所许可的——哎，这老头儿老泪交流，下了一个决心，把他恃为生活的一根琴弦，故意的弄断了……老领家妈妈急忙跑过来，叫了声：“师父，快点儿接了弦再拉。”老琴师发出一种极悲惨的冷笑轻轻说道：“这是要人性命的勾当，我老头子不干了。”把胡琴往地上一扔，立起来就走……老琴师跑出院中，还在那里痛哭流涕地直嚷，说他们在那里杀一个无罪的人，我救不了她，我也不能眼睁睁地看她死。

完，完了！我不干这个造孽的事，不吃这门害人的饭了。说完就此出去，便没人知道他的下落……

这个短篇的确烙有五四时期初试白话时的印痕；也由于作者初试小说创作，自已站出来评论也稍多了些，可是这是一篇闪烁着人道光芒的小说。这是一篇描写真善美被毁灭的哀歌，是一篇金钱肆意残害艺术的血泪控诉，也是一曲老琴师用生命去抗争那些蔑视人的尊严的恶势力的颂歌。作者是用一种激越沉痛的声音，用自己的爱憎去镌刻的一篇力作。

在1926年，周瘦鹃为大东书局编辑出版了一本《倡门小说集》，共收11个短篇，其中5篇是何海鸣写的，除《老琴师》外，还有《从良的教训》、《倡门之母》、《倡门之子》和《温文派的嫖客》。其中《温文派的嫖客》挖掘得非常深刻。小说写一个文质彬彬的嫖客，不仅玩弄那妓女的肉体，而且还以玩弄妓女的真感情攫取快感。当她有了向上的心时却被无情地扼杀了她的希望。何海鸣指出，他的残酷程度较之流氓拆白党嫖客尤甚，这是最不人道的"心灵的屠杀者"。

何海鸣的长篇倡门小说有《倡门红泪》（以今天的标准看来仅是一个中篇）。这是一篇"研究"娼妓出路问题的小说，虽然主要情节颇为离奇，却是作者根据真实的事件有感而发的产物：

有粤妓二，姐妹行也。其姐适一银行买办，尝受种种之苛虐。其妹愤焉，立誓不嫁人；出资购一幼童，豢之别室，延师授之读，禁其出入。偶得暇，则就视之，嘱其呼己曰姐。为敬烟茶，执弟礼。拟俟其成人时，则以身嫁之。其未嫁时，则为候补与预选之丈夫。质言之，则为其主权所有之奴隶。如往古母系制度中所蓄之男奴。此妓之思想超越，真在寻常女子之上。欧洲学者，恒谓女子脑力弱，无发明心，然此妓发明此特殊丈夫制度，诚奇女子也。[①]

《倡门红泪》这部小说的女主人公是妓女春红二小姐，男主人公是一

① 何海鸣:《求幸福斋丛话・第2集》，大东书局1922年，第45—46页。

位被同行称为描写倡门疾苦第一圣手的作家。这也可以说是何海鸣自画像成分很浓的小说。在这个人物身上也许能看出作家的某些气质，但决不是他的自传的片段。这位男主人公是曾经有过夫人而现在独身的小说家，自称是一个"精神恋者"，他认为："可怜中国的人男女社交不许公开，我是向来在平康队中寻些男女交际的乐趣。"他对妓女是"只尽义务，不求权利"；毕倚虹写的是"清游"，他在清游之外，还是一位"雕塑家"，他要将这位"出脱得十分浓艳，叫人越看越爱"的春红"雕塑成一件艺术品"——他"一生心血爱情的结晶品"。春红万分愿意嫁他，他却由于种种原因不能娶她。什么隐衷，在作品中没有交代。他再三再四劝她择人而从，解决娼妓的人生头等大事——从良。从良是洗刷她们过去从事"贱业"的唯一出路，也是她们重获新生的标志。大概那时社会上不给予妇女以独立的地位，即使普通的妇女也有一个解决所谓终身大事的问题。她看中了一个外交官，要出嫁的前夕，她一再电召这位作家去为她送嫁，其实是临别时欲向他"献身"。

草草吃完，筵席自有散时候，我会了钞，便欲告辞。但是只有怎么一次见面了，多谈一会算一会，多看几下是几下，明天就是萧郎陌路，后会无期。我在此紧要关头，那里有这般勇气轻易舍割，一说便走呢？阿红的娘寻我开心，故意儿说道："二少今天就不走了吧。"阿红也默默不语，含睇而立。我想了想道："不可，我做了四年君子，要傻就应该傻到底，况且伊已是别人家的人了，我又何苦在这末一次的把晤中，去践踏伊，蹂躏伊，难道是怎么一次的自持，我竟办不到吗？"随即走向前与阿红握那末一次的手，说道："阿红，我们就是这样散了吧。"阿红道："老二……"可怜底下竟继续不出话来。我又道："我们大家往后都保重些。"便又大胆无理的上前亲了一个末一次的热吻。恰好伊有点眼泪落下，我就将那滴泪咽在腹中，头也不回，就此走了，隐隐听着阿红的哭声，不知是伊不是伊……

可是妓女从良也不是一件易事，往往是得不到好结果。这存在着主客观的原因。一方面是社会的邪恶势力抱着一种玩弄的心态，或是社会上的惯性思想总抱着一种轻贱她们的思想，视她们为鬼，不允许她们重新做人；另一种是妓女受着奢华浮嚣的习气的熏染，使她们不习惯于"人家人"的正常人的生活。但结果却是一致的——最终成了逃妾，社会上不分青红皂白，统称之为"淴浴"。这"淴浴"的名称是很难听的，意思是妓女平日极为奢侈，欠下大笔债款，因此常用"从良"为借口，叫嫖客拿出大笔的钱为她赎身，为她还债，但做了很短一段"人家人"之后，就席卷人家大笔财产而逃。她们洗去的不是身上的污垢，而是大笔的债款，还能卷得许多首饰甚至其他的财物。阿红出逃是属于被丈夫逼走的一类，她丈夫怀疑她还与作家藕断丝连，因此阿红不想在北京存身。她孤身出走，流落到上海，连昔日的莫逆之交的作家也不知她的下落。在上海历尽险境，又飘流到济南、青岛、天津等地。她身上总背着一个"淴浴"的罪名，在社会上的人们总认为她是一个"含有毒汁而不可惹的人"。她休想再嫁人，难道她只配做妓女终其一生吗？她心有不甘。于是她在天津实行了一个"秘密"的计划。她要自己来培养一个"童养夫"，以完成她真正从良的目的。她要选择的培养对象须有三个条件：

> 一要无爹无娘并无六亲的孤儿，二是年纪不得超过14岁以上，三要资质聪敏多少读过些书。
>
> 唯有这种小孩子，年纪轻轻的天性全在。既因处境很穷，被我收留下来，将好吃的好穿的给他享用，容易感我的恩，领我的情。我一面把他的心买好，一面又施于教育，使他成为一个有学问有艺能的人。到相当时候，我嫁给他。
>
> 女人家的结果，无非是嫁人。淴过浴的妓女，没得好人要，只好自己费力特别制造一个好一点的人来做丈夫了。世界上有一种童养媳，你大概总知道的，我就仿这个法子，来找一个童养夫。

这个"秘密"计划，真是荒诞不经而又想得合情合理。于是她为他请了教书先生，又雇了老妈子，既是伺候他，又兼有监督他的用意，不让他在外面胡乱跑，她希望他不受社会上的恶浊氛围的熏染。这孩子开始时确有感恩之心，可是这种长期的封闭式的教育使孩子由反感乃至于叛逆，这种监狱式的生活，使他非采取革命式的行动不可。于是他不别而行，还留下了一封措辞很激烈的信。这伤透了她的心。她的“丈夫养成所”就这么垮了台。于是阿红几乎变态：“从来女人们受男子的欺负，也不止一天了；我今天偏要弄一个男子来欺负欺负，替我们女子出出气。”这种想法倒有点近乎外国小说中的女性了。当时，阿红还有一条路可走，那就是有人劝她，买几个女小孩培养培养，将来自己做龟婆。但这条路阿红死也不愿意走。而外面传言，阿红违背人道，强占一个小孩做姘头，这使阿红几乎发疯，她大病了一场。作品的结局还是由这位与阿红重逢的作家来收拾残局。他承认阿红是经受了一次“有价值有光荣的失败”，并鼓励她自己“创造一个命运”。不是嫁人，更不是倚从嫖客的钱袋，而是要使自己有一种自立的能力，取得经济上的独立与自立。他们在西山脚下盖了草庐，买了意大利孵鸡器和法国葡萄树苗从事生产，过着一种“新村”式的生活。他们跳出世俗间的夫妻制度的框架，“红粉疗愁，青山偕隐”。这位“描写倡门疾苦的第一圣手”写道：

以名山胜水作背景，以旷野平原为舞台，比以前倡门斗室酒绿灯红歌筵舞席上，那般局促杂乱，实不只天上人间的分别，简直是天堂地狱的异同。古人携妓东山，传为佳话，虽也是别有怀抱，但谢安所携的是妓女，我所陪伴的是女友；谢安心中有妓无妓，我虽不能断定，然而他总是带着浪漫派的色彩；我们却是精神结合，互相各自尊重自己的人格，在神圣重大的生存意义上，为此组织，并非仅为娱乐起见，自信可以说得上前无古人咧。

何海鸣就是听得那么一个故事，然后再加上自己的乌托邦的幻想，什么“青山归隐”之类；还配上自己的一点“倡门小说家”的气质，竟写出这样一篇“研究型”的小说来。这个计划如能实现，西山还容得下那么多“归隐”的妓女吗？但是我们不得不承认，何海鸣是在“思考着”，将妓女问题作为一个社会问题在“思考着”。不仅在小说中，在1922年，他还撰文“预测”《五十年后的娼妓》；1924年还发表《废娼之我见》等随感式的文章，皆是《倡门红泪》等小说的理论化。如他认为：“速行筹划女子生计，使女子生计均得安全后，然后才能为普遍之废止。”[1]

1929 年《上海画报》第 517 期载文，《何海鸣潦倒沈阳城》：

> 求幸福斋主人何海鸣，固曾以文字鸣于时也，惜以潘馨航之介，而识张宗昌，而为宣传部长……一朝堕落。宗昌失败，何乃转辗于青岛、大连。驯至赀斧不给，袱被于辽宁日站富士町五番地福兴和木器铺之小楼。自撰小启，求鬻文字，其启曰：“浮沉人海，年将四十，鬻字卖文，原我故业。况今天下承平，四民各安其生，不才既别无所能，亦惟有以鬻文字终老矣。”语意力求委婉，其遇弥可哀已。[2]

以后不甘寂寞的何海鸣欲再入政界，那只能进入一个卖身投靠的没落期。他的豪气与才情也只能埋没了。他在政坛上有朝秦暮楚之前科，又以“人生不能作拿破仑，便当作贾宝玉”作自己生活的信条，何海鸣在迷茫的人海中怎么能找到人生的航标呢？

（三）荆天棘地的峡谷中涌出一股纯情清泉

周天籁（1906—1983），安徽休宁县临溪镇人。曾读过两年书塾，因父亲病逝家贫而辍学，13 岁时，逼于生计，到上海福州路源来当铺当学徒，并利用业余时间刻苦自学，间或以习作投稿，逐步跻身于文坛。他开始是以儿童文学起步的。著有《甜甜》、《甜甜日记》、《小老虎》（华君武插图）、《梅花接哥哥》（丰子恺插图）等等。1937 年转向社会小说，第一部长篇连载小说《孤岛浮雕》刊于《迅报》。《亭子间嫂嫂》是他的第二部长篇连载小说，1938 年起刊于《东方日报》。1951 年，周天籁去香港“邵氏影片公司”担任宣传工作，1967 年自港去台，任编辑与自由撰稿人，并以“周老夫”这一笔名，出版过三部散文小品集：《轻轻松松集》、《逍逍遥遥集》、《开开心

① 何海鸣：《废娼之我见》，《半月》第 3 卷第 16 期《娼妓问题专号》，1924 年 5 月 4 日发行，第 3 页。

② 惜惜：《何海鸣潦倒沈阳城》，《上海画报》第 517 号，1929 年 10 月 15 日出版。

心集》。1983 年，回大陆与家人团聚，并定居上海。同年 10 月 22 日，因旧疾复发不治，病逝于上海。

毕其一生，《亭子间嫂嫂》可称是他的代表作。当时的《东方日报》是一张濒临于停刊边缘的小型报纸。每天只印三千份，可是自从连载《亭子间嫂嫂》后三个月，销路骤增至二万多份。连载了一年多，小说已达五十多万字，作者周天籁准备“煞青”，可是报社老板邓荫先获知消息后，“急来坦白诉陈报纸即赖该文支持。因又写三十万字，共八十万字，要求结束。又来阻止。至一百万字时，一切不顾，将女主角‘饮恨而殁’，‘全书完’付之”。[1] 这就是一部可读性极强的连载小说能撑住或托起一张小型报的最好例证。此书出版单行本时，共有五篇序言。苏子在他的序言中说：“近来小型报上连载之长篇，要以《亭子间嫂嫂》最红，读者口碑载道，同声赞美……”而同为当时上海小型报文豪的陈亮（田舍郎）在序中还列举大量生动事例，以证其“大为轰动，社会上，上、中、下三等人士，都关心了‘亭子间嫂嫂’的遭遇，今天看过，明天非得一早去买报来看不可”。

用作者自己的话说，《亭子间嫂嫂》是一部穷十年、二十年也写不完的“怪书”。它通过一个私娼的经历，和盘托出了一个广阔的社会。在这个社会大网络上是可以无限制地增添人物进去的。作者由原定的五十万而至八十万，乃至一百万，而且这一百万字又不分章分节，洋洋洒洒，一气呵成，好像是一支不分师团营连排的百万文字大军（后来又加上新传的近五十万字），它似乎不限“编制”，可以随意“扩招”。其实这支百五十万文字大军是很难统率、很难驾驭的。因为狎客与狎客之间基本上没有任何联系，因此，全书没有一根情节的主线贯串其间。要牢牢抓住读者，全赖“亭子间嫂嫂”的临场发挥与随机应变，看她与社会上形形色色的人物打交道时的出色表演，甚至是超水平发挥。读者们有时佩服她的应付裕如，有时也为她的不幸与艰辛而忧心忡忡，大家也就理解了她的这种被迫的耻辱生活，并产生了强烈的谅解和同情，也只有当读者“都关心了‘亭子间嫂嫂’的遭遇”，以深厚的悲悯去同情这个私娼的“命运”时，作品才产生强大的磁力。这就赖于作者的生活与艺术的功力，因此这部穷十年、二十年也

① 周天籁：《逍逍遥遥集·亭子间嫂嫂》，台北星光出版社 1976 年版。

写不完的“怪书”要能吸引读者也是难乎其难的。但是作者靠了他笔下的主角，硬是像一架起重机，将千万颗读者的心，提起来悬在半空之中。你得“天天读”，欲罢不能。即使是生活在今天的读者能见识这位40年代很走红的人物形象，也可以对昔日的社会有一定的认识作用，更何况能领略一次通俗小说的特有的美学享受呢！

“亭子间嫂嫂”自我介绍说：“我叫顾秀珍，清秀的秀，珍珠的珍。”她从农村到大上海来当女工，工厂倒闭后一直流落在姐妹淘家里，但不能长此以往，肚饿要吃，身冷要穿，故乡还有一个吃“黑饭”（鸦片）的残废的父亲要她养活。于是她“只好把心一横，答应姐妹淘介绍我到一家生意上做包账，我第一夜出门去做，只是落眼泪，我几乎昏过去，她们都替我可怜……”她的唯一的“雄厚”的资本是她的外形美。作者借多个嫖客之口盛赞她的外形美，说她是“标准美人”、“精致美人”、“人间尤物”、“丽若天人”、“秀色可餐”。这位来自嘉兴农家、没有文化的年轻女子，以她的优异的“自然条件”作为不可抗拒之“魔力”，加上她的机灵的应对能力，颠倒过不少嫖客。用吃报馆饭的吴成镛的话说：

> 秀珍这个女人，可惜当初没有给她读政法，尽管给她读，毕业出来可以当一名律师，因为嘴巴厉害，人又聪明，推事也要给她驳倒，再加上她一口官话夹苏白，说来悦耳动人，又可以介绍到影片公司做有声片，说起她这一幅台型，拍影戏只有绰绰有余，蝴蝶、顾兰君一批虾兵蟹将，统统打倒……

她的外形美不仅超凡脱俗，而且伶牙俐齿，再加上她的丰富的社会经验，每每使她极有分寸感地摸准对方的脉搏。她有时静若处子，熨帖温顺；有时又狠若泼妇，一拳来，一脚去，招数得体。但她的本质却是善良的：“我秀珍虽不幸沦为妓女，到底一颗心还没有坏……”她出卖自己，一旦生活宽裕了，安定了，她就会规劝嫖客：

> 我这里终究不是好地方，客人来得总是要化费的，现在寻钱何等困难，像你芮先生，一天奔投到夜，寻来的钱可说铟铟血汗，还跑到我

这里来送掉，太不知惜，我很不赞成你有这个漏洞，还是劝你守守心吧……

你出来白相我，也无非白相我一颗心，我待你也无非以一颗赤心，其余全是黄六的……茜萍，你现在还年轻，还没有结过婚。前途岂可限量，那能可以专事在外面荒唐为正经呢？……茜萍，你如果今夜听了我这一番苦口婆心的话，明天能够悬崖而勒马，我一定喜欢得比什么都开心，生平之愿已达，死也眼睛闭了！茜萍，茜萍，我只问你一句闲话：你还是当我一个淫妇看，还是当我一个情妓看的？你说，你说……

另一位与她萍水相逢而又有点文学修养的汤南阁也承认她是个"情妓，谈吐有点书卷气而且缠绵动人，叫我这颗铁石之心，有点动摇……""你仿佛污泥中一朵莲花"。他想在报纸上捧捧她："诸位，要见见这枝空谷幽兰的话，请到会乐里某号二楼去找，包你一见倾心，惊若天人……"汤南阁讲得也有道理，但毕竟是"一面之词"；她到底是一个深受旧社会熏染的人，她还有她无比厉害的另一面。她觉得自己被人玩弄，有时她也存报复之心，因此她不时也玩弄嫖客："胜如男人玩女人，我不过女人来玩男人。"她会哄骗敲诈，巧取豪夺，辣手辣脚，毫不留情。用她的话说："这种瘟生的客人不敲，还有什么日子敲呢。"可是作品中的"我"又看出："这个人还有点义气，还有点责任心，所以她每次玩弄客人，过后总要有一番良心上的忏悔。"这是一个集"美"、"灵"、"义"、"善"、"邪"与"厉害"于一身的活生生的有血有肉的人物。她平日的普普通通的"闲话"里会渗透出她的一套有点良知的"妓女处世哲学"来，如她对教师钱中廉说：

教书的人总归清苦的，辛苦赚来的钱，应该带回家去养家活口，才是正道，我不希望你到我这里来，你不能同别人比，我顾秀珍虽身为妓女，可是同一般妓女不同，很够朋友交情，有的客人因为没有资格出来白相，给我一阵劝戒之后，也就此不来了。我并不是不敲客人竹杠，不开客人条斧，但是我会生眼睛看，我看来这客人实在有血的而且瘟生样子的，我才敲，才开他条斧，因为你不敲他，他别一家去白相，也是给人家敲的，不过老举的客人，我又不放他过门，越是老举我越是同他较斤两，不说敲，也要一丝不肯吃亏，不然他会吃你的肉，反给他拆子一票去，这是真正要留意，上海滩坏人多，忠厚之辈未始没有，不过坏人去认做忠厚的人就要上当。

从她的这席处世准则看来，她说出了自己的复杂，但我们得承认她也是一个窗口，是读者去透视大千世界的窗口，是一根红线，串连起上海滩上，上、中、下三等几十个人物。她跑上海几个大公司或在马路上拉客，客人的档次也不会太高，都是些商店伙计、写字间职员、小作坊老板之类。她有时打扮成女学生，虽然不识字，但手里还挟着一本林译《茶花女》，在夜花园里能拉到一点上档次的人。有时到舞厅去，虽然不会跳舞，但到那里去摆“测字摊”，就有机会钓到大鱼。有些有特殊身份的人还很值得一提，例如儿女成群、道貌岸然的大教育家沈梦白，她将他的名片骗到手，上面印着“沪×大学校长、国×图书馆馆长、商×××编审所主任”等头衔，他一再要亭子间嫂嫂为他保守秘密：“因为他是上海很兜得转一个办教育事业的人，平日往来都是社会上有名人物，大家都把他认为是一个前辈教育大家的，当然不会有嫖妓宿娼的事情。”当他感到名片落在亭子间嫂嫂手中不甚妥当，而偷翻她的皮夹子时，竟然发现皮夹子里有一张他大儿子的半身照片。更是无巧不成书的是，当亭子间嫂嫂因患花柳病住院时，与她同院“同病相怜”的也竟是这位大教育家。

《亭子间嫂嫂》的成功之处还在于作者塑造了一个“我”，一个充满着同情与理解的知识分子——亭子间嫂嫂的邻居朱道明。作为一个善良的知识分子，他总算是个“说得清、道得明”的人。他能打开密密层层的包裹，让读者看到亭子间嫂嫂的血泪斑斑的生活。可是他回天乏术，只能眼看着亭子间嫂嫂悲惨地死去。

朱道明是作者的同乡——安徽人。像作者一样，也是从安徽流落到上海，靠卖文为生的人。他“一家大大小小十二口，都要靠我一枝笔上下来过活”。他一天得写八千到一万字，“一天写到晚，弯腰曲背到手一、二只洋，只合几角钱一千个字”。这两个人，一个是落魂文人，一个是风尘女子，相顾为邻，同为天涯沦落人；清白相处，实是相惜惺惺。作家就是要设计这样一个角色：他有家有室，生活担子不堪重负；他内心充满同情，却难得有相助的经济实力。如果他没有妻室，他早已娶她为妻，她也不再是漂泊无依的可怜的暗娼了。他的家远在安徽，与夫人长期分居，在这位美丽而聪慧的亭子间嫂嫂面前，他有时并非没有“欲”的冲动，但他知道纯情相处是一份人性异于兽性的珍贵情愫。他有一次到了无法抑止的边缘，想借酒遮脸去冲破那道义的“堤岸”，可是“人尽可夫”的顾秀珍婉拒了他，使他惭愧地用理智勒马于悬崖。她与她的落魄的邻居的确有一种默契，他们之间只能有一种精神上的依托与眷恋，以表示在大夜弥天中，为自己留下一份自爱与自重，顾秀珍的这次婉拒是说明她在欲海横流中还为自己留下了一个人与人之间相互爱护与尊重、而不是色相交易和相互践踏的绿色的岛屿。顾秀珍的这份情愫，是倡门的荆天棘地的峡谷中流淌出来的一股纯情的清泉，她是这类黑暗职业中的一线光明，是漆黑的社会中的一束人性与人情的强光，使读者为之眼目清亮。

《亭子间嫂嫂》的结局是很悲惨的。那是她自己也不知道，怎么会怀孕了。可是谁是这未来的孩子的爸爸呢？她自己也不知道，于是她得千方百计为孩子找一个爸爸，来承担不是他责任的责任。但要找这样的“替身”是得花大价钱的。她找到了一位画花鸟画的画家江韩汀。她想付出的代价是她的一颗心：“我现在拿出良心来对他，不怕你将来不也拿出良心来待我。”可是一世聪明的顾秀珍这一次她却看走了眼。当江画家大口大口地吸干了她的“血”之后，他失踪了。在孩子临产之前，亭子间嫂嫂的日子过得像在油锅里煎一样，那倒不是有没有替身爸爸的问题了，重要的是她当尽借绝，每天只能靠吃山芋皮存活了。她因为难产，当婴儿下地，子宫绷碎，突然梅毒发作，溃烂不可收拾。亭子间嫂嫂就这样悲惨地咽下最后一口气。当朱道明赶到她惨死的地方去看她时，她的遗体已被普善山庄车走了。

当亭子间嫂嫂的义兄排门板哥哥说要为她报仇时，作品中的“我”——朱道明说：

“你要替她报仇，恐怕你排门板一人力量不够。”

“为什么不够，我手下有三千徒弟！”

“你有三万徒弟也无所用，你要替她报仇，除非先从改良这万恶的社会着手，否则你还是免开尊口。”

小说就这样结束了，一百万字的小说，就是买到这样一个结论。

在顾秀珍这个典型人物塑造中，的确有许多“神来之笔”，供读者鉴赏。作品的语言也极有特色。钱芥尘在《亭子间嫂嫂》的序言中就评说道。

> 用俗语入小说，前有山东土话的《金瓶梅》，后有苏州土话的《海上花列传》和《九尾龟》，都非常生动。上海土话写的小说，天籁可是首创，继之而起的不乏其人……至于描写沪上风月故事，好像顾秀珍活跃纸上，确有其人，真是白描能手，天籁固然著作等身，已刊行者二十余种，此书的精粹，可以认为代表作。

就语言特色来看，此书的确是研究三四十年代上海话的好“文本”。但更主要的是三四十年代，有这么一部有分量的写私娼悲惨生活的小说，也可算是当时此类小说中的雅俗共赏的压卷之作了。

◎　平江不肖生向恺然小像

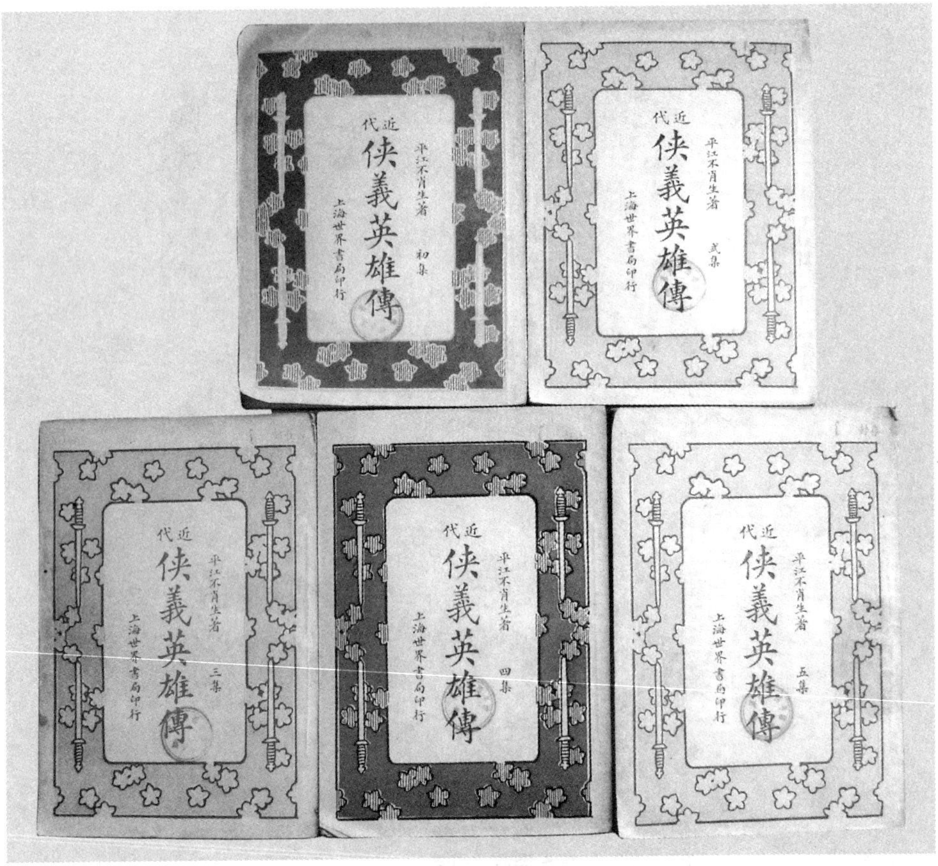

◎ 向恺然的《近代侠义英雄传》第一至第五集书影。

开拓新境：向恺然为民国武侠小说奠基

向恺然的一生在几个领域中都有着开拓新境的功绩，首先他开留学生文学的先河，在1916年开始出版他的《留东外史》。其次，在1923年以他的《江湖奇侠传》和《近代侠义英雄传》为民国武侠小说奠基。第三，在1912年他用自己的武术著作《拳术讲义》开始倡导武术的教程化，当然，武术著作中国古已有之，但各派的"真传"大都秘而不宣，作为本门派的看家独技，但向恺然却一再强调武术要打破门户之见，武术传授要统一标准，规定套路，著有教程。在《近代侠义英雄传》中霍元甲对彭庶白说："这不关中国拳术难学，也不是学的不肯用功，或教的不肯努力，就是因为没有按照科学方式教授，便是学的人天分极高，因教的没有一定的教程，每每不到相当时期，无论如何也领悟不到，愚蠢的是更不用说了。"因此，他一生写了多种武术专著，并参编《国技大观》。第四，他有编著《中国武术史话》的宏愿，这也可说是一件经营空白的伟业，但又于政治运动的整肃，和突发脑溢血而赍志长逝，未能完成他的宏愿。本文重点论述的是他的为民国武侠小说奠基，旁及他开留学生文学之先河。

向恺然（1890—1957），名泰阶，又名逵，字凯元，笔名不肖生。祖籍湖南平江，故署平江不肖生。

1890年（清光绪十六年）2月16日出生于湘潭。祖籍素贫，其祖父在湘潭油榨巷开向隆泰伞店，积攒了一些家产，回籍居住。向恺然先生幼入私塾，因热爱武术，又从拳师学拳。14岁考入湖南高等实业学堂。1905年，同盟会员、湖南留日学生陈天华为唤醒民众反帝反封建意识，在日本大森海湾蹈海自杀。消息传到国内，群情激愤。次年5月，长沙举行公葬活动，向恺然先生作为高等实业学堂学生代表积极参加，被满清湖南当局勒令学校开除学籍，并令省内各校不得录取入学。向恺然先生流落上海，感国力日弱，列强环视，因此，回籍变卖家产，邀同学数人，于1909年东渡日本留学，寻求富国强民之道。1913年初从东京弘(宏)文学院毕业回国。……不久，"二次革命"爆发，湖南出兵北伐，向恺然先生任北伐第一军军法官，与拥袁的鄂军交战于城陵矶，湘军败。向恺然先生随第一军总司令程子楷逃亡日本，入日本中央大学学习经济。因习武的爱好，与日本柔术界、剑术界、射术界均有交往，互相切磋技艺。

从上述生平看来，向恺然的一生，又兼具四种身份：他是民族革命的参与者，他又是捍卫共和的民主革命的参与者，他身兼武侠小说、武术教程和留学生文学的作家，另一个身份是他1923年皈依佛教，从他当年所写的《我投入佛门的经过》一文中可以得到证实，但是不像前三者，留下的文字资料不多，无法详加论述。

向恺然的处女作是《留东外史》。包天笑为他作传时说："据说向君为留学到日本，但并未进学校，却日事浪游，因此于日本伎寮下宿颇多娴熟，而日语亦工。留学之所得，仅写成这洋洋数十万言的《留东外史》而已。"①

这段话与不肖生的自我陈述大致相近："不肖生自明治四十年(1907年)即来此地……用着祖先遗物，说不读书，也曾进学堂，也曾毕过业；说是实心求学，一月有二十五日在花天酒地中。近年来，祖产将罄，游兴亦阑，已渐渐有倦鸟思还故林之意，只是非鸦非凤的在日本住了几年，归得家去，一点儿成绩都没有，怎生对得住故乡父老呢？想了几日，就想出著这部书作敷衍塞责的法子来。"②人们往往用这段话来解释他为何自嘲，

① 包天笑：《平江不肖生》，载魏绍昌编《鸳鸯蝴蝶派研究资料》，上海文艺出版社1962年版，第505页。

② 不肖生：《留东外史》第1章。

用“不肖生”为自己命名。但后来当有人问及他的笔名之由来时，他说：“天下皆谓我大，夫惟大，故不肖。”（天下人都称道伟大，伟大而不像任何一物样子。正是由于不像任何一物样子，所以才能够伟大。）语出老子《道德经》。相信前一说的人认为，这是他成名后的“更正”，可能原意并非如此。这两种说法，姑且让它们并存。在第 1 章《说源流不肖生哓舌，勾荡妇无赖子销魂》中，不肖生介绍道：当时国人在日本的约有一万多人，可分四类：“第一种是公费或自费，在这里实心求学的；第二种是将着资本在这里经商的。”这两种“与不肖生无笔墨缘”。“第三种是使着国家公费，在这里也不经商，也不求学，专一讲嫖经，读食谱的。”这是不肖生最感兴趣的书中的主干。“第四种是二次革命失败亡命来的”亡命客。他所写的不是“仗着热心毅力，拼的颈血头颅，以纠合同志，唤起国民”的亡命客，而是“或分赃起诉或吃醋挥拳，丑事层见极端，恶声时来耳里”的害群之马。《留东外史》所记的是“从民国元年起”至不肖生离东京之日止。“古人重隐恶而扬善，此书却绌善而崇恶。”包天笑也说这部小说“所记都是吾国留日学生的异闻艳迹。其中所述，有影射某人某事的，凡是日本老留学生，都能指陈其事”。[①] 因此，这实际上是一部搜罗“异闻艳迹”的纪实型小说，是一部连缀“话柄”的谴责性小说。

在刘韵琴为之写序时也评价向恺然“生兹末世，而好言人过，况惟短是求，集非成轶，其自为谋不亦悖乎，谓之狂惑，宜也”。这部 160 章的长篇小说人物众多，反映社会面也较为广阔，据日本实藤惠秀统计，中国人男 205 人，女 34 人；日本人男 61 人，女 562 人；西洋男子 1 人。[②] 对这部小说有的人说它是展示日本的风土人情，但这主要是写的日本并不光彩的民风，甚至将它说成是“卖淫国”，因此认为此书伤害了日本读者的感情。但它当时在日本却也拥有很多读者。据说一位日本教授劝家长不要让家中的孩子接触这本书。此话一出，似乎反为《留东外史》作了广告。因为日本孩子一般是看不懂中文小说的，但看得懂中文的成年人就非常

① 包天笑：《平江不肖生》，魏绍昌《鸳鸯蝴蝶派研究资料》，上海文艺出版社 1962 年版，第 505 页。

② 实藤惠秀：《〈留东外史〉与其日本观》，《中国文学月刊》1936 年第 12 期。

想买来一读。向恺然在书中揭露了中国留学生的不端行为，也嘲讽了日本人。特别是写中国留学生的好嫖的浪荡子们，而又写日本女子的容易被勾引，好像日本女子都可以成为卖淫妇似的。因此，有的评论说它是“嫖学教科书”。其实，向恺然是吸收了日本报上的若干桃色新闻，加以生发，作为情节。当年，正是日本女子学校激增，女学生群体日众的时期，日本的报纸为了满足读者的好奇心理，刊登此类报道极多，甚至将这种“花丛艳闻”当作报纸的一个看点。另外，向恺然在小说中也尽情地要打击日本男子的傲慢自大的情绪，因此在他的小说中是没有几个像样的日本男女的。而他的小说中的主角黄文汉是个“嫖侠”相结合的人物。正如向恺然的同乡张冥飞评价不肖生一样。张说不肖生虽甚不肖，而犹不失其为人。书中的黄文汉当然并非是向恺然的“化身”，但他虽然喜“嫖”，可是也不失其还有人情与人性的嫖客，他从嫖“始”，但与卖淫女园子，也渐渐地建立了感情，以至成为夫妻而“终”。说到黄文汉的侠风，他主要是打击日本男子的傲慢性。当时日本在侵略战争上取得了胜利之后，似乎在亚洲可以高视独步。而黄文汉却是一位“痞侠”。他是“日本通”，懂得日本的法律与规矩，因此他可以胡搅蛮缠地在日本横冲直撞，连带军刀的日本军人也不怕。第 4 章“打醋坛倭奴上当，写情扎膀子成功”是他的“痞侠”发挥得最淋漓尽致的片段：黄文汉与两本嫖客（日本士兵）争吵乃至打斗。先是从斗嘴开始，“士兵道：‘老兄既是自费，大远的到敝国来求学，为何礼拜一的不去上课，却来这里胡闹？’黄文汉听了作色道：‘……你知道我来求学的吗？我说句失礼的话你听，我在国内的时候，听说贵国美人最多，最易勾搭，我家中祖遗了几十万财产，在中国嫖厌了，特来贵国研究嫖的。今日就算是我上课的时间，难道你可说我是来坏了吗？’”接着是懂国术的黄文汉在打斗中赢得了胜利。他扣住军人的上装，一定要他道歉，他知道日本军人归队没有了上装是要受处罚的。他终于取得了全胜。而文中的批文者跛子先是评点道：“强词夺理，但是对外国人说这话，却是痛快。”等到打斗胜利，又评点说：“黄文汉可谓无赖矣，然中国之办外交者又惜其太不无赖……”这位跛子实在太缺乏常识，黄文汉拳头硬，才能这样无赖；中国是弱国，外交官能这样办外交吗？但通过这场争辩与打斗，黄文汉的“嫖侠”结合可谓活灵活现地展现了。

向恺然回国向书商兜售《留东外史》时几乎无人买它，当时一般的稿件是2元千字，最后有人以5角钱千字将它收下。可是等印出后，却十分畅销，风行一时。当然，其中研究者是少数。而普通读者是想看其中的一些有关日本的男女风尚，甚至是对其中的花丛艳迹感兴趣，此其一；其二是当1916年时，日本向袁政府提出二十一条，实际上是要全面奴役中国，全国民众都以此为奇耻大辱，将5月9日定为“国耻日”，普通读者看到黄文汉这样一个能在日本“凯歌高奏”的“痞侠”，也不失为一种感情宣泄，是一种歪打正着的畸变心理的释放。但向恺然的笔下的许多中国留学生的劣迹，却是影射有人。

得罪了日后某些当权者，以致作者自日本回国后，一直坎坷潦倒，只好赋闲于上海卖文为生。谁知这种冷落倒反而造就了平江不肖生的民国武伙小说开山祖的地位。而他由写留学生文学到写武侠小说的转轨，包天笑是起了“触媒剂”的作用的：

但有一个人，我必须在此提及，便是这位笔名平江不肖生先生了。向君留学日本，写了一部小说，名曰《留东外史》，回国售稿，却没有人要。后某君以极廉价购了，出版后，销数大佳，于是海上同文，知有平江不肖生其人。……但《留东外史》虽畅销，而向恺然其人则纵〔踪〕迹杳然，有人说已回湖南去了，有人说又到日本去了，莫衷一是。

有一天，我遇到张冥飞君，谈及此事。冥飞笑道：“你们不知，我却知道向恺然仍在上海，但此君意气消沉，不愿多见客呢。”我急问其地址，我说：“我以诚意访他，或可一见。”冥飞以向的地址告我，乃在新闸路一条极湫隘的弄堂里，名曰斯文里。……

到了明天下午四点钟，我便去访问他了。他住在一家人家的楼上，一踏进去，我便记得从前人家一副集句的对联，便是“垂帘不卷留香久，短笛无腔信口吹”。有一位少妇，不知是不是他太太，总之是他的爱人（按：据向恺然的长孙向晓光告诉笔者，这少妇是向恺然的继配夫人孙氏——引者注）。此外房间里还有一只小狗，一头猴子。他是刚起身，必须过了瘾方有精神，我就不客气就在他烟榻上相对而卧了。那天就谈得很好，我要他在《星期》上写文字，他就答应了写一个

《留东外史补》,还有一种《猎人偶记》。这个《猎人偶记》很特别,因为他居住湘西,深山多虎,常与猎者相接近,这不是洋场才子的小说家所能道其万一的。

后来为世界书局的老板沈知芳所知道了,他问我道:"你从何处掘出了这个宝藏者。"于是他极力去挖取向恺然给世界书局写小说,稿资特别丰厚。但是他不要像《留东外史》那种材料,而要他写剑仙侠士之类的一流传奇小说。这不能不说是一种生意眼。那个时候,上海的所谓言情小说、恋爱小说,人家已经看得腻了,势必要换换口味,好比江南菜太甜,换换湖南的辣味也佳。以向君的多才多艺,于是《江湖奇侠传》一集、二集……层出不穷,开上海武侠小说的先河。后来沈知芳索性把这位平江不肖生包下来。所谓"包下来"者,就是只许给世界书局写,而不许给别家书局写,就像上海戏馆老板,到北京去包了名伶来唱戏是一个典型。①

向恺然先为沈知芳的世界书局出刊的杂志写两部长篇连载,即从《红杂志》第22期起连载《江湖奇侠传》;从《侦探世界》创刊号起,连载《近代侠义英雄传》。前者属剑仙类,后者是侠士类。他从《留东外史》的"痞侠"转到了《江湖奇侠传》中的"奇侠",向氏在《红杂志》第2卷44期发表《一个三十年前的死强盗》一文中自称"我""是一个贩卖稀奇古怪的人"。而他在《近代侠义英雄传》中写的是侠义英雄——义侠。他口袋中装满了各色侠客。他满足了书局老板的要求,也凭这两部小说大红大紫。

就书商而言,是"投读者爱好之机";就作家而言,这一题材的转向却非有深厚的功底不可。向恺然自幼仰慕游侠的豪放仗义,性喜习武。他的武侠小说畅销后,就不会住在湫隘的小巷中了,他的家就成了一个"武艺沙龙":"与沪上名流、帮派头目、武林高手、各路好汉,无不交往甚密。宾客满堂,来去随意,很少一一介绍,只是在畅谈中相互拱手,自我介绍,走时也并不打招呼。有时同坐两三班不同的人,父亲谈笑风生,天南地北,古今中外,无所不及。他记忆力特强,听了别人的故事掌故奇闻后,选

① 包天笑:《钏影楼回忆录》,大华出版社1971年,第383—384页。

择性地印入脑海，到写书时，即可倾吐而出，一泻直下。”①他阅历既深，见多识广，江湖习俗，武林规矩，帮会门派，皆有所通晓。他生性诙谐，满腹轶奇，平日与友人娓娓道来，令人瞠目咋舌；侃侃神聊，使人惊诧莫名。他自述在独处时，“在下闲居无俚的时候，每欢喜将平昔耳闻目见、稀奇古怪的事情在脑筋里如电影一般的，轮回演映。事情亦是奇怪，演映的次数便越多。时常遇着演映好笑的事，不知不觉，就独自纵声大笑起来……随手写将出来，自觉比较普通境由心造的小说，兴味还来得浓厚些儿”②。凡此种种，皆是向恺然创作题材转向的雄厚资本。

《江湖奇侠传》以湖南省平江、浏阳交界地居民争夺赵家坪之归属问题为主线，以昆仑、崆峒两派剑侠分头参与助拳为纬，带出无数紧张热闹生动有趣的故事情节……“因写湖南的乡风民俗甚多，湖南人读起来，倍感亲切。”③徐文滢也说过：“《江湖奇侠传》中除了飞剑道术外，据说大部分故事有着它们的来源，如清人笔记及民间的传说(杨继新及桂武二故事均采自沈起凤《谐铎》)，其间浏阳平江的械斗以及张汶祥刺马，向乐山报仇等故事，至今还有七八十岁以上的老人们津津乐道。”④

《江湖奇侠传》将武侠小说神魔化。总结《江湖奇侠传》的武技设计，大致可分七个方面：一是辟谷导气，防身拳术；二是降龙伏虎，役鬼驱神，所谓学道的看家本领；三是法术类的呼风唤雨，倒海移山；四是奇门遁甲，诸般变化；五是飞剑杀人，吐气殪敌，所谓“一口剑，要练得倏长倏短，吐纳自如；一股气，要练得倏远倏近，神化无方”；六是驾云御风，烧鼎炼丹，即到了半仙的地步；七是养性修心，脱胎换骨……这些情节，除第一种还属于拳棒技击的武艺外，其余都属于神魔色彩的“怪力乱神”。但这在神魔小说中是完全允许的，因为它们本来就是一个超现实的想象中的“世界”。它们是为不肖生的“奇”字服务的。在《江湖奇侠传》第86回中说：“这部

① 向一学：《回忆父亲的一生》，原载《明报月刊》，转引自《江湖奇侠传·附录》，岳麓书社1986年，第567页。

② 向恺然：《三个猴儿的故事》，《红杂志》第50期，1923年6月14日出版，第24—25页。

③ 向一学：《回忆父亲的一生》，原载《明报月刊》，转引自《江湖奇侠传·附录》，岳麓书社1986年，第567页。

④ 徐文滢：《民国以来之章回小说》，《万象》第1卷第6期，1941年12月1日出版，第123页。

《奇侠传》却是以奇侠为范围，凡是在下以为奇怪的都得为他写传。”为了在“奇”字上不断升级，就必然会出现许多不可思议的东西。不肖生在行文中也承认：“这种说法，本是无稽之谈，只因全部《奇侠传》中，比这样更无稽的很多，这里也就不能因他无稽不写了。”这本来属于驰骋想象的东西，是从想象中产生小说魅力的情节，可是有时不肖生却又偏偏要读者去“信”，这其实是大可不必的。例如讲到峨眉山学道的孙癞子的历史，不肖生就发挥说：“他的历史，若说给一般富于科学头脑的人听，不待说必叱为完全荒谬，就是在下是个极相信天下之大，无奇不有的人，当听取传说孙耀庭历史的时候，心里也觉得好像是无稽之谈，直到后来阅历渐多，才知道孙癞子的事，绝对不荒谬，拿极幼稚的科学头脑，去臆断他心思耳目所不及的事为荒谬，那才是真荒谬。”这种指幻为真的说法就超越了神魔小说的阅读规则了。神魔在幻想小说创作中是允许的，但一定要读者再去“信”，就超越了神魔小说的“职权限度”了。也许人类的科学还不能认识某种超自然的力量，但人类的生活准则一定要建立在现有已经证实的科学规范之内，违反科学规律，就有撞得头破血流的危险。中国读者有接受神魔小说的传统习惯，如《西游记》就脍炙人口。但读者知道此是“幻”的世界，作者吴承恩也不会叫读者去“信”，那时科学并不昌明，也不会拿“科学头脑”去作对立面。不肖生大可不必“信誓旦旦”说神魔世界中的奇事并不“荒谬”，因为这实在有“制造”新“堂·吉诃德”的嫌疑。鲁迅《中华民国的新“堂·吉诃德”们》中说：“几个店家的小伙伴，看剑侠小说入了迷，忽然要到武当山去学道的事，这倒很和‘堂·吉诃德’相像的。但此后便看不见一点后文，不知道是也做出了许多奇迹，还是不久就又回到家里去了？以‘中庸’的老例推测起来，大约以回了家为合式。”[①]这些小伙伴大概想得道成仙，才能用神力扫平这个不平的世界，做出许多奇迹来。不过像这种突发奇想的“傻子”恐怕也不多。因此我们还是着重从另一个角度看武侠小说的吸引力之惊人。这部小说在市民阶层中的风行程度简直难以置信，这当然使沈知芳赚了个盆满钵满。郑逸梅说：“据友人熟知图书

① 鲁迅：《中华民国的新“堂·吉诃德”们》，《鲁迅全集》第4卷，人民文学出版社1963年，第279—280页。

馆情形的说，那个付诸劫灰的东方图书馆（东方图书馆是在'一·二八'事变中被日寇飞机炸毁的——引者注）中，备有不肖生的《江湖奇侠传》，阅的人多，不久便书页破烂，字迹模糊，不能再阅了，由馆中再备一部，但是不久又破烂了，所以直到'一·二八'之役，这部书已购到十有四次，武侠小说的吸引力，多么可惊咧。"[①]这种可惊的程度因改编成电影《火烧红莲寺》而达到白热化的熔化点。

《江湖奇侠传》从第65回《思往事借宿入丛林，度中秋赏月逢冤鬼》中引出红莲寺，至第86回《张义士刺马报冤仇，郑青天借宿拒奔女》中，卜巡抚发令举火焚烧红莲寺，成了改编电影《火烧红莲寺》的情节主干。茅盾目击盛况而撰文《封建的小市民文艺》："《火烧红莲寺》对于小市民层的魔力之大，只要你一到那开映这影片的影戏院内就可看到。叫好、拍掌，在那些影戏院里是不禁的，从头至尾，你是在狂热的包围中，而每逢影片中剑侠放飞剑互相斗争时，看客们的狂呼就同作战一般，他们对红姑的飞降而喝彩，并不是因为那红姑是女明星胡蝶所扮演，而是因为那红姑是一个女剑客，是《火烧红莲寺》的中心人物；他们对于影片的批评从来不会是某某明星扮演某某角色的表情那样好那样坏，他们是批评昆仑派如何，崆峒派如何的！在他们，影戏不是'戏'，而是真实！如果说国产影片而有对于广大的群众感情起作用的，那就得首推《火烧红莲寺》了。"左翼文坛对这种"武侠热"进行了批评。茅盾认为："一方面，这是封建的小市民要求'出路'的反映，而另一方面，这又是封建势力对于动摇中的小市民给的一碗迷魂汤。"[②]而瞿秋白则认为这种武侠热会产生"济贫自有飞仙剑，尔且安心做奴才"的梦幻曲，"梦想着青天大老爷的青天白日主义者"。[③] 这种批评主要是从政治斗争的角度出发，而排除其娱乐效应。另一方面又是从精英观出发，对市民群众中的正义感估计不足，而对蕴藏在群众中的"锄

---

① 郑逸梅：《武侠小说的通病》，《小品大观》，校经山房1935年版，转引自芮和师、范伯群编《鸳鸯蝴蝶派文学资料（上）》，福建人民出版社1984年，第135页。

② 沈雁冰：《封建的小市民文艺》，《东方杂志》第30卷第3号《文艺栏》，1933年2月1日出版，第17页。

③ 瞿秋白：《吉诃德的时代》，《瞿秋白文集·文学编》第1卷，人民文学出版社1985年，第376页。

强扶弱”、“除暴安良”的民族美德缺乏足够的体认。

《江湖奇侠传》也有许多缺失，最主要的是“宿命论”、“天命观”太浓烈。小说中时时用“命运”、“缘法”、“来历”、“因果”为这个“奇”字助阵。因此，有时往往用“天命”来解释这个“奇”字。例如，小说中若干人物的命运展开以后，该死的不死，不肖生就说：此人“命不该绝”、“此时死期未到”。可是遇有相反情况者，则说因他“恶贯满盈”，所以“鬼使神差”地掉了脑袋。对从小就受苦受难的人，他解释道：此人“命里合该出母胎即遭磨难”；有时小说中有“见危不救”的情节，则说“他的磨难更多，此时救他尚早”。总之，冥冥中皆由“命中注定”。与命运有关的另一个不可知论的东西曰：“缘法”。所谓“人生遇合都是前缘”。为什么孙癞子等人能遇到奇人异士？能求仙得道？收录他们的师傅都异口同声说过，此人“与我有缘”。把这种缘法说得神乎其神，最终就成了“有缘千里来相会，无缘迎面不相逢”。既然遇合皆有前缘，那么小说就常常去追溯人物的“来历”：凡是仙家，一眼看去就会知道这个“凡人”“也是有些来历的人，将来也得成就一个女侠”，即所谓“慧眼识夙根”。从“来历”着眼，于是就有一个“前生冤孽”和“万事皆由前定”的宿命观点，还有就是“因果报应，历历昭彰”的“必然性”，归结到一点就是人要“畏天命”。因此，不肖生又反过来说，“侠”本领再大，但在天命面前就无能为力，即所谓“天命难违，拗不过来”，因此“只能尽人事以听天命，天机不可泄漏”。即使是神仙，也得听天命。他们虽然对“千里以外，吉凶祸福，一掐便知”，但也破译不了祸福的原委，因为“凡事不可理解，乃天数”；“大事天数，小事天数，一饮一啄，莫非前定”。“人”到了这个份上，只能成为天的附庸。我们人类在蒙昧时代，当然是畏天的，因为自然的伟力我们无法解释。后世的统治者，也喜欢继承这种“畏天命”思想而实行愚民政策。而道德说教者，每当“世风日下，人心不古”时，也无可奈何地祭起这一“法宝”来，想用这冥冥之中的“天命”来震慑作恶者：你不怕恶贯满盈吗？不肖生作为一个有知识的留学生，也竟然继承这份糟粕式的遗产，是实在令人惋惜的。

就艺术性而言，《江湖奇侠传》在连载中“信马由缰”，几乎不去顾及作品的结构章法。作者自己也不得不一再承认自己的“小说的章法稍嫌散漫”（第 86 回），“在下也自知这枝笔太散漫了”（第 98 回）。有时为了某一人物的来历，就离开正在发展的情节主线，“抛荒正传，久写旁文”达十几回之多；有时一个“大岔岔开去，竟写了好几万字的闲文”。不肖生老是另起炉灶，一路预约许愿：一会儿说某人是书中的紧要人物，后文自有交代；一会儿又说，某事是全书开合大关键，不久自会酿成一番奇观云云。说到后来，连自己也不知如何践约了。徐文滢也评论道：“《江湖奇侠传》没有写完，作者写到七八集时，已几乎完全忘记了开头时所布下的宏大的计划，到九集草草的结束了。以后由另一个人续写了胡说八道的数册，相形之下，方知写这样的梦呓的神怪小说原来也不是易事。”①

如果说《留东外史》是不肖生的处女作，他也为此在通俗文学界小有名气；那么，他的《江湖奇侠传》则是他的成名作，而且他的名声几乎是产生了轰动效应。在20世纪20年代末到30年代初，“上海明星电影公司将其中的章节改编成电影《火烧红莲寺》，观众如潮，创票房千万余元”②。制片商的腰包“鼓”了，生意兴隆的国产片电影院日子好过了，如何与原作者分润，我们就不得而知，但它一定会使不肖生的作品销路更好。《江湖奇侠传》更享大名，以致有点“遮蔽”他的代表作《近代侠义英雄传》。其实，《近代侠义英雄传》才真正是一部奠基作，它为民国武侠小说的开山奠下了一块磐石。

《近代侠义英雄传》几乎是与《江湖奇侠传》同步创作和同年发表的。《江湖奇侠传》取得了一定的成功，但也暴露了不肖生的若干不足。可是我们读《近代侠义英雄传》就可以知道，不肖生并不是一个思想平庸而颟顸的人。他的这两部小说是有明确分工的。《江湖奇侠传》侧重于神魔剑仙猎奇，在前人的笔记与民间传说的基础上发挥奇想，实际上是充满了我们今天所说的“玄幻小说”的色调；《近代侠义英雄传》则以武功技击为主干，在史实传奇和武林轶闻的基础上为英雄们树碑立传。前者暴露了他的一些局限，而后者则张扬了他的强势。而在文学上，到写《近代侠义英雄传》时，他的白话武侠小说更显示了向恺然是一位“文体家”，文中的语体显得流畅而规范。

① 徐文滢：《民国以来之章回小说》，载《万象》第1卷第6期，1941年12月1日出版，第124页。
② 《向恺然传略》，湖南省文史研究馆编《湖南省文史研究馆馆员传略(二)》，2000年，第77页。

《近代侠义英雄传》以王五和霍元甲为贯串人物，以爱国的挚诚深情和民族的凛然正气为全书的魂魄，塑造了一代气贯长虹、铁骨铮铮的侠客义士、英雄豪杰的群像。长篇起笔不凡，第 2 回就写安维畯有胆有识，敢于弹劾朝廷大员李鸿章；又写“戊戌六君子”之一谭嗣同的绝命书和他的视死如归的气概。安维畯的义举使中外震惊，同时也引来慈禧的震怒，结果是要将他充军口外。满朝文武都怕牵连，没有一个敢去慰问。原本就穷得叮当响的安家，更是雪上加霜，像满门害了瘟疫一样。王五就敢跳出来去慰问，去护送。当有人劝他莫管此事时：

王五圆睁着一双大眼，望了这说话的人，咬了一咬牙根，半晌才下死劲呸了一口道：“我不问弹劾的是谁，也不管应该不应该，只知道满朝廷仅有姓安的一个人敢说话。就是说的罪该万死，我也是佩服他，我也钦敬他。我不怕得罪了谁，我偏要亲自护送姓安的到口上，看有谁能奈何了我。”

安维畯这时正在诀别家人，抱头痛哭。……王五直走进安家，眼看了这种惨状，即向安维畯拱了拱手道：“恭喜先生，恭喜先生！这哪里用得着号哭的事。我便是会友镖局的双钩王五，十二分钦敬先生，这回事干得好，自愿亲送先生出口。我这里有五百两银票，留给先生家，作暂时的用度，如有短少的时候，尽管着人去我镖局里拿取，我已吩咐好了。”

两人的胆略与义举产生了轰动效应，于是“沿途的江湖人物、绿林好汉，认识王五的，便想瞻仰瞻仰安维畯，看毕竟是个什么样的人物，能使王五这么倾倒。不认识王五的，就要趁此结识英雄”。小说一开头，不肖生就展示了民间的道德标准。民族美德的“义”就形成一股强劲的凝聚力。民间钦佩的是正义在他一边的勇者，民间拜服的是那些为正义的弱小者伸张正义而不惜自己身家性命的义士！王五的大义凛然的“义”就是民间豪杰的“敢管他人瓦上霜”的英雄主义。

王五与谭嗣同的肝胆相照也是建筑在两人的侠风可鉴上。王五有救谭嗣同出险的侠义赤胆，而谭嗣同有殉道的侠义宏愿。他们持侠义之心相通相投：

王五本有关东大侠的声名，谭嗣同和他更是气味相投。谭嗣同就义的前几天，王五多认识宫中的人，早得了消息，知道西太后的举动，连忙送信给谭嗣同，要谭嗣同快走，并愿意亲自护送谭嗣同，到一处极安全的地方。谭嗣同从容答道："……安全的地方，我也不只有一处，但是我要图安全，早就不是这么干了。我原已准备一死。像这般的国政，不多死几个人，也没有改进的希望，临难苟免，岂是我辈应该做的吗？"王五不待谭嗣同再说下去，即跳起来，在自己的大腿上拍了一巴掌道："好呀！我愧不读书，不知圣贤之道，得你这么一说，我很悔不该拿着妇人之仁来爱你，几乎被我误了一个独有千古的豪杰！"过不了几日，谭嗣同被阿龙宝刀腰斩了，王五整整的哭了三日三夜，不愿意住在北京听一般人谈论谭嗣同的事，独自带了盘川行李到天津，住在曲店街一家客栈里，这时正是戊戌年十一月。

这真是"风萧萧兮易水寒，壮士一去兮不复还"的永诀场面。古代臣子对皇帝有所谓"死谏"一说。可是谭嗣同是向我们老大民族进行"血谏"，以唤起民众。一个是改良派的谭嗣同，一个是蹈海自尽的革命派陈天华，都用这般的壮举，将生命作为弥天大夜中的火把，黑暗王国中的天灯。这两个湖南汉子都有这般的万牛也拉不回的犟劲。他们追求的就是以生命激情的乐章呼唤民族的凝聚力！谭的无畏慷慨，王的义肠侠骨，皆英气逼人。不肖生下笔时大概也回到了当年公祭陈天华时的气概与境界。

在长篇中，王五到天津是为了引出霍元甲。而王五在八国联军侵华时，被德国侵略军乱枪打死。向恺然写道："当时的人士，没有一个不为王五叹息，也没有一个不为霍元甲欣幸。"作者就是用这种手法，将王五与霍元甲两位民间英雄穿插起来推动情节的进展。直写到王五死于非难，才让霍元甲一人挑起了这部《近代侠义英雄传》的主角的重任。

长篇中写霍元甲也是襟怀豁达，大气磅礴。霍元甲的重头戏是写他以爱国精神为动力，敢于向轻视中国人的外国力士们挑战。他既捍卫民族尊严，又开拓中国人的强身之道。以这种精神为魂魄，小说中重点写出霍元甲的两个主要情节：摆擂台比武和创办武术学校，最终目的是为了要摘去我国的“东亚病夫”的徽号。先是俄国大力士在表演时，公然在演说词中说中国是“病夫国，全国的人都和病夫一般”。霍元甲拍案而起，给俄国大力士下了战表。他提出了三个方案供俄国大力士选择：第一个，和我较量，各人死伤自己负责；第二个，他即日离开中国；第三个，三日内登报取消他自夸的“世界第一”这四个字。俄国大力士选择了第二条，次日即动身到日本去表演了。霍元甲也并非恃武力夜郎自大，等俄国大力士离开中国后，他叹息道：“我虽然一时负气把他逼走了，然他在演台上说的话，也确是说中了中国的大毛病。”他种下了要提倡中国武术的宏愿。但小说情节马上转到霍元甲以人道为本，保护无辜教民，而与义和团发生了严重的对峙。这个写了 5 回的精彩情节在 1984 年的岳麓版上完全被删除了。义和团的不分青红皂白，滥杀洋人和教民，是一种落后的狭隘的民族仇外心态的大暴露，实际上是为外国帝国主义疯狂侵略我国制造借口，它引狼入室难辞其咎。慈禧等昏庸的统治者与愚蠢、迷信的邪教的联盟，逞一时之快，将中国人民拖进了一场民族大灾难中，而最终是“亲者痛，仇者快”，帝国主义侵略者成为最大的受惠者。当义和团派说客要拉霍元甲入伙时，他一听到“刀枪不入”的什么“神拳”时，便马上知道来路不正。因此，不肖生的这一回的回目就叫做“诋神拳片言辟邪教”。霍元甲只微微一笑：“……我生性愚拙，素来不知道相信有什么神灵，我学习拳脚，尤其是人传授的，不相信什么神拳。”眼见触目惊心的滥杀教民，甚至一人入教，全家受戮，杀到后来根本不必“坐实”，只要随意指认，就可登时打死。于是霍元甲贴出告白，先写了“‘天津信教者注意’七个大字，接着往下写道，元甲并非信教之人，然不忍无罪教民，骈首就戮，特开放曲店街淮庆会馆，供无可逃之教民趋避，来就我者，不拘男妇老幼，我当一律保护之。惟每人除被褥外不能携带行李。下面填了某月某日霍元甲”。这和王五的保护安维畯一脉相承。他筑起街垒，严阵自卫。直到最后义和团准备用几尊红衣大炮来轰击淮庆会馆时，才半路夺炮，沉入深潭；并砍断邪教魁首双手，使其成为废人，天津义和团才烟消云散。

而长篇的后半，霍元甲与奥比音的比武谈判过程要比前面对付俄国大力士更为复杂，不肖生用引而不发的手段，在谈判过程中，在霍元甲周围逐渐形成了一个有凝聚力的爱国人士的骨干队伍，如农劲荪、彭庶白等，而后来的“精武体育会”也是在这个基础上筹建起来的。也就是在这过程中，不肖生一再强调霍元甲的武德高尚。他在上海摆擂台言明专与外国人比武，可是也有中国人来无理挑衅。霍元甲一再忍让，说明中国人不打中国人，但对方苦苦相逼。于是霍元甲在三步之内将其击倒。当霍元甲一只脚踏在此人胸脯上时还说：“我屡次劝你打消报复的念头，……你偏不信，定要当着许多外国人，显出我们中国人勇于私斗的恶根性来。你就把我打输了，究竟于你有什么好处？此刻若不因你是一个中国人，这一拳下去，你还有命吗？……”义正辞严而又语重心长。

不肖生的《近代侠义英雄传》以爱国深情与民族正气为魂魄将这两者与武侠情节达到水乳交融的地步。不肖生对西方帝国主义的文化、“武化”侵略持坚决抗击的态度，但书中对于建立在实证科学基础上的西方文明，包括医学、体育、技击方面的科学成就，则予以肯定；作品反帝而不排外，肯定西学而不媚外；另一方面，对于中华民族传统武学中所浸润着的文化精神，作者并不满足于“武艺”表层的描述，而是从“道”与“艺”、“德”与“武”的辩证关系入手，深入揭示了作为“武艺”内核的深层文化内涵。把“武艺”提升到“文化”层次并在中西文化冲突中加以表现。

我们之所以说不肖生为民国武侠小说奠基，就是因为他跳出了清代的侠义公案小说的窠臼，真正为民国武侠小说自立了门户。清代的侠义公案小说“大概是叙述侠义之士，除盗平叛的事情，而中间每以名臣大官总领一切”[①]。张恨水在《武侠小说在下层社会》中说：“人民的不平之气，究竟是要喊出来的。于是北方的说书人，就凭空捏造许多的锄强扶弱，除暴安良。可是，他们不知道什么叫革命。这八个字的考语，不敢完全加在侠客身上。因之在侠客以外，得另行拥出一个清官来当领袖。换一句话说，安定社会的人，还是吾皇万岁爷的奴才。因为如此，所以他们写出来的黄天霸、白玉堂之流，尽管是如何生龙活虎的英雄，见了施大人、包大

① 鲁迅：《中国小说的历史的变迁》，《鲁迅全集》第8卷，人民文学出版社1963年，第352页。

人，就变成了一条驯服的走狗。……以侠客而当捕快，可谓侮辱英雄已极，作者自己，大概也难于自圆其说，只因他们是拥护清官，便又写了一批反贪污的强盗，也来投降当走狗。因之，他们的逻辑，是由反贪污当强盗，再由反强盗而当走狗，这才算是英雄。”[1]而不肖生所写的武侠小说则完全是排除了这种众领一切的名臣大官，掐断了一根传统的锁链，是以纯粹的民间立场作为小说的核心。不肖生以霍家的“迷踪拳”为渲染的主干而带出清末武林各门派之看家特色，为武林留下了一代英豪的列传；担当得起民国武侠开山祖的角色，堪称武侠小说的经典之作。

① 张恨水：《武侠小说在下层社会》，《周报》第11期，1945年11月17日出版，第19页。

◎ 蔡东藩的小像已无法觅得，这是他的后代手中仅存的一张蔡东藩的画像，让我们尚能一睹这位蛰居乡僻小镇、用十年功夫写了一部“大书”的作者的风采。他将上起秦始皇、下讫民国的2166年中国历史，用演义体裁，写成了一部651万字的大跨度、系统完整的“历代通俗演义”，令人肃然起敬。

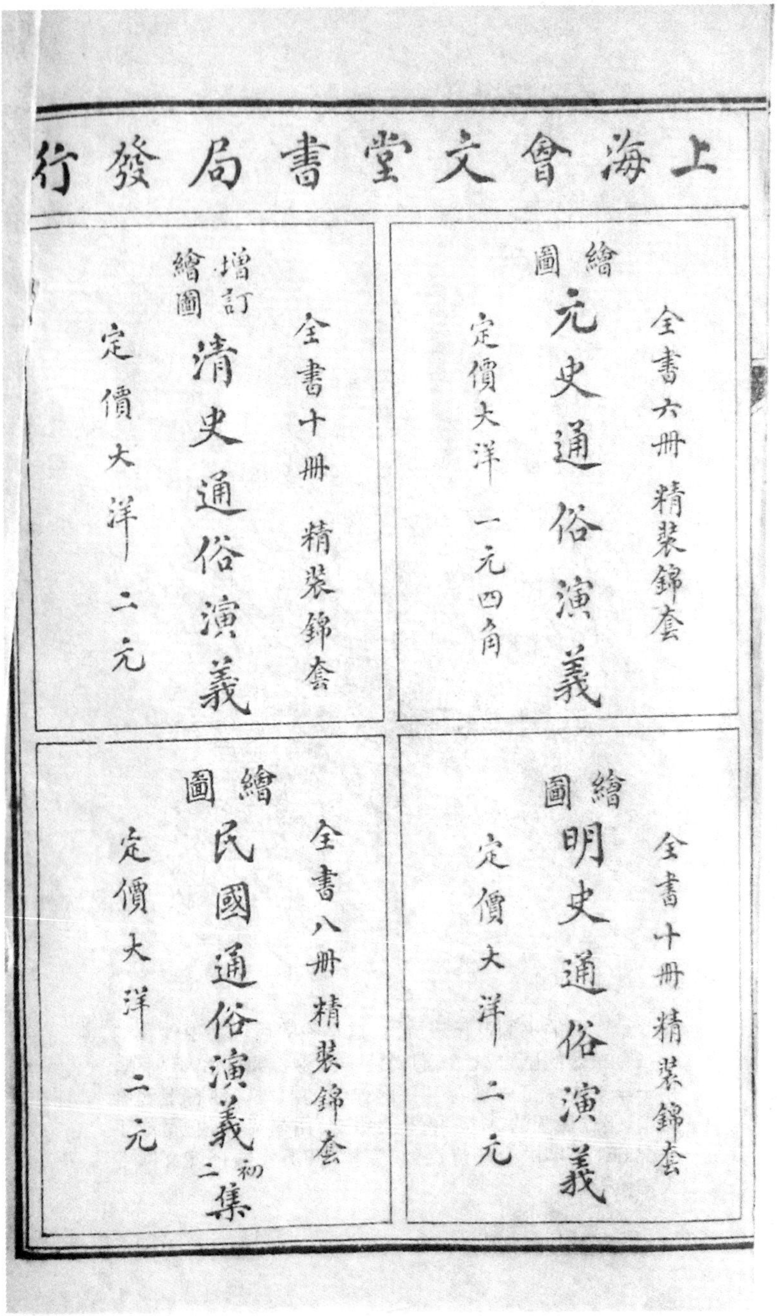

◎ 上海会文堂书局为发行《绘图元史通俗演义》等书的广告。

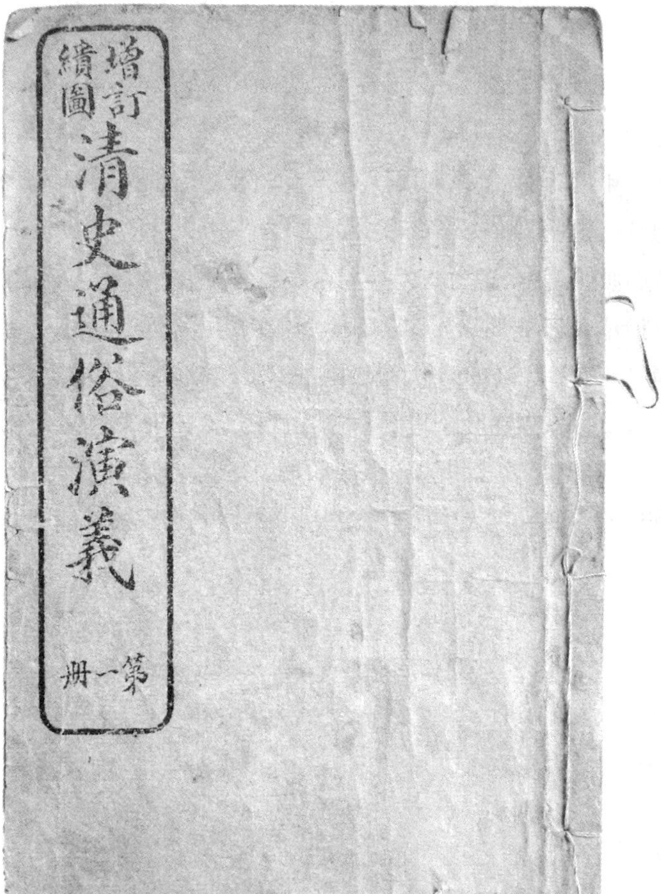

◎　蔡东藩的《增订绘图清史通俗演义》书影。

历史演义：让高文典册飞入寻常百姓家

民国初年，在刊物上掀起了一股宫闱笔记、历史演义和反映称帝、复辟事件的笔记小说热。在辛亥革命前后，许多历史性的政治事件频发，而由于清廷的倾覆，使众多历史内幕和宫廷秘闻得以“解密”，人们可以无所顾忌地宣扬过去讳莫如深，只能在私下里口口相传的宫廷、官场的各类“小道”消息，窃窃私语的时代已经过去，人们可以将真相公之于众，能“写”的就将过去积累在肚子里的货色和盘托出，喜“听”的更是乐此不疲，于是激发人们再去向纵深开掘，显幽著微，形成了出版物中的一道亮丽风景线，编辑、书商的一个大“卖点”，在民初的几大刊物上，均有笔记文学的一席之地：

> 辛亥以后，因人喜谈胜朝遗事，尤乐道宫禁轶闻。大抵得诸传闻者十之二三，出诸附会者又十之三四，欲求语有本源、堪作一朝信史者，十不一二觏，识者悲之。……盖我非白头宫娥，示睹开天之盛，与其想象揣测，贻讥大雅，毋宁就所知而可考者，一一写记，尤可自信与信人。①

迦龛这席话说明了这个笔记小说潮中的作品虽然可读性极强，吸引力很大，但大多出自道听途说，穿凿附会，虽然趣味盎然、颇具娱乐性，其中加油添醋，一切为吸引眼球是尚；但是即便是信史，大都不过是属于一些小知识小掌故而已，大意义是没有的。不过也有少数掌故作家是可以

---

① 迦龛：《清宫谈旧录》，《小说大观》第9集，1917年3月发行，第1页。

进入史册的。在写笔记小说的作家这一群体中，有一定信誉的代表人物要算许指严的“掌故野闻”了。他的祖父遨游宦海，也熟悉宫廷与官场的内情，他从小就喜听祖父所述的清代轶事。他少小聪慧，搜罗掌故成为他日后的一种“爱好”。他曾说过：“予生也晚，未获追随掌故文学诸先生之后。而髫龄趋庭，即嗜故事，街谈巷语，敝帚自珍，比长而征文考献，粗有端绪。”[①]像这样的话他也不止说过一次：“予幼时嗜闻古今轶事、野老放言。尝侍先祖父夜宴，辄得野史一二，则津津忘倦。久而散失十之五，存者尚复盈箧。……遇友燕谈，酒酣耳热，或举近代遗闻轶事相告，则忻然色喜，必竟其委而后已。归而笔之，以为敝帚千金。予生之乐趣在是。”[②]他觉得自己未能像长者一样，能亲历清代前朝的年代，但他年轻时已笔之盈箧，日后还经过一番“征文考献”，或一定要“必竟其委”才能载入自己的作品。因此，相对而言，他笔下的掌故野闻就有一定的佐证与根据；他的笔头也非常勤快，态度也较精严。

许指严的笔记掌故作品有《清史野闻》、《天京秘录》、《三海秘录》、《南巡秘记》、《十叶野闻》、《新华秘记》和《复辟半月记》等等。极大多数都带有一个“野”字或一个“秘”字，当然对读者更有吸引力。《十叶野闻》可说是他的代表作。他的《南巡秘记》虽然算佳作，但只写了乾隆一人南巡时的民间传说遗闻，而《十叶野闻》则是记叙清王朝 270 年左右的重大政治事件：“予既为《南巡秘记》前后编之撰述，以囿于乾隆一世，未总也。乃就清代十世掌故，而先撮录其简隽跌宕者，自为一编，曰《十叶野闻》，都十余万言。”[③]例如写《九王轶事》，就是记叙多尔衮“摄政”时期的王子们争夺继承权的互相合纵连横与阴谋陷害；《垂帘波影录》就是记叙两朝太后垂帘听政的故事……但既然是笔记小说，它也离不开趣闻逸事、猎艳争奇、天人感应之类的茶余饭后的谈资，以吸引人们的眼球。及至写《新华秘记》和《半月复辟记》等情事，袁世凯称帝、张勋复辟，那是许指严亲历的政坛大事。像袁世凯“重修新华宫”、“六君子”、“十三太保”、“女子请愿团”、

① 许指严：《十叶野闻·自叙》，见《近代稗海·第 11 辑》，四川人民出版社 1988 年版，第 7 页。

② 许指严：《近十年之怪现状·序》，大东书局 1925 年版，第 1 页。

③ 许指严：《十叶野闻·自叙》。

“乞丐请愿团”等洪宪时代的丑态，就带有实录性质了。至于张勋复辟失败后不到一个月，许指严就以“日记”的形式详写事件经过，那就带有“新闻性”的“耳闻目睹”了。但是“掌故野闻”毕竟是“掌故野闻”，它的路子总不是直面于历史的记载，而是在知识性中必须带有趣味性，它往往是从侧面扫描历史，以趣闻轶事引出史实。它与“正史演义”毕竟不同。但要说到中国现代的正史演义的代表作家，就非蔡东藩莫属了。

蔡东藩是一位蛰居于乡僻小镇上的历史演义作者，他表现了超于常人的惊人毅力，更赖于日积月累的丰衮的历史知识，用了10年时间，将上起秦始皇，下迄民国的2 166年的中国历史，用演义体裁，写了一部651万字的大跨度、系统完整的《历代通俗演义》，使中国二十四史的高文典册，变成了通俗的历史知识，飞入寻常百姓家。他是真正的历史家兼演义小说家。

蔡东藩(1877—1945)，名郕，字椿寿，浙江萧山临浦镇人。出身在一个清苦的店员家庭。从小因贫困而只能做人家的伴读，这既能学到知识，又免缴老师的贽敬，还能解决自己的膳食供给。但他不安于这种寄人篱下的生活，就与出身于田家的二姐夫共同切磋，于1890年两人双双中了秀才，从1891年到1900年，他到杭州旗营一家满族人家执教，两个学生一个年龄还稍长于他，小的一个与他年龄相仿，全家对蔡东藩还相当尊敬，这当然是蔡东藩的学问和教育有方支撑着这份敬意。这家满族人家藏书特别丰富，又能任他阅览，因此这10年是蔡东藩大量积累历史文化知识的大好时机，使他在书海文山中大开了眼界。后来科举虽然废除，可是他在1909年赴省参加优贡考试，名列前茅。1910年，进京参加优贡朝考，名列一等。朝觐了宣统皇帝，据他后来告诉人家，这等于演了一场滑稽戏，半夜起来，黑乎乎地进了皇宫，集体跪拜了一通，别说皇帝没有见到，就是大臣也不见影儿。但他被发放到福建去候补知县。他借债赶赴福建，燃起了“清官救国”的幻梦，但他交际乏术，宦囊羞涩，备受冷遇。他亲睹种种官场恶习，曾深恶痛绝地写道：“如果再枉道以求官，那就等于为国添一蝇狗，即为国家多一蠹贼。负己尚可，负国负民断不可以。”[①]他于

① 蔡福恒：《正直为人，不阿时好——纪念祖父蔡东藩诞辰110周年》，《蔡东藩学术纪念文集》，政协萧山市委员会编，1988年6月内部发行，第57页。

1911 年夏，也即辛亥革命前夕，途经上海回乡。他在上海遇同乡好友、供职于会文堂新记书局的邵希雍，称他托病辞职是“危崖勒马，智士也”。邵氏曾编有《高等小学论说文范》，这次会面时，就委托蔡东藩编撰《中等新论说文范》，共 80 篇文范，每篇 400 至 800 字。这时正值辛亥革命成功，他在文范中编写了热情歌颂辛亥革命的文章，如《革命与复仇辩》、《释共和政体》、《拟告国民军书》、《送孙中山先生赴宁任职序》、《拟上新政府书》等，还有若干对国际时事关注的范文，如《记墨西哥华侨遇难事》、《华盛顿以十三州抗英伦》、《论美人开凿巴拿马运河》等，时代特点强烈，文笔锐利。在《自序》中谈及他编书的目的是：“此所谓发爱国思想，播良善种子也。”“窃谓为新国民，当革奴隶性；为新国文，亦不可不革奴隶性。……夫我伸我见，我为我文，不必不学古人，亦不必强学古人；不必不从今人，也不必盲从今人，但能理正词纯，明白晓畅，以发挥新道德、新政治、新社会之精神，为新国民之先导足矣。窃不自量，本此旨以作文，不求古奥，不阿时好，期于浅显切近，供少年学生之应用而已。”①据说文范在当时影响很大，比之当时流行的梁启超的《常识文范》有过之而无不及。1912 年他又替邵希雍修订《高等小学论说文范》。此时他又升腾起“教育救国”的向往。可是 1915 年，袁世凯倒行逆施，改更国体，复辟帝制，蔡东藩义愤填膺，决心写《清史通俗演义》。蔡氏的孙子说：“这是祖父投身‘演义救国’实践活动的直接原因，他写《清史》的宗旨是：‘至于关帝王专制的魔力，尤再三致意，悬为炯戒。’从此，他走上了写历史演义的道路。”②

蔡氏写《历朝通俗演义》并不是按历史的顺序，从头至尾，按部就班地写的，现按他每部书的自序，排出他先后完成的次序：

1916 年 7 月	《清史通俗演义》	100 回
1920 年 1 月	《元史通俗演义》	60 回
1920 年 9 月	《明史通俗演义》	100 回
1921 年 1 月	《民国通俗演义》	120 回

① 蔡东藩：《中等论说文范·自序》，上海会文堂新记书局 1911 年，第 1 页。

② 蔡福源：《丹心照汗青——纪念祖父蔡东藩诞辰 110 周年》，政协萧山市委员会编，1988 年 6 月内部发行，第 61 页。

1922年1月	《宋史通俗演义》	100回
1922年9月	《唐史通俗演义》	100回
1923年3月	《五代史通俗演义》	60回
1924年1月	《南北史通俗演义》	100回
1924年9月	《两晋通俗演义》	100回
1925年冬	《前汉通俗演义》(附秦朝)	100回
1926年9月	《后汉通俗演义》(附三国)	100回

在1916年7月《清史通俗演义》定稿之后到1920年1月《元史通俗演义》定稿之间这段时间内，蔡东藩完成了两件事，一件是写了一部《西太后演义》，40回，约20万字，自序写成于1918年11月，这是独立于《历代通俗演义》之外的一个单行本。1919年，蔡东藩增订了吕安世所著的《二十四史通俗演义》。他觉得吕氏的著作“其突出的优点是‘约而能赅，俗不伤雅，得失为之了然，妇孺亦能通晓’……‘觉事依正史，语若新闻’，合他的心意”[①]。吕氏的这些优点更坚定了他写《清史通俗演义》的创作路子。吕氏的书是从盘古开天地写起，到明末为止，蔡氏在增订时，用自己的科学观，叙述了太阳、地球、陆地和海洋的形成，又增写了清史，这样“二十四史”的书名就与内容不符了，故将其改名为《历朝史演义》。“祖父在辛亥革命和五四的影响下，关心国家民族的安危，信科学，爱民主，赞共和，斥迷信，反专制，恨外侮。这些思想在他增订的《历朝史演义》中有所体现，是可取的。”[②]嗣后，他就专心致志地续写他自己的《历代通俗演义》，在1921年《民国通俗演义》部分出版时，他受到黑暗势力的威胁，说要请他吃“红丸子”，而会文堂新记书局也受到骚扰。书局就写信给他，要他在“写近代史时要谨慎，要‘隐恶扬善’，因为有的人还活着，有的甚至仍是当权者，不要去惹是非，免得闯祸，祖父读完来信后，气愤地说：‘孔子作春秋，要惩罚一下乱臣贼子，我写的都有材料根据，要我捏造，我干不来。’当祖父写到120回就搁笔不再往下写了。”[③]会文堂新记书局也怕事，不再

①② 蔡福源：《祖父增订〈中华全史演义〉简述》，政协萧山市委员会编，1988年6月内部发行，第82—85页。

③ 蔡福恒：《正直为人，不阿时好——纪念祖父蔡东藩诞辰110周年》，《蔡东藩学术纪念文集》，政协萧山市委员会编，1988年6月内部发行，第58页。

坚持要蔡写下去，就另外请许廑父执笔再续了40回，这就是惟有民国史是两个作者的缘由。会文堂新记书局开始对清史似乎兴趣不大，实质是想抑价。出版后销路很好，就约定按月付蔡东藩60元的低酬，请其续写下去，完成《历代通俗演义》这一大工程。家人看他日以继夜，废寝忘食，积劳成疾，就劝蔡东藩慢慢写来。祖母告诉蔡福源，“你祖父却说：‘救国要紧，我的生命可置之度外。’我又劝他，多拖一个月，可多得60元钱，何必这样赶紧呢？你祖父又说：‘钱是身外物，我从不考虑，宁可官不做，来写这演义，当然是越快越好啊！’”①蔡东藩挚爱事业，这是蔡东藩自认的救国之路，那时他已自己认定，他就是为这一“工程”到世上来走此一遭的。

蔡东藩写《历代通俗演义》是有其若干创作原则的。他在《唐史通俗演义·序》中说：“以正史为经，务求确凿，以轶闻为纬，不尚虚诬。”说明他的演义中引用的史实，大体都是有根据的。“我们看《历代通俗演义》，如前后汉、两晋、南北史绝大部分史料根据正史，唐五代以下诸演义，正史以外，杂史笔记，博采旁搜。但记述夸诞、事实乖牾的一概不录。其中有些事情，经戏剧、小说传播，几乎已经家喻户晓，众口一辞的了，自是演义中绝好的趣味资料，可是蔡氏绝口不谈。”②也许我们从过去的思维定式出发，总觉得“正史”不大可靠。但是要知道，过去修正史，并非当朝人的歌功颂德，而是下一个朝代的史官修上一个时代的历史，还是有其一定的客观性。而他的《民国通俗演义》是写当朝的历史，因此，他在《自序》中则再次强调了他的写作原则：“窃不自揣，谨据民国纪元以来的事实，依次演述，分回编纂，借说部之体裁，写当代之状况，语皆有本，不敢虚诬，笔愧如刀，但凭公理。”正因为如此，才会有人以暗杀相威胁。

蔡东藩的“合正稗为一贯”的写作方针也是有他的处理原则的。他在《明史通俗演义·自序》中说：“若夫燕词郢说，不列正史，其有可旁证者，则概存之，其无可旁证而太涉荒唐者，则务从略，或下断语以辨明之。文

① 蔡福源：《颠沛·奋斗·奉献——纪念祖父蔡东藩》，政协萧山市委员会编，1988年6月内部发行，第77页。

② 柴德赓：《蔡东藩及其〈历代通俗演义〉》，《文汇报》1962年1月25日。

不尚虚，语惟从俗，盖犹是元清两演义之故例也。”“他在演义中引用历史资料非常认真。凡是史书上可靠的记载，当然没有什么犹疑，写入演义中。至于事情有出入的，他用三种方法处理：第一种，有些事情有不同说法的，他只介绍情况，不作肯定。……第二种，遇到史书上某些问题，他对于某些说法以为不可靠的，在演义中予以批驳。……第三种，有些事情并无史实可据，蔡氏亦有想当然的描写，但运用批注说明是自己的意见，态度是审慎的。……总之，蔡氏此书，对史料力求忠实，丝毫不苟，是一大优点。”①蔡氏为什么要将“正文”、“批注”、“评述”，集中于己身，是有其深思熟虑的。有了“批注权”，有若干疑难问题就可以在批注中说明自己的意见。至于“评述权”则主要是为了贯彻“演义救国”的教育目的。也就是他在《两晋通俗演义·自序》中所说的“即古证今，惩恶劝善”。或是在《前汉通俗演义·自序》中所谓的“期为通俗教育之助耳”。当然，有的历史事实部分是他参考大量中外史乘，进行了认真研究之后的结晶与成果，蔡氏也会很得意地自评，如在《元史通俗演义》第18回自评中就说：“是足以补中西史乘之阙，不得以小说目之。”历史学家吴泽在评论《元史通俗演义》时也赞扬道：“一本历史演义书，能如此地重视史料与史料学，可见其史学修养有素，自非一般小说演义作家所能出此手笔的。”②

讲了蔡东藩的“务求确实”、“不尚虚诬”的史学观，再应考察的当是蔡氏的“演义观”了。因为历史演义的成功与否，就是要使历史与演义两者的完美结合。蔡东藩在《前汉史通俗演义》的第25回批语中说：“夫正史尚直笔，小说尚曲笔，体裁原是不同，而世人之厌阅正史，乐观小说，亦即于此处分之。……文以载事，即以道情……是即历史小说之特长也。”他既然决心要向中国老百姓普及历史知识，他就必须语不求深，而且还要善于用文学笔法，以情动人。蔡东藩的大跨度有系统的历史演义小说，基本上是成功的。因此，吴泽评价蔡氏“在历史知识传播上，起着二十四史等史书所不能起到的作用。这是他作为一位埋头苦干的历史学家与演义作

① 柴德赓：《蔡东藩及其〈历代通俗演义〉》，《文汇报》1962年1月25日。

② 吴泽：《蔡东藩〈元史演义〉的史料学研究》，在《蔡东藩先生诞辰110周年纪念会》上的学术报告，政协萧山市委员会编，1988年6月内部发行，第17页。

家对祖国所作的惊人的贡献”[①]。中国是个历史悠久的幅员辽阔的多民族汇合的泱泱大国，就其历史典籍而言，浩如烟海，三千多卷二十四史，257卷《新元史》，576卷《清史稿》，加上他写《民国通俗演义》搜集的史料，数量之惊人，令人望而却步。作为一位长期居住乡僻之所的学人与作家，他该要花多大的功力与毅力，才能将这浩瀚的高文典史，经过他的消化与梳理，完成通俗化的全过程。本来，我们祖国也有像《三国志通俗演义》这样的演义小说的传统与创作经验，可是蔡东藩很明确地不想套《三国志通俗演义》这样的创作模式。他在《后汉史通俗演义·自序》中说："若罗氏所著之《三国志演义》，则脍炙人口，加以二三通人之评定，而价值益增。然与陈寿《三国志》相勘证，则粉饰者居五六。寿虽晋臣，于蜀魏事不无曲笔，但谓其穿凿失真，则必无此弊。罗氏每巧为烘染，悦人耳目，而不知以伪乱真，愈传愈讹，其误人亦不少也。"写到第一回，蔡东藩还不肯放过罗贯中，"若论他内容事迹，半涉子虚，一般社会，能有几个读过正史？甚至正稗不分，误把罗氏《三国演义》，当做《三国志》相看"。吴泽就据而论断："在这个问题上，作为史学家的蔡东藩不无有所偏爱之处，就历史知识传播说，蔡者称得上一部演义体断代史的通俗读本；就文学艺术价值和社会影响说，受正史史料束缚过甚，不及《三国演义》、《水浒》之大之广。"[②]这是公允的持平之论。就蔡东藩的原则立场而言，历史的"真"是第一位的，若失历史之"真"的艺术性，他不为也。他觉得他不想要达到《三国演义》般的大量虚构情节，他只要自己能"兼历史家小说家之长，故化板为活，不落恒蹊"。这是他的追求目标。他的通俗化老百姓当然也是能接受的，但又是谁人最为欢迎他的演义小说呢？"当时江苏省立南京中学校长张海澄给会文堂书局写信说：'《历代通俗演义》于中等学校学生文史知识，裨益匪浅，乃特采作课外补充读物。'"[③]

蔡东藩对中国历史上曾作过贡献的人物，如对民族英雄、正直廉洁的官吏，是褒赞有加的。当写到蔡锷不幸早夭时，他感叹道："麟凤死而狐鼠生，华夏其何日靖乎。"把当时争权夺利、抢占地盘的军阀们比诸狐鼠，爱

①② 吴泽：《蔡东藩与〈中国历代通俗演义〉》，《文汇报》1979年6月15日。
③ 柴德赓：《蔡东藩及其〈历朝通俗演义〉》，《文汇报》1962年1月25日。

憎何其分明；而对掩护蔡锷的小凤仙也赞扬备至，在《民国通俗演义》第51回总批中说“然如蔡锷之身处漩涡，不惜自汗，以求有济，亦可谓苦心孤诣，小凤仙之附名而显尤足为红粉生色。巾帼中有是人，已为难得，妓寮中有是人，尤觉罕闻。据事并书，所以愧都下士云。”这样看来，蔡东藩虽常常有“女祸”之说，当然将一切罪责都推到女人身上是不对的，轻视女性也是不对的，但有的女祸也的确祸过一祸的，也得负一部分责任。如果蔡氏真的一概轻视女子，那么小凤仙也不可能得到“为红粉生色”的评价了。

蔡东藩是一位过渡时期的人物，在他身上当然也少不了许多局限性。过去大家在评论他时，众口一词说他对农民起义的估价大有问题。今天对这个“结论”恐怕要进行具体分析，不能因为挂上了农民起义的招牌，就予以全盘肯定。实际上在这一问题上是长期受机械论统治的。

蔡东藩在很多问题上是有独到见地的，决不屈从于多数或人云亦云。他在清廷垮台后，非常冷静地全面考虑这一朝代的功罪。他在《清史通俗演义》第1回就很有力排众议的气概：

> 后来武昌发难，各省响应。竟把那268年的清室推翻了。22省的江山光复了。自此以后，人人说清朝政治不良，百般辱骂；甚至说他是犬羊同种，豺虎心肠。又把那无中生有的事情附会上去，好像清朝的皇帝，无一非昏庸暴虐，清朝的臣子，无一非卑鄙龌龊，这也未免言过其实哩！……小子无事时，曾把清朝史事，约略考察，有坏处，也有好处，有淫暴处，也有仁德处。若照时人所说，连两三年的帝位都保不牢，如何能支撑到268年？
>
> 康熙六十一年守成之中，兼寓创业，自奉勤俭待民宽惠。满族中得此奇人，总算出乎其类，拔乎其萃了。（第50回）

也正因为这些独到的见解与我们当代的历史小说家二月河对历史的考察的结论是相通的，所以二月河对蔡氏的《中国历代通俗演义》评价是极高的，同时也指出蔡氏的不足处：

它既不是“纯文学”，也不是“雅文学”，它不是纯历史，又没有虚造历史，它有歌颂，也有暴露，更多的却是“告诉”、“讽劝”，浩如烟海的历史表述中颇不乏人文思想社会流俗的探讨与调侃。……

他进行的是人文之美的播种，是中国独有、别国绝无的美好道德的传述与表释。这样老成实在的著作家可能早已在中国“绝版”了。我的估计，历史在一个短的时期不太可能再赐我们一位蔡先生。

……倘没有绝大的学识，绝大胸襟气量，绝好智商与精力，要做蔡先生做的这番事业，确实有点像要求初中生演算哥德巴赫猜想般困难，或者是“骑自行车上月球”那样的妄想。

我以为，判断任何一部书的社会价值，只有两个量化了的标准，一是它拥有不拥有读者，一是它拥有不拥有时间。……但蔡的这一系列确实做到了“两个拥有”，它还要“拥有”下去。……

蔡先生的这书，从文学这点上看去，只能说是“中平之作”，它是一座矿山，山一样的巍峨，中有茂林修竹流泉飞瀑，内含煤铁金玉，自然也有土，有毫不起眼的砂石。它的非凡就在于它的丰富蕴藏。前面说过，它不是应遵命评论之运而生，而是应时而生。在整个封建制度的崩溃、新时代还在阵痛时，他用毕生的精力唱出了这首诗史，可以听为挽歌，也可以看作新时代的催生曲。①

蔡东藩的《中国历代通俗演义》真是中国通俗史学和历史系列演义小说的一块伟大的丰碑！

① 二月河：《由蔡东藩历史演义所思》，《南京师大文学院学报》，2003年第4期，第114—116页。

中華民國十年一月十六日　星期日　（申報第四張）

自由談小說特刊

（第二號）　陳蝶［印］

論文

短篇小說之定義

張舍我

短篇小說。果爲何物乎。則吾人不能不求其定義矣。然歐美文學上之論短篇小說定義者。其言紛紜。莫不各主其所見。使初學者見之。將不知所適從。茲擧其敍者。以介紹於吾國之初學者。伯賽德所著短篇小說作法中有言曰。短篇小說而欲稱短篇小說之名稱也。必爲一短篇散文。以藝術上之公理表示真的生活之片段。而以求娛樂爲最初之目的。葛來頓C. G.……之言曰。短篇小說之目的。在於產生單純之志趣。著作者爲一種單純之情緒所驅役。竭其精力。使所作小說。悉現此情緒。而在讀者心中。吸引一種回聲。那該司J. Notstein與滕恩Dunn二氏所著。近代「短篇小說」中之短篇小說定義曰。短篇小說者。敍事文也。以一種單純的緊急的事或情形。而產生一種單純的感想者也。奚生文J. Bs Esenwein以爲短篇小說之定義。有五種要素焉。一曰。單純之感想。二曰。完善之結構。三曰。一主要之事。四曰。一主要之人物。五曰。「錯綜」「Complication」與其解決。有此五者。始得謂之短篇小說也。大學教授馬太之論短篇小說曰。若無事可述者。即無所謂之短篇小說也。此其意。蓋指短篇小說以結構爲重也。又曰。以一種意想。由一種覺感之程式。與浪漫之文風。以論理之公例而發達表現之。爲吾儕所求之於短篇小說中者。彼對於短篇小說之定義。則曰。短篇小說必須祇爲一事。而爲之完全無缺。必不可散漫。必不可離本題。必須有和合的動作。和合的音節。和合的聲調。和合的志趣。凡足以妨礙意志之單純者。皆須掃除淨盡也。大學教授畢金氏。以爲短篇小說者。用種種藝術思想之結晶體也。一爲美國的。一爲法國的。美國之思想曰。單純之感想。法國之思想曰。戲曲化的感想。故曰。短篇小說者。一敍事之戲曲。而有一種單純之感想者也。吾國人胡適之則曰。短篇小說者。用最經濟之文學手段。描寫事實中最精采之一段或一方面。而能使人充分滿意之文章也。讀者觀以上諸論說。短篇小說之定義。了然如掌矣。而馬太畢金胡適之三氏之言。尤爲精當。初學者若能……之。未有不能作精美之短篇小說者也。

軼事

法國名小說家巴爾扎克小影

說林拾舊

不等思想　小說一

雪夜　小說二

金馬　中流　振興

名

◎　周瘦鹃主编的《申报・自由谈・小说特刊》第二号(1921 年 1 月 16 日出版)，刊载了张舍我的《短篇小说之定义》，并推出巴尔扎克的画像。

◎ 严独鹤小像

華民國八年六月六日（禮拜五） 新聞報

同胞聽者　（獨鶴）

萬勿暴動。堅持到底。

◎ 严独鹤主编的《新闻报·快活林》于 1919 年 6 月 6 日所刊的独鹤的“谈话”：《同胞听者》。

报人杂感：引领平头百姓的舆论导向

——以《新闻报》严独鹤和《申报》周瘦鹃的杂感为中心

（一）

被称为“鸳鸯蝴蝶派”的不少文人是具有“双重身份”的，第一重身份是作家和文艺刊物的编者；第二重身份是“新闻工作者”，但那时他们自己通称为“报人”，其实这才是他们的“职业”——“主业”。严独鹤是《新闻报·快活林》（抗战后改名《新园林》）的主编；而周瘦鹃则是《申报》副刊《自由谈》和《春秋》的主编。《新闻报》号称日销二十万份，而《申报》则日销十五万份。在当年的上海乃至全国具有极大的影响力。与此同时，他们除进行“业余”文艺著译之外，严独鹤还为世界书局主编《红杂志》、《红玫瑰》和《侦探世界》等刊物；周瘦鹃则为大东书局主编《半月》、《紫罗兰》、《紫兰花片》和《新家庭》等刊物。无论是编报纸副刊和杂志，或是进行著译，他们心目中的主要读者对象都是都市的广大市民大众。但这两重身份对他们而言，职能也是有较大区别的，或者说两种身份还有各自的分工。就创作与所编的文艺性杂志来说，他们的主要职能是供普通市民大众的业余“休闲”，当然这其中也有“寓教于乐”的成分。周瘦鹃曾引用美

---

* 本文由范伯群与复旦大学文学院博士后、扬州大学讲师黄诚合作完成，由范伯群执笔、定稿。

国消闲杂志的畅销与流行来支持自己编通俗文艺刊物主要就是提供娱乐休闲读物的观点：

> 吾友程小青言，尝闻之东吴大学教授美国某博士，美国杂志无虑数千种，大抵以供人消遣为宗旨。盖彼邦男女，服务于社会中者綦夥，公余之暇，即以杂志消闲，而尤嗜小说杂志，若陈义过高，稍涉沉闷，即束之高阁，不愿浏览矣，是故消闲之小说杂志充斥世上，行销辄数十万或竟达百万二百万以外，若专事研究文艺之杂志，则仅二三种，行销也不广，徒供一般研究文艺者之参考而已，即英国亦然。著名之小说杂志如《海滨杂志》、《伦敦杂志》等，亦无非供人作消遣之品。有《约翰伦敦》周报一种，为专研究文艺之杂志，销数无多，海上诸大西书肆中竟不备，余尝以往叩之，苦无以应，寻得之一小书肆中，因订阅焉。据书肆中人告予云，此报海上绝无销路，每期仅向英国总社订定二册，一归一英国老叟购去，一则归君耳。观于此，则可知欧美人专研究文艺者之少矣，返观海上杂志界肆力于文艺而独树新帜者，亦不过一二种，足以代表全国，其他类为消闲之杂志，精粗略备，俱可自立。①

但当他们办报纸副刊时，态度就不同了。副刊是报刊的一个组成部分，因此他们就对当前的社会热点或国家大事，必然要多加关照，于是就往往能成为平头百姓的政治舆论导向。严独鹤在谈如何编好一张副刊时，总结了他编副刊所抓住的三个要领："其一是每期须有一篇好的短文（言论）；其二是须有一幅好的漫画；其三是须有一部好的连载。唯有如此，方能相得益彰，吸引读者。"②而严独鹤的所谓"言论"的内容则是"取材则上自时政大事，下至市井琐闻，皆为市民所切切关心者"③。而且每当世界或国内政坛出现大变故时，他们的言论就会变得非常关注时政大事，往往在副

① 周瘦鹃：《说消闲之小说杂志》，《申报·自由谈》，1921 年 7 月 17 日第 18 版。
② 严祖佑：《父亲严独鹤散记》，《严独鹤杂感集》，上海远东出版社 2009 年版，第 458 页。
③ 同注②。

刊的头条，就用杂感文体配以精彩的漫画议论时政或抨击弊端。在他们所编的副刊中“鸳鸯蝴蝶”之类的文字最多仅表现在连载小说中，而“一篇好的短文”和“一幅好的漫画”主要用来讽喻时事或关心民生。

严独鹤于1914年8月受聘于《新闻报》，主持副刊。他就将旧式副刊《庄谐丛录》改名为新式副刊《快活林》。自此他就实践“一篇好的短文”和“一幅好的漫画”的模式，而且提出副刊宜雅俗共赏的理由：

> 雅俗合参：文艺之作，宜取高雅，此固正当之论第。就报纸之性质以言之，则陈义过高，取材过雅，皆似不适于普通读者。盖报纸之功用，舍传播消息主持舆论外，亦可目为通俗教育之一种利器，与其他艺术专书、文学著作，只供通人研究者不同；若一编既出，而不能得一般人士之了解，则已失其报纸之效用矣。故快活林之文字，颇取通俗，求适于群众，但浅薄无味或鄙俚不可卒读者，亦概不阑入，冀其俗不伤雅也。①

因此他为自己的副刊制订了四个标准：“一、隽雅而不深奥；二、浅显而不粗俗；三、轻松而不浮薄；四、锐利而不尖刻。”②

在1915年的袁世凯称帝，1917年的张勋复辟，1919年的五四，1923年的曹锟贿选，1925年的“五卅”，1926年的“三一八”惨案，直至抗日战争和蒋介石政权的崩溃过程中，他都发表了许多通俗而尖锐的杂感。除日寇占领上海时，他愤而辞职外，自1914年至1949年这30多年中，他一以贯之主编《快活林》（后改名为《新园林》）。曾任《解放日报》总编辑的陈念云在1986年对严独鹤的言论性的短文作过如下的评价：他的最大的贡献“是一生留下了近万篇报纸副刊的言论性文章。他在主编《新闻报》副刊期间，基本上每天发表一篇叫做‘谈话’的文章，……每篇长则六七百字，短则二三百字，基本内容是两种，一种是社会杂感，一种是时事杂感。社

---

① 严独鹤：《十年中之感想》，《〈新闻报〉三十年纪念册（1893—1923）》，《新闻报馆》1923年印行。

② 严建平：《我的祖父严独鹤》，《严独鹤杂感集》，第466页。

会杂感主要议论各种社会现象和社会问题，其特点是接近民众，尽可能反映民众的疾苦和呼声。旧中国诸如物价飞涨，民不聊生，毕业即失业等等，就常常在他的笔下有所揭露和抨击。时事杂感则国际国内，都有评论，而且总是从大处着眼，小处落笔，有的讽刺与批判，还相当尖锐泼辣。总之他的'谈话'，每篇都是有感而发，言之有物，从不随便舞文弄墨，无病呻吟。他的每篇文字还有通俗易懂，而又生动活泼的特点，有时议论风生，诙谐幽默。早年报上的文章，大都是古体文，他是率先用白话体写文章的一个，因此拥有众多的读者。"①在这篇文章中陈念云还说："《新园林》当年刊登风花雪月的文字本来就不算多。"我们则认为风花雪月根本不能作为新文学给所谓鸳鸯蝴蝶派"定罪"的标准。只要不是逃避现实，迷醉丧志，无病呻吟，风花雪月应该是人间倩丽雅洁的美景，蔑视"月光曲"等圣乐奏鸣的只是对瑶琴干瞠着浊眼的一条笨牛。至于对严独鹤的杂感的艺术性，郑逸梅曾评价说："要言不繁，很为俏皮，又复圆转含蓄，使人读之，作会心的微笑。有时独鹤患病，不能到馆，由另一编辑余空我代写，空我依样画葫芦，也是每天来一《谈话》，但读者们觉得不很够味，认为独鹤所谈是圆圆的，空我所谈成为扁扁的了。"可见严独鹤的杂感既无懈可击，逻辑性极强，又不失机智灵动，颇能适合平头百姓的口味。

至于周瘦鹃，就编副刊而言，他的资格没有严独鹤老，时间也没有严独鹤长。他是1919年五四前夕才进《申报》，他掌控《自由谈》笔政的时间约12年，后来又主编《申报·春秋》约6年光景，一共是18年左右。日寇占领上海期间，他即脱离报馆；而抗战胜利后，国民党官僚资本入侵《申报》，他受排挤而只给他挂一个设计委员的空衔。但他在编《自由谈》期间，也有不少言论性文章，并配以漫画。在副刊中他还设多种专栏。计1919年6月4日至9月28日有《见闻琐言》14天次；1920年4月3日至1921年8月7日，刊《自由谈之自由谈》318天次；1922年7月1日至22日，设《一片胡言》12天次；1922年7月6日至12月31日，改《一片胡言》为《随便说说》136天次；1931年6月19日至9月2日有《点滴》9篇，1931年9月24日至10月20日撰《痛心的话》21篇。这些言论性文章与严独

① 陈念云：《纪念新闻界前辈严独鹤先生》，《严独鹤杂感集》，第438—439页。

鹤的"谈话"的性质相类，甚至是相互呼应的。他们的这些言论性文章，过去很少受到学界关注，而对他们的评价只是简单化地套上一个"鸳鸯蝴蝶派"的帽子作为结论，甚至想当然地说他们所编的副刊大多是庸俗黄色的垃圾而已。为了揭示真相，我们须用下面"白纸黑字"的实例作为试金石来加以盘点与鉴定。

(二)

严独鹤将《庄谐丛录》改为《快活林》后，开始并没有设"谈话"这一栏，那时他的言论性专栏名为"谐著"，与过去的《庄谐丛录》保持了一定的联贯性，也寓有"快活"的涵义，也含有让你"轻松地阅读"的意思。而且也不是他一人所写，大多倒是他的所谓"鸳鸯蝴蝶派"的同人执笔的，这也说明，这一个圈子里的人关心时政与民生的还大有人在。用"谐著"当然是想用老百姓所喜闻乐见的形式，用他们能理解的社会话语去表达报人的观点；也即贯彻他的办副刊要"颇取通俗，求适于群众"的理念。那就需要与一般给知识分子所看的杂感的风格有所不同。但"谐著"也决不会谐到"化屠户的凶残为一笑"的程度，而是实践自己的宗旨："浅薄无味或鄙俚不可卒读者，亦概不阑入，冀其俗不伤雅也。"严独鹤的"谈话"专栏则是始于五四时期，说得精确一点是从 1919 年 6 月 6 日"创始"的。就他担任《新闻报》副刊主编后所遇到的国家大事而言，其中袁世凯称帝、张勋复辟和曹锟贿选这三次，简直是一场场政治"闹剧"，对付它们只能是嬉笑怒骂、辛辣讽刺。因此，用"谐著"作为专栏是相当匹配的。但五四在严独鹤看来是一次群众性的爱国主义运动，因此对付帝国主义就应该义正辞严，于是，他就改"谐著"为"谈话"专栏，以此揭露敌人，唤醒民众。这一"谈话"的专栏，一直延续到 1949 年 5 月《新闻报》停刊为止。要了解这个长达 30 年的专栏最简捷的办法就是抓住几个关节时段加以盘点。他上马伊始，最先遇到的是袁世凯称帝的闹剧。

从"袁记"的筹安会成立发表宣言起，"谐著"栏就针对这篇宣言"倒行逆施"的荒谬言论进行了辛辣的讥刺。这份筹安会的"宣言"是拾了一个美国某博士的"牙慧"，说什么："君主实较民主为优，而中国尤不能不用君主国体。”美国不是一个君主立宪国，它因实行民主制而飞速发展。美国某博士倒应该先到美国去宣传，在美国先实行君主制而取得更大的成功，然后再到中国来指手划脚，这才有说服力。可是筹安会的头头杨度却举起这样一个“破烂法宝”，作为宣言立论的根据，使全国舆论哗然。因此，“谐著”发表了程瞻庐的讽刺文章《拟筹安会征求大手笔启》，文中说：“鉴于是前宣言书之为世诟病”，“故劝进表一通，尚在迟回审慎之中”，现在筹安会非得征求一位大手笔来重写宣言书，“酬润不惜从丰……并于将来君主登极时，代为奏请颁给头等宝星以示优异”。这一篇嘲讽的文章彻底否定了筹安会的第一炮。紧接着又发表蛰民的《时局预言》一文，预测中国的“跪拜裤涨价”，因君主登基后，必行三跪九叩之礼；二是杨度等筹安会发起人所谓“六君子封爵”，但却预测“在封爵之际，又必有争功斗宠诸活剧，出现于北京舞台，以供看客之欣赏也”；三是预测“小百姓吃苦，天堂未见，地狱先现，吾知筹安会之佳名，必至名实相反”。那就指出他们实乃“筹祸会”。可是筹安六君子还来不及争功斗宠，半路里又杀出一彪人马，梁士诒不甘筹安六君子拔了头筹，他知道这些书生们以号召进行“学理讨论”是远水解不了近渴的，他想出的办法更直截，于是发起成立“全国请愿联合会”，动员各界各地通电或在京向参政院请愿，以强奸民意的方法要求召集国民会议解决国体问题，一致拥戴袁世凯称帝。于是拼凑了各种名目的请愿团，除各省或各大行业的请愿联合会外，还专门组织了妇女请愿团，更异想天开的是还有“乞丐请愿团”和“人力车夫请愿团”等，简直近于戏谑；《快活林》也一一在“谐著”栏以戏谑回敬。严独鹤在《妇女请愿之利益》一文中写道，一旦帝制复辟，妇女就有做“后妃之希望”，“即下焉者亦可以为宫嫔、为秀女”；国体变更，男子可以封王晋爵，女子的“诰命之封，亦必恢复”；过去女子有要求参政者，倡议北伐者，闹得大人先生头痛，“现在能凑趣，能为此媚，在大人先生中恢复了女子之名誉”……天台山农还发表《戏拟妓界请愿书》，河影还写了《戏拟囚犯请愿书》，意在讽刺梁士诒等可以无耻到无所名目不可以利用的地步。律西则《戏拟上海人力车夫致北京人力车夫书》，揭露梁士诒等用每个车夫签名后即发“铜元四枚”为诱饵，因此，那天竟吸引数达万人之多。这些戏谑将欲称帝的袁氏龙袍尚未加身，却先被画成了一个大花脸。袁世凯的长子袁克定为了做太子，还组织了一套班子,天天印成一批假报纸,专供袁世凯一人观看,以伪造全国“民意”一致呼吁改变国体,以迎合袁世凯皇帝梦的急切心态。明明《快活林》天天声讨,可是袁氏看到的《新闻报》却是一片拥戴声,致使袁世凯竟对他儿子袁克文说,严独鹤此人真是不错。

至于张勋复辟,通俗作家也有许多文字,其中写得最有力度的大概要算是天忏生的《复辟之黑幕》[①],天忏生在书中说:“既有此无量滑稽之事,当然有滑稽之文副之,理也,亦势也。”“虽曰游戏以出之,谈笑以道之,其实字字是血,句句是泪。”在《新闻报·快活林》上也将张勋及其辫子兵的嗜血本质进行了痛快淋漓的揭露。张勋是 7 月 1 日进北京的,而《谐著》在 6 月 1 日就关注他的动向,纷纷用杂感与漫画为武器声讨张勋。在“拾尘”的《送蚌将军归蚌埠序》中就发出警示,而严独鹤在文章后面就以编者身份加了注释:“据近日情势,则蚌将军率虾兵蟹将,兴妖作怪矣。武人横行,中原多故,鹬蚌相争,尚不知呈何结果也。”张勋原驻军徐蚌,所谓蚌将军横行,就是指他正在蠢蠢欲动了。当时正值农历端午节,“谐著”上发表几篇有关“端午新五毒”的文章,其中直指“蚌壳精”和“豚尾精”就是影射张勋乃目前之毒物。6 月 19 日,枫隐的《辫子出风头歌》:六千辫子兵已到天津,到处扰民:“惟有徐州张大帅,依旧要把辫子保,麾下健儿辫尽留。……维时国会散不散,总统保不保,都在辫帅一言中,辫帅风头既出足,麾下辫兵亦威风,进京之后或向八大胡同嫖小娘,或在六国饭店撒酒风。”7 月 1 日张勋进入北京,瞻庐的“谐著”《烦恼着唐三藏》中说,唐僧徒弟猪八戒的一条豚尾不翼而飞:“豚尾已在北京城中,惹出奇祸,将一座金壁辉煌之罗汉堂,闹得落花流水,八百罗汉,立时星散(按指立令解散国会——笔者)。于是师徒聚议捕捉豚尾精之法,志在实行,至豚尾之运命如何,今尚在不可知之数,诸君毋躁,徐听最后之尾声可也。”而到 7 月 8 日,虽然复辟势力还在挣扎,但全国已一致声讨,大势已去。那天正值中国旧时的所谓“分龙日”,天台山农发表《分龙日之分龙说》,文中说到文武圣人(按文

① 天忏生,贡少芹的笔名之一,这是一本单行本,由翼文编译社出版。张勋 1917 年 7 月 1 日演出拥戴溥仪复辟,7 月 12 日即失败逃入荷兰大使馆。这本书的初版也出版于 7 月,贵在及时。有兴趣者可阅《近代文学大系·笔记文学集(2)》所选该书的 26 则笔记,可知其“一鳞半爪”。

圣指康有为，武圣指张大帅——笔者）实行复辟，五色国旗，无端销灭，共和推翻，皇帝出现，亲皇郡王，开气蟒袍，浑身煊赫，辟既复矣，宗社党，保皇党，附龙攀凤，龙运复交。但到了今天分龙之日，转瞬将打龙袍，人民痛饮黄龙之酒，皇帝复蹈祖龙之辙，神龙见首不见尾了。实际上就预示着复辟已现必败之征。而《快活林》中又配以一幅幅“文武圣”抱着一个“小皇帝”的漫画，则更令人忍俊不禁。

在五四前夕，周瘦鹃开始掌控《申报·自由谈》，他的杂感政论就与严独鹤的《快活林》同声呼应。可以说，周瘦鹃是踏着五四的鼓点，登上当时媒体的最大平台之一——《申报》，他在 1919 年 5 月 31 日在《自由谈》上发表第一篇文章：《我之小说观》（一）。6 月 3 日上海爆发了工人罢工、商人罢市，响应北京学生的爱国运动。周瘦鹃从 6 月 4 日至 28 日，以“五九生”为笔名，写了 14 篇《见闻琐言》，主要报道上海工人罢工和商人罢市的壮举。在 6 月 8 日的报道中说：“上海竟罢市了。华界租界中大大小小的商店，都一起关上了门，停止营业。……医学家说：病人临死的当儿，神经昏乱了，往往要发一种死物狂。……我说眼前北京政府的举动不是很像死物狂么？一日间平白地拿了一千多个热心爱国的好学生，似乎要坑死他们才罢。”6 月 9 日：“罢市已一连三天了。昨天我见许多商店的门上都在贴着‘不去国贼不开门’，‘不诛国贼不开市’的纸条儿。……我听说几天来北京学生因为拿得太多了，没有这大监狱容纳他们，就把个大学法科做一临时监狱。我说何不把个北京城改造一所天字第一号的大监狱。先把北京学生和附和学生的小百姓一齐拘禁了起来。第二步就把通国罢课的学生、罢市的商人也一网打尽，都去关在这大监狱中，四面用二十万兵马团团围住，绝他们的饮食，瞧他们生生饿死，岂不爽快？只可惜没有这个魄力罢了。”他对当时的北洋军阀政府予以辛辣的讽刺和投以蔑视的一瞥。6 月 11 日，周瘦鹃在《申报》上发表题为《晨钟——为北京幽囚之学子作》的短篇小说，声援被捕学生。开端小序中非常郑重而恳切地以“同学”的身份，向他们致敬：“夜深寂坐，悲愤煎心。起草斯篇，聊以自慰。北望燕京，祝诸君无恙，并遥致最诚挚之敬礼于诸君之前。七年前之上海民立中学学生周国贤敬识。”他觉得用他自己的学名向北京学生致敬，更为隆重。他将北京的爱国学生比作“晨钟”，这“晨钟”是“少年中国的福音，唤大家牺牲一切，救这可怜的中国，……我们少年精神不死，中国的精神永永不死。”周瘦鹃也多次报道了学生罢课和集会游行，其中提到学生游行队伍中有不少人还挥舞着“请勿暴动”的小旗。这“暴动”二字又作何解释，令今天的读者颇为费解。但在《快活林》的杂感中，严独鹤就为我们解答了这个疑窦。

严独鹤 6 月 6 日发表的第一篇“谈话”是《同胞听者》：“对于日人说，我们虽然抵制他，却须举动文明，万万不可和他们发生冲突……就是要坚决到底，万勿暴动，请诸君牢牢记着。”6 月 7 日严独鹤的《留心假冒》说得更明白：“本市商家罢市，秩序仍旧丝毫不乱；爱国学生，并且各人佩着布带，执着小旗，都写着‘万勿暴动’的字样，帮同街警，维持秩序……都道有某国人扮着中国学生装束，在路上故意吵闹殴打，或是抛砖掷石，……简直是要借此肇事，嫁祸于学生。”6 月 9 日程瞻庐更用老百姓喜闻乐见的《上海罢市新摊簧》的形式，说明文明抵制的重要：“矮子肚里疙瘩多，时时刻刻使诡计，有人轧在人丛里，口出不逊挑拨倪，顶好我倪起暴动，耐末俚笃出仔好生意，打坏一个东洋蹩脚生，索起赔偿宛比银行里厢大伙计；打破一爿东洋糕饼店，索起赔偿就是几万几千几百几，所以俚笃挑拨倪，奉劝诸位终要耐耐气，倘若不耐气，就要中诡计……所以暴动两字大家才要避一避，……终要文明抵制有秩序。”既要坚决抵制，抵制到底，又要文明抵制，他们的文章始终关注将民众的爱国热情引导到正确的路径上去。

周瘦鹃不仅在《自由谈》中报道五四，而且用白话载体发表了小说《亡国奴日记》和《卖国奴日记》。他表白了写前者的动机：“尝忆十年前英国名小说家威廉·勒苟氏草《入寇》一书，言德意志之攻陷英国。夫以英国之强，苟氏尚为危辞警其国人，今吾祖国之不振如是，则此《亡国奴日记》乌可以不作哉?”此书不仅热销五万多册，而且有许多学校指定为课外读物。在《卖国奴日记》中他痛斥曹汝霖、陆征祥等的卖国行径，语多激烈，当时没有出版社敢印，他于 1919 年 6 月自费出版。他的爱国主义的热情在这桩桩件件中得到了充分的展示。

1923 年的曹锟贿选总统，又是政坛上的一次丑态百出大闹剧，对这次丑剧《快活林》几乎用每天一文，“日志式”地揭露。从 1923 年 5 月开始至同年 11 月，关涉的文章竟达到 134 篇之多。1923 年 6 月，保定曹锟用武力将总统黎元洪赶下台，黎就到天津去另立门户，拉走了一批议员，于是曹锟为了要拉足议会的法定人数，才能贿选成功，几翻讲价，最后商定五千元一票的价格，因此，史称这批议员为"猪仔议员"。这笔巨款，曹锟是不肯自掏腰包的，于是就到各地去敲诈捧他上台的督军和政客们的"政治献金"。严独鹤在8月23日发表《总统与蟹》一文中写道："在中国要做总统，也非横行不可。蟹肚中满满的贮着黄白物。在中国要做总统，更非先储着许多黄白物不能成功。照这样说，蟹和总统，简直可算同类。"当曹锟与猪仔们讲定价钱之后，又为如何付款的办法发生了分歧：如曹锟先开出支票，猪仔们怕他事后不兑现；而要曹锟付现金，曹锟又怕议员拿了钱就逃脱，因为天津方面对不参选的议员答应付八千一个；曹锟说先付可以，将钱存在银行里，选了再取款，猪仔怕银行靠不住；说先请律师来公证，议员怕请的是滑头律师……最后严独鹤提了两办法，供双方议决：一、保方先付款，然后将议员监禁起来，到选举时由军警押到会场监督投票；二、议员先投票，然后登报声明，新总统必先付清款项，选举才正式生效。请他们二选其一，然后载入宪法中。如此就万无一失。这种讽刺挖苦，真是到了极致。而在10月11日，严独鹤发表《五千身价八千小货》一文，说10月5日选举那天，有的议员先到天津拿了决不参选的八千元，然后躲进北京的妓院，串通警察去抓他们后押进会场，再去领曹锟的五千。万一警察漏抓，一些议员一定会大呼"快来捉我！"10月12日的《奇形怪状》一文中又揭露军警当天的确是坐了汽车到处抓议员，会场外还扎营房架机枪；生病的议员担架抬入会场，会场还特设病房；会场的墙上还开洞，洞中架有烟枪，以便让瘾君子猪仔轮流过瘾；还有戴铜盔的消防队员站在场内四周，然后还将会场大门紧锁。终于凑足了法定人数，贿选大功告成。而在周瘦鹃主持的《自由谈》上，在曹锟与议员们讲价钱时就尖锐地将猪仔议员比作妓女："我听说上海卖淫的妓女，有长三、么二、雉妓三等之分。不过，我们所谓神圣的国会议员，有人收买，也把他们分做了三等：六千、四千、三千，不是个小数目。料他们得了这笔钱，少不得要打情骂俏，曲意献媚了。唉，国会议员啊，你们可要去拿这笔钱么，可还要挂着神圣的招牌么?"由于像《快活林》这样的"日志式"的排炮般的揭露，从此，北洋军阀的政府被老百姓视为"狗彘"。从袁世凯做总统至北伐胜利的十三四年中，在他们内部“狗咬狗”式的争斗中，竟换了十三届总统和四十六个内阁。

在“五卅”惨案中，《自由谈》的反应也是快捷的。1925 年 6 月 1 日，周瘦鹃在他的《三言两语》专栏中立刻作出反映：“地上一抹一抹的血痕，被一夜雨水冲洗了，但愿我们心上的所印悲惨的印象，不要也和血痕一样淡化。”这让我们自然而然地想到，他同样显示了像叶圣陶《五月三十一日急雨中》的满腔悲愤。但是从 6 月 2 日起由于稿挤的缘故，《自由谈》与《快活林》都暂被停刊了。6 月 2 日《新闻报》头版第一条广告：“今日本报，快活林及艺海均暂行停刊。”直到 8 月 5 日，该两刊复刊时还只能间日刊登。同样，《自由谈》也到 8 月 5 日才复刊，复刊第一天头条周瘦鹃在《三言两语》中就重提“五卅”：“砰砰的枪声，红红的血痕，孤儿寡妇们热热的眼泪，哀哀的哭泣。这是我们中国民族史上所留着的绝大纪念，任是经过了两个多月，已成陈迹，而我们的心头脑底，似乎还耿耿难忘吧！……《自由谈》销声匿迹，已两个多月了。如今卷土重来，满望欢欢喜喜的说几句乐观的话。然而交涉停顿，胜利难期。在下在本报上和读者相见，只索得‘流泪眼’望‘流泪眼’。”周瘦鹃悲愤之情溢于言表。他还在《半月》上创作短篇小说《西市辇尸记》，控诉帝国主义分子在“五卅”枪杀我无辜同胞的罪行。在《快活林》复刊的第一天，严独鹤的《小别重逢之一席话》中也表达了与周瘦鹃一样的情感。而“小记者”(严谔声)则在《五卅运动中之珍闻》中除报道罢市情况外，还有非常令人注目的两段话：“五月三十日在南京路流血而死者，闻以同济学生尹君为最惨。尹被弹后，初不觉，仍高立演讲；第二弹洞其胸，仍未觉也，演讲如故；至第三弹中脑，始仆地而绝，而口中则仍演讲未断也。”“巨商郭某之子名世泽，肄业于徐汇中学，惨案既起，世泽颇所奔走。其父爱子甚，急召回，羁之一室，使不得出。世泽愤闷甚，乃索阅报纸，其父许之，阅报方两日，世泽竟受大感触，乘家人不备，吞毒物以死。此事外人知者鲜，以郭某禁其家人宣泄也。”小记者为我们补报了两则五卅时的英勇事迹。尹姓同学是伟大不屈的中国青年的标帜性人物；而郭世泽则是“生在连爱国也不自由的家庭，毋宁死”。郭某之爱子实乃“害子”，他可能感知杀子的凶手中也有他的一份。

在 1926 年的女师大学潮和“三一八”惨案中，严独鹤与周瘦鹃也有

“不约而同”的表现。周瘦鹃针对教育当局的处置，在8月28日发表了自己的意见：“章士钊为了女师大女生厮守着学堂不肯走，他一时倒没有法儿想。这也是福至性灵，斗的计上心来，便召集了三四十个壮健的老妈子，浩浩荡荡杀奔女师大而去。末了儿毕竟马到成功，奏凯而归。这种雷厉风行的手段，我们不得不佩服他。但是女学堂不止女师大一所，起风潮亦在所难免，照区区愚见，不如组织一个常备老妈子队，专为应付女学堂风潮之用，免得临时召集，或有措手不及之虞……但不知密司脱章可能容纳我这条陈么？”而严独鹤则在8月27日发表《特设国女监》一文：“最可怪的，是当局处置这些女学生，竟和对待罪犯一般，临时雇用女仆，驱逐学生出校。这已经是很可笑的事；而尤其奇怪的，是段执政还说，学生如此抗拒，便收入女监。”于是舆论哗然。而在“三一八”惨案中竟枪杀47人之多，周瘦鹃在3月27日写道：“我看了北京惨案中死伤的调查表，不禁吓了一跳，想段大执政的手段，委实可算得第一等辣了。任是那震动中外的‘五卅惨案’，也没有死伤这样多的人啊！唉，外边人要杀，自己人又要杀，这真是从哪里说起？”严独鹤抓住段干木是个念佛茹素的人，于是在3月25日发表《善哉善哉》一文加以声讨：“干木本来是一心念佛的，当然应该慈悲为本，不料这回却忽然……大开杀戒，真是罪过。开了杀戒之后，又忽然要哀悼，这简直是猫哭老鼠了；不但哀悼，又忽然要善后。我想既善后，前何必恶，况且别的可以善后，这死者不可复生，又何必善其后呢？……或者请干木先生自己出来捻着佛珠，合掌当胸，念几声善哉善哉。”这种言论的核心与鲁迅对女师大学潮和《记念刘和珍君》的文章的态度是一致的。

而在对待抗日战争的态度上，周瘦鹃与严独鹤在文字上当然是同仇敌忾的。他们二人在敌伪控制《申报》和《新闻报》之后也就愤而与报馆脱离了关系，周瘦鹃还上了日本宪兵队的黑名单；严独鹤则因他发表大量抗日言论，而收到过夹有子弹的恐吓信，还有人送了他四盆鲜花，说花下的肥料是人的断指。他离报社后自办学校任校长，但敌伪要学校登记注册，他断然解散学校，回家过清苦的生活。

我们觉得文章虽因引文过多而“冗长”，但也是为了摆事实后，才能说道理。“冗长”并非废话。因为对他们的这些杂感，新文学家中的某些人是有不同的看法的。如《文学旬刊》中曾对严独鹤的“谈话”提出过批评：“……等而下之，以至于今，则所有的文丐几乎对于什么事都要取讥嘲的态度。新闻报上的《快活林》的‘谈话’，便是最著之例子。作者似乎是全无心肠的人。说他不注意时事，他又时时讲到时事，不像消极的人，说他注意时事，他却对于无论怎样大的变故，无论怎样令人愤慨的事情，他却好像是一个局外人而不是一个中国人一样，反而说几句‘开玩笑’的‘俏皮话’，博读者的一笑。”①某些新文学家总认为这样的言论性文章是只能供小市民在茶余饭后之谈助，是极不严肃的。不过我们也得将话说回来：谁没有个“茶余饭后”呢？除非是不食烟火的神仙。那些被新文学家视为“庸俗小市民”的普通平头百姓，能在“茶余饭后”闲聊时聊出一番对军阀与政客的否定性的嘲讽，能在帝国主义的屠刀面前关上自己的店门，实行全市总“罢市”，这就有赖于像严独鹤与周瘦鹃这批市民大众文学作家用“小市民”能接受的方式，用“小市民”所能接受的社会语言，进行舆论诱导。说得更“夸大”一点，如果不将曹锟之流的军阀，揭露成如此“无耻之尤”，北伐恐怕也不会如此“摧枯拉朽”。所以我们今天回望历史，新文学家的作品之所以主要只在知识分子中传播，而不为广大市民所喜爱，恐怕不得不承认他们与市民之间的隔膜了。如此看来，知识分子喜爱的杂感与平头百姓所惯读的言论性文章是会有所不同的。看了上述的“冗长”的例子，难道能说严独鹤与周瘦鹃是“全无心肠的人”，“不是中国人”吗？此话实在是“言重”了吧！

（三）

2009年上海远东出版社出版了《严独鹤杂感集》，搜集了他在1945年12月恢复《新园林》之后到1949年5月《新闻报》停刊前的400多篇“谈话”专栏文章。其时，官僚资本已侵入《申报》，将周瘦鹃排挤出编辑的行列，严独鹤就只能在《新园林》上向平头百姓作独唱了。在这段时间，笔者也正是14到18岁的一个关心政治并受到物价飞涨和饥饿感威胁的中

① CP:《著作的态度》，载《文学旬刊》第38期，1922年5月21日出版。

学生，对严独鹤所写的杂感也可说是亲历其境，觉得读《严独鹤杂感集》主要会有两点重要收获，一点是可以让今天的读者了解从抗战胜利到国民党败走台湾的整个演化过程；从欢庆胜利时的锣鼓喧天、万民欢腾到民心丧尽，社会是如何进入“世纪末的疯狂”的。第二，如果站在历史的高视点去考察，从历史的教训方面去总结，可以得到启示：一个怎样的政府，它必垮无疑；相反，如能以史为鉴，只有避免类似覆辙，一个社会才能欣欣向荣，立于不败之地。如果从后者着眼，那么这本杂感集，倒是一部不可多得的教科书。据郑逸梅回忆：“独鹤晚年也深感耗了一辈子的心血在《谈话》上，迄今成为废纸，为之追悔。”[①]其实用自己的正义感和真诚的心为广大市民立言的心血，就代表着社会良知、市民喉舌，是决不会白费的。综观这部教科书，主要是着重讲了两个重要的历史的教训：一、国民党在胜利后只顾排除异己，实现其独裁野心，悍然发动内战，不事生产，不体恤民生，结果是物价飞涨，如脱缰野马，于是民怨沸腾；二、国民党的接收大员及其他官员贪污成风，腐败无能，致使人民对这个政权彻底失望，民心丧尽，都盼其早日垮台。整部杂感集的主题是说明：就政府自身而言，一定要清廉自律；而政府的最大职能一定要树立“民生第一”的观念，国民党在大陆背离了这两点，它必然要以惨败告终。

我们先从 1947 年 8 月 26 日严独鹤的《失败主义与贪污无能》一文谈起。文中提到美国魏德迈氏奉命为特使到中国来调查，别时发表了一篇声明，其中特别提出两点：“其一，是勉励中国人不应自陷于失败主义。其二，是指责身居要职之官员，大都贪污无能。”连国民党的后台老板，也痛斥这不争气的奴才，可想其腐败已到了天怒人怨的极限。在二次世界大战中，中国曾被列为美、苏、英、法、中“五强”之一，八年浴血抗战取得了胜利，怎么全国会笼罩着“失败主义”的传染病？严独鹤指出，这“又不能不归咎于魏德迈所指责的‘贪污与无能’”。他在多篇杂感中指出胜利之后，“天上飞下来，地下钻出来”了一批接收胜利果实的大员，他们可以说是坐镇重庆的蒋介石的先遣队，是沦陷区百姓所见到的第一批国民党委派来接收沦陷区的官员。盼星星盼月亮般好容易将他们盼来。他们应该来接

① 郑逸梅：《记严独鹤》，香港《大成》杂志第 129 期，收入《严独鹤杂感集》，第 454 页。

收什么？严独鹤在《接收眼泪》一文中说："接收工作，主要是在接收人心，这原是很透辟的一句话。接收人心，还须接收眼泪，这是更痛切的一句话。"沦陷区的同胞这八年来流了多少血泪，现在自己人来了，那是应该倾听沦陷区同胞对敌伪的血泪控诉的。可是在接收大员看来，接收人心和眼泪有何用？"可是在'接收'变为'劫搜'的状态中，连物资的接收，都找不到原始清册，无从核对。至于人心是否接收、眼泪是否接收，那更不在话下了。"从"接收"变成"劫收"最后竟发展到"劫搜"的地步，大员们要的是张恨水小说中所说的"五子登科"：金子、票子、房子、车子和女子。于是人民从这批强盗般的"接收大员"看清了这个政府的形象，从期盼胜利建国的热情中被当头泼上一大盆冷水，迎来的是大失望，怎么不充满着"失败主义"的情绪呢？在1947年所写的《收拾人心》一文中，开头就提及：最近参政会提出了一条收拾人心的议案。"如今胜利已经两年多了，论理早该由收拾人心而进于安定人心，由安定人心而进于振作人心了。"可是一面是饥民遍野，小民呼吁要吃饭；一边是大发国难财、胜利财、接收财，人心能收拾吗？严独鹤在《大员大发财》中写了东北的一个典型个案："东北各地，在'打麻将'中新兴了一个花色，是'东风''北风''一筒''发财'四张联在一起，可以开杠，还要加上一'翻'，意思是说'东北接收大员大发财'。"（一筒大而圆，谐音为大员）"有人说这'东''北''员''发'的一杠，如果在杠头上抓着一张'红中'，更可说是'杠头开花''五门全'，因为'红中'之红，象征着鲜血，恭喜大员发财，可怜小民流血，而且大员所以发财，也只为了善于吸血。"在1948年的《今也何如》中说："胜利三年来，人民心理，转充满了忧惧与怨恨。"在《教训与责任》中明确地指出："经济改革政策大失败……是政府失了信，也失了人心。别的失败还好补救，失了信，是不易挽回的，失了人心，是难于收拾的。'民无信不立。'……仅仅临民以威，而不能示民于信，在封建之世，已有些行不通，何况现时代。结果是信之不存，威于何有？"国民党只是用白色恐怖的"临民于威"，而置民生于不顾，于是最后社会就进入了"世纪末的疯狂"。在严独鹤的杂感中，也一再提出"在一片贪污声，喧腾耳鼓"和"奸商"的投机倒把和囤积居奇下，贫富差距愈拉愈大，"贫者愈贫，多数人逼上了饥饿线；富者愈富，少数人超过了饱和点"。国民党也叫嚷过惩治贪污，但在《守法精神》中严独鹤揭露，“只捉小鱼，大鱼便在例外，只拍苍蝇，老虎便成化外”。国民党表面上也做出要惩治贪污的样子，但最多是只打苍蝇，不打老虎。最巨大的虎就是孔祥熙，就是蒋介石的姻亲。杂感指出，官商勾结，“奸商”头衔里，“此中有官，呼之欲出”。此话张恨水在抗战时写《八十一梦》时就有过一个小标题：“一孔通天”。这个“孔”就是指孔祥熙。严独鹤指出：就“豪门”而言，“大‘豪’之豪，不仅豪于资，也豪于势，豪于资可查，豪于势者就碍难查”。眼看国民党政权摇摇欲坠，民间就出现《好老歌》：“大好老飞美国，二好老到香港，三好老来去忙，没钱的满街荡。”……“来去忙”是指为走私而忙；“满街荡”，是因流浪而飘荡，因失业而闲荡。在 1948 年除夕，严独鹤写下了《送别‘三十七年’》一文：“送别旧年，任何人都不会有什么惜别的情绪，只加以烦恼的诅咒。因为这‘民国三十七年’，论时局是最紧要的一年，论工商业是最衰落的一年，论人民生活，又是最苦痛的一年。一页又一页的日历，其中正隐藏着许多泪痕，许多创痕。真可谓‘流年不利’。”这正是“失败主义”达到了最高涨的日子，预示着 1949 年的蒋政权的末日的到来。

贪污与无能的政府，当然非垮台不可。而这个政府的官员只顾自己发财，漠视民生，必然会被人民所唾弃，自食苦果。在胜利之初，严独鹤就在《面包与牛油》一文中指出：“在战争结束以后，所最当注意的，就该是生人之道，而不是杀人之道。就该是民生问题，而不是民死问题。就该不必畏惧原子炸弹的威力，而要关切到面包牛油的能否大量生产，大量供给。”“民主至上，还是要顾到民生第一。”但国民党只顾在美国的支持下发动内战，民主是根本谈不上的，更不会去指导农业生产，增加“面包与牛油”；他们只顾滥发钞票，从小面额到大面额，从法币而改“关金券”，美其名曰“新经济改革政策”。1946 年 6 月底的白米的官价是四万六一石，而官价却无货，暗盘即“黑市”是七万以上。到 1947 年 12 月，随着大钞的发行，本来面额最大的是一万元，而现在是“二万元、四万元、十万元，同时出世，仿佛一产三胎”。而当时白米每石已暴涨到冲破九十万大关。在 1948 年 2 月 14 日的《新春飞新钞》一文中谈及“去年最高额一万元，今年最高额已达十万元。一年之计在于春，十倍之额在于钞”。在 1948 年 2 月，米价冲出二百万大关。而到 3 月份，竟冲出了三百万大关。严独鹤根据 1947 年的电讯,告诉读者:天府之国的“蓉市(指四川成都市——引者注)米价,每粒值国币二角一分,黑市则近四角”。白米竟以“粒”来论价,我们今天听来简直可视为奇谈怪论。在《喊冤式的诉愿》一文中说:“米价狂跳,大家都认为是白色的恐怖。”实际上是政治上的白色恐怖与民生上的白色恐怖,一起向老百姓袭来。在1948年国民党的国民代表大会刚闭幕的4月份,蒋介石不再是委员长而是就任了总统,但他的政府的货币,却全成了废纸,在《黄化与白化》一文中说:“都市中盛行的是金本位,乡镇中通行的却是米本位。说得好听些,是都市‘黄化’,乡村‘白化’。说得不好听些,是都市笼罩着‘黄色恐怖’,乡镇中呈现着‘白色恐怖’。”这个蒋家王朝就只能“兵败如山倒”地败走孤岛了。

如此说来,只有倡导“清廉自律”,“苍蝇”“老虎”一起打,并确实实践之的政府,和喊出了“民生第一”而能切实提高人民的幸福感的政府,才能立于世界之林,圆满地实现我们的“中国梦”。严独鹤的这本杂感集形象化地为我们提供了一个“反面教员”,这样的“著作态度”能说是“全无心肠的人”吗?严独鹤也不必将自己一生的心血花在“谈话”中感到白费,它们凝成了历史的重要教训,在我们今天也发挥着警示作用。

所谓鸳鸯蝴蝶派的作家兼报人的双重身份,过去并未为我们现代文学研究者所重视,我们的研究还只是一面观,而缺乏双面观、全面观。作为报人,他们还肩负着平头百姓的政治舆论导向任务,发挥过积极的能量。从袁世凯统治到蒋介石独裁,以他们三十多年所写的有针对性的杂感,都可以证明这一点。

章回小說大家張恨水，一生著述三千多萬文字，《啼笑姻緣》是他最享盛譽的言情小說。

◎【上】章回小说大家张恨水小像，他一生著述三千多万言，《啼笑因缘》是他最享盛誉的社会言情小说。【下】《啼笑因缘》初版书影。

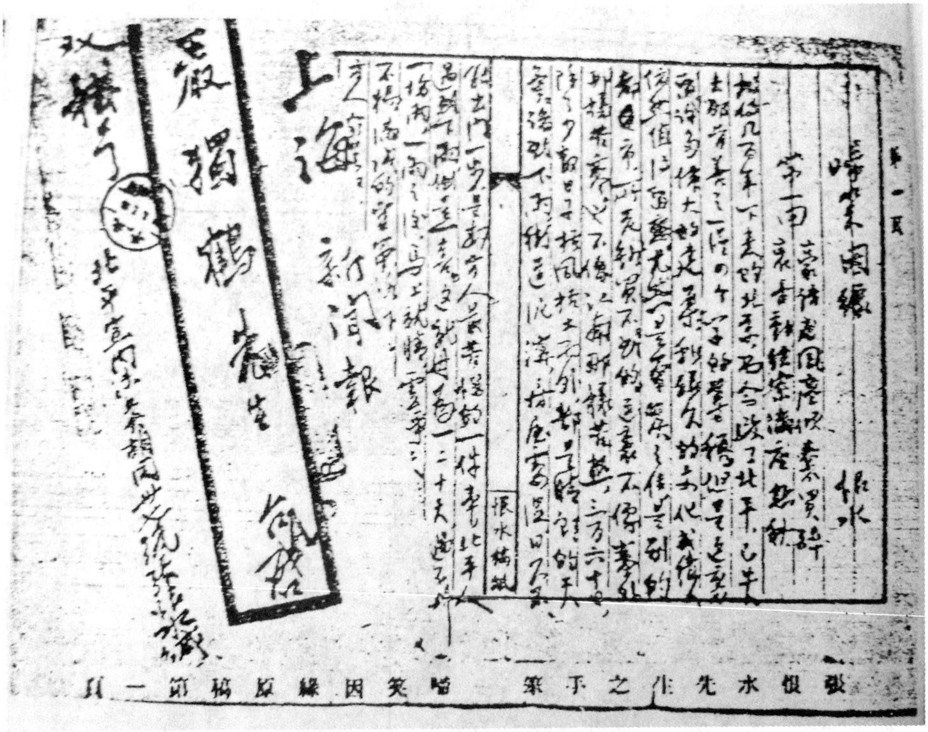

◎　张恨水手迹:此为《啼笑因缘》第一回之手稿和他寄给主编《新闻报·快活林》严独鹤先生的信封。

◎ 张恨水《金粉世家》(上册)书影

◎ 张恨水的《春明外史》书影

◎　民国武侠小说第二代领军代表作家还珠楼主李寿民小像。

王气北移：以张恨水、刘云若和李寿民为新标杆

（一）张恨水小说带来的新冲击波

20世纪20年代，知识精英文学在舆论上占据了中心与主流的位置，并与市民通俗文学发生冲撞，这时的市民通俗文学只能在相克中求得相生，但它像水银泻地般地深入城乡民间。虽然在媒体的舆论阵地中居于劣势，却在争夺读者的无形竞赛中取得相持中的优势。特别是利用知识精英文学还缺乏优秀的长篇小说占领文艺市场的时机，运用中国民间对长篇章回小说的喜爱，在社会言情小说、武侠小说和侦探小说方面使自己占有一定的先机，而在中国早期的电影热与画报热中，也取得很大的优势。知识精英文学在中国知识分子读者群中的地位是神圣不可侵犯的；而在中国都市市民中，市民通俗文学也保持着一个稳固而纵深的读者层；在广大的乡村中除了民间文学的流行之外，书面阅读群体还是以市民通俗文学为首选。知识精英文学只是占领了大中城市中的知识分子读者群。但就整体而言，读者的"边界"的相互蚕食是时时发生变化的。到了20年代末，以上海为中心的南方市民通俗文学渐趋定型化，也缺乏新作者的充实与锐进。这时北方的张恨水现象的诞生，为中国市民通俗文学注入了新鲜血液，在30年代初，"边界均势"产生了一个较为强烈的冲击波。当时的青年读者中就有人问：

为什么这些害人的旧小说还可以风行一时？为什么偏有许多人

会入他们的迷途呢？譬如《啼笑因缘》，在目前出版界，依然是一部销行最广的小说；难道是因为它的内容丰富？（当然不是的）或者是因为它的技巧神巧？（也不见得）照你们的看法，世界上的事，即使这样的小事，总也不该有所谓偶然的吧。[1]

从这封读者来信，既可以看到当时知识精英文学对市民通俗文学批判的严厉，也可以看到《啼笑因缘》的出版所引发的边界震荡。若干知识青年读者层已受到新的冲击波影响。而知识精英文学的一部分"份额"已因新的冲击波而流失。

张恨水现象的出现，在北方酝酿已久。但是由于当时的交通相对阻滞，平面媒体的传播相对迟缓，因此张恨水的作品的发行网络还只限华北一隅。不过这仅是原因之一。张恨水还说了其他的一个原因："我在北方，虽有多年的写作，而在上海所发表的，却是很少很少。上海有上海的一个写作圈子，平常是不容易突入的，我也没有在这上面注意。"[2]上述所说的原因也得到了南方作者范烟桥的证实："北方的小说作者与上海的作者很少通声气的。北方的出版商和南方的出版商虽然发行上有交易往来，但出版的取材，是各走各的路，显然是'分疆划界'的。自从张恨水的作品在北方报纸披露，为读者所喜爱后，上海的出版商就移转了眼光，把他的作品和上海作者的作品等量齐观，兼收并蓄了。"[3]这造成南北交流频繁的触媒点则要归功于严独鹤了。1929 年严氏参加上海新闻记者团北上，与张氏发生了"稿约因缘"。严独鹤在《〈啼笑因缘〉序》中说："我和张恨水先生初次会面，是在去年 5 月间（指 1929 年——引者注）；由钱芥尘先生介绍，始和恨水先生由文字神交，结为友谊；并承恨水先生答应我的请求，担任为《快活林》撰著长篇小说。我自然表示十二分的欣幸。在

① 夏征农/伍臣：《读〈啼笑因缘〉——答伍臣君》，魏绍昌编《鸳鸯蝴蝶派研究资料》，上海文艺出版社 1962 年版，第 63 页。

② 张恨水：《写作生涯回忆・二十・〈啼笑因缘〉的跃出》，张占国、魏守忠编《张恨水研究资料》，天津人民出版社 1986 年版，第 42 页。

③ 范烟桥：《章回体的社会小说（下）张恨水：〈啼笑因缘〉》，香港《万象》第 5 期，1975 年 12 月 1 日出版，第 34—35 页。

《啼笑因缘》刊登在《快活林》之第一日起，便引起无数读者的欢迎了。至今书虽登完，这种欢迎的热度，始终没有减退。一时文坛中竟有'啼笑因缘迷'的口号。一部小说之能使阅者对于它发生迷恋，这在近人著作中，实在可以说是创造小说界的新记录。"[①]张恨水在北方有着众多的"粉丝"，他的《春明外史》连载于1924年4月12日至1929年1月24日的北平《世界晚报》；他的《金粉世家》连载于1927年2月14日至1932年5月22日北平《世界日报》。这次上海新闻记者团北上，才由当时《上海画报》的编辑钱芥尘将张恨水介绍给严独鹤。于是，《啼笑因缘》连载于1930年3月17日至11月30日《新闻报》，同年12月由上海三友书社出版单行本。接着又改编成话剧、电影、各种地方戏曲和连环图画等等。在上海一炮打响之后，张恨水才成为一位有全国性影响的著名作家。张恨水自己也说："我这次南来，上至党国名流，下至风尘少女，一见着面，便问《啼笑因缘》，这不能不使我受宠若惊了。"[②]

张恨水(1895—1967)，安徽潜山人，原名张心远，1914年投稿时，从南唐李后主《乌夜啼》词"自是人生长恨水长东"句中截取"恨水"二字作为笔名，此后，恨水便成为他的正式名字。他童少年时好学，阅读了大量古今中外的文学作品，还能揣摩其中的"腾挪闪跌"的写作方法。1913年起他走南闯北，除求学外，曾参加过演文明戏的剧团，也曾卖药浪游，直到1918年，任芜湖《皖江日报》编辑。1919年五四运动爆发，他渴慕新文化运动而北上，希望到北京大学读书。可是沉重的家庭负担，使他一到北京就入了报界。作为一位报人，他在编报纸副刊时，要刊登自己所写的小说以充篇幅，却发现了自己创作小说的才能。他凭着丰富的社会阅历与逐渐精进的艺术技巧，作为一个"单干户"在小说界闯出了自己的一片天地。他的《春明外史》和《金粉世家》情节生动，格调高尚，语言清丽，又老妪能解，在北方深得好评；他的《啼笑因缘》在南方，被视为异军突起，充满"京味魅力"，可说是家弦户诵。他上承中国古今小说传统，在沿着老百姓喜

① 严独鹤：《〈啼笑因缘〉序》，魏绍昌编《鸳鸯蝴蝶派研究资料》，上海文艺出版社1962年版，第153—154页。

② 张恨水：《我的小说过程(6)》，《上海画报》第674期，1931年2月12日出版。

闻乐见的民族形式发展道路上，使通俗小说的现代化突进到一个新的水平，使轻视贱视通俗文学的某些知识精英作家也不能小觑这位通俗作家的存在。他是使通俗小说再度中兴的头号功臣。他是自觉地作为一位章回小说家出现于中国文坛的。在1944年，他50岁生日时，在大后方的重庆，许多朋友祝贺他创作生活30周年。事后他在《总答谢》中说：

> ……新派小说，虽然一切前进，而文法上的组织，非习惯读中国书、说中国话的普通民众所能接受。正如雅颂之诗，高则高矣，美则美矣，而匹夫匹妇对之莫名其妙。我们没有理由离弃这一班人；也无法将西洋文法组织的文字，硬灌入这一批人的脑袋。窃不自量，我愿为这一班人工作。有人说，中国旧章回小说，浩如烟海，尽够这一班人享受了，何劳你再去多事？但这里有个问题，那浩如烟海的东西，它不是现代的反映；那班人需要一点写现代事物的小说，他们从何处觅取呢？大家若都鄙弃章回小说而不为，让这班人永远去看侠客口中吐白光、才子中状元、佳人后花园私订终身的故事，拿笔杆的人，似乎要负一点责任。我非大言不惭，能负这个责任，可是不妨抛砖引玉（抛砖甚多，而玉始终未出，这是不才得享微名的缘故），让我来试一试。而旧章回小说，可以改良的办法，也不妨试一试。①

他言下之意就是表明自己写的是现实的生活，而所谓旧章回小说加以“改良”，也就是沿着民族喜闻乐见形式的道路促其现代化的意思。他是用一种严肃的态度，用一种高雅的格调和高尚的情操去写通俗小说的。他的小说是“俗”的，是能与“匹夫匹妇”的思想感情与阅读习惯相“通”的；而他的格调是“雅”的，而不是粗糙或粗俗的，在这个意义上说，他打通了雅俗，而不是向新小说上去“靠”，这才叫打通雅俗。

《春明外史》是一部百万言的力作，是张恨水的成名作，但不是他的代表作；《金粉世家》才是他的代表作，是他的百十部小说之巅；而《啼笑因

① 张恨水：《总答谢——并自我检讨》，载1944年5月20—22日重庆《新民报》，转引自《张恨水研究资料》，天津人民出版社1986年版，第279—280页。

缘》是他一生最享盛名的作品，它是张恨水的标志性的作品，一提张恨水，人们大多首先想到他是《啼笑因缘》的作者。

《金粉世家》是张恨水的扛鼎之作。它是写一个钟鸣鼎食的豪门之家，写一个豪门之家的“弃妇”，是豪门失宠的“弃妇”，却又不是豪门中的一般的可怜的弃妇，而是一只在烈火中主动弃家出走寻求再生之路的凤凰。

只要读了该书的《楔子》，就像有一股强劲的磁力，吸引着读者去关心这位才貌双全的少妇——飘茵阁主的命运，小说原本就是“命运学”，而张恨水也是最能拨弄人的“命运”的专家。小说的正文一展开，就写一位豪门子弟金燕西对一位小家碧玉的一场“豪追”。为了接近冷清秋，他想买下她家隔壁的大房子，结果是重金租下，并设法将两家之间的园墙推倒，真所谓要不惜一切达到“通家之好”的目的。这“豪追”就像一辆重型坦克，有碾碎一切障碍的气势；但回眸仔细一看却是穿着黄金甲胄的白马王子，富有而多情。这种“霸气”加“柔情”的攻势，使那位不算没有定力的冷清秋也惊惶失措；意外的厚礼与馈赠，使原本深藏不露的虚荣心也冒出了头。公子哥儿在没有结婚之前，在女人堆里总是学着宝二爷，而在冷清秋面前，除了这一手之外，还要一再声明自己是毫无门第阶级观念的。所好金燕西的父母在这方面也较为开明，正如他母亲所说：“我们是娶人家的孩子，不是娶人家的门第。”于是这场“豪追”也就成功了。于是金燕西将冷清秋带进了“豪门”的女性“倾轧”的特种“战场”。在这种场合中“连说一句话走一步路，都得自己考量考量，有得罪人的地方没有？这样的富贵日子，也如同穿了浑身的锦绣，带着一面重枷，实在是得不偿失”（第 90 回）。而更可怕的是过去像宝二爷般多情的“豪追客”金燕西身上的“薛蟠”色素一天比一天加浓起来。这才开始触及了《金粉世家》的主旨：“齐大非偶”。在这个女人们倾轧的没有硝烟的战场上，她不同流合污，而是清白自许；面对薛蟠化的丈夫，埋藏在冷清秋内心的“人格力量”觉醒了：“我为尊重我自己的人格起见，我也不能再去向他求妥协，成为一个寄生虫。我自信凭我的能耐，还可以找碗饭吃，纵然，找不到饭吃，饿死我也愿意。”（第 94 回）于是她自闭于小楼学佛，在金府以一个“乳母”的身份出现，为了喂她的孩子，不再下楼，直到在一场大火中抽身隐去。正如作者所说：

……书里的故事轻松，热闹，伤感，使社会上的小市民看了之后，颇感到亲近有味。尤其是妇女们，最爱看这类小说。我十几年来，经过东南、西南各省，知道人家常常提到这部书。在若干应酬场上，常有女士们把书中的故事见问。这让我增加了后悔。假使我当年在书里多写点奋斗有为的情节，不是给女士们也有些帮助吗？而在现在情形中，这书是免不了给人消闲的意味居多。[①]

人们常问张恨水"《金粉世家》，是指着当年北京豪门那一家？袁？唐？孙？梁？全有些像，却又不全像。我曾干脆告诉人家，那家也不是，那家也是！"一向自谦的张恨水有点潜在的自豪："老实说，这也就是写小说的一种技巧。我不敢说有羚羊挂角，无迹可寻的手腕，而布局之初，实在经过一番考虑的。……而我写《金粉世家》，却是把重点放在这个家上……"[②]金铨这位现任国务总理和一家银行的总董在小说中与政坛、商海的事迹几乎是一概不涉及的。我们只听到他说过："我最反对日本人，和他们交朋友，都怕他们会存什么用意。"(第 66 回)他在家庭之外是什么样子，不得而知。我们只听到他与自己的姨太太"调情"时，那翠姨说："我看见过你对着晚辈那一付正经面孔……大概你在衙门里见着你的属员，一定是活阎罗一样，可是他们这时在门缝里偷瞧瞧你这样子，不会信你是小丑似的吧？"但张恨水也不会在这方面去深揭他，作家不想去涉及政治与阶级意识，他主要是要写金铨在家中作为一个家长是否称职的问题。金铨是一位慈爱、公正的家长。金铨逝世后，冷清秋就觉得："我想我这人太没有福气，有这样公正，这样仁慈的公公，只来半年，便失去了。我们夫妇，是一对羽翼没有长成的小鸟……"(第 78 回)这样的评价还是公允的。想到金铨在燕西、清秋的婚礼上的非常得体的主婚人的演说，他不仅说要

① 张恨水：《写作生涯回忆·十九·〈金粉世家〉的出路》，张占国、魏守忠编《张恨水研究资料》，天津人民出版社 1986 年版，第 41 页。

② 张恨水：《写作生涯回忆·十八·〈金粉世家〉的背景》，张占国、魏守忠编《张恨水研究资料》，天津人民出版社 1986 年版，第 39—40 页。

打破阶级观念，而且说清秋学问好，实际上“燕西是高攀了”。想到他与丫环们还要讲讲平等，也不算没有人情味。可是作为一个“豪门的家长”，他没有称职，有时他也想由自己把持家庭的命脉，可是到了小辈们私下里都有自己的一套时，他等于被架空了，他也控制不了这个大宅门的局面了。他只是荫庇着这一门的“纨绔子弟”。但是金铨逝世时，最有代表性的感言却不是这些“纨绔子弟”们说的，他们说不出这样深刻的话。说出这代表性的话的是金铨的二姨太：“你在世，你让我们享福，你陡然把我们丢开，我们享惯了福，干什么去呢？你是害了我们啦！”（第 76 回）他笔下的金铨只是局限于家庭范围中的一个创业者，是一个“好家长”，作家根本不去涉及、也不想涉及他在政坛上有多少“反动性”或“局限性”；而他的子弟们，则用冷清秋的话说：“我不是说一句刻薄话，大概纨绔子弟四个字，你们贵昆仲，倒是货真价实。”因此，第 75—76 回金铨的逝世是一个非常重要的转折点，豪门子弟们从云端一下子坠落深渊；大树连根拔起，鸟雀就随之四方飘散了。

这是张恨水的一部为“匹夫匹妇”们所写的才华横溢的长篇，也是张恨水的代表作，他小说的峰巅。张友鸾介绍说：“接着发表了《金粉世家》，却又引起热烈的高潮，特别是有文化的家庭妇女，都很爱读；那些阅读能力差的、目力不济的老太太，天天让人念给她听。受欢迎的情况，可以想见。”①

《啼笑因缘》在上海《新闻报·快活林》上连载，轰动了上海，影响了全国。一直到现在人们还是这样认为，在上海“炒”热了的东西，马上会时尚流行，红遍全国。于是张恨水与《啼笑因缘》之间就画上了等号。作家自己也说：“所以人家说起张恨水，就联想到《啼笑因缘》。”②读者拥戴如此强烈，马上会在报纸的收益上产生连锁反应：谁刊登了《啼笑因缘》，销量就猛增；广告刊户，纷纷要求占领靠近小说的版面。“张恨水成了《新闻

① 张友鸾：《章回小说大家张恨水》，载《新文学史料》1982 年第 1 期，转引自《张恨水研究资料》，天津人民出版社 1986 年，第 122 页。

② 张恨水：《写作生涯回忆·二十·〈啼笑因缘〉的跃出》，转引自《张恨水研究资料》，天津人民出版社 1986 年，第 44 页。

报》的财神，读者崇拜的偶像。”①

《啼笑因缘》叙述一个以樊家树为中心的多角恋爱故事，中间穿插了关寿峰父女扶弱锄强的武侠传奇。多角恋爱很容易使其中的主人公的品质受损，于是作家设计其中沈凤喜与何丽娜外貌酷似，构成了许多误会与巧合，连主人公自己也说，这种误会真是“错上加错，越巧越错”，而主人公樊家树却是个堂堂的正派青年。他不从“门阀观念”出发，也不以“权势金钱”为转移，他向凤喜表白：“我们的爱情决不是建筑在金钱上。”而当凤喜失身于军阀刘将军后，他还是认为：“身体上受了一点侮辱，却与彼此的爱情，一点没有关系。”因此不仅故事有传奇性，他的现代性爱观也充满着人情味。作家又遵循报社的再三请求，在小说中加了两位侠客，加得也适可而止，恰到好处，这样就使言情、武侠与社会融于一炉，增加了几多情趣。另外，过去南方作者反映的生活场景大都局限于沪、苏、杭、扬、宁，而这次张恨水献给南方读者的是北平风物的精彩画面，一种新的地域色彩使读者萌生了新鲜感，在交通相对不便的当时，读者以能“卧游”天桥等北国风光，体会着与上海老城隍庙与苏州玄妙观各不相同的韵味。总之，作品情节的巧妙构思与北咸南甜的异样新口感，征服了广大读者。张恨水还说过：“到我写《啼笑因缘》时，我就有了写小说必须赶上时代的想法。”②因此作品中不仅揭露了军阀刘国柱的飞扬跋扈、穷奢极欲、仗势强占民女的种种劣迹，而且也加强了作品的反抗性，关寿峰父女的锄强扶弱、山寺除奸也大快人心。这种“意识”上的进步，在张恨水的抗战后的作品中，如《八十一梦》、《五子登科》等作品中，有更好的表现。但就作品的艺术性而言，却不及《金粉世家》与《啼笑因缘》了。

张恨水是因《啼笑因缘》形成强劲的冲击波后，才使广大南方读者再去注视他的《春明外史》和《金粉世家》的，这些通俗小说中的“瑰宝级”的作品以及他的高产达110部以上的作品量，使他成为一个全国最热门的通俗文学家，以致荣登了中国现代通俗小说的首席代表作家的宝座。

---

① 张友鸾：《章回小说大家张恨水》，载《新文学史料》1982年第1期，转引自《张恨水研究资料》，天津人民出版社1986年，第123页。

② 张恨水：《我的创作和生活》，载《文史资料选辑》第70辑，文史资料出版社1981年。

张恨水的《啼笑因缘》像一个信号，预示着北方有一批作家会继续显示他们的实力与成熟。中国的知识精英文学是由北平起步，而向南方拓展，终于使上海成为新文学的中心；而通俗文学则先以上海为发源地，从张恨水的出现，继之出现"王气"北移的预兆。

（二）被称为"天津张恨水"的刘云若

读者称刘云若为"天津张恨水"至少有那么两层涵义，一是因为张恨水成名在前，影响极大，现在将刘云若与大名鼎鼎的张恨水联系起来，当然是想"抬高"刘云若的声誉，为他"造势"；二是两位作家就题材而言都是社会言情小说大家，而在艺术成就方面也是完全可以媲美的。这是对刘云若的最简洁、最概括，也是最通俗的评价。可是有一位知识精英文学著名作家想打破这个"均势"，那就是郑振铎对刘云若的一番评论。据当时与郑振铎一起参与议论的徐铸成回忆：

> 1949年3月，在由香港赴解放区的船中，曾和郑振铎先生讨论近年出版的章回小说。他对刘云若的作品也极口推许，认为他的造诣之深，远出张恨水之上。我向他介绍所耳闻的关于刘的生活和写作情况，对于刘同时写几个长篇小说，而又如此仓卒写作，何以能情节、人物互不错乱，也绝少敷衍故事、草率成篇的痕迹，表示很惊讶。振铎先生说，这是首先由于刘对当时的下层社会，各个方面，有深刻的切身体会，在所遭遇的各色人物中，早已抽象出各种典型。……
>
> 振铎对刘的《红杏出墙记》最为赞赏，认为它是这一类小说中最出色的作品。①

郑振铎在对比张、刘时，认为刘的"造诣"不仅在张"之上"，而且"远出"其上。郑氏的评价的根据何在，是否确评，本节最终想说明的，就在这一焦点之上。但结论还应在分析了刘的作品之后才能得出。

① 徐铸成：《张恨水与刘云若》，载《旧闻杂记》，四川人民出版社1981年，第100—101页。

刘云若(1903—1950),原名兆熊,字渭贤,生于天津。在中学读书时,课余就喜填词赋诗,向报刊投稿,而对林译小说、野史、笔记也均有涉猎。后来他被聘为编辑,与他最相投的沙大风创办《天风报》并请他主持副刊编务,他的第一部长篇《春风回梦记》就刊发在副刊上,原不过"仅以游戏出之",谁知一炮打响,从此欲罢不能,一生竟写了40多部小说。而沙大风为刘云若的《情海归帆》写《序》时也承认:《天风》因《春风》而风行,《春风》因《天风》而益彰。此稿一度曾因事而中断,读者"要求赓续之函,在数千封以上"①。作者是应读者之请,终于完成了这部处女作。待到他写出80万字的《旧巷斜阳》就更引起了巨大的轰动效应。它是以天津南市的女招待生活为切入点,反映当年广阔社会面貌的社会小说。璞玉是出身社会下层的贫家妇女,丈夫是失明的残疾人,为了他与两个未成年的孩子,只好去做餐馆女招待。她偶遇王小二,生风尘知己之感,几欲以身相许。她痛苦地徘徊于丈夫与情人之间,"几把芳心碾碎,柔肠转断"。她丈夫知道隐情后,为成全她与王小二而独自出走。但王小二也为此深深自责,忍痛南下。这时璞玉生活更是贫困,移居贫民窟后失身于地痞,被卖作暗娼。当小说连载时,读者对璞玉的命运深表同情,在《新天津报》上一读者署名"一迷"发表《关心妇女生活者应大批营求璞玉》。由此也引起了作者的一番感慨:

> 而"旧巷"的主角璞玉,竟会引起了如许的善心人的惦念,除报端讨论文字不计,居然有些先生、太太生了幻觉,把她当作真的活人,直接间接,对我作拯救她的交涉。最可笑的是,有几位资产阶级的太太,竟使用贿赂手段,倘若在去岁年底能叫璞玉脱离苦海,我足可过个很肥的新年,连拙荆也许落一套日月团花袄,山河地理裙,可惜一时调不转笔头,以致失却发小财的机会。反而因璞玉则受了许多委屈,先生、太太、小姐们,把我摈出游宴团体,厉行绝交,宣付惩戒,或是写信斥骂,电话恫吓,以及吃饭合谋灌酒,打牌暗算输钱,又有若干人联名警告,限期救出璞玉,若再逾期,将全体拒看我写小说的报纸。

① 见1931年1月1日《大公报》"出版广告"。

真使我惊讶，璞玉何以人缘如此之佳，势力如此之大？她虽在书中受苦，然而能有这样际遇，可谓不虚此生。就因为她有这样的人缘势力，所以我至今写到她的切实归宿，一般关心礼教的先生，很多通函主张，使璞玉重归盲夫，宁可落寞以终，也要为世道人心之劝。我很想接受。但顾虑着另一面对她溺爱过深的慈善家们不允许，故而尚在踌躇难决，几乎愁白了头；真不知璞玉前世何修，今世何幸，得到这般幸运。①

刘云若笔下的这位善良、纯情的女招待的坎坷命运，她与盲夫的离散，她沦落烟花柳巷，红颜薄命，难逃茫茫风尘岁月的苦难生涯，竟能引起读者内心的巨大波澜，也算是民国通俗小说中的一段佳话了。但作者刘云若也并不因此沾沾自喜，他为自己提出了更高的要求。他在1941年的《酒眼灯唇录·序》中，回顾了以前的创作历程，提出了今后努力的方向："当初为此道，仅游戏出之，不谓倏忽今兹，竟以为资生之计。……然鄙陋之文，虽难言著作，妄灾梨枣，幸不为社会所薄，嗜痂日众。余既感读者爱护期许之殷，又复以此资生，宁敢不敬所业。……余已逾中年，且工作日无暇晷，然得暇开卷，便有见贤思齐之思，殚心努力，或得颉颃时贤。然时贤之上，有古人焉，古人之外，又何年得比肩曹（雪芹）施（耐庵），而与狄（却尔斯·狄更司）华（华盛顿·欧文）共争短长乎。孜孜求进，犹恐不足，瞻望前途，弥觉辽远，且往贤名著，罗列当前，惭汗不遑，而何暇沾沾自喜也……"②从这一段话中，我们可以看到，刘云若是有奋斗目标的，是在暗中孜孜努力的。

自从刘云若对自己的作品提出更高的要求，甚至希望自己要向"曹施狄华"高度进军时，他的作品的"准入线"就升高了。而他以后的《红杏出墙记》也的确有上好的表现。

《红杏出墙记》这部80多万字的长篇以男主人公林白萍发现妻子黎

① 刘云若：《旧巷斜阳·序》，《旧巷斜阳》，百花文艺出版社1995年，第2—3页。

② 刘云若：《酒眼灯唇录·序》，张元卿《民国北派通俗小说论丛》，山西古籍出版社2001年，第41—42页。

芷华与自己的挚友边仲膺有苟合关系而离家出走为开端,直写到他三人都为“情”殉而告终。边仲膺是“投军觅死”,林白萍是“落水身亡”,而黎芷华是“堕楼自尽”。作者将林白萍的“出走”写得十分真实可信。他本来可以当场捉奸,而且可以其无上夫权去处置一切,但他却反而自动退让,一走了之。他有其特有的处世哲学:一个女人若嫁了甲,同时又爱了乙,则她在爱情上对甲已失去了妻的身份,不过对于乙也未取得妻的资格。但由于爱情的转移,甲已由丈夫的地位退出,乙却向丈夫的地位走进。这种处世哲学使林白萍“一走了之”。这并非是他的懦弱,而是他想毅然割断那种“丧失”爱情支撑的夫妻关系,落得个全身清爽,像个男子汉似的海阔天空去闯一番事业。一部《红杏出墙记》的情节的可信性,就是建筑在这一处世准则之上,尽管林白萍以后并无多大作为,这是由于作者要他闯进许多“说不清,道不明”的身不由己的境界之中去。而女主人公黎芷华知道丈夫亲眼看到她的出格丑行而愤然出走之后,她想尽一切办法要“赎罪”,不光是向丈夫表示自己的忏悔,而且是为了使自己的灵魂得到一个再也“问心无愧”的平静。她从有失检点始,走上了“求赎”罪愆的道路,她也进入了自己的坎坷大半生的错综人生境界,不以人的意志为转移地走向人生的悬崖。她未能洗清这人生抱愧的污点,赎回自己的洁白的魂灵。直到边仲膺与林白萍都丧生殒亡,情节发展到顶点的是黎芷华的凄绝人寰的惨叫:“死了,死了,全死了!只剩了我一个。我害死了他们。自己还活着,真是长命。”于是纵身一跳,骨折肌分。难道作者就是要我们懂得一个“一失足成千古恨”吗?或者要警惕什么“婚外情”吗?道理也对,但何需写那么80多万字呢。我们觉得作者写《红杏出墙记》是为了认识一个大千世界,认识大千世界中的“畸情”以及许多书中的“至性人”,如何认识与对待这些“畸情”的种种态度,此其一。其二是作者在这部长篇中恣意地精巧调度情节,充分设置与利用悬念的魅力,看它们对读者能发挥到何等的力度。前者是内容上的追求,后者是技巧上的探索。

从写《春风回梦记》始,刘云若就提出他的一个塑造人物的原则:“全书皆求近人情,故书中人无极善极恶。以世间人中和者多,难得极善恶也。又无完人,以世间本无完人也……因不必似罗贯中之写诸葛亮,聪明终其身;施耐庵之写李逵,卤莽毕其事。岂孔明终身不做卤莽事,李逵毕世未发一聪明语耶？人之个性，有时亦随思想境遇而偶变。刻舟求剑，于事当无着。"他的这一塑造人物的原则，在《红杏出墙记》中表现得最为充分。从写《春风回梦记》起，刘云若最喜欢塑造一种世间的"稀有人种"——至性人。"人或怪书中至性人太多，非今世所能有。曰：然。作者虽居闹市，如处荒墟。求人且不易，况于至性之人？故造作藏于书中，以供晤对。"[①]所谓"至性人"，当然是性情淳厚，一往情深，宁可苛待自己，也要成全他人者。而《红杏出墙记》中的黎芷华、林白萍、张式欧、张淑敏等都是这样的至性人。黎芷华在失足后就一再赎罪，但越赎越是满身还不清的"孽债"；林白萍甘愿退让，可是他愈逃愈是情丝缠身，直到被一路上的情丝缠到另一个世界去为止。一个是越还越是"债台高筑"，另一个是越逃越是"走投无路"，这全是至性人的大悲剧。如果像现在的某些人，不要说一夜婚外情，就是十夜婚外情，也不会酿成什么悲剧，反而会看成是自己的一种资本，一份潇洒。刘云若从民族的传统美德出发，为我们保存了一脉民族传统的高贵情谊。

要完成"越赎越是债台高筑"、"越逃越是情丝缠身"这几个"越"字，刘云若在技巧上追求精巧的情节调度和充分利用悬念的魅力。他好像有心去尝试学习"悬念大师"狄更司的艺术手段，他希望自己的小说在艺术上也有所开拓。在《红杏出墙记》中往往更鲜明地展示了刘云若的小说是一种巧构小说。如果说，他的小说的内在结构都是"二生一旦"或"二旦一生"所组成的三角形，由于一角的出走，却又很快地身不由己地陷入另一个三角组合中去，小说常常是在三角套三角中展开情节。在这种情节的"循环纠结"中，由于交错渗透，还出现四个角色组成的平行四边形或梯形。例如三角中再加入一个祁玲，原以为不过是张淑敏的陪衬，谁知这个小配角后来会起调度全局的作用，可见作者伏笔之深，意图之隐蔽。到头来却由她以"清醒的局外人"自居，控制了两个四边形——一个平行四边形与一个梯形；她还有一份想扭转乾坤的热心，想按她的好心作人为的排列组合，结果却出现如此一场大惨剧。作者是最善于在情节的复杂的"循

① 以上两段原文均见刘云若：《春风回梦记·序》，《春风回梦记》，人民文学出版社 1989 年版，第 1—2 页。

环纠结”中运用“误会”与“巧合”的能手，他常常用“鬼使神差”与“阴错阳差”这样的成语来为自己设置的误会与巧合作“辩护”，但刘云若确有这种本领去写“鬼使神差”和“阴错阳差”：看来根本不可能发生的事，偏偏在他笔下发生了；绝对有把握的事，在他笔下倏忽变成了大问题。他不是拙劣的编造，而是不合理中的近情理。由于他编织得精巧精致，读者在巧得不能再巧的难于置信中，却乐于接受他巧设的机关，在他的“铤而走险”的“险棋”面前，反说他别出心裁与妙趣横生。刘云若之所以敢走这样的“险棋”，是因为在“巧中又巧的巧合”中，蕴藏着作品中的人物的“真中又真的真情”，而这种“真情”又与读者的情感产生共鸣与共振。例如第13回，黎芷华突然来京，促成林白萍与张淑敏的结合这一场“戏”，真是令人感到“巧中之巧”，此情此景，白萍、芷华和淑敏的心中都掀起大波大澜的狂涛，随着人物的“五内摧伤”，读者也产生了共振共鸣的真同情。我们才不得不承认刘云若善于设置令人难于置信的巧情节，但更善于拨弄令人信服的真感情。刘云若笔下的情节的“循环纠结”、“阴错阳差”的巧合与误会以及运用“拨弄人情”产生心弦共振的手段，三者相得益彰，使读者回肠荡气，欲罢不能，随着主人公命运的大起大落，读者的同情之心与憎恶之情也此伏彼起。这是刘云若的《红杏出墙记》能成为“这一类小说中最出色的作品”的奥秘。

刘云若应该是北派崛起的中坚分子之一，他的作品不比张恨水的差，可是他没有张恨水的那份幸运。趁上海记者团中严独鹤的邀约，张恨水在上海大报上打开了局面，大红大紫。刘云若到头来仅是津门文派中的佼佼者。他的作品也有在上海出版的。那是由于津门的一家出版社——励力出版社由天津迁往上海，因此在上海也有出版他的小说单行本的，但单行本与大报上的连载的影响是不可同日而语的。但是在津门地域而言，他所受到读者的拥戴是非常惊人的，可是这种拥戴也给他带来许多压力，那就是读者硬是要参与他的创作过程，有时编辑因要讨好读者，也参与了指挥。

刘云若是最善于编织情节的作家。他喜欢也善于写下层市井的生活，在编织情节中刘云若最爱用的手段是“出走”。他的几部主要的作品无不以“出走”来拓展故事，将人物推到一个新的境界中去。《春风回梦记》、《小扬州志》、《旧巷斜阳》、《红杏出墙记》、《粉墨筝琶》皆与“出走”有关，不是男的走，就是女的走。这样就往往在刘云若的作品中显示了以“诡奇取胜”，因此，“如果说张恨水的小说风格得中和之美，那么刘云若的小说则以诡奇取胜。他们两个‘一正一奇’，双星闪耀，使民国通俗小说星光长明”①。

（三）还珠楼主的不朽巨著——蜀山系列

有的伟大的作品是在偶然的机缘中诞生的，如果没有这“机缘”，世上就不会有这样一部伟大的作品，那么我们也根本不知道我们的文学史在冥冥中曾有过那么巨大的损失……但是如果一味强调“偶然性”也未必全面，因为要写出一部伟大的作品来，作者在主观上是应该有过充分的准备的，他曾在不自觉的状态下积蓄着丰厚的实力，但他却不一定知道该如何去显示自己的“实力”——去写一部伟大的作品。那就得靠“机缘”的促成了。“机缘”一到，你要挡也挡不住，凭他的丰厚的实力，一部作品就“脱颖而出”了。上面这段话，似乎说得“玄而又玄”，得有实例来证明，我选取的实例就是还珠楼主李寿民的“蜀山系列”的诞生过程，它充分说明“机缘”的重要性。李寿民如何会写出一部千古绝唱的《蜀山剑侠传》来的？他是为了要筹一笔结婚的费用。在人生中，他的这次婚姻得来实在太不容易了，他要隆重地对待这次婚礼，才能对得起这位愿意与他这个“穷小子”结为夫妇的“孙家二小姐”。

当时，李寿民在一位大银行家孙公馆做家庭教师。这是天津英租界马场道一座占地20多亩的花园洋房。这位银行家与李寿民都是四川长寿人，对李寿民这位同乡加才子的家庭教师颇为器重。可是在家教的过程中，李寿民与孙府二小姐孙经洵发生了恋爱关系。男的觉得孙经洵气质不凡，既温和文静，雍容雅致，却又柔中有刚，颇有主见。女方也倾心于这位教师的品貌才学。据李寿民的哲嗣李观贤、李观鼎回忆：

① 张元卿：《刘云若论》，《民国北派通俗小说论丛》，山西古籍出版社2001年，第113页。

父亲和母亲相恋的事被外祖父知道后，他的脸就全变了。他先唤去母亲，以"门不当，户不对"，且"师生相恋，败坏家风"为由进行训斥，无效；又"请"去父亲，企图诱之以利："只要李先生肯与小女一刀两断，要多少钱不成问题。"父亲则针锋相对："只要二小姐亲自表示同我断绝关系，我立即远走高飞，永不登门，又何言'钱'字呢？请莫要太小看人了！"一番话，气得这位董事长瞠目结舌，半晌说不出话来。第二天父亲冒着风雪去孙公馆授课，被仆人拒于大门之外："李先生以后请不必来了！[①]（本文所提及的有关李寿民哲嗣所写的文章均引自《回忆父亲还珠楼主》一文，不再注明。）

但是两情相悦的恋人还是在严厉的阻挠下，继续互诉衷情。那传递情书的"青鸟"竟是董事长"自己"。每天在董事长上班前，孙经洵将信件用橡皮胶贴在自备汽车车牌的背面。等董事长进了办公室，李寿民就悄悄从车牌背面将情书取走；而他的回信当然也以这辆"专用的邮车"传递。以后李寿民还就此情节专门写一篇言情小说《轮蹄》。但是这个巧妙的办法终也有被拆穿的一日。换来的后果是父亲的一记耳光。从未受过这种委屈的二小姐，哭了半夜。第二天她只带了一身换洗的衣服和一元钱的车钱离家出走。这还了得？这场引起孙公馆轩然大波的事件，促发了天津社会新闻的满城风雨。盛怒下的董事长用重金买通租界工部局，以"拐带良家妇女"的罪名将李寿民投入了监狱。在天津地方法院公审这个案子的那一天，轰动了津门的所有媒体，各报记者蜂拥而至。董事长作为原告碍于自己的身份，并未亲自出场，而由其长子孙经涛为代表。当原告诉说被告罪状后，李寿民正欲答辩时，旁听席上有一个女子突然高喊道："请等一等！"在众目睽睽下，站出来的就是那位孙家二小姐孙经洵。她理直气壮地质问原告："我今年 24 岁，早已长大成人，完全可以自主；我和李寿民是情投意好，自愿结合，怎么能说'拐带'？"这样的场面发生在 1930 年，真可以说是一种凛然的"大无畏"的精神。李寿民没有爱错这位敢作敢当的二小姐；二小姐也铁了心要跟定这位连结婚的钱也无

① 李观贤、李观鼎：《回忆父亲还珠楼主》，《大成》第 179 期，1988 年 10 月 1 日出版。

所着落的“穷小子”。于是在地方法院的审判庭上,“原告”反成了“被告”,李寿民的胜诉也就不言而喻的了。媒体们大概也觉得“不虚此行”吧?它们可以将“大出意外”、“出奇制胜”的结局,将“一语定乾坤”的文章做足!

但是他们的婚礼没有马上举办。李寿民觉得孙经洵敢于走出优裕的家庭,跟自己过穷日子,为了报答她的深情与厚意,一定要多攒些钱将婚礼办得隆重一点。但是钱又从何而来呢?这不得不使他们的婚礼一直拖到1932年才举行。

当年天津有个《天风报》,每天报上要有两部长篇连载小说。但有一个长篇已经登毕,报社社长沙大风正愁着如何能觅到一部在读者中能“叫得响”的新作。听说能弄弄笔头的李寿民文笔优美,便抱着试一试的心情登门拜访,如果能尽快拿出一部长篇连载来,以解“燃眉之急”,稿酬可以从优。李寿民就连夜赶写,将几十段文字交给沙大风,那就是这部堪称伟大的作品《蜀山剑侠传》的开端的几章。李寿民也第一次用还珠楼主的笔名与读者见面。《蜀山剑侠传》连载之后,《天风报》发行量成倍增长。原本,李寿民只等攒够了结婚的费用,就打算结束这部小说的。但热心的观众天天在等着看这部小说,你能忍心戛然而止吗?再说沙大风能答应你就如此悄然隐去吗?沙大风也应该自豪,他的这张小小的《天风报》从1930年起至1932年这两年中,向读者推出了两位“叫得响”的作家,那就是刘云若和李寿民。至于他们以后在文学史上的地位,沙大风恐怕是始料未及的呢!

如果回到这篇文章的开端所说的“机缘”,却是很重要的一个“偶然性”因素。这里的“机缘”一是要筹措一笔结婚的费用;二是沙大风的约稿。正用得到“无巧不成书”的成语了。因机缘之“巧”,促就了李寿民的《蜀山剑侠传》之成书,而且成为一部在文学史上留得下来的“大书”。但是,还在于“巧”得有“货”。李寿民如果肚子里没有“货”,那这个“巧”又有什么用呢?首先,孙家二小姐看中的是一位“品貌学问”双全的才子;其次,沙大风要的是一部能像磁石般地吸引读者的长篇。民间有个笑话说:一位“写家”想写一篇作品去换钱,可是怎么也“挤”不出来。他妻子就说,怎么你写文章比我生孩子还难呢?那位“写家”倒回答得很实在:“你肚子里有货，我没货在硬挤呢！”这样，我们就得“盘点”一下李寿民的“丰厚的库存”了。

李寿民(1902—1961)，出生在四川长寿县凤凰街的李家祠堂的一个幽静的院落里。原名李善基。其父李元甫在光绪年间曾任苏州知府，因不满官场黑暗辞官返里，以私塾为业，读书课子，悉心培养李寿民。据李寿民哲嗣在文章中回忆：“3 岁开始读书习字，5 岁便能吟诗作文，7 岁时写丈许大对，已能挥洒自如了。9 岁那年，他作《‘一’字论》，洋洋五千言，备述‘一’字的用途、用法，一时在乡里传为美谈。鉴于父亲少年时代所显露的才华，当时长寿县衙还特制了一块‘神童’匾额敲锣打鼓地送到李家祠堂来呢。”另据一位名为凌云的作者所写的《记〈蜀山剑侠传〉作者还珠楼主》中说：“据笔者所知，还珠楼主一生未曾进过正式学堂接受教育，早岁仅只念过 4 年私塾。但他聪明绝顶，生具夙慧，兼有过目不忘之能；加以兴趣极广，多务杂学，‘读万卷书，行万里路’，因而于佛典道藏无所不窥，医卜星相无所不涉，究天人之际，通古今之变，堪称绝代奇才。”[①]所谓只读了 4 年私塾，这恐怕与早年丧父有关。

《蜀山剑侠传》中的写景可称一绝，要谈他的笔底烟云，就要涉及他的“行万里路”了。可先从李观贤、李观鼎的回忆文章中看李寿民的“三上峨眉，四登青城”：

> 登山，是父亲青少年时代一大乐事。雄伟高大的泰山，奇拔险峻的华山，绵延千里的祁连山，横列如屏的点苍山，都留下过他的足迹。而对他来说，印象最深、影响最大的山，则莫过于峨眉、青城了。
>
> 这两座天下名山，早在父亲 7 岁那年，祖父就带他上去过。以后又爬过多次。父亲在笔记中曾反复提及“三上峨眉，四登青城”之事，他能够做成这番“业绩”，还多亏了王二爷哩。
>
> 王二爷和我们家是干亲。这位秀才一肚子的诗书，却终于未能发达。……这样王二爷便做了父亲的家庭教师。
>
> 王二爷很推崇陆游“功夫在诗外”的主张，反对整天闭门读书。

① 凌云：《记〈蜀山剑侠传〉作者：还珠楼主》，《春秋杂志》，第 714 期，1987 年 4 月 1 日出版。

他经常鼓励父亲“须行千里路”，并兴致勃勃地带父亲去爬山。

在父亲心目中，王二爷不仅是一位可敬可亲的导师，而且是一位最佳“导游”。对峨眉、青城的一寺院一洞，乃至一木一石，都非常熟悉。攀峨眉，何处可望日出云海，何处可观奇花异卉，何处能赏朗月飞流，何处能沐林风雾雨；上青城，何处揽秀最尽人意，何处探幽最饶野趣，何处驻足最富仙气……他都有自己切身的感受和理解，说起来如数家珍。正是在他的引导下，采秀探幽，父亲才逐渐熟悉了峨眉、青城的真面目。

那王二爷“导游”，还特别注意对人文景观的介绍、讲解。峨眉在佛教为四大名山之一，青城亦有“第五名山”之誉，古迹名胜极多。每到一处，王二爷都有一段“龙门阵”摆出来给父亲听：“遇仙寺”内，他讲述一求仙者得到仙人帮助，乘其所赠竹杖，化龙返回乡里的奇遇；“白龙洞”前，他叙说那白娘子苦心孤诣，修炼千年，而终于得道的经历；“麻姑池”畔，他描绘古代美丽的仙女麻姑，自天外飘然而降，临池浴身的情景……就这样，一个绘声绘色地“摆”，一个凝神屏息地听，美丽动人的传说，故事附着于自然景物上，令秀者愈秀，幽者愈幽，险者愈险，奇者愈奇，真是触处成趣，无一不妙了。

之所以要引这么长长一大段，因为这一段对李寿民日后的成就太重要了。他在这两座山上，流连忘返，前后曾与两山晤对 18 个月之久。而这位知识广博、肚里满蕴着种种美丽的民间神话传说的王二爷，就是最早启迪李寿民无穷遐想的开蒙教师。他传授的是一段段“雏型”的“蜀山”和“青城”的“草稿”，正等待他的“学生”在未来，用他的如椽大笔，挥洒出一部恣肆汪洋的千古未有之奇的出世武侠巨著。

还珠楼主的小说虽属出世的神怪武侠小说，但他的作品的内核却满载着入世的情怀。正如评论者所说的：“孝悌忠信四美德，在还珠楼主小说中，是抱得很紧很紧的。”即使是写仙界，也正如他所一再表白的“自来没有不忠不孝的神仙”。他始终以中国的传统美德作为仙界正邪忠奸的界线。这种凛然的正气当然也成为他的处世守则。可以说：“自来没有不忠不孝的神仙”应该是这种具有传统美德的作家写出来的。北京沦陷后，日本侵略者很快就盯上了李寿民，想利用他在群众中的影响而成为他们的“御用工具”，在“劝说”者中竟然还有华北教育总署督办周作人的亲自出马。可是均遭到李寿民的拒绝：“我是写小说的，旁的不会干！”忠于祖国而不识日寇“抬举”的作家惹恼了日本人，于是用“涉嫌重庆分子”为借口将他抓进了日本宪兵队。日本人为了要李寿民屈服，对他施行了种种酷刑，鞭笞，灌凉水，甚至向眼睛里揉辣椒面，还恶毒地说：“你们四川人不是喜欢辣子吗？”李观贤与李观鼎写道：“事后回忆这段遭遇，他曾坦率地承认，有几次简直就要挺不住了，但终于还是‘熬’了过来，因为他还没有忘记：自己是人，不是狗，绝不能答应给日本人做事！……70 多天的铁窗生活，极大地损害了父亲的健康，特别是他的眼睛；抄家的时候，还丢了三部小说手稿，不得不重新写过。值得庆幸的是，父亲毕竟没有玷污‘中国人’这个伟大而神圣的名字。”被折磨得很虚弱的身子经几个月的调养，稍为康复，李寿民就只身南下上海。

初到上海，李寿民先以卖字为生，收入有限而无法养家，后来上海正气书局老板陆宗植听说《蜀山》作者在上海卖字，就到李寿民寒酸的亭子间，坚持要他搬到陆家暂住，并要求李寿民的全部著作由正气书局独家出版，而目前则写一本出一本，稿酬从优。抗战胜利后，他又将全家接到上海，在远东饭店包下几间房间，他的创作进入了一个高潮期。由于他的眼睛在日本宪兵队里受了损伤，再也不能用过去的蝇头小楷写稿了。于是只好用口授笔录。当时，他请了两位秘书，轮流记录，一天要写两万字，书店催稿甚紧，10 天就为他出一集《蜀山》。在那个时期，他可说是意会淋漓，文思泉涌，往往一直说到深夜，还在房中踱步口授，家人在夜半醒来，还听到他在说着“笑和尚”、“斋霞儿”……每当一集的新书要上市时，清晨书店门口就有人在等候开门，店门一开，除了“《蜀山》迷”们的正常购买之外，还有的人一“抢购”就是好几册，原来这些都是上海以租书摊为业的主儿们。每一集书出版后的三四天内，一万册之数，一抢而空，后来上海的租借小说的书报摊一致公认最受租户欢迎的小说是《蜀山剑侠传》。可是李寿民的小说不仅在市民读者中受到热捧，就是像白先勇先生这样的著名作家，也对它钦佩万分：“还珠楼主的大著《蜀山剑侠传》，从头至尾，我看过数遍。这真是一本了不得的巨著，其设想之奇，气派之大，文字之美，冠绝武林，没有一本小说曾经使我这样着迷过。”[1]这真可谓是“雅俗共赏”的了。当然，雅俗所赏的重点也许是各有不同的，市民读者主要是猛咽作品的紧张生动的情节，他们为此而废寝忘食，手不释卷；而像白先勇这样的作家就特别关注它的“设想”、“气派”和“文字之美”。不过这雅俗之间也有共同之点，那就是还珠楼主的“玄思冥想”之奇之幻，简直超越了出神入化、不可思议的境界。正如评论家眉子所说的：

> 在还珠楼主的笔下：
>
> 关于自然现象者，海可煮之沸，地可掀之翻，山可役之走，人可化为兽，天可隐灭无迹，陆可沉落无形，以及其他等等；
>
> 关于故事的境界者，天外还有天，地底还有地，水下还有湖沼，石心还有精舍，以及其他等等；
>
> 对于生命的看法，灵魂可以离体，身外可以化身，借尸可以复活，自杀可以逃命，修炼可以长生，仙家却有死劫，以及其他等等；
>
> 关于生活方面者，不食可以无饥，不衣可以无寒，行路可缩万里成尺寸，谈笑可以从地室送天庭，以及其他等等；
>
> 关于战斗方面者，风霜水雪冰，日月星气云，金木水火土，雷电声光磁，都有精英可以收摄，练成功各种凶杀利器，相生相克，以攻以守，藏可以纳之于怀，发而威力大到不可思议。[2]

因此眉子作出他读后的结论说：“中国最著称的章回长篇神怪小说，一部是《西游记》，一部是《封神榜》。《西游记》以唐玄奘取经为主要人物，《封神榜》以周王灭纣为演述题材。虽然缺乏真实性，多少有些依附。还珠楼主的神怪小说，完全脱离正史，完全用他自己的玄想为主，海阔天空，无奇不有，随意所之，怪不堪言。用神怪的范围作比较，《封神》、《西游》犹

① 白先勇：《蓦然回首》，见《第六只手指——白先勇散文精编》，文汇出版社2004年版，第53页。

② 眉子：《论还珠楼主及其作品》，见《大成》第9期，1974年8月出版。

属小神怪,《蜀山》、《青城》才属大神怪。"但是,在神怪小说之中,他有时也落笔于现实,又颇具真切之感。

但是在还珠楼主的小说中,他更主要的是从奇思,发妙想,在天外有天、地底有地的"另一度空间"中,用仙佛魔妖鬼怪鸟兽虫鱼混成了一个神奇世界,尽情发挥着奇幻剑仙小说的无穷魅力。但是在这个"二度空间"中他也像写"人间世"一样,还是严格地分正邪、明善恶,说明作者具有入世的情怀。

于是,在抗战胜利之后,上海也掀起了一股"还珠热"。至 1949 年为止,他的 30 多部武侠小说中有本传《蜀山剑侠传》(正传 50 集,后传 5 集,共 329 回),还有前传《长眉真人专集》等、别传《青城十九侠》等和外传《青门十四侠》等,构成了一个庞大的"蜀山系列"。因此有人评论道:

> 在 40 年前的中国通俗文学界,还珠楼主的大名,真是妇孺皆知。他的读者,上至名公巨卿,下至贩夫走卒,莫不一卷在手,废寝忘食。即在今日,中年以上的"还珠迷"仍念念不忘他的成名作《蜀山剑侠传》,对其出入青冥的玄思妙想、如火如荼的魔幻笔力,以及浩若烟海的博学杂识,在在拍案叫绝,叹为观止。①

眉子在论述小说的思想主旨时,又将作品的《儒释道三家的搓合》用形象的语言表达出来:"本来是李耳、庄周一般的襟怀,可生就了释迦牟尼的两只眼睛,却是替孔丘、孟轲去应世办事。于是儒释道混成一体了!"那就是说,小说中既有道家的散淡逍遥,又有释家的仁慈悲悯,还有儒家的知其不可为而为之的入世精神。

对武侠小说深有研究的台湾叶洪生对还珠楼主也有若干名评。在论及还珠楼主的作品的影响与文字技巧时,叶洪生说:

> 惟还珠楼主一出,众皆失色;民国廿年以降,"出世武侠"派乃成还珠一人天下。许多作家或封笔,或改为写"入世武侠",亦即流行至

① 凌云:《记〈蜀山剑侠传〉作者:还珠楼主》,《春秋杂志》,第 714 期,1987 年 4 月 1 日出版。

今的武侠小说。……还珠楼主的文字是属于传统“中国式”的文白夹杂体，遣词用句，非常简洁，堪称是“文言的白话化”。一旦彩笔舞动则如魔如幻，变化无方。或清新婉约如涓涓细流，令人心旷神怡，兴出尘之想；或酣畅淋漓如长江大河，一泻千里，际天而下，势莫能挡；或奇峰突起，惊涛裂岸；或狂飚骤至，电漩星飞！……《蜀山剑侠传》一书初由俗世的江湖道入手，层层转进，越变越奇；终于脱去武侠形骸，别开神仙天地，却仍以“除魔卫道”为不变的小说主题。故就广义的武侠说部而言，还珠楼主实可称之为“超武侠”或“奇幻仙侠”派的代表者。①

以上这些评论都对还珠楼主的大作的内容与技艺作了高度的概括，对他在中国武侠小说史中的举足轻重的地位也作了精辟的品评。但是从本文的视角：北方通俗文学的迅速崛起的角度——来体察，我们应该认定，还珠楼主的小说既是无法模仿的“绝唱”，又是承前启后、继往开来的“砥柱”。自他的《蜀山剑侠传》出，“‘出世武侠’派乃成还珠一人”，因此可以说是“绝唱”；可是他又是超越了平江不肖生的《江湖奇侠传》，成为民国武侠开山祖向恺然的继承者和新的一代的开拓者，是当之无愧的民国武侠小说第二波的领军人物。这是由于他将武侠小说提高了一个层次，开辟了一个新境界。他的领军作用不是要大家去学他的武侠小说“世外化”，而是要求武侠小说的作家有一种开拓意识、创新精神，要有一种自己独特拥有的“品牌”意识，追求有自己的个性烙印的“名牌”产品。就这一点而论，后继的北派武侠四大家都受他的启示而有了这种自我的独特追求。宫白羽的社会武侠说部，王度庐的悲剧侠情小说，郑证因的刚性技击小说，朱贞木的奇诡武侠小说，他们在还珠楼主的熏陶下都有了自己的“看家特色”，这是他作为第二波领军人物的不可低估的作用：他用人家无法模仿的“绝唱”来领军，要领的是一个各怀绝技的特种兵军团。

北方的通俗文学作家，特别是张恨水与还珠楼主，他们起步于北方，然后南下扎营，使自己的作品传遍大江南北，轰动全国，也使 20 世纪 30 年代的通俗文学提高了一个档次。

---

① 叶洪生：《闲话一甲子以来的武侠小说》，《明报月刊》第 18 卷第 2 期，1983 年 2 月出版。

霓虹灯外：从“亭子间作家”与“封建小市民”的关系谈起

——读《霓虹灯外——20世纪初日常生活中的上海》有感

研究现代通俗文学必须“熟读上海”，特别是清末民初的上海社会。而当今“海外上海学”也已成为一门“显学”，更为我们提供了若干优秀的研究上海的佳作。《霓虹灯外——20世纪初日常生活的上海》[①]（以下简称《霓虹灯外》）是华裔历史学家卢汉超所写的一部再现上海清末民初社会的历史学专著。它阐释的主要对象是在闪耀的霓虹灯光照之外的上海“石库门里的小市民”与“棚户区里的贫民”们的日常生活。这部专著在海外引起了强烈的反响，好评如潮，甚至被称为是“一本辉煌的著作”[②]。美国最权威的历史学刊物《美国历史评论》（*American Historical Review*）评价道：“这是关于20世纪中国最伟大的城市内日常生活的一份巨细无遗、具有启蒙性的、令人读之津津有味的报告。”[③]西方史学界认为对它的评价甚至高到再怎样隆重推荐也不为过的地步，视为是一部地方史的典范之作，因此在2001年荣获美国城市史研究会两年一度颁发的最佳著作奖，也是该研究会第一次颁布给华裔学者的大奖。中国的历史学家熊月之也在他主编的15卷本《上海通史》的“导论”中，盛赞这部专著“为上海史研究开辟了一片新的领域”[④]。在这部专著中，既对研究对象的物质生

① 卢汉超著，段炼、吴敏、子羽译，上海古籍出版社2004年版。

②③《国际中国评论》(China Review International)，转引自《海外有关〈霓虹灯外〉一书和评论》，见《霓虹灯外》一书《上海史研究译丛·前言》之前，无页码。

④ 熊月之：《上海通史·导论》，上海人民出版社1999年版，第224页。

活，同时也对他们的精神生活进行了详尽而有说服力的考察。而我有感而发的是，关于小市民读者与"亭子间作家"之间为什么必然有某种隔阂，以及为什么通俗作家却与小市民们之间有一种天然"亲和力"的话题。

(一)

在精英作家的评论中，我们常可以看到他们对"小市民"读者之不读新文学作品感到失望与焦虑，因此也就"怒其不争"，于是就在他们头上"重重地"扣上了"封建"这顶帽子。例如茅盾因市民争相观看《火烧红莲寺》电影，而斥责他们热衷于"封建的小市民文艺"。除了《火烧红莲寺》外，他认为"小市民文艺另有一种半封建的形式，那就是《啼笑因缘》"[①]。好像我们从来没有考究过，为什么精英作家喜欢将"小市民"这个名词作为一个"蔑称"，而对其"嗤之以鼻"。这或许是源于高尔基所写的剧本《小市民》，剧中的主人公别斯谢苗诺夫是个庸俗而空虚的人，而我们又在"小市民"的头上冠以"封建"两字，作为一种狭隘、保守、自私、无聊、迷信的庸众的"代名词"。"小市民"们在观看《火烧红莲寺》时那种狂热的态度，也许是极为可笑的；可是精英作家也许没有想过，在不久之后的抗日战争中，那种支配"庸众"们在电影院中狂呼的善、恶、邪、正的爱憎感，就是他们在前线战壕里义无反顾地献出生命的动力。

在《霓虹灯外》中，它将"小市民"作为一个重要的研究对象，作了极有学术价值的阐发。因此，本文就根据这本著作，先来弄清楚与文学很有关系的"小市民"这个名词的内涵。卢汉超认为，"小市民"这个名词被到处运用，其实它的含义是模糊不清的。每个人都知道"小市民"是什么意思，却没有人说得清它到底代表了些什么。他解释道：

> "小市民"是一个统称，通常用来形容城市中那些位于中等或者中下阶层的人们。这个形容其实不见得准确，就好像我们习惯上给社会各个阶层分类一样。"小市民"的含义比较模糊，很难说清哪些

① 沈雁冰：《封建的小市民文艺》，《东方杂志》第30卷第3号，1932年2月1日出版。

人属于这一类而哪些人不包括在内。位于社会顶层的精英和处于社会底层的穷人们从来不会被称为“小市民”,它仅仅用来指称那些位于这两个阶层之间的人们。①

而位于这两个阶层中的人们,一个主要组成部分是“职员”,因此,职员阶层当然可以归属为“小市民”。卢汉超根据有关数字的统计,在20世纪30年代,上海大约有250 000到300 000人从事职员工作,如果算上他们的家属,这个数字不会低于150万人,而当时上海的总人口是350万人,那么这个阶层就占了当时总人口的40%。

至于工人阶级,在我们的心目中往往被塑造成统一的领导革命的无产阶级形象,但是卢汉超告诉我们:“小市民的另一主要部分是工厂工人。”(第50页)他介绍了近期经国外学者的调查研究的成果得出结论,关于中国劳工阶级的“产业工人是一个高度分化的群体,他们因个人的出身、工作的种类和自身的性别而有种种层次与差别”(第50页)。他从工人们的不同的居处来区分他们不同的经济地位,以及由经济地位不同而影响到他们的某些思想意识:

20世纪30年代早期的研究得出这样的结论:上海工人住房类型主要有三种,即里弄房子或石库门房子、老式平房、棚户区。在对76 218间工人住宅的调查中发现,里弄房子也是上海小市民的典型住宅,占37%。这类房子上海随处可见,是大约一半的上海工人和他们家庭的住宅。……住在这里的工人多是熟练的技术工人(包括少数女性)。他们在工厂里已经工作了很长时间,工作比较稳定(相对于那些临时工而言),住在石库门房子里的工人家庭与那些处于社会底层的“阶级兄弟”——临时工、长工、各类没有技术的劳力有很大的不同。后者因为贫困,只能在城市边缘聚居,被住在石库门而心满意足的小市民轻蔑地称为乡下苦力或“乡巴佬”。(第51页)

① 《霓虹灯外》,第48页。以后凡引用该书中的文字,仅在引文后注明页码,不再注明出处。

为什么他们一住进里弄或石库门就会感到“心满意足”了呢？因为他们之中很多人也是过去从乡下来的移民。他们带着希望过安定生活或者能发大财的梦想来到了上海，可是他们一到上海才知道“上海居，大不易”。他们找不到自己想要的合适的居所，他们甚至羡慕“蜗牛”，因为“蜗牛”有自己随身可以携带的“房子”，那就是它们身上所背的“壳”。他们的极大部分人也曾经住过“棚户区”，但是正像《霓虹灯外》第3章的题目《逃离棚户区》一样，他们有了技术与较为固定的工作之后，就逃离棚户区而住进了石库门，尽管他们大多也不是一家住一整幢房子（上海最先造的石库门是三开间或两开间，由于地价昂贵，后来大多是单开间，主要的结构是一上一下，还有亭子间和灶披间等，至于以后搭出各种各样的阁楼与夹层之类就层出不穷了）：

根据1937年上海市政府的报告，在里弄密集的公共租界里，每幢里弄房子中居住的人家数大致如下：14 310户家庭是一户人家住一幢房子，12 874户家庭是两户人家共住一幢房子，18 945户家庭是三户人家共住一幢房子，22 764户家庭是四户人家共住一幢房子，15 435户家庭是五户人家共住一幢房子，14 028户家庭是六户人家共住一幢房子，……从报告中我们得知，甚至有一幢里弄房子里住着15户人家的情况。但基本上一幢房子住四户人家，或者24口人的情况较为常见……（第147—148页）

这原本就是上海“寸金地”的如实反映，否则怎么会人口如此密集。但即使是如此拥挤，也与棚户区不可同日而语。因此，住得久了，思想意识上也会有一种比棚户区高人一等的感觉在心中发芽。不过有一点却会使那些对“封建小市民”嗤之以鼻的精英作家大出意外的，他们嘲笑的一个组成部分，原来属于“革命的领导阶级”；按照阶级分析法的逻辑去“判定”：精英作家大多属于小资产阶级知识分子，而他们嘲笑部分工人为“封建小市民”的那种“踞高临下”的态度，正是他们要好好改造和脱胎换骨的“证据”之一。

(二)

我们用不到反过来给知识精英作家“扣帽子”。我们应该心平气和地、同时更科学地对上海清末民初的社会进行考察与分析。上海在开埠以后,都市化、现代化与西化是同时推进的,这是无可否认的事实。但是上海有大量的移民,他们来自农村,因此,上海的社会变革有其自身的本土根源。《霓虹灯外》一再强调,任何国家的现代化的标准都是相对的,它们各有其自身的历史背景,因此,我们应该看到另一个侧面:那就是中国传统的持久性。于是,在上海的日常生活中随处可见的是“中西合璧”特色。

> 在20世纪早期,“变”是上海日常生活中最明显的但又是可以预见的部分……但是,上海作为现代中国西化的橱窗这一形象经常遮掩住了“小市民”日常生活中传统的持续性。尽管西方的事物差不多成为上海人日常生活的一部分(虽然并非每一个人每一天都能用到它们),上海人还是乐意保持和改进了很多旧的习俗和生活方式。尽管西方影响从表面上看是城市的主流且被中国的上层社会所渲染夸大,在遍布城市的狭隘里弄里,传统仍然盛行。而且,变化往往与传统的持续性共存、结合或纠缠在一起。如果说中西文化在上海这个交汇之地谁都不占优势,那么,这不是因为两种文化对峙而导致的僵局,而是因为两者都显示了非凡的韧性。对很多人来说,这个城市的魅力正是来自这种文化的交融结合。(第274页)

正因为《霓虹灯外》是研究在霓虹灯光照不到的广大的区域空间,所以它随处关注着传统与现代共存,看到传统的“韧性”,而且同时得承认它们各自的合理与合法性。这样的事例不胜枚举。辛亥革命之后,传统历法曾被称为“废历”,可是“废历”不废,以后人们在承认它的合理合法性的前提下,只好用“旧历”、“农历”、“阴历”和“夏历”(中国的第一个王朝为“夏”)为其命名;直到现在,二十四节气还是农村中农事的衡量基准;春节、端阳和中秋还是民间的三大节日。上海的小市民在现代化的过程中，虽有“变化”与“改进”的一面，但是，相对而言，物质文明的传播比较容易移植与引进，但精神文明的交融是有一个复杂的过程的，同时也应该看到，在处理新旧、中西、城乡这对矛盾时，还要顾及它们的兼具性、开放性的多元格局。而我们的精英作家却用一种峻急的姿态“痛斥”普通百姓的“愚昧”与“无知”，于是也就很难分清传统中的精华与糟粕。“就像城市中被摩天大楼遮蔽的无数的里弄房子那样，在城市精英投射出令人晕眩的光影映照下，普通百姓的生活显得模糊不清。”（第274页）同样的道理，在精英作家的新文学的眩目光影下，普通老百姓喜闻乐见的民族形式的文艺作品，往往不分青红皂白，一律被丑化为“封建小市民文艺”和“半封建小市民文艺”。于是《霓虹灯外》的作者就觉得应该进一步去探索这些曾经住过里弄房子或石库门亭子间的精英作家的精神世界了。

> 如同金字塔一样，这些生活宽裕的作家们位于塔的顶端，而塔的下部则是许许多多刚刚来到上海的青年知识分子们，他们多数以当自由撰稿人为生。从经济角度而言，这些年轻作家可能还无法跻身社会精英的行列，他们写作的收入并不比一般的技工或者店主来得高。为了人生理想而奋斗的他们住在上海弄堂的“亭子间”里，与平民为伍的同时维持着精神上的精英状态。……考雷（Cowley）关于20世纪二三十年代一群逗留巴黎的美国作家的描述同样可以用于几乎同时期居住在上海的作家们：“他们中的一些人成了革命家，另一些人在纯粹的艺术中寻求精神安慰；但是他们所有人都追寻着能够令他们满意的现实世界，在这个世界中，尽管他们周围是木匠们和店员们，他们仍然可以悄然地怀有贵族般的心态。”（第48页）

其实这样的情况也基本上适合于那些在金字塔顶端的作家们，他们有的在没有成名之前也住过亭子间，以后即使是能住独幢的房子了，不过还是生活在里弄里，但是他们在“维持着精神上的精英状态”却是同样的，当然，我们不能说他们“怀有贵族般的心态”。卢汉超指出“这类作者的特点是：敏感，自负，看不起周围的一切但又无法超然世外……”（第158页）

他们自以为是小市民们的启蒙者，可是因为小市民并不欣赏他们的作品而焦躁不安，同时产生了一种“对牛弹琴”的优越感，于是也就不惜用很激烈的言词诋毁小市民读者：

热心的著作家，滴尽了他们同情的心血，嘶竭了他们的沉痛的呼声，但他们最关心的一般民众，却只是瞠目结舌，不知道说的是什么。……那就没有方法可以阻止他们去看《快活林》和《礼拜六》了。如果我们不能使一般人民养成纯正的戏剧观念，那么也就只好让他们去看半开化状态的脸谱戏了。著作家和一般民众的隔膜，结果使新文学不能平民化，如果新诗与新小说只是供少数人阅读的，那便是新文学运动的破产宣告了。……现在最糟的，就是一般读者，都没有嗅出面包与米饭的香气，而视粪尿为“天下的至味”。①

我们觉得中国的一般民众，现在仍旧未脱旧思想的支配；只要稍稍与普通农民与佣工、商人接触的人，大概都能知道，他们脑筋中，还充满着《水浒》、《彭公案》及《征东》、《征西》等通俗小说的影响。要想从根本上把中国改造，似乎非先把这一班读通俗小说的最大多数的人的脑筋先改造过不可。②

他们似乎对于供消遣的闲书，特别欢迎。所以《礼拜六》、《星期》、《晶报》之类的闲书，销路都特别的好。这种冷淡的态度，与盲目的欢迎，许多朋友都以为是很可悲叹的现象。……其实说一句老实话罢，中国的读者社会，还够不上改造的资格呢！③

上述几段引文是一种焦躁情绪的非常有代表性的表现。他们的赤热的心与失望的惋叹跃然纸上。他们对于小市民对通俗文学的爱好百思不

① 西谛：《最近的出产·本栏的旨趣与态度》，载《文学旬刊》第37期，1922年5月11日出版。
② 西谛：《民众文学的讨论专号·编者按》，载《文学旬刊》第26期，1922年1月21日出版。
③ 西谛：《杂谈》，载《文学旬刊》第40期，1922年6月11日出版。

得其解。他们也知道得改造小市民的"脑筋"，可是实践的结果又觉得小市民"还够不上改造的资格"。于是他们就认为，新文学的面包与米饭小市民不愿吃，却以通俗文学的"粪尿"为"天下的至味"。这话的分量就很重了，是带有侮辱性的言词。西谛写出了"著作家和一般民众的隔膜"，他们不甘于现代化与欧化的文学读者对象仅仅是知识分子。其实新文学侧重于引领他们的读者去探求人生，它的力度在于思考精神层面上的追求与探索，当然读者随之或者会有革命或革新的实际行动；可是普通的市井与街坊们的阅读目的是"为生活"。"为人生"与"为生活"虽只是一字之差，但其中的内容显然是有所不同。应该看到在当时上海文学之中必然会存在"为人生"与"为生活"的不同需求的多元格局。

（三）

《霓虹灯外》一书是专门研究上海中下层市民的全方位生活需求的，它必然会对小市民读者与通俗文学的"天然"亲和力给予一定的关注，尽管它不是一本研究小市民对哪些文学作品最感兴趣的专著。

> 到了民国时代，"海派"这个词开始与文学联系起来。"鸳鸯蝴蝶派"小说是最早的"海派文学"。海派风格的小说讲求娱乐性，以凄楚动人的爱情故事为主线，虽然头脑清醒一点的读者也能从中发现某种社会和道德价值。鸳鸯蝴蝶派的作品在民国早期的上海是处于主导地位：20世纪一二十年代，中国几乎一半的文学杂志是在上海出版的，刊登的都是这类作品。从1908到1938的30年间，上海出版了180种鸳鸯蝴蝶派报刊杂志；仅仅1914年一年间，就有21种新的此类报刊在上海出版。（第47页）

这里应该补充的是卢汉超将"鸳鸯蝴蝶派"这个名词，一方面指出它"以凄楚动人的爱情故事为主线"，但当他讲到从1908到1930年上海出版了180种鸳鸯蝴蝶派报刊杂志时，实际上是涵盖了武侠、侦探、社会小说的多种品种，因此，他所指认的鸳鸯蝴蝶派实际上是以言情小说为主，同时也包括了通俗文学的多种门类的。他还引用了研究鸳鸯蝴蝶派的专家林培瑞的见解:“小市民”是20世纪二三十年代鸳鸯蝴蝶派小说的忠实读者。(第48—49页)小市民之所以能成为通俗小说的忠实读者,首先是因为他们需要一种“价廉”的娱乐品。在小书摊上租一部小说是他们的经济能力所能接受的。如果知识性、娱乐性与可读性兼备,而且有一定的艺术性的小说,则就不仅是“价廉”而且是“物美”了。上海的高档次的娱乐场所的门槛太高,他们跨不进,但他们可以在通俗小说中得到心灵的放松和精神的安慰,而休闲与娱乐也是他们在劳作之后“为生活”的一个重要内容。更何况有时能看到“自己的身影”与“周边的生活”在作品中的再现。“有时这些‘小市民’好像很喜欢打探邻里之间与性有关的事情,若是像一项学术研究所显示的那样,上海的小市民是20世纪早期(尤其是在20年代)在全国极具影响力的‘鸳鸯蝴蝶’派小说的主要阅读者,那么对于里弄居民而言,邻里之间的暧昧故事是他们所阅读的爱情小说的生动再现。”(第208页)其实,只看到“性”和“暧昧”故事这一点是不够的,应该说是他们在许多通俗小说中看到了自己周边生活的“生动再现”。因为这批通俗作家大多是报人,上海报纸上的“本埠新闻”栏是他们笔下故事的原型,所以小市民们能在这些小说中看到自己所熟悉的人与事。

但是除了娱乐性之外,通俗小说还有更为重要的职能。它们往往是教育移民们怎么在上海安身立命,使他们不至跌入那些专门靠欺诈乡下人的流氓、骗子所设下的陷阱,更不要踩上那些流氓、骗子事先预设好的“路边炸弹”,以致被炸得五花纷碎。因此,应该看到通俗小说是移民从乡民转化为市民的形象教科书。所谓“安命立命”,除了不使他们受骗上当之外,更重要的是使他们了解城市化与现代化与农村的生活规律有哪些不同。移民的大量涌入都市,也有一个使“城市病”增剧的问题,例如房荒、失业、车祸、公共卫生的恶化、时疫疾病的传染……通俗小说的内容往往是针对这些社会问题,及时地传授那些缓解、防止和预见的知识,同时向乡民灌输现代意识,多方面地改变和塑造中下层社会从乡民转变观念和适应都市的生活,因此,通俗小说在使市民得到阅读快感的同时,便是潜移默化地使乡民的思想萌生与滋长现代意识的触媒剂。关于这一点,《霓虹灯外》在写到“鸳鸯蝴蝶派”作品时,曾经将包天笑的《乡下人再到上海》这篇连载小说中的乡下人与鲁迅笔下的阿Q和茅盾笔下的吴老太爷联系起来论述。卢汉超分析道：这位老农民对城市的看法是充满了矛盾的，大都市在他们眼中，“已成为充满矛盾的混合物，赞美、羡慕、恐惧、鄙视交织在了一起”（第6页）。“这个老顽固实际上也不喜欢他在城市内所见到的一切：从对火车月台票不同的称呼、电车的等级、商店对待顾客的亲疏态度、社会的唯利是图、娼妓的不知羞耻等等。”（第7页）这篇小说当然含有讽刺的成分，可是读此类上海的通俗小说无异是告诉乡民，你们应该懂得怎样才能很快地融入城市的市民中去，否则在这个城市中是难于生存的。因此，这些小说对乡民的“为生活”——安身立命提供了活生生的教材，这是精英作家的“为人生”的作品所不能完全去替代的一种功能。关于这一点，可惜在《霓虹灯外》一书中没有充分地加以强调。可是我们也可以这样说：这本书虽然没有强调这一点，但它写出了“乡民转化为市民”的全过程，因此，也为我们提供了为什么“小市民”与通俗小说有着天然的“亲和力”的有力佐证。这本书共分3部6章。第一部是“寻求都市梦”，分为两章：第一章是“到上海去”，第二章是“黄包车夫的世界”；第二部题名“立锥之地”，也分为两章：第三章“逃离棚户区”，第四章“小市民之家”；第三部题名“上海屋檐下”，亦分两章：第五章是“石库门后”，第六章为“石库门外”。这像是有内在联系的一套“连环画”，先是梦想找寻安定生活之“梦”，可是既无资金，又无技能，更无“过硬”的社会关系，不少人只能学着做黄包车夫，“据上海市社会局统计，20世纪30年代早期，市内有公共人力车夫80 649人，每个车夫要供养家人4.23个。因此，人力车使340 000人，或者说是市内人口的10%得以维持生计”（第67页）。可是他们只能蜗居在都市边缘的棚户区，而他们的奋斗目标是“逃离棚户区”，只有搬进了里弄，成了“石库门里的小市民”，他们才算得上是真正的上海人了。这本书的第三部的“石库门后”与“石库门外”是生动地反映了芸芸众生“小市民的生活起居”。

卢汉超对这8万多个“上海祥子”的生活是描写得极为精彩的。许多结论也与精英作家笔下的黄包车夫的生活并不相同，或者可以这样说，与老舍的《骆驼祥子》虽是体裁不同，却堪称各尽其妙。黄包车夫要“逃离棚户区”当然是极不容易的，但他们之中的部分人总也能凭着某种机遇，进入上海的里弄里的石库门的。书中指出，上海的人力车夫并不像一般人所想象的那样愚钝无知，他们很“领市面”，比起每天 12 小时关在车间里的工人，他们更见多识广一些，他们甚至还会几句洋泾浜英语“卖大母”(Madame)、“卖死丹”(Master)什么的。卢汉超在结束“人力车世界”这一章时，有一段颇为精彩的论述：

> 人力车这一话题之重在于，这个简单的交通工具已将农民转化为“小商人”，他们以自己的体力作为仅有的可以出卖的商品，每天把自己投放到这个广大的市场(在街头候客)，并做交易(与乘客讨价还价，与车行老板讲条件谈租金)。像任何一个进入市场的生意人，车夫也被迫积极地充当一个角色，寻找每一个机会，坚守每一分自己的权益。他们不得不每一天与各行各业的人在“现金交易”上打交道。在家乡，他可能是出卖劳动力的佃农，而在人力车这一行业中，斤斤计较的谈价、形形色色的乘客、极为频繁的商机，都是农民远远想象不到的。因此，这些过去的农民必须尽快地改变其纯朴的天性以成为这既有挑战又有希望的都市生活的一部分。总而言之，在这个高度商业化的都市社会，农村移民转化成了各种各样的小商人。就这样，这些为人不屑一顾的小人物成了上海的商业世界及其文化——所谓“上海文化”——的一个基层部分。

写到这里，我们就可以回到我们上述想要说明的话题中去：他们对通俗小说的“亲和力”是“天然的”，他们还达不到探求“人生”的精神追求的高度，他们要的是为吃饭而“生活”。他们可以通过通俗小说去了解“形形色色的乘客”的心理，熟悉这个“高度商业化的都市社会”，他们要“进修”的是“上海文化”这门“学问”。或许有人会问，这些大多是文盲的人力车夫会去读小说吗？的确，他们之中有阅读能力的是不多，可是他们希望受教育的热情是很高的，因为识字对他们读懂路名，认识旅馆、店名和娱乐场所等名字——它们在都市的哪个方位等等是极有好处的，这有利于他的“营业”。据 1934 年上海社会局抽样调查，人力车夫中“有较强的阅读能力”的约占 8.55%，“识字”的约占 39.47%，“不识字”的约占 51.98%。

(第79页)但是他们要求“脱盲”的愿望也是很强烈的。有关人力车夫成人学校的情况,也有零星的统计数字:“1937年8月,正值中日战争爆发之前,该月出席共计4 744人次。”在战争中,闸北、南市被日寇炸毁了,“只有公共租界内的3所学校在战争期间仍然授课,按常规听课的学生4 000人,而仅1938年7月一个月,听课人次就超过8 000人,几乎是战前听课人次的两倍”(第80页)。至于人力车夫的阅读情况,也是有些记载的:

> 1933年成立上海人力车夫互助会,为互助会成员提供教育设施都是免费的。互助会设有7所以车夫的孩子为对象的学校。成人学校的对象则是车夫本人。互助会的每一办公区都设有阅览室,订有较有影响的报纸与画报。通常,阅览室旁设有茶室作为休息室。互助会还设有流动图书馆,每期有图书500册以上。这些设施都得到了充分的利用。1937—1938年间,阅览室读者为273 592人次,平均每天750人次,图书馆101 503人次,平均每天278人次。(第79—80页)

这些设施都是人力车夫受教育或是通过书本“领市面”的场所。住在上海弄堂的“亭子间”里,与平民为伍同时维持着精神上的精英状态的作家的作品恐怕很难在这种阅览室里流通,这应该是通俗小说发挥教科书作用的地方。通俗小说虽然受不到主流文艺界的赞扬,可是它们能在小市民读者中“默默地流行”,它们的读者的总量其实远远地超过精英文学的读者。由于小市民读者在媒体上从来没有发言的资格,因此通俗小说也只能一直处于“无言的强势”之中。读了《霓虹灯外》,我们认为卢汉超对上海的精英与通俗两种小说的共时性存在的结论是非常正确的。他告诉读者,这种对峙是正常的,它们的对峙不是一种“僵局”,而是精英文化与平民文化都有着非凡的“韧性”,正因为这种文化的多元格局,才显示出上海这个大都市的无穷魅力。

亭子间作家与他们所蔑称的“封建”小市民是会存在“隔阂”的,靠着文化的多元格局,他们可以保持期精英状态,去为知识阶层服务。而“封建”小市民的阅读需求的“空白”，就让通俗作家去填补这个巨大的“空间”。记得有一位戏剧家（好像是周信芳吧？）曾经说过一句很有意思的话：我们是良性海派，不是恶性海派。（大意）我们也希望通俗作家所写的是“良性通俗小说”，不是“恶性庸俗小说”。但是我们也希望我们有些精英作家能够反思，在 20 世纪二三十年代的上海，他们不应站在云端上蔑视“小市民”。在 20 世纪二三十年代，他们曾花了不少笔墨、费了不少口舌，讨论“大众化”问题，可是“小市民”们却很少得到“大众化”的“实惠”，摸摸自己头上，却多了一顶“封建小市民”的帽子。现在恐怕应该为他们“脱帽”，还他们以公平与公正。

现代市民大众文学的发源重镇——苏州

◎ 包天笑青年时的小像

◎ 1917 年 1 月包天笑主编的通体为白话创作的刊物《小说画报》。

◎ 包天笑主编的《星期》第 26 期《生育号》封面画，倡导节制生育。

◎ 包天笑主编的《星期》第 34 期封面画：《批评家》，讽刺军阀统治下的言论“自由”。

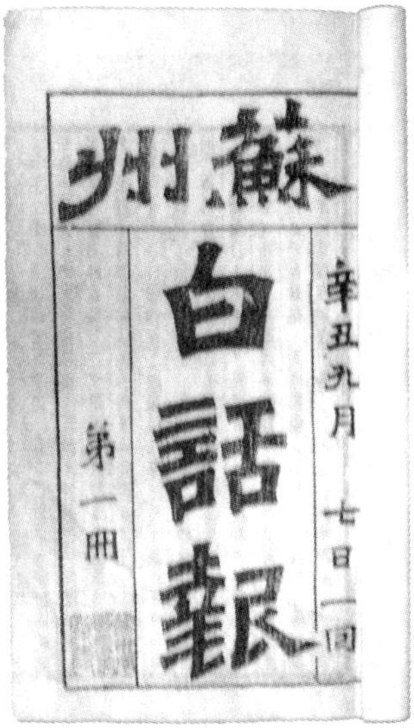

◎ 包天笑于 1901 年创办的《苏州白话报》，当时苏州尚无印刷厂，此报由毛上珍刻字店刻印。

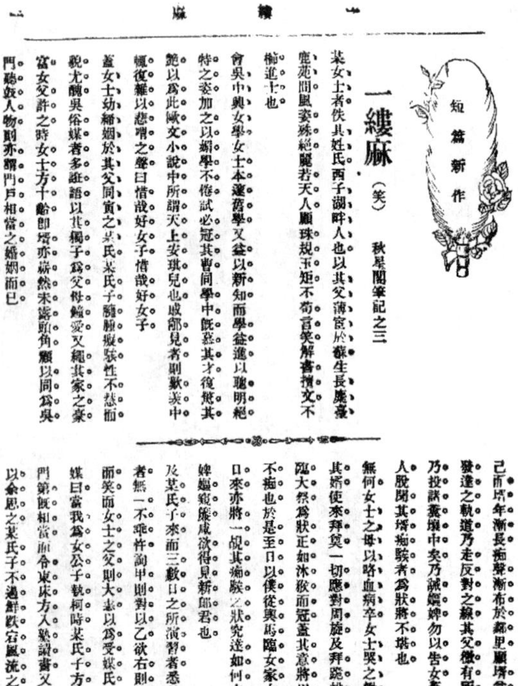

一縷麻 二

短篇新作

一縷麻 （笑） 秋星閣筆記之三

某女士者佚其姓氏西子湖畔人也以其父薄宦於蘇生長麗豪塵菀間風姿殊絕麗若天人顧珠規玉矩不苟言笑解書擅文不愉進士也

會吳中興女學女士本邃舊學又益以新知而學益進以聰明絕特之姿加之以娟學不倦試必冠其曹同學中既羨其才復憐其艷以爲此歐文小說中所謂天上安琪兒也戚鄰見者則歎羨中幗復難以悲嘅之聲曰惜哉好女子惜哉好女子

蓋女士幼締姻於其父同寅之某氏某氏子臃腫癡騃性不慧而貌尤醜吳俗媒者多誑語以其獨子爲父母鍾愛又繩其家之豪富女父許之時女士方十齡即塤亦嶄然未露頭角顯以同爲吳門碩族人物則亦翳門戶相當之婚姻而已

己而塤年漸長痴聲漸布於鄰里顧塤益痴而女益慧兩人心意發達之軌道乃走反對之線其父微有所聞歎曰一個掌中珠今乃投諸糞壤中矣乃誡婢嫗勿以告女詎知其女性高傲好上人脫聞其塤痴騃者爲狀將不堪也

無何女士之母以咯血病卒女士哭之慟殯奠之日某家乃裝飾其婿使來拜奠一切應對周旋及拜跪拱揖均演習之四五日如臨大祭爲狀正如沐猴而冠蓋其意將以片晌之周旋以驗塤之不痴也於是至日以僕從輿馬臨女家女家久聞塤之有痴名今日來亦將一覘其痴騃之狀究達如何之程度也因是戚鄰[illegible]屏婢嫗窺簾咸欲得見新郎君也

及某氏子來而三歎日之所演習者悉付諸流水舉前之所教囑者無一不乖忤詢甲則對以乙欲右則旋而左見者咸掩口胡盧而笑而女士之父則大悲以爲受媒氏紿也盛氣與媒氏理曲直媒曰當我爲女公子執柯時某氏子方英英露爽某公亦據要津門第既相當而令東床方入塾讀書又烏知今日之爲此狀也且以余思之某氏子不過鮮跌宕風流之姿加以閱歷寧知不爲時

◎ 包天笑于 1909 年《小说时报》第 2 期上发表的文言短篇小说《一缕麻》。

启蒙前驱：早期启蒙主义者包天笑

五四前后，新文学兴起，它的彻底的“反传统”姿态使它将继承中国小说民族传统的“旧”小说视为对立面，将这些“旧”小说命名为“鸳鸯蝴蝶派”。其实顾名思义，鸳鸯蝴蝶是应该指言情小说而言的，即成双的鸳鸯嬉戏于碧波，成对的蝴蝶飞舞于花丛。可是新文学将铁马金戈的武侠小说，市井现形的社会小说，甚至外国舶来的侦探小说都一概归入“鸳鸯蝴蝶派”之中，“非我族类”就请君入瓮。既然有了这么一个对立面，那么在这个派别中就得“立”一个头头首脑之类的人物。于是包天笑就被指派到这个“岗位”上去。可是包天笑不承认。他在1960年7月27日的香港《文汇报》上写了一篇题名为《我与鸳鸯蝴蝶派》的文章说：“据说，近今有许多评论中国文学史实的书上，都目我为鸳鸯蝴蝶派，有的且以我为鸳鸯蝴蝶派的主流，谈起鸳鸯蝴蝶派，我名总是首列。我对于这些刊物，都未曾寓目，均承朋友们告知，且为之不平者。我说：我已硬戴定这顶鸳鸯蝴蝶派的帽子，复何容辞。行将就木之年，‘身后是非谁管得’，付之苦笑而已。……至于《礼拜六》，我从未投过稿。徐枕亚直至他死时，未识其人。我所不了解者，不知哪部我所写的小说是属于鸳鸯蝴蝶派（某文学史曾举出过数部，但都非我写）。”误会当然是有的。包天笑其人在清末民初的文坛也算是一位老资格的领军人物。他是很有组织能力的人，从1909年与陈景韩一起主编《小说时报》起，到1923年的编《星期》止（1923年还编过几期《滑稽》，因非其所长，很快就“刹车”了），他编过许多有影响的小说期刊。例如1915年创刊中国第一本小说季刊《小说大观》，1917年创刊中国第一本通体白话的小说期刊《小说画报》等等。他编杂志时喜欢自诩其刊物的阵容强大严整，这其实也是做“主笔”的人难免的“岗位意识”，实际上也是一种“广告词”，他常常在得意之余数说，某几位是他麾下的大将，某人又是他的先锋。如在编《小说大观》时就说过：“叶楚伧、姚鹓雏、陈蝶仙（天虚我生）、范烟桥、周瘦鹃、张毅汉诸君，都是我部下的大将，后来又来这一位毕倚虹，更是我的先锋队，因此我的阵容，也非常整齐，可以算得无懈可击了。”①而这些大将与先锋中人又被新文学家指述为鸳鸯蝴蝶派的，于是他岂不等于是自封的鸳鸯蝴蝶派的首领吗？其实，公正地评价包天笑，他倒是在文士的旧卵中脱颖而出成为一位中国早期的启蒙主义者。

（一）

包天笑（1876—1973），初名清柱，后改名公毅，字朗孙，号包山，主要笔名为天笑、钏影楼主等。江苏吴县（今苏州）人。他不仅登上文坛的时间早，而且是中国罕见的长寿作家之一。在19世纪末，他自述受梁启超主笔的《时务报》（1896年8月在上海创刊）的影响，成为一位热衷于新学的青年。他说：《时务报》“好像是开了一个大炮，惊醒了许多人的迷梦”②。他在苏州与其他7位志同道合的友人就先组织了一个学会，取名“励学会”，这个“励学会”除交流学术之外，还有两个志愿：一是要出版一本月刊，二是要开一爿介绍新学的书店。办杂志不易，于是先从办“东来书庄”做起。因为他们与在日本的留学生有很密切的联系，书店先出售的书大多是日本的全汉文新书，还寄售留学生自办的刊物，所以这个东来书庄主要是出售“东洋来”的新书报。包天笑当时的正业是坐馆做书塾先生，但却被大家推为书庄的义务经理，有什么新书报来他自己就“近水楼台先得月”，先睹为快。后来成为文化名人的苏州老乡如曾朴、金松岑、杨千里等也常到书庄来购书，他们都通过“交易”与包天笑交上了朋友，每当他们问及新来书报的内容时，包天笑都能将新书的主旨内容介绍得头头是道，这些文化名人都说他是一位有文化底蕴的书贾。由于经营得法，不到一年他们各人凑集的100元股金已变成了500元。他们从不分红利，

① 包天笑：《钏影楼回忆录·编辑小说杂志》，大华出版社1971年版，第377页。
② 同注①，第150页。

于是就有了办月刊的资本。他们所办的刊物取名《励学译编》，这是我国最早的翻译期刊之一。在当时，为了寻求富国强种之道，向外国先进的文化学习，在报刊上登载译介文章已蔚然成风，但专业的翻译期刊还是极少的，真可谓是凤毛麟角。包天笑参与编辑的《励学译编》1901年4月3日在苏州创刊。当时，苏州既无石印，更无铅印的印刷所。包天笑说："后来我们异想天开，提倡用木刻的方法，来出版一种杂志。用最笨拙的木刻方法来出杂志，只怕是世界各国所未有，而我们这次在苏州，可称是破天荒了。"①当时，苏州观前街最大的刻字店是毛上珍，这笔大生意当然使老板大为兴奋。这个译文期刊每期60页，约二万多字。一月前交稿，在一个月中就能赶刻出来。杂志"采东西政治、格致之学"（格致是清末对声光化电诸门自然科学的统称），各译全书，分期连载。在创刊号上的译著有《欧洲近世史》、《印度蚕食战史》、《化学初桄》、《普通地理学》等，文艺作品有包天笑与杨紫麟合译的哈葛德的《迦因小传》。《励学译编》的译稿大多出自日本的中国留学生的手笔。创刊号也竟然能销七八百份。在第5期上又增加一篇《日本政体史》的连载。这个木刻期刊出了12期后停刊，除了《化学初桄》是连载完的之外，其他译著都成了"半拉子"工程。这主要是由于后来订户逐渐减少，资金难于支撑，即所谓"蚀光大吉"，出满12期于1902年2月停刊了。

在办《励学译编》的同时，包天笑也想办一张《苏州白话报》，以开通风气。因此苏州又有了一张木刻报纸。因相距年代久远，包天笑在《钏影楼回忆录》中记忆有误。他说："过了一二年，我又办起了《苏州白话报》来了。……是旬刊性质，每十天出一册。"②其实《苏州白话报》是与《励学译编》同年创办的，它的第1期出版于1901年10月21日，那时《励学译编》才出到第8期。这个《苏州白话报》是周刊，而不是旬刊。在封面上写明"辛丑年九月（指农历——引者注），七日一回"的字样。这张木刻报是包天笑与他的表兄尤子青两人合办的。他回忆说："我又与我的表兄尤子青哥一说，他满口答应说：'你去办好了，资金无多，我可帮助你。'而且他还

① 包天笑：《钏影楼回忆录·编辑小说杂志》，第166页。
② 同上，第168—169页。

答应，帮助我编辑上的事。我有了他这个后台老板，便放大胆与毛上珍老板订约了。"这张报纸每期 16 页。"内容是首先一篇短短的白话论说，由子青哥与我轮流担任；此外是世界新闻、中国新闻、本地新闻都演成白话。真是'麻雀虽小，五脏俱全'。关于社会的事，特别注重，如戒烟、放脚、破除迷信、讲求卫生等等，有时还编一点有趣而使人猛省的故事，或编几只山歌，令妇女孩童们都喜欢看。"[①]这第 1 册的首篇论说题就是《国家同百姓直接的关系》，开头说道："今日是《苏州白话报》第一次的议论，吾要把吾们中国第一要紧的道理，演出来讲与大家听听。那一样是紧要的道理呢？就是我题目上表明的，国家与百姓有直接的关系便是。"他提出"国民"这个概念，认为中国几千年来只知有"国家"，不知有"国民"，只知"臣民"。另外从这篇议论文中我们也可以领略初期的白话的格调，不过是"写话"而已。再看一段第 1 册上的一则新闻《新政可行》："近来行新政的上谕(皇帝告知臣民的文书——引者注)很多，就像要各省各府各县开学堂的一件事，已经下了一道上谕，着各省的督抚切实的兴办起来。只是不大听得各督抚有什么动静，大约慢慢的也要办了。停捐实官的上谕也下了，听得各省的捐局里，拥挤不堪，趁着没有绝止的时候，拼命的大家要捐官(清朝买官一度是公开的——引者注)，仿佛同抢得来的一般，过期的就倒填月日，所以这几天里，报捐局异常忙碌，所收的捐银亦格外的多。又自从废了八股，各处教小孩的学堂，也有许多，就改了以前的老章程，不像从前的死读四书五经，一句都不懂了。各处的书院，也有改试策论的，也有已经停课预备改学堂的。书院里的山长，只晓得几句烂八股的，都只好纷纷辞馆……"这则新闻是讲了三件事，不像新闻，倒是在议论时政，夹叙夹议，如讽刺督抚们推行新政不力，揭露那些买官的赶"末班车"的丑态，试行新章程时，以前的冬烘先生只好辞馆等等。以后几期还有《论大家要争气出力》、《论妇女缠足的大害》和《论女学》等论说文。《苏州白话报》主要面向乡村，包天笑说："我们不愿意销到大都市里去，我们向乡村城镇间进攻。曾派人到乡村间去贴了招纸。第一期出版，居然也销到七八百份，

① 包天笑：《苏州白话报》第 1 册，1901 年 10 月 21 日出版。

都是各乡镇的小航船上带去的。”[1]有的学堂里竟以此为教材。这张报纸不知何时停刊的，我们现在能看到的是9期。

办木刻报刊，毕竟无法持久。停刊后那《励学译编》和《苏州白话报》的木版，竟堆满了一个大房间。怎么处置呢？有人说：“劈了当柴烧。”但我们至少可以从这种“最笨拙”的出版物中看到，迫切到刻字店里去用木刻版的“原始”的方法办报办刊，这种人的心是赤诚的热心者，要求弃旧图新变革的急切的意念可想而知。这些木刻报刊就像一把火，烧得民间的心也开始热乎乎了。包天笑确是一位值得我们敬仰的中国早期启蒙主义者。那些后来指认他是鸳鸯蝴蝶派的人，要末是还没有出生，要末还在穿“开裆裤”的童年。况且他以后所办的刊物，也是经得起检验的。例如他在办《小说大观》时的“例言”中宣称：“所载小说，均选择精严，宗旨纯真，有益于社会，有功于道德之作，无时下浮薄狂荡诲盗之风。”在《小说大观·宣言短引》中他还对梁启超倡导“新小说”的功绩与缺陷提出了自己的看法：“向之期望高者以为小说之力至伟，莫可伦比。……子将以小说能转移人心风俗耶？抑知人心风俗亦足以转移小说：有此卑劣浮薄纤媟狂荡之社会，安得而不产出卑劣浮薄纤媟狂荡之小说？”他在指出小说与社会的互动渗透关系之后，提出作者应该加强自己的社会责任感：如果作者自己“殆患传染病者，不能防护扑灭之，而反为之传染菌毒，势必至于蔓延大地，不可救药，人种灭绝而后止”。因此，他提出作者不能“自毒以毒人”。在这样的人头上要扣上当时作为恶谥的“鸳鸯蝴蝶派”的帽子，他怎么能够服气呢？至于关于倡导白话的问题，他也有自己的一番辩白：“倡白话文，今人均知为胡适之。其实奔走南北，创国语研究会有远在胡适之前者。”他讲了实例后就说他的创办《小说画报》就是受了这些人的启发。“故《小说画报》开风气之先，纯粹用白话也。时胡适之先生，方为章秋桐之《甲寅》杂志译短篇小说曰《柏林之围》，则纯用文言体；而创‘她’字之刘半侬先生，佐余《小说画报》中撰一章回小说曰《歇浦陆沉记》也。数年来，诸公之思想，丕然一变矣。”[2]言下之意，他在1917年1月就创刊《小说画

① 包天笑：《钏影楼回忆录·编辑小说杂志》，第167页。
② 包天笑：《钏影楼笔记——白话文之始》，载《上海画报》第115期，1926年5月27日出版。

报》,正好与胡适的《文学改良刍议》是同年同月:你刚在"刍议",而我已是一位实行者了。而《新青年》通体用白话,还是1918年5月的事。因此,包天笑着实干过几件开风气之先的事。他很有自许为早期启蒙主义者的"本钱",说他是什么"鸳鸯蝴蝶派"的首领,他只能报以苦笑而已。笔者在编选包天笑的小说集时,冠以《通俗盟主包天笑》的书名;栾梅健在撰写包天笑评传时,书名为《通俗之王包天笑》,可以想见,包天笑的在天之灵是会同意这样的冠名的,因为他在清末与民初,的确是通俗文坛中的著名作家与最有号召力的刊物的组织者。即使他晚年所写的《钏影楼回忆录》等作品,也为我们留下了清末民初时期文坛的大量珍贵史料,成为我们今天研究清末民初文坛时引用得最多的一本回忆录。

(二)

包天笑还有一个笔名叫作"染指翁",他自己为这个笔名解释道:"那是有人在什么近代文学史上写文章,以之讽刺我的。大致是在说我'作品题材多样,长篇、短篇、话剧、电影、笔记、诗歌,无不染指',读之不胜惭愧,但我又不能不承认'染指'二字……"[①]其实这与其说是讽刺倒不如说是表扬。因为在文化市场化的情况下,倒是应该具备这样的本领的,一位作家有几路笔墨,才能在市场上取得"适者生存"的优势。这也是他成为著名通俗作家的重要条件。他能用多种文艺体裁与"俗者相通"。例如他对中国早期电影国产片的贡献,是有目共睹的。不过如果要说包天笑的强项,那当然要数他的长、短篇小说了。

他的长篇代表作是社会小说《上海春秋》。我称它为"都市乡土小说"。乡土小说在我们的概念中,好像就是乡村小说,顶多是扩大而是写小城镇的小说。其实这是一种误解。这误解是新文学给我们的一种"误读"。某些后来成为新文学作家的文学青年,从自己的家乡流落到上海,想靠卖文为生,他们能写什么呢?他们能涉足的题材主要是写自己熟悉的家乡——农村或小城镇的生活,鲁迅就称他们为乡土作家,又称他们是

① 包天笑:《钏影楼回忆录续编·我与电影(上)》,大华出版社1973年版,第93页。

"侨寓作家"，就是说这些作家住在大都市，可是写不出大都市中的民间民俗生活。这些作家大多住在上海石库门房子的亭子间里，他们是都市的"侨寓"者，可是他们看不起同住在一个石库门里的邻居们，在他们的眼中周围的居民大多是封建小市民。我们不能说这些作家是以"精神贵族"自居，但他们至少有一种精神上的"优越感"。可是通俗作家则不同，他们不少作为报人，是从编"本埠新闻"起家的。上海的普通居民是他们的"衣食父母"。他们虽然不是上海人，可是能写出大都市的民间民俗生活。他们能写出上海等等大都会的沿革，城市的成型、发展的历史，他们的作品中有着浓郁的都市的乡土特色。这种民间民俗生活与茅盾所写的"社会剖析派"的小说是具有互补作用的。

《上海春秋》主要的线索是写四个富家子弟对待女性和婚姻的不同态度及其不同的结局。他指出其中的一个规律性的问题是，凡是父母包办的婚姻，没有一个是好下场的，反之，自由恋爱的，家庭就非常美满。如果这部长篇小说就是如此简单，当时虽有一定的提倡新道德的价值，但它的社会意义也是不会久长的，在今天说来，它的主题也就太一般化了。但包天笑要倡导的不仅仅是这些，而小说的主要动机是想通过这四个富家子弟的家庭透视上海社会生活的面面观。1959年，著名学者夏济安在美国一家无线电器材、五金、钟表店里发现了一批尘封的、用报纸包得好好的"崭新的旧书"。其中有包天笑的《上海春秋》、朱瘦菊的《歇浦潮》等等小说。他说："看到那些书，觉得好像中国的历史就停摆在那个时候。""最近看了《歇浦潮》，认为'美不胜收'；又看包天笑的《上海春秋》，更是佩服得五体投地。可惜包著只看到60回，以后不知那里借得到。很想写篇文章，讨论那些上海小说。"[①]夏济安所说的"停摆"非常有双关的象征意义，在钟表店里讲"停摆"是即景生情——怎么在美国的一个钟表店里有这么一批小说？但另一层意思是让我们想到"历史的停摆"——这些钟表不走了——那就是这些小说使中国的某一时期的活生生的生活，在小说中像一尊尊的"塑像"般地"凝固化"了，供我们去观览，咀嚼和品味昔日的那一段不会再现的历史画面。

① 夏济安语，转引自夏志清《爱情・社会・小说》，纯文学出版社1970年版，第232—233页。

包天笑也是从移民生活写起——内地的人都做着一个上海的黄金之梦:“人家说上海地方最好弄钱,所以说上海是个活地。因此家乡里的人都要到上海来。你自己张开眼睛瞧瞧,我们同乡里好几个人都是青布长衫一件到上海来的,到如今发了几百万财的也是有的;像我们亲戚里有好几个到上海来,也不过是外国人家当西崽,此刻那阔的是不用说了,自己可以开大旅馆大饭店……”正因为此种神话般的传说,所以,小说告诉读者,上海有一种舆论是以做“康白度”(即“买办”的洋泾浜语)为荣。连上海的乞丐在向人家要饭时都说:“老爷,量大(上海话说“大”为“度”)福大,养个儿子‘康白度’。”但是对极大多数的人说来,这种“神话传说”像美丽的肥皂泡一样,是非幻灭不可的。在包天笑的笔下写出了移民大量涌进上海,就成为各种陷阱和捕机吞噬的美味的牺牲。妇女被骗或受生活的逼迫,失去了贞操;女孩被开“银行”(上海话“人”读“银”)的鸨母买去接受专门训练,长大了做鸨母的摇钱树。做婢女则受尽各种虐待,上海是虐婢案的高发区。生活无着做了劫匪的助手,几次抢案中只分到一元钱,最终被送至华界去顶罪被送上法场的就是可怜的“乡下佬”。上海是穷人的地狱,却是富人的天堂。上海有一万辆富人的汽车,包天笑称之为“市虎”,横冲直撞,“上海地方除非轧坏了外国人,那才担心事咧……你瞧被汽车轧坏的人里有体面上等人吗?都是外乡人居多”。轧坏外国人的一条狗,赔偿五百两;轧死一个乡下老头儿,只赔五十两。至于“好人家”的青年子弟送到上海来,“上海种种的游戏地方,一处一处就是一座一座讲堂。他渐渐觉得自己有些土气,有些阿木林,便竭力矫正……”这就产生了一种思想观念上的变化,本来节俭是一种美德,可是上海却是一个盛行“炫耀性消费”的销金窟。所谓“炫耀性消费”就是处处表示自己是“大款”。开埠后的上海人渐渐认为节俭是“无用的别名”,是“无能之辈”的生活守则。只有会大把花钱的人才有可能大把地赚钱,越是有钱或装得有钱才有更高的商业信誉度。在社交场合能一掷千金,成了一种表示自己有经济实力的标志,也成了投机商人的一种普遍采用的经营策略。在《上海春秋》里,人们为了炫耀,高档珠宝、金刚钻、名表就成了豪华身份的象征,于是还出现了租赁首饰和高档家具这一行业。奢侈流风所及,就培养了一批洋场纨绔子弟。在第65回中,包天笑写谢树屏一家三代以不同的“车”代步："据说他们家里祖孙三代所坐的车子，代代进步。少爷是汽车出进，老爷是坐的马车，这位老太爷连黄包车也不肯坐。……越是老辈越省俭，越是小辈越奢华。"做大少爷的孙子不仅是一辆车，还要攀比坐新式型号的车子。那四个富家子弟中有两个嫖妓、租小房子、赌博、进舞厅、看戏捧角，样样都染上，成为洋场特有的"靡烂型"的青年。

上海更是"冒险家的乐园"，《上海春秋》是一部形形色色的上海"罪恶之薮"的大展览。做交易所、信托公司引起上海经济史上有名的所谓"信交风潮"；拐卖妇女及儿童秘设魔窟的人贩子；专门从事绑票与抢劫的匪党；买卖鸦片的地下网络与遍布全市的下等烟馆"燕子窠"；豪赌则有以千元为红色筹码单位的称为"红党"，以五百元为绿色筹码单位的则称为"绿党"；淫业则有高、中、低各种档次的妓院，还有引诱良家妇女的台基以及以色相行骗的"仙人跳"与"放白鸽"；因外乡人的涌入，造成房荒而出现的专以盘剥移民为目的的各色"二房东"；以坑害病人为专业的庸医和卖滑头药的奸商；为炫耀性消费开设的高级酒馆、茶楼、戏院，想在文化上投一把机的粗制滥造的一夜间遍地开花的"电影公司"热……真是不胜枚举，令人眼花缭乱。而包天笑却娓娓道来，读者很有目不暇接之感。这是一个摇晃流动、颠倒逆转，令人头晕目眩的世界，却像钟表"停摆"般地"凝固"在《上海春秋》之中。我们需要《子夜》和《包身工》，可是也不可缺少《上海春秋》。

（三）

至于包天笑的短篇也是脍炙人口的。他在 1909 年发表在《小说时报》上的一个 3 000 字的文言短篇《一缕麻》，到 2009 年正值百岁寿诞，居然还有机遇在近年的杂志上得以"重刊"，并且一再被改编成戏剧，至今还"大紫大红"于舞台，真可谓"历久弥新"，竟比这位长寿作家本人还要寿长。正如包天笑生前在《钏影楼回忆录》中所说的："文艺这种东西，如人生一般赋有所谓命运的，忽然交起运来，有些不可思议的。"[1]那么就在这

① 包天笑：《钏影楼回忆录·编辑小说杂志》，第 361 页。

里简介《一缕麻》的百年交运史吧。

1909 年,包天笑与陈冷血轮值主编《小说时报》,第 2 期是他“值班”,他发表了这篇《一缕麻》。作为一位多产作家,他并没有特别看好这篇小说。谁知过了六七年,梅兰芳来信说要将这篇小说改编成“时装京剧”,征得他的同意。其时他们并不相识,但鉴于梅兰芳的盛名,包天笑非常乐意。1916 年,这个时装戏不仅在京津演出,而且还献演于上海天蟾舞台。1927 年,当时的电影界著名编剧郑正秋将这篇小说改名为《挂名夫妻》,映之于银幕;而女主角是当年名扬一时的阮玲玉(这一角色是阮玲玉的“处女演出”)。1943 年,梅兰芳在上海《大众》杂志 2 月号上发表由他口述、许姬传笔记的《缀玉轩回忆录(二)》,其中有一节的小标题为《新戏感人举一实例》,主要谈控诉“盲婚”危害的《一缕麻》产生了实际的社会效应的故事。这样就引出了包天笑在同年《大众》4 月号上发表《秋星阁笔记·〈一缕麻〉》,追述他“久已忘怀”的《一缕麻》的创作经过。并于 1944 年在该杂志的 10、11 月号上连载由他“重写”的《一缕麻》,将一篇 3 000 字的文言小说改成了约 18 000 字的白话小说。也许是重新发表的《一缕麻》或是从记忆中翻出了梅兰芳的时装剧,越剧界著名艺人范瑞娟、袁雪芬又将其改编成越剧,于 1946 年在上海明星大戏院首演,轰动一时。在 1949 年包天笑撰写《钏影楼回忆录》时,他在“编辑杂志之始”一节中就说了我们上面所引的“交起运来……不可思议”的一段感慨。事情至此本来似乎就此结束了,可是改革开放之后,2004 年举办“一代风华”范瑞娟专场,范瑞娟亲点范派小生徐铭演出《一缕麻·洞房》。而上海越剧院老艺术家回顾演唱会也巡回演唱《一缕麻》的经典唱段。以此为契机,杭州越剧院决定重新排演《一缕麻》,想不到竟一炮走红。为此,2007 年《文学界》第 11 期又重刊了包天笑的这篇小说。各有关媒体也纷纷报道在杭、沪、港等地的演出盛况。2008 年 1 月 24 日的《文艺报》上还刊载了该报记者于烈的《〈一缕麻〉收获票房推出名角》的文章:现在还有什么比既能“推陈出新”、“捕捉票房”而又“出戏出名角”更好的戏改演出效果的呢。在这篇文章的结尾中写道:“原中国剧协副主席、戏剧理论家刘厚生说越剧改革成功的标志是又叫好又叫座,如果能赚钱又能推出名角就是大成功。'杭越'做到了。"[1]看来,《一缕麻》还"方兴未艾"呢！但不知包天笑的在天之灵,为他的这篇小说的"百年交运史"又发了什么新感慨?

其实这篇小说是包天笑"不经意间"写成的。故事的来源是一位"走梳头"的女仆给他夫人讲述时"旁听"来的(当时上海有一种女佣,每天约定时间到人家给太太、小姐梳头,一个早晨甚至要穿梭"走"十来家)。包天笑曾谈到他的写作经过与故事梗概:"民初编《小说时报》的时候,我也常写短篇小说,这时候还是用文言的时候多。我的取材,每喜向妇人女子口中搜集之。《一缕麻》的故事,就是向一个女佣人的口中得来的。所云某知府的小姐,与某道台的少爷,那不过信手拈来,然而男女两家都是世族,那是真的。男的是个傻子,女的是个女学生,女学生到了男家,得了白喉症,傻新郎在洞房中伺候新娘的病,以至也传染了,一病不起。等到新娘病愈清醒过来,看见头上扎了一缕麻,觉得很对不起新郎,向灵前哭拜,这些都是事实。"[2]小说的背景是清朝末年。当时子女的婚姻还是靠"父母之命,媒妁之言"定局的。在西风东渐之始,中国也初兴女学,女方已是一位女学生,知道从小父母为之定下的未婚夫竟是"傻子",也懂得西方有"离婚"一说,可是在当时的中国,在所谓"诗礼之家"的缙绅大户之间"赖婚"却是要不齿于社会的。包天笑写这篇小说就是为了批判"盲婚"的罪愆。可是女子被迫出嫁的新婚之夜,痴郎在新房中喜得只觉此身飘飘然,以至坐立不安,他想说一句话,却又不敢说,也不知说什么好,只好坐待天明;新娘见他傻气可掬,也气得一夜无眠。第二天晨装时就感到身上发热,她竟患了令人谈虎色变的"烂喉痧"。小说中这样写道:"时吴中盛疫疠,死者踵相接,蔓延之速,往往以全家十余口,不二数日尽遭此劫以去者。"于是连家中的"妪婢辈"都不敢入新房。只有"痴郎"尽心服侍,"凡汤药之所需,均亲自料理。父母强其暂避之,不听,曰:'人人咸怕疫,疫者将听其死乎? 昔我病,母之看护亦如是,我宁即死乎。'……数日后,新娘幸而从垂危中苏醒过来,转侧间,发现发髻上已是"麻丝一缕",才知新郎因侍疾,传染时疫而死。这时新娘流下了"感恩知己之泪",才知"痴郎"乃

① 于烈:《〈一缕麻〉收获票房推出名角》,《文艺报》2008年1月24日。
② 包天笑:《秋星阁笔记·一缕麻》,《大众》1943年4月号,1943年4月1日出版。

"志诚种子"。"又闻家人言,痴郎当瞑目时,尚嘱父母,善视新妇。女士闻之,益悲不可止,力疾起哭拜于灵帏。"从此"长斋礼佛","至今人传某女士之贞洁,比之金石冰雪云。"这样看来,包天笑这个短篇初衷是批判"盲婚",到后来又发现"痴郎"是"志诚种子"而"感恩"终身。从这篇"听来的"的小说中,使我们感到生活本身有时是"多主题"的。记得张爱玲曾说过:"盲婚的夫妇也有婚后发生爱情的,但是先有性再有爱……"[①]可是这位新郎对新妇,连"性"也没有,他只是在新娘垂危时用自己的"生命"作为挽救新娘的一味"药引"。

在当年,包天笑就收到一位"前卫"女士的"读者来信",大意说:"中国男女之情,向来总是说到恩爱两字,实在是恩与爱是两事,不能并为一谈。《一缕麻》中新娘的对痴郎,只有恩而没有爱。对于恩可以另行图报,而不必牺牲其爱,而尽可以另行觅我的爱人。"这位女士的意见是对的。在当时的社会氛围中确要有一股"叛逆"的勇气。包天笑明知其正确,而只能作无可奈何的辩解:"我的意思,以为人总是感情动物,因感生情,因情生爱,那是最正当的。某女士说:对于恩可以另行图报,但痴郎已死,试想何以图报之法。她自愿牺牲爱情,我们何能斥其为非呢?"[②]包天笑难于自圆其说,只好将"责任"推给新娘的"自愿"为理由了。但是后来梅兰芳出来说话了,他实事求是地讲了当时陋习的背景:"当时社会上的风气,退婚有关两家的面子,是不容易做到的。""事实上在旧社会里女子再醮,要算是奇耻大辱。尤其在这班官宦门第的人家,更是要维持他们的虚面子,林小姐根本是不可能再嫁的。"[③]包天笑是在当时的这种社会氛围中写出的小说。

梅兰芳也讲了改编的经过:吴震修先生向他推荐了这篇小说。"我带回家来,费了一夜功夫,把它看完了。也觉得确有警世的价值,就决定编成一本时装新戏。……我们编这《一缕麻》的用意是要提醒观众,对于儿女婚姻大事,做父母的不能当作儿戏替他们乱作主张。下错一着棋子,满

① 张爱玲:《国语本〈海上花列传〉译后记》,上海古籍出版社1995年版,第636页。

② 于烈:《〈一缕麻〉收获票房推出名角》,《文艺报》2008年1月24日。

③ 梅兰芳口述,许姬传笔记:《缀玉轩回忆录(二)》,《大众》1943年2月号,1943年2月1日出版。

盘就都输了。后悔也来不及了。”谁知这个戏的社会效果也是特别的好。梅兰芳举了在天津演出时的一个实例：“当时有一位万宗石先生，一位易举轩先生，两家都是很有地位的人，而且还是世家，爱好结亲，万家的小姐，许与易家的少爷，后来易少爷得了神经病，有人主张退婚，但是两家都恪于旧礼教，迟疑不决，有几位热心朋友，就怂恿男女两家的人，去看《一缕麻》，万小姐看完了这出戏，回去大哭，感动了她的父亲，就托出人来跟易家交涉退婚，易家当然没有话讲，就将婚约取消了，万家小姐不致牺牲了一生幸福。由此看来，不能说不是看了这出戏的影响。可见戏剧是游戏，对于世道人心，移风易俗的力量，实在不小……”梅兰芳在改编时觉得新娘以守节告终，就显得松懈而没有交代，“所以把它改成林小姐受了这种矛盾而复杂的环境的打击，感到身世凄凉，前途茫茫，毫无生趣，就用剪刀刺破喉管，自尽而亡。拿这个来刺激观众，一来全剧可以收得紧张一些，二来更强调了指腹为婚的恶果，或者更容易引起社会上的警惕的作用的。思想认识随着时代而进步，假如我在后来处理这类题材，剧情方面是会有很大改动的，那时候由于社会条件和思想的局限，只能从朴素的正义感出发给封建礼教一点讽刺罢了”。梅兰芳认为“我演出的时装戏，要算《一缕麻》比较好一点。……尤其是贾洪林、程继仙、路三宝这三位成熟了的演员，在这出新戏里的演技，有特殊的成就，所以观众对他们的印象都很好。贾洪林死后，别人扮演林如智，就比不上他的紧凑，观众的反应也两样了”。这里他特别表扬了贾洪林在唱腔上的创造性与上佳设计。林如智是戏中林小姐的父亲。临上轿时，女儿坚决不肯上轿，门外又频频催呼！梅兰芳认为对一个受过学堂新教育的女孩，怎样才能说得她勉强上轿，这倒的确难于下笔。在改编时，戏就卡在个“重要的关子”上。这大段的念白如果像背书似的草草了事，戏就“唱瘟”了。贾洪林一层层、层次分明地“说服”都没有用，台上的父女形成僵局，最后一层他说：“‘就算我做父亲的不好，把你许配了一个傻子。可是这门亲是你没有养下来就给你定的。也不是我一个人作的主，你那死去的母亲她，她，她，给你定下了的。如今你若是执意不肯上轿，叫为父的为难，倒也罢了。连累你那死去的母亲，被人议论，你是于心何忍，你若再不上轿，我也没有脸见人，只能找个深山古庙去躲着，了此余生算了。好女儿，你要仔细地想一想！

啊……'他说到这里,竟是声泪俱下,非常沉痛。林纫芬这才决定牺牲自己,上轿去了。由于他的演技逼真,连我这假扮的林小姐听了也感动得心酸难忍。台下的观众,那就更不用说了,一个个掏出手绢来擦眼泪,因为前面的场子,看不出他们父女间有什么恶感。相反的,林如智还很疼爱这个独养女儿……观众明白当时社会上的风气,退婚有关两家的面子,是不容易做到的,才流下了这同情的眼泪。"梅兰芳懂得其中的辩证关系:"同情"是看出了这糊涂父亲的"后悔莫及",观众流泪后的结论一定是觉得,在生活中以后千万不能再"铸成大错"！梅兰芳称道贾洪林有戏剧天才,这十段道白表情,他整整琢磨了两夜,才演得异常精彩。梅兰芳说:"可惜自从贾洪林去世以后,别人简直唱不了,都是敷衍了事,才兴味索然,所以后来我也不常演唱此戏。"①精彩的唱段与天才的演员是"复制"不出来的。

再说范瑞娟与袁雪芬两位越剧界超一流名演员"珠联璧合"演出《一缕麻》时,也有她们的著名唱段。范瑞娟饰"弱智青年"唱的"新娘子真好看,比我妈妈还好看"就是"名段",引起轰动。她演"呆大"也别具一格,既可笑又善良,突破了小生行当的局限。而袁雪芬的"洞房哭夫"也是经典唱段,新娘自谴自责,觉得情难报,恩难补,思前想后泪纷纷。演得极为动人。在20世纪40年代演出时,上座率是"十成里的十三成",简直挤破了上海明星大戏院。

但是杭州越剧院这次改编是根据时代的发展,将范、袁40年代的版本的反封建主题改为崇尚人性真善美的赞颂,将原来小说中的"喜剧因子"充分调度起来。一位真诚、善良的"弱智青年",傻头傻脑地用真情打动了被迫嫁给他的聪慧而貌美的新娘。改编者甚至不顾原作,把"演活"了的男主角在死后又被新娘"哭活"了,而且也不再是"呆大"了。从"活"到"死"是令人信服的,可是从"死"到"活",难免牵强,可是却乐坏了在场的观众。这是观众并不追究"牵强不牵强"的一种期待视野。它与《梁祝》里的"化蝶"性质类同。2007年在上海逸夫舞台首演结束时观众竟10分钟不肯退场,只好连连谢幕。而当62年前演出该剧的范瑞娟、袁雪芬最

① 于烈:《〈一缕麻〉收获票房推出名角》,载《文艺报》2008年1月24日。

后也登台与今天的观众见面时，场面之火爆就更难想象了。老树开花结硕果，看来百岁《一缕麻》成了"模范越剧"，还要"火"下去的。

我们上文将若干大师级的演员梅、范、袁的精湛的演出说得"神采飞扬"，又看到舞台上后继有人，更是欣慰。包天笑这篇小说，也就算是"大交红运"了。可是我们也得去想想，这篇《一缕麻》的确是极有戏剧性的一团"酵母"：既有不易调和、实际上也颇为尖锐的戏剧冲突，又能在一个悲剧框架下还饱含着"喜剧因子"。在许多作家笔下，有教育意义、有警世作用的小说也有的是，为什么梅兰芳偏偏会看中它，这就是因为它富有戏剧因子，对梅兰芳产生了吸引力。包天笑在1944年重写《一缕麻》，将它改成白话小说时，虽然扩写到了约18 000字，但他丝毫没有改动1909年的3 000多字的文言小说的主干情节，不过他又增加了许多可以发挥的"喜剧因子"的生动细节。当某女士的母亲逝世时，女方为了"测试"未来的女婿的"智商"，就要他亲来吊唁。男家在自己家中也只好不忌讳，摆开了阵势，请了专人"培训"了三天，然后铺排盛大的"仪仗"到了女家，可是一下子训练的东西全乱了套，读来令人忍俊不禁；而当写到新婚之夜，他又对新娘喜爱得"手足无措"，竟达到了喜极失语的飘飘然境界；而在侍疾时又流露出那份真情，他宁可自己"以身相代"新娘的沉疴：家人要他避开，"'新娘子病了，'他说，'我情愿替了她的病。''别的可替，病是不能替的。'人家这样劝告他。'不能替，我偏要替。'他说，'我记得我病的时候，吾母亲也服侍我，因为母亲疼我。我现在服侍新娘子，因为我也疼新娘子，我舍不得离开她。''但是你从前所患的病，不是那种险恶的传染病。这是一种险恶的传染病，传染着了，便要死的。''死就死一回也不要紧，'他说，'倘然人人怕死，病人大家都不管她，她自然更活不下去了。'"新娘在半昏迷中，也深感其"意至诚恳"。直到这位弱智青年将瞑目时，"还悬念新妇病状，他嘱咐他的父母，以后要好好看待她，疼爱新妇，即是疼爱儿子"。这小说侧重于悲剧，还是向喜剧倾斜，它的"多主题"反而令人感到其富有"弹性"，这几次改编都能脍炙人口，说明它确是这几个戏的"不朽之魂魄"，而其中那种淳朴诚良的人性，至善至美，却仍能在21世纪的越剧舞台上红极一时，大有"百岁挂帅"的英豪之气。对于包天笑的长篇和短篇小说，我们仅以他最有代表性的《上海春秋》和《一缕麻》为例，而且讲了一个《一缕麻》的百年再生力富有传奇性的故事。《一缕麻》被梅兰芳等大师和剧界名演员给无限放大了它的潜能，而且产生了一定的社会效能，在中国当时的社会景况下，产生了启蒙效应。而《上海春秋》则充分体现了包天笑对“乡民市民化”的人文关怀。

（四）

包天笑是一位十八般武艺件件拿得起来的多面手。他对中国早期的电影事业也作过重要贡献。我国的国产电影虽然诞生于 1905 年，但真正步入较为正规的创业阶段则是 20 世纪 20 年代起始的。其时，电影业的龙头老大明星影片公司成立于 1922 年，该公司之所以能蒸蒸日上是因为公司的核心人物很有事业心：郑正秋掌控编剧，张石川主持导演，周剑云分管经营，这也算是当时影剧界的“黄金搭档”了。可是公司初办时，深感“剧本荒”。于是在 1924 年郑正秋改编了徐枕亚的《玉梨魂》，取得了一定的经济与社会效益。因此，郑正秋认为要解决“剧本荒”就非要得到当代作家的支持不可。那时，新文学家还看不起中国初兴的国产电影，他们往往热衷看外国影片，上海当时有若干电影院就是专演外国片的。中国左翼作家与郑正秋等人合作、进军电影事业还是在“九一八”和“一・二八”以后的事。那么，在 20 年代，郑正秋就只能去向所谓“鸳鸯蝴蝶派”作家请教了。郑正秋首先找的就是包天笑，请包天笑“出山”。包天笑回忆道：

> 有一天，郑正秋便到我报馆里来了，他说：“明星公司要拜托先生写几部电影上的剧本，特地要我来向你请求。”我说：“你们真问道于盲了，我又不懂得怎样写电影剧本，看都没有看见，何从下笔？”正秋道：“这事简单得很的，只要想好一个故事，把故事中的情节写出来，当然这情节最好是要离奇曲折一点，但也不脱离合悲欢之旨罢了。”我笑说：“这只是写一段故事，怎么可以算做剧本呢？”正秋说：“我们就是这样办法。我们见你先生写的短篇小说，每篇大概不过四五千字，请你也把这个故事写成四五千字，或者再简单些也无妨。我们可以把这故事另行扩充，加以点缀，分场分幕成了一个剧本，你先生以

> 为如何？”……这个所谓电影故事、电影剧本，我从来未写过，倘如现在郑正秋所说的，那真是简单不过的，也何妨尝试一下呢。我还未及回答正秋的话，他又说道：“明星公司同人的意思，请你先生每月给我们写一个电影故事，每月奉送酬资一百元，暂以一年为期，但电影故事可以慢慢地写，最好先把你的两部长篇小说《空谷兰》与《梅花落》，整理一下，写一个简要的本事，我们很想把你的两部小说拍为电影，想不见拒吧。”①

可见当时对“电影剧本”的要求也是很低的，只要有一个“离奇曲折”一点的故事就行了。因为那时还是“默片时期”，电影还是一个“伟大的哑巴”，即是我们现在所说的“无声电影”。它还用不到台词、对话之类。《空谷兰》是包天笑根据日本作家黑岩泪香的《野之花》翻译的，而黑岩泪香又是根据英国亨利荷特的创作小说译成日文的。当时有一种叫做“豪杰译”的译文，这一名词来自日本，明治初年日本译者常将原作的主题、结构乃至人物均作修改，再将小说中的人名、地名、称谓、典故乃至生活习惯统统改成日本式。而中国译者从日本转译时，又将日本化了的西洋原作再作一番中国化。包天笑的《空谷兰》就属于“豪杰译”，改头换面，变成了一个中国故事，先连载于《时报》，于 1908 年由有正书局出版单行本。《梅花落》也是翻译的日本小说，于 1910 年由有正书局出版单行本。

《空谷兰》的故事是写一个富翁与一个很善良的女子结婚生子，后来他又另有新欢，便遗弃了前妻，与新欢结婚。后妻成为主妇后，自己没有生育，为了夺取家产，就千方百计谋害前妻所生之子。前妻虽然离异，但她思子心切，就改容易貌，作为女佣出入富翁之家，以保护亲生子。后妻以毒物置于其子饮食中，幸有一医生给前妻一瓶药可救儿子的生命，但后妻又欲偷这瓶药，于是两女相争斗，后妻的狰狞面目才暴露无遗。一日后妻出门坠车而死，富翁与前妻和好如初。包天笑在写回忆录时说：“当时上海的观众，却喜欢看此种情节曲折的悲喜剧。”②但包天笑与郑正秋在

① 包天笑：《钏影楼笔记——白话文之始》，第 95—96 页。
② 包天笑：《钏影楼回忆录续编·我与电影(下)》，大华出版社 1973 年版，第 99 页。

拍摄这部电影时也注意到剧本中应有一定的教化作用。在郑正秋撰写的《摄〈空谷兰〉影片的动机(上)(下)》中说,他们在拍摄电影时注意到的是自由恋爱与婚姻问题、大小家庭的优劣问题、亲子之爱和儿童教育问题等等几个方面。至于《梅花落》情节更为复杂,有上、中、下三部,这里就无法再复述了。但类型是与《空谷兰》基本相同的。

《空谷兰》映出后,连连满座,使包天笑与明星公司均大喜过望。双方此后的合作就更加紧密,包天笑或创作或改编了当时很有影响的若干电影剧本。例如《可怜的闺女》是根据他的小说《诱惑》改编成电影的,主要是揭露和控诉上海的"拆白党"对妇女的诈骗与摧残。当时的评论认为这部电影是"针砭末俗,劝惩并重",也警告"万恶拆白,法网难逃"。其他包天笑还写了有关妇女问题的剧本如《她的痛苦》、《富人之女》等等,反映良好。影响更大的是包天笑将托尔斯泰的《复活》改编成一个中国化了的故事。观众看了十分感动。包天笑一直到老年,也还念念不忘其中的精彩片段。如他谈到过片中女主人公绿娃(相当于托翁《复活》中的玛丝洛娃)"追火车"这一幕:

> 为了有一场"追火车"的外景,明星公司已与上海火车站商量,得其同意,作实地映摄。那天的(杨)耐梅真卖力,一面追火车,一面作出颠跌之状,颈上的围巾,被风飘去也不管,直追至月台尽处,怏怏而归,满面失望悲哀之色,真演得入情入理呢。这还是无声电影呀!但这一场真是"此际无声胜有声",大家一望而不觉得悲从中来的。……(托尔斯泰的)书名曰《复活》。我拟的剧名也是《复活》,但郑正秋一定要加上"良心"两字,这剧名叫做《良心复活》。这是他们的生意眼,怎么依你书生之见作主观呢?①

包天笑改编作品时,往往将结局处理成大团圆,大概也是迎适一般市民观众的心理与期待视野。《良心复活》中的忏悔者道温与绿娃后来就结为夫妻了,在剧本中写道:"道温携绿娃归,以尽其补过之道。"包天笑改编

① 包天笑:《钏影楼笔记——白话文之始》,第103—104页。

别人的作品，而其他人也改编他的作品映之于银幕。如他的短篇《一缕麻》被郑正秋改编成电影《挂名夫妻》，他的译作《苦儿流浪记》又被郑正秋改编为电影《小朋友》。关于《挂名夫妻》更有一层值得纪念的是，剧中的女主人公是后来成为"默片时期"鼎鼎大名的明星的阮玲玉第一次上银幕，真是名副其实的处女作了。

包天笑不仅在创作和改编电影剧本方面有一定贡献，而且也以善写"说明"而著称于影剧界。因为那时是"默片时期"，所以除了编剧之外，还要有一个写"说明"的人(有时是编剧兼写说明)。"说明"就是写"字幕"。包天笑在《说字幕》一文中介绍了他关于写"字幕"的经验："影剧者，无言之剧也，于种种表现中，失一语言之重大条件，于是欲以文字弥其缺，则谓之字幕。……盖字幕之优劣，有左右电影之力量，佳妙者平添无数之精彩，而拙劣者，减削固有之趣味。"由于包天笑擅写"说明"，因此明星公司郑正秋编剧时，大多请包天笑执笔写字幕，包天笑很幽默地说："那些女明星，不过樱唇一动，而我们就要代她说出一句话儿来，并且这话儿一定要说得相当得体。我笑说，我们做八股文，人家说是'为圣人立言'，现在做'字幕'，却是为女明星立言了。"①他是写小说的，这种"立言"对他说来，真可谓驾轻就熟的事。如由他作编剧兼说明的《空谷兰》简直成了明星影片公司的"保留剧目"，胡蝶成了"影后"之后，明星公司又改由胡蝶为女主角，重新摄制新版的《空谷兰》。1935 年 2 月，周剑云、胡蝶组团赴苏联参加国际电影节，新版《空谷兰》一片也"随行"，以后在德、法、英等国公映，反响也很热烈。

包天笑的"触电"，不仅是他个人对中国早期电影作出了贡献，而且还带动了一批通俗作家"从影"。当然，在包天笑之前，写《歇浦潮》的朱瘦菊(海上说梦人)就改行成为电影界人士，不仅搞编导，后来还成了大中华百合影片公司的总经理。包天笑与他的身份不同，包天笑还是以写小说为主，而仅是"客串"电影而已。这样就带动了一批通俗作家到电影界"客串"编剧和写说明。因为有包天笑这样一个成功的范例，各影片公司也就很欢迎通俗作家介入电影创作。对通俗作家说来，他们也觉得像朱瘦菊

---

① 包天笑：《说字幕》，载《明星特刊》第 5 期，《盲孤女号》，大东书局 1925 年 10 月出版。

那样纯粹是“转业”，他们办不到，但像包天笑那样，作为业余的电影工作者，倒是有利而无害的，不妨可以一试。在这些客串电影者中有程小青、周瘦鹃、姚苏凤、郑逸梅、严独鹤、徐卓呆、顾明道、张碧梧、陆澹安、徐碧波、王钝根、施济群、范烟桥等等。从而基本上解决了20世纪20年代国产电影的“剧本荒”问题。

上文简介了包天笑作为报人、作家、电影工作者的成就，作为多面手，他还有许多翻译作品，但是他的外文并没有过关，因此与人合作翻译者居多，而像《馨儿就学记》等传播很广的译作，也属“豪杰译”，一百段故事，他只译了近五十则，同时也将自己的创作插入其中。但是根据当前国外翻译学中的“文化转型”理论，这种译风在现代文学的早期翻译中出现是毫不奇怪的，这种“文化转型”理论认为，为了使本国人便于接受陌生的外国生活故事，作一定的改动以符合本国的文化传统，后人当然可以加以指述，但也应有某种表示理解的愿心。同样，我们对包天笑的名言“拥护新政制，保守旧道德”[1]，也应与他的作品结合起来予以解释。因为“旧道德”与“封建道德”之间还是不能画上等号的，在“旧道德”中应该包含着两个组成部分，一是“封建性的糟粕”，一是“民族传统美德”。而从包天笑的作品实践而言，我们可以肯定他的作品中的“旧道德”还是以宣扬“民族传统美德”为主的，这是从属于“旧道德”中的精华而非糟粕部分。包天笑自述是被梁启超的“大炮”轰醒的，他以“启蒙”和“催醒”为“王牌”，颇有愿意“为王前驱”的志愿与决心。

---

① 包天笑：《钏影楼回忆录·编辑小说杂志》，第391页。

◎ 徐枕亚小像

◎ 吴双热小像

◎ 【左】被新文学家封为鸳鸯蝴蝶派开山祖徐枕亚的代表作《玉梨魂》的封面。【右】被新文学家称为《礼拜六》派的代表刊物《礼拜六》创刊号封面。

◎　吴双热《孽冤镜》封面

骈俪名作：哀情小说
——《玉梨魂》和《孽冤镜》

符霖已在1906年，以他的哀情小说《禽海石》对“更定婚制”作了一次猛烈的抨击。他的矛头直指亚圣孟子的语录：“不待父母之命，媒妁之言，钻穴隙相窥，逾墙相从，则父母国人皆贱之。”（《孟子·滕文公下》）这是一个对男女婚龄青年的严重警告，两千多年来，使所有的婚龄青年胆颤心惊。可是到了19世纪末20世纪初，欧风东渐，自由婚姻的“诱惑”，必然会与中国固有的孟氏“规则”发生冲撞，就像冷暖气流在高空交汇，发生强对流天气，会有暴风雨与冰雹一样。可是那时的欧风东渐还不够强劲，而“父母国人皆贱之”的高压中心，还可用烈日烤炙得青年们只能躲到父母与媒妁的荫蔽之下。符霖式的一次冲击是无法撼动两千年的铁律的。于是就有一股新的创作潮流出现，他们的调子远远不及符霖的高，但是他们比较真实地写出了在老旧婚制下的青年们的终生痛苦，同时也反映出他们在千年铁律下的胆颤心惊的内心世界，他们描绘的是中国当时大多数青年的思想现状，倒反而引起了共鸣与共振，虽然他们是懦弱的一群，但是至少向外间传达出一个信息：在旧婚制深渊中有多少青年等待勇敢的人们去救助。他们就是徐枕亚笔下的何梦霞、白梨影们，吴双热笔下的王可青、薛环娘们。

徐枕亚（1889—1937），常熟人。原名觉，别署泣珠生、东海三郎等，南社社员。他的《玉梨魂》亦真亦幻。“真”是指小说有他自己的较多的自叙成分，“幻”是指在几个关键情节上，又经过了他的虚构。1909—1911年，他在无锡鸿山脚下西仓镇鸿西小学堂任教，借寓于离校很近的名书家蔡荫庭故家，并兼任他家的家庭教师。蔡家有寡媳陈佩芬出身书香门第，她的儿子梦增从徐氏读。徐枕亚与陈佩芬从相互倾慕到发生热恋，暗中常有书信往来与诗词酬答。尽管当时礼防甚为森严，可是他们的有利条件是以陈佩芬的8岁的儿子为传递信札的青鸟。不过碍于封建礼教的束缚，不仅是为了陈氏的名节，也为儿子梦增的前途计，终于不敢仿效司马相如和卓文君的"叛逆"行为。为了报答徐枕亚的爱情，陈佩芬用"接木移花之计，僵桃代李之谋"，千方百计促成小姑蔡蕊珠与其结婚。在这一段自传的基础上，徐枕亚作了重要的情节虚构：梨娘以身殉情；小姑筠倩因不满梨娘所介绍的夫婿而郁郁殒亡；梦霞阵亡于辛亥武昌之役。这三位主要人物的结局的改变，使这部小说成为一个彻头彻尾的悲剧。它的控诉力量就大大增强了。梨娘是一位美丽的至情人，但当时的社会却只能让她空耗她的如沸的至情，直到烧干她的美丽的躯体。小姑筠倩是一位过去中国文学中所没有的形象，"从思想上来说，要说有一点新东西，那就是女主人公的小姑，是个女学生，她迁就嫂嫂的要求，订了婚，但她觉得在这个事情上，丧失了独立的人格，因此她觉得痛苦，最后她死掉了，这一种觉得自己丧失了独立人格因而痛苦的思想，是传统的文学里面所没有的，这是一种新的思想，……"[①]而梦霞的殉国，当然更为"崇高"。这三位主人公死得精光，使当时的许多青年同声一恸。我们不得不钦佩徐枕亚"炮制"哀情的本领。

常熟近代文学研究专家时萌近年来对《玉梨魂》的原型与本事有重大发现，曾撰文《〈玉梨魂〉真相大白》[②]，时萌说："鸳蝴派老作家范烟桥在《民国旧派小说史略》中竟断言这部小说多虚构夸张之词，而徐枕亚在《玉梨魂》续篇《雪鸿泪史》序中言：'余著是书……脑筋中实未有"小说"二字，深愿读者勿以小说眼光误余之书。'"其实，就基干本事而言，当然徐枕亚是对的；可是从三位主人公的大结局的虚构而言，范烟桥也没有错。而且从这些虚构情节中，也的确看出了徐枕亚的结撰小说的才能。正因为有这样的虚构，在文坛上出现了为当时要探求的社会热点——婚姻问题而专门设置的一类哀情小说，它有别于苏曼殊的永恒的哀情；它调门没有符

① 章培恒：《古代与现代：有倾向性差异但无截然分界》，《中华读书报》，2000年9月20日。
② 时萌：《〈玉梨魂〉真相大白》，载《苏州杂志》，1997年第1期，第55—57页。

霖的《禽海石》高，却比符霖的小说冲击力大。从《玉梨魂》出版至今，80多年过去了，《〈玉梨魂〉真相大白》提供的材料，的确为我们提供了真实与虚构的一个生动的例子，下面摘引其中的数段：

最近从一徐姓藏家处发现徐枕亚与青年寡妇陈佩芬的往来书札唱和诗词93页，经对照《玉梨魂》，考核内容，对照徐枕亚流传于世的笔迹，并以宣纸上所印的宣统的年号，无锡北门塘经纶堂刷印字样为佐证，可以确证这些旧件乃《玉梨魂》故事蓝本，也可以认定这确是纪实性文学，是一篇人性受扼的血泪史。

《玉梨魂》中有梦霞啮指挥血作书以表深情之举，两人信札中确也有之，陈氏含泪向爱弟作复之札云："昨午接血书，如摘我心肝，见字此时心实痛难止，不如速死……"又云："午得手书，悉欲我从，岂有不肯相从之理，感情不弃，后为久聚。亦有一言，须梦儿成婚，不死当从。忆昔至今，两情愿不是独活的局面了，再加各存血迹，作可算铁证，此生血点惟尔能得，手迹更为独取，身亦为誓有，心为情死，何事不可。"

然而，实有人物陈佩芬，年青寡居而渴求情爱，倒更属人之常情。从陈氏致徐函中可见其企盼与情侣见面之情若大旱之望云霓，诗云："步步凝寒露滴垣，可怜归路暗黄昏，残月虽明恐易散，候到三更未掩门。"信云："君情既若此，我何忍乎……我处早已妥排，老姑小女宿外处，夜则无人在内，惟一主一婢，若蒙文星光临，我门户不扃。""君必欲相见，不难，假日开后门，我可到你处。"……之后幽会增多，恋情益炽，从陈氏诗中可窥见消息，如："深夜相逢阳气和，谁知巫峡梦是多，若能同剪西窗烛，再托阳台赴飞蛾。"又如："相敬相爱两情真，携手频头笑语亲。一双暗渡谁知觉，伤心不是莲枝人。"又如："死生为我意中人，此度欢心足算真。漫望云行何处聚，从今鱼鸟永相亲。"还有一些信函涉及两人帏秘之事，亦足见他们敢冒天下大不韪之勇气。他们与相如文君自比，信誓旦旦，从陈氏信札中常见这些坚持不渝的表白……

宣统二年(1910)冬，徐枕亚与蔡蕊珠结婚。这段孽缘似未了，又总算结局了。一大堆故纸记录了一段血泪情缘，深埋于尘海八十几年。而今揭开真相，已是换了人间。

在生活中他们“暗度陈仓”，是属于司马、文君的“地下状态”。这也是他们对封建礼教的一种“叛逆”，虽然不是公开的。总没像在小说中一再所强调的，而且是非常一本正经地宣扬“发乎情止乎礼”。问题是徐枕亚为什么一方面在生活中并不是“发乎情止乎礼”，而在小说中要如此“道学腔”呢？这是他的“虚伪”，还是出于其他因由的“需要”？我觉得我无法回答徐枕亚是否是个“虚伪”的人，因为我没任何根据，不能妄评。但从当时的环境而言，他恐怕是出于一种应付外界压力的“需要”。他的小说在“发乎情”方面已经写到了极限，他一定要在“止乎礼”方面取得一种“平衡”才能使他的书公之于世。《禽海石》的调子唱得再高，它在这方面还是有所顾忌的，因此要一再声明：“其实我与纫芬彼时的交情，却是以情不以淫，在情性上相契，不在肉欲上相爱……”在当时，在“性”的一层纸是无论如何不能捅穿的。否则在当时的中国，真要成为“父母国人皆贱之”的了。因此，生活中的陈佩芬敢于捅破这层纸，是准备以生命相搏的。她既然说了“身亦为暂有，心为情死，何事不可”这样的话，说明她是有了思想准备的。

这里引用当年的一封读者来信，表示当时的社会的氛围与外界的气压：

比来小说杂志，树立风行。裨益社会者固不少，而病毒社会者，则令人痛心疾首，而莫可补救，迹其病根，率由于投恶社会之嗜好，顺劣少年之要求，一面图营业之发达，一面博下流之虚誉，以致日趋日下，人心风俗，因以偷诈，青年儿女，堕入迷途。在家为败子，在社会为蠹物，在国家为民贼。……夫小说之所以毒人者，其最要之原因，莫如借情之美名，行欲之事实，为祸之烈，有非言喻。盖人非木石，孰能无情。情本乎天，欲本乎人，而人每为欲所胜，天生之情遂一变而为欲矣。近世之小说，每蹈此弊，忧时之士，欲杜此弊……今欲从根本之补救，吾以为小说仍当言情。言情当本乎爱，而首当绝欲，欲绝则无私而不淫，爱真则益人而济世，……使今后情欲的文字，不复为害青年，一面又以有兴味有裨益圣洁的之爱情文字，唤醒青年固有之天真，培植其天赋之道德，展发其应有之智慧，竭尽其所有之能力，加以男女爱情之补助，以福利我中国，日趋文明，为世界大同之先锋……①

看来这位读者的来信还不是太“道学”和“冬烘”的，他还是要文学作品反映青年的纯洁之爱情的，并不是提倡“父母之命，媒妁之言”者。但是他这么“情”呀“欲”呀地说了一大通，试问，这标准又何在呢？又以什么为界线呢？一谈起情，他就“本乎天”、“本乎爱”地称颂一番，一说到欲，他就咬牙切齿地咒之曰“败子”、“蠹物”、“民贼”。看来当时作品涉及爱情题材时，都应“宁紧毋松”为好，就像以前我们遵循的“宁左毋右”一样。因此，不必去问徐枕亚的主观动机是什么，写寡妇恋爱，当比青年男女之爱情，更应当把持得“紧”些，再“紧”些。见面只能是“两次”，见了面连一根小指头也不能碰一碰，以表示其是“止乎礼”的典范。但读者读到的是什么呢，是他们的“情之奔放”与“爱之受抑”，那么综合其社会性效果来看，这种哀情小说还是能取得广大读者的同情和认可的，而且会在读者心中存下一个大问号的。直等一位勇者来发表《我之节烈观》！

“《玉梨魂》一书，既轰动社会，上海明星影片公司把这部小说，由郑正秋加以改编，搬上银幕，摄成十本。张石川导演，王汉伦饰梨娘，王献斋饰梦霞……演来丝丝入扣，且请枕亚亲题数诗，映诸银幕上，女观众有为之揾涕。既而又编为新剧，演于舞台，吸引力很大。那《玉梨魂》一书，再版三版至无数版，竟销三十万册左右。”②但是由于当时徐枕亚在《民权报》编辑新闻，为附刊写稿纯属义务，出版单行本后，亦未得到利益，几经交涉，收回版权，但翻刻者又甚多。后来徐枕亚灵机一动，托言发现了何梦

① 陈攸序：《来函》，载《小说时报》，第 27 号，1916 年 7 月出版。

② 郑逸梅：《我所知道的徐枕亚》，载（香港）《大成》，第 154 期，1986 年 9 月 1 日出版，第 36 页。

霞的亲笔日记，实际上是由他执笔再撰写一部日记体的《雪鸿泪史》，加入了许多缠绵悱恻的诗词书札；出版单行本时，干脆将《玉梨魂》作为购买《雪鸿泪史》的赠品，以此法进行推销。

在文字上，当时正是一个尝试小说的“变格文体”的时期。林纾用史汉古文译小说，梁启超用他的新文体，何诹用文言散文体式写《碎琴楼》，徐枕亚则用《秋水轩尺牍》和《平山冷燕》的笔法写《玉梨魂》，开出一条四六骈俪体小说的路子。对《玉梨魂》骈俪体的流行，当时人陈小蝶与杰克（黄天石）均有所解释：

> 时林琴南用古文来译英国小说，一般读者都感觉艰深，对包天笑、黄摩西用白话来译小说，又感觉到太洋化，对于徐枕亚的四六文言，乃大起好感。尤其这种有妇之夫（此处有误，梦霞并非有妇之夫——引者）和一个寡妇热恋的故事，认为这是对旧礼教的宣战，于是《玉梨魂》便成了一种文派，效学他而后来著名的有吴双热、孙了青、程瞻庐、顾明道、程小青、李涵秋、周瘦鹃，……所以有人替他们安上一个徽号叫“鸳鸯蝴蝶派”……①
>
> 那时候小说的作风，不是桐城古文，便是章回体的演义，《玉梨魂》以半骈半散的文体出现，以词华胜，确能一新眼界。虽然我前面说过，文格不高，但在学校课本正盛行《古文评注》、《秋水轩尺牍》的时代，《玉梨魂》恰好适合一般浅学青年的脾胃。时势造英雄，徐枕亚的成名，是有他的时代背景的。②

徐枕亚还有“状元女婿”之称。其实他与陈佩芬的小姑蔡蕊珠结婚后，非常恩爱。后蔡病逝。徐枕亚曾写悼亡诗百首，刊于报端。使一位爱读《玉梨魂》的女读者更为之倾倒，一定要嫁给徐枕亚，这位女读者就是清朝末代状元刘春霖之女刘沅颖，结婚后由于性格与生活习惯的不相协，也并不

---

① 陈定山：《春申旧闻》，转引自《中国近现代通俗文学史（上）》，江苏教育出版社 2000 年版，第 275 页。

② 杰克：《状元女婿徐枕亚》，载《万象》（香港），第 1 期，1975 年 7 月 1 日出版，第 43 页。

幸福。刘沅颖亦早逝。徐枕亚在抗战初兴时，于故乡常熟贫病交迫而死。

在《民权报文艺附刊》上与《玉梨魂》同时刊载的有吴双热的长篇哀情小说《孽冤镜》。

吴双热（1884—1934），与徐枕亚同乡，原名恤，这“恤”是由“心”与“血”两字组成，所谓“双热”就是取其热心热血的意思。他在《孽冤镜·自序》中说：“嗟乎！《孽冤镜》胡为乎作哉！予无他，欲救普天下之多情儿女耳！欲为普天下之多情儿女，向其父母之前乞怜请命耳！欲鼓吹真确的自由结婚，从而淘汰情世间种种之痛苦，消释男女间种种之罪恶耳！”这部小说很契合当时青年追求婚姻自由的社会热点，因此也风行一时。但是小说也深烙着当时的时代印纹。一方面他在小说中痛斥父母在儿女婚事上的专制，另一方面又乞求父母给予子女以自由结婚的恩赐。这种心情也是与徐枕亚的“宁紧毋松”是一样的。因为这些作者的儒家风范是从小就深受熏陶的，要他们彻底决裂，也是不容易的。他们总认为寡妇不能再婚是不合理的，但礼防也是必要的，否则就会淫欲横流，天下大乱了。子女应该有婚姻的自由，但父母的意志也是要遵从的，否则也要不成规矩，国将不国了。因此，吴双热在情节处理上，主要是否定父母以“钱”、“势”为婚嫁的准则，而不从子女的终身幸福考虑，这样的父母之命才能“痛斥”，而无“犯上”之嫌。王可青的父亲是两淮盐运使幕僚，先为儿子娶盐商之女，此女丑而悍，三年后病故。王可青好不容易又有了“自由之身”，自己在游常熟尚湖时邂逅薛环娘，由其友“双热”从中撮合。遂即双方赋诗证盟，环娘老母觉得未来的女婿颇为合意，欣然订婚。正要回苏禀告父母，孰料其父为高攀而于三天前为他聘定长官之侄女素娘，坚不同意薛环娘为儿媳，而且逼王可青与素娘成婚，又将其软禁在家中。素娘美而骄，将利欲熏心的公婆也不放在眼中，最后，竟挟其陪嫁之金箧田册自去。这时再去找环娘时，才知环娘听到王可青成婚之事，已触壁殒亡，她的在病中的老母亦一命呜呼。王可青祭悼环娘之墓后，也自缢于墓旁。吴双热在小说中大声斥责：“可青之父，专制之魔也。”

误煞千百辈青年儿女，父母之命，媒妁之言，实婚姻问题上之大恶魔也。晚近世人心不古，父母为子女缔婚姻，所注意者富与贵，媒介为两间作绍介，每信口天花乱坠，妄为撮合之山，宜乎十八九成恶姻缘也。

况晚近世欧风东渐，结婚竞尚自由。此风苟盛行，则爱情之交涉史上，当消灭几多罪案，亦当捐弃几多恨事，行间内无怨女，外无旷夫；自由之美果，不甚圆满乎？

这部《孽冤镜》"既痛斥父母专制，又乞怜于父母恩赐"，它的不彻底性显而易见，但它是一个"台阶"，使读者深恶父母专制婚姻的不合理。那么出路在何处呢？胡适的《终身大事》给了人们以响亮的回答："此事只关系我们两人，与别人无关，你该自己决断。""这是孩儿终身大事。孩儿应该自己决断。"[①]这就又跨上了一级"阶梯"。正像读者在读了《玉梨魂》后，觉得梨娘面前难道只一条殉情的死路吗？在这个问号面前，鲁迅指出："社会上多数古人模模糊糊传下来的道理"，组成了一个"无主名无意识的杀人团"。现在就是"要除去虚伪的脸谱。要除去世上害己害人的昏迷和强暴。……要人类都受正当的幸福"。[②] 于是中国人在节烈问题上的认识，又登上了一个新的平台。《玉梨魂》与《孽冤镜》连载于 1912 年，但《我之节烈观》刊于 1918 年，《终身大事》刊于 1919 年，问题的提出，到响亮的答案皆在 10 年之间，就是在这 10 年中，中国的老儿女提出的问题，中国的"新青年"作了回答！我们不能不看到这新老之间的连锁反应与默契传递！

① 胡适：《终身大事》，《中国新文学大系·戏剧集》，上海良友图书印刷公司 1935 年版，第 8 页。

② 鲁迅：《我之节烈观》，《鲁迅全集》，第 1 卷，人民文学出版社 1963 年版，第 244 页。

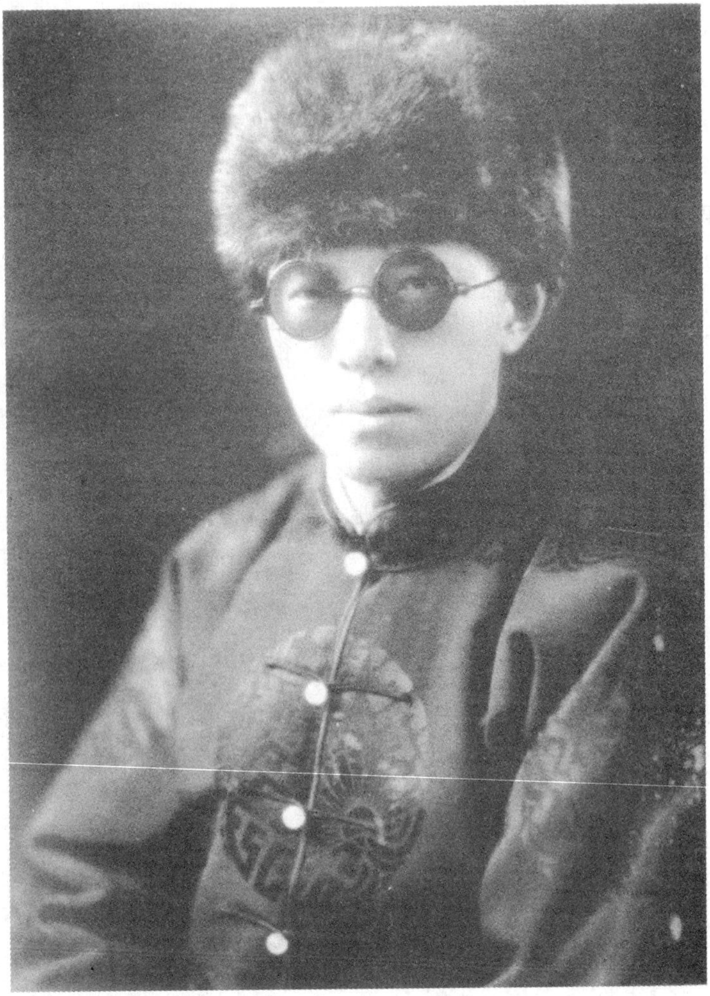

◎ 周瘦鹃青年时的小像

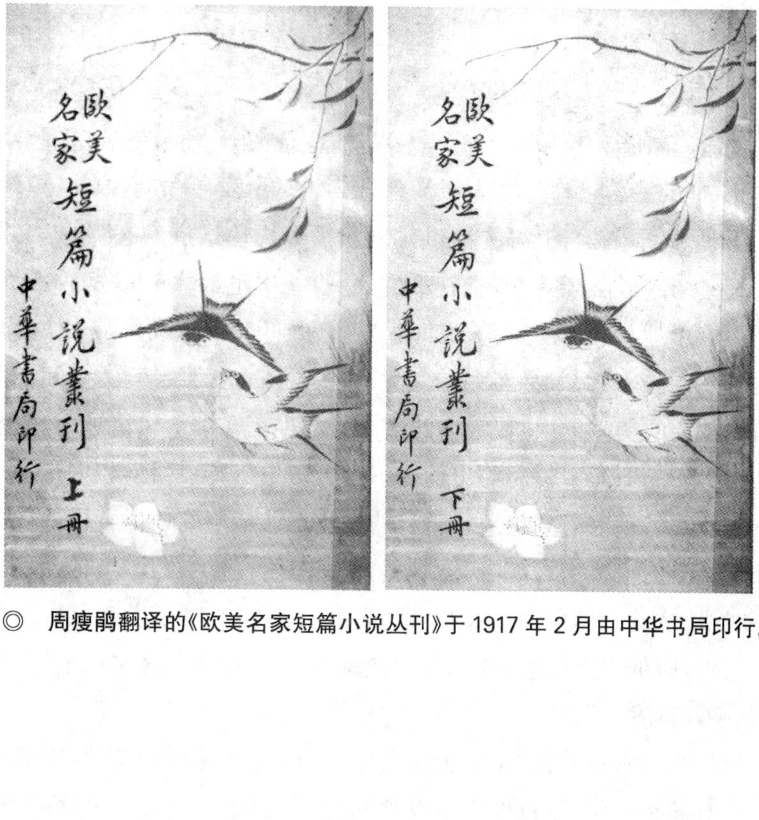

◎　周瘦鹃翻译的《欧美名家短篇小说丛刊》于 1917 年 2 月由中华书局印行。

全能园丁：周瘦鹃论

(一)

周瘦鹃，1895 年生于上海。16 岁，他还是中学生时，就试探着走上写作之路，他的第一篇作品发表于清朝末年——辛亥革命前夕的 1911 年 6 月。不久，民国肇始，上海的都市化进程呈更快速推进的态势，一个国际性大都会的雏形已巍立于黄浦江之滨。第一次世界大战爆发后，趁着西方列强忙于战事，无暇旁顾，上海民族企业迎来了持续发展的“黄金时期”。经济的繁荣为丰富多元的文化事业提供了广阔的发展空间。而上海市民社会的初步形成，使晚清的文人情趣也正在被市民情趣所替代；一批从“文士”的旧卵中破壳而出的知识分子则更将传播西学和为市民大众文化事业效力视为当务之急。新型的文化事业运用商业经营模式成为现代都市生活的重要组成部分。周瘦鹃生逢其时，也生逢其地，他抓住这个大好时机，从业余创作而正式“下海”成为职业作家，凭借着现代媒体的优势与伟力，以他多产的著、译、编，很快就在上海市民大众文坛上“声誉益隆，几乎红得发紫”。[①]

周瘦鹃常常自称是“文字劳工”：“吾们这笔耕墨耨的生活，委实和苦力人没有甚么分别，不过他们是自食其力，吾们是自食其心罢咧。”[②]他的自况也得到同行们的公认，许廑父就说他“平生无嗜好，每日治事，至 15

① 郑逸梅：《记紫罗兰庵主人周瘦鹃》，香港《大成》第 108 期，1982 年 11 月 1 日出版。
② 周瘦鹃：《噫之尾声》，《礼拜六》第 67 期，1915 年 9 月 1 日发行。

小时，常自称曰文字之劳工”[1]。这样的话在论述周瘦鹃的评论文章中常被人们所引用，可是还有一句话也应该引起我们足够的重视，那就是周瘦鹃自述的，他又是一个“文字上的公仆”。这当然是指编辑生涯而言：“不幸我所处的地位，恰恰做了人家文字上的公仆。一天到晚，只在给人家公布他们的大文章，一天百余封信，全是文稿，……”[2]他做公仆可说是夙夜匪懈，尽其所能为他人作嫁衣裳，被同道们誉为“好好先生”。因此他除了创作上的“自食其心”之外，在编辑工作中，他还得“鞠躬尽瘁”，有时他要同时编五六种刊物，他自加压力，乐此不疲，这种苦干精神也令人钦服。

在上海市民大众文坛上，周瘦鹃可说是最有代表性的作家。纵观20世纪初，上海市民大众文学界，著、译、编三者“齐头并进”而可与周瘦鹃媲美的有包天笑、严独鹤。包天笑是提携周瘦鹃步上文坛的前辈之一，又是编过许多报刊的名主笔，可是到1922—1923年编了《星期》之后，他就很少涉足编务活动了；而周瘦鹃的编辑工作几乎是与民国相始终。包天笑的外文还不足以流畅地独立从事翻译工作，他大多是以合译的成果在译界取得一席之地；而周瘦鹃的译作甚至享誉新文学界。严独鹤也是编、著、译样样皆拿得起的能手，他是周瘦鹃的同辈好友，当时严是《新闻报·快活林》的主持人，而周瘦鹃则在《申报·自由谈》当家，两个著名副刊在上海市民社会中皆享威望，文坛上有“一鹃一鹤”之美称。就编龄而言，严的起步要早于周，但严独鹤著、译的量却逊于周。就作家、翻译家和出色的市民大众文学的“组织家”而言，称周瘦鹃是上海大众文学中的最有代表性的作家，甚至将他列为“前三甲”，是并不过分的。

正因为他是上海市民大众文学的代表人物，所以周瘦鹃又“首当其冲”地受到某些知识精英主流作家的猛烈批评。应该说，其中有的批评也对周瘦鹃有一定的帮助，但也有不少批评是由于这些主流作家对上海市民的文化需求认知不足所造成的。因此，在知识精英文学家与市民大众文学家之间往往会发生激烈的争辩。可是在这种批判面前，周瘦鹃又是如何反应的呢？他曾在文章中自述他的一贯态度：“在下本来是个无用的

---

① 许廑父：《周瘦鹃》，《小说日报》1923年1月1日第1版。
② 周瘦鹃：《几句告别的话》，《上海画报》三日刊第431期第2版，1929年1月12日出版。

人，一向抱着宁人骂我，我不骂人的宗旨。所以无论是谁用笔墨来骂我，挖苦我，我从来不答辩。"[①]在与知识精英文学家的论争中，市民大众文学作家当然可以答辩，而且那些敢于答辩的作家，往往都是对中外文学包括对中国的新文学有一定知识的人，他们甚至精通外语，能了解世界文坛的近况，否则他们无从与知识精英作家去辩难。我们知道，周瘦鹃是最具备此类条件的人，但他没有因此分散他的注意力，更谈不上有失态的举措。在他的一生中，对内，他是"好好先生"；对辩难的对方，他说自己是"无用的人"。他还是专心致志做他的"劳工"与"公仆"。

除了著、译、编的成就之外，周瘦鹃还是一位杰出的园艺盆景专家。他热爱生命，热爱美艺。20世纪30年代，他定居苏州。他的"周家花园"几乎成为苏州一景，他开放这个私家花园，供国内外人士参观欣赏。他也以园艺盆景为"作品"，成为传播"美"和"艺"的亲善使者。

综观他的一生，他为人热情、善良、正派、富于正义感。许廑父说他"平生无嗜好"，那是讲他的一生中与烟（鸦片）、赌、嫖无缘，他洁身自好。他翻译过托尔斯泰的《黑狱天良》，后来收进《欧美名家短篇小说丛刻》时，改题名为《宁人负我》，这或许带有一点以此自勉的成分吧？他编过一本杂志，名曰《乐观》，他是个乐观的人。那么他在"文革"中怎么会如此悲惨地结束自己的生命的呢？当我在写这篇《周瘦鹃论》时要去瞻仰这位"优秀的文人和作家"[②]的那一刻，我觉得我们过去若干文学批评中对他的评价是苛刻而过分的。如果我们去回顾历史，要总结这方面的经验与教训，应该说是教训多于经验，这就值得我们去作文学史的反省。那么我们今天是否应从这些教训中走出来，在历史的反思中画出一个真实的周瘦鹃来？

（二）

周瘦鹃，原名祖福，字国贤，笔名瘦鹃，后以笔名为正名；他尚有泣红、紫兰主人、怀兰、鹃、五九生等笔名。他出生在一个小职员的家庭中，父亲

---

① 周瘦鹃：《辟谣》，《上海画报》第125期第2版，1926年6月26日。

② 熊月之主编：《上海通史·第10卷·民国文化》，上海人民出版社1999年版，第195页。

是上海招商局江宽号轮船上的会计，生三子一女。他排行第二。周瘦鹃可能也不会料到，就在这样一个普通的家庭中，由于他父亲的早逝，家庭产生了变故，使他在未正式踏进社会时，就试图用投稿去减轻家庭的困境；当他初获成功后又毅然决然地去从事职业写作，借此维持一家的生计；不仅如此，这个家庭在他身上产生了一系列的连锁反应，甚至规定了他今后写作的题材，框范了他作品的主题。

1900 年，周瘦鹃 6 岁时，父亲因病逝世。其时，正当八国联军肆虐中国，入侵天津后又攻陷北京。关心国事的父亲在病榻上愤激填膺，在昏迷时还呓语高呼："兄弟三个，英雄好汉，出兵打仗！"这是他父亲在生命尽头迸发出来的爱国情怀。周瘦鹃一生中将它视为父亲的遗嘱。他虽然没有照老人家的遗念去做卫国的士兵，可是那种爱国主义的情愫却深烙在他的作品之中。由于他父亲平生喜挥霍，病中求医又卖尽当绝，连他父亲的一口棺木也是由亲戚们凑了钱买来的。家中可谓一贫如洗。那时他们一家生活，简直比黄连还苦啊！有的亲戚不是没有向他母亲提过改嫁的事，可是他母亲就以没日没夜地为人缝补针黹来作为回答。从此就是凭这位慈爱而坚韧的母亲的十指，含辛茹苦地将子女抚养成人，她不仅撑持了这个家庭，而且还一定要让儿子读书求学。她常含泪教育子女："爸爸死得早，要好好读书，要争气，立志向上。"于是母亲的"苦做"激励着周瘦鹃的"苦学"。他由私塾而小学而中学，都是做的苦学生，从没有出过学费。他是靠自己的优异成绩和良好品德感动校方或老师的爱才之心。正因为有这样的家庭背景，因此，周瘦鹃对母亲的守节抚幼的感恩连锁地遍施于对其他"节妇"的尊敬。在他的初期的小说创作与编辑发稿时常对"节烈"抱有好感。而他的辛劳的母亲对他的爱又使周瘦鹃回报以"孝思孝行"，成了他作品中理直气壮地反复宣扬孝道的动力。这一切与其说是儒学的熏陶，倒不如说是苦难家庭生活炮烙的深深印痕。凡此都曾受到知识精英作家的批判，认为这是"思想的反流"："《礼拜六》的诸位作者的思想本来是纯粹中国旧式的……同时却又大提倡'节'、'孝'。……想不到翻译《红笑》、《社会柱石》的周瘦鹃先生，脑筋里竟还盘据着这种思想。"[①]应该说，

① 西谛：《思想的反流》，《文学旬刊》第 4 期第 2 版，1921 年 6 月 10 日出版。

在“节”、“孝”之类的传统观念上，周瘦鹃有一个思想发展与变化的过程，乃至既划清了与封建思想的界线，又承传了我们民族传统美德的精华。至于做了十多年的“苦学生”，则使他在日常生活中既有自卑自谦的心态，又有自强不息的精神。他曾说自己是个“无用的人”，他特别能“忍让”。多年的“苦学生”的弱势地位使他不习惯去与人“争辩”，遇事只能用自己的不屈的苦干精神，去开拓出自己的一番新业绩。“苦”他不怕，“苦干”他能胜任。他常说，他是“苦出身”！以上这些品性，难道不是这样一个贫困而不屈的家庭所磨炼出来的么？

周瘦鹃也是一位“多情种”、“至性人”。他的“可歌可泣的恋史”更证实了这一点。这一段的恋情即使在家庭中也是公开的：他的夫人是他的“最亲”，而不是他的“最爱”。周瘦鹃到晚年还对她女儿说：“瑛儿，你总也知道我早年那段刻骨伤心的恋史，以后二十余年间，不知费了多少笔墨，反对封建家庭和专制婚姻。我的那些如泣如诉的抒情作品中，始终贯串着紫罗兰一条线，字里行间，往往隐藏着一个人的影子。”为此，《小说月报》最早的主编王西神还为他写了一首长诗《紫罗兰曲》，其中有“周郎二十何堂堂”、“三生自是多情种”等句。更有张恨水以周瘦鹃为原型撰写长篇小说《换巢鸾凤》15 回，因抗战《春秋》停刊而中断。郑逸梅则多次在文中涉笔此事。周与“紫罗兰”即周吟萍相识是他在民立中学执教时，一次在务本女校观看演出，对演出中的周吟萍产生强烈的爱慕之心。在通信往还中他们相互热恋，可是双方贫富悬殊，对方父母不会将女儿许配给穷书生，况且女方自幼就订有婚约。周瘦鹃的苦恋相思使他有紫罗兰癖，也使他“一生低眉紫罗兰”：

> 我之与紫罗兰……刻骨倾心，达四十余年之久，还是忘不了。只为她的西名是紫罗兰，我就把紫罗兰作为她的象征，于是我往年所编的杂志，就定名为《紫罗兰》、《紫兰花片》，我的小品集定名为《紫兰芽》、《紫兰小谱》，我的苏州园居定名为“紫兰小筑”，我的书室定名为“紫罗兰庵”，更在园子的一角叠石为台，定名为“紫兰台”。每当春秋佳日紫罗兰盛开时，我往往痴坐花前，细细领略它的色香；而四十年来牢嵌在心头眼底的那亭亭倩影，仿佛从花丛中冉冉地涌现出来，给

我以无穷的安慰。[①]

周瘦鹃甚至在自己创办的个人小杂志《紫兰花片》上，每期汇集前人词中有“银屏”二字的，辟专栏为“银屏词”，就是为周吟萍而设的。他有时在自己的文章署名时，用“屏周”、“瘦鹃”，似乎是两个人合作的作品，这位神秘的“屏周”不知何许人也。实际上就是嵌在心头眼底的那亭亭倩影与他“合作”的产品。郑逸梅文章中讲过周瘦鹃与周吟萍的生死不渝而又难成眷属的爱情故事。在郑的晚年还专门为周氏的《爱的供状——附:〈记得词〉一百首》写了一篇文章《周瘦鹃伤心记得词》，他读周瘦鹃的这一百首绝句，真感到回肠荡气，恨不得与他同声一恸；同时也觉得这位女性是值得周瘦鹃如此深情地爱恋的。郑逸梅还提供了这样一个事实，1946年，周瘦鹃的嫡室“凤君逝世，而周吟萍亦已守寡，瘦鹃颇有结合意，奈吟萍却以年华迟暮，不欲重堕绮障……”[②]她是那样的动情，曾对周瘦鹃说，将她看作是永远的“未婚妻”吧；她又是那样的理智，两人都已年过半百，而周瘦鹃这样一个具体的家庭，中馈需人，她又非持家能手，她难能胜任。她这一决定，也恐怕出自为周瘦鹃的晚年的幸福着想吧？

与周吟萍的“一生相守，无期结缡”的哀情悲剧是周瘦鹃“哀情小说”之源，也是他的泪泉，在他的小说中滔滔汩汩，永无尽头。他在《情》这篇小说开端说道:“周瘦鹃曰:两年以还，予尝撰哀情小说三十有九，译哀情小说二十有三，而吾为此捐弃眼泪亦六十有二度矣……挽近之世，一情字为人玷辱殆尽，实则肉欲，美其曰情爱，须知情爱之花，决不植于欲田之中。肉欲之外，尚有所谓精诚者在，精诚之爱，能历万古而不磨，天长地久之一日……”[③]最后几句直是他自己与吟萍恋情的写照。周瘦鹃写哀情小说时常以泪洗面，“朋友们往往称我为小说界林黛玉，我也直受不辞”[④]。

他的“家庭”与“恋情”构成了他创作初期的小说中的“爱国”、“孝道”、“哀情”等“情结”，而民立中学对他的培养为他的创作和翻译作了充分的

① 周瘦鹃《一生低眉紫罗兰》，《拈花集》，上海文化出版社1983年版，第304页。
② 郑逸梅:《周瘦鹃——伤心记得词》，香港《大成》第202期，1990年9月1日出版。
③ 周瘦鹃:《情》，《春声》第4期，1916年5月2日出版。
④ 周瘦鹃:《红楼琐话》，《拈花集》，第93页。

准备。他自述16岁时，踏进了当时上海有名的学府民立中学。在《上海通史》中对民立中学有这样的介绍："1903年苏本立昆仲奉父遗命创办。……该校以英文功底扎实著称，毕业生除进大学深造外，多在海关、银行、邮政等部门工作。1918年曾在江苏省教育会(其时上海属江苏省——引者注)列表调查中荣居第一。"[①]当时的海关、银行、邮政都属"金饭碗"。但民立中学也培养出了像周瘦鹃和郑正秋[②]那样著名的文艺界才俊。在民立中学，周瘦鹃受到语文老师孙经笙(南社社员)和校方的器重，他仍是不出学费的"苦学生"，但他已如饥似渴地阅读欧美名作家的原著，并开始习作小说和试译外国作家的佳作。就在毕业的前夕，他大病一场，连毕业考试也未能参加。但校方鉴于他平时成绩优秀，破例给他发了毕业证书。"苏校长留我在本校教预科一年级的英文(相当于初一的程度——引者注)，给了我一只饭碗。"可见民立中学待周瘦鹃不薄。可是，"那班学生都是我的同学，有的是富家子弟，有的年纪还比我大，因此有意欺侮我这初出茅庐的小先生，常常要我陪他们'吃大菜'(学生们戏称犯规后被校长召去训斥为"吃大菜"——原注)。我挨了一年，天天如坐针毡，真的是怨天怨地，于是硬硬头皮，辞职不干了。……我一出校门，就立刻正式下海，干起笔墨生涯来，一篇又一篇的把创作或翻译的小说、杂文等，分头投到这些刊物和报纸上去，一时稿子满天飞，把我'瘦鹃'这个新笔名传开去了"[③]。应该感谢民立中学使周瘦鹃的语文和英语程度迅速提升之功，为他的"下海"打下了扎实的功底；但是也要"感谢"那些班上的顽童们，他们用自己的顽皮去欺侮这位初出茅庐的小先生，逼出了一位著名的市民大众文学的优秀作家、翻译家和编辑家。

(三)

周瘦鹃正式发表的第一篇作品是刊于《妇女时报》创刊号(1911年6

① 熊月之主编：《上海通史·第10卷·民国文化》，上海人民出版社1999年版，第151—152页。

② 郑正秋(1888—1935)：早期著名戏剧评论家，新剧艺术家，中国电影事业的重要奠基人。

③ 周瘦鹃：《笔墨生涯五十年》，香港《文汇报》1963年4月24日《姑苏书简》专栏。

月 11 日出版)上的小说《落花怨》;但他的处女作却是《爱之花》(8 幕改良新剧),连载在《小说月报》第 2 卷第 9—12 号上(1911 年 11 月—1912 年 2 月)。那就是说,短篇小说《落花怨》创作于《爱之花》之后,却发表在《爱之花》之前。而周瘦鹃却非常看重他的处女作。他多次提到这个 8 幕话剧的创作过程,以及发表时带给他与全家的大欣喜。商务印书馆的《小说月报》在当时可算是全国性的一流刊物。他能在这样级别的刊物上发表作品,大大增强了他对未来写作事业的信心。他之所以会“硬硬头皮,辞职不干了”,是因为他自知在这要“下”的“海”中他有几分把握成为一个“弄潮儿”。更何况客观上当时正是文艺刊物风起云涌之时,有广阔的平台可以让这位还不满 20 岁的青年去闯荡文坛。

他的处女作的创作经历值得一提:周瘦鹃 16 岁那年暑期中,他偶尔在城隍庙的冷摊上“淘”回一本《浙江湖》,那是革命党同盟会的浙江籍会员在东京出版的刊物。在其中他“读到一篇笔记,记的是法国一位将军的恋爱故事,悲感动人,引起了我的爱好,……于是日夜动笔,用了一个月的工夫,编了一个 5 幕(记忆有误——引者注)的剧本,取名《爱之花》。并且取了一个笔名,叫做‘泣红’,……我就瞒着家里人,偷偷地把这个剧本寄了去,……隔了不多久,好消息来了;《小说月报》的编者王莼农先生回了我一封信,说是采用了。……并送了银洋 16 元,作为报酬。这一下子,真使我喜心翻到,好像买彩票中了头奖一样。你祖母的欢喜更不用说:因为那时的 16 块大洋钱是可以买好几石米的。我那 50 年的笔墨生涯,就在这一年上扎下了根”[①]。在《小说月报》发表时,开始还署“泣红译”,以后也似乎没有哪位研究者去查过,究竟是根据什么文章改编成剧本的,大概也由于《浙江潮》这本刊物难于看到吧。原来周瘦鹃当时在旧书摊上买到的是《浙江潮》第 8 期(1903 年 10 月 10 出版,周瘦鹃‘淘’到时,已是出版了 8 年的旧刊了)。其中有一位笔名叫“侬更有情”的作者发表了两篇小说。一篇题名《恋爱奇谈》,里面包含 3 则笔记,第一则题名《情葬》,只有 730 个字。周瘦鹃就是根据它改编成 8 幕剧《爱之花》的。“侬更有情”的另一篇小说题为《爱之花》,小说也是以法国为背景——在《浙

① 周瘦鹃:《笔墨生涯五十年》,香港《文汇报》1963 年 4 月 24 日《姑苏书简》专栏。

江潮》第6至第8期连载，一共是3回。这篇小说写得实在不高明。但是周瘦鹃借用了他的题目，将自己的剧本也叫做《爱之花》。《情葬》的故事情节是："柯泌卿云者，当时一英飒青年……无端与弗鲁卿之夫人结不解之孽缘。"后来柯在战争中英勇牺牲，临终前嘱其侍者将自己的心脏赠弗鲁夫人。后此心脏竟落入其夫弗鲁之手。他即令厨师作羹以飨夫人，然后才告诉夫人：

> 是卿最恋爱钟情人之宝贝心肝也。……夫人骇极，情根欲断，红泪如沸，气几绝复苏。忽解颐谢良人曰："幸君成全情魔之结果。妾实爱此心脏，妾实爱此心脏，有无量之价值；而忧世界无此珍重之墓以葬之。今君能代相此珍重心脏之坟墓于妾腹中。君之多情更甚于妾。"言竟即日幽于室，绝食既四日，夫人一缕情魂遂于柯泌卿续未了缘于泉台。[1]

周瘦鹃就将这一情节作为戏骨。这8幕剧后来被郑正秋、汪优游搬上舞台，易名《英雄难逃美人关》，票房看好。以后还摄制成电影。在1913年，周瘦鹃之所以敢于"下海"，大概就是因为剧本的改编成功，使他信心倍增，他甘"冒风险"为此一搏。

周瘦鹃步上文坛之初，是靠翻译起家的。他曾说："在我这五十年笔墨生涯中，翻译工作倒是重要的一环。"[2]在1914年6月6日《礼拜六》杂志创刊之前，周瘦鹃以《妇女时报》和《小说时报》为发表基地，扶持他的是包天笑与陈景韩(冷血)。他1911年开始在《妇女时报》上发表第一篇文章，当时该刊主持人就是包天笑。当包天笑从书信中知道周瘦鹃在1912年大病一场，又知他家庭清寒，便预支一笔稿费给他，并在信中说，以后只要他的稿件一到，不论发表与否，即优先付酬。但周瘦鹃第一次到《时报》馆拜访包天笑却是在两年后的1913年9月。包天笑那种悉心培养"素不相识"的后学青年的精神，真可传为文坛美谈。后来他们成了忘年交，对

---

① 侬更有情：《情葬》《浙江潮》第8期，1903年10月10日出版，第1—2页。
② 周瘦鹃：《笔墨生涯鳞爪》，香港《文汇报》1963年6月17日《姑苏书简》专栏。

周瘦鹃说来，包天笑可谓亦师亦友的长者。而《小说时报》起始是由陈景韩与包天笑轮值编辑的。而这位陈景韩后来出任《申报》总主编，也就是他将周瘦鹃推荐给《申报》老板史量才，让年轻的周瘦鹃入主《申报·自由谈》。在《礼拜六》创刊前，据不完全统计周瘦鹃在刊物上发表了 58 篇文章，其中刊登在《妇女时报》上的为 37 篇，在《小说时报》上发表的为 11 篇，他在《时报》系统发文总计 48 篇；只有 10 篇文章发在《小说月报》、《东方杂志》和《中华小说界》等也是很有影响的刊物上。在这 58 篇文章中，翻译或根据外国材料经他编纂的共计 46 篇，这还不包括他常用《闺秀丛话〈杂谈〉》形式，连续刊登的一组组文章中的若干外国小故事。因此，说周瘦鹃是"靠翻译起家"是有充分根据的。除了他的自我努力之外，也使我们不得不想起"民立（中学）效应"。1914 年 6 月起他成了《礼拜六》周刊的台柱。他在《礼拜六》创刊号上的文章也是翻译小说《拿破仑之友》。在前后期《礼拜六》周刊 200 期中，在 147 期中有他的供稿，共刊 152 篇，创作计 83 篇，翻译计 69 篇。在"前百期"中有 12 篇翻译小说后来经他作了校订，收入他的《欧美名家短篇小说丛刻》之中。

《欧美名家短篇小说丛刻》是周瘦鹃翻译工作，甚至是他一生文字生涯中的一个"亮点"。那是因为鲁迅对他的翻译予以极高的评价。可是这个"亮点"一直被"遮蔽"着。他只"莫名其妙"地收到了一张教育部的奖状。但北洋军阀教育部的一张奖状，所"值"又几何呢？却不知奖状背后却矗立着一个巨人的身影，而且还有他亲自的嘉许。遗憾的是周瘦鹃迟至 1950 年才知道奖状是出自鲁迅的推荐，那是在一张小报——《亦报》上有鹤生的一篇《鲁迅与周瘦鹃》，周瘦鹃后来知道这位鹤生就是周作人的化名。文中值得注意的有三点：一、对该译作"批复甚为赞许，其时鲁迅在社会教育司任科长，这事就是他所办的"。二、批语已记不清了，"大意对于周君采译英美以外的大陆作家的小说一点，最为称赞，只是可惜不多"。三、"《域外小说集》早已失败，不意在此书中看出类似的倾向，当不胜有空谷足音之感吧。"[①]其时是解放初期，也还来不及去评价周瘦鹃这类作家

① 鹤生：《鲁迅与周瘦鹃》，转引自周瘦鹃《一瓣心香拜鲁迅》，收入《花前续记》，江苏人民出版社 1956 年版。

的时候，这篇文章并未引起文坛的注意。连周瘦鹃本人也是友人寄给他“剪报”才知晓的。直到 1956 年 10 月 5 日，周作人以周遐寿为笔名在《文汇报》上发表《鲁迅与清末文坛》再重提此事，才有了反响。周作人的文字不多，但分量却不轻：“总之他（指鲁迅——引者注）对于其时上海文坛的不重视乃是事实，虽然个别也有例外，有如周瘦鹃，便相当尊重，因为他所译的《欧美小说丛刊》三册中，有一册是专收英美法以外的作品的。……他看了大为惊异，认为‘空谷足音’带回会馆来，同我会拟了一条称赞的评语，用部的名义发表了出去。”[①]紧接着周瘦鹃在《文汇报》的 10 月 13 日发表了《永恒的知己之感》。其时正当周瘦鹃又迎来一个发表文章的高峰，两相映衬，才使文坛对周瘦鹃“刮目相看”。

《域外小说集》的“失败”对鲁迅说来是一个“心结”。第一集和第二集只分别卖出了 21 和 20 本。由于寄售处的一场大火，使这些心血化为灰烬。周氏兄弟原想卖出了书收回成本，再陆续出下去的愿望也成了一个美丽的梦。从 1909 年至 1917 年之间可以说是短篇翻译小说集的近 10 年的空白期。“不意在此书中看出类似的倾向”，一位青年有志于“接班”，一次就推出上、中、下三卷的成果，怎么不使鲁迅有“空谷足音”之感呢！出于兴奋的心情，他将此书带回绍兴会馆，与一位共同经受失败的合作者周作人分享这种喜悦。他和周作人是行家，因此在周瘦鹃所译的 14 国的小说中，能指出“其中意、西、瑞典、荷兰、塞尔维亚，在中国皆属创见，所选亦多佳作”。评语这样开头也就令人折服。“又每一篇署著者名氏，并附小像略传。用心颇为恳挚，不仅志在娱悦俗人之耳目，足为近来译事之光。”中国早期的译作，不写明原作者，更不标姓氏的外文者是一个较为普遍的弊端。周瘦鹃的译作则极为规范，甚至可供学者作研究之用，更何况有些原作者的“略传”在中国也是第一次作介绍，也属首创。批语作结说：“然当此淫佚文字充塞坊肆时，得此一书，……则固亦昏夜之微光，鸡群之鸣鹤矣。”评语最后建议：“复核是书，搜讨之勤，选择之善，信如原评所云，足为近来译事之光，似宜给奖，以示模范。”[②]此后，周瘦鹃在 1947 年又出

① 周遐寿：《鲁迅与清末文坛》，上海《文汇报》1956 年 6 月 5 日第 3 版。

② 鲁迅、周作人评语，据《教育公报》第 4 年第 15 期，1917 年 11 月 30 日。

版了《世界名家短篇小说全集》(全四册)。他后来在翻译上所下的功夫，曾由胡适给予评价。

就我们所看到的材料，胡适涉及周瘦鹃的译作曾有两次谈话。第一次是在一个宴会上，而在宴会上"欢谈未畅，重申后约"；第二次谈话是周瘦鹃对胡适的专访。在两次叙谈中重点是切磋翻译问题。

在 1928 年 3 月，胡适与周瘦鹃在一次宴会上相遇。"胡适博士健于谈，语多风趣……承齿及本报(按：即指《上海画报》——引者注)谓每期必读拙作，而尤激赏丹翁之诗……继又道及拙编《紫罗兰》半月刊与往岁中华书局出版之拙译《欧美名家短篇小说》谓为不恶。愚以大巫当前，不期为之汗下数升焉。已而愚谈及二十年前之《竞业旬报》中有博士诗文杂作，署名铁儿，已斐然可诵。博士谓所化之名，当不止此。当时共同合作者，有丹翁、君墨诸君。故至今尚珍藏数十册，以资纪念云。"[①]这虽然是在宴会上的谈话，但也是周瘦鹃与胡适的一次"叙旧"：你谈我 1917 年出版的《欧美名家短篇小说丛刻》，我就谈你 1906 至 1909 年所编的白话报《竞业旬报》。各人皆知对方的老底，岂非叙"旧"？因为是周瘦鹃自己写的文章，"谓为不恶"是出于自谦，实际上是"不错"或"很好"之谓也。而周瘦鹃说当时胡适之的文章"已斐然可诵"，就是称赞他在 1906 年时，白话文也已经写得很好的了。否则仅是评说当年胡适文章已写得"斐然可诵"，岂非贬低了"大巫"吗？而胡适当然也知道，就在他发表《文学改良刍议》的次月出版的《欧美名家短篇小说丛刻》已有很多篇小说用的是非常流畅的白话文译成的(该书的 50 篇译文中有 18 篇是白话文——引者按)。

1928 年 10 月，周瘦鹃又在胡适寓所书房中畅谈两小时。谈及翻译文学作品时，胡适拿出一本《新月》杂志送给周瘦鹃。并"指着一篇《戒酒》道：'这是我今年新译的美国欧·亨利氏的作品，差不多已有六七年不弹此调了。'我道：'先生译作，可是很忠实的直译的么？'胡先生道：'能直译时当然直译，倘有译出来使人不明白的语句，那就不妨删去。即如这《戒酒》篇中，我也删去几句。'说着，立起来取了一本欧·亨利的原著指给我瞧道：'你瞧这开头几句全是美国土话，译出来很吃力，而人家也不明白，

① 周瘦鹃：《记许杨之婚》，《上海画报》第 334 期第 3 版，1928 年 3 月 21 日出版。

所以我只采取其意,并成一句就得了。'我道:'我很喜欢先生所译的作品,往往是明明白白的。'胡先生道:'译作当然以明白为妙。我译了短篇小说,总得先给我的太太读,和我的孩子们读。他们倘能明白,那就不怕人家不明白咧。'接着胡先生问我近来做甚么工作。我道:'正在整理年来所译的短篇小说,除了莫泊桑已得 40 篇外,其余各国的作品,共 80 多篇,包括 20 多国,预备凑成 100 篇,汇成一编。'胡先生道:'这样很好。功夫着实不小啊!'我道:'将来汇成之后,还得请先生指教。'"①那就是指后来出版的 4 册《世界名家短篇小说全集》了。

这第二次谈话是两位对译技的一次交流,其中尤其是论及直译问题。因为在译《欧美名家短篇小说丛刻》时,周瘦鹃还是常用意译的方法。这是中国早期译风的一种"弊端"。但那时不少译者却不以为怪。在陈蝶仙为"丛刻"写"序"时还表扬了这种译风:"欧美文字绝不同于中国,即其言语举动亦都擀格不入,若使直译,其文以供社会,势必如释家经咒一般,读者几莫名其妙。等而上之,则或如耶稣基督之福音,其妙乃不可言。小说如此,果能合于社会心理否耶?要不待言矣。……欧美小说,使无中国小说家为之翻译,则其小说亦必不传于中国,使译之者而为庸手,则其小说虽传,亦必不受社会之欢迎。是故同一原本,而译笔不同,同一事实,而趣味不同,是盖全在译者之能参以己意,尽其能事。……人但知翻译之小说,为欧美名家所著,而不知其全书中,除事实外,尽为中国小说家之文字也。"②这是一则比较典型的倡导意译的文字。但大概从 1918 年后,周瘦鹃在翻译时,用直译的手法逐渐占了上风。这也是由于中国译界逐渐从早期译风走向较为成熟的直译手法的影响所致。因此,在周瘦鹃与胡适谈话时就请教了胡适翻译短篇小说的经验,可作自己"整理年来的短篇小说"时的借鉴。

据不完全统计,周瘦鹃一生的译作是 418 篇。③ 在这个统计中已经扣除了周瘦鹃"自暴其假"的数字:周瘦鹃在《游戏杂志》第 5 期(1914 年 4

① 周瘦鹃:《胡适之先生谈片》,《上海画报》第 406 期第 2 版,1928 年 10 月 27 日出版。

② 天虚我生:《欧美名家短篇小说丛刊・序》,见该书《序二》,中华书局 1917 年版,第 1—2 页。

③ 根据禹玲博士在她博士学位论文(未刊稿)中的统计,特此致谢。

月）发表小说《断头台上》时，有“瘦鹃附识”：“系为小说，雅好杜撰。年来所作，有述西事而非译自西文者，正复不少。如《铁血女儿》、《鸳鸯血》、《铁窗双鸳记》、《盲虚无党员》、《孝子碧血记》、《卖花女郎》之类是也。”但目前几本主要书目工具书中都将以上创作归类于译作，这是编者没有看到《游戏杂志》的“瘦鹃附识”的缘故。应该指出，这也是19世纪末20世纪初，中国有些作者常用的手段之一，他们将自己的创作冠于译作拿出去发表；或者将译作戴上创作的桂冠。但是他们却不像周瘦鹃那样“自暴其假”，竟“以假乱真”。但研究这几篇的“假”也可以从中看出周瘦鹃“作假”的目的（他集中造假的年代是1912—1913年），在《孝子碧血记》中他想说明外国也有孝子，因此中国今天更不应该“非孝”，如此等等。但是他后来觉得这样做不好，还是“坦白”为上。

综观周瘦鹃的翻译成就，他在中国早期译界是功劳卓著的。在解放以后，“我不再从事翻译，因为没有机会读到英美进步作家的作品；其他各国的文字，又苦于觌面不相识，那就不得不知难而退了”[①]。

周瘦鹃的译作为我们打开了一扇照进“外部”阳光的世界天窗，同时他也通过翻译吸取异域的营养，将“取经”所得的收获运用到自己的创作中去，以提高自己的写作水平。因此他说过：“吾们做小说的人，一见了欧美名家的著作，仿佛老饕见了猩唇熊掌，立刻涎垂三尺。”[②]他的创作是与他的翻译同步成长的。

（四）

周瘦鹃的创作在市民读者群中影响巨大。从1911年他发表第一篇小说《落花怨》起，到20世纪40年代，可以说他与几代市民读者结为“知友”。他从19岁正式“下海”从事专业创作，“一时稿子满天飞”，当时就被称为多产作家；他还先后担任几个大报大刊的特约撰稿人和编辑、主编，

① 周瘦鹃：《我翻译西方名家短篇小说的回忆》，《雨花》1957年6月号，1957年6月1日出版。

② 周瘦鹃：《噫之尾声》，《礼拜六》第67期，1915年9月1日发行。

市民大众文坛有足够的空间供他驰骋，也吸引大批市民成为他的忠实读者。1944 年他编后期《紫罗兰》时，曾刊登这样的读者来信："（上略）母亲不大看小说，但是当我说起您的大名时，他却知道，在我看来，这真是一个奇迹！但据母亲告诉我，十几年前，她正是您的一个忠实读者。还有我的祖母也爱读您的作品，在乡下我们旧屋的板箱里，藏着您编的许多书，祖母还将您在报上发表的文章，剪下来订成本子（这些都是我母亲告诉我的，或者有些含糊，只恨我生得太晚了，没瞧见）。在我们家里，从祖母至我，读您文章的已是三代了。（下略）"周瘦鹃的感言是："一家三代读我那些拙劣的文字，孙女士要不是在哄我，那我真该感激零涕啊！"[①]发表这样的读者来信当然有自我标榜之嫌，可是对编者而言，只要不是虚假的，"标榜无罪"，谁不想自己编的杂志拥有广大的读者群呢？而且这样的来信也决不是"孤证"。张爱玲第一次见周瘦鹃时也谈到她母亲喜读周瘦鹃的小说，周瘦鹃转述道："据说她的母亲和她的姑母都是我十多年前《半月》、《紫罗兰》和《紫兰花片》的读者，她母亲正留法学画归国，读了我的哀情小说，落过不少眼泪，曾写信劝我不要再写了，可惜这一回事，我已记不得了。"[②]张爱玲的叙述应该是真实的，可作为有力的"旁证"。周瘦鹃收到此类"劝告"恐怕也太多了，多到无法记忆。有的人还当面婉言相劝，他的至友陈小蝶甚至多次在文中请他"节"哀。周瘦鹃有时也"作秀"地做一篇《喜相逢》的"大团圆"小说，说他也要"破涕为笑"了。但他在小说结尾又自讽道："这一篇圆满的小说正不让'私订终身后花园，落难公子中状元'的老套。"实际是他根本不想"改弦易辙"，相反，像张爱玲母亲这样的"劝告"从另一个角度去看，是对作家的"鼓励"与"褒奖"。他的小说能对读者有如此强烈的震撼效应，这正是作家要获取的理想效果，他岂肯"善罢甘休"？

周瘦鹃确是一位"哀情巨子"。他的言情小说"辄带哀音"，这当然与他的身世有关，于是，"瑟瑟哀音，流于言外，滔滔泪海，泻入行间"。而这种受封建家庭和专制婚姻之害的情节在当时的市民社会中具有典型意

① 周瘦鹃：《写在〈紫罗兰〉前头》，后期《紫罗兰》第 11 期，1944 年 2 月出版。
② 周瘦鹃：《写在〈紫罗兰〉前头》，后期《紫罗兰》第 2 期，1943 年 5 月出版。

义。像周瘦鹃这些哀情小说是很能引起上海里弄居民的共鸣的，他们会觉得这些哀情小说就像他们邻里间发生的悲剧，甚至是自己亲尝的身世的生动再现。他们会用自己的亲历、亲见与亲闻去丰富周瘦鹃的哀情小说，从而将他视为自己的"知心人"。周瘦鹃的那篇《留声机片》所得到的反响是截然不同的，新文学家批判他，但有的青年却视他为知己。严芙孙介绍了这样一件实事："《礼拜六》108 期上登的那篇《留声机片》是一篇刻骨伤心之作，大凡略有一些情感的人，看了无不动于中的。武进梁女士，遇人不淑，恹恹成病，临死前几天，读了《留声机片》，私语伊的同学道，瘦鹃真是我的知己，居然把我的心事借他的一枝笔衬托出来了，我死可以无憾了。"①这其实是一篇"非写实小说"，周瘦鹃是专为那些"失恋的同道"们写的。他有他的"构思"："《西厢记》云：'治相思无药饵。'是以古往今来，人之患相思病者，往往不治。此病根荄，每在心坎深处，有触即发，苦痛万状，与麻疯病、肺痨病同足制人死命。今之仁人君子，有设麻疯病院、肺痨病院者矣。其亦能别设一相思病院，以拯彼浮沉孽海中之苦众生乎？"②这篇"非写实小说"就是周瘦鹃"幻想"中的"相思病院"。当时他家中正好买了"新玩意儿"留声机，他就用留声机片来帮情劫生向情人倩玉传情，也是他们的最后的诀别。"相思病院"终于没有治好情劫生的致命伤。而武进梁女士也患上了这种"不治之症"，他对那位"束手无策"却又"同病相怜"的"医生"周瘦鹃表示了由衷的感激。

除了周瘦鹃的善唱"生命的哀歌"和读者用自己的心声与哀歌"共鸣"之外，使他的作品能受到如此热烈欢迎的还有一个原因，那就是在民初的年代里，当人们从辛亥革命的振奋与冲击中回到原来的生活正常状态中来时，感到新与旧的纷争中的许多问题都未能得到解决，于是又充满了失望与沮丧；而青年人最敏感的爱情、婚姻、家庭等问题，传统势力所制造的阻力还是那样强劲。于是"民初的上海，人们在文化上都希望寻求新的东西。一般市民的文化兴趣也同晚清有了明显不同，无论是小说还是戏剧，

---

① 严芙孙：《周瘦鹃》，王智毅《周瘦鹃研究资料》，天津人民出版社 1993 年版，第 168 页。

② 周瘦鹃：《相思话》，《紫罗兰》第 2 卷第 3 期之《紫罗兰画报》（单页，不标页码），1927 年 1 月 18 日。

哀情缠绵的东西比以前更受欢迎。鸳鸯蝴蝶派小说、家庭伦理新剧等在这个城市中有了更多的爱好者，当然这种情形和正在变化着的市民结构也有莫大的关系”①。历史学家认为在民初弥漫着失望情绪，于是哀情是一种存在于广大市民中的“时代色调”。而当在五四时期，历史学家还发现了“周瘦鹃们”处在一个相当微妙的“尴尬”境地：“在五四时期的新文化运动人士眼里‘鸳鸯蝴蝶派’主要是指民初的艳情小说（当时对哀情小说的另一种称呼——引者注）。他们对鸳鸯蝴蝶派小说的批判主要是基于道德上的，认为这类小说‘贻误青年’‘陷害学子’。对于民初艳情小说一些保守的人士早在新文化运动以前就提出了批判，他们认为艳情小说是‘青年之罪人’：‘近来中国之文人，多从事于艳情小说，加意描写，尽相穷形’，‘一编脱稿，纸贵洛阳’，青年子弟‘慕而购阅’，结果‘毁心易性，不能自主’。艳情小说造成了‘今之青年，诚笃者十居二三，轻薄者十居七八’。新旧人士一样反对艳情小说，只是新文化人士认为那是复古的祸害，旧派人士认为那是趋新的弊端。”②复古保守派的指责是不难理解的，那么新文学界怎么会与复古保守派同调的呢？这是由于他们不懂得“哀情”风靡一时，是因为当时西洋的悲剧理论刚传入中国，经过王国维等人的鼓吹，使它成为了一种悲情新类型，他们以为国民通过悲情的强刺激，反而可以使他们振作精神，促使他们去探寻改变现实之路。周瘦鹃等人所写的“哀情小说”拨动了青年们在爱情与婚姻上的反封建的敏感的神经，在民初，他们是与时代合拍的，也表现出了民初时期的“现代性”。“哀情小说”在市民中得到广泛的响应，市民认为这是他们“自己的文学”，甚至几代人都成为它的固定的读者群体。这也就是新文学界对哀情小说虽然进行如此严厉的打压，而这些作品仍然能成为现代都市文学的“滥觞”，畅销不衰之原因。

周瘦鹃的“哀”也不光表现在爱情与婚姻问题上，他还有一定的政治敏感性，那就是他“哀”国家之贫弱，贫弱到将要被列强“瓜分”的边缘。这种“哀”的最强烈的表现就是他的爱国小说。从他的第一个短篇《落花怨》

① 熊月之主编：《上海通史·第10卷·民国文化》，上海人民出版社1999年版，第5页。
② 同上，第61页。

中，我们就看到外国人指着我们的鼻子，骂我们是“亡国奴”。在这方面，周瘦鹃有一种“超前的危机感”：“在那国难重重国将不国的年代里，我老是心惊肉跳，以亡国为忧，因此经常写作一些鼓吹爱国的小说和散文，例如《亡国奴日记》、《卖国奴日记》……皆在唤醒醉生梦死的国人，共起救国。此外还写过假想中日战争的《祖国之徽》和《南京之围》，后来‘八一三事变’发作竟不幸而言中……”[①]在写《亡国奴日记》之前，他曾研究了韩、印、越、埃、波、缅的亡国史，在这本书的封面上印着“毋忘五月九日”——那是袁世凯承认丧权辱国“二十一条”的国耻日。在“跋语”中他写道：“吾岂好为不祥之言哉！将以警吾醉生梦死之国人，勿应吾不祥之言陷入奴籍耳。尝忆十年前英国名小说家威廉·勒苟氏草《入寇》一书，言德意志之攻陷英国。夫以英之强，苟氏尚为危辞警其国人，今吾祖国之不振如是，则此《亡国奴之日记》乌可以不作哉?”在 1919 年 5 月 4 日后，他请中华书局重印此书，一天就销去四千余册，并一再再版，销数达四五万册之多。许多学校向学生推荐，作为课外读物。五四运动中他又写了《卖国奴日记》，痛斥曹汝霖、陆征祥等的卖国行径，语多激烈。当时没有出版社敢印，他于 1919 年 6 月自费出版。1919 年 6 月 4 日北洋政府为镇压学生运动，实行大逮捕，关押了 1 150 名学生。周瘦鹃于 6 月 11 日的《申报》上发表题为《晨钟》一文，声援被捕学生；文章是“为北京幽囚中的学子作”。他将北京的学子比作“晨钟”，这“晨钟”是“少年中国的福音，唤大家牺牲一切，救这可怜的中国，……我们少年精神不死，中国的精神永永不死”。在这些爱国作品中以《亡国奴日记》为最佳，不仅有对“矮子兵”种种暴行的揭露与控诉，还有中国人民不屈的反抗与斗争。因此，我们不应该将周瘦鹃的“哀”仅仅限于反封建家庭与专制婚姻，他也将这个“哀”扩大到国族的被屠戮与被凌迟，他的“哀”与“痛”摩擦出了爱国主义耀眼的火花。

在上海进入工商社会与资本积累的初始期中，旧的传统道德正在被遗弃，而资本社会的新型商业伦理又尚未建立，在那时，周瘦鹃还“哀”万商之海中的人们的“义利观”的失衡，社会上普遍地存在一种信仰危机和物欲私念的失度膨胀，周瘦鹃通过《旧约》、《最后一个铜元》等小说企望建

① 周瘦鹃：《笔墨生涯鳞爪》，香港《文汇报》1963 年 6 月 17 日，“姑苏书简”专栏。

构一种新的价值理性与法理观念。1921 年周瘦鹃发表《旧约》时，正值上海遭受“信交风潮”之时，这一风潮不仅在经济史上留下了重重一笔，连《辞海》中也为此立了专条：“1921 年上海发生的一次金融风潮，是年初，投机商人先后集股开设几家交易所和信托公司，以其本身所发股票，在交易所上市买卖，并在暗中哄抬股票价格，获取暴利。……仅在当年夏秋间的几个月内，即成立交易所一百四五十家，信托公司十多家，一时股票大量上市，形成投机狂潮。不久市面银根日紧，股票价格暴跌，交易所信托公司纷纷倒闭，酿成严重金融风潮。”周瘦鹃在那年 9 月上旬，在《礼拜六》上发表此文之日，正值交易所大发展之时，他已预感到危机的临近。他就用小说中的胡小波的濒于身败名裂的处境警告那些狂热的投机市民们，正如书中的洪逵一所训示的：“你为甚么也妄想发财，陷到这个陷阱中去？要知我们既在这世界中做人，应当劳心劳力的去做事，得那正当的血汗代价，……”胡小波悔悟后，兢兢业业工作，诚诚恳恳守信，终于事业上有了大发展。作为一位市民作家，他关心的是市民的“民生议题”，他发挥民间导向，在义利失衡时传播一种市民的新型商业伦理价值观。《最后一个铜元》中的“我”穷到乞食为生，但他不偷不抢，还是用出卖自己的力气，使久饿的肚子换得一顿饱饭，他还用剩余的钱帮助丐友，最后靠了“最后一个铜元”，为自己找到一个自食其力的差使。在建立新型义利观的议题中，周瘦鹃“哀”的是人们迷失了终极价值，而他就用一种励志的正面形象去激发良知，以社会的新型责任伦理加以制衡。

但是一个“哀”字概括不了周瘦鹃，作为一位都市小说的初期代表作家，他还是一位绘制新型都市空间蓝图的能手。例如，他的一篇 3 300 字的短篇小说《对邻的小楼》就因形式创新、空间感强、视角独特而在国外引起了热议。这还得从笔者主编的一套《中国近现代通俗作家评传丛书》(12 册)说起，这套丛书介绍了 46 位通俗作家，每位作家都附有他们的代表作。其中就有周瘦鹃的七个短篇。哈佛大学李欧梵教授选了其中若干篇代表作作为研究生的教材。他在一篇文章中写道：“即以通俗小说为例，内中不少作品是可以细读的。我在哈佛任教时曾用范教授主编的《中国近现代通俗作家评传丛书》中所选的晚清民初通俗小说代表作作为教材，与研究生在课堂上详细讨论某些‘文本’之中的形式创新，甚至包括其中都市空间意识和叙事者的视角，周瘦鹃的短篇小说——《阁楼小屋》（即《对邻的小楼》，在国外译为《阁楼小屋》）——被我们视作此中的'经典'，……我认为更重要的是这些小说对于都市日常生活的大量描述，像是一个万花筒，其本身就是一个巨幅图像……"[①]这篇小说的题材就发生在周瘦鹃的身边——他在一篇文章中曾介绍说："北窗外有对邻的小楼。我在《半月》杂志中曾做过一篇短篇小说，叫做《对邻的小婁》，即是指此而言。"[②]细读这篇作品，我们就可对周瘦鹃小说的都市空间意识和叙事者的视角有一种新的感受。可见，我们对周瘦鹃小说的研究还有许多可以进一步挖掘开拓的广阔领域。

周瘦鹃的小说在当年受到新文学家的严厉批评，如认为他的《父子》宣扬"愚孝"，还有的小说鼓吹妇女"从一而终"。但是随着时代的进展，周瘦鹃也在小说创作中逐渐清除了这种封建意识。在《说伦理影片》一文中，他写道："平心而论，我们做儿子的不必如二十四孝所谓王祥卧冰、孟宗哭竹行那种愚孝，只要使父母衣食无缺，老怀常开，足以娱他们桑榆晚景，便不失其为孝子。像这种极小极容易做的事，难道还做不到么？"[③]在这里他很明确地划清了"孝"与"愚孝"的界线。在周瘦鹃的脑中，对"从一而终"本来有着两种思想的起伏碰撞。在《礼拜六》第110期他发表陈小蝶的《赤城环节》时，加了按语，说黄节妇实有其人也实有其事。"叔季之世，伦常失坠，坚烈如黄节妇，百世不易觏也。……于戏节妇，可以风矣。"可是事隔半月，在112期上他自己写了一篇《十年守寡》，对小说中的王夫人的"失节"表示了充分的同情："王夫人的罪，是旧社会喜欢管闲事的罪，是格言'一女不事二夫'的罪。王夫人给那钢罗铁网缚着，……我可怜见王夫人，便蘸着眼泪做这一篇可怜文字……"可见他既歌颂节妇，也同情"失节"的妇女，思想上不无矛盾。但是到他写《娶寡妇为妻的大人物》时，他已明确地跳出了自相矛盾的境地："娶寡妇为妻，在我们中国是一件忌讳的事，而在欧美各国，却稀松平常，不足为奇。"他举出"美国的国父华盛

① 拙著《中国现代通俗文学史（插图本）·李鸥梵序》，北京大学出版社2007年版，第9页。

② 周瘦鹃：《我的书室》，《申报》1924年12月17日第17版。

③ 周瘦鹃：《说伦理影片》，《〈儿孙福〉特刊》，1926年9月15日，大东书局出版。

顿”、“法国怪杰拿破仑”、“英国海军中第一伟人奈尔逊”和“美国前总统威尔逊”等多人，都是娶寡妇为妻，这“既无损于本人的名誉，也无碍于本人的事业。我国只为人人脑筋中有了不可娶寡妇的成见，而寡妇也抱了不可再醮的宗旨，才使许多‘可以再嫁’的寡妇都成了废物，……与其如此，那何妨正大光明的再醮呢？然而要寡妇再醮，那么非提倡男子娶寡妇为妻不可”。[①] 在此文中周瘦鹃不仅根除了封建残余思想，而且为破除千年迷信说项。

在周瘦鹃的创作中，散文是他常用来抒发自己感情或与读者倾心交流的工具。作为一位园艺盆景大师，周瘦鹃散文以他写四时花序为顶尖佳品；同时以他的丰富阅历和掌故知识，撰成的四季民俗佳节，也斐然可诵；而他笔下的游记小品，能引领读者进入大自然的恬静世界，读者可以在书房中凭借这些优秀的散文卧游于山水胜景之间。这三组题材，可说是周瘦鹃散文中的“三绝”。而在解放之后，他的散文的基调是欣然乐观的：“祖国获得了新生，国恨也一笔勾消了。到如今我已还清了泪债，只有欢笑而没有眼泪，只有愉快而没有悲哀。”[②]在他的花花草草的散文中，在在都以他的一颗爱心作为“文之精魂”：“我性爱花木，终年为花木颠倒，为花木服务；服务之暇，还要向故纸堆中找寻有关花木的文献，偶有所得，便晨钞暝写，积累起来，作为枕中秘笈。”[③]他常说自己“爱花若命”，他爱花，也爱那些颂花的诗词，他在“晨钞暝写”之余，还要“在花前三复诵之，觉此花此诗，堪称双绝，真的是花不负诗，诗不负花了”。[④] 因此，周瘦鹃的散文满蕴着文化色彩与知识味汁。具备了这些内涵之后，他的写花木的散文才会在相同的深层结构中显示那百花争艳的精彩：他写一种花，往往从这花有多少别名说起，然后，此种花又包含着多少品种，再从它的美的形状、艳的色彩与沁人的香味着笔，在这叙述中他又镶嵌着晶莹剔透的诗词，而最后他总要说到“我苏州园子里”、“吾家紫罗兰庵南窗外”、“吾园弄月池畔”……说出自己的许多栽培的心得来。

---

① 周瘦鹃：《娶寡妇为妻的大人物》，《上海画报》第 109 期第 2 版，1926 年 5 月 10 日出版。
② 周瘦鹃：《红楼琐话》，《拈花集》，第 93 页。
③ 周瘦鹃：《花木的神话》，《拈花集》，第 274 页。
④ 周瘦鹃：《绰约婪尾春》，《拈花集》，第 312 页。

周瘦鹃"因爱好花木而进一步爱好盆景，简直达到了热恋和着迷的地步，以盆景为好朋友，为亲骨肉，真有'不可一日无此君'之感"[1]。他之所以成为一个盆景迷是因为在园艺盆景中可以发挥他的"创造美的天性"。他用笔创造美，用自己所编的刊物创造美之外，他还要用盆景的"肢体语言"和"郁勃生命"创造出一幅幅活色生香的"立体画"来。那也是一种"创作"，是一种对美丽生命的潜心追求和顶礼膜拜，他要把大自然的美浓缩到一个小小的盆子中去，成为一件"缩龙成寸"的艺术珍品。盆景对周瘦鹃而言是一种业余爱好，但作为一个业余的盆景爱好者能达到如此高的造诣，这和周瘦鹃的"胸有丘壑，腹有诗书"的境界是分不开的。除了要对种树栽花有丰富的知识与技能之外，他认为还要取法乎上："一方面是自出心裁的创作，一方面是取法乎上，依照古今人的名画来做，求其有诗情，有画意，例如明代沈石田的'鹤听琴图'，唐伯虎的'蕉石图'，近代齐白石的'独树庵图'等，也有参考近人摄影来做的，例如延安的'宝塔山'一角，'珠穆朗玛峰'一角等，我曾取毛主席沁园春名句'江山如此多娇'作为总题。当我做这些山水盆景时，总有一个愿望，就是要在一个小小的浅浅的盆子里，表现祖国的锦绣河山，是多么的伟大，多么的美丽！"[2]他不仅创作美，而且还要传播美，他将自己的"周家花园"开放，供所有愿意鉴赏和领受这种美的人敞开大门。"一年四季，我的园地上，参观的来宾络绎不绝，我的文章未必为工农兵服务，而我的盆景倒真的为工农兵服务了，甚至有二十个国家的贵宾，先后光临，给与太高的评价。尤其觉得荣幸的，国家领导人如董必武副主席、周恩来总理和夫人、陈毅、陆定一、李先念、薄一波、谭震林、乌兰夫六位副总理，班禅副委员长一家以及刘伯承、叶剑英元帅等，也纷纷登门观赏，蓬荜生辉。叶元帅先后来了三次，更为难得，曾在我那《嘉宾题名录》上题句道：'三到苏州三拜访，周园盆景更新妍。'"[3]后来，朱德委员长也光临周家花园，而且还赠送给他两盆名贵的兰蕙。周瘦鹃不是一个以盆景为禁脔而孤芳自赏的"创作家"。盆景对他

① 周瘦鹃：《诗情画意上盆来》，香港《文汇报》1963年5月10日"姑苏书简"专栏。
② 同上。
③ 同上。

来说，不仅是发挥他的“创作欲”的载体，他也从中宣泄着自己的爱国情怀。那是在解放之前，他参加“中西莳花会”的一段经历。他参加过1939—1940年春秋各二次“莳花会”，第一次得了第二名，有外籍参观人士还以为这是日本人的作品，周瘦鹃挺身而出，说明是中国人，他们连忙握手道歉。第二、三次，皆夺得总冠军；正当他想“三连冠”时，由于外国评判员的不公，想方设法要阻止中国人取得“三连冠”的美誉而将他压低为“亚军”。周瘦鹃愤而退出莳花会，并在上海静安寺开设“香雪园”，展出精心栽培制作的花卉、盆景，以示与外籍人士操纵的莳花会相抗衡，参观者络绎不断，一时传为美谈。在解放后，他的盆景的照片与介绍文字译成英、俄文流传国外，还摄成电影，在国内外映播。

无论是小说、散文，旁及他的业余爱好盆景，都显示了周瘦鹃的创造性的才能。

（五）

周瘦鹃还是一位编辑大家。在民国时期，编新文学刊物最多的要算苏州人叶圣陶，而编通俗文学报刊最多的要数苏州人周瘦鹃。他在1913年19岁正式下海成为职业作家后，1914年《礼拜六》创刊，他几乎每一期都刊载一篇著译。1916年21岁，他受聘于中华书局，任《中华小说界》和《中华妇女界》撰述与英文翻译。1918年因中华书局改组而脱离。在这期间，他除出版译作《欧美名家短篇小说丛刻》外，又与严独鹤等合译了《福尔摩斯侦探案全集》，共44案，分12册发行。这其间，他还在《新申报》与《新闻报·快活林》兼任特约撰述。从1916年11月至1919年1月在《新申报》发表文章133天次共计95篇；从1917年1月至1918年3月在《快活林》发表文章133天次共计123篇。从1919年5月起任《申报》特约撰述，从1919年5月31日起至1920年3月31日止，他在《申报·自由谈》发表文章194篇。经过《申报》几乎近一年的考察，从4月1日起，史量才就“量才”录用，正式聘任他主持《自由谈》。正如周瘦鹃晚年所回忆的：“我得意洋洋地走马上任，跨进了汉口路申报馆的大门，居然独当一面地开始做起编辑工作来。……这在我笔墨生涯五十年中，实在是大可纪念的一回事。”①

他称编《自由谈》时是“神仙编辑”，每天只要花两小时即可，看小样大样都由其他人分工承担。于是他又兼任了1921年复刊的《礼拜六》周刊的主编，那年的6月份起，他又与赵苕狂合编《游戏世界》；同年9月他自掏腰包，创刊了半月刊《半月》；从1922年6月起他还别出心裁创办了他的个人小刊物《紫兰花片》月刊，精致玲珑的64开本，每期刊登20多篇文章，全是他个人的著译；而在那时，他还兼任先施公司所办的《乐园日报》的主编。如此算来，在1922年，他身负五六个报刊的主编确是实情。另外的一个编刊高潮是1925—26年，同样是在《自由谈》任内，他主持过《上海画报》；那年9月，他又任《紫葡萄画报》（半月刊）编辑；1925年《半月》改名《紫罗兰》；他每次创办杂志或为杂志改版，皆力图以全新面貌出现；在1926年2月他又被《良友》画报聘为主编，不过他主持《良友》的时间很短。他在这一波高潮中又同时任担过五种杂志的主编。周瘦鹃真可称得上是一代“名编”。

周瘦鹃最得心应手的是编《自由谈》副刊以及《半月》和《紫罗兰》一类的刊物。在副刊方面最显出他功力的是他在正式进《申报》前的将近一年“考察”期内，稿件的质量皆比他在《新申报》和《快活林》中的文章要高出一筹。《申报》是当时全国的第一大报，但它是一张民营报纸，走的当然是商业路线，广大市民是它的衣食父母。它需要吸引市民读者，从自己口袋里主动掏出钞票来买它，它追求的是最高的公众覆盖率和认同率。作为副刊的编辑也得要从知识性、休闲性、娱乐性与可读性的角度考虑市民读者的需求；作为一个大报，在这些方面既要有磁力而又不可低俗。在这将近一年中，周瘦鹃动足脑筋开了几个不定期的“专栏”。例如，他连载了15篇《影戏话》，这是中国最早的系列影评。在当时，中国的“本土电影”基本上处于“余兴”阶段，大多是一种片段的5分钟短片，离艺术片还有一大段距离。但周瘦鹃已看出电影这种新兴的综合艺术有着巨大的发展潜力。因此，他认真借鉴外国电影的经验，加以倡导。他在《影戏话（一）》中开宗名义提出：“盖开通民智，不仅在小说，而影戏实一主要之锁钥

---

① 郑逸梅：《记紫罗兰庵主人周瘦鹃》，香港《大成》第108期，1982年11月1日出版。

也。……美英诸国，多有以名家小说映为影戏者，其价值之高，远非寻常影片可比。……吾人读原书后，复一观此书外之影戏，即觉脑府中留了绝深之印象，甫一合目，解绪纷来，书中人物，似一一活跃于前，其趣味之隽永，有非言可喻者。”（1916 年 6 月 20 日刊）他在这 15 篇《影戏话》中，对侦探片、滑稽片、言情片一一作了介绍，如卓别林的成名史，名导格里菲斯的导演风格，名演员丽琳·甘许的演技等等都作了推荐。他专文（《影戏话·十三》）介绍格氏的《世界之心》，说明其主旨是写欧洲大战之惨状，斥德国统治者之残酷。格氏率全体演员亲赴前线，在药云弹雨中，险乃万状，历时 18 个月才摄成此片。演之世界各大都会，备受欢迎。英国首相称此片实为“人道之保障”，使人人知“爱国爱家忧人之义”！这又是周瘦鹃对历史巨片的高度赞扬。他还开设《小说杂谈》专栏，共刊登 17 篇文章。他历数外国诸文豪，指出“凡此诸子，均与一代文化有莫大之关系，心血所凝，发为文章，每一编出，足以陶铸国民新脑。今日欧美诸邦之所以日进文明，未始非小说家功也”（《小说杂谈（一）》，1919 年 5 月 31 日刊）。他对小说家的社会责任也有所论及：“小说家之笔，犹社会中之贤母，往往能产出一二英物，为世称颂。”（《小说杂谈（六）》，1919 年 7 月 2 日刊）其他专栏如《艺文谈屑》、《紫罗兰庵随笔》等均有佳作。其时，社会上正在讨论男女“社交公开”、“恋爱自由”之新风尚，周瘦鹃开了两专栏，一是《名人风流史》，一是《情书话》。这里的“风流”，是“数风流人物”之“风流”，介绍的是欧美名人如雨果、拜伦、白朗吟（英国大诗人）、伊丽莎白（俄罗斯女王）、惠林顿（英国名将）等人的恋爱史；而《情书话》则介绍伏尔泰、拿破仑、雨果等人的“情书”，也大受当时青年之欢迎。看这些专栏，觉得格调还是很高尚的，对社会风俗之转型，对新风的传播，也有一定的作用。

1920 年 4 月 1 日周瘦鹃正式主持《自由谈》，他日后在《自由谈》上除了常写短小精干的杂感外，其他的文类就很少发表了。但是他“独当一面”的第一天——4 月 1 日这一期却特别值得注意。我们且称它为“紫罗兰颂歌”之“专号”。他以紫兰主人为笔名写了一篇《花生日琐记》：“生平于花中，独爱紫罗兰。花小色紫，幽艳异常卉，尝谓其足以奴视玫瑰，婢蓄茶花，不为过也。……考希腊神话，谓此花为女神维纳司 Venus（司爱情与美丽者）情泪所化。维有夫远行，相与把别，泪珠入地，忽生萌蘖，入春花发，则紫罗兰也。予旧有句云：‘野花撩乱扑阑干，生爱萧郎陌路看，毕竟巫云谁得似，以他惟独紫罗兰。’吾知紫兰，紫兰当亦知吾也。”这最后的一句，就像密电码一样，是发给正在寂寞中的周吟萍。更有意思的是他从这一天起至4月4日连载了一篇哀情小说《玫瑰小筑》，几乎可说“预示”了他的一生：作家一冰的恋爱因女方家长阻挠而告失败，他的意中人的名字中有一“玫”字，因此他特别钟爱玫瑰。一冰决心日写万言，得十年所积，建一华厦，并设小圃，遍种玫瑰，以杀相思之苦。十年后他果然如愿在郊外构筑华屋并设玫瑰园，其中设备皆作玫瑰状，室内均为玫瑰色。一冰后来因思念“玫”而疯癫，放一把火烧毁这座华厦，而自己则“登楼入玫斋，抱玫小影而卧。明日，人有过玫瑰小筑者，第见一片瓦砾，白烟尚迷漫未散，而圃中玫瑰，犹向人作可怜红也”。中国有句老话叫作“一语成谶”，周瘦鹃在第一天做主编就“一文成谶”。他果然用十年稿费所积，在苏州购地筑紫罗兰庵，他后来也自戕于紫罗兰庵内，不是自焚而是自沉，不是由于情爱而疯癫，而是由于“文革”的迫害。

周瘦鹃在《自由谈》编辑任上12年又7个月。他调离《自由谈》去就任《春秋》编辑是大时代转轨中的必然。1929年10月，西方资本主义国家经济开始大萧条。“不少人对资本主义产生怀疑，而把实行与西方不同制度的苏联，看作是另一种希望，这就促使了世界思潮的变化。虽然，与西方不同，中国的经济在30年代表现出比较健康的发展势头，但是，上海文化界依然显示出左倾和激进的影响，这种倾向无疑受到了整个世界左倾思潮的影响。……《申报》本以稳健和守旧著称的，‘自由谈’是《申报》历史悠久的副刊，王钝根、陈蝶仙、周瘦鹃先后出任过该副刊的主编，长期以来它的倾向是同他们主编的趣味是一致的。1932年，《申报》起用黎烈文担任‘自由谈’的主编，黎当时仅28岁，先后留学过日本和法国。他主编‘自由谈’后，在当时如火如荼的形势下，大胆革新，并邀请许多左翼文化人士为‘自由谈’撰稿，使得该副刊在社会上十分引人注目。‘自由谈’的趣味的变化，实际上是社会思潮、社会趣味的变化，是时代在一份报纸上留下的烙印。”[①]《上海通史》作这样的解释是非常合情合理的。史量才

---

① 熊月之主编：《上海通史·第10卷·民国文化》，上海人民出版社1999年版，第30、36页。

是非常会“量才”的老板，他知道要周瘦鹃转这个弯是不合适的。而黎烈文刚从法国回来，史与黎家又是世交，他对黎有一定的了解。于是他将一个名牌副刊让给了这股世界左翼思潮，以示他并非不想跟上时代。可是他也绝对不会“抛弃”市民读者，因此，他另辟《春秋》，让周瘦鹃去发挥他的专长。史量才对周瘦鹃说的话，其中 4 个字最为重要：希望两个副刊能“各显神通”。

为这次周瘦鹃的撤离《自由谈》，在以后的中国现代文学史中就尽情地对周瘦鹃主持的《自由谈》，扣了不少帽子，例如热衷于“茶余饭后的消遣”，专喜“奇闻轶事的猎奇”，有“鸳鸯蝴蝶的游泳与飞舞的黄色倾向”等等。这些论调都只能算是“受蒙蔽的抄袭”行为。当时上海的经济正有着健康发展的势头，中间阶层生活相对安定，“茶余饭后的消遣”就是今天的所谓“休闲”，算不得是一种罪状；副刊对奇闻轶事的兴趣，也是一种承续古代“拍案惊奇”的传统，正如朱自清所说的：“先得使人们‘惊奇’，才能收到‘劝俗’的效果，所以后来有人从‘三言二拍’里选出若干篇另编一集，就题为《今古奇观》，还是归到‘奇’上。这个‘奇’正是供人们茶余酒后消遣的。”①男女社交公开、恋爱自由等等，正是当年的热门话题；至于一张全国性的大报怎能让“黄色”大行其道呢？看到这些帽子在中国现代文学论文中“飞舞”倒使我们感到权威者的误导，比反面人物的造谣更加危险。

周瘦鹃主持的《自由谈之自由谈》、《随便说说》、《三言两语》等专栏，皆发表了不少时评，短短一二百字，嬉笑怒骂，令人忍俊不禁。1923 年 1 月到 1926 年 6 月，周瘦鹃在《自由谈》中开辟了《三言两语》专栏，他上至总统，遍及各地军阀，旁涉国会议员，都敢于指名道姓地进行讽刺和抨击，体现了当时相对的“言论自由”。例如在 1923 年 12 月 21 日，他尖锐讽刺吴佩孚喜恬不知耻地唱高调：

> 如今吴大头也像煞有介事的说起殉国家殉法律殉国会死而无憾的话来了，不知怎样总觉得有些不配。我看大头要是真有这种烈性，就请他殉一下子，让全国的国民来给他立铜像开追悼会罢。

① 朱自清：《论严肃》，《中国作家》1947 年创刊号。

对当时曹锟演出的贿选丑剧，周瘦鹃对"猪仔"议员们也极尽讥刺之能事，他将被收买的国会议员比作妓女：

> 我听说上海卖淫的妓女，有长三、么二、雉妓三等之分。不过，我们所谓神圣的国会议员，有人收买，也把他们分做了三等：六千、四千、三千，不是个小数目。料他们得了这笔钱，少不得要打情骂俏，曲意献媚了。唉，国会议员啊，你们可要去拿这笔钱么，可还要挂着神圣的招牌么？

在"五卅惨案"后。1925年6月1日他在《三言两语》栏中写道："地上一抹一抹的血痕，被一夜雨水冲洗去了，但愿我们心上的所印悲惨的印象，不要也和血痕一样淡化。"他对惨案发生后的愤慨言论决不止于这一篇。对北京女师大事件，周瘦鹃也发表自己的看法：

> 章士钊为了女师大女生厮守着学堂不肯走，他一时倒没有法儿想。这也是他福至性灵，斗的计上心来，便召集了三四十个壮健的老妈子，浩浩荡荡杀奔女师大而去。末了儿毕竟马到成功，奏凯而归。这种雷厉风行的手段，我们不得不佩服他。但是女学堂不止女师大一所，起风潮亦在所难免，照区区愚见，不如组织一个常备老妈子队，专为应付女学堂风潮之用，免得临时召集，或有措手不及之虞……但不知密司脱章可能容纳我这条陈么？（1925年8月29日刊）

在"三·一八惨案"后，周瘦鹃又写道："我看了北京惨案中死伤的调查表，不禁吓了一跳，想段大执政的手段，委实可算得第一等辣了。任是那震动中外的'五卅惨案'，也没有死伤这样多的人啊！唉，外边人要杀，自己人又要杀，这真是从哪里说起？"（1926年3月27日刊）凡此种"三言两语"都可说是代表了上海市民的民意。"受蒙蔽的抄袭者"读过之后，或许会觉得他们得先去看看《申报》原件，再下断语了。

当时还有一种说法，就是周瘦鹃私心太重，老是登熟人的文章，所以要请他"下台"。首先，周瘦鹃也为此种情况苦恼。他曾说自己做了"文字公仆”，一天到晚为他人作嫁衣裳，“又为朋友太多，不能不顾到感情，只好到处讨好，而终于不能讨好，偶一懈怠，责难立至，……在我已觉得鞠躬尽瘁，而在人还是不能满意。唉，好好先生做到这个地步，可已做到山穷水尽的地步了”。① 只要稿子质量达到要求，采稿中有照顾朋友之嫌，也是不能避免的，他自承有此倾向。可是也不能一概而论，张爱玲并不是他的熟人，凤兮当时也是一位素不相识的文学青年；至于秦瘦鸥的稿件，当时他还名气不大，很难上大报，秦的朋友告诉他：“最重要的是要先请‘自由谈’编辑周瘦鹃过目，希望他在编辑委员会议时说几句好话，否则很难通过。……后来，申报编辑部会议时，周瘦鹃是出名的好好先生，竭力推荐……”②可见他也培养了一些新进的作家。20 世纪 20 年代，《申报·自由谈》刊登毕倚虹的《人间地狱》，成为上海人的“樽边谈片”，是 30 年代《快活林》刊登张恨水《啼笑因缘》的预热；而 40 年代，《申报·春秋》发表秦瘦鸥的《秋海棠》是《啼笑因缘》热的延伸，都曾被编辑界传为美谈的。台湾有位作家认为张爱玲找周瘦鹃是找错了门。我们却说是找对了门。周瘦鹃不仅给予她高度评价，而且能指出她受了中国的哪部作品的影响，而又喜爱哪位外国作家的风格。“我把这些话一说，她表示心悦神服，因为她正是 S. Maughm 作品的爱好者，而《红楼梦》也是她所喜读的。”③像一名医生，把过脉后说得如此准确，岂非找对了门吗？

周瘦鹃作为编辑大家，在中国现代文学编辑史中应该有他的地位。以上仅就《申报·自由谈》为中心说说他的编辑工作的概况。至于他编的《半月》和《紫罗兰》等均是通俗期刊中的精品。④

解放以后，在有关领导的关怀下，他又拿起笔来，用散文抒发他的欢愉心情。如果要用最简洁的两个字来概括，那就是一心一意地“歌德”。即使是在“政治挂帅”和“政治标准第一”的年代里，他的产品也是经得起挑剔的。可是在“文化大革命”中他受到如此残酷的待遇，多次轮番批斗、

① 周瘦鹃：《几句告别的话》，《上海画报》三日刊第 431 期第 2 版，1929 年 1 月 12 日出版。
② 陈存仁：《我与秦瘦鸥》，香港《大成》第 18 期，1975 年 5 月出版。
③ 周瘦鹃：《写在〈紫罗兰〉前头》，后期《紫罗兰》，第 2 期。
④ 可参看拙著《中国现代通俗文学史（插图本）》第 9 章第 3 节《〈礼拜六〉的复刊及〈半月〉、〈星期〉、〈紫罗兰〉的创办》，北京大学出版社 2007 年版。

抄家、游街……人格受尽侮辱，肉体屡遭摧残，令人寒心。他爱花如命，他将盆景视为亲骨肉。可是这些他的“最爱”被毁于一旦。在“文革”的充满兽性的世界里，1968 年他含冤而死。一个热爱生命、热爱美的作家，非得接受如此悲惨的下场，至今人们还深感痛惜和哀悼，今天我们也不可能为他说更多的愤慨而不平的话语。他投井自沉前，一定回顾了他的一生，担心过他活着的亲人以后如何度日；他也会盘算过，这个世界怎么会使他如此大起大落，哪些是假相，哪些才是真容。总之我们无法去了解他当时的思绪。我们只能借用他生前曾写过的一段话表达他诀别人世时的心声：“我本来是幻想着一个真善美的世界的，而现在这世界偏偏如此丑恶，那么活着既无足恋，死了又何足悲？”[①]

周瘦鹃没有熬到拨开乌云见青天的日子。在粉碎“四人帮”和清算极“左”路线之后，以经济建设为中心，市场经济的商业伦理重新定位与市民社会的逐步回归就像是一对孪生子，而市民社会的回归也就是“个体本位”在一定范围内的得到承认。市民们今后就可以用多元价值与自主权利去进行适度的自由选择。人人都说“上海人怀旧”，前几年所谓“海上旧梦”大行其道，其实这“旧梦”就是新社会人人早就应该享受的权利，那就是：每个人都是一个个体，每个个体在法律允许的范围内都是自由的。这怎么是“怀旧”呢？那才是真正的“盼新”。于是过去周瘦鹃在市民社会中从事的事业和积累的经验，就有了新的价值。说得更透彻一点，那就是周瘦鹃的成功经验又部分地“复活”了。他过去办过《礼拜六》杂志，遭到过多少的非难与谴责，可是现在有那么许多“周末版”。我们难道连“周末”就是“礼拜六”这个常识也不懂吗？周瘦鹃的某些经验不是就“复活”在今天的“周末版”之中？

《上海通史》是这样估价当年的上海的：上海“客观上充当了世界文明输入近代中国的桥梁。……上海以市场消费为本质特点的都市生活方式，成为民国时期‘上海生活’的魅力所在。……由各地移民组成的近代上海人既参与创造了上海，也被上海所塑造。他们是都市文化的结晶。他们的眼界、梦想、思考和行为方式，代表了近代中国人突破传统文化围

---

① 周瘦鹃：《杨彭年手制的花盆》，《拈花集》，第 276 页。

城，面向世界的勇气和雄心。……人类文明成果的传播已突破地域自闭状态，全球一体化的潮流已不可阻挡；中国融入世界文明演进主流，推进工业化、都市化进程的发展方向已不可逆转”[1]。在当年，周瘦鹃活跃于上海滩，他是输入文明、共同塑造都市化的上海的最积极的“媒体人”。说得再直白一点，周瘦鹃用媒体、用他的文艺作品宣扬了“时尚”的上海生活。他对“人类文明成果的传播已突破地域自闭状态”，作出了贡献。他的“大时尚”就是他翻译了《欧美名家短篇小说丛刻》等众多的外国优秀作家的作品，他步鲁迅、周作人的后尘，在五四之前就努力突破中国的自闭状态，将国外的文明引进中国来。他还有许多介绍“小时尚”的作品，过去不为我们所理解，认为这是他的“玩物丧志”。但实际上这些也是“民国时期‘上海生活’的魅力所在”。在周瘦鹃的作品中有着许多时尚元素。例如他对电影的推广，甚至涉及现在时常谈到的热门话题“贺岁片”；他在自己的报道中对跳舞热、时装表演、宠物展览，都一一作过恰如其分的报道，从而增添了都市的“摩登”气息。更不必说那花卉与盆景的专攻了。讲到跳舞，在20世纪二三十年代，曾是上海一大新景观。某报报道过这股热潮：“今年(指1928年——引者注)上海人的跳舞热，已达沸点，跳舞场之设立，亦如雨后之春笋，滋茁不已。少年淑女竞相学习，颇有不能跳舞，即不能承认为上海人之势。”[2]可是因此却惹出了许多桃色事件，本埠新闻中也天天报道，当时有一部名为《如此天堂》的影片，提出舞厅是“天堂欤，地狱欤?”，实际上将舞厅比作“地狱”，若干通俗作家仅从道德层面上去加以谴责，只有周瘦鹃说得既与“世界文明接轨”，又要大家“警惕野蛮之风”。他解释道：“其实跳舞并非坏事，欧美的上流社会，以跳舞为社交上必要之事，国家的庆祝大典中，也总得有跳舞之一项，并且是极庄严郑重的。不幸跳舞一到了上海，就被认为罪恶，实在也为的上海一般以营业为目的跳舞场，大半为荡子妖姬所盘据。”[3]在周瘦鹃的散文中已有《新装斗艳记》、《云裳碎锦录》(分别刊1926年12月21日、1927年8月15日《上

---

① 熊月之主编:《上海通史·第9卷·民国社会》，第438—439页。

② 转引自熊月之主编《上海通史·第9卷·民国社会》，第177—178页。

③ 周瘦鹃:《发人深省的〈如此天堂〉》，载《〈如此天堂〉特刊》，大东书局，1931年10月出版，第1页。

海画报》)等关于时装表演的文章，虽然当时还不是走 T 台，但恐怕是上海最早举行的时装表演了；而后者是写陆小曼与人合伙开"云裳时装公司"的报道。《上海画报》是三日刊，周瘦鹃每期都发表一篇文章，就像现在某名人 3 天发表一篇"博客"一样，1926 年 3 月 4 日《上海画报》中，他在《樽边偶拾》一文中讨论过"贺岁影片"，今天此种类型的影片已司空见惯，当年却是个时髦的名词；在 1926 年 5 月 7 日的《上海画报》中谈上海最早的宠物比赛《狗赛会中》；而在 1926 年 6 月 30 日则介绍《美国之模特案》，讲的是分清艺术与淫秽之区别。除此之外，作为一位市民大众文学的代表人物，周瘦鹃的文章时刻顾及客观、公正、真实、及时、有趣的原则，在他的文中有一种对世俗的关怀，他重视市民中的民生课题，也在社会转型中对新伦理观作反复的探讨。他欣赏时尚，同时也尊重中国传统美德，他游走于现代与传统之间，这是市民最能接受的道德尺度与生活准则。而新文学家中不少人住的是亭子间，市民是他们的邻居，可是他们以为四周都是庸俗不堪的"俗众"，与他们在精神上格格不入。他们对市民社会的认识空缺，对市民社会的许多现代性内涵，显得冷淡与漠视，这或许是某些新文学家的历史的局限性。我们反观今天现实中的市民们的一切时尚元素，难道我们不觉得周瘦鹃所报道与抒写的时尚，又部分地"复活"了吗？我们今天的媒体人，正在自觉或不自觉地运用周瘦鹃的成功经验。

在本文开端，我们就认定在"上海市民大众文坛上，周瘦鹃可说是最有代表性的作家"。我们之所以连"之一"这样的字眼也不加，是因为他的代表性经由鲁迅等文学巨匠钦定的。在 1936 年，鲁迅等 21 人签名于《文艺界同人为御侮与言论自由宣言》上时就确认包天笑与周瘦鹃为"鸳鸯蝴蝶派"作家中的代表人物。1936 年，包天笑 61 岁，周瘦鹃 42 岁，他们代表着市民大众文坛上的两代作家。无可争议，周瘦鹃当时可算是市民大众文学少壮派的代表人物。他的著、译颇有成就，特别是作为一位"名编"，在民国期间，他几乎撑起了上海市民大众文坛的"半爿天"；而在当前，市场经济复苏与市民社会逐步回归中，周瘦鹃成功经验的"复活"现象也日益明显，他的经验的影响力随着时间的推移将会更进一步地凸现！

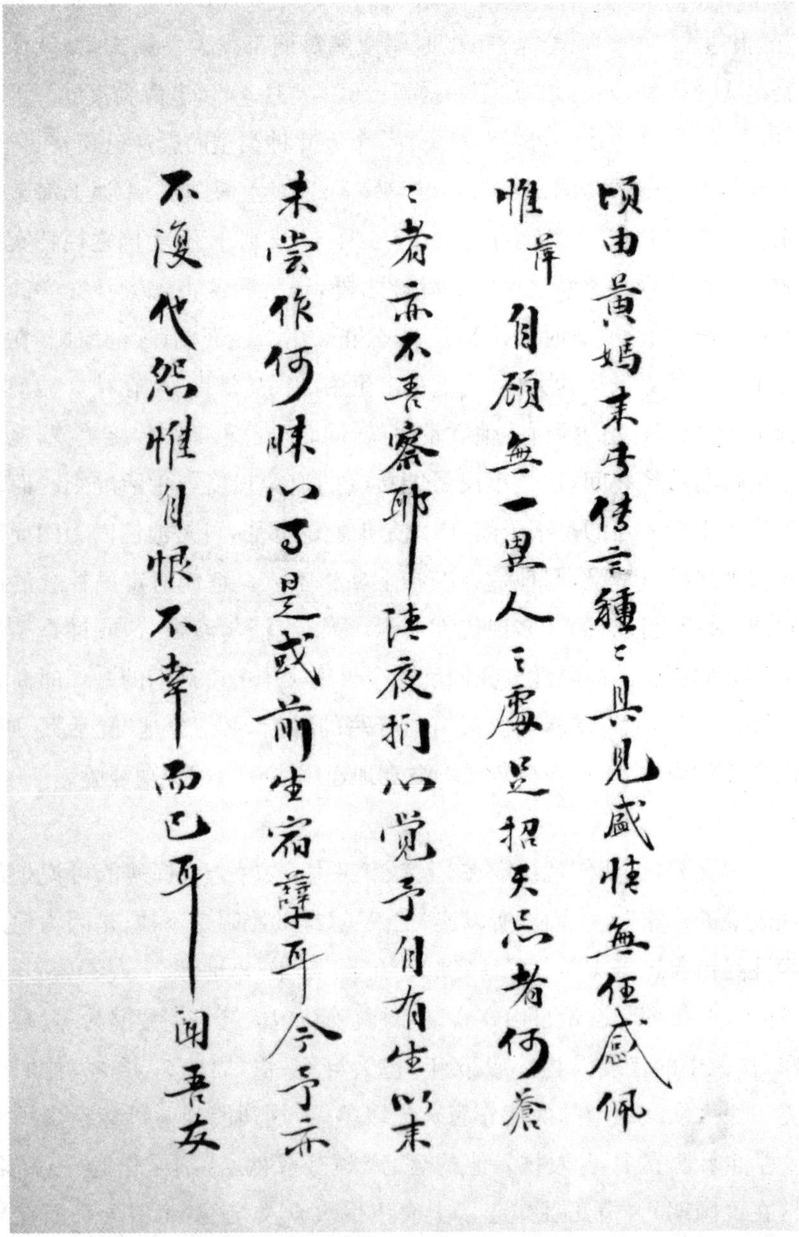
頃由黃嫣來寄傳言種種具見盛情無任感佩
惟岸自顧無一是人人處足招天忌者何蒼
蒼者亦不吾察耶連夜捫心覺予自有生以來
未嘗作何昧心了是或前生宿孽耶今予亦
不復他怨惟自恨不幸而已耳 聞吾友

◎ 这是在归还给周瘦鹃家属的“文革”抄家物资中发现的周吟萍给周瘦鹃的一封残信,缺第一张信笺。这是第2页。

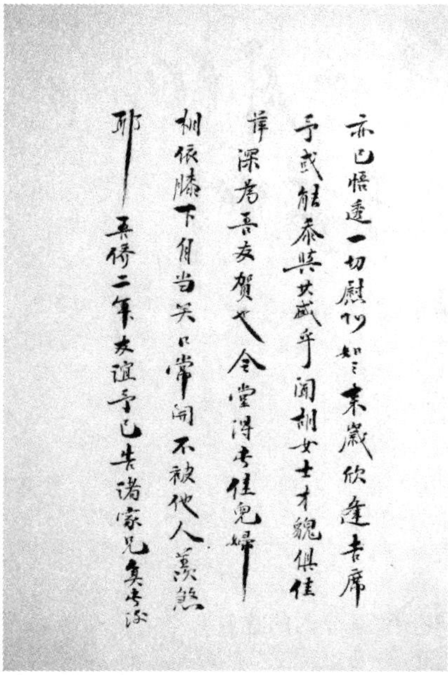
亦已悟透一切厌抑 如之 来岁欲逢吉席
于彧能参与其盛乎 闻相女士才貌俱佳
萍深为吾友贺也 今当得与佳儿妇
相依膝下自当笑口常开 不被他人羡煞
耶—— 再侍二年友谊予已告诸家兄矣

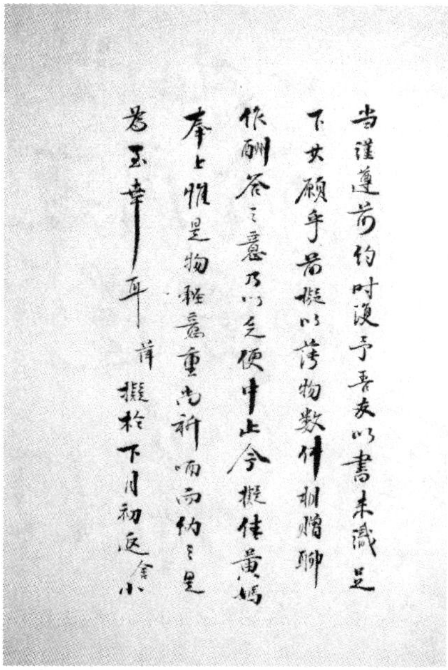
当谨遵前约时复予吾友以书 未识足
下亦愿乎 尚拟以薄物数件相赠聊
作酬答之意 乃以之便中上今 拟倩黄妈
奉上 惟是物轻意重 尚祈 哂而纳之 足
为至幸——耳 萍 拟于下月初返

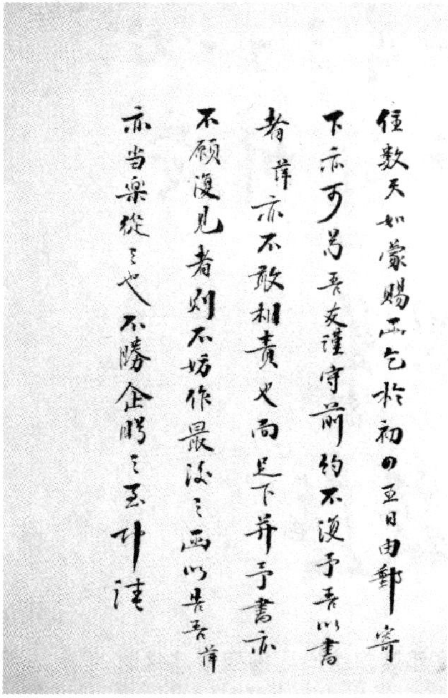
住数天 如蒙赐函 乞于初四至日由邮寄
下 亦可为吾友谨守前约 不复予吾以书
者 萍亦不敢相责也 而足下并予书亦
不愿复见者 则不妨作最后之函 以告吾萍
亦当乐从之也 不胜企盼之至

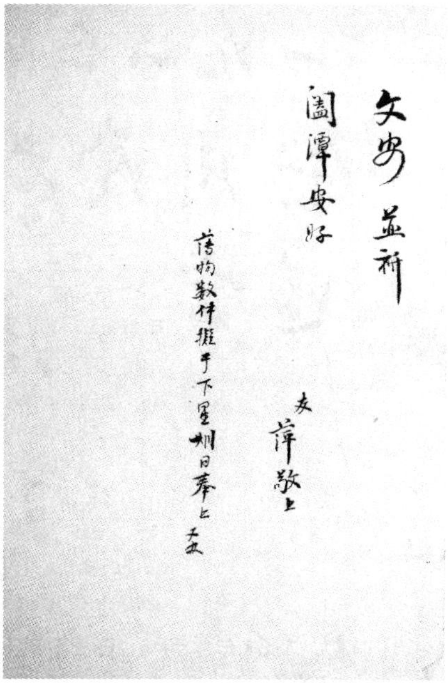
文安 并祈
园潭安好
友 萍 敬上
薄物数件拟于下星期日奉上

◎ 【上左】第 3 页。【上右】第 4 页。【下左】第 5 页。【下右】第 6 页。

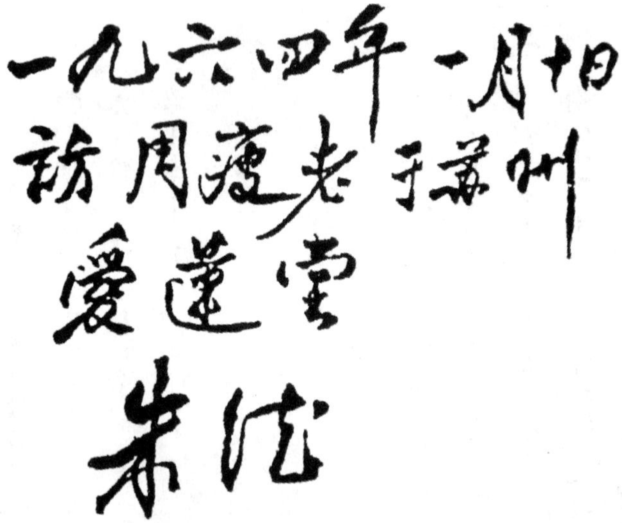

◎ 1964 年 1 月 10 日朱德访周家花园爱莲堂时的签名。

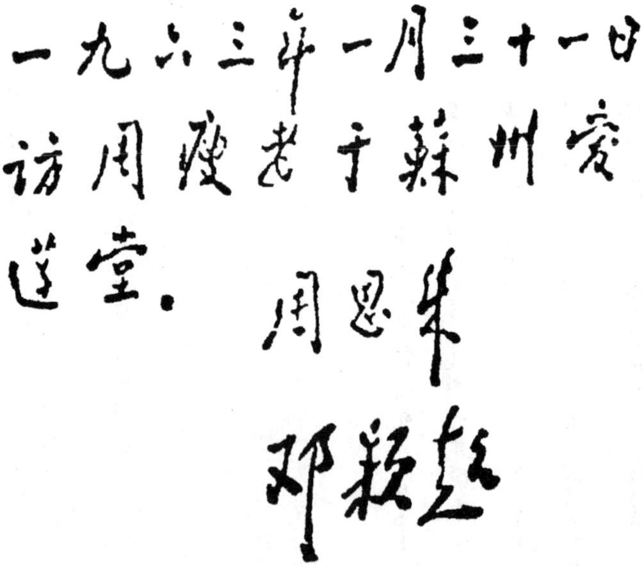

◎ 1963 年 1 月 31 日周总理和夫人邓颖超访问周瘦鹃爱莲堂时的签名。

爱的供状：从劫后余生的“紫罗兰”亲笔信看……

——周瘦鹃的《爱的供状》和张恨水的《换巢鸾凤》

在编辑《周瘦鹃文集》时，与我共同参加编选工作的周瘦鹃的爱女周全女士在一大堆杂乱的“文革”抄家归还物中找出了三封半“紫罗兰”周吟萍寄给周瘦鹃的亲笔信。这三封半信可谓“劫后余生”，其价值是在于从另一个角度呼应了周瘦鹃于1944年所写的《爱的供状——附〈记得词〉一百首》。这篇《爱的供状》和盘托出了鹃萍二人的“雕肝镂心”的精神之恋。在(后期)《紫罗兰》上连载时，读者的反响就极为强烈。在《爱的供状》中，周瘦鹃也摘录了若干“紫罗兰”给他的情书片段，也原原本本地细诉了他们之间的爱情的“兰因絮果”，并在每首诗后附有“画龙点睛”式的注释。但是这个真实的故事太像是一篇感人肺腑的“哀情小说”，因此会令人不禁联想到《爱的供状》是否是小说家周瘦鹃经过艺术加工以后的“似真如幻”的产儿？这的确是一个值得探讨的问题。

应该说，周瘦鹃“一生低首紫罗兰”的深情是有许多明证的。张恨水甚至还以鹃萍之恋为原型写过一部长篇小说《换巢鸾凤》。郑逸梅还在1990年的香港《大成》杂志上撰长文《周瘦鹃伤心〈记得词〉》，叙述这段哀情恋史的始末：“瘦鹃对于紫罗兰，几乎痴痴迷迷，沉溺其中，所编的刊物，名《紫罗兰》、《紫兰花片》，作品名《紫罗兰集》、《紫罗兰小丛书》(他的书斋取名为“紫罗兰庵”——引者注)；在苏州王长河头辟一小园，即名‘紫兰小筑’，园中植有紫罗兰花，名紫罗兰台，甚至写字所用的墨水，也是紫色……实则瘦鹃的爱紫罗兰，其中有一隐事，他的恋人周吟萍，肄业上海务本女学，有校花之称，她取一西名 Violet，紫罗兰……”那么紫罗兰对“一生低首紫罗兰”的“爱花人”的反馈呢？

如果没有“文化大革命”这场民族灾难与浩劫，周瘦鹃一直是将周吟萍给他的“片纸只字，目为瑰宝”，什袭珍藏，那么即使是他驾鹤西去后，这些信件还应该留在人间，可以对照、印证这篇“供状”是否是纪实式的坦陈。可是这次在编辑《周瘦鹃文集》时，要在“紫兰小筑”中找一张周瘦鹃的手迹作为插页，也难于寻觅。在浩劫中抄家时，几把火已将周瘦鹃的藏书、杂志、手稿烧得荡然无存。但是在归还的抄家物资的一堆杂乱无章的“残骸”中竟然能发现三封半的“紫罗兰”的亲笔信，就好像她又活生生地站在读者面前，诉说她在封建家庭压制下的强迫婚姻的“无边沙漠”中，心灵中还存留着一片神圣“绿洲”，那就是周瘦鹃献给她的一份永恒的真情。这三封半的信，可以对照《爱的供状》的某些情节，从中可以透视她的高洁而又含蓄的对周瘦鹃倾诉她的心曲与苦衷。

第一封信——残本

第一封信本是六页，但可惜残缺了第一页。这封信的背景是，紫罗兰结婚后，周瘦鹃终日郁郁不乐，无以自聊，他的母亲见他如此，就给他定了一门亲事，对方胡凤君是周瘦鹃昔日的邻居。次年就要举行婚礼。周吟萍就在这种处境下落落大方地给周瘦鹃写信表示祝贺，但她的内心是复杂的，她觉得周瘦鹃可能是个忘却前情的人，但她在牢狱般的生活煎熬中还十分依恋昔日与周瘦鹃的情分，因此是否要继续友情的交流，她请即将结婚的周瘦鹃来决定：

……顷由黄妈来此传言种种，具见盛情，无任感佩。萍自顾无一异人之处，足招天忌者，何苍苍者亦不吾察耶？清夜扪心，觉予自有生以来，未尝作何昧心事，是或前生宿孽耳。今予亦不复他怨，惟自恨不幸而已耳。闻吾友已悟透一切，慰何如之。来岁欣逢吉席，予或能忝与其盛乎？闻胡女士才貌俱佳，萍深为吾友贺也。令堂得此佳儿妇，相依膝下，自当笑口常开，不被他人羡煞耶！吾侪二年友谊,予已告诸家兄矣,此后当谨遵前约,时复予吾友以书,未识足下其愿乎?前拟以薄物数件相赠,聊作酬答之意,乃以乏便中止。今拟倩黄妈奉上。惟是物轻意重,尚祈哂而纳之,是为至幸耳。萍拟于下月初返舍小住数天,如蒙赐函,乞于初四、五日邮寄下亦可。苟吾友谨守前约,不复予以书者,萍亦不敢相责也。而足下并予书亦不愿复见者,则不妨作最后之函以告吾,萍亦当乐从之也,不胜企盼之至。

即请

文安　　并祈

阃潭安好

友萍敬上

薄物数件拟于下星期日奉上,又及。

信中的黄妈估计是她陪嫁的仆佣。而她的一句"不被他人羡煞耶"却是从她现实生活的对比中发出的感慨。这封信在《爱的供状》中也有相应的反映。周瘦鹃在诗中吟唱:"银盂银笔亲贻我,中有佳人款款情;记得书窗常作伴,誓将翰墨奋前程。"注释是"承以银笔、银水盂等文具数事见赠,盂上镌英吉利字'REMEMBRANCE'(纪念品),并其西名缩书 V. T. 二字,盖欲吾睹物思人,长毋相忘;亦所以勖我努力文事也。"

在周瘦鹃结婚 7 年后,紫罗兰早知周瘦鹃得了贤妇,而又体察出周瘦鹃还是对她一往情深,但这种深情又可与周瘦鹃现在的和睦家庭共存,于是在周瘦鹃的某封信的一激下,才来了一次感情的大爆发,那是 1927 年的 7 月 11 日周吟萍所写的一封长信。她向周瘦鹃"倾筐倾箧"地吐露了她婚后的生活实情以及她对周瘦鹃的爱意。在《爱的供状》中周瘦鹃用四首诗感戴紫罗兰的坚贞至情:"苦心坚守女儿身,完璞还期报故人;记得千言陈密意,至情应许勒贞珉。"周瘦鹃为此感激涕零,并分三个注释抄下了这封长信的摘要:

想当初我也曾几次三番的想抵抗,然而总没有效力,做梦一般的被送进这牢狱式的门口了。后来退一步想:我譬如寄居此间,保持清白,以后慢慢的再作道理。一年工夫,居然被我推过了;但是好不容易，这恐怕也没有第二人能办到的吧？……

我虽守了一年，而你已和人结婚了；这也不能怪你，我又不曾向你有所表示，这都是我不肯多说话的害处。总之，这样一来，我很觉灰心，以为你是没有真情的人；（现在我已不是这样想了。）心中一懈，就此前功尽弃，这便是我作为今生和你无缘的证据了。……

我和你是很正当的精神结合；要是你不嫌弃我的话，就作为我是你的未婚妻便了。……

周瘦鹃三复诵之：“一息尚存，自当铭心刻骨，永矢不忘美人恩也。”“嗟夫！世有百年偕老之夫妇，又安得有一生相守结缡无期之未婚妻哉，是痴情语，亦伤心语也。”这是在周瘦鹃结婚7年以后，周吟萍才吐露在牢狱式的生活中，度日似年的“心头之痛”，以及她当时还存有的一份将自己完璧般地献给她心爱的人的痴想。可是事实却粉碎了她的“再作道理”的道理。她一度对周瘦鹃感到失望。她失却了苦海航行中的精神罗盘。但是在这几年中一本本的装帧精美的《紫罗兰》刊物，一本本的玲珑娇巧的《紫兰花片》，还在刊物上专辟《银屏词》，以谐音“吟萍”……一声声地向她呼喊，再加上周瘦鹃常说的：我“以后二十余年间，不知费了多少笔墨，反对封建家庭和专制婚姻。我的那些如泣如诉的抒情作品中，始终贯串着紫罗兰一条线，字里行间，往往隐藏着一个人的影子”。那一篇篇和着泪痕的哀情文字，都向周吟萍坦露他的心声，使这位“苦海无边”而失去了航向的紫罗兰重有了感情上的寄托和心灵的慰藉。“我现在已是不这样想了”，她对周瘦鹃重新恢复了信赖，感到了世上还有一丝温情，她精神上有了一位“永远的未婚夫”，这恐怕就是她在世上的唯一精神财富……

第二封信——埋忧无地的永恒怅惘

新发现的第二封信年月不详。信中表达的是那种连“天伦之乐”也无法治愈她的心灵的孤寂，她感到只有周瘦鹃才能了解她的难言苦衷：

吾友惠鉴：前上寸缄，久未见复，加之梅雨丝丝，尤足增人愁绪，室中枯坐，烦懑欲死。本拟续寄数行，藉候起居，顾乃执笔者，屡竟不知何从说起，因而未果。昨得瑶函，欣悉故人无恙，徒以勤于著作，未暇及此耳，吾友竟日孜孜从事撰著，贤劳可想，所幸年少多才，谅不以是为苦。际此榴火舒丹，槐阴结绿，于笔耕墨耨之余，想见雪藕调冰，正多乐事。萍来舍月余，虽畅叙天伦，颇得悠闲之乐，而游兴阑珊，往往避嚣趋寂，独居静念，结辖难舒，自觉寄愁乏术，埋忧无地，翘首前途，心滋怅惘。初不料向欲自跻于达者，而卒无以自达也。然而畴昔之自命达者，亦未免自欺欺人耳。相知如君当亦早喻吾意，至今日而达无可达，是殆天意使然，又何言哉？半阅月来，时患胃病，每食恒不易消化，不幸如吾，惟有听之已耳。返北之期，本拟候家兄放洋之后，乃君友石谅亦将赴美启行在即。彼处已屡来促吾返北，料理一切，故定于明日往登贤一走。得暇乞赐数行为盼，余不赘。

敬颂

夏安

萍敬上

据笔者考证，这封信可能是写于1919年夏天。一是称周瘦鹃“少年多才”，周瘦鹃当年为25岁。另外在那年周瘦鹃在《申报》的8月4日的《紫罗兰庵随笔》中，谈及“伉俪之情”时曾写到一位女子如何“迎接”外出归来的丈夫的：“先与檀郎解渴来，雪藕冰桃暑未侵，更擘银瓜亲送与，教郎知味镇郎心。”这信中的“雪藕调冰，正多乐事”，也许是从周瘦鹃的“随笔”中化出来的，说明她是知道周瘦鹃的鱼水之乐的。而她自己即使是在大自然的“榴火舒丹，槐阴结绿”之际，也只感到“寄愁乏术，埋忧无地，翘首前途，心滋怅惘”。她只是过着“独居静念”的生活。她曾自以为是达观者，到头来却又感到“自欺欺人”，只有“相知如君亦当早喻吾意”，这知心人只能永作精神结合的“未婚夫”，就象征着她在现实的婚姻生活中已判了“无期”。

第三、四封信——早已抱定牺牲到底的决心

但是她不甘于这样的“无期”。她还追求“无期”中的“自我解脱”。她

不愿在上海做"少奶奶",她竟离乡背井,在南京自谋职业,在审计处谋得一个位子,生活也颇为清苦。新发现的三、四两封信就是她在抗战初期,南京屡遭敌机大轰炸时,她在洋烛下写给周瘦鹃的信。在信中他们就好像处得如一家人一样。她的哥哥那时正跟着周瘦鹃一起逃难到了浙江南浔,周瘦鹃曾快函望她离开南京,她却表示家庭环境太恶劣,宁可与所在团体共存亡:

磊功巷离处甚远,往来殊觉不便。幸同居五人和蔼可亲,早出晚归,当觉热闹,公余之暇,围坐纳凉,随便闲谈,藉以为常。虽属无聊,而在此非常时期较之水深火热中之难民已不啻有霄壤之别矣。(第三封信摘录)

日前接奉手书一,昨又得快函,均因鉴于报载敌机将来京大肆轰炸,嘱我从速离京,免遭池鱼之殃。语重意挚,良可感也。……此间自战事发生后,一切物价均较平时为贵,处内同事因九月份薪分文未发,当须自贴房金伙食,故陆续辞去者已逾其半矣。萍半生忧患,所如辄左环境之恶劣,无与伦比,乃于客岁,愤而来京服务,借以休养身心。不料又复迭遭非难,多方奋斗,忍气吞声,方得厕身政界。一载以来,虽属滥竽充数,差幸当无陨越。值兹国难方殷,在审计处未正式解散以前,似不宜及早引去,于公于私俱无离京之必要。故在战事发动之初,早已抱定牺牲到底与本处共存亡之决心。曾加入审计处职员无论如何困苦决不离去之团体中,即不幸遭难亦在所不惜也。(第四封信摘录)

关于她的这段生活,在周瘦鹃的《爱的供状》中也有所反映,诗曰:"输伊肝胆轮囷似,石破天惊也不惊。记得秦淮烽火急,蛾眉剑气自纵横。"其注释是:"伊人不乐家居,谋一职于白下。丁丑秋仲,事变猝发,秦淮河畔,风鹤频惊,妇孺纷纷避难,而渠不欲离其职守,予虽飞函促其返沪,不顾也。"周瘦鹃又去信请她来南浔,她也坚持如故。后周瘦鹃仓促转避安徽黟县南屏村,从此"伊人杳无消息"。直到《申报》馆催促周瘦鹃回沪工作,才走访其母,"始知其由白门而汉皋,由汉皋而西行入蜀,寻即谋得职业,茕茕弱质，万里投荒，其勇气迥非驽骀如予所能企及，可佩也。已而予即得其来函，缕述其历劫远行之经过，末谓蓬泊萍飘，归来不知何日，今生未了之缘，惟有期之来世云云，语多哀怨，令人不忍卒读。”在吟萍父亲逝世时，她请假三月，由蜀返沪治丧，三月后她还是岖崎跋涉蜀道回渝销假。虽然“余与乃母留之不可得，盖渠有难言之恫，翻以远行为得计也。骊歌将唱，不能不黯然魂销，顾亦别无他语，但以老母殷殷相托而已”。就在这样忧伤中度日，华年似水，一瞥而逝，她给周瘦鹃一函道：“几年以来，我自己也觉得憔悴得很快，但我又要留住这青春何用呢！我是牺牲定了，还有什么希望啊！”

据郑逸梅在《周瘦鹃伤心〈记得词〉》中提及，1946 年，周瘦鹃的嫡室“凤君逝世，周吟萍亦已守寡，瘦鹃颇有结合意，奈吟萍却以年华迟暮，不欲重堕绮障……”她在内心是那样地珍视周瘦鹃对她的深情，在信中常常向周瘦鹃敞开心扉；她又是那样的理智，两人都已年过半百，而周瘦鹃这样一个具体的家庭，中馈需人，她是职业女性，并非持家能手，她难能胜任。她这一决定，也恐怕出自为周瘦鹃晚年的幸福着想吧？如果说周瘦鹃是深挚的情痴，那么周吟萍则可以称得上理智的情圣了。

一首“一生低首紫罗兰”的旷世绝唱，只好如此凄婉地回荡于人间……

张恨水《换巢鸾凤》对“鹃萍之恋”的回响

张恨水与周瘦鹃的文字之交颇深，自 1933 至 1936 年，张恨水连续在周瘦鹃主持的《春秋》中刊载《东北四连长》和《小西天》两部长篇。周瘦鹃与紫罗兰的恋情在文艺圈中已经传为美谈，善写言情小说的张恨水也就有了以“鹃萍之恋”为原型，写一部长篇的想法。

这部长篇题名《换巢鸾凤》，连载在 1936 年 3 月 30 日至 1937 年 8 月 10 日《春秋》上，共 208 续（连载标为 207 续为止，其中一次编号重复，因此，实为刊登了 208 续），《春秋》因抗战而停版，连载就此中断了。以后张恨水也没有再赓续。但这部未竟之作也已经写到第 15 回（长篇最后几续标“第 16 回”，但回目仍与第 15 回相同，况且第 15 回也还没有结束，因此乃错排，也许是《春秋》在将停未停的“非常”时期，“人心浮动”，步调显得有些混乱)，字数也已近20万字，颇可对现实生活中的“鹃萍之恋”作一对照。在《换巢鸾凤》的“楔子”中，张恨水就写了周瘦鹃曾邀他到苏州家中，目的“是要供给你一些小说材料。……可以让你尽一日之力，在我家里，把那些文件全数看看，有不大懂的还可以问问我”。当然在“楔子”中出场的周瘦鹃，张恨水用的是化名“兰庵”，他是这样作介绍的：“兰庵主人，也不过是个卖文为活的书生，由他十几岁卖文起，直卖到40岁为止，居然靠他积攒下的一笔心血钱，也在苏州城里买下了人家一座废园子，作了住宅。园子虽是荒芜过了，但是经他积年累月的整理，很觉得幽雅宜人。”张恨水在参观园子时，对“紫兰台”特别注意，说是“兰兄一生，最爱紫罗兰，无论什么事情，总会把这话牵引上去，可说是与花有缘，爱花若命了”。这当然全是指的周瘦鹃。不过到兰庵给作者看材料时，却又说是他的友人的恋爱故事，可是这位“兰庵主人”也是文人，他自己为什么不写而只做一个材料的“供给者”？他借口故事发生在南京、九江与北平等地，而这些背景却是张恨水久居之地。因此从第1回起，兰庵就从小说中“脱身”出来。故事背景是南京。男主人公为清贫教师兼业余作家章国器，笔名捩天；女主人公是世家出身的女校学生江梦兰。地域与名字变了，而鹃萍真实生活中的身份却未变。当然，张恨水也不会“依样画葫芦”，他一方面忠于“鹃萍之恋”的基本轮廓，另一方面却也经过了精致的艺术加工。从长篇的内容看来，张恨水应该是看过紫罗兰给周瘦鹃的信件的，正如“楔子”中兰庵所说，“不懂的还可以问问我”。因此小说中的一些主要情节与周瘦鹃在40年代所写的《爱的供状——〈记得词〉一百首》的内容是相呼应的。

张恨水将长篇的时代背景定在五四之前的1916年左右，这是“鹃萍之恋”开始的实际年代。那时守旧的社会风尚，包括旧式婚制还盛行于国中，一些父母给孩子从小就戴上一具枷锁，在他们尚未懂事时，就订定了他或她的另一半。而且世家的子女，由于顾及门第身份、父母信用等等因素，一旦事前悔婚或事后离婚，就会受到社会普遍的谴责，也会连累到整个家庭的声望。可是那时已是西风登陆神州之初，青年们也开始知道在西方有一种与中国绝然不同的自由婚姻，他们虽然羡慕不已，但要打破中国的千年铁律，还觉势单力薄。书中的江梦兰就像现实中的周吟萍一样，身上已套上这中国式的无形枷锁。张恨水在长篇中多次提到"过渡时代"这4个字。"唉！我们早出世20年也好，晚出世20年也好，偏偏生在这个过渡时代。既知道我们是有天赋自由的，但是又得不着自由。"这是那个时代某些少女们有代表性的心声。"她是一个世家，很不容易打破旧习惯。她不愿意为了她一个人的事情，让全家的人不痛快；而她又知道现代女子，是应当怎样做人的，在新旧思想冲突之下，她是非常的苦恼。……她万般无奈，才到书本上找法子消遣。"而不料章国器擅长的哀情小说正配了她的胃口。在两人没有相识之前，就种下了他们之间的哀情之缘与之根。

国器对梦兰可谓是一见倾心。但那时男女公开社交的风气尚未风行，他只能以倾慕之心，每天掐准了时间，在梦兰上学或放学时必经的小巷中，去"朝觐"自己心目中的"维纳斯"。当打听出她的校址与姓名后，就写信表达倾慕之心，愿作"文字之交"。但梦兰初读来信，却惊出了一身冷汗，万一被他人知道，"那不但与自己名誉攸关，而且这样的事为家庭所绝对不能容许的。不容许的结果，那就很难说，就是连带着有了性命的危险也未可知……"那就可以想见当时男女自由交往中的"恐怖气氛"了。张恨水没有像现实生活中周瘦鹃所写的："越三日，竟获回云，慨然以缔交见许，盖予尔时已为文字役，伊亦知予名矣。"张恨水在设计梦兰写回信的情节时，就几乎占了两章篇幅。她的确钦佩他的才华，但又因"人言可畏"而要把路子堵断。她草拟回信时，不是觉得过于严厉，就是感到表达不妥。撕了又写，写了再撕，最后只剩下一封短简："森严家范，墨守旧风，忧患余生，徒多难言之痛，此中曲折，非片纸所能尽。伏维君子自爱，勿陷人于罪罹……"但是章国器的不倦的热情追求，终于使两人步入"无言热恋"的境界。由于紫罗兰曾在信中告诉周瘦鹃，她将自己的秘密恋情告诉了她的哥哥，因此在张恨水笔下，也写了他哥哥对她与章国器间的通信，表示同情。一次寄到梦兰家中的信落入她严父手中，哥哥在一旁觉得此信"蹊跷"，就推说是她同学的来信，由他去交给妹妹，使事情免于败露；并且告诉她妹妹，他与章国器有一面之交，挺身愿作"信使"，但他又知道章国器的远房表妹李友梅就是梦兰最好的同学，由她担任"青鸟"的角色就更合适云云。于是友梅成了小说中的"最佳女配角"。当首次托她传信时，梦兰向她“坦白”了两人进展的程度:“到现在为止,我和他不过是文字上的往返,而且来往的文字,在我这拘谨人的笔下,不能十分露骨,那是可想而知的……既是我去信很客气,很空洞,当然,他来信也不能着实。”但友梅在首次传递信函时,一定要梦兰给她一件有梦兰记号的“信物”,以证明她确是可以信赖的信使。梦兰从手上勒下一只有她名字的英文缩写 M. L. 的戒指,而国器回信时又赠以寄相思的“红豆”。其实这场拘谨的“文字之交”已使梦兰陷入了热烈而欲罢不能、矜持而欲言还羞的苦恋。而这情节正是紫罗兰赠周瘦鹃银盂、银笔时镌有西名缩书 V. T. 的“变奏”。

在《换巢鸾凤》中最见张恨水功力的是如何艺术地处理这场“无言热恋”的进展。因为周瘦鹃后来在发表的《爱的供状》中也谈及,他与周吟萍“缔交六载(疑为二载之误——引用者注)未尝敢谋一面”,“予夙稔夫己氏故,爰于三朝托词称贺,借谋一面,入洞房时,见其低眉弹黛,有楚楚可怜之色……此为予六(疑为二年之误——引用者注)年来与伊人晤对之始,亦两两通词之始;顾寒暄数语后,咸悲从中来,默尔而息矣”。在张恨水写长篇之前,周瘦鹃当然是将这种“无言热恋”与“晤对之始”的情节告诉过他的。他在长篇中,从第 3 回的开始就写国器表达爱慕之心的函件。直到第 13 回,才写他们的“晤对之始”。而用 10 回的篇幅写这种每次在狭巷中相遇时相互行“注目礼”时的心理活动(梦兰之所以“认识”写信求爱的章国器是因为当年的刊物上经常刊登作者的相片,甚至刊登热心读者的小照,如周瘦鹃办《半月》时,常刊载“《半月》之友”的肖像等等)。民国初年某些青年的恋爱方式并非是现在的读者所能想象的。那时有些青年在谈到男女问题时,马上会脸红;少女听到父母在谈她的婚姻问题时,马上要羞得回避;男女双方结婚之前甚至始终没有见过面,婚礼时新娘还丢不掉遮在脸上的那块红布。张恨水用他细腻绵密的笔法,真实地写出国器从“脸红”得几乎不敢“正视”到试图想对之“微笑”,到努力想“点头致意”,他甚至勇敢地设计明天怎么开口向梦兰“问候”,但他终于没有跨越每天下定决心要与之“对话寒暄”的“门槛”,似乎越是仅仅为“文字之交”,就越能显示他们的光明正大一样。这样的“无言、温暾的热恋”,大概只能是用张恨水这支笔才能写得出神入化。周瘦鹃是周吟萍结婚后三朝才托词称贺的,而张恨水却处理成结婚当天,因国器与男家相识,就是贺客之一。闹洞房的一批批进进出出。梦兰对答得非常有礼而冷淡，而他们两两相对于一个偶然的“空档”，梦兰差遣伴娘出去为国器倒茶之机：

向国器点头低声道：“你怎么也来了？”国器自认得梦兰直到现在，这是第一次听到她当面说话，……他实在找不出一句答话，怔怔的答道：“是的，我特意来看你的。”梦兰道：“我……”她只说到一个“我”字，好像有什么东西，把嗓子眼塞住了，立刻低头坐了下去。……国器倒急出了一句话来，问道：“你有什么感想？”梦兰摇摇头道：“没有什么感想，请你自己保重。”国器道：“保重？我也没有什么事故发生。”梦兰道：“我也没有多话说，你保重就是了。”她说这话时，并不曾抬头，在烛光下，国器见她有两行泪珠，由脸腮上挂着，直滴到那水红衫子上去。国器道：“那么我明白了。”梦兰想跟着向下说，伴娘已是捧一碗茶进来了。……国器就抢着道：“新嫂子，你太累了，休息休息吧，我走了。”这“我走了”三个字，国器是从从容容说出来的，然而梦兰听着，仿佛是受了一下猛烈的打击一般，身子又是一耸动……

这仓促而意外的遭遇中，该有多少的潜台词可供我们细细咀嚼；但又不失人物的性格，有点书呆子脾气的国器竟然急出一句“记者的采访式语言”：“你有什么感想？”梦兰答“没有什么感想”，那就是说我已经是牺牲品了，只是一再“叮嘱”国器保重自己，因为她知道国器的心灵创伤实在是太深了。而当用“新嫂子”的称呼，从从容容说“我走了”，这里该有多少无奈，也有多少酸楚，更惋惜那缘分永恒的绝望。这才会使梦兰听了像受了猛击一样。可是她还幻想着这渺茫的缘分，那就是在结婚的当晚她就拒绝了丈夫与她成为“夫妻”，而是“同床各被”，这也与周吟萍为周瘦鹃守身一年的事实相符。梦兰在新婚之夜还称她丈夫为“刘先生”，而且说她非常“惭愧”：

我身上有一种多年的积病，到现在还没有治好，本来这喜事在现时是不应该举办的，无如你府上催得很厉害，只好依了府上的日子。

> 其实，我是带了病到你府上来的。……就是中国式小姐十有九个害着的肺病。这种病除了自己调养多年不好，要送掉性命而外，还得传染给最接近的人。我若不说出来，岂不是害了你？

长篇写到这里，以“鹃萍之恋”为原型的任务是基本完成了。因为在1937年，他们两人的关系的主要情节就是如此，以后发展下去就只能凭张恨水的发挥了。小说也就在这里中断而无赓续。但在“楔子”中，在作者与兰庵的对话中是预示了小说后半的发展轮廓的。在兰庵与作家共同看了友人送来的材料中的24首联珠诗后的一番对话中就有对故事结局的预示：

> 兰庵却自言自语的说：“‘花落鹃啼，徒遗恨于今日’，两个之中必去了一个。……还有‘楼上立尽黄昏，身不甘于泥絮’，这倒是一页奋斗史。若是着眼在这里把小说做下去，倒也是这过渡时代，少不得的一种文字。”我说：“那是当然的。我们要明白，这付托我作小说的人，是希望我们与她一种同情，自然也就要写得让读者都同情起来才好。这后面说得这男子是更为奋斗了。”

张恨水的《金粉世家》虽轰动一时，但他后来又悟到没有将冷清秋写得更积极一些，是小说的一个缺陷：“在若干应酬场上，常有女士把书中的故事见问。这让我增加了后悔，假如我当年在书里多写点奋斗有为的情节，不是给女士们也有些帮助吗？”看来这次，他表示要写主人公的“身不甘于泥絮”，以填补《金粉世家》美中不足的遗憾了。可是因抗日的时局大背景，张恨水又只好将些“遗憾”留到日后——再换一个“巢”——写一部新作时，去让“鸾凤”振翅翱翔了；他的遗憾是可弥补的。可是周瘦鹃在《爱的供状》的结尾哀叹“情天莫补，恨海难填”，他只能“抱憾于无穷”了。《爱的供状》像一支映月的夜曲，纯情、悲怆、凄美……

◎　将侦探小说中国化之代表作家程小青小像。

◎《福尔摩斯侦探案全集》中译本第一册之封面。

◎ 这是一帧部分通俗作家的合影，其中大多数均是现代通俗作家中的名流。（前排左起：黄白虹、范烟桥、黄南丁、郑逸梅、程小青、尤半狂；中排左起：赵眠云、江红蕉、丁悚【此人是专为通俗小说杂志作封面和插图的画家，乃画家丁聪之父】、孙东吴、包天笑、郭兰馨、赵芝岩；后排左起：朱其石、陆澹安、施济群、尤次范、徐碧波、黄转陶、谢闲鹤、姚苏凤）。

一缕新风：倡导探案"以科学和人权"并重

——论程小青与侦探小说的"中国化"

程小青(1893—1976)，出生于上海淘沙场(今南市)一个小职员家庭。16岁即入上海亨达利钟表店当学徒，边学艺边在补习夜校学习英语。其时，上海《新闻报》副刊《快活林》举办征文竞赛，程小青的《灯光人影》被选中。程小青为其中的侦探取名"霍森"，但可能是"手民"的误植，而校对又没有改正，印出来时却变成了"霍桑"。程小青也就以误就误，陆续写起"霍桑探案"来。1915年，程小青担任苏州天赐庄东吴大学附属中学临时教员，和教英语的美籍教员许安之(Sherejz)互教互学(程向许学英语，许向程学吴语)，英语程度大进，并开始练习翻译文学作品。1916年，程小青和周瘦鹃等用浅近的文言翻译《福尔摩斯侦探案全集》，共12集，其中第6、7、10、12等集中均有程的译作。同年被聘为苏州景海女子师范学校语文教员。1917年，经人介绍，加入基督教监理会(后改为中华基督教卫理公会)。1919年，程小青创作的《江南燕》被上海友联影片公司拍成电影，由郑君里主演。1922年，主编《侦探世界》月刊(由世界书局发行)，前后共36期。程小青曾先后加入南社、青社、星社等文学团体。1923年，因创作日丰，名声日进，被重学历的东吴大学附中破格聘为语文教员，讲授写作课。同年，在苏州天赐庄附近的寿星桥畔购地营造房屋十多间，自题"茧庐"。1924年，受无锡的《锡报》之聘为副刊编辑。同时，通过函授在美国大学中进修"犯罪心理学"、"侦探学"等课程。1927年，与徐碧波等人合资创办了苏州第一家有发电设备的"公园电影院"。1930年，应邀再次为世界书局重新编译《福尔摩斯探案大全集》，这次全用白话文翻译。

1931年，由文华美术图书公司出版《霍桑探案汇刊》1、2集，标示了他笔下的霍桑这一形象被公认为中国"第一侦探"的文学身份。程小青还先后为上海友联影片公司、明星影片公司、国华影片公司等改编电影剧本《舞女血》、《窗中人影》、《慈母》、《可爱的仇敌》、《国魂的复活》、《贤惠的夫人》、《夜明珠》、《杨乃武》、《董小宛》、《孟丽君》、《金粉世家》等。1938年，和徐碧波合编《橄榄》杂志。1946年，《霍桑探案全集袖珍本丛刊》陆续由世界书局出版，共计有30种：《珠项圈》、《黄浦江中》、《八十四》、《轮下血》、《裹棉刀》、《恐怖的活剧》、《舞后的归宿》（又名《雨夜枪声》）、《白衣怪》、《催命符》、《矛盾圈》、《索命钱》、《魔窟双花》、《两粒珠》、《灰衣人》、《夜半呼声》、《霜刃碧血》、《新婚劫》、《难兄难弟》、《江南燕》、《活尸》、《案中案》、《青春之火》、《五福党》、《舞宫魔影》、《狐裘女》、《断指团》、《沾泥花》、《逃犯》、《血手印》、《黑地牢》等。这也是程小青最辉煌的时代。解放后，程小青任教于苏州市第一中学。

程小青的《霍桑探案》在中国侦探小说读者中确实可以算是一个名牌。他曾说："我所接到的读者们的函件，不但可以说'积纸盈寸'，简直是'盈尺'而有余……他们显然都是霍桑的知己——'霍迷'。"①在当时确有许多"霍迷"，说明程小青的作品对广大读者具有很大的吸引力。这正是程小青能严格地遵循福尔摩斯、华生模式并加以中国化所取得的必然结果。程小青在模式上是模仿的，这并非是他没有创造性，而是他翻译过许多国外的侦探小说名家的作品，经比较，他认为在当时，福尔摩斯、华生模式是最佳模式。程小青曾说："五年以前，我曾译过一部《世界名家侦探小说》集，便可略略窥见侦探小说的作风与体裁的演进的史迹。内中要算柯南道尔的努力最大，成绩最伟。"②程小青是"吃透"了这种福尔摩斯—华生模式的优越性的，他曾谈过学习中的心得与体会，自己为什么要采用霍桑—包朗主从搭档：

譬如写一件复杂的案子，要布置四条线索，内中只有一条可以达

① 程小青：《霍桑探案袖珍丛刊之七·舞后之归宿》，世界书局，1947年2月5版，第1页。
② 程小青：《侦探小说的多方面》，芮和师、范伯群等编《鸳鸯蝴蝶派文学资料（上）》，福建人民出版社，1984年，第69页。

到抉发真相的鹄的，其余三条都是引向歧途的假线，那就必须劳包先生的神了，因为侦探小说的结构方面的艺术，真像是布一个迷阵。作者的笔尖，必须带着吸引的力量，把读者引进了迷阵的核心，回旋曲折一时找不到出路，等到最后结束，突然将迷阵的秘门打开，使读者豁然彻悟，那才能算尽了能事。为着要布置这个迷阵，自然不能不需要几条似通非通的线路，这种线路，就需要探案中的辅助人物，如包朗、警官、侦探长等等提示出来。他提出的线路，当然也同样合于逻辑的，不过在某种限度上，总有些阻碍不通，他的见解，差不多代表了一个有健全理智而富好奇心的忠厚的读者，在理论上自然不能有什么违反逻辑之处的。

因此之故，有不少聪明的读者，便抱定了成见，凡为华生或包朗的见解，总是不切事实和引入歧途的废话，对于他的见解议论特别戒严，定意不受他的诱惑。假如真有这样聪明的读者，那我很愿意剖诚的向他们进一句忠告，这成见和态度是错误的！因为包朗的见解，不一定是错误的，却往往"谈言微中"。案中的真相，他也会得一言道破，他的智力与眼光，并不一定在霍桑之下，有时竟也有独到之处！但我既不愿把霍桑看做是一个万能的超人，自然他也有失着，有时他也不妨不及包朗。譬如那《两个弹孔》等案，便是显著的例证。读者们如果抱定了前述的成见，读到这样的案子，难免要怨作者的故作狡猾。那我也不得不辩白一句，须知虚虚实实，原是侦探小说的结构艺术啊。

小说就在这"定式不定"之间运行。通俗文学作家有模式并不是衡量他的创造性够不够的标尺。通俗小说并不避讳模式化，作家的本领就在于从模式的框架中，去制造故事情节最大限度的"陌生化"。因此，范烟桥曾评价程小青，他"模仿柯南道尔的做法，塑造了'中国福尔摩斯'——霍桑"。而这个霍桑却"是纯粹的'国产'侦探"①。在中国写过侦探小说的

① 范烟桥：《民国旧派小说史略》，载魏绍昌编《鸳鸯蝴蝶派研究资料》，上海文艺出版社1962年版，第240—241页。

作家不下半百，但能像程小青那样，罄毕生的精力与才智，从事这种兼有启智与移情于一体的推理小说，实在是不多的。姚苏凤曾说："在这个寂寞万状的中国侦探小说之林中，他的'独步'真是更为难能可贵。"[①]这句话在孙了红的小说还未成熟之前，是可以说大致不差的。

程小青是一位认真、严肃、正派的侦探小说家，他既反对描写超人式的英雄，又不渲染色情与暴力。他从自己的正义感出发将霍桑塑造成近乎智慧的化身。他在作品中提出的种种疑窦面前，运用科学的方法与读者一起去观察、探究、集证、演绎、归纳、判断，在严格的逻辑轨道上，"通过调查求证、综合分析、剥茧抽蕉、千回百转的途径，细致地、踏实地、实事求是地、一步步拨开翳障，走向正鹄，终于找出答案，解决问题"[②]。程小青的《霍桑探案》总是采取多线索、多嫌犯的错综复杂的矛盾结构，总是在嫌疑与排除、矛盾与解脱、偶然与必然、肯定与否定、可能与不能、正常与反常的对立之中展开和深化情节，几经周转与反复，最后落实到似乎最不可能、最意外的焦点之上，令读者瞠目结舌。此时作者却为此作出无懈可击的逻辑与推理，使读者口服心服。侦探小说的结构规范就在于组织之严谨、布局之缜密、线脉之关合等技巧的自如运用。程小青在这方面是有一定的功力的。他的作品在"启智"的悬念中使读者进入迷宫，而在"山穷水复疑无路，柳暗花明又一村"中使读者出离疑窦，得以豁然开朗，在这一进一出之间，他培养了众多的"霍迷"。

程小青笔下的霍桑并不是万能的超人。书中人曾当面恭维他是"万能的大侦探"，但霍桑的回答是："什么话！——万能？人谁是万能？"程小青塑造的霍桑，是一位有胆有识的私家侦探，是程小青理想中的英雄。程小青曾为霍桑立传，写过《霍桑的童年》一类的文章。在《江南燕》等探案中，也着重介绍过他的身世。程小青将霍桑原籍设计为安徽人，与程小青的祖籍相同。设计包朗与霍桑在中学、大学同窗 6 年。后来包朗执教于吴中(这也与程小青任教于东吴附中暗合)。霍桑因父母先后谢世，"孑然

① 姚苏凤：《霍桑探案袖珍丛刊·姚序》(在这套 30 册的丛刊中，每一本书前，均有这篇《姚序》)，世界书局 1946 年版，第 3 页。
② 程小青：《从侦探小说说起》，《文汇报》，1957 年 5 月 21 日。

一身，乃售其皖省故乡薄产，亦移寓吴门，遂与余同居”。并褒赞他学生时代具有科学头脑，对“实验心理、变态心理等尤有独到”，而且介绍他“喜墨子之兼爱主义，因墨家行侠仗义之熏陶，遂养成其疾恶如仇、扶困抑强之习性”①。这种对人物早年习性之设计与其成为大侦探后蔑视权贵强暴、同情中下阶层的正义感，具有承袭关系。

霍桑这一形象及其品质有许多值得赞举的地方。他有着敏锐的明察秋毫的观察力，忠实而孜孜不倦的作风，搜集一切足资证明案件实情的材料，进行精密细致的求证。他认为只有具备科学头脑的人，才有“慧悟”的本领，有“察微知著”的“悟性”的智慧，才是侦探的最主要的素质。他从不指白为黑，更不冤屈无辜。恐吓的方法与他无缘，没有足够的证据，决不下武断的结论。他说：“我觉得当侦探的头脑，应得像白纸一张，决不能受任何成见所支配。我们只能就事论事，凭着冷静的理智，科学的方式，依凭实际的事理，推究一切疑问。因此，凡一件案子发生，无论何人，凡是在事实上有嫌疑可能的人，都不能囿于成见，就把那人置之例外。”②

霍桑的这种优良的办案作风又与他的敢作敢为、出生入死、百折不挠的精神紧密相连。霍桑常挂在嘴上的话是：“希望是同呼吸一起存在的。”“绝望的字样在我的字汇中是没有的。”程小青就是用这“智慧”与“意志”相结合的性格作为霍桑形象的基本品貌。

包朗这一“助手形象”在程小青看来是不可少的，在柯南·道尔的福案盛行而还没有一种新的模式与它争胜时，似乎这也成为正宗侦探小说所必需的“固定程式”。可是问题是在于包朗缺乏自己的性格特征。如果说霍桑是“主脑”型的，那么这位助手却成了作品中的工具，不仅霍桑要用他，更主要的是程小青要用他，因此，包朗近乎“工具”型。当作品中布置假线以便将读者引入迷宫时，在大多数情况下，包朗是将读者引入迷宫的“向导”。而使读者豁然开朗的则是“主脑”霍桑。在作品中，这位助手还有一个作用，就是成了霍桑制造悬念的“工具”，即往往由他从旁提出疑

---

① 程小青：《霍桑探案袖珍丛刊之十九·江南燕》，世界书局 1947 年版，第 1—2 页。

② 程小青：《霍桑探案外集·窗》第 3 集第 6 编，上海大众书局 1931 年版，第 74 页。

点，而霍桑又不愿当即坦率地作出回答，于是构成了悬念。有时霍桑说自己尚无把握；或者说，再等半小时，真相可以大白。读者当然只有穷追不舍地阅读下去。而一旦霍桑引领读者走出了迷宫，又少不得包朗从旁为读者做“注释”。因此，包朗既是霍桑的工具，更是程小青的工具，而且还派定他去做读者的工具。包朗在霍桑探案中凡“三用”，而性格却还不够鲜明。这是此类“主从结构”的侦探小说的一大难点。如果是“并列结构”，这个问题是较为容易解决的。程小青在这方面还不够深思熟虑。

应该看到，社会主义国家的一个共同点就是没有侦探小说，私家侦探在这个制度下是难以存活的。但是在程小青写作侦探小说的社会中，必然会碰到两个问题，一是怎么看待当时的法律问题，二是怎么处理与官方的警探的关系问题。如果说，以革命的立场彻底否定这两点，就等于否定侦探小说存在的必要性。现在我们也看国外引进的侦探小说和侦探影视。我们看的是“猫捉老鼠”的曲折复杂的过程，我们不会去考虑它的背景的制度的合理性问题，是一种假设的正义战胜邪恶。而程小青作为一个出身清贫的知识分子，也是憎恨当时的社会不公的，但他也决不是彻底推翻论者，他就是处在这种境地中的一位有正义感的侦探小说家。这在他的作品中时时有所反映。他要做一位认认真真的“社会剖析派推理小说家”。他在作品中常有所流露：“我又想起近来上海的社会真是愈变愈坏。侵略者的魔手抓住了我们的心脏。一般虎伥们依赖着外力，利用了巧取豪夺的手法，榨得了大众的汗血，便恣意挥霍，狂赌滥舞，奢靡荒淫，造成了一种糜烂的环境，把无量的人都送进了破产堕落之窟……骇人听闻的奇案也尽足破历来的罪案纪录。”①程小青尽量地将社会问题与探案有机地结合起来，使鞭挞的寓意与惊险的情节相融会。此类较为成功的作品有《案中案》、《活尸》、《狐裘女》和《白纱巾》等。在《白纱巾》中，霍桑与包朗对当时的法律也有自己的评价：“在正义的范围之下，我们并不受呆板的法律的拘束。有时遇到那些因公义而犯罪的人，我们往往自由处置。因为在这渐渐趋向于物质为重心的社会之中，法治精神既然还不能

① 程小青：《霍桑探案袖珍丛刊之二十九·请君入瓮》，世界书局，1946年，第139页。

普遍实施，细弱平民受冤蒙屈，往往得不到法律的保障。故而我们不得不本着良心权宜行事。"[1]那就是说，程小青对当时的社会和法律都提出了自己的质询，但是他又不是彻底的改造派。他有自己的进步意识，较清醒地站在正义的立场上处理社会不义与法律倾斜诸问题。

霍桑与包朗作为私家侦探，他们与官方警探的关系也存在着两重性。在作品中包朗说："现在警探们和司法人员的修养实在太落后了，对于这种常识大半幼稚得可怜，若说利用科学方法侦查罪案，自然差得更远。他们处理疑案，还是利用着民众们没有教育，没有知识，不知道保障固有的人权和自由，随便弄到一种证据，便威吓刑逼地胡乱做去。这种传统的黑暗情形，想起来真令人发指。"[2]对官方的警探指责到这个程度，也就难能可贵了。但这些官方的警探也要与霍桑、包朗共事，而且他们的情况也各有不同，因此，有时也得到适度的肯定，即以汪银林为例："汪银林是淞沪警署的侦探部长……已担任了十二三年，经历的案子既多，在社会上很有些声誉。"[3]"汪银林的思想虽不及霍桑敏捷，关于侦探学上的常识，如观察、推理和应用科学等等，也不能算太丰富，可是他知道爱惜名誉，他的办事的毅力与勇敢……在侪辈中首屈一指。"[4]当然，在程小青笔下也有许墨佣之流的警探，但主要还是写他们的"主观"与"争功"，草菅人命的事还不多见。但不管怎样，这些警探的出场是当时的社会结构使然，另外他们的最大职责就是为私家侦探作陪衬，以显示私家侦探的高明。这是侦探小说的又一固定模式。在社会主义国家这样的"贬损"或"陪衬"是决不容许的，因此，侦探小说就得退出历史舞台，代之以智勇双全的官方警探也就是必然的趋向了。

程小青对侦探小说的贡献不仅仅是在翻译与创作上的丰硕成果，他在侦探理论上也有一定的造诣。他对这方面的阐述虽还缺乏系统性，但与其他侦探小说作家相比，他的侦探理论的修养远超于其他人之上。如果要概括程小青在这方面的建树则可用 12 个字加以描述："叙历史，谈技

① 程小青：《霍桑探案袖珍丛刊之十五·白纱巾》，大众书局 1936 年重版，第 83 页。
② 程小青：《霍桑探案袖珍丛刊之二十九·血手印》，世界书局 1946 年版，第 3—4 页。
③ 程小青：《霍桑探案选》第 2 卷，中国文联出版社 1986 年版，第 148 页。
④ 程小青：《霍桑探案集》第 2 集，群众出版社 1986 年版，第 178 页。

法，争位置，说功能。”程小青对国外侦探小说的历史有较多的了解，这是由于国外的侦探小说也不过百年历史，而他在译介多位侦探小说作家的作品时，对他们的创作的历程及发展流变进行了一定的研究，这也就呈现了这类小说的历史进程了；而程小青对侦探小说介绍到中国来的经过，因为自己是亲历者，所以是了如指掌的。在侦探小说的多种技法的运用上，他也有自己的切身体会。例如他比较了侦探小说的“他叙体”与“自叙体”的不同的表达法，通过实践，他阐释自己为什么喜欢运用“自叙体”的原因。他也谈过侦探小说的命名与取材的技巧，怎样设计开端与结尾的技法，直至如何在生活触发中获取灵感，如何进行构思以及侦探小说的严谨密致的结构技法等等。

值得提出的是，程小青想在文学领域中为侦探小说争一席之地的愿望久久萦绕在他的心头，与此相关的是他多次谈及他的侦探小说的功能观。他想用侦探小说的功能从学理上说明它是在文学的疆域之中的。他在《侦探小说在文学上之位置》一文中指出：“其在文学上之地位众说纷纭，出主入奴，迄无定衡。”不少人还“屏侦探小说于文学的疆域之外，甚至目侦探小说为‘左道旁门’而非小说之正轨”①。侦探小说有大量的读者，竟在文学的户籍中报不上一个户口，他为此而焦急。于是他从想象、情感和技巧三方面来论证侦探小说的文学血缘。他认为任何文学体裁都需要想象，而侦探小说却更少不了想象这一元素。他对有些人说侦探小说不能“诉诸情感”，感到愤愤不平。他指出侦探小说能令读者的感情进入惊涛骇浪的境界：“忽而喘息，忽而骇呼，忽而怒眦欲裂，忽而鼓掌称快……”②在技巧上，程小青指出：“侦探小说写惊险疑怖等等境界之外，而布局之技巧，组织之严密，尤须别具匠心，非其他小说所能比拟。”③程小青是在国内较早地为侦探小说争文学地位的“先驱”之一。他的结论是：

① 程小青：《侦探小说在文学上之位置》，载《紫罗兰》，第3卷第24号，1929年3月11日出版，第1—2页。

② 程小青：《谈侦探小说（上）》，载芮和师等编《鸳鸯蝴蝶派文学资料（上）》，福建人民出版社1984年版，第63页。

③ 程小青：《侦探小说在文学上之位置》，载《紫罗兰》第3卷第24号，1929年3月11日出版，第3页。

"侦探小说在文艺园地中的领域可说是别辟畦町的。"[①]程小青的所谓"别辟畦町"是指侦探小说不仅有一般小说的"移情"作用，而且有它特有的"启智"功能："我们若使承认艺术的功利主义，那末，侦探小说又多一重价值。因为其他小说大抵只含情的质素，侦探小说除了'情'的原素以外，还含着'智'的意味。换一句话说，侦探小说的质料是侧重于科学化的，它可以扩展人的理智，培养人们的理论头脑，加强人们的观察力、想象力、分析力、思考力，又增进人们辨别是非真伪的社会经验。所以若把'功利'二字加在侦探小说身上，它似乎还担当得起。"[②]程小青反复地说明这些道理，他说得够多的了，可是却毫无用处。正如《霍桑探案丛刊·姚序》所说的"说起侦探小说，在我们的'壁垒森严'的新文坛上仿佛是毫无位置的。一般新文学家既不注意它们的教育作用，亦无视它们的广泛的力量，往往一笔抹煞，以为这只是'不登大雅之堂'的小玩意儿；于是'宗匠'们既不屑一顾，而新进者们亦无不菲薄它们的存在"[③]。其实这样的小说是完全符合"文学为人生"的信条的。但是我们不得不怪程小青说得太早了。一旦无产阶级当家作主，就会懂得维持社会治安的重要性了。因此也有人出来承认程小青的侦探小说有一定的现实意义了。其次，程小青当时并不懂得无产阶级文学运动是文坛上唯一的运动，在这一元化的文坛上，侦探小说是争不到地位的，只有文学多元化的时代的到来才会有侦探小说在文学上的位置。

谁都想象不到，早在五四运动的前20年，侦探小说的输入，不仅给中国读者带来了愉悦，而且为闭塞的中国吹来了一缕"科学"与"人权"的清风。可是它自己恐怕也想象不到，曾几何时，它忽然被打入了"冷宫"——被指认为鸳鸯蝴蝶派的"逆流"，这真是像股票跌停般的，"掉价"。但它在莫可奈何中却感到中国的普通老百姓却还对它并不冷漠，它在中国的特

---

① 程小青：《霍桑探案袖珍丛刊·著者自序》(在多本袖珍丛刊中均有这篇《著者自序》)，世界书局1946—1947年版，第1页。

② 程小青：《论侦探小说》，见《霍桑探案袖珍丛刊之三十·黑地牢(附录)》，世界书局1946年版，第210页。

③ 姚苏凤：《霍桑探案袖珍丛刊·姚序》(丛刊30册中每册皆有《姚序》)，世界书局1946年版，第1页。

殊的国情下，在被“轻蔑”中，扎下了根——20 世纪 20 年代中国化的侦探小说终于“定格”。但我们不得不回忆，这位外国下嫁来的“公主”，怎么会落入中国的寻常“百姓家”的，这貌似不公道的“贬值”，其实也无损于它的身价。

自从美国作家埃德加·爱伦·坡在 1841 年发表了《莫格街血案》成为侦探小说之祖之后，此类小说在欧洲也得到响应，而到了 1887 年英国作家柯南·道尔创作《血字的研究》，塑造了他笔下的侦探福尔摩斯之后，侦探小说大行其道，可以说红遍了西方：

> 福尔摩斯故事在英、美推出后，马上成为一个热潮，刊登这些故事的 Strand 杂志销量激增至每期 50 万本，而且持续多年不变。我们只要想想当年福尔摩斯“悬崖撒手”和“绛市重稣”引起的骚动，就可以知道侦探小说在西方读者心目中占有何等地位了。统计指出 1940 年犯罪小说及侦探小说占美国全年小说出版总数四分之一，而一直以来这类小说受欢迎的程度从未减退过，时至今日，流行热潮仍然不散，足以证明它的确是“最受欢迎及最有持久力”的小说品种。……侦探小说本身既是个普及全球的品种，而清末倡议小说运动的人和小说出版商又都以普及为目标，那么译介英语侦探小说就顺理成章了。(1893 年柯南·道尔决定不再写福案，于是在小说中让福氏与匪首同归于尽，撒手人寰。西方有读者竟佩戴黑纱表示哀悼，读者的强烈抗议声让柯南·道尔大感惊讶，世界各地读者来信不断，柯南·道尔终于在 1901 年让福氏重稣复生。——引者注)[①]

当然，侦探小说带给西方读者的主要是娱乐效应，但它总是被视为一种知识阶层的消闲文学，这是他们用来测试自己智力的一种高尚的游戏。可是当它传入中国时，对中国知识分子说来，好像突然感到眼前一亮，他们读出了另外一层意思：那就是联想到改革清廷的司法制度问题。翻译

① 孔慧怡：《还以背景，还以公道——论清末民初英语侦探小说中译》，见王宏志编《翻译与创作——中国近代翻译小说论》，北京大学出版社 2000 年版，第 92 页。

了许多侦探小说的著名翻译家周桂笙说："侦探小说，为我国所绝乏，不能不让彼独步。盖吾国刑律讼狱，大异泰西各国，侦探之说，实尝未梦见。互市以来，外人伸张治外法权于租界，设立警察，亦有包探名目。然学无专门，徒为狐鼠城社。会审之案，又复瞻徇顾忌，加以时间有限，研究无心。至于内地谳案，动以刑求，暗无天日者，更不必论。如是，复安用侦探之劳其心血哉！至若泰西各国，最尊人权，涉讼者例得请人为辩护，故苟非证据确凿，不能妄入人罪。此侦探学之作用所由广也。而其人又皆深思好学之士，非徒以盗窃充捕役，无赖当公差者，所可同日而语。"[①]在周桂笙的脑海中也马上出现了两个词语，那就是"人权"与"科学"——重证据的科学的"侦探学"。如果我们去对比一下 1915 年 9 月 15 日陈独秀在《青年》杂志(《新青年》之前身)发刊词《敬告青年》一文中所说的话，是耐人寻味的，陈独秀首先强调的是"科学与人权"的重要性，认为要摆脱蒙昧时代，国人就该"以科学与人权并重"。

中国最早引进侦探小说的是张坤德，1896 年至 1897 年《时务报》上翻译了四篇福尔摩斯侦探案[当年他将福尔摩斯(Holmes)译为呵尔唔斯]，这比日本翻译柯南·道尔作品时间(1899)早了 3 年。那么中国的读者是如何来欢迎这一新兴类型的小说的呢？他们读了之后又有何感受的呢？吴趼人作过"调查"："访诸一般读侦探案者，则曰：侦探手段之敏捷也，思想之神奇也，科学之精进也，吾国之昏官、聩官、糊涂官所梦想不到者也。吾读之，聊以快吾心。或又曰：吾国无侦探之学，无侦探之役，译此者正以输入文明。而吾国官吏徒意气用事，刑讯是尚，语以侦探，彼且瞠目结舌，不解云何。彼辈既不解读此，岂吾辈亦彼辈若耶！"[②]这就是中国读者在当时的反映。奇怪的是当时的中国读者首先不是着眼于故事的新奇与巨大的吸引力，而是"科学之精进"与"输入文明"，对中国黑暗的甚至是地狱般的司法现状提出了严厉的质询。也就是说，中国读者并非对侦探小说的内容不感兴趣，可是他们最关心的还是社会的公平与正义。他

① 周桂笙：《歇洛克复生侦探案·弁言》，《新民丛报》，第 55 号，第 85 页。

② 中国老少年(吴趼人)：《〈中国侦探案〉弁言》，上海广智书局 1906 年版，转引自陈平原、夏晓虹编《20 世纪中国小说理论资料·第 1 卷》，北京大学出版社 1989 年版，第 194 页。

们最迫切需要的是“人权”。其次，他们才受到这类小说的磁石般的强劲吸力的牵引，对它趋之若鹜。

阿英曾说，清末民初侦探小说的翻译可谓“风起云涌”，当时的译家与侦探小说不发生关系的，到后来简直可说几乎没有。但随之一个问题就是如何使侦探小说“中国化”，也即是让包公与中国的“福尔摩斯”交接班。经过实践的考验，这个任务以程小青氏完成得最出色，他塑造了中国的福尔摩斯——霍桑。

别有洞天：姚民哀与江湖会党小说

在中国现代通俗小说武侠分支中有两位善写“会党小说”的著名作家，一为南派姚民哀，一为北派郑证因。但姚民哀创作“会党武侠小说”题材，早于郑证因20多年；而郑证因在民国时期，一口气写了80多部中长篇，却又为姚民哀所不及。但从民国武侠小说开创期，论者总是将“南向北赵”并称，即南有向恺然的《江湖奇侠传》、《近代侠义英雄传》，北有赵焕亭的《奇侠精忠传》，自姚民哀出，就有论者将向、赵、姚视为武侠小说鼎足三大家，原因无他，就是因为姚民哀将武侠与帮会融合在一起，创作出他的独特风格的“会党小说”，不胫而走，轰动一时。大东书局出版他的《南北十大奇侠传》时，曾为这部小说拟了一个广告：

三百年来的党会秘密

水旱各路的江湖规矩

试问你不曾入过圈子，怎能够完全明白？

现在！姚民哀先生

从无数秘密里搜求材料融化经验学问撰成

这部骇世惊人的：

南北十大奇侠传

精神最最饱满

人物色色俱全

揭破一百余个党会秘密

滚瓜烂熟

证据确凿

....

▲ 一帮有一帮的历史渊源

▲ 一帮有一帮的宗旨派别

▲ 一帮有一帮的山头首领

▲ 一帮有一帮的组织情形

▲ 一帮有一帮的切口帮规

▲ 一帮有一帮的使命帮诀

——种种无奇不有秘密

本书尽量宣泄!

对这部书而言,广告宣传未免夸大;但就姚民哀的会党小说总体评价而言,它倒是基本真实的。姚民哀对中国秘密会党掌故异闻的搜求,再加上他的绘声绘色的笔墨,既可以当作会党史料来读,又在读者面前生动地呈现出一个神秘的江湖亚社会。这一富有特色的门类的文学史意义是在于它对当前大陆、台港的"新派武侠小说"和"帮会影视"产生了深远的影响。

姚民哀(1894—1938),江苏常熟人。原名朕,又名肖尧,字民哀。笔名有天亶、花萼楼主、小妖、老匏、乡下人等。他是南社社员,能诗能文,既是著名的通俗小说家,又是一位评弹名艺人,在书坛上的艺名是朱兰庵(或作莱庵)。

姚民哀出身书香门第。他的祖父、伯父、父亲皆有诗文传世。像他这样的家庭是不必为生活而鬻艺,去从事那当时被人们视为"倡优之属"的贱业的。原来姚民哀的能诗善画的父亲仁寿公(姚琴生)屡试不第,因其酷爱评弹,以多才多艺之身寄情于评弹,直至登台献艺,虽遭某些亲友之侧目,却自甘操弦索为业。而姚民哀的精湛的技艺,就是这个多才多艺的书香门第的家传。仁寿公的看家书有四部,特别以自编秘本《西厢》最脍炙人口,都一一传授给姚民哀及其弟弟姚民愚(艺名菊庵)。过去的艺人,文化水平一般是不高的。但像仁寿公这样家学渊源、诗文皆能的士人,精心结撰的评弹脚本,当然自有其高明之处,所以姚民哀说:"先君子教我弹唱的《西厢》、《三笑》、《荆钗记》、《双金锭》四部旧小说……虽是末技,我不忍先君子的《西厢》秘本失传，很想教授几个弟子。”①所以郑逸梅说：姚民哀是“以六才子一书享盛誉”②。

姚民哀9岁就随父亲走乡串镇，混迹江湖。评弹艺人这一行业即属于“江湖团”，切口称为“响戮”业。他曾说：“时巢湖客民，出入于太湖流域；所至，以聚赌、贩盐为事，声势甚张。”民哀“尚童矣，尝出入此辈秘密窟中，对于个中之特殊术语及风俗，是时已习见熟闻”。③ 他实在是一个不可多得的“江湖出身”的通俗文学作家。他们父子同台演出被称为“大小朱”，后来是兄弟联袂演出，人称“朱双档”。他父亲的传授“秘本”，实际上是传授一种创作方法，这对姚民哀后来的小说创作是很有关系的；而携带他混迹江湖，接触帮会生活，搜奇探秘，也使他的小说在题材的开拓上能独树一帜，有了自成一家的资本。

评弹艺人的天地，一般总局限于江浙吴语地区。但自1920年起，姚民哀入美商花旗烟草公司任文牍，为了推广业务，他的足迹就遍及了大半个中国。在1927年，姚民哀说：“我从9岁与社会交接以来，迄今27阅寒暑……从民国十年秋天起，北游京津，东至吉、黑，西入潼关，南越闽粤。至民国十三年川汉倦游止，共经了直、鲁、豫、晋、陕、苏、浙、皖、鄂、川、湘、闽、粤、奉、吉、黑、赣、热、察、绥20个省界以来，有一个心得，觉得无论作文做事，毕竟还是从诚实两个字上着手，容易感动人家。故而甲子(1924年——引者注)年后，我的文墨和行为，努力向朴实无华的途径上走去……拿了一枝秃笔将我的所见所闻的社会秘密因果，夹叙夹议地写出来……这就算是我自己良心上得着的安慰。消遣忧患余生的方法莫妙于此，所以这部会党说部的专述，可算是我近来的恩物。”④他写这些会党题材，开始是出于偶遇，他的“跑码头”的职业需要他懂得个中的种种门槛，才能在江湖上混这碗“开口饭”；但作为一个作家，他渐渐地觉得应该自觉地去挖掘。这是小说中的一个新领域，可以在通俗小说中放一异彩。于

① 姚民哀：《我之恩物》，载《红玫瑰》第3卷第14期，1927年5月，第3页。

② 纸帐铜瓶室主(郑逸梅)：《说林凋谢录(二)》，载《永安月刊》第51期，1943年8月1日，第34页。

③ 姚民哀：《江湖豪侠传·自序》，上海世界书局，1929年，第1页。

④ 姚民哀：《我之恩物》，载《红玫瑰》第3卷第14期，1927年4月，第1—2页。

是他像一位跋山涉水、走遍穷乡僻壤的勘探队员，去开采当时小说界的“稀有金属”：“近几年来，在下因为采取秘密党会珍秘的材料，所以不惜耗费精神和金钱，随时在江湖上跟此中人物交结，留心探访各党秘史轶闻，摸明白里头的真正门槛，才敢拿来形之笔墨，以供同好谈资。冤枉铜钱固丢去不少，但是被我探访得确实的秘党历史，和过去与现在的人物的大略状况，也着实不少。除了已经说过的孙美瑶、峒坑四大王、姜伯先等之外……掐指一算，拢总尚有 50 多位于秘党男女英俊，多干过吊民伐罪，与现在革命工作上略有关系的事实，足堪一记的。故便剿袭 53 参正法眼藏的皮毛法典，预定做一种分得开，并得拢，连环格局的武侠会党社会说部……直到说完这 50 余众男女秘密党人轶事为止。这叫做连环格别裁小说。实在呢，乃是脱胎于《儒林外史》。”①

姚民哀在说书和写作两方面都取得了很好的成绩，而实际上双方也是互为因果的。他常提及他演出评弹时的“盛况”：“苏州的书场一到下半年，听客至多不过近百人，而且到终局之际一定七零八落，不像三牲的了。小子此次在吴苑深处登台鬻艺，十月初八做到十二月初十……越是到将近终了时候，上座越是拥挤，大家都说为苏州近 10 年来所未有的盛况，哪怕每年年终轰动一时的会书，也未闻挂过‘客满’牌过……使小子身受异宠，有生何以为报之感。这一回经过又为小子心上所万想不到的。”②他的确算得上是书坛上能叫座的“响档”了。

在通俗小说界，姚民哀也是一个叫座的响档。通俗小说期刊上以有他的小说为荣，杂志的销路也会大增。《红玫瑰》的编辑赵苕狂常向姚民哀索稿，他说，读了姚民哀的小说，他自己在刊物上连载的长篇《江湖怪侠》简直应该付之一炬。

姚民哀在 1917 年就曾为自己的创作定下了努力的目标：“诗词要媲美梨里的柳亚子先生，文章小说要学像江东的叶小凤先生。”③但他当时的社会小说与言情小说均无多大的特色可言。使他脱颖而出的是《山东

① 姚民哀：《箬帽山王·本书开场的重要报告》，载《红玫瑰》第 6 卷第 1 期，1930 年 3 月，第 7 页。
② 姚民哀：《万想不到……这一回》，载《红玫瑰》第 6 卷第 1 期，1930 年 3 月，第 1—4 页。
③ 姚民哀：《我之恩物》，载《红玫瑰》第 3 卷第 14 期，1927 年 5 月，第 2 页。

响马传》。1923 年，他在上海主编《世界小报》，适逢发生“孙美瑶临城劫车案”。这是一个震惊世界的大案。孙将京沪线上的火车给拦了下来，俘虏了车上的约二百名国内外旅客作为人质。著名的《密勒氏评论报》的主编鲍威尔也在其中，我们不妨很简单地摘录几句他的《临城劫车亲历记》：

> 1923 年 5 月 5 日晚，我从南京坐火车去北京，……我们所坐的这列“蓝钢皮”火车……是当时中国最好的火车，也是整个远东仅有的一列全钢火车。……这些头等车厢的乘客，大约来自六七个国家，有美国人、英国人、意大利人、墨西哥人，以及一个罗马尼亚人和很多中国人。其中不少是妇女和儿童，包括约翰·D. Jr. 洛克菲勒的妻妹露西·奥尔德里奇(LucyAldrich)小姐。……那个罗马尼亚人拒绝下车，反而抓起一把茶壶朝土匪掷过去，土匪举枪便打，一枪就将他打死！没有人再作反抗……我们排成单行，沿着一条干枯的峡谷向山里进发，每个人的两旁，都紧跟着一个土匪，一边一个的监视着，火车上的乘客约 200 名，但眼下的土匪却有 1 000 多人。[①]

在这个震惊中外朝野的大案发生 3 个月之后，姚民哀就不失时机地在《侦探世界》上连载以这次大劫案为背景的小说。小说借车夫“赶脚史”口述抱犊崮匪部的内情作引线，为孙美瑶等绿林人物立传，将他们写成罗宾汉一样的人物。因为当时各报都绘声绘色地报道了，整个社会也随之沸沸扬扬，所以姚民哀不会再去重复这件案子的本身，而是以此案为背景，写孙美瑶与孙美珠往昔的豪侠行状，结尾他不过点了一下，“美瑶为美珠兄长报仇，才闹出去年临城那件惊天动地大绑票的案子”[②]。在出版单行本时，作者在结尾又加上了一段文字，谈到连载未及一半，得知车夫“赶脚史”已经被匪部杀害了。“当家者责其不应家帮外教”，被人公之于众，“与弟兄们买卖上很有阻碍”。也有人奉劝作者，勿作此类小说，直有“捋虎须、拔龙角”之危险。这段文字的真实性已难考证，但那样一写就平添

① 鲍威尔：《鲍威尔对华回忆录》，知识出版社 1994 年，第 95—97 页。
② 姚民哀：《山东响马传》，元昌印书馆 1950 年，第 130 页。

了小说的神秘感，使极有时闻性的秘史更生出一股非先睹为快的超导魔力。但作者还是不忘告诉我们，孙美瑶的结局："不过想起了'赶脚史'，不免有些黯然神伤。至于孙美瑶后来忽被山东兖州镇守使张培荣、山东新军执法营务处处长吴可章俩，骗到枣庄中兴煤矿公司斩首。其部下周、郭两团，全旅缴械解散。这倒是我所不及料的啊！"①

姚民哀的会党说部以《山东响马传》起家，陆续出版了《盐枭残杀记》、《龙驹走血记》、《三凤争巢记》、《独眼强盗》、《侠骨恩仇记》、《荆棘江湖》、《四海群龙记》、《箬帽山王》、《南北十大奇侠传》和《生死朋友》等中长篇，使他在通俗小说界也成了一位大响档。

姚民哀之所以会大大走红，是他创造性地将武侠与会党两种题材"结缘"，他是以会党为经、武侠为纬的第一人。加上他早年参加光复会、中华革命党，北走燕云，东游辽沈，为求得南北尽速统一，曾密谋暗杀权要，因此，他还想使武侠、会党与革命"三结缘"。可是在会党与武侠的融合上，他取得了显著的成就；在会党与革命的"结缘"方面，却显得并不成功。在江湖亚社会中，三教九流，奇人异士，与"武"和"侠"几乎是有一种天然的血缘关系，由于姚民哀熟悉个中生活，加上他的悉心搜罗，就使豪义的武侠与神秘的会党融合在一起。可以说，姚民哀发掘了两者间的必然联系，因为武侠讲门派，它至少也有"准会党"的雏形，会党因抗击霸权地位的统治者而"抱团"，它在下层社会中有深潜的势力，武侠、会党共同生活在亚社会的江湖之中，而他们之间的生活信条与恪守的规则是有许多共同之处的。姚民哀既生活在其中，又心领神会两者的"血缘关系"，他如鱼得水。可是在会党与革命的融合上，就既要看到它们的相"吸"的一面，也应看到它们相"斥"的一面。在晚清，中国资产阶级民主革命的进程中，会党在其间发挥过很大的作用，因为许多会党就是为反清而在民间下层结社的基础上发展起来的。所以以孙中山为代表的革命党人，往往与会党有千丝万缕的联系。特别是在初期的武装斗争中，常常要联络会党的力量，进行起事与暴动。一些革命组织，在其初创阶段，也常常利用会党的名目与组织形式。在革命党与会党的这种内在关联中，本是可以借此而塑造

① 姚民哀：《山东响马传》，元昌印书馆1950年，第134页。

现代之侠者。可是革命进程发展到一定的阶段，革命党的目标与纪律又与会党的狭隘性产生相斥的分歧。姚民哀对这一复杂现象的透视缺乏足够的认识，因此总是作简单化的处理。因此，他笔下的姜伯先、杨海龙等形象只是简单化地“拔高”了。所得的结果是“会党”者的形象高大了，而革命的目标则降低了。姚民哀在这方面的“嫁接”并不成功。可是由于他曾与革命党人有一段不辞辛劳、并肩奔走的历史，也使他的小说总有一种反叛当时统治者的叛逆精神，因此，他的小说没有若干武侠小说中的一种陈腐的官家公案气，而是处处显示出一种同情下层社会的民间立场。

姚民哀在写长篇时还善于运用他的所谓“连环格别裁小说”的创作手法。以后有一些武侠小说作家也沿用了这种手法，如也是写会党小说的郑证因，以至郑证因写了 80 多部小说，成为似乎“永远”也写不完的武侠小说家。姚民哀的创连环格是从他的连续在《红玫瑰》杂志上发表的四部中篇小说开始的。1926—1928 年，姚民哀连续发表了四部互相衔接的中篇，即《龙驹走血记》（《红玫瑰》第 2 卷第 16—19 期）、《三凤争巢记》（第 2 卷第 33—36 期）、《独眼大盗》（第 3 卷第 18—28 期）、《侠骨恩仇记》（第 4 卷第 11—20 期）。每部作品虽然相对独立，但又“彼此互有迹象可寻”，往往“这部书的结局，倒安插在那一部书内，此时无关紧要的一句谈话，将来却就为这句谈话，要发生出另一件重要事儿来哩……可以随时连续下去，又可任意戛然中止”。[①] 这种手法颇能吸引读者，它抓住读者兴趣的“关节”，能使大家乐此不疲地“追踪”下去。《龙驹走血记》是一部关涉武侠、绿林与帮会“结缘”的小说。写龙华会东阁大爷杨燕儿与洪门于大明子、滚马侯七父子结仇，以致双方互施卧底反间，抢夺偷盗龙驹宝马，引起一场大火并的故事。小说中穿插了大量的会党资料与仪式，如“切口”、“海底”、“茶碗阵”及类似“开香堂”的寿堂大场面，显示了姚氏深知帮会内幕。凡是“隐语”、“誓”、“则”、“刑”、“禁”诸般帮规，也皆有帮会秘籍文献可资参佐，均可证明其真实性。姚民哀还考虑到小说的可读性强，因此，一方面他既要卖弄“切口”与“隐语”等广博知识，另一方面也要读者能参照上

① 姚民哀：《箬帽山王·本书开场的重要报告》，载《红玫瑰》第 6 卷第 1 期，1930 年 3 月，第 7 页。

下文而领略其大意，揣摩出“切口”、“隐语”的内容，使神秘感与通晓性兼而得之，读者才能兴味盎然。如在第一节中，一老一少在介绍杨燕儿与“在理教”结怨的根源时，对话中就用许多“切口”：“倒反‘松柏林’，破坏‘洪英’义气”意即“反对帮会公所，破坏会员兄弟的义气”；“他的‘腰凭’已托人寄还了‘三尺六’”意即“他的会员票布凭证已退还给会党”；“在关内‘放马’，不知谁人‘放龙吃水’”则是“在关内集会时有弟兄助官捕盗”之意。而提到帮会祖训的四句顺口溜：“人王头上两堆沙，东门头上草生花。丝线穿针十一口，羊羔美酒是我家”则是“金兰结义”四字的繁体字的“拆白道字”。凡此种种，读者虽不甚了了，却将民间秘密组织的深不可测的神秘性显示出来了，读者虽无法见底，却也欲窥探其中奥秘之一二，而读来也有一种诡秘的韵味。而在《龙驹走血记》的结尾作者的种种“预约”，已透出了连环格别裁小说的套路。当姚民哀在单篇发表这一组四部中篇时，用分节的形式，每节都冠于一个“新文艺腔”的小标题；当这四部中篇刊登之后，他就将它们连缀成一部长篇，“新文艺腔”的小标题就被分割为章回体的回目，于 1929 年 6 月由世界书局出版，长篇题名为《江湖豪侠传》。以后姚民哀的长篇《四海群龙记》、《箬帽山王》和《荆棘江湖》也是这一套路的进一步的更大规模的发展。《荆棘江湖》在《紫罗兰》上连载了 45 回约 30 万字。看已发表的部分，是更为成熟的武侠小说形态，惜未曾载完，后亦不见单行本，乃未竣之作。

姚民哀从小随父亲学习评弹，他是一位说书人。终其一生，他将说书与写书两个行当互相促进，左右逢源。因此，在他的小说中也深镌着说书人的优长。首先他是个出色的“情节派”。往往是奇峰突起，悬念丛生，即所谓“卖关子”，听客才能“明日请早”。他自己说，作小说的第一门槛乃是“忌笔头呆直，须如武夷九曲，迤逦写来；如珠走玉盘，使读者目光闪烁不定”[①]。但在姚民哀说来，他的说书人的角色往往更显示在他的“书外书”中，说书人说到武松握起钵大的拳头，这“握拳”的一刹那的动作可以说两天的书。陈翠娥下 18 级楼梯，至少可开讲一个礼拜。凡是这种“超水平”发挥，一方面当然是细致地写内心活动，另一方面就是靠“书外书”的强劲

① 姚民哀：《小说浪漫谈》，载《红玫瑰》第 5 卷第 6 期，1928 年 3 月，第 1 页。

磁力。据说，姚民哀演唱《西厢》中的“借厢”一折，正书不过三五分钟，可是书外书却说得神乎其神，海阔天空，可以应地而变，应时而变，应人而变，很受听众欢迎。这或许是他父亲传授的秘诀，也或许是他自己的创造。但在会党说部中他也用处理“书外书”路子，显示他的艺术才能。这种“书外书”全靠他见多识广，阅历丰厚，善揣心理，所以离题作长篇大论，或谈风土人情、民俗民风、名胜古迹、地方掌故、行业秘诀、武功家数、天文地理……这样做容易脱离作品的正题，可是作者敢冒这个险，因为他有把握吸引读者，自信此中大有认识价值，也有助于读者窥探人生奥秘。如在《荆棘江湖》中他跳出情节，分析“私盐”的起源以及私盐贩子惯于用决斗方法，解决矛盾，从而承认“以强为胜”的“游戏”规则。这和他对私盐业的深入了解是分不开的，否则他不可能去写《盐枭残杀记》这样的中篇。因此，有时他的“书外书”就独立出来，写成中篇，特别是短篇。

赵苕狂在为《四海群龙记》写序时将姚民哀与“南向北赵”相提并论，这是有道理的。姚民哀对武侠小说的建树是在于“以会党为经，武侠为纬”，使两者“结缘”，开拓了武侠小说的新领地：“不肖生之文，行文流畅，一泻千里；吾宗焕亭之布局井井，壁垒森严，要皆为世人所称道。而如姚君民哀之以党会为经，武侠为纬，珍闻秘史，洒洒洋洋，辄数十万言，尤足于此中别树一帜。”

◎　身残志坚、以情补武的言情、武侠小说家顾明道

◎　因反映 20 世纪 20 年代初金融风潮小说而受关注的江红蕉。

笑傲运命：以情补武的顾明道

顾明道(1897—1944)，原名景程，苏州人，别署正谊斋主、石破天惊室主，又号虎头书生。8岁丧父。体质很弱，求学时，胫膝间患骨结核，俗称“骨痨”而致残，后行走时须拄拐杖。他自小聪慧，刻苦好学，是苏州振声中学的高材生。国文、英文，成绩斐然，毕业后，留校任教。正像周瘦鹃在中学毕业时，也留在民立中学任教一样，那是要出类拔萃的优等生，才有这份宠遇。因顾明道行动不便，就寄宿在学校中。振声中学是教会所办的苏州名校之一，他也是基督教徒，曾受过洗礼。

才高、命蹇、情真、志坚这八个字可以用来概括顾明道其人的一生。由于不良于行，残疾使他有许多局限。作为一位作家，他无法广泛接触社会，失却了常人唾手可得、而他却难于登攀的机缘。在人生的“起点上”，他与常人就不是处于同一“起跑线”上；他在人生的征途上，要付出比常人多若干倍的努力，才能得到与常人一样的收获。他对命运之神的不公平“待遇”的抗争是顽强的，他以一种“春蚕到死丝方尽”的意志，与命运决战到他的最后一刻。残疾在他的心理上也会构成一定的“自悲”的影响，他必须用自己的“成就”去克服这种生理上带来的影响，产生一种“平衡感”，从而融入正常人的社会。他一生创作了50多部长中短篇小说，其中23部为武侠小说，其余都是言情之作，可谓成就斐然。当他得到人们的帮助与肯定时，他往往用常人想象不到的回报去答谢人们对他的“厚爱”。对这么一位命蹇而志坚的作家，同行们都钦佩他的骨气清朗的性格与度量，愿与他一起交流切磋文学创作；在他生活最困苦的日子里，他们千方百计伸出援助之手；在他生命的最后一刻，还期望着“有一天病势稍佳，把此番朋友帮助的盛谊义举，用小说体写一篇，刊布杂志上，藉申谢悃，……他又说一生薄福，却修到了朋友的帮助，这也差作自慰的”，“他临死的前一天，忽地想到几位朋友和他最关切而最近不见面的，便嘱人打电话请他们来，见最后一面，独鹤，小青，吟秋，烟桥诸兄，都为他洒泪”。[①] 这就是一种临别世界前的最后的也是最厚重的申谢！我们就应该在这样一个艰难而真实的人生“命题”面前，去评价顾明道的创作成就。

在高中毕业留校任教，生活得到初步的保障时，他一定会想，除了教好自己的学生之外，在课余之暇，他还应找寻一个“人生的支点”，使他能更多些成就感。他恐怕没有过多的考虑，就选定了文学，选择了创作！因为他在做学生时，就尝试着投稿。我们可以从顾明道在1935年悼念（前期）《小说月报》的主持人之一的恽铁樵的文章中得知，他在中学读书时就有投稿的经历：“忆余与铁樵初通尺素时，铁樵方在商务印书馆任编辑，主编《小说月报》，而余方在中学读书也。……铁樵颇谦抑，不惮琐屑答复。……告余云，彼之学医也，完全刻苦自求。重学理，参新旧。……而某子病时为医生所误，卒不治。铁樵受此创痛，乃摆脱笔墨生涯，决心习医。有志竟成，非聪明人而有毅力者，曷克臻此。”[②]这前半是讲当时他还是中学生时，恽铁樵就能如此平等地与他通信，回答他在创作中所产生的疑难。后半段是讲的恽成为名医后，曾在苏州为他诊病时，恽不得不表示，他的骨痨所致的残疾已无法挽回。但恽的那种“有志竟成”的精神是与顾明道的意志力是相通的，因此也成了他痛悼恽的文章中的重点之一。

“明道最初的作品，刊登在许啸天所辑的《眉语》杂志上，该杂志多载女作家的文字，他就化名梅倩女史，撰著短篇小说。有一位读者，是登徒子之流，写信追求她，缱绻缠绵，大有甘伺眼波之意。明道接到了信，大笑之下，用梅倩具名答复他。那个登徒子欣喜欲狂，寄给她一帧照片，请她交换芳影，并约她会晤某园。明道到这时，才用真姓名自行揭破……”[③]

① 纸帐铜瓶室主（郑逸梅）：《悼顾明道兄》，载《永安月刊》第61期，1944年6月1日，第42页。

② 顾明道：《伤逝琐言》，载《新闻报》1935年8月8日。

③ 纸帐铜瓶室主（郑逸梅）：《悼顾明道兄》，载《永安月刊》第61期，1944年6月1日，第41页。

在郑逸梅的回忆中有一个错误，这《眉语》是许啸天的夫人高剑华女士所编，因此，要求以女作者的作品为主。顾明道最早是写哀情题材的小说，这当然是那时的一种潮流，也是当时男女青年追求婚姻自主的艰难历程的一种“折光”反射。可是顾明道由于残疾，“他结婚很迟，因为他最初认为足疾未愈，不能成家室，所以问医访药，一意于足，便把婚事延搁了下来，可是他的太夫人抱孙心切，结果娶了现今的田氏夫人……”其时他已靠近30岁了。平日他在对待女性的态度上，是更甚于“女性”的，也即不善交际，显得非常内向。蒋梦熊有一段回忆：顾明道去他家，恰值家中有一二个女性亲戚，结果他“谈吐讷讷不能出口，目垂面赤，不敢作刘祯之平视”，因此，家人笑其为迂夫子，又敬其为人。可是这位性格内向的青年，在他的内心深处遐想着许多关于青年男女的爱情故事，更同情那些悲剧结局者的惨痛命运。生活的孤寂与他丰富的内心世界的巨大反差倒是成就了他最初出版的《啼鹃录》和《啼鹃续录》。他像啼血的杜鹃般地吟唱着那一曲曲的哀歌。在《啼鹃续录》的版权页之前，他刊登了一则《征求哀情小说资料》启事：“著者颇欲四方人士以哀情资料见贶，如有图画照片等，尤所欢迎，要以事实为归，而含小说意味者，请不吝赐教。如认有价值，谨奉薄酬。”《啼鹃录》出版于1922年，《啼鹃续录》出版于1927年，均由湖州五洲书局印行。他的哀情小说的长篇力作《哀鹣记》就是摭取昔人的笔记，演衍为长篇说部。这是“叙山阴陆放翁沈家园往事，极哀感顽艳之致。……盖其时名伶荀慧生演叙《钗头凤》，颇博社会人士之称赏，明道乃徇书贾之请求，立成此巨著者也，计四册……书中写陆游，如任侠公子，或诋其不合诗人身份，实则作者根据《七珍类稿》所云，陆游少好结侠客，有恢复中原之志，非随意杜撰者可比，且书之开端录放翁《夜梦游沈氏园》诗两绝，章法井然，结构谨严，洵佳品也”。[①] 由于顾明道知识面很广博，他也可以说是有备而徇书商之请的。他根据前人的笔记，能写出这一位有侠骨的诗人之恋之悲，使读者如见徘徊于“沈家园个人情爱之小悲”与“中原生灵涂炭的家国之大悲”之间的放翁形象。应该说，写陆氏之“任侠”才显出一位在武侠创作中也有一定成就的作家的身手。

① 郑逸梅：《谈谈民初之长篇小说》，载《小说月报》第5期，1941年2月，第115页。

1923年,顾明道受平江不肖生等人的武侠小说的影响,开始写武侠短篇小说。他虽然身残而不利于行,但他的内心世界里是常常作鲲鹏万里之想的,他将自己的书室定名为“石破天惊室”,而这位室主又号“虎头书生”,他在生活与生理的双重束缚与重压下,又何尝不欣羡那任侠仗义,浪迹江湖,飞纵裕如,长空搏击的自由驰骋的生活呢?那是束缚愈紧之中,其反弹力愈加强劲的一种合理的表现。在他的《武侠小说丛谈》中有那么一段自述:“余喜作武侠而兼冒险体,以壮国人之气,曾在《侦探世界》中作《秘密之国》、《海盗之王》、《海岛鏖兵记》诸篇,皆写我国同胞冒险海洋之事,与外人坚拒,为祖国争光。余又著有《金龙山下》一篇,可万余言,则完全为理想之武侠小说也,刊入《联益之友》旬刊中。又曾写《黄袍国王》长篇说部,记叙郑昭暹罗之事,曾刊《大上海报》,后该报停刊,余亦中止,他日拟出单行本以饷读者矣。又新著《龙山争王记》,则方刊于《湖心》周刊中,该刊为西湖小说研究社出版者也。曩年余为《新闻报·快活林》撰《荒江女侠》初续集,尚得读者欢迎,今由三星书局出单行本;三集亦在付梓中矣。又为《小日报》撰《海上英雄》初续集,则以郑成功起义海上之事为经,以海岛英雄为纬,以上两种皆由友联公司摄制影片。又尝作《草莽奇人传》,则以台湾之割让,与庚子之乱为背景也。”[①]以上是顾明道自己开列的1932年前所写的武侠冒险之作的一张目录,看来是收获不小了。而《红粉金戈》等小说更显示他从言情转向武侠时的说部套路。正由于后来他在武侠小说创作中的“多产”,因此,郑逸梅在悼念他时,说“明道的武侠小说,可和向恺然、赵焕亭鼎足而三”。[②] 这当然是溢美之词。赵苕狂说姚民哀可与向、赵鼎足而三,我们还觉得姚民哀这条腿细了一点,但还可匹配;说到与顾明道鼎足而三,那就不成比例了。顾明道缺乏向恺然的对武林各门派及其顶尖人物的深刻了解,甚至与他们有为伍的经历,向恺然对武艺是有精湛的研究的,而顾也不可能有向恺然的武功的实践;而赵焕亭武侠小说的大气磅礴、纵横开阖的如椽之笔,老辣而潇洒,也是

① 转引自郑逸梅:《悼顾明道兄》,载《永安月刊》第61期,1944年6月1日,第41页。

② 纸帐铜瓶室主(郑逸梅):《悼顾明道兄》,载《永安月刊》第61期,1944年6月1日,第41页。

顾明道所不及的；而姚民哀一肚子的“七红八黑九江湖”更是顾明道所望尘莫及的。我们从顾明道的武侠小说中首先要看到，这是生理受挫者的生命的跃动，有一种残疾的肢体莫可奈何“我”的大自由大解放，是一种对命运的抗争的胜利者的凯歌高奏！

中国历史上有女侠与女将，可是顾明道写武侠小说时，女侠在当时的作品中并不多见，平江不肖生笔下有，但他毕竟以写男侠为主，也以男侠为其擅长。在武林中又摆下一个情场，在当时，毕竟是顾明道的独步。1929 年顾明道受严独鹤之约，为《新闻报》撰写《荒江女侠》，可谓一鸣惊人，引起轰动，后来作为《新闻报・快活林》的编者，严独鹤为《荒江女侠》写序时是这样说的：“以武侠为经，以儿女情事为纬，铁马金戈之中，时有脂香粉腻之致，能使读者时时转换眼光，而不假非僻之途，不赘芜秽之辞，是以爱读者驰函交誉。”情乃侠情，侠乃情侠，以情补武，扬长避短，这是顾明道的武侠小说取得成功的秘诀。

《荒江女侠》是写女侠方玉琴为父报仇，受昆仑山剑仙一明禅师的指点，苦练武功剑术。功成下山，在寻觅仇人的过程中，得到从未晤面的师兄岳剑秋相助。从此琴剑形影相随，琴剑相偕联手，纵横江湖，戮力同心，除暴安良，游侠仗义，锄奸诛恶，又以反清廷权贵统治者为一大关节，就使情节显得多姿多彩；而琴剑之间的误会磨合的过程也使小说跌宕起伏，再加上武林中的若干恩恩怨怨，也使小说的“看点”骤增，于是矛盾错综，交汇翻腾；作者再以白莲教、龙骧寨、螺蛳谷、琼岛等为关目，使情节得以有序推进。最终是剑胆琴心，良缘和鸣；昆仑、峨眉不计前缘，重修旧好，小说在一种大团圆的结局中落下帷幕。

《荒江女侠》这部小说的语言又是以新文艺腔为基调，这一特色也拓宽了受众面。读向恺然的《近代侠义英雄传》，觉得语言纯净而顺畅，读赵焕亭的《奇侠精忠全传》，觉得语言老到而有气韵，读顾明道的新文艺腔觉得与武侠内容不尽合拍，但却因当时的不少受众欢迎而轰动一时，初集一年中就印了 4 次，到 1934 年底，竟重印了 14 次。等到改编成 13 集连续电影，倒像是为小说促销似的，更是不胫而走。还有京剧机关布景连台本戏的取宠于观众，其影响之大，则仅次于《火烧红莲寺》的热度。台湾武侠小说评论家叶洪生在《近代中国武侠小说名著大系・序》中，评价道：“《荒江女侠》一书开卷，所采用的现代‘单一观点’（主观笔法）途事，即打破传统章回小说的陈腐老套，开武坛未有之先河，却值得大书特书。再者本书善借梦境制造高潮，亦有神鬼不测之妙。”

据说作者原计划《荒江女侠》仅是一个中篇，现在拉长至 6 集共 120 万字的长篇，只赖情节的回环复沓，骨子里还是男女双侠的一次次大显身手或历遭磨难，在绝处逢生、化险为夷后的相依相恋，在深层结构上已看出作家的捉襟见肘。一般读者还常为他们额手相庆，但有经验的读者却为作家的窘境汗颜。因为作家没有武技知识的凭借，全靠想象出诸，已很不易，更何况要拉那么长的篇幅，实在是要“累”得直喘的活计。因此这倒是一部盛名之下，其实难副的作品。

顾明道是 1922 年苏州星社的发起人之一，作为一位“孤独者”，他是非常看重这个友谊的组织的，每次集会，这位不良于行者是必定要参加的。他不饮酒，但朋友们畅饮时他总要想出各种小余兴来，助他们的酒兴。与朋友们在一起是他最快乐的时光。他作为一位中学教员，再加上卖稿所得，一家生活也是粗安的。可是战乱的旧中国给他带来无限的痛苦。在 1924 年江浙军阀齐卢大战时，顾明道曾逃难到上海，使他这个不良于行者陷入悲惨的境遇。而日寇侵略时，他又逃难至上海。苏州家中的房屋毁于炸弹，他不仅无家可归，而且一无所有。在上海开了一个国学补习馆于赁屋中，全赖教读卖稿为生。他因平时缺少运动，身体本来就孱羸，加之百物价格飞涨，生活程度日高，营养不良，环境恶劣，心绪不佳，他得了肺病，而且检查出来时，病根已深。医生嘱他节劳，但上有老母，中有弱妻，下有稚子，全靠他一人劳作，他只好仍然在教读与写稿中挣扎。同文们再三相劝，先是解散了国学补习馆，连载的长篇口授一段时间后，在《新闻报》的《明月天涯》，《永安月刊》的《处女心》，《小说月报》的《小桃红》也先后中止。生活费与医药费由同文们分摊。《大众》与《紫罗兰》上也为他呼吁，向读者募捐。严独鹤为他向《新闻报》请求，由馆方负担了医药费及住院费，送入医院。但肺病已至第三期，难于挽救。住了近一月，顾明道觉得费用太大，对馆方“过意不去”，回家苟延残喘，至 1944 年 5 月 14 日溘然长逝，年 48。大殓之日，虽值狂风暴雨，积水没胫，然吊唁者云集，好友徐碧波深受感动：“这遭不才最为感动的，却是许多男女高足们出钱出力，非常诚意，并且为数也不少……作了这样的夫子，虽然凄凄皇皇了一世，精神上却是永远愉快的。”[①]

顾明道逝世后，同文与各界读者伸出援助之手，俾使寡妇孤儿得以存活。到 1945 年 7 月 1 日出版的《永安月刊》上还有纪念文章[②]，署名“大迂居士”，看内容还是他的老友郑逸梅的手笔。此文写星社能书画者，画 30 把扇面义卖筹款，居然抢购一空。而顾明道只差一二回的长篇《胭脂盗》[③]（当时称长篇，现在看来只是中篇的格局）也由同文为他补全出版了。读来觉得比《荒江女侠》清新可爱。同文与读者对逝者的慰藉，是向一位对命运发起反抗者的同情与敬意，也是一位倒下的与命运抗争者的胜利的骄傲，他留下了一堆作品供后人评说！

① 徐碧波：《零星之什》，《永安月刊》第 61—63 期，1944 年 6—8 月。
② 大迂居士：《明道逝世一周纪念》，载《永安月刊》第 74 期，1945 年 7 月 1 日，第 35 页。
③ 顾明道：《胭脂盗》，百新书店有限公司，1947 年 10 月初版。

商海汪洋：江红蕉的金融风潮小说

现代通俗小说中不乏商人形象，他们出现在社会的各个角落中，例如出现在狭邪小说中，让我们看到他们作为社会的一个阶层的动向，从而认识社会百态中的一个重要的侧面，如《海上花列传》就是此类作品。可是在通俗小说中写商业题材的作品却凤毛麟角。1903 年陈蝶仙曾化名大桥式羽发表《胡雪岩外传》，但并没有正面反映胡雪岩这位商界巨头在商业上的大手笔，而只是写他在生活上的奢侈与靡费。1906—1907 年，吴趼人的《发财秘诀》是写中国买办发迹史，不失为一篇值得一读的好作品，但它着重揭露的是买办对中国商人的盘剥。1907 年新中国之废物(陈冷血)的《商界鬼蜮记》则不过是商界骗局的联缀。1911 年云间天赘生的《商界现形记》则是一部与商界无直接关系的不高明的中篇小说。1916 年开始连载的《歇浦潮》倒是写中国保险业的起步等有关的商业活动，但它不是一部专门关注商业题材的长篇。因此，在正面反映商业题材的作品方面，没有几部值得提出来讨论的小说。

1908 年的《市声》是一部较好的商业小说，它涉及中外商战这样一个绝好题材。写有志于“与洋商争胜负”中国民族资产阶级。从第 1 回到第 5 回，就写一个宁波大同人华兴在上海经商，因与洋商斗法，几近破产，失败而归。他的管账先生叫他认输：“东翁，你开口闭口，要和洋商斗胜负，这是病根。如今洋人的势力还能斗得过吗？……如今做生意是中国人赚中国人的钱，还要狠狠地拿出些本事来哩，那能赚到外国人的钱？难怪要折本哩。”可是华兴不服气，他要回去“开了个商务学堂，想培养几位商界通材”。可是写到第 5 回，这部小说的连载中断了 3 个月，从第 6 回起，华兴却从此退出了小说情节，而是换一批民族资本家，从事华兴未竟的任务。大概作者觉得用华兴这人的路子，他没有这样的生活原型和取胜的实例，他可能会陷入“无米之炊”的局面。作者写范慕蠡和李伯正二位民族资本家团结了刘浩三和余知化一班有工农技术人才，学习外国的“工业陈列所”、“工业负贩团”，成立“商界助工会”，开办半工半读的“尚工学堂”……从小事做起，能抱成团体，甚至开创种田公司等等办法。这些新事物，在清末还是有一点“影子”可寻的。但要最后战胜洋商，作者却只能加上一个“光明的尾巴”了。说是农民出身的余知化自己发明了割稻机和舂米机，加上工业工程师刘浩三等人经数年努力，大有成效：

> 自从中国人也知实业上的好处，个个学做。要知我国人的思想，本自极高明的，只要尽心做起，哪有做不过白人的哩？却被一个穷极无聊的刘浩三、一个乡愚无名的余知化，提倡实业，工商两途，大受影响，外国来货，几至滞销，都震惊得了不得。市上的现象这般好，做书人也略慰素心，不须再絮聒了。

小说就在这里结束了。作者并没有正面去写与洋商的“商战”，然后提供一个“虚假的胜利”。因为当时民族资本家虽力图挣扎逞强，但即使是吴荪甫，也只好接受失败的命运。作者也自知自己陷于良好愿望与残酷现实无法统一的矛盾之中，或许自己也觉得说“假话”是无奈而痛苦的。加之小说在艺术上也并不成功，因此小说没有造成较大影响。学界连作者姬人的真实姓名与何方人氏也不得而知，甚至也无从考证。

1922—1923年连载于包天笑编辑的《星期》上的江红蕉的《交易所现形记》倒算是一部值得一提的商界金融风潮小说。

江红蕉(1898—1972)，原名铸，号镜清，苏州人。发表《交易所现形记》时署名老主顾。他与包天笑、叶圣陶等作家有亲戚关系，很仰慕这种撰述生涯，开始学习创作。但对他影响更大的是毕倚虹。毕任浙江萧山沙田局长时，包天笑介绍他在毕手下任会计。这个沙田局是个闲职。他就跟着毕倚虹研究与切磋小说作法，进步十分显著。他开始以短篇小说《萧郎画樱记》和《姐之名誉》等饮誉文坛。赵苕狂在《江红蕉君传》中说：

“红蕉则自谓作社会小说，似较有把握。”[①]他在连载《交易所现形记》的同时，还忙于主编《家庭》月刊，栏目新鲜活泼，这是一本以文艺为主，也具有综合性质的刊物，包括家庭布置、科学常识等专栏。江红蕉逝世于“文革”期间，那时他贫病交迫，生活无着，对生活感到绝望，愤激撞汽车自戕。

约在1919—1920年间，江红蕉襄助友人创办华商实业银行，于是他对商界情况更为熟悉。其时，也是上海交易所的草创阶段，江红蕉就敏锐地抓住这一机遇，了解这一新型的金融业在中国上海的种种“行情”和它的内幕，及至它发展中“走样”得离题万里时，一场金融大灾难降临了，那就是上海经济史中也留下一笔的“信交风潮”的爆发，使上海的经济倒退了若干年，久久无法恢复元气。江红蕉所写的《交易所现形记》不像《市声》，情节有其虚幻性，而是忠实地记录了1921年的这场金融风潮。

交易所与信托公司在中国是全新的事物。上海的第一家华商交易所可追溯到1916年的上海证券物品交易所。它是由孙中山、朱执信和虞洽卿等人发起的。但呈文送到北京政府农商部受阻搁浅。1918年冬，日商在沪开办上海取引所股份有限公司，企图控制上海交易所市场。于是华商上海证券物品交易所于1919年3月再次发动，于6月终于获得批准，即请日本人来沪举办“交易所所员养成所”，为期一年。交易所于1920年7月1日正式开幕，第一任理事长是虞洽卿。

1921年初，上海有的投机商见交易所有利可图，就先后集股开设了几家交易所和信托公司，以其本身所发行的股票，在交易所上市买卖，并暗中哄抬股票价格，获取暴利。当时，一般商人见“利润”可观，亦自行争相招募股份，纷起组织。仅在1921年的夏秋间的几个月内，即成立交易所一百四五十家，信托公司十多家。一时股票大量上市，形成投机狂潮。不久市面银根日紧，股票价格暴跌，交易所与信托公司也纷纷倒闭，酿成严重的信交金融风暴。在风雨飘摇中仅存上海证券物品交易所和上海华商纱布交易所等6家交易所。江红蕉的《交易所现形记》就是写这场风暴

① 赵苕狂：《江红蕉君传》，《江红蕉小说集》，世界书局1926年版，第1页。

是如何酿成的及其惨痛的结局。

小说第1回就开宗明义地指出这是中国从未有过的新事物："说到交易所，中国商业里本来没有这一业，却是360行之外的营业。它的性质与旧式的茶会买空生意，倒差不多。不过交易所有种种规则，种种设备，组织得很周密。各国多有交易所，但是都有极大的风潮。"小说写一位上海商界闻人郁谦伯与日本浪人亀三郎相勾结，参照日本取引所的规则，成立支那交易所。为了宣扬没有外国人参与其事，叫亀三郎化名凌梅奇，说是在日本留学的中国人。对外声称有200万资本总额，但收到70多万就登报声明股款业已如数收足，就赶快发行股票。不到半年，营业旺盛，股票价格飞涨，乐得郁谦伯梦中也笑醒。这还不够，又放出空气，说是支那交易所被某国人所觊觎，要想收买。郁谦伯因觉其中有主权问题，不肯允应。但外国人收买的决心很大，预备了重金，不达目的，决不罢休，于是它的股票市面又纷纷看涨，邪火愈烧愈旺。小说揭露这种炒作法，本身带有误导性和极大的投机性。其他巨头纷纷效尤。随着交易所如雨后春笋般在疯长，股票价格暴涨暴跌，大起大落。于是卷入这狂潮中的中国第一批"股民"们就惨象环生了：吞生鸦片者有之，吞金者有之，上吊者有之，跳黄浦者有之。名医金慈鸠做股票亏了几十万，吞烟抢救不及而一命呜呼；戴叔权投机失败两次吞烟；王妈的儿子还是个商业学校的学生，也做股票亏了160元，被人家逼得走投无路，上吊而死；还有人竟吊死在交易所里。正如作品中所说的："哪里是做生意？委实是一种赌博，这种赌法完全是把身价性命做孤注一掷！"连郁谦伯也私下里对人说道："劝你对于交易所三字，千万不要存心里，希望进去发财。我发起交易所的本意，原以平准物价，流通货物为宗旨，现在却变了赌场。哪里是我意料之中想得到的么？"郁谦伯嘴里的"平准物价，流通货物"，仅不过是对外自我修饰的口径而已，但事情闹到了交易所巨头们自己也无法控制的局面倒是真的。于是小说中十分真切地写了几次与交易所有关的哄闹事件，倒是令人大开眼界的。一次是交易所经纪人大闹风潮，使各交易所里的经纪人势力大大膨胀，形成风气，不可收拾。一次是交易所计算科全体罢工，理事长就将全体除名，找了一批做中国账的人来代替。这批记老式账的"新所员"薪水甚低，老板省了许多工资，自以为得计。岂知交易所计算科的人都是经过所员养成所一年的培训的，有一套新式的计账方式。结果老式记账给交易所造成了很大损失，错出的款项比省下的薪水高出几十百倍。奇事愈出愈多，连商业学校的校长也到交易所里去做了经纪人，为“撤换”与“挽留”这位校长，校中分成两派，最后闹得学生与当局也大起矛盾。也正由于交易所愈办愈多，许多交易所的职员自仗熟悉业务而随意跳槽，动不动就另立山头，很快就变成你中有我，我中有你，简直就没有商业秘密可言。交易所泛滥成灾后，大家巧立各种名目，叠床架屋，有了中国棉纱交易所，再来个上海棉物交易所；有了上海麦粉交易所，再来个亚洲杂粮交易所；你是支那交易所，他来个中日交易所，后来者就叫中西交易所；最后只好乱了套，什么江北交易所、南方交易所、宇宙交易所、半夜交易所等等之类。这就是当年“信交风潮”由此而起的“你方唱罢我登场”的局面。小说为我们画了一幅匪夷所思的怪象。

上海的交易所已多得像烟纸店发轿饭票一般，东也开一只，西也开一只，资本虽是五十万一百万，先只收四分之一便开业。官厅方面禁令也弛了，所以愈开愈多，甚至收到五万六万，也号称收足资本开幕。理事会只知作弊，把本所股收买作价。不过一爿交易所开幕，房子的挖费、装修费、生财、职员薪水以及理事们开支、不实不尽的交际费等，大多在开幕时候，资本已用掉一大半。再要作弊，所以有许多交易所，都是昙花一现，就站脚不住，宣告停业，挂出清理的牌子，理事逃走，经纪人起诉，律师封库，股东退股等等，闹得不一而足。

这不仅是一场闹剧，更纯粹是一场坑民的投机恶作剧，结局当然是可想而知了：“这时市面上一百余家交易所同归于尽，只剩下三四家罢了，也是风雨飘摇……上海的市面，被交易所这样一扰乱，已经凋敝得不少，大非昔比了。正是一场浩劫化云烟，无人不说交易所。”可以说，《交易所现形记》是这场“信交风潮”浩劫的忠实记录。但这部小说的“优点”也仅仅在于记录。它纯粹是叙事型的，而不像《子夜》等作品，是塑造典型的，是通过吴荪甫等生动形象的典型人物，使我们对社会有进一步的认知。

但如果我们要了解 1921 年的这场人为制造的经济危机，《交易所现形记》倒是值得一读的作品。

江红蕉反映的是一场经济史上的实录。在《辞海》中有一条“信交风潮”的条目：

> 1921年上海发生的一次金融风潮，是年初，投机商人先后集股开设几家交易所和信托公司，以其本身所发股票，在交易所上市买卖，并在暗中哄抬股票价格，获取暴利。当时一般商人见有利可图，亦争相招募股价，纷起组织。仅在当年夏秋间的几个月内，即成立交易所一百四五十家，信托公司十多家。一时股票大量上市，形成投机狂潮。不久市面银根日紧，股票价格狂跌，交易所和信托公司纷纷倒闭，酿成严重金融风潮。

能上《辞海》条目，可见这是可以入史的一个大事件。我们可以从经济史上了解事件的发展演化过程，但要透视当年参与者的行为和心理以及围绕这一事件的生活波及面，还得通过形象化的小说，更能得到感性的认识，因为小说中描绘的生活情节与事件中的典型细节，在经济史上是无法一一展现的。那么这部商界小说也就补了经济史的不足，江红蕉还了我们一个当年生活的面面观。

◎ 民国时期出版家兼小说家平襟亚小像。

人海深秘：艺林、花丛秘幕写生家平襟亚

（一）

平襟亚（1884—1980），原名平衡，号襟霞阁主（他有时将姓名写成平襟霞），笔名网蛛生、秋翁。江苏常熟人，出身贫寒，做过学徒、小学教师。他的父亲对他教育很是严格，虽然年老目盲，但还是负亲自教育督导之责，为他打下了扎实的文化基础。父亲逝世后，他做小学教师时几乎无薪水可言。家贫如洗，在同一个屋顶下他叔叔家相对殷实，在向他的叔叔借贷受拒后，他愤而毁家，带着弟弟出走，开始过流浪生活。他曾对其女儿平初霞说，当时他们在极度饥饿时一次拾到一枚“双角子”，才与他弟弟吃到了一顿饱饭。后来兄弟二人被沈姓人家收养，才得以存身。因此，他有时也用过沈平衡这个名字。为此，他的长子名沈东海，长女名沈小霞，次女才姓他的本姓，名平初霞。沈家很看好他是有志青年，就将女儿沈慧珠嫁给了他。1915 年，平襟亚 20 岁时身着一件竹布大褂踏进上海滩。那时他已是沈家的“东床”，也就在上海的岳家借得小楼一角，做起了东床来了。但他得先考虑养活自己，接着将妻子也从常熟接到了上海。若只靠“东床”身份填饱肚子，怎么算得上“男子汉大丈夫”？于是他试着向各处投稿，虽有刊登也大都没有稿费。但通过投稿他结识了朱鸳雏和吴虞公，成立了一个“三人卖文小组”，借岳家一角开设了“写作工场”。但见三人攒头及案，纸上起春蚕食叶之声。他们按“弄堂书店”和“皮包编辑部”的命题，炮制各种投机书刊，老板要求出货迅速，却稿酬低廉，但内容文字倒绝不计较的。他们有时竟玩起了“草船借箭”写作法。如老板要叫他们赶

写一部《江湖三十六侠》，限三天交稿，以便与同业即将上市的《江湖十八侠》竞争。他们就先写两篇示范稿，然后由朱鸳雏带到他兼课的国文高级班上去，叫学生按题作文，各写侠义故事一篇。在七八十篇作文中选出36篇，略加修改，如期交稿。一手交货，一手收钱。朱鸳雏去世、吴虞公他就后，他进入了孤军奋战期。他的第一部编著是《中国恶讼师》。他借了本钱以"襟亚阁出版部"名义印了三千部，还在《新闻报》上登了广告。他将书堆在岳家客厅里，自己因事回到常熟乡下去了。一星期后，他岳父写快信要他回沪，他也不知出了什么急事，忐忑不安地回到了上海，原来客厅里的三千部书已被搬抢一空，还纷纷有人定货，岳父叫他回来赶快再版。他不仅一而再，再而三，三而四版，而且还不断写续集，一续再续，直至四续为止。许多材料当然是来自列代笔记，因此书上印的是"襟亚总纂"。从端午到年底，竟靠卖稿抽版税盈余了三万多元。于是穷书生就一变而为书店老板，开始了他职业出版家的生涯，发展到经营中央书局和万象书屋等文化企业。平襟亚曾写过一篇题为《自谳》的文章，大意说：我不知怎样，听到人提起我以前的著作，我总认为这人是在挖苦我，讥笑我，自己有时候翻到二十年前的作品，也觉得面热心悸，汗毛直竖，要急急地掩卷。

平襟亚一生最大的亮点有二，一是写了一部很有特色的社会小说《人海潮》；二是办过一个雅俗作家通力合作的著名杂志《万象》。作为一个忙忙碌碌一心在生意上竞争，一天到晚拨着算盘珠的书商，怎么能定下心来写出一部50回近60万字的长篇来的呢？原来他办了一张《开心》小报，小报上发表了王小逸写的一篇短文《两个好伴侣》，著名女诗人吕碧城认为是在影射她的私生活，又误认该文作者是平襟亚，于是以诬蔑罪将他告上租界法庭。而吕与租界权力当局非常熟悉，于是行文通缉平襟亚。吕碧城又以慈禧太后的一幅亲笔观音像画幅作为通缉到案的赏格，似乎非缉拿归案判罪而后已。密探已带了人到书局里来抓人，那时平襟亚正在书局里，但只有这个密探认识平襟亚，凭着平襟亚与三教九流人物的熟悉，密探没有出卖他。平襟亚逃过一劫，知道在上海已存身不住，他又不愿供出真实的作者王小逸，只好自己改名换姓匿避苏州，闭门写作，"费时五月，三易其稿"写成了这部他一生的代表作《人海潮》，坏事竟转化为好事。1927年3月由新春书社出版，初版五千部，不到一个月就销售一空，再版七千……，不到半年竟发行五万部，盈利超过了十万元。有人说他十年前一本书起家，十年后又一本书致富，他更大大扩大了他的书店的营业范围。经过疏通，他从苏州回到了上海，就坐起了自备汽车。以后他虽然写续集《人心大变》，但环境大变，忙于在书业钩心斗角中赚大钱，怎么写得好《人心大变》呢，这与闭门专心写作、三易其稿的《人海潮》已不可同日而语了。

以他为发行人的《万象》杂志，是在上海孤岛时期创办的，但只出到第3期，即遇太平洋战争爆发，因此，大部分时间是在上海沦陷时期出版的。前后聘请陈蝶衣、柯灵为主编。这是一本可读性极强的综合性刊物，刊名取得特别好，综合者"包罗万象"也。内容偏重于文艺，但其他文稿也丰富多彩，计有国内外名人生平轶事、世界各地风光，边疆民风民俗、科学知识、生活常识、游戏方法、美食盘餮等广泛的话题。文艺以小说为主，散文、戏剧、电影次之，甚至还有学术讨论，如刊出过两期"通俗文学运动专号"等等。《万象》的文学史地位是在于当时正强调爱国文艺工作者的统一战线，这一刊物是新文学家与通俗作家联袂合作的一次成功的尝试。它不用敌伪的配给纸张，不登汉奸的文章。因知识面宽，可读性强，趣味盎然而纯正，颇受广大市民青睐。平襟亚写道："我们没有销售多少的把握，因此初版只印了五千册，谁知出版的那一天即一扫而空，然后经过四五次的再版，一个月中整整销售达三万余册……"在刊物出版两年后，平襟亚写了一篇《二年来的回顾——出版者的话》，那实实在在是一本在困境中坚守奋斗的经济明细账。敌伪时期纸价大涨，"纸老虎锋芒渐露，张牙舞爪，咄咄逼人"，在严峻的形势下，"我们将这一册刊物，不惜苦心灌溉，扶植到现在，当然不忍见它枯萎"。① 可见当时作为发行人处境之艰难，即使是经验老到的出版家也需施出浑身解数，才得以支撑。

平襟亚作为出版家，他有时自称"书贾"，在上海滩这样一个"大鱼吃小鱼"的社会中，书店要由小变大，他就要使许多勾心斗角甚至不择手段的招数。他在1965年曾写过一篇《一本书发家史》，坦陈自己的一些"小鬼跌金刚"的手法。例如说他在"一折八扣"（100元定价的书只卖8元）

---

① 秋翁（平襟亚）：《二年来的回顾——出版者的话》，载《万象》第3年第1期，1943年7月出版。

书的经营中如何制胜，大赚其钱。他如何将郭沫若的《黑猫》改书名为《我的结婚》，大量发行；将鲁迅、茅盾、冰心等20多位新文学作家的作品印成一套《现代创作文库》，也作"一折八扣"书倾销，不仅不付分文稿酬，甚至连招呼也不打一个。"我向文友买稿，计字认值，斤斤较量，也同一般书贾没有两样，不因为我卖文时受尽书贾的苛刻剥削而变更方式，正所谓'易地则皆然'，自己做了乌鸦，毛羽绝对不会生白的。"①

(二)

《人海潮》在广告上说它是"晚近第一部社会长篇大说部"。袁寒云在《序》中说："网蛛生自谓《人海潮》，余直谓'人海镜'耳。"并指出它的内容特色是，上海滩上"凡艺林、花丛以及种种秘幕未经人道者"皆网罗在内了。这可算是对《人海潮》的一个非常概括的总结。

长篇共50回，与很多写上海滩的通俗小说的不同处是，它的前10回是写苏州农村生活，从11回起，一一将农村中的人物拉到上海滩上来。这种结构写出的农村与大都会的巨大对比与反差，是当时都市通俗小说中很少看到的。但这也是结合作者生活道路——一个从常熟乡间到大上海闯世界的经历是一致的。这些书中人物到了大上海当然是要用农民视角看世界的。平襟亚小说中有时就用那淳朴的农民的"悟世之道"去评价这十里洋场花花世界："你道现在世界，人心什么做的？简直是块吸铁石，那个不想铜钿眼里翻筋斗？嘴上仁义道德，心里男盗女娼，甚么老爷太爷，连我们底下人都弗如。"但是"一片汪洋田庐成泽国"的水灾，又逼他们到上海来出卖劳力，在他们的脑子里这个陌生的上海又是"黄金遍地"的大都市。于是一家五口妻儿老小到了上海，遍地哪有"黄金"？只好忍痛将女儿送进了妓院。这是"花丛"的一条线。另一条更主要的线是几个农村小知识分子流落到上海之后，用他们的眼睛看千奇百怪的"海上文化"，也即海上文坛面面观。他们跟马空冀——这位昔日学校庶务员、今日环

① 平襟亚：《一本书发家史》，载《上海文史资料存稿汇编・卷10》，上海古籍出版社2001年版，第339页。

球书局编辑——为伍，也算是开了眼界。这位“文豪”是文化事业中的投机商人。他用很自豪的口吻对这些农村小知识分子们说：“我们在上海社会，也算得是一员投机健将，各种投机事业总要尝试尝试，结果决不致给潮流卷去，可也不容易了。”这真是上海居，大不易。作者又通过书中人物柳一佛印证马空冀的高论：“上海社会往往有忽起忽落的一种潮流，潮流所到，足以风靡一时，我们只消迎合潮流，无往不利，发财可以计日而待。”这番话倒是“至理名言”，写尽了当年上海人的“一窝风”的地域特色。马空冀之所以能从庶务员混到编辑的位置上，而又能在上海出版界站住脚跟，就是处处以迎合潮流为生财之道。那么平襟亚笔下的所谓“艺林”，就是讲的上海滩出版界。正因为他熟悉上海出版界，从他的襟霞阁图书馆做起，直到后来当上中央书局老板，他知道种种出版内幕。所以这部小说写“艺林”的最有价值的“看点”就在于他对上海出版界的种种“秘幕”的揭露。

在平襟亚逝世之后，香港的《大成》杂志上曾发表了他的两篇遗作：《上海书业外史：一折八扣书真相》和《60年前上海出版界怪现象》[①]。这两篇遗作为我们留下了上海当年出版界的许多活史料，弥足珍贵。可是如果去对照《人海潮》，那么其中许多重要内容，皆已经融进了小说情节，而这些情节都与马空冀等人有关，而从农村中来的沈衣云只是处在被开导的地位。如出版商开导沈衣云，如要靠出书赚钱，则书名最为重要，内容却在其次。书名迎合了买客心理，他买去一看，即使十不通，廿不通，也不能够来退换。而书名好坏又与是否迎合潮流有关：

上海出版潮流千变万化，这并不是书贾的欢喜变化，是阅者的眼光变化。书贾无非想赚几个钱，不得不随阅者眼光转移，迎合阅者心理，投其所好，利市十倍。像这种“恨”、“怨”、“悲”、“魂”、“哀史”、“泪史”的名目，还在光复初年，轰动过一时，以后潮流转移到武侠一类。有人说武侠小说足以一扫萎靡不振之弊，于是大家争出武侠书。甚

① 平襟亚（遗作）：《上海书业外史：一折八扣书真相》，载（香港）《大成》第124期，1984年3月1日出版，第52—54页；秋翁（遗作）：《60年前上海出版界怪现象》，载（香港）《大成》第170期，1988年1月1日出版，第44—52页。

么《武侠丛谈》、《武侠大全》、《侠义全书》、《勇侠大观》,没有一部书不出风头,后来越出越多,闹翻了,做的人也实在太拆烂污。甚至一根烟杆子刺杀128个好汉,两柄宝剑,鼻子里进去,屁股里出来,简直像说梦话一样,看的人也就没有兴味了。书业潮流便转移,大家说,黑幕不比武侠小说向壁虚构,这是揭破社会的秘密,实事求是,很有来历,因此坊间大家争出黑幕。说也奇怪,上海洋场十里,百千万言也揭它不尽。甚么《黑幕大观》、《黑幕汇编》、《黑幕里的黑幕》,这是笼统的,还有分门别类,甚么《姨太太黑幕》、《大小姐黑幕》,后来越出越多……从此不到几时,那张牢不可破的幕也就揭穿。后来潮流又转到财运上面去,财是大家贪的,见报上登着广告说,看了这种书,立刻可以发财,有哪一个阿木林不欢喜发财,因此甚么《财运预算法》、《财运必得法》风行一时,上海地方差不多瘪三叫花子手各一编……(第32回)

沈衣云听了这席话,真觉得想不到"书业中有这么忽起忽落的潮流",真所谓"听君一席话,胜读十年书"了。而柳一佛的迎潮而上,发财指日可待的话真是吃透了这个大都会的"投机"秘诀了。在书业的市场经济规律中,书商的炒作与被调动起来的读者阅读心理总是互为促进的。但问题是"炒作"与"迎合"一到后来就走火入魔,于是落潮期就会加速到来。书中写马空冀与沈衣云等合办"大公"出版部,按着这一"迎潮而上"的法则,也颇有些盈利。可是谁知在这法则之外,还有一套令人惊诧莫名的不正当经营的勾当,叫你防不胜防。

其尤甚者,影戤剽窃,统做得出,你出一种书,风行一时,他们连忙赶出一部大同小异的来抢你生意。譬如你出一部单行本,叫做《中国文学史》,他便放大范围,出一部《中国历代文学大观》把你罩住。假如你出的大部著作《中华全国名胜志》,他摘取菁华出一部《中国名胜要览》,你卖三块钱,他只卖三毛小洋。报纸上广告登得比你大,牛皮吹得比你足。你就给他打倒。这还算正当的竞争。其次,你倘出一部《诸葛亮全史》,他跟出一部《孔明全史》。你文言他白话。你倘出一部《武侠大观》,他跟出一部《武侠巨观》。你定价二元,他定价二角。更有你叫"公民书局"，他叫"百姓书社"；你叫"上海书局"，他叫"海上书局"；你叫"大光书局"，他叫"大先书局"。说不尽形形式式，怪怪奇奇。你先出版多时，他跟着你出了，登报时反而郑重声明说："近有无耻之徒，出版同样书籍，在市上鱼目混珠，务请阅者注意。"你的原本被他抄袭了，他们登报翻说："请注意抄袭，在外混售，男盗女娼，雷殛火焚。"（第44回）

这真是上海的"书贾黑幕，罄竹难书"。在书中，作者还写了一个"一字不识"的出版商，靠中了头奖三万元开了一家书局，要出版一本《财运预知法》，在发行前七天，托刻字店刻了几十方"灵"字的木戳，尽登在报上显著地位，叫读者猜想什么最灵。他要在七天后揭开谜底，说是这本《财运预知法》最灵，照书上的办法买彩票，定中头奖。不料此消息被另一出版商侦悉，五天之内就印了本《财运预测法》，先他一日在报上登出广告，说是灵书今日出版，预测头奖，百发百中。结果前者的广告效果，全部被后者吸收去了，等于为别人做了广告。读平襟亚的《60年前上海出版界怪现象》这篇遗著，我们才知道这是一件真人真事。他告诉大家，"一字不识"的出版商叫朱锡泉，他原是大东书局沈知芳手下打杂的；而侦知他谜底的就是沈知芳。登广告的报纸是《新闻报》。可见小说所写的上海出版界的怪现状全是有根据的，虽然事态离奇，可是作者并未极度夸张，他写的倒是一段出版界的信史。有这样的书贾，还得要有与之相对口的写手，这些人才真正称得上文蠹与文丐了。长篇中写了一个维扬陈小雨就是这样的落拓文人，他住的小楼下面是马棚，楼上蚊虫特多，一顶破帐，一床黑被。房中居然挂上一副即景对联，上联"帐为蚊世界"，下联"被是虱家乡"。一碰到人就摇头晃脑发牢骚："室如悬磬，家无担石，是寒儒之本色，亦名士之家风。"这些文人就是上海不法书贾的生存基础。

在《人海潮》里，各色各样的都市文化"变种"比比皆是，有"海派高僧"，有靠慈善事业起家的"善棍"，有女校学生扮成的诗妓……从潮流而言，有诗谜潮，有电影潮，所谓"导演满街走，明星多如狗"……更有本土封建主义与外洋资本主义的"新旧合掺"的杂交品种。在小说第13回，写上海寓公、遗老邓雪斋做寿时，高朋满座，寿礼如山。他的老友、原江北藩台郑玉龙送上朱漆拜盒内藏礼柬一张，内写中楷13个字："谨呈姑苏活手杖一枝，伏惟哂纳。"这礼品原来就是一个年轻姣美的苏州少女——丫环兼性奴。贺客才恍然大悟，只怪自己肉眼凡胎，不识仙家法宝。邓雪斋将大腿一拍道："生我者父母，知我者玉龙。"这岂止是封建主义，简直是回到了奴隶社会了。但当邓雪斋儿子从欧洲留学回国，找了活手杖的妹妹——另一位美人"作伴"，于是父子俩同一天"集团结婚"，结婚之前，为了抬高女方身价，将女方过继给达官贵人做义女，那简直是"中西合璧"得天衣无缝了。这就是欧风美雨登陆中国，与封建主义相克相生的文化产物了。

除了艺林、文化之外，另一条线索就是"花丛"了。小说也是从来自农村的小知识分子视角看这个花花世界的。当时花丛的一"潮"是继承选"花国状元"之老例，更新为选举"花国总统"。真是搞得轰轰烈烈，以致北洋军阀政府还指斥嫖客们将"总统制度"庸俗化。在此类选举揭晓后，是要敦请"总统登基训词"的。小说中所写的副总统菊云的一篇"训词"就是这种农村小知识分子视角的产物。

"今朝承情唔笃诸位少爷老爷选奴做副总统，奴面孔浪是笑出来，心底里要哭出来，为啥呢？倷想象伲格辈人，吃爱碗饭也叫呒说法。好像从小跌进陷马坑里，做一日生意，熬一日苦头。要想早点跳出陷马坑，只是呒不格种机会，现在诸位少爷、老爷，弗情愿救起我伲来，翻要叫我做大总统、副总统，那末奴自家想想，好像田鸡跳进井里做皇帝，快活也是有限得势格哉。奴勿会讲话，要请唔笃诸位勿要动气，原谅我一点。"……内中有一位少年，便是本书主人公沈衣云，深味菊云这几句话宛如清夜钟声，足以唤醒一切。今日这样盛会中，不可无此遥天一雁之音。（第19回）

这里用的是很合当时妓家通行的标准苏白，娓娓道来，也是花天酒地中的血泪倾诉。妓女讲话精彩，岂知老鸨讲话比妓女更"精彩"。书中第1回农村一家赤贫户到了上海，将女儿银珠送进了妓院，后来竟成了名妓。老鸨像"教练"一样"雕塑"买来的养女，请听她们的"训词"直可以作为妓院"教科书"：

你心里定定，不要胡思乱想。一个人看风驶篷，运气来，春天弗问路，只管向前跑。太太奶奶又没有什么窑里定烧的，一样是泥坯子塑成功的。你现在是个黄毛小丫头，说不定一年二年后，喊你太太奶奶的人塞满屋子，你还不高兴答应咧。(第15回)

上海地方堂子里真是你们一只漂白缸，只要有好手替你们漂，凭你黑炭团一般，立时立刻可以漂得天仙女一般。可惜你们心不定，有这只漂白缸不肯跳进去漂。阿囡啊！像你这副样子，漂一下，一二年，一定弗推板，现在呢，还讲弗到生意上种种过门节目，只要你一定心，我会一桩一件教导你，学会了种种诀窍，生意上就会飞黄腾达，凭你一等一的大好佬，跳不过你如来佛的手心底。你将来正有一番好戏在后头哩！(第15回)

这大概是先实施安定人心的教育，然后再配合前途教育，描绘美好前程。我们说上海就是只漆黑的大染缸，可是鸨母却“匠心独运”，翻说是一只漂白缸。真是道不同不相为谋了。日后，银珠果然成了红妓凌菊芬。她漂得明丽焕发，娇艳无比。但她见了同乡沈衣云，脸上不仅没有半点骄颜傲色，而只是微微叹喟：“我吃这碗饭，也叫末着棋子。养活爷娘是顶要紧。当初爷娘弄得六脚无逃，我没有法想，只好老老面皮，踏进堂子门，平心想想，总不是体面生意经。结底归根，对不起祖宗，没有面孔见亲亲眷眷。……想我这样一个小身体，今生今世，再也没有还乡日子，几根骨头将来不知落在谁手里咧。……我见同乡人，真像亲爹娘一般。”这一席话，真与菊云的就任副总统时的“演说”有异曲同工之“惨”。后来她被一个军阀(贵州军长)买去作妾。沈衣云、钱玉吾不知就里，出嫁当天还去打茶围，她房中人对这两个不速之客鄙视冷笑，可是“凌菊芬只顾低头不语，半晌才坐近衣云身畔，和衣云、玉吾谈谈乡情，又托玉吾照顾照顾家里爷娘。玉吾一口应承。又问她可要回乡逛逛，凌菊芬想到自己身世，再无回乡之望，不觉一阵悲酸，掉下泪来。玉吾见此情形不觉神醉，衣云也觉凄然……”在新婚中，那军阀被人刺杀，她做了个小孤孀，她今后的日子的惨痛就可想而知。这也是农村小知识分子眼中的花丛惨痛生涯。

在艺林、文化方面，小说中还出现了一批海上“清流”，如苏曼殊、章太炎、叶小凤、柳亚子、姚鹓雏等人，但这些人在《恨海孤舟记》和《人间地狱》中已经出现过了，平襟亚写他们也并没有更上一层楼的表现，只是一个洪幼凤(以朱鸳雏为原型)——早夭的天才的身世，还带给读者一点新意。当写到他的冷寂的卖文生涯时，小说大发牢骚："卖文不如卖淫。"他临终前对主人公沈衣云说："想我半生卖文，不能庇家荫室，长使母冻妻饥，便是活在世上，也负疚良深。现在脱离人世，别无愿望，只求阎罗王来生不再使我做个文人，备尝千般苦况。"这位曾与柳亚子因论诗而闹成僵局的南社社员，只活了22岁。他夫人也因过度悲痛，不到一个月，就香消玉殒。朱鸳雏的事迹在报刊上传开后，忽然又成一"潮"，一夜间成了热门人物，说他清才隽永，妙笔回环，是王实甫再世，曹雪芹复生。有人学着他的笔路，杂凑成章，署上"幼凤遗著"，卖给书贾，稿费加倍。更有人自称"洪派小说家"，就利市十倍。过去书贾不愿买他的稿子，现在书贾从乱纸堆里好不容易找了出来，就用三号字排版，奇货可居。作者不忘再叫马空冀出来现身说法：

> 寒士卖文，真的说不出的痛苦。我也曾亲尝其味。书贾雇用文人，奴蓄隶养都弗如，文人一到书贾旗帜下，凭你本领大，发威不出，惟有肝脑涂地。你瞧上海几家大书局，每年辞歇一批旧编辑员，另聘一批新编辑员，猜他们用意，差不多当编辑员一段甘蔗，他们简直是一部榨甘蔗的榨床，只把你甜汁榨尽，便丢你到垃圾桶里，绝不留情。(第33回)

平襟亚的近60万字的长篇，是在秘密流落苏州时写成的，当然内中也不无若干猎奇篇章，但在此情此景下，回顾自己及朋辈们的身世，不无感慨。虽非自传体小说，也至少浓缩了半生经历，倒是值得一读的。

(三)

平襟亚不仅作为一位成功的"出版商"，也写出了颇有特色的代表作《人海潮》，而且在无意间他还以自己的影响形成了一个"平氏出版世家"：

那就是他的出版事业给他的堂侄平鑫涛留下了深刻的印象，以后也以出版家为他的终身事业。这位堂侄与平襟亚从来没有见过面，那么这影响是从何发生的呢？由于平襟亚当年“毁家出走”，两家交恶。平鑫涛的父亲平冠球是略知他的父辈与平襟亚之间发生过一些不愉快的事，因此当平襟亚事业有成后，他也并未与其堂兄取得任何联系。虽然以后平冠球也由常熟迁居沪滨，家道中落，但始终不愿去“高攀”这位堂兄。可是平鑫涛却对他堂伯的事业非常崇拜，他是一个喜欢读书的人，但由于买不起书，他经常在书店里去“站看”。他课余打工所挣到的第一笔收入，就将工钱去买一部《约翰·克里斯朵夫》。他甚至暗暗立志要像堂叔亚襟亚一样，成为一个出版家，应该像平襟亚出版过《万象》一样，自己也拥有一本影响广泛、内容更精彩的杂志。在高中二年级的时候，他已经迫不及待地用彩笔编了一本图文并茂的杂志，取名《涛声》，全班同学可以免费借阅。看来平氏家族恐怕的确有善于经营出版事业的基因，经过平鑫涛的个人奋斗，他终于以百折不回的精神，在 1954 年 2 月 22 日创刊了《皇冠》月刊，至今这本刊物已行销了整整 60 年了。他从杂志社起家，在这基础上他又成立“皇冠出版公司”、“平氏有声出版品有限公司”等等，在 1967 年还进军电影业，成立了“火鸟影业公司”（后改名为“巨星影业公司”），拍摄了 16 部琼瑶电影。1986 年他与琼瑶夫妇联手自制电视剧，在 1999 年，电视剧《还珠格格》在大陆掀起了一股热浪。到现在，在平鑫涛的手中已建成了一个“多元立体”的“皇冠文化集团”。平襟亚是一位通俗作家，也出版了大量的通俗作品；而平鑫涛的文艺观是“不分纯与俗，只有好与差”。他在实行“雅俗双轨制”中，又以都市通俗文学为他的主打产品，还设立了百万台币的高额大众文艺奖金。

作为两代出版人，平襟亚与平鑫涛都有他们的传奇性，而“青出于蓝而胜于蓝”是人人所期望的历史必由的路径。人人都喜欢自己的事业后继有人，但平襟亚却于无意中得之，这正可谓出乎“意料”而又“之外”的。

◎ 徐卓呆小像

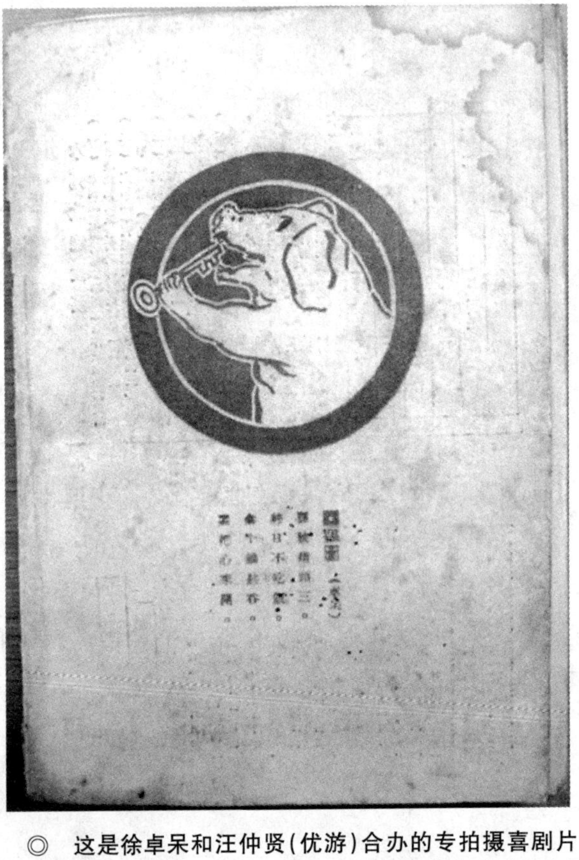

◎ 这是徐卓呆和汪仲贤(优游)合办的专拍摄喜剧片的“开心电影厂”厂徽——“猪八戒吃钥匙”,寓“开心”之意。

◎ 现代讽刺幽默大家程瞻庐小像。

刺从笑声：幽默大家徐卓呆和程瞻庐

(一)东方卓别林——徐卓呆

徐卓呆是从戏剧界取得成就后，正式“转业”到小说界的。

徐卓呆(1880—1961)，苏州人。原名傅霖，号筑岩，别号半梅，因“梅”的古体字为“槑”，“呆”就是半梅。他的笔名很多，如闸北徐公、半老徐爷、李阿毛等。他的一生的道路可谓丰富多彩。早年留学日本，专攻体操专业。他回忆说：“中国学生入本科(指体操学校本科——引者注)的，我是第一人。”[①]当时我国的学校中只是借用兵队的操式，学校体操如徒手操、哑铃操和棍棒操等是由徐卓呆传入的。他与夫人汤剑我曾创办我国最早的体操学校。徐实际上是中国现代体育的创始人之一。徐卓呆的业余爱好是戏剧。1917 年，他曾和欧阳予倩到日本考察俳优教育。他还在《时报》上辟专栏鼓吹戏剧革新。他的登台演出受到郑正秋等戏剧家的好评。他也自信在戏剧界会大有前程。他创作过 30 多个剧本，都被郑正秋搬上了舞台。他还与汪仲贤创办过“开心”影片公司。但是当文明新戏走向堕落，直至一蹶不振时，他正式“转业”到小说创作上来。赵苕狂为其写传时说：他认为新剧“未能如期所望”，“辄掉首不顾而去”，可见其“秉性之高洁”。[②] 其实，在小说创作方面，他并不是新手。他早就业余尝试写小说：“光绪二十八年这一年(1902 年——引者注)，我赴日本去游学，动身的时

① 卓呆：《灯味录(五)》，《红玫瑰》第 6 卷第 7 期，第 2 页。
② 赵苕狂：《徐卓呆传》，《卓呆小说集》，世界书局 1924 年版，第 1 页。

节，就有这一个动机，暗想，我如果有闲暇的工夫，一定要学做做小说，所以行李中，小说倒带得不少。”[①]1904年，他“做成一篇长篇章回体的小说，叫做《明日之瓜分》(此处作者记忆有误，题目应为《分割后之吾人》——引者注)，载在《江苏》杂志上，虽没有完结，也登了这么五六期罢(登载于第8期及第9、10期合刊上——引者注)”[②]。在留学时期，他还翻译了一部长篇《大除夕》，寄给徐念慈(东海觉我)，由小说林书店刊行单行本。而在民国初年前后，即1911年2月《小说月报》第2年第1期上的《卖药童》和1913年2月《小说月报》第3卷第11期上的《微笑》等篇什，如果说是民初的最优秀的短篇小说，也是可以当之无愧的。《卖药童》中阿详是个孝子，为了挣钱为母亲治病，只能用逃税的方法去卖刀伤药，以此多赚几个钱。他被警察长抓住了，不敢承认这是药而说是糖。警察长用捉弄的手段惩罚他，说“既是糖，你就吃吃看”。徐卓呆用“一箭三雕”的手法，写了如下的场景：

> 真是个残酷的命令。阿详是个倔强的性情，哪里肯踌躇，解开包来，推入口内，虽有些粘着牙齿的，他竟一吞而下。警察长见了，也很惊异，冷冷的道：“甜么？”阿详答道：“甜的。”这是势所不得不如此。警察长又道：“糖既很甜，你把他通通吃了，方始饶你。”此时僧侣、妇女、婢女们，见了样子，大约也不知可怜。阿详两只眼睛，恶狠狠地向众人看着，把第二包吃完了，于是三包、四包、五包、六包、七包、八包，到了九包，他眼睛发白，呻吟起来。然而无用……十包、十五包、十六包、十七包，竟一齐吃下去，塞得声音也发不出来，好容易才说一声道：“如此，好了么？”

那警察长的残酷，那旁观者的冷漠，那孩子的倔劲，就在那一包一包的加数中像重槌般地敲击着读者的心。作家将这一残酷的场景放在“慈照寺”前发生，作者好像在诘责：你们——僧侣先前与警察长打得如此火热——你们这些“善男”的“慈悲为怀”的心在哪里？你们——那些来参拜

① 徐卓呆：《我的处女作》，载《半月》，第2卷第3期，1922年10月5日出版，第1页。
② 同上，第3页。

佛祖的"信女",你们的"虔诚之心"又在哪里?只要你们"善男信女"们每人开一声口,这兽心似的警察长也会顾忌"众怒难犯"的。阿详的怒火喷发了,在夜里放火烧了"慈照寺",他自己也死在慈照寺旁。孩子的复仇方式是幼稚而简单化的。可是读者读了心情是复杂的,但如果要用最简洁的话来表达,那么也只有四个字:"天下无慈"!这就是作家要将这个残酷的刑罚放在特定背景下的深意:无慈兽性的天下啊!作家虽是"无言"的,可是却表达得那样透彻。

一般通俗作家不擅长写短篇,但徐卓呆对短篇情有独钟,他已深谙短篇的创作规律:"小说是描写人生断片为主,所以既不必有始有终,又无需装头装脚,能够写实,当然最好;最容易达到目的,不消说了,自然是短篇小说。"[①]他从戏剧界正式转到小说界时,也许他习惯于自己的喜剧风格,因此,特别是在向1923年创刊的《小说世界》投稿时起,更显示了他的写滑稽小说的才能。他崇拜英国喜剧大师卓别林,他就自谦地将"呆"字解为上海方言的"弗灵",因此,他自称"卓弗灵";而文坛上一般都称他为东方卓别林。由于个性与演剧风格的互相融会,徐卓呆生活中的一言一动皆向滑稽化靠拢,后来甚至过着一种"泡在笑中"的生活,日常生活中的徐卓呆真是"笑匠化"了。朋友们也总与他开玩笑,而他回敬的是更多的即兴笑料。这些笑料素材经过凝练浓缩,涌进他的表演与写作中去,使他成为一个既会编滑稽剧,又能演滑稽戏,更发展成善撰滑稽小说的"三栖笑星"。

日常的生活中"隐蔽"着许多滑稽的笑料,如果只粗疏地环视生活,肯定是视而不见的,徐卓呆的滑稽艺术的穿透的力度,是能看出许多生活中的滑稽的胚芽,他在这些胚芽上施展"有技巧的夸张",甚至推到"荒谬的巅峰",于是使人们看到了生活中的畸形与怪象。例如才女征婚或富孀赘夫,在生活中可以屡见,有的人在这种"财色"的诱惑下,简直可以达到疯魔的程度而成为这"财色"的玩物。《女性的玩物》就是将这种胚芽在放大镜下向读者展示。大才女邱素文登报征婚,收到1 234封回信。她给每人一封信,约定某日在某公园见面,请胸前戴一朵小红花为记。"见有御绿衣者,即妹也。"那天公园里出现了1 234位戴小红花者,但没有绿衣女

① 徐卓呆:《小说无题录》,载《小说世界》,第1卷第7期,1923年2月16日出版,第1页。

郎出现。第二天，每人又收到一封信，大才女反怪大家，这么许多佩红花者："必为先生恶作剧，故意约多数友人，特来窘妹也。"于是又发一信给各人，某日某时，"请驾临银星影戏院一晤，妹仍穿绿衣"。她到电影院花 60 元包了一场电影，但购票所得竟有 480 元……可休息灯亮时，并未见绿衣女郎。她再找借口对付这些"玩物们"。财色之令人颠倒竟能怪象丛生。

徐卓呆是周身满溢着"灵气"的人，生活中偶有触发就能产生滑稽的灵感。他写滑稽小说的另一成功手法是在于机智的巧思与想象。一旦有了奇想，他又善于作天马行空的、而又装得一本正经地进行一番推理。《万国货币改造大会》就是建筑在奇想的推理之上的。这是一篇关注严重的社会问题的讽刺小说。一战以后，全球性经济萧条，物价飞涨，货币贬值，倒闭风潮，劳资矛盾等一系列恶性循环接踵而至。有一穷记者去采访"万国货币改造大会"，各国特派员各出妙招。法国说自己虽是战胜国，但至今只有勋章与妇女可以出口，以便换取粮食回国以救饥饿。德、英、日也提出各种异想天开的办法。最后美国特派员说，要救穷人的妙策是将货币位置颠倒过来，从今起，一个铜元当作一百元，一角银币当作十元；现在的十元变成一角，而百元钞票便成了一个铜元，世界穷人不是成了富翁了吗？穷记者听了高兴得手舞足蹈。可是排字工唤醒他看校样："钱先生醒来，这么百物昂贵的时节，万一伤了风，那真不得了咧。"原来他是睡着在办公室的藤椅上。奇想联翩之后，还是一筹莫展。这就是当时的残酷的现实。

徐卓呆还希望在小说中要能让读者尝到"诗的滋味"，这当然会要求作家有很高的天分。所以他给自己定一个目标，"最好是情节很滑稽，又极自然，其中还含着一点儿深意"①。他的《浴堂里的哲学家》等一批小说就是饶有意味的作品。中国只重衣衫不重人，但在浴室里就比较难分清贫富贵贱。于是哲学家体会到"世上的衣服，实是包没了人的原形，专尚虚伪的恶根源。哲学家因着这个意思，便常把古语改了两个字对人家说道："万恶衣为首，百善裸为先。"他要求彻底的平等，就拿出钱来，叫浴室

① 徐卓呆：《滑稽小说之要素》，载《小说世界》，第 12 卷第 10 期，1925 年 12 月 4 日出版，第 1—2 页。

主人改造浴室，取消盆汤，一律改为大池。改造的结果，浴室主人告诉他，生意尚好，但过去洗盆汤的上等客人一个不来了。“哲学家想了一想，才道：‘原来爱平等的，只有一班下等人。’”

除此之外，徐卓呆也写了一些“含泪的笑”的契诃夫式的作品，对若干小人物的命运表示了深切的同情，如《校对先生》与《相见恨晚》等等。而他在20世纪40年代所写的《爱情代理人》和系列小说《李阿毛外传》也更脍炙人口。他的确是位有睿智，能逗乐，有艺术家气质的“小说笑星”。

（二）身不由己的程瞻庐

程瞻庐(1879—1943)，苏州人。名文棪，字观钦，号望云居士。求学于苏省高等学堂(苏州高级中学前身)，与叶小凤、王西神有同砚之雅。在校因品学兼优，选拔为该校中文学长。毕业后，执教鞭有年，尤以担任教会办的景海女师国文讲习为时最久，并担任该校中文教务长。程瞻庐性喜从事文学创作，但当时他兼任数校教职，疲于奔命，而“每周删改之中文课卷，叠案可尺许，君以为苦……力辞各校教务，专以著述自娱……，自脱离教育生涯，君之著述乃日以富”①。

20世纪二三十年代是程瞻庐创作的黄金时期。《小说月报》、《礼拜六》、《半月》、《申报》等多种报刊，皆连载他的中长篇小说。他不仅是多产作家，而且是文学创作多面手，大至洋洋数十万言的长篇，短至补白仅数行，兼及各类体裁，无不成为各种报刊的抢手货。他一度被世界书局老板沈知芳聘为特约撰述，成为该书局出版的《红》杂志和后来的《红玫瑰》的大台柱。在《红》杂志第22期上，公开刊登告白，宣称程瞻庐的“所有作品概在本杂志披露，其他杂志一律谢绝投稿”。自由职业者竟变成了“不自由职业者”。在上述两刊上他有时一期要发表三四篇作品之多。

程瞻庐的小说印成单行本的就有30多种，《茶寮小史》、《众醉独醒》、《新广陵潮》、《黑暗天堂》、《葫芦》、《不可思议》、《唐祝文周四杰传》等皆不胫而走，受到广大读者的欢迎。郑逸梅说：“同社(指星社——引者注)程

① 赵苕狂：《程瞻庐传》，《瞻庐小说集》，世界书局1926年版，第1页。

瞻庐君，喜于茶坊间听柳敬亭之流之献技，时日既久，遂深得其中三昧。草《孝女蔡蕙》弹词，笔墨既极流畅，韵调又复协谐。”①这是苏州通俗作家在娱乐中逐渐掌握了家乡曲艺品种创作规律后，所烹调的家乡风味特色菜肴。此外，他还作有《藕丝缘》、《同心栀》、《明月珠》等多种弹词。

1936年2月，程瞻庐受聘于江苏省苏州图书馆总务主任之职，主编图书馆内部刊物《读书》。抗战爆发时，他协助苏州图书馆馆长蒋吟秋将馆藏之善本、孤本万余册，转移隐藏于洞庭东山、西山深僻处，使这批珍贵书籍免遭损失。抗战中，程瞻庐避难于上海，和郑逸梅、范烟桥、程小青、顾明道等苏州籍作家同在上海国华中学任教。1942年，程瞻庐从上海回苏州。1943年3月，“君以胃疾遽尔逝于吴中，同文无不悼惜”②。

程瞻庐是位著作等身、佳作如林、风趣开朗、贴近生活的通俗幽默大师。周瘦鹃评价程瞻庐的作品风格说：“吾友程子瞻庐，今之淳于、东方也。其所为文，多突梯滑稽之作。虽一极平凡事，而得君灵笔为之抒写，便觉诙谐入妙，读者每笑至于泪泄。”③

程瞻庐的《茶寮小史》是儒林讽刺小说。由于科举制度的废除，读书人梦想通过科举连捷去追求高官厚禄的通道已经堵塞，于是有的人就趁大兴学校之契机，进入了教育界，但身心却并不专心于教学，而是沽名钓利，蝇营狗苟。旧的以“名士”自居，装出个为人师表的样子；新的则目空一切，好像什么都该打倒。他在小说中既讽刺娄师古，也调侃袁志新。作者既“常啜茗于吴中饮马桥之锦帆榭”，他就也将这些学界败类放在茶寮这一公共场所中，让他们淋漓酣畅地尽情地自我展示。“小小一个茶寮，倒是人海的照妖镜，社会的写真箱。”作者感叹道：“连日在茶寮中所遇的人，不是盗名，便是盗利，……吾想别处茶寮中的人物，或者不至于此，若处处都像了这里的茶客，是上流社会的道德，竟不及下流社会，人心世道何堪设想呢？”程瞻庐既反对冬烘头脑，也不赞成目空八表。他对那些复古派进行了刻骨的讽刺。他笔下的旧派人物为窃得名士的头衔，将自己

① 郑逸梅：《瓶笙花影录·恽铁樵激赏蔡蕙弹词》，新文丰出版公司1978年，第143页。
② 郑逸梅：《说林凋谢录(一)》，《永安月刊》，第50期，1943年7月1日出版，第12页。
③ 周瘦鹃：《众醉独醒·序》，《众醉独醒》，自由杂志社1914年版，第1页。

的诗分为三等，自以为好的具上自己的名字；其他的诗他也不肯“浪费”，就署上他夫人和儿子的名字，结果他夫人名下竟有《宿天宁寺与月印长老对弈》的诗题；而他儿子的诗中却有《闻都中拳变有感》，而其时，他公子还没有出世呢。但他认为袁志新那种新派也浮嚣浅薄。那么他所肯定的是什么呢？他认为既不能做腐儒，锢塞新路，也不能否定好的家风，中国传统美德必须发扬。他的《孝女蔡蕙弹词》就竭力宣扬中国传统美德中的“孝道”。作品“记清初泰州孝女上书救父事，凡康熙之南巡，官吏之横暴，孝女之诚感，无不描摹入神”。程瞻庐把“孝”看成是一种人类应该共同遵循的道德准则。他以外国孝女耐儿等为例，指出今天“一般巾帼效西欧，设解文明与自由，观念不离新世界，家风摒弃旧神州”。他认为不应该否定一切传统的东西，应该是“孝思到处人崇拜，不问中华不问欧。孝女弹词今唱毕，水源本末细研求”。正因为这种捍卫中国传统美德的姿态与《小说月报》恽铁樵同调，所以恽氏对作品大加褒赞，说他“选枋道学而不腐，修词明爽而深稳，尤妙在曲折为志，应有尽有。信乎一时无两，佩服佩服”。

弹词的魅力是巨大的，他是希望孝女蔡蕙这样的事迹能妇孺皆知。但是他又将妇孺皆知的弹词《三笑因缘》改成百万字的小说。他认为弹词势力范围只限于江浙，因此他要将弹词体改为平话体，再“把许多不合情理的地方，一一加以校正”。于是写成了百万字的《唐祝文周四杰传》，出版后，“洛阳纸贵”，传颂一时。他以幽默滑稽的笔调，乐而不淫的宗旨，写出了唐伯虎这一古人“佯狂避世”的隐衷。无论是用古人的事迹编成弹词，或用弹词改编成小说，程瞻庐的作品都是尽量去贴近老百姓的生活，使群众喜闻乐见。

当程瞻庐在《红玫瑰》上连载《葫芦》时，他已不再用《茶寮小史》中惯用的尖刻的讽刺手法，而是从生活中“非常态”的事物中流露出来的原汁原味的幽默感，揭露现实中的丑陋现象与奸邪人物。《葫芦》中的炮制迷信邪说的斯文败类杨仁安与他的姘妇尼庵师太悟因相勾结，先掘一个大坑，放下大量黄豆，盖上一层土，然后埋下一个石佛。黄豆因受潮而膨胀，石佛就一天高似一天顶出了地面，直至金身全现。于是“菩萨显灵”，引动各方善男信女，顶礼膜拜。他们“把石观音当做钓竿，大葫芦当做钓钩，葫芦里的仙丹当做钓钩上的香饵”，香火大盛，骗得各方大量布施。作品中再结合善男信女中几个富户家庭间的钩心斗角，演出了为猫大出殡、为猪大做寿的滑稽剧，最后揭露出有几副假面（古板面孔、风雅面孔、忠厚面孔）的巨奸大憝的杨仁安竟是一个人首狼心的伪善者。这部长篇从内容到形式，从结构到文采，都达到了相当完美的地步。

程瞻庐的长篇《众醉独醒》在更广阔的画面上，刻画了一个资本家族的三代血腥发家史。在作家的深刻揭露中自然流淌出一种"致命"的幽默感。这个家族的第二代传人刘邦平，从小就有经济头脑，对"钱"他有一种特殊的感情，他问大人："婆婆，铜钱可吃得么？"当知道又冷又硬的铜钱吃不得时，他像雏鸟般翻嘴弄舌："可惜铜钱吃不得，铜钱吃得，宝宝便要吃铜钱。铜钱在肚里，婆婆抢不得，爹爹妈妈偷不得。鱼儿肉儿都不好吃，只有铜钱好吃。"这个为钱可以"六亲不认"的孩子被家族看成是天才接班人，说他是"财神菩萨的信徒，招财童子的化身"。刘邦平成长后，谨守刘氏三代的祖传格言："不杀贫人，不成富翁。"因此，人家为刘邦平取个诨名——刘剥皮。可是也有人知道他们血腥的发家史，在大庭广众的茶馆里揭发他，那段言词也形象生动，惟妙惟肖，符合人物的身份，且富有幽默感：

> 列位的良心便是天平，牙齿便是界石。……瓶口塞得住，人口塞不住。你便是把我的肚皮撞做一个窟窿，我这满肚皮的话，也会从窟窿里泻将出来。

刘邦平一生最大的遗憾就是他的大儿子刘琪因勤奋求学，成了北京大学的高才生后，就表示要放弃遗产，而且反对父亲酷虐剥削工人的行为，经常从北京写信回来，劝父亲改恶从善，要善待工人。刘邦平万分憎恨，大发牢骚：

> 这些洋学堂，分明是个酒铺子，进去时清清醒醒，出来时糊糊涂涂。许多教员，都是强人喝酒的酒保，许多教科书，都是迷人本性的狂药。我的小儿子，一辈子不进酒铺子，请一位旧法先生，宛如一味醒酒汤。

程瞻庐的"众醉独醒"的深邃的内涵就是从这段话中来的。他的意思是像刘邦平这种世俗观才是醉人，像刘琪这种人虽是少数，却是醒者。小说中写湖北试验开办的平民工厂，写无锡华帼雄的实验新村，都寄托着作家的理想。每当写这些时，程瞻庐的小说就很有些新文学小说的韵味。我们不能误解作家是想用新村主义来对抗共产主义，似乎有什么政治图谋。他不过是在探索，是在理想，他是希望有一个清平的世界，男耕女织，人人有劳动的权利。一般的通俗作家是不考虑这些问题的，而像程瞻庐这样去思考出路的通俗作家，在20世纪20年代倒是寥若晨星的。而他的《黑暗天堂》、《情茧》和《众醉独醒》等长篇都属通俗作家的创新之作。

程瞻庐的作品的讽刺幽默也是"犀利"的，上述所引的《众醉独醒》中的人物的口吻，即便是刘邦平童年时的"惊人警句"，也是他日后行为的一种根据，也是一个人物的自我暴露过程。他将"钱本位"去衡定一个人的醉与醒，在读者看来也是一种"自我嘲讽"。在这部长篇中他还写了一位女校的校长安子虚。此人俗不可耐，却自认清高。她看到学生中有钱有势人家的子弟，就百般讨好；而对品学兼优的贫家子弟，却处处鄙视刁难。她竟会支持自己的女学生去"抱牌位成亲"，目的就是为了窃据大笔家产。作家蔑视她，因此写安子虚的父亲择婿条件太苛而耽误了她的终身，使她只好宣称自己是不嫁主义者，才可终生献身于教育事业。作者对此作了一种"量身定做"的独有的幽默语调：

> 因此把子虚女士的芳龄，一年一年的蹉跎过去。后来她老子业已去世，自己也过了花信年纪，平日又喜吃肥鱼大肉，胖鸭壮鸡，不知不觉地换去了全身秀骨，长就了一身痴肉，同那及笄时代的模样，竟是天差地远。从前的模样，亭亭倩影，三分是精神，七分是风韵；现在的模样，团团肥面，三分是糟粕，七分是脂肪。

这样为人物画像，也就将人物"毁"在他的手中，因此，程瞻庐的笔是一支犀利的"刀笔"，也是他自己所期望的，"著作握着一枝笔，彰善瘅恶，凭着身心上的驱遣”[①]。而程小青则这样评价道：他的“每一篇作品里面，都加得上‘精神饱满，始终不懈’的考语。这的确是近代作家中所少见的。……程先生的人格和道德，却又是极端纯洁和高尚的。他的谦让的礼貌，敦厚的操守和提携后进的美德，都是我所十二分拜服的”[②]。那就是说，他的犀利的“刀笔”就是出于他的“敦厚的操守”的爱憎感了。

① 程瞻庐：《新广陵潮》第5集，世界书局1929年，第23页。
② 程小青：《黑暗天堂·序》，见《黑暗天堂》，新上海书局1934年，第1页。

附录

每一代人都理应用自己的观点编写一部文学史

——评严家炎主编的《二十世纪中国文学史》

范伯群

美国的文学史家罗伯特·E.斯皮勒在他1948年主编的《美利坚合众国文学史·序言》中说:“每一代人至少应当编写一部美国文学史,因为,每一代人都理应用自己的观点去阐释过去。”当这部文学史在1974年再版时,他就自认,这是一部已经过了时的文学史。一直等到1988年,也就是集体编写的《美利坚合众文学史》出版了40年之后,美国读者才盼来了另一部也是集体编写的《哥伦比亚美国文学史》。在这本新的文学史《前言》中,主编埃默里·埃利奥特谈到它与《美利坚合众国文学史》有着不同的时代任务:二战结束之际,许多学者对美国的本质特点的看法是一致的。所以那本《美利坚合众国文学史》的任务是建立一座美国文学的纪念碑,而今天这种一致性再也不复存在。许多新问题和新意见被提了出来,许多作家被重新发现,并在文学史上应占有一席之地,而且再也不允许对某种文学类型、某个民族和它们的文化存在偏见,因此要建立一座统一瞻仰的纪念碑式的文学史已没有这种可能性。《哥伦比亚美国文学史》的任务是建立一座探索性的图书馆和美术馆,读者可以从若干个入口登堂入室去参观美国文学的历史,“由于这个缘故,我们尽可能地把那些当今学术界变得生气勃勃的各种各样的观点呈献在读者面前”[①]。我觉得这两部美国文学史的出版

① 埃默里·埃利奥特主编:《哥伦比亚美国文学史·序言》(成都),四川辞书出版社1994年版,第1页。

间距以及它们所担当的任务与严家炎先生先后参与的中国现代文学史的情况有相似之处。严先生先是参与唐弢先生主编的《中国现代文学史》第一、二册,分别初版于1979年6月和1979年11月;该书第三册是唐弢与严家炎二位先生联合主编的,初版于1980年12月。即以第三册初版至今也有30年以上的时间了。如果按照"每一代人"理应编写一部中国文学史的说法,那么30年的岁月,也可算作是"另一代"的人了。美国的这两部相距40年的文学史的编者是两位不同的学者,而我国相距30年的现代文学史都由严先生参与或主编,他可称得上常青树式的文学史编撰者了。但这两部相距30年的文学史相比,说得夸张一点,情况改变之大,观点更迭之新,也令我们有恍若隔世之感。以前所编的现代文学史基本上是一座瞻仰"一元独白"的现代文学的纪念碑。但这30年间,"这种一致性再也不复存在":许多新问题和新意见被提了出来,许多作家被重新发现,并在文学史上应占有一席之地,而且再也不允许对某种文学类型存在偏见……我觉得严先生是以高瞻远瞩的学者的敏锐目光去直面这些新问题与新意见,以原始史料为基础,作出自己的判断与回应;而他组织的编写班子,也正如封底简介中所说的,是集"国内学界有影响的专家学者和学术带头人参与编写"的,能够各自把守自己所承担的起讫领域。我比较仔细地读了其中一些我认为应该重点阅读的章节,的确感到"具有比较丰厚的学术原创性,提出了诸多富有开创性、启发性的论点"。我就自己的一些体会发表如下的观感。

(一)

首先本书是为"现代文学史"的起点作了有理有据的"探源"。将现代文学的起点定在19世纪80年代末90年代初。我觉得为现代文学的起点"探源"是非常重要的课题。过去似乎也是有定论的。一说是1919年五四运动为起点;另一说是将时序提早两年,以胡适、陈独秀发动文学革命为起点。但是近来就开始众说纷纭了。记得黄修己先生写过一篇题为《在半山腰的望峰兴叹》的文章,结尾时他说:"你必须做一番重新检验、价值重估,要是一味跟着我们今天的思路,跟着我们今天的结论走,那只能是个最没有出息的'史学家'。在我们这样的时代,一门1949年特定政治背景下为一定政治目的而建立起来的学科，被认为‘思想最活跃’的学科，到现在连时间的上下限还没有搞清楚，应该包括哪些内容也定不下来，还要争论；所以我觉得现在要产生真正有价值的学术成果，是很难的。”[①]我又记得2009年的5月份，在北京大学隆重召开的“五四与中国现当代文学国际学术研讨会”上，第一位作大会发言的是严家炎先生，讲题为《“五四”文学思潮探源》。他开宗明义地说：“中国的现代文学起于何时，这是一个大可讨论的问题。像过去那样，现代文学史就从五四文学革命写起，如今的学者恐怕已很少有人赞成。”当时的会场上的反应貌似平静，但我想，在与会者的脑中是会引起“轰鸣”的：在一个纪念五四的会上，第一位发言者的第一句话就是否定了现当代文学史以五四为起点的“结论”。但是我以为否认五四为起点，并不是就等同于否定五四运动的伟大意义。严先生接着说：“这些年陆续发现的一些史料证明，现代文学的源头，似乎还应该从戊戌变法向前推进十年，即从19世纪80年代末、90年代初算起。”“根据近年发现的一些史料，有着三座标志性的界碑：一是黄遵宪《日本国志·学术志》文学条下用‘外史氏’名义所作的一段重要评论，它提出了‘言文合一’的理论主张，倡导以口头语为基础来形成书面语，为白话文学开辟了较为宽广的途径。二是陈季同通过法文著作和中文材料，提出了小说戏剧亦中国文学之正宗，世界文学乃中国文学之参照，倡导大规模的双向翻译等见解主张，打破了千年来某些根深蒂固的陈腐保守、妄自尊大的观念，对中国文学现代化起到了相当重要的促进作用。三是两部有现代意义的长篇小说：陈季同1890年出版的法文《黄衫客传奇》和韩邦庆1892年发表的《海上花列传》。前者在欧洲较有影响；后者80多年前就已得到鲁迅、刘半农、胡适等多位五四先驱者的高度评价，近年沪地几位学者更对其标志性意义作了相当深入的阐述。三座界碑从理论主张、相互交流、创作成就三个不同方位合力构筑了立体多维的文学新天地，标志着文学史上一个新时代的开始。”我一向认为著史就是要凭原始资料“说话”。严先生将这三座标志性的界碑详细地写在这本《二十世纪中国文学史》中了。我过去也认为《海上花列传》确是文学从古典型转轨为现代型

① 黄修己：《在半山腰的望峰兴叹》，(青岛)《东方论坛》2009年第2期。

的标志，并论述它以六个"率先"显示其开创性的意义。[1] 而严先生主编的这部文学史上册的前150页，就是讲文学上的现代化初始的历程，酝酿着五四新文化运动的爆发。在上册的第13页中有一句话我认为是十分重要的："新文学实际上是经过三代人共同努力才得以胜利的。"严先生将19世纪80年代末和90年代初的萌发看成是"文学海洋上零星浮现出的若干新的岛屿，但却预兆了文学地壳不久将要发生的重大变动。"第二代是指百日维新失败后梁启超所发起的"文界革命"，在世纪之交，希望迎来文学的大变革。第三代人就是第5章的第1节所写的"文学革命及其历史性胜利"。也正因为将新文学看成是三代人的努力的结果，所以在前150页的行文中"初露端倪"、"作了铺垫"、"成为互补"、"为五四新文学作了准备"、"称得上五四新文化运动的先驱"等等的提法就频频出现。这和过去的某些新文学作家对待那些先驱们者的态度是不同的："五四新文学运动发起者们对晚清以来的文学先驱者多有微词。"他们认定"五四新文学运动一旦正式登场，所有以前的'旧'文学都失去了存在的意义，不仅封建遗老们的旧诗词和旧语体散文都成为废纸，连作为新文学准备阶段的前现代文学因素（如林纾的翻译、梁任公的散文以及晚清小说等等）也都成为过时的东西而被历史淘汰"[2]。因此，我一直认为那种"唯我独革，唯我独'左'"之风决不是始以"文革"期间，我们新文学的某些作家就早有此类习惯性思维，可以说这是他们的先锋性尚在缺乏自省阶段所派生的局限性；而我们的某些文学史家也传染上了这种"微词症"，对晚清民初的文学也往往不屑一顾。严先生主编的这部文学史，却没有这种对待历史的虚无态度的"断裂"，而是尊重这三代人的不断积累与承传。在第一至第四章中，"现代文学的发端及其标志"，对黄遵宪、梁启超和王国维等人的贡献写得很是到位，也很有分寸感。而我觉得鲁迅在《中国小说史略》中的有关谴责小说的论述是有商榷的余地的，本书将《孽海花》作为历史小说而并非作为谴责小说的鉴定，是颇见执笔者的功力的。

---

① 详见拙文：《在19世纪20世纪之交，建立中国现代文学的界碑》，上海《复旦学报》（社科版）2001年第4期第15—18页；《中国现代通俗文学史（插图本）》第14—15页，（北京）北京大学出版社2007年版。

② 陈思和：《试论"五四"新文学运动的先锋性》，上海《复旦学报》（社科版）2005年第6期。

在这本文学史中,《五四文学革命与新文学的诞生》是以 1917 年的文学革命为里程碑的。而且强调"新文学真正能够站稳脚跟,靠的是鲁迅的小说"。我认为,人们对 1919 年的五四运动的伟大意义的认识也是有一个过程的,赋予它的划时代意义是直到 20 世纪 40 年代才由政治家所作出的"定论",以后一直就此被压倒一切地沿用着。我觉得鲁迅的《狂人日记》等小说及其若干随感录,肯定对五四的发动起了助推作用的。但在当年鲁迅也不一定认识五四这场新文化运动的伟大意义。他在 1920 年 5 月 4 日致宋崇义的信中写道:

> 比年以来,国内不靖,影响及于学界,纷扰已经一年。世之守旧者,以为此事实为乱源;而维新者又赞扬甚至。全国学生,或被称为祸萌,或被誉为志士;然由仆观之,则于中国实无何种影响,仅是一时之现象而已;谓之志士固过誉,谓之乱源,亦甚冤也。

鲁迅所设计的出路是:"仆以为一无根柢学问,爱国之类,俱是空谈;现在要图,实只在熬苦求学,惜此又非今之学者所乐闻也。"①写这封信时正好是五四一周年纪念日,所谓"纷扰已经一年"当然也就是指的五四运动。他认为既不必谓之"祸萌",也不必誉为"志士"。这是他在 1920 年时的认识。直到 1935 年鲁迅在写《〈中国新文学大系〉小说二集序》时,他评价五四时,当然不会再用"纷扰已经一年"的提法,而改用"五四事件"、"五四运动"等说法:"在北京这地方,——北京虽然是'五四运动'的策源地,但自从支持着《新青年》和《新潮》的人们风流云散以来,1920 至 1922 这三年间,倒显着寂寞荒凉的古战场的情景。"在他的眼中,人走茶凉,五四在北京的影响也是比较短暂的。因此,有一个问题是可以讨论的,严先生所编的文学史侧重在阐述 1917 与 1918 年,而对 1919 年倒并没有作为一个非常重要的划界的年代。我体会,编者将新文学的诞生的界碑明确地划在了 1917 年。不知我这样的理解是否符合编者的意图。

---

① 鲁迅:《19200504 致宋崇义》,《鲁迅全集》第 11 卷(北京),人民文学出版社 1981 年版,第 369—370 页。

（二）

其次，这部文学史给我的重要印象之一是，它非常坚定地否定了过去某些文学史的“一元独白”的霸权架构，而是强调，中国现代文学是一个“多元共存”的客观存在，它用许多作品的实绩说明当时的文坛是一个“多元共生”的文坛；也匡正了过去对某些文学流派和某些作家的贬损。

中国新文学起步时的文学，后经阶级观点的鉴定，说是小资产阶级或资产阶级的文学；从文学革命到革命文学时，开始提倡无产阶级的革命文学了，有的作家认为自己一夜之间就可以变为无产阶级的革命文学家，但这只是他们的主观的愿望而已；左联提倡为工农服务的文艺，但并无多大的实绩；一直要到《延讲》之后，才有像赵树理这样的作家诞生，或经过“改造”而出现一批为工农兵服务的作家。可见，先是小资产阶级与资产阶级的文艺，后来是为工农兵服务的无产阶级文艺，都曾得到自由发扬或者得到大力的倡导，但是在中国只有一种文学，即市民大众文学却一直受到打压。新文学作家尽管自己内部有各种矛盾，但对市民大众文学的打压是比较一致的。当新文学成为文学的主流时，他们要把市民大众文学扫出文艺界去，但市民大众的文艺非但没有被扫地出门，而且它的发行量远远超过新文学作品的印数，不过它只是占有“默默的强势”和得以“悄悄地流行”。尽管是“强势”与“流行”，但它却被“文学史”扫地出门了。其实在中国的文学史上，市民是文艺的一个重要的“动力源”。鲁迅在谈宋代的文学时说：

> 宋一代文人之为志怪，既平实而乏文采，其传奇，又多托往事而避近闻，拟古且远不逮，更无独创之可言矣。然而市井间，则别有艺文兴起。即以俚语著书，叙述故事，谓之“平话”，即今所谓“白话小说”者是也。

鲁迅对古代民间说部的“主在娱心，而杂以惩劝”[①]也是并不反感的。

① 鲁迅：《中国小说史略·第十二篇·宋之话本》，《鲁迅全集》第9卷（北京），人民文学出版社1981年版，第110—115页。

但他所处的时代使他对自己另有要求，那就是写“遵命文学”，这是时代的需要，无可厚非。而当时新文学的“动力源”有所不同了：“现在的新文艺是外来的新兴思潮，本不是古国的一般人们所能轻易了解的，尤其是在这特别的中国。”[①]新文学的主要“动力源”是外国文学，但它没有权力要所有的文艺流派都一律遵循“单一”的动力源。再加上新文艺又“不是古国的一般人们所能轻易了解的”。可见市民大众是需要有自己的文艺。

我觉得严先生主编的文学史，承认了市民大众文学在文学史中的“合法”地位：“事实上，鸳鸯蝴蝶—《礼拜六》派确是民国年代以市民为对象的通俗文学。……因此，像钱玄同、周作人、罗家伦那样对《玉梨魂》与鸳鸯蝴蝶—《礼拜六》派一味斥责和否定，显然欠妥。”“他们也都有现代文化思想，既能继承古代白话小说的语言与艺术传统，又能开放地吸收外国优秀作品的长处。”文学史肯定了周氏兄弟的《域外小说集》与周瘦鹃的《欧美名家短篇小说丛刊》具有互补性。这部文学史也肯定了若干通俗作家的同情心都是站在穷人的一边。“这些主题都为五四新文学作了准备，预兆着五四‘新文学’的问世。”在艺术水准上也说“在民初短篇小说中已经出现极少数在艺术上可以与五四新小说比肩的成熟作品”，“即使放在五四新小说中也毫不逊色”。这些小说也“为五四新小说的问世作了铺垫”。严先生主编的文学史对多元共生的文坛作了如下的结论：

> 文学上的雅俗对峙，并非只有消极作用而没有积极作用，它在实际上也促成了两种文学的相互竞争，相互推动，带来了各自的进步。文学历来是在高雅和通俗两部分相互对峙中向前发展的。高雅和通俗两部分既互相冲突，又互相推动；既互相制约，又互相影响，构成了文学发展的内在动力，这同样是20世纪文学的实践所证明了的。

而我们过去的某些新文学家，就将高雅与通俗之间的关系看成是“你死我活”的斗争关系，而这种“你死我活观”至今还存在于我们的部分文学

① 鲁迅：《关于〈小说世界〉》，《鲁迅全集》第8卷（北京），人民文学出版社1981年版，第112页。

史家的脑海中。如果说得严重一点，不关心市民的民主民生诉求，包括他们有选择自己所喜闻乐见的文化精神需求，也是一种贵族而非平民文学的态度。我觉得我们的历史学界，由于没有受到某些新文学家所设定的框范，相对而言，与文学界相比，看问题要客观和符合实际得多：

云蒸霞蔚的大众文化，并不仅仅具有娱乐功能，对绝大多数城市民众而言，它更是近代市民意识萌生与滋长的触媒，或者说是近代市民的启蒙教科书。[①] 问题的另一面是大众文化的兴盛又意味着文化向中下层社会的全面开放，它在一般性地满足中下层社会娱乐消费需要的同时，又从多方面改变和塑造着中下层社会，是上海人从乡民转变为市民的又一座“引桥”。[②]

由此可知，“乡民市民化”也是现代化系统工程的一个组成部分。历史学家与严先生主编的文学史的结论是相似的：“尽管西方的影响从表面上看是城市的主流且被上层社会所渲染夸大，在遍布城市的狭隘里弄里，传统仍然盛行。……如果说，中西文化在上海这个交汇之地谁都不占优势，那么，这不是因为两种文化的对峙而导致僵局，而是因为两者都显示了非凡的韧性，对很多人来说，这个城市的魅力正是来自这种文化交融结合。”[③]这一精彩的论断也可以“移植”到高雅文学和通俗文学之间来。曾有新文学家誓将通俗文学扫出文坛，可是两者的非凡韧性都显示了各自的顽强生命力，它们的对峙不能以僵局视之，这正好说明我们文学的魅力之所在。左翼文学一般都在大城市中繁衍，这是多方面的因素所促成的。例如教育事业的发达，其中也包括市民大众文学的作为奠基之石。通俗文化促使“乡民市民化”，在这个基础上，左翼文学才能在市民中发挥自己的能动，使“市民革命化”。文学的多元共存，这其中当然有相互矛盾的一面，但我们也应该看到还有相互促进作用的另一面。严先生主编的文学史，不仅在雅俗共存的问题上表明了自己的见解；而且对那些过去被视为

① 熊月之主编，周武、吴桂龙著：《上海通史·第5卷·晚清社会》（上海），上海人民出版社1999年版，第394页。

② 同上，第385页。

③ 卢汉超：《霓虹灯外——20世纪初日常生活中的上海》（上海），上海古籍出版社2004年版，第274页。

另类的作家,甚至是对那些所谓在政治上会引起"敏感"的作家都一一作出了较为公允的评价。

我认为严先生主编的《二十世纪中国文学史》已经初步勾勒了当年多元共存的文坛的面影,但真正要写好一部多元共生的文学史还需经过我们大家进一步的共同努力。原因是我们过去的"一元独白"的文学史在搜集资料时,就已经限制了我们的视野。如影印《小说月报》时,我们只从1921年茅盾主编的第12卷印起,前面的11卷我们就不要了。于是我们要怎么批判它也就可以通行无阻。这也是一种"划地为牢"式的搜集资料的方法,使我们对中国现代文学的多元文坛所知甚少。因此,要写好一部多元共存的中国现代文学史,我们还得对过去的多元文坛的大量资料进行一次地毯式的普查,这样才能将文学史中被遗漏而又必须留下一笔的重要材料钩沉出来。例如在1917年1月胡适发表《文学改良刍议》的同一月中,包天笑就在上海办了一个通体白话的小说刊物《小说画报》。这次严先生主编的文学史中谈到在教育部通俗教育研究会发表公开信劝人不要写所谓"黑幕小说"之前,鸳鸯蝴蝶派作家包天笑就在《小说画报》第14期(1918年7月出版)发表作品揭露和批判黑幕派了,他这篇批判黑幕派的小说题目就叫做《黑幕》。又例如有的文学史上提到"黑幕小说"是《时事新报》1916年10月发端而形成一股狂潮。其实《时事新报》的"黑幕大悬赏"就根本不是文学作品。不去读1916年至1918年的《时事新报》怎么知道它不过是"广征答案"而已。至于以曝光黑箱操作为目的的揭黑小说是不能一概加以否定的,我们现在有的"反腐小说"或"官场小说"不过是名称不同而已,其实也是黑幕小说的一种。因此我认为新文学家第一炮,批黑幕小说,而且将它与批鸳鸯蝴蝶派捆绑在一起加以批判,这是现代文学史上初次出现的"双错现象"。① 以上的这些资料也是近年来的发现,但这些发现恐怕还仅是冰山一角。因此,要真正写出一部"多元共生"的文学史,恐怕还要经一二代研究者的努力。好在我们有许多博士和硕士研究生,他们为做学位论文到处在找寻前人未曾涉足的空白区,他们的"经营空白",有助于进行地毯式的普查,这是很

① 详见拙文:《黑幕征答·黑幕小说·揭黑运动》,载(北京)《文学评论》2005年第3期。

有意义的科研工作。文学研究还需要大大地撒网，也就是要做“加法”；但作为教科书的文学史的篇幅，却要做“减法”，那就是要做到真正的经典化。

（三）

这部文学史正如严先生在《后记》中所说的：“它既是教科书，也是一部研究性的专著。”在“空间上”、“时间上”、“方法上”和“文学类别上”都有所突破。我记得在20世纪90年代初，教育部曾委托严先生主持编写《中国现代文学史·教学大纲》，后由刘中树先生所在的吉林大学作东，召开定稿会议。当时全国大概有八九个现代文学博士点，都派代表参加了。好像就是对《在延安文艺座谈会上的讲话》的评价略有保留，就迟迟通不过，直到两年以后，经过让步后才印了出来。与那时的情况相比，这次的文学史可说是大大地推进了一步。就以《延讲》那一节为例，其中就两次提到了“战时功利主义的文学观”的问题，并指出了它的“有经有权”。“这些‘权宜性’的要求在后来的根据地——解放区文艺实践中被绝对化和普遍化了，以致造成了一些严重的后果。”这些提法在过去是绝对不能允许的。林彪和江青所说的“《延讲》对我们是几百年也够用了”。这个论点被我们某些人所全盘接受。我认为严先生主编的这部文学史就宏观而言，它说清了1917年至1927年，是启蒙的年代，“人的文学”的年代，但也是矫枉过正地彻底反传统的年代；第二个10年，也即30年代，是政治与文学结合的年代；而40年代是政权与文学结合的年代。“政治”与“政权”虽一字之差，但情况是大不相同的。那是要实施权力意志，进行组织处理的。并且指出“中华人民共和国成立之后，‘战时’的文艺主张被移置到和平时期，局部地区的经验被放大到了全国”。而开国后的历次运动，是怎么发动的，谁是“推手”；“文革”是怎么发动的，谁应该负实际责任等等，能说的也都基本上说清楚了。这是一个重大的突破。“文革”将过去某些“权宜性”极端化产生了难以想象的灾难性后果使人们有所清醒。于是现在是市场成了一只无形的手，政权是一只有形的手，是两只手发挥作用的“双轨制”时代。政权的手也不能像过去管得那么宽了，它申言管的是所谓“核心利益”，其他主要让市场去管，大致如此。

由于在“空间上”、“时间上”、“方法上”和“文学类别上”均有所突破，有了新见解，包容了若干新作品和新史料，我觉得对有些教师在教学上会产生一定的困难。例如许多教师对这部文学史的前面150页的内容是不大熟悉的，怎么做好后续工作，给这些教师补上这段不够熟悉的空白，这与如何使用这套教科书就有很大的关系。

我的发言从谈美国文学史开头，那么在结尾也再提几句有关美国文学史的事。美国第三部里程碑式的文学史是20世纪90年代的萨克文·伯科维奇主编的《剑桥美国文学史》[①]（8卷本），它从1994年出版第一卷，到1999年出全8卷。如此规模的篇幅，当然它不可能作为教科书，但是它却集中展示了近30年来美国文学批评所取得的最新成就。它认为在这意见分歧的时代，不可能再特意出版一种正统观念的文学史，而应以批评的多元争鸣和开放性为其特色，因此它的各卷之间允许有互相矛盾和对抗的观点，执笔者可以从主流社会或边缘社会等不同的视角进行观察与阐释，于是文学史就从单一的独语模式改变成多声部的文学史体系，体现了个性化与专题式的深入研究新景象。这些当然是我们目前还无法仿效的。但有一点是否可作我们的参照系，那就是它在第一卷中涉及多种多样的历史语境和文化语境时，它也承认西班牙语、法语、葡萄牙语和殖民地时的英文文本。这和严先生主编的文学史的承认陈季同的法语写作的文本是否有共同性，可供参照研究。

① 在1917年，《剑桥美国文学史》曾出版过一个简略的版本。

[上海《学术月刊》编者按] 中国现代文学已走过百年路程，但作为一个学科，它还年轻。这主要是指它的架构和基本规范还不能说已经定型。起点问题在新世纪一再被热议，就说明这一学科还面临着新的发展问题。因为，对起点问题的看法涉及对学科性质、学科评价标准、学科功能和发展前景的理解，是牵一发而动全身的。为了深化中国现代文学史起点问题的讨论，本刊特邀请了武汉大学、苏州大学、华中师范大学、华中科技大学、湖南师范大学、湖北大学、安徽师范大学的八位教授进行对话。他们的对话有一致也有分歧，而分歧恰好把问题直截了当地提到了学术界面前，希望能引起大家的关注并共同来思考。

百年后学科架构的多维思考

——关于中国现代文学史起点问题的对话

陈国恩　范伯群　周晓明　汤哲声

何锡章　谭桂林　刘川鄂　徐德明

[作者简介] 陈国恩(1956—　)，男，浙江省鄞县人，文学博士，武汉大学文学院副院长兼中文系主任、教授、博士生导师，主要从事中国现当代文学研究。

范伯群(1931—　)，男，浙江省湖州市人，苏州大学中文系教授、博士生导师，主要从事中国现当代文学研究。

周晓明(1954—　)，男，湖北省枝江市人，文学博士，华中师范大学文学院教授、博士生导师，主要从事中国现当代文学、传播学研究。

汤哲声(1956—　)，男，江苏省镇江市人，文学博士，苏州大学文学院教授、博士生导师，主要从事中国现当代文学研究。

何锡章(1953—　)，男，重庆市云阳县人，华中科技大学人文学院院长兼中文系主任、教授、博士生导师，主要从事中国现代文学与中国传统文化研究。

谭桂林(1959—),男,湖南省耒阳市人,文学博士,湖南师范大学文学院院长、教授、博士生导师,主要从事中国现当代文学研究。

刘川鄂(1961—),男,湖北省建始县人,文学博士,湖北大学文学院副院长、教授,主要从事中国现当代文学研究。

徐德明(1956—),男,江苏省扬州市人,文学博士,安徽师范大学文学院教授、博士生导师,主要从事中国现当代文学研究。

陈国恩:中国现代文学已走过百年路程。说它“百年”,是对近来“晚清起点”说、“民国起点”说、“五四起点”说的折衷。记得 2008 年 10 月在河北大学召开的中国现代文学研究会第十届理事会第二次会议上,我们曾经就中国现代文学学科内涵和外延的问题交换过一些意见,但当时限于时间,没有充分展开。学科内涵与外延问题的提出,反映了中国现代文学学科如今面临着新的形势。比如,“国学热”的兴起,也包括范伯群教授领头的通俗文学研究所取得的成果,引起了学术界对中国现当代文学学科架构的新思考。我觉得,这个变化的影响将是深远的,从事中国现当代文学研究的人不能不予以重视。在座的要数范伯群教授最年长,请范先生先讲。

范伯群:我觉得有两个问题很重要,是牵一发而动全身的。第一个问题是我们的现代文学史的“起点”是否应该“向前位移”;第二个问题是我们的现代文学史不应该是一部单纯的知识精英话语的文学史,而应该是一部“多元共生”的文学史。

其实,第一个问题并不是一个新问题。自从钱理群、陈平原、黄子平提出“20 世纪文学”的新概念以来,已经有多部“中国 20 世纪文学史”出现,很多同行已经同意了现代文学史应该以 1898 年为“起点”。而我认为,就像新文学对《狂人日记》的评价一样——《狂人日记》是一个新文学起点的标志性的丰碑,那么现代通俗文学也应该有它的划时代杰作,它应该就是《海上花列传》。我将这部小说视为“古今演变”的一个交接点的鲜明标志。[①] 当知识精英文学的丰碑还要迟四分之一世纪才诞生时,它作为通俗小说的优秀代表作已悄悄地开拓着中国现代文学的处女地。我认

① 范伯群:《〈海上花列传〉:现代通俗小说开山之作》,《中国现代文学研究丛刊》,2006 年第 3 期。

为，这部小说从题材选择、人物设置、语言运用、艺术技巧乃至发行渠道，都显示了它的原创性的革新的才能，也说明了中国文学即使没有外国文学思潮的助力，也会缓缓地走上现代化之路，我们民族文学自身就有这种内在的要求与动力。

有人说，“没有晚清，何来五四”是否定五四。我认为，这是一种误读。“何来五四”是承认并重视五四，只是说明五四不是凭空从天上掉下来的。在晚清，有些先行者曾“孤军奋战”，有的集团曾“小股突击”，他们曾像萤火虫那样地在发光；但是只有到了五四，我们才有能力展开阵地战，形成了巨大的冲击波。但是我们应该记得在这之前，就有如梁启超的“文学革命”等等的铺垫。“百川汇海”这才有了五四！可是还有一个“星火燎原”啊！因此，中国现代文学史从何时讲起，就成了一个问题。

第二个问题是“多元共生”的问题。我们多年来一直是将现代文学史分成三个十年，或者从 1917 年算起到 1949 年为止。而我认为，截止到 1949 年，现代通俗文学有将近六十年的历史。我把这六十年的现代通俗文学历史发展分成三段，用“开拓启蒙，改良生存，中兴融会”[1]这十二个字来概括。我认为，通俗文学有“开拓启蒙”之功；而当受到新文学界的批判时，它“改良”自己，以求得“生存”；发展到张恨水等作家使它“中兴”之后，接着是张爱玲、徐讦、无名氏等作家进行了一道“超越雅俗，融会中西”的工序。但是，多元共生决不单单是雅俗共生的问题，一部多元共生的文学史里还会有新文学内部多个流派之争与对他们各个的评价，有少数民族文学，有世界华文文学，也会有国民党文学，还有古体文学（如现代时段所写的古体诗词）等等。但文学史不等于政治协商会议（一定要有各方面代表的），而是要经过以文学为本位的质的鉴定，才能进入文学史。我们今天是处在一个从“配合政治”过渡到以“文学为本位”的历史发展过程之中，我们这个学科正处在一个新的大有可为的阶段。由于这是一个长期的艰巨的工程，应该在经过充分的科学论证与审美辨析的双重权衡中慎重推进，才能经得起历史的打磨与淘洗，这就需要我们全体同行群策群力去努力完成。我思考的“向前位移”与“多元共生”这两点，不知各位有何

① 范伯群：《开拓启蒙·改良生存·中兴融会》，载《文艺争鸣》，2007 年第 11 期。

见教。

陈国恩:按照我的理解,范先生是想把现代文学的上限往前面推,但先明确肯定这是在通俗文学的范围内说的。通俗文学的起点能不能作为新文学的起点?这涉及了现代文学和通俗文学的关系。说通俗文学是新文学的起点与说通俗文学是新文学的源头,这是两回事情。如果说是新文学的源头,对现行的中国现代文学史的体制不会构成根本性的颠覆。但假如说它是现代文学的起点的话,那情况就不同了。

王德威提出,“没有晚清,何来五四”①?他的意思是晚清文学中的欲望、知识、价值等已经具有现代性,这对于提醒人们注意五四文学与晚清文学联系是很有意义的。但问题在于,按照这种对现代性的理解,我们也可以从晚明文学中找到相似的东西。晚明小说的欲望化叙事也很突出,晚明出版业也已经相当发达,晚明的商品经济也已比较繁荣,乃至史学界有人提出中国的资本主义萌芽开始于晚明。按照这样的逻辑,我们就可以把中国现代文学的起点进一步推向晚明,甚至进一步推到更早的话本小说和唐传奇,话本小说中的欲望叙事其实并不比晚清小说逊色。这种联系,是文化传统的一脉相承,说明要在文化传统的两个阶段之间寻找前后的联系并不困难。从更早的诗歌和小说当中找到一些与晚明文学相近的因素都很容易,像《孔雀东南飞》、《诗经》里面对爱情的描写等,都是人同此心,可是我们显然不能说中国现代文学从那时已经开始了。我们现在所理解的现代文学,包括今天主张中国现代文学发端于晚清的学者,都是在学科的范围内提出问题,都没有解构这个学科的意图。可是我们所运用的逻辑,却存在着使这个学科的独立性解构的可能。

现在的问题可以分为两个方面:一是把晚清文学、晚明文学,甚至更早的文学,视为中国现代文学的源头。这没有问题。把《诗经》跟现当代文学联系起来也可以,它体现的只是一个民族的文化传承问题。二是把晚清文学或晚明文学当作现代文学的起点。这就关系到这个学科独立存在的合法性问题。因为仅从它跟古代文学——实际上是两个学科——的

① 王德威:《想象中国的方法:历史·小说·叙事》,生活·读书·新知三联书店1998年版。

联系方面来看现代文学与古代文学的关系，现代文学的起点就不可能停止在晚清，肯定还可上溯到晚明，甚至更早，这实际上就取消了学科独立存在的基础。这样的现代文学，按我理解，实际上就不是中国现代文学研究会所面对的现代文学，它可能变成某个朝代的文学，比如民国文学或者中华人民共和国文学——具体命名是另外一个问题，但肯定不是与古代文学相对称的现代性的那样一种现代文学了。我所担忧的就是这么一个问题。

周晓明：我觉得，思考现代文学学科问题要有“学科学”的观念。换言之，当我们讨论现代文学学科的一些基本问题，比如说对象、起点的时候，首先要有学科学的观念。所谓“学科”，其最基本的含义是以学术分类为基础的科学研究分支；所谓“学科学”，则是对这种学术分类的理据、规范，研究分支发生演化及其规律进行历史与逻辑相结合的研究。根据我的理解，无论是学术分类还是学科发生，大多遵循一个十分重要的原则，即围绕研究对象取舍与展开。我打个比方，数学主要研究数量关系和空间形式；物理主要研究物质、能量、时空及相互关系；化学在分子和原子的水平上研究物质的性质、结构、变化等；传播学的学科渊源、方法则更为庞杂，唯有共同的研究对象——人类交流传播现象，让它凝聚为一个学科。总之，一个学科，无论是传统还是新兴的，其分类的依据主要是研究对象而非研究观念或方法。这是学科学的一个最基本的原则。

按照这个思路追问，我们的研究对象是什么呢？我觉得我们的研究对象，不能仅由单一角度或维度来决定，而应当至少考虑以下三点。第一，我觉得要考虑民族国家尤其是国家政体问题。无论是“中国现代文学”，还是我主张的“现代中国文学”，首先都是“中国”的文学，而不是“美国”的或其他什么国家的文学，因此，民族国家的不同首先决定了我们研究对象的不同。其次，还有一个国家政体变化尤其是朝代更迭的问题。事实上，文学观念、方法和内容的变化，虽然是一般文学研究、文学形态学考量的重点之一，但绝不是文学史分期的依据。比如，从先秦到晚清，都存在人文主义或人道主义、现实主义、浪漫主义等文学脉络，但你不能从它的文化、文学精神上去划分中国古典文学分期，而只能从朝代更替上去进行文学史的断代。要言之，首先要有民族国家、朝代更迭文学的概念，然后才有古典文学形态和现代文学形态的概念。从晚清到民国，文学的演化事实上包含了上述两种维度的变化。我们考虑现代文学的对象的时候，这两个维度都是我们应该考虑的。我同意陈国恩的这个观点，不能无限追溯。

除了国家、国体这些尺度以外，我觉得还有一个意识形态的大的框架的问题。我自己的体会是，古代中国和现代中国的最大的区别就是它整个意识形态框架发生了很大的变化。鸦片战争以前的主流话语、基本术语——无论哲学的、思想的、政治和文化的——与晚清、五四的话语、术语乃至表述方式都是不一样的。晚清之前说的那一套，大多数是儒家的；等到后来，尤其是五四时期，就少见这些话语、术语——它们已经退到很次要、边缘化的位置。这都说明了意识形态框架、基本思想预设和核心价值观念已经发生很大的变化。这些是国家、国体以外衡量文学质变的一个非常重要的东西。

第三个最重要的因素就是文学性质/形态方面的自觉性的问题。在前代的文学里面，比如说唐、宋、元、明的文学变迁中，都没有太明确地自觉"我就是一个不同质的文学"，更多的只是自认为是一个朝代更替中的文学、风格变化中的文学。但是，唯独在现代文学或者新文学里面，它意识到或者想力图做到"我是和过去不一样的文学"。这里存在一个文学主体、文学"集体有意识"诸层面的自我切割和认同问题。那么，从这种角度来考虑的话，现代文学的"集体有意识"的形成，我的感觉应该还是民国以后，这是一个大的发展。结合国家国体、政体和意识形态框架的变化来看，从晚清到五四，这是一个大转折：中国文学的古典时代，事实上随着清帝国的衰亡而走向终结；晚清所关注的文学改良问题，到五四就彻底地转向为文学新和旧的问题。因此，文学的自觉意识，学科的分类依据，首先当从纵向来划分。横向的我很同意范老师的意见。文学对象的一个纵横的切割从哪儿开始，到哪儿结束，应该包含这些东西。我们这个新文学的概念，长期是从性质上划分的。我们现在不如超脱一点，不应该是一加一或加法减法问题。作为史家的话，只要是"现代中国"这个时空中的文学，都应该是中国现代文学或者是现代中国文学。这里面，既有通俗的文学，也有不通俗的文学；既有文言的文学，又有非文言的文学；既有文明新戏、国民党的文学，又有共产党的文学；既有大陆的文学，还有港、澳、台地区的文学。它应该是多元的和开放的。对现代中国文学对象的把握，还应当包括汉语文学和非汉语的文学。这才是我们所谓真正的现代的中国文学的一个完整的面貌。史家应该从这个角度来考虑文学。总之，在思考我们的学科对象时，我觉得纵的和横的结合起来去考虑比较实际。

汤哲声：我想谈谈我的观点。我始终认为，认定现代文学的发生期首先有一个很明确的标准，即现代文学的基本性质是什么。你如果不把这个性质搞清楚，你就很难说是什么时间发生。我觉得现代文学的发生期要根据现代文学的现代性来确定。

现代文学的现代性是什么？我听到很多的观点，但我总觉得缺了什么东西。我认为不能单从某一种文学观念的变革论定现代文学的发生。现代文学的发生期应该从三个层面上去思考：一个是文学观念，一个是创作观念，还有一个是生产基础。一个多层面的观念的变革，才能形成现代文学的发生期。那么从这三个层面的角度来看，现代文学的发生出现了什么变化呢？从文学观念上来讲，是提出了“人的文学”。这个不错，应该肯定。“人的文学”的提出显然是现代文学的一个重要变革，这是我们的人文精神。那么创作观念是什么？我觉得现代文学的创作观念有很多。主流的文学观念还是把文学作为改造社会的一种工具，它的社会性很强。现代文学不像古代文学那样将创作看作为聊以自慰或者送给皇上的一种歌颂品，现代文学要求文学创作进行社会改造和民众启蒙，带有很强的社会性。第三个层面就是生产基础。生产基础最为重要。我觉得现代文学的生产基础和大众媒体有很大关系。因为古代文学没有什么大众媒体的，它完全靠自己或者亲朋好友出资印刷。这三个层面必须结合到一起才能考察现代文学的发生期，因为这是我们现代文学独有的东西呀。

那么，根据这三个层面的变革，现代文学从什么地方开始的呢？我认为，应该往前推。范先生的意见，包括我的意见，认为就是《海上花列传》。范先生讲得比较客气，认为它是通俗文学的开山之作。我认为，现代文学就是从《海上花列传》开始的。为什么这么说呢？首先，《海上花列传》的文学观念从某种程度上讲是和五四时期不同，这个不同我后面再讲。但是，《海上花列传》提出了一个很重要的问题，那就是移民观念。移民观念从某种程度上说代表的是商业社会的开始。移民观念古代文学中几乎没有。大量的移民代表了商品的观念开始出现。其次，这个时候的《海上花列传》(1892 年连载，1894 年出版)与紧接着后面的 1897 年严复、夏曾佑的《国闻报》的《本馆附印说部缘起》以及 1902 年梁启超的《论小说与群治之关系》两篇文章构成了文学创作为社会的创作观念。新小说新国民嘛！社会改造和国民启蒙，也就是说它已经构成了创作观念的社会性。最后，也就是更主要的，《海上花列传》刊登在《海上奇书》上。《海上奇书》是中国第一部真正意义上个人的文学杂志，在这之前有没有？有《瀛环琐记》。但《瀛环琐记》是《申报》副刊的集刊，它不是为了文学创作，是为了报纸写作。真正的有文学意识的是《海上奇书》。《海上奇书》是韩邦庆一个人办的杂志。这本杂志实际上是中国第一本文学意义上的杂志。所以说，《海上花列传》无论是思想观念、创作观念还是它的生产基础，都符合了现代文学的开始。这是我的第一个观点。

另外，这一段时期的现代文学的发生是不是跟五四时的一样呢？不一样。主要表现在文学观念上。一是晚清文学主要是“国民文学”，五四文学主要是“人的文学”。二是五四时期的文学启蒙是自觉性的启蒙，即我要通过启蒙来改造社会、改造人，而晚清的启蒙是随着国家的落后挨打我不得不这样。某种程度上，晚清是抓到什么是什么，而五四是有个原则性，有个指导性。两个时段的参与者的素质也不一样的。这个我就不展开了。至于创作观念，胡适、陈独秀包括鲁迅他们所提出的文学的工具论，其实是和严复、梁启超、康有为一脉相承的，只不过他们是在另外一个层面上提出的另外一种工具论的内涵而已。至于第三个生产基础，那就不用我多说了。五四时期的作家们更加发挥了传媒作用，特别是大众媒体来进行了一些文学的创作。因此，我个人得出这样一个结论：晚清到五四这一段应该看作是中国现代文学的发生期的一个初级阶段，而五四之后又上升到一个新的阶段。这两个并在一起才构成了现代文学的发生。在《海上花列传》之前的文学，虽然有了现代的因素，但不能构成为现代文学的发生期，因为它不符合我讲的文学观念、创作观念和生产基础的同时发生变革。这是我的第二个观点。

何锡章：我觉得范老师提出从通俗文学这个角度去研究，把中国现代文学的时间起点上延到《海上花列传》，确实是我们这个学科面临的重大问题。周晓明讲得对，文学史观念首先是一个学科史的观念问题。从观念方面我们要解决两个问题：一个是从时间和空间上讲。因为任何一个学科尤其像我们这个文学史，的确涉及时间、空间概念和时间空间的关系。现代文学原来的划分有一个流行的惯例，依据历史分期，分成古代文学、近代文学、现代文学、当代文学这样几个段落。我曾在《南京大学学报》上写了篇文章，专门讨论这个问题，认为这种划分带有很强的政治意识形态色彩。20世纪80年代以后，文学史的观念引进了现代性、现代化这么一个维度。我觉得有几个问题要考虑，像你刚才讲的鲁迅、陈独秀、胡适的工具论问题与梁启超他们晚清一脉相承的问题。整个中国文学史、整个儒家传统——文以载道的传统——始终是这个传统。因此，只有把时间与观念结合起来讨论，才能说得清楚些。重要的是这个学科的思想基础。只有从文学思想、艺术观念，尤其是语言和思维的变化，即把时间和观念结合起来，才能对这个学科的边界作出一个正确的判断。目前用"现代中国"这个概念更具有空间的包容性，这就不是我们原来以单一的新民主主义或者以现代性为标志所构筑的文学史格局了。但问题还有另外一个方面，范老师把它称为多元共生。其实多元共生还是有一个问题的，即有没有一个主导性的东西呢？我们这个文学史，尤其是现代文学史，还需要不需要找到一个诸如现代性这样的核心的价值？实际上，我们文学观念的变化，包括思维方式、艺术方式的改变，是以整个思想观念发生变化为基础的，是与整个意识形态的框架发生大的变化紧紧相联系的。因此，确定文学史的边界，就不仅仅是个时间、空间的问题，还要考虑它的基本性质，即文学史观念所要解决的第二个问题——它的思想基础，它的观念形态，它的表达的方式。所以，我认为"20世纪中国文学"这个概念将来一定是要过时的，因为你只涉及一个时间概念，21世纪怎么办呢？21世纪就无法涵盖。现代文学起点的延伸，不仅仅包括现代、近代和古代的关系，还包括和当代的关系问题。我觉得，还是把五四前后作为它的起点更符合我们学科的对象和它的基本的形态。当然，在这个过程中，我们不能把它单一化、绝对化，而是要采取多元共生或者多元包容的态度来对待研究的对象；尤其是评价这些问题的时候，在思想标准和审美标准之上恐怕还是要找到一个主轴。我认为，目前我们能够找到的一个比较合理的思想主轴恐怕还是现代性，而且这个现代性包括语言的变更，包括叙事方式的变化，其实它是隐含着深刻的现代人的观念变化，或者说现代人的观念的变化是和这些变化紧紧联系在一起的。

谭桂林：我基本上同意何锡章的意见。我也觉得文学史的研究应该特别重视史料。从史料学的角度看，对于作品的研究，对于某一文学现象的研究，我同意范老师讲的关于《海上花列传》的意见。《海上花列传》的作者，天才地感觉到了时代的变化，感觉到了时代的精神变化所带来的社会观念的变化，这样的作品每个时代都会有，而五四以后也有一些写得很保守很迂腐的作家。我觉得这都是同一类型的问题。但是，如果从学科的角度来思考现代文学的起点问题，这就不仅仅是一个史料的问题，也不仅仅是从某一部作品、某一个文学现象就能说清楚的问题。相反，要从更高层次来思考学科存在的逻辑前提问题。

我觉得，有两点需要我们去思考。一个是刚才讲的观念问题。五四时期提出来的"人的文学"的概念，确确实实与前面一点的晚清的启蒙思想家，与再往前的晚明时代的启蒙思想家，甚至再往前包括李泽厚曾经说过的魏晋南北朝时期中国的文学已经是"文的自觉"、"人的自觉"这些观念有所不同。人的主体性的发现，这是中国文学史发展的一个思想脉络，但是五四时期的人的观念和这以前的人的主体性发现是大不一样的。因为那个时期的主体性的发现是精神主体性的发现，是人和自然关系所体现出来的一种主体性的发现。而五四时期，虽然有消极的主体性，这是过去封建的儒家伦理的和儒家理性所造成的影响——像后来李泽厚所说的集体主体性，而另一个方面，五四时期所建立起来的个体的主体性（灵和肉，尤其是肉）、精神和身体结合起来的主体性，确确实实是在五四时期才实现的。集体主体性和个体主体性是不一样的。即使与梁启超他们来比较，他们之间有很多共同的地方，思想观念上有一脉相承的地方，但是我在看梁启超他们的作品及其论说的时候，有一个强烈的感觉。我发现梁启超他们更多的不是在讲"人"这个概念，他是在讲"民"这个概念。"民"从一定程度上讲它还是一个群体，这个概念还是没有切入到一个真正的个体那里去。这和周作人的概念、鲁迅他们所提出来的个人的概念有质的不同。这是我讲的第一个逻辑前提问题。

第二个逻辑上的前提，我从语言形式方面来谈。我觉得对五四时期所提出的语言观念的评价和定位，还是应该回到胡适他们当年评价语言文学革命的思路上去。胡适非常明确地表示，白话文运动实际上从魏晋南北朝的佛经翻译以及禅宗语录起就一直存在着。那么，到了晚清时期，白话文运动更加兴旺。但是，胡适后来说了一个非常大胆的话，把我们现在所提倡的白话文运动和晚清所提出的白话文运动作了很明确的区分。这是本质的不一样。为什么不一样？就因为他已经把白话文作为一个主体，已经宣告了文言文的死亡。这个大家都知道，这是他的一个划分。从今天回过头再来看看，这个语言形式的革命，恰好就在那个时候也就是在20世纪20年代或者20世纪初的时候，呼应了西方文化中间的语言哲学的革命变化。它不是把语言作为一种工具，而是更多地把语言作为一种主体，作为人类的一个精神家园。为什么当时胡适他们着重解决语言形式的问题？他们不仅仅把它作为一种语言工具，而是把它作为一种思想、思维方式的革命。这个我觉得意义上是非常重大的。这不是一般的启蒙式的工具。

汤哲声：我插一句。刚才何锡章和谭桂林讲的，我觉得都对。一个是人的文学的发现，一个是语言文学。这是五四的贡献，谁也不能否认的。但是，我又觉得你们两人的观点都少了一个标准。你们只看到了五四文学和晚清文学的差别，没有看到晚清文学和古代文学的差别。因为晚清文学和古代文学有很重要的差距，就像梁启超讲的“民”和孟子讲的“民”是不一样的。梁启超讲的“民”某种程度上是新国民，孟子讲的“民”是君民之民。当然，“新国民”和五四时期的“人民”是有差距的。但是，某种程度上“新国民”中的某些因素可以作为五四时期新人性、新人民中的重要的组成部分。我考虑的角度恰恰和你们相反。我的看法是我们不仅要看到晚清和五四之间的差别，还要看到它们之间的一些相似点。这是我与你们观点上的差异。我很赞同王德威所说的话：“没有晚清，哪有五四？”当然会有人问，按照你和王德威这样的逻辑我也可以这样推：“没有唐宋，哪有明清？”如果这样类比的话就不对了，因为明清和晚清有本质的区别。这我刚才已经从三个层面上讲了。我还是那句话，晚清是五四启蒙的一个初级阶段。不是说它们之间没有差别,差别肯定是有,但它是一个延续性的过程。就像一个人,婴儿与少年、少年与青年都是有差别的。虽说是人的成长过程,本质上一致的,而不是从动物变成人。

谭桂林:我还有第三点意思,也是回应刚才汤哲声所说的五四和"晚清"之间的联系和区别的问题。这是一个和传统的联系方式问题。五四以前的中国思想文化的变革——也包括晚清,晚清有所变化,但还是包括晚清在内——有个突出的问题在于,它都是在自己的传统之内的一个变革。你看看中国的文化传统:每一次传统的变革,或者是向自己的传统追溯,比如前后"七子"以复古的形式来进行文学变革;或者朝横向发展,比如说晚明向佛学寻找理论支柱、精神力量,是以佛入儒再来批儒。都是这样的方法。好像一位台湾的学者就提出,中国总是这样一种状态——以传统的非主流力量来反传统。晚清时期虽然发生了一点变化,梁启超、谭嗣同尤其是康有为,他们的一些政论、文化理论借鉴了西方的观念。《大同书》引进了一些西方的词汇,但是绝大部分的词汇还是佛学的词汇。所以,我看了之后有一个深切的感受,在这一点上他们和晚明是相似的,恰恰和五四新一代不一样。五四作家从传统的表述方式、概念、术语走出来,完全找的另一种理论参照体系,是比较完整的西方的参照体系。这一点是五四以后才有的现象。所以,我同意刚才汤哲声所说的,谈五四的时候不能不谈晚明,不能不谈晚清,但如果从逻辑起点来看,把现代文学史作为一个学科来看,我觉得无论是从表述方式还是从思想观念,或者从它们和传统之间的联系,从它们从事精神文化变革的这样一种理念来看,五四前后一段时间作为中国现代文学的逻辑起点还是比较合理的。

何锡章:逻辑起点,历史起点,价值起点,我觉得这三个起点都是要综合起来加以考虑的。另外,我们不应该仅仅看到差距,还应该看到联系。问题是联系大于差距还是差距大于联系?我觉得这是一个我们需要讨论的问题。究竟是差别大一些,还是共性多一些?由此出发,我们才可以判断它能否成为现代文学的历史起点或逻辑起点。我觉得,这才是我们所要探讨的。

汤哲声:这个从理论上讲是对的。哪一个差距大,哪一个差别小?事实上,社会科学无法进行量化分析。

何锡章:这不是量化,而是进行综合的判断。就像我刚才强调的,五四文学整个的一个显性的标志是话语系统发生了明显的变化。

陈国恩:刚才谭桂林提到胡适强调的五四的白话语言和以前白话语言的区别问题,胡适实际上是想证明五四文学和晚清文学在语言上的一个转折。他为了证明五四文学是新的,所以他要强调与晚清文学的区别。现在汤哲声要强调联系,目的是为了说明五四文学和晚清文学不可分割。我认为两者都是可以证明的,因为两者是既有联系又有区别的。五四文学有四个方面的转折意义:一是它有自觉的理论体系,晚清文学在理论上的自觉性和系统性没有达到五四文学的水平。二是它有深远影响,五四文学的影响要超过晚清文学。三是后来的文学是在五四文学的基础发展起来的,(周晓明插话:这一点说的好。)晚清强调人的欲望,五四强调人的自觉。到底是欲望对后来文学的影响大,还是启蒙对后来文学的影响大,这个问题比较复杂,不过王德威所看重的晚清小说中的欲望是比较超时代的,不同时代的人都有欲望冲动的问题,启蒙则是更具现代性标志意义的。很明显,后来文学的发展,从思想观念到表现技巧是直接以五四文学为基础的。四是要考虑到当事者的感受,鲁迅、胡适们为什么要把晚清文学作为批判的对象?我们现在不评论他们的批判有没有道理,现在看起来是有片面性的,但是他们为什么要把晚清文学当成文学革命的对象,这个历史的现场感是我们不能回避的。这实际上是启蒙对欲望化叙事的超越。因为五四时期的鲁迅、胡适等人突然意识到启蒙是时代的需要,晚清文学强调文学的消费娱乐性不符合启蒙的时代要求,所以他们要重新来搞一次革命,以表明他们要与晚清文学划清界线。基于这四点,我倾向于现代文学的起点是在五四前后。不是哪一天,而是这个时期。这个时期里,文学表现出一种自觉的现代性追求,从文学观念、语言、技巧等方面影响到后来文学的发展。但问题的复杂性在于晚清文学也有它的现代性一面,比如王德威所强调的欲望。从某种意义上说,这可能比启蒙主义的影响还要深远,因为人总是有欲望的,而启蒙总归会完成它的使命。20世纪90年代以后突然冒出来很多“宝贝”叙事,通俗文学又开始流行,这些现象似乎又在证明文学与消遣是连在一起的,文学跟娱乐的联手有着更为久远的传统。不过我认为,文学的消遣娱乐性体现的是世俗现代性的精神。世俗现代性的形式是现代的,里面包装的却是一些比较世俗的、欲望化的、娱乐化的东西,这使它跟传统有可能达成妥协与和解。这可以解释通俗文学为什么能在民间流行,它也不跟传统刻意对立。而启蒙现代性强调的是人的独立、思想的自由,更富有时代的特征。如果不把现代文学看作某个朝代的文学,我认为就应该强调五四启蒙主义现代性的标准,而不是世俗现代性的标准。

这里我顺便说一下周晓明提出来的"现代中国"和"中国现代"的问题,包括何锡章刚才提出的把现代中国理解成一个时段,对它不作价值评判。我有一个困惑:你以什么标准来确定这个时代是现代的?你说这个时代是现代的,实际上已经使用了现代性的标准。使用了现代性的标准判定了时代的现代性,就不可能不涉及对这个时代的文学进行价值判断。"现代"不可能仅仅是一个时间概念,它也是一个价值的概念,"现代文学"不可能把现代时期的所有文学都包括进来。我举一个极端化的例子,比如现代时期里的汉奸文学、法西斯文学要不要包括进来?我的意思是你不可能把"现代"作为一个纯粹的篮子把所有的文学现象都装进来,给以平等的看待。文学史是需要选择的,要作出判断,至于选择和判断的具体标准那是另外一个问题。但有一点可以确定,现代文学是相对于古代文学而言的,它的基本标准应该是现代性的标准。

刘川鄂:我根本就没有想到过现代文学的起点还会成为一个问题。我认为,现代文学的起点是不应该有什么问题的。为什么最近这些年有这么些新的说法?这一方面反映了我们学术研究的深化和细化。王德威的观点,范老师和汤哲声的观点,都是给我很多启发的。的确,现代文学不是从天而降的,它肯定是有自己的一个源头的,有一些连接过去通向未来的因素的。实际上,王瑶的文学史、唐弢的现代文学史都谈到了近代文学的一些变革给五四文学做了一定程度的准备。我基本认同他们的看法。近代有新的因素在不断增加,有量的不断积累,但还没有大到像五四那样的整体的变化。我同意周晓明讲的从学科意识看"起点"。现代文学史学科实际上就是我们的文学史观念的对象化。文学的整体性变化即质的变化,我认为还是在五四时期。周晓明所讲的有一点我不大同意,就是说从民国时期算起。民国是从政局上变了,但文学上还是自五四新文化运动、五四文学革命开始发生重大变化。我还是坚持以前比较传统的一个说法，就是1917年的文学革命，使文学观念、文学内容、文学形式、文学语言发生了全面的根本性的变化。这种全面的根本性的变化是我们判断文学史转型、起点的一个基础。这个不需要我们太多讨论的。

为什么我们现在特别强调把现代文学由五四往前追溯呢？除了学术的深化和细化，使我们更清晰细致地看到了现代文学与传统的联系和差异外，还有一个方面，就是我们一些学者的研究心态发生了变化。最近十几年中国社会的经济腾飞，国人自信心大增，反映在学术界则是有些学者急于从文化上证明自己传统的种种优势。文化上的证明包括"国学热"（也就是温儒敏教授讲的"国学虚热"）、"读经热"、"孔子学院热"、"中国经验热"，古代学科的强势等，夹杂着对五四的怀疑批判之声，大有重评五四、否定五四、推倒五四文化传统之意。面对"虚热"，我们现代文学学科在回应的时候，有的学者可能对学科本身缺乏自信心，还有的学者可能是出于策略性的考虑，对五四的重要性、对现代文学与外国文化文学的亲和关系没有20世纪80年代那么理直气壮地强调了。像2007年的大连会议上王富仁提出"新国学"的概念，想以此来融合传统和现代。我私下里问他，你这个融合的问题也许在理论上不能完全说清楚，实际上也行不通。古代讲孝，现代讲平等；古人讲无条件的忠诚，现代人讲契约性的约束。现代性的根本在个人性，而中国古代文化是蔑视个人的文化，没有民主、自由、平等、个性这样一些人类文明的普遍性价值，其基本原典理论如忠、孝、仁、义、节、烈等不能进行现代性转化。中国现代文学正是在第一次世界大战之后的全球化进程中发生和发展的，它本身即是中国社会力图融入"全球"、被"全球化"的一部分。鲁迅担心中国人被"世界人"开除球籍，胡适说中国百事不如人，周作人要"辟人荒"，无不是期望中国人融入世界人，与全球先进文化对话。中国现代文学价值完全是重建的，以现代的文学文化价值取代传统中国的价值，在文学观念、表现内容、文体形式方面都参照世界优秀文学进行了全新改造。新诗被称为用汉语写的西诗，小说戏剧散文的文体和技巧也有了大幅度的革新，与当时全球的文学面貌有了更多的相似性。五四清楚地表明：中国现代和古代的关系它不是自然的延续，而是有意的反动。怎么才能把它融合成一个统一的"新国学"？

我觉得“起点”问题不光是个知识的问题，还有个心态的问题。正如陈国恩以前所讲过的，我们过多的强调和古代的联系，反而忘了我们对外来因素的汲取这个方面。鲁迅说他的《狂人日记》来源于百十篇外国小说，更直接来源于果戈理的《狂人日记》的启发写成的。郭沫若直接把歌德的《浮士德》的结尾“伟大的女性领导我们前进”（我觉得后来翻译成“引导我们上升”好一些），直接作为《女神》的开头，这完全是西方的观念，是中国传统没有的。歌德的结论成了郭沫若的“先验前提”，成了中国新文学浪漫主义的“起点”之一。当时人们把新诗称作是白话写成的外国诗，也可以作为一个例证。再者，现代作家在五四时期比较强调回避传统影响的一面，鲁迅说不要看中国古代的书，叶圣陶、茅盾都只承认外国作家对他们的影响。（陈国恩插话：闻一多有一个形象的说法，“新诗是中西文化结合的宁馨儿”。）宁馨儿，这是闻一多的说法。瞿秋白把五四文学称为非驴非马的文学。我以为五四文学是一个以中国传统文学与西方文学相结合的“拉郎配”。是那些不甘心国家落后的知识分子、启蒙家强行拉过来的。所以两者总有些疙疙瘩瘩，一会嫌太“欧化”了（男性中心），一会又觉得太“回归传统”了（女权主体）。

徐德明：我参与讨论，是因为对这个话题有兴趣。说实话，对“现代中国文学史的起点”问题我心里简直“莫衷一是”。因为有多种参照，我一时还难以断定取舍。谈“现代”的概念，在我们研究的对象——那些现代作家们那里，用法常常与我们今天的学科语境不一样。比如老舍，1946年，战争结束后到美国，在大学里做讲演，谈的是中国现代小说。中国现代小说是从哪里开始的？他举证的重要标志是《金瓶梅》（艾支顿翻译的《金瓶梅》有他参与）。老舍不曾有精确的理论界定。周作人主张的“现代”也不是我们今天的内涵，老舍不一定与周作人有多少联系。其实，“现代性”在西方也有那么多的分歧。就是说，我们现在使用的“现代”，是一个被言说主体赋予诸种不同内涵的歧义概念。

在大致相当的时段内，就不同对象使用“现代”概念，内涵仍然有区别。在晚清，韩邦庆的“现代”和梁启超的“现代”是不一样的。韩邦庆在前，当他把《海上花列传》写完，还不是梁启超提倡的“新民”的现代理论的时候。那么，韩邦庆的小说中有多少现代性成分的呈现呢？就在韩邦庆之前有翻译文学，比如《昕夕闲谈》、《百年一觉》，涉及的是巴黎、波士顿等现代都市的想象，对当时的上海人客观上发生了不小的影响。韩邦庆反映上海都市现代性的方式和后来梁启超的启蒙现代性是不一样的。韩邦庆把现代生活的各种因素用“穿插藏闪”的结构表现出来，他别出心裁地完成了这个任务。他的小说中有各式各样的“新”，当然是现代的，但这不是梁启超“新民”的“新”。韩邦庆已经在现代立场上“厌古”，《海上花列传》第五十一回有一段古文的《秽史外编》，我们这里的大多数版本都把它删掉了。这个东西是个什么？纯粹拿“四书”、“五经”和八股制艺开玩笑。他自己是属于科举时代的，对整个科举制度已然深恶痛绝，他非常隐晦地拿“四书”等开玩笑。韩邦庆这种现代性往后多少年若断若续，然后一下子就体现在张爱玲那里。海外汉学家们讨论现代性，习惯于由上海走晚清与三四十年代一贯的路线，相当程度地在回避梁启超的启蒙路线。

多年来，其实我也习惯了五四起点的说法。可是一旦考虑到具体对象，从韩邦庆的《海上花列传》到朱瘦菊的《浦歇潮》再到张爱玲的《传奇》，就不得不承认那也是一条现代的嬗替之路。如果单考量像上海都市现代化，你把张爱玲和韩邦庆之间断开是极困难的事情。若是你仔细研读一下韩邦庆的上海人的生活，到张爱玲，其间绝不像后来我们的观念层面那样的变革。如果你按照他们的思考的线路，那是另样的现代。具体说语言问题，似乎五四是古文白话的分水岭，但又不好截然断开。真正的现代白话和传统的白话之间的差别就是句式语法，朱光潜和浦江清等人的说法是欧化的长句具有更大的弹性、更大的思想包容性。五四之前，林纾是用古文来翻译外国小说，还用古文写过六部长篇，在他的笔下有很长的句子，其实是西语的多重关系的表达，但那是古文——语法是现代西语的，文字却是古代的。这种语言是现代的吗？太难回答了。

我们现在对“起点”的抉择有了不同标准，范老师的以现代通俗小说的开端，与王德威等海外汉学家不谋而合，基本接近于同一个标准。其实，更具体的层面上还有差别。依我看，可以再把韩邦庆往前推，在清中叶的时候，同治年间，王韬等人做过大量工作，但那些东西不是纯文学的。从纯粹文学的角度来说，韩邦庆确实有相当了不起的现代性在里面。所以说，起点问题是没有解决的问题。

还有一层复杂现象，现在的学者不太守规矩了，在研究现代、当代的同时，又越过界去研究近代与古代。他们面临着新的问题，那就是“古今演变”。晚清是一大变化，五四更是一大变化，还又非要确定哪一个是正宗的起点，多么艰难的事情。我看，这个起点还是“权宜”一点。我们做研究，本来就是各抒己见，不应强求一律。至于教书，课堂上还是讲五四好，方便而又简捷，不至于把学生弄糊涂了。至于学科，有不同的起点的说法绝不至于就颠覆了这个学科，而是有了更大的内部张力。为求学术共同体内讨论的方便，我们最好从五四开始，大家都好说话。如果一提到另外一个起点，就以为会威胁到学科的稳固，那是不必要的担心。其实，我们处处都会有分歧，刚刚周晓明讲的国体问题，刘川鄂就有看法；而且，意识形态也不是唯一或单纯的，可以有多种意识形态，不只是我们过去谈的国家政治意识形态问题。

我的学术步伐历来走得慢，只寄希望于通过具体问题的解决，不断地建设，接近一个更踏实、更科学、大家都能接受的东西。到目前为止，坚持说五四起点也好，移前也好，大家可以在一个学术共同体当中共同讨论，无非是找出更坚定的或者是修正性的东西出来，这是个漫长的过程，我们还有许多工作要去做。

汤哲声：我再插两句。第一，是新文学的起点。如果你说的是新文学的起点，绝对应该是从五四开始，没有人反对，我也一点意见都没有。现在讲的是现代文学的起点，这个点必须要把握住。如果说是现代文学的起点，我不同意从五四开始，现代文学的起点不能仅仅考虑人的观念。第二，刚才陈国恩讲的通俗文学特点可能并不全面。因为你反复强调一个世俗，还有一个娱乐，再有一个是情欲。其实都对，通俗文学是有，还绝不止这么多。我们这里讲的“通俗文学”是什么呢？“通俗文学”是以后的新文学给它的一个称呼。某种程度上讲，它不叫“通俗文学”，它是传统文学在 20 世纪的延续发展。到新时期它有了市场的因素。它不完全讲娱乐。这是我的一个补充。

范伯群：新文学以五四或者说是过去文学史中说的以“文学革命”为起点，这是没有问题的。但现在的问题是，现代文学史以何时为起点？多元共生的文学史就不只是“新文学”一元。上面大家提出疑问：像你们这样往上“延伸”上去，简直可以延伸到《诗经》。我认为不存在这样的疑难。“古”和“今”既有继承关系，也可以有明确的边界。我认为《海上花列传》是“古今演变”的一个鲜明标志，是因为它有六个“率先”，显示了它的多方面的现代品性，这是任何古典作品所不具备的。一是《海上花列传》将镜头对准“现代大都会”，不仅是在它的外观的现代模式的建设上，而且人们的思想观念也在发生明显的变异。二是它虽被鲁迅划归为“狭邪小说”，可是它突破了“才子佳人”模式。在封建社会中，商人是“四民之末”，可是在工商发达的上海，商人地位迅速飙升，它以被称为“万商之海”的上海为背景，将商人作为小说的主角，“才子”则仅是扮演“清客”的陪衬角色。三是它率先选择“乡下人进城”这一视角。大量移民进入大都市，是世界步入资本社会时各国小说家所关注的一个“世界性”的共同题材。四是作家在语言上的大胆创新，这是吴语文学的第一部杰作。胡适称它在“语言”主张上也是一次“有计划的文学革命”，连搞语言革命的胡适也实际上承认了韩邦庆是一位先行者。五是作者自称他的小说的结构是“从来说部之未有”，“穿插藏闪”的手法是他的独特之秘，我们查不出他受过什么外国长篇小说的影响，可是他的小说的结构与外国某些经典小说的结构是不谋而合的，这部小说在艺术上也是冒尖的上乘之作。六是小说的发行方式也是现代化的。作者是中国自办个人文学期刊的第一人，《海上奇书》是中国的第一本文学杂志，他的长篇就用连载的方式刊载在《海上奇书》上。这本刊物又利用现代新闻媒体代印代售，在发行之前和发行之中他在《申报》上共刊登了43次广告，作者用一种现代化的运作方式从中取得脑力劳动的报酬。我上面所讲的六个“率先”就说明了“古”和“今”是不会无限“延伸”的，是分得开、分得清的。在我的脑子里，精英文学与通俗文学是平等的，既然通俗文学在新文学之前约四分之一世纪已经在开拓着现代文学的处女地，那么我们的现代文学史的起点“向前位移”就是一个值得重新考虑的问题了。

另外，我觉得在晚清时候的启蒙，要分清“世俗启蒙”与“思想启蒙”也是很难的。正因为西风东渐，世俗生活就逐渐起了变化，其中就有思想与物质双重影响的成分在内。我们过去认定只有五四才是一个启蒙时代，其实关于国民性之类问题的讨论在晚清就已有了开端。再说，谴责小说的评价一直是被某些文学史所压低了的。胡适就说过，那些谴责小说家是应“浅人社会的要求”而写作的，他们发挥的启蒙作用我们应该向他们“脱帽致敬”。我认为，陈景韩的《催醒术》是“1909年发表的一篇‘狂人日记’”。它的主题就是说：最先觉醒的人会被人们误认为“狂人”的。清末民初通俗文学的启蒙性何止这些，那是一个很值得研究的好课题。

我说“通俗文学不是现代文学史的陪客”，意思是它也应该是主人之一，在现代文学史中是不能缺了“俗”的一翼的。这倒并非让通俗文学一定要占据百分之五十的篇幅。我们应该在确立入史的标准的前提下，中国双翼的现代文学史的体例、格局、份额、比重可以经过讨论，由大家集思广益来决定，这就有待于中国现代文学史界的同行们在深入研究新文学的同时，也以“凭原始资料说话”的精神，同样去研究通俗文学。否则，“要以新文学为主”这句话，并非说它一定不正确，不过“为时尚早”。你没有研究过通俗文学，如果你说这句话，那就是“先验”的；你研究了“通俗文学”，摆出充分的理由来，这句话才有了“科学根据”。我们的现代文学史还应该经过孜孜不倦的探索与优选，才能基本定局。不过现在的中国现代文学史的整体格局是必然也肯定会被打破的。我们的新文学，直到20世纪40年代赵树理等作家出现之前，基本上是面向知识阶层的，它基本上是以“知林文学”为主，它缺了“草根文学”的“另一半”，或者说那“一部分”。在一个存在广大市民阶层的社会中抹杀“市民文学”，是我们整部现代文学史的“软肋”之一。

周晓明：我跟陈国恩最大的区别是，同样一个术语，彼此在外延和内涵上的理解不一样。从性质上来划分一国的文学，我们已经吃够了苦头。从“新文学”的说法开始，到后来的“新民主主义文学”，实践证明它们是带有很大的问题的。现代中国文学史，作为学术分类，既是文学也是史学。史学界关于历史的划分，已有一些共识。以国别论，有英国史、中国史。国别史里面也可以有通史、断代史，还有新近热门的专门史。我所理解的现代中国文学史，事实上是断代史。它是在这个历史时期和时段的这个国家的文学。因此，它有通俗文学，有这样的文学，那样的文学，这都是很正常的。至于你说法西斯文学，如果作为这一时段存在的文学史现象的话，也应该是可以作为研究对象而被接受的。比如说哲学、思想史里面的法西斯主义，并没有被排除在相关学科的研究之外。我的观点是，我们不能仅从性质上来划分现代文学，作茧自缚——苦苦辨析这属于现代文学，那不属于现代文学。我们大致是断代史的文学，里面允许有各种文学形态，比如你说的五四以来的新文学或者其他文学。这是我谈的第二个问题。那么，"现代中国"到底怎么划分呢？现代性的概念来自于现代化的思想，现代化的理论首先是社会发展理论，这从国外到现在大家都已经有定评的。关于社会现代化的发展阶段性，包括世界各国依次进入现代化的分期，也大致有定评的。以中国为例，从鸦片战争开始了早期现代化的努力，研究近现代史的都有共识。至于为什么我们要谈民国呢？因为民国是共和体制，它不是像原来的封建社会的那种情况。民国以来的政治制度、经济制度、教育制度等，都已经比较接近初级现代化的一些基本指标。所以说，中国从民国开始走向现代化，具有现代国家的基本形态或雏形，这是大家比较公认的东西。至于前面的阶段，比如说早期的现代化，它是一个过程。第三个问题我想谈的是，我们不能机械地理解起点的问题，也不能机械地理解来源和发生的问题。因为发生是一个过程，虽然它有质变，但它仍然是一个过程。我同意通俗文学是我们现代文学一个很重要的来源，但它不是唯一的来源。现代文学的发生是多源与多元的。

（编辑附记：此篇对话的录音由武汉大学文学院博士研究生王俊整理，发表前又请各位发言者作了审定，一并致谢。）

在"建构中国现代文学史多元共生新体系暨《中国现代通俗文学史(插图本)》学术研讨会"上的主题发言

范伯群

各位女士,各位先生:光临这次研讨会的专家学者有近百人,会议主持人宣布每位的发言,应控制在10分钟之内,我也希望我的"主题发言"也能服从这一时间的规定。

这次会议的主题是"建构中国现代文学史多元共生新体系"。拙著《中国现代通俗文学史(插图本)》只是一个副题,它仅仅是提供一个例证,请大家以此共商我所论及的现代通俗文学中的重点作品,在文学史新体系中能否占有一席之地。我们共同就各人心目中设想的"新体系"各抒己见,集思广益,将过去一元化的中国现代文学史转变为多元共生的中国现代文学史,以符合该时段的文坛的实际,从而提高我们现代文学史的公信力。

我同意前几天在"中国现代文学教学方法与教材国际学术研讨会"上杨剑农教授的"文学史应该简化"的观点。但有一点小小的补充,就是"文学研究应该繁化"。晚清与民国时期,中国文坛是"众声喧哗"的,但为什么到了我们手中,却成了一元化的文学史呢?许多作家、作品、社团流派,许多文学期刊与报章副刊,没有经过"文学的法律程序",也不容许辩护"律师"的陈述,就匆匆拉到"刑场"上去"处决"掉了。因此,我常常在面对这座28层的上海图书馆里的正在发黄变脆的报刊、书本时,心里总是觉得不大放心:这里面是否有"文学的冤魂"?我总觉得应该再作一次"普查"与"甄别"。查过了,在这些旧案的"案卷"中确实没有"枉死者",我们也就心安理得了。我们应该遗忘那些该遗忘的，我们应该发现那些不该被遗忘的，予以“钩沉”而加以“激活”。这才是对历史负责。

我想，到一千年之后，当今天的现当代文学也成为古典文学的时候，今天的现当代作家究竟还剩下几许被我们的后代传颂着，像屈原、李白、杜甫和曹雪芹一样，我们是无法预计的。但我们也应该按照文学的内在规律，立下我们自己的“文学标准”与“艺术标准”，删节掉一批缺乏文学性与艺术性的作品。这些作品也许当红一时，可是它们只不过是一种文学界某一时段的“文学现象”，只要提一笔就可以了。节省这些篇幅就是对文学史的“简化”。否则我们的现代文学史就不是三卷本，而是五卷本、十卷本、三十卷本。我们应当在文学研究繁化的基础上进行文学史的简化。但是有一点或许可以肯定，那就是在一千年之后，我们的后代在研讨我们的某些“问题”与“主义”时，或许会感到自己的祖先实在有许多不敢恭维之处；但当他们读到一些通俗作品中的原汁原味的生活画面时，他们会从中知道祖先们当年的社会结构、生活状况……这部分东西也许不能成为文学经典被存留，却是有用的研究社会发展的珍贵资料，而经过我们所谓“典型化”的作品，可能被后代们鉴定为“伪经典”。

我在这次会议中提交了两篇论文。一篇是《开拓启蒙·改良生存·中兴融会》，这是在《文艺争鸣》2007 年第 11 期上发表过的，中国人民大学复印资料中心和《新华文摘》也分别转载了。我之所以再作为论文提交给这次研讨会是为了节约我的发言时间，在这篇文章中的一些论点就只要在发言中点一下就可以了；另一篇是专为这次会议写的《1921—1923：中国雅俗文坛的分道扬镳与各得其所》，我曾设想，如果要我写一部“中国现代文学史”我该怎样写呢？我就来试写一个片断。1921—1923 年，我认为是一个关节性的年代。因此我提交了这篇论文，请大家批评指正。

我们过去将“中国现代文学史”定在 30—32 个年头的狭小框子里。我们又简称现代文学 30 年。大致是三个 10 年。如果作一个很“简单化”的归纳：第一个 10 年是“文学革命”，主调是揭露“人吃人”；第二个 10 年是“革命文学”，主调是揭露“阶级吃阶级”；第三个 10 年是民族革命战争与解放战争的年代。1949 年之后就划归当代文学中去了。这是过去若干现代文学史的一般的分法。

我将“中国现代通俗文学史”看成是从 19 世纪 90 年代起步的，这样大致是 50 多年、近 60 年的历史。我也将它分为三段，那就是我所谓的“现代通俗文学历史发展三段论”，我想用 12 个字进行概括。第一段是 19 世纪 90 年代到五四前后，这是“开拓启蒙”阶段，我认为在新文学诞生之前，现代通俗文学早在 1/4 世纪之前，就已悄悄地开拓着现代文学的新垦地，而其中有若干作家是作为中国早期启蒙主义者活跃在中国文坛上的。第二阶段是“改良生存”阶段。即五四前后到 20 世纪 20 年代末，新文学作家对通俗文学的压制力极大，冲击力很强，其目的就是要将这批作家“扫出文艺界”。因此对他们说来就有一个改良生存的问题。他们要随着时代的进展改良自己，并且要找寻新的增长点，这就是我这本“插图本”中的第 10 章至第 15 章这 6 章的内容。我称它为“相克相生”——通俗文学的被贬与自强阶段。我用“默默的强势”与“悄悄地流行”来形容他们当时在文坛上的境况。从 20 世纪 30 年代起，通俗文学在顶住了巨大的压力之后，步入“中兴融会”阶段，那就是“三段论”中的第三阶段了。在这一阶段中，显示了通俗文学与精英文学双轮并驾齐驱的态势，出现了一批响当当的名字，张恨水、刘云若，还有李寿民等北派武侠五大家中的几位作家，如王度庐、宫白羽这样的武侠小说家，他们受新文学的影响是很大的，这就是一种融会。而张爱玲、徐訏和无名氏，我称他们是文学领域中的“一国两制”者，他们在通俗与精英之间是“来去自由”的。我没有将他们视为地道的通俗作家，我定第 19 章的章名是“40 年代新市民小说的通俗性”。其实这样的融会是非常良好的势头，可是到 20 世纪 50 年代初，中国大陆的通俗文学出现了人为的断层达 30 年之久。

我认为 1921—1923 年是一个关节性的年代，在这两年中出现了无可挽回的雅俗分道扬镳的局面，我在论文中写出了“先锋作家”们当年的气势，部分通俗作家想靠拢也靠不上去。我才体会到毛泽东的统一战线政策的伟大，毛泽东称它为三大法宝之一。如果先锋作家有那么一点点统一战线的思想，中国现代文学史恐怕会有另一种进程与写法。但这样的“分道扬镳”也不是坏事，而是使精英文学与通俗文学形成“各得其所”的互补局面，各自为各自的天然分工服务。我在文章中写了“两个现代化”，除了精英作家为社会的前进作不倦的探索外，我认为通俗作家的使“乡民市民化”也是一个现代化工程。知识精英文学与市民大众文学各有自己侧重的职责。

在我的脑子里，没有“雅高”与“俗低”的概念，各有各的优势，各有各的局限，这要具体分析。我也同意严家炎先生的意见，将来只有一部“中国现代文学史”，精英与通俗都涵盖其间。我写《中国现代通俗文学史》就是为了“消灭”独立的通俗文学史。但由于历史的原因，为了要将通俗文学整合进现代文学史中去，我认为这要有一个漫长的融会的过程。首先是一个观念问题需要得到解决，要达到基本一致，才能有多元共生的中国现代文学史的出现。这样的文学史也许要将古今演变(这必然会涉及晚清与民初)、雅俗之争、新文学内部之争、解放区与国统区的文学(其中也包括国民党文学)，台、港、澳以及全球华文文学，还有少数民族文学等等，都应有机整合进去。这当然是一个艰巨而复杂的工程，不是一蹴而就就可以成功的。我曾写过一篇题为《分论易，整合难》的文章，发表在《中山大学学报》(社科版 2006 年第 7 期)上，人大复印资料也转载了，文中的主要意思是，要在大学里开一门通俗文学的选修课是比较容易的，但要写一部整合的多元共生的文学史是非常困难的。这次会议就想提出这样一个难题，请海内外同行专家共商“整合大计”。谢谢大家。

《填平雅俗鸿沟——范伯群学术论著自选集》首发式暨学术研讨会发言摘编

《苏州教育学院学报·中国通俗文学与大众文化》专栏特邀主持人汤哲声按：

2013年4月，范伯群先生的《填平雅俗鸿沟——范伯群学术论著自选集》一书由江苏教育出版社出版。5月25日，苏州大学文学院和江苏教育出版社主办的《填平雅俗鸿沟——范伯群学术论著自选集》首发式暨学术研讨会在苏州南林饭店举行。会议由江苏教育出版社总编王瑞书先生主持。北京大学的严家炎教授、温儒敏教授，复旦大学陈思和教授、袁进教授，中国现代文学馆原副馆长吴福辉教授，香港科技大学陈建华教授，台湾师范大学许俊雅教授，江苏省作协党组书记、主席范小青女士及党组副书记、书记处书记张王飞先生，苏州大学田晓明副校长、文学院院长王尧教授等七十余位来自大陆和港台地区的知名教授和学者参与了本次研讨。此外，南京大学丁帆教授、北京师范大学刘勇教授和吉林大学刘中树教授或发来贺信，或委托学者代为转达了对范先生的祝贺。

范伯群先生早年研究新文学，他的《郁达夫论》、《冰心评传》、《三论陆文夫》、《鲁迅小说新论》等曾在文坛产生很大的影响。20世纪70年代末、80年代初，范伯群教授接受了中国社会科学院文学研究所委托的《鸳鸯蝴蝶派文学资料》的编纂工作。此后，他带领他的学术团队，进入了通俗文学研究领域。从史料梳理、甄选作家作品等拓荒性工作开始，该团队经过了20多年的努力，终于撰写成《中国近现代通俗文学史》，填补了中国现代文学研究的空白。《中国近现代通俗文学史》荣获了第三届中国高校人文社会科学研究优秀成果一等奖、“王瑶学术奖”优秀著作一等奖、

“第四届中华优秀出版物奖”和“第三届中国出版政府奖”，并入选了中国新闻出版总署“第三届‘三个一百’”原创出版工程。

以往的近现代文学研究，新文学和通俗文学一直被认为水火不容。范伯群先生带领他的团队经过几十年研究，认为雅俗文学之间不应该有人为的鸿沟，而应该是事实上的“互补”。为此，范伯群先生率先提出“雅俗双翼展翅论”，进而从这一形象化比喻发展到更学术化的表述，建立了“多元共生”的文学史观。范先生始终坚持并不断完善着自己的学术观念。《填平雅俗鸿沟——范伯群学术论著自选集》选取的45篇作品是范伯群教授学术生涯的结晶，构成了范先生几十年来的学术研究链。这一学术链，展示了范先生几十年文学研究的治学轨迹，集中体现了范先生对中国现代文学研究的贡献。范先生的治学态度、治学方法以及学术成就得到了海内外学界的一致肯定。

本次研讨会，以《填平雅俗鸿沟——范伯群学术论著自选集》(以下本栏目内的文章都简称“填平雅俗鸿沟”)为契机，与会学者就雅俗关系以及近现代文学史上的诸多问题发表了各自见解。讨论的议题不仅限于范伯群先生个人的学术经历和学术观点，更关乎目前学界对近现代文学史研究中一些重大问题的思考，尤其是雅俗文学关系如何评价、雅俗界限如何打通、不同时期学术研究背景如何考量、现代文学研究范畴如何界定等评说，都是一些直接与现代文学研究的发展走向紧密相联的重大问题。鉴于此，本刊除发表了王尧教授代表首发式发起单位所作的主题发言外，还刊登了严家炎、温儒敏、陈思和、范小青、吴福辉等专家学者的发言全文式摘要，并范伯群的答谢辞，以供学界参考借鉴。

(注)由于时间原因，许多从全国各地赶来表达对先生敬意的范门弟子(以姓氏笔画为序)如方忠、李勇、刘祥安、杨洪承、陈子平、陈龙、张元卿、张涛甫、张缙、吴义勤、季进、栾梅健、章俊弟等人，没有来得及一一发言。

读《填平雅俗鸿沟》的感想与思考

严家炎

（北京大学 中文系，北京 100871）

范伯群先生的自选集《填平雅俗鸿沟》在江苏教育出版社出版了。在今天的首发式上，我作为读者，首先要对江苏教育出版社的远大眼光和出版热忱表示衷心钦佩，同时更要向作者范先生完成这一大工程表示热烈祝贺！

范伯群和曾华鹏两位先生是我们这一代学人中出道最早的学者。他们1957年在《人民文学》上发表的《郁达夫论》，当年曾在我和我们同辈人中引起过那样的轰动。而且他们还继续写了不少作家论和作品论，"文革"前已经很有成就。他们是我们这代人当中的佼佼者，是我们这代人中名副其实的学长。

20世纪70年代末、80年代初，范伯群先生接受了中国社科院文学研究所委托的《鸳鸯蝴蝶派文学资料》编纂工作以后，就坐了整整三年图书馆，开始了通俗文学作品和材料的阅读。这是普查式的阅读，工作量大得惊人。但伯群先生以惊人的意志，毫不退缩，扎扎实实地一部一部小说地阅读，一个刊物一个刊物地翻查。范伯群先生当年勘查鸳鸯蝴蝶派的工作，跟一些人长期在政治运动中养成的写作风气是完全不同的，可以说是反向的。长期以来养成的一种习惯是什么呢？是看着政治风向，占着上风在那里写文章，这是一种很坏的风气，违背科学。而伯群先生则是知难

收稿日期：2013-06-06

作者简介：严家炎（1933— ），男，上海人，北京大学文科资深教授，博士生导师，研究方向：中国现当代文学。

而上。他知道鸳鸯蝴蝶派名声不好，受批判，在这种情况下去着手研究，这是要真正有点勇气、有点眼光的，不仅要有科学的头脑，而且要有坚毅的精神才能做到。所以我觉得他在这一点上是非常值得我们大家学习的。

功夫不负苦心人，他得到了丰饶的收获，取得了不少重要的、令人惊喜的发现，从而更坚定了自己的信心，相信这一番“转移阵地”，定能带来真正可以“牵动中国现代文学史整体格局”的变化。尽管当时有不负责任者讥嘲“通俗文学是‘垃圾’”这种声音，但最终证明了应该受到历史嘲笑和谴责的倒是讥嘲者自身。

说真心话，我对范先生来做现代通俗文学的重新评估工作，从一开始就特别放心，也特别信任，因为范先生是做新文学研究的学者出身，我想他绝不会偏心眼，既不会偏向新文学，也不会特别袒护通俗文学。虽然这样，后来他做出来的现代通俗文学研究的大量成果依然让我感到吃惊，感到震动，产生由心底里来的那种佩服！原因在于，他做的通俗文学的研究成果实在太扎实了，所下的功夫也实在太深了。他不但花了整整三年去钻图书馆，而且随后又用了近二十年时间去潜心完成他的研究。像这部《填平雅俗鸿沟》自选集里单论通俗文学的部分大约就有五六十万字（我只是粗略地计算，因为我没有找到书中版权页上关于字数的说明），起码是有五十多万字的。光是通俗文学部分来说，已经是一部皇皇巨著了。其中，以六个“率先”为角度来评论《海上花列传》的现代价值；从社会学兼文学成就的角度去评价几部鲁迅称之为“谴责小说”的作品，特别肯定了《老残游记》和《孽海花》；从几乎类似纯文学的角度论述了张恨水的《啼笑因缘》和秦瘦鸥的《秋海棠》的艺术价值；又从各个不同角度分别评述了科幻、侦探、言情、武侠、社会、狭邪乃至“黑幕”等小说所以产生的具体历史条件，让读者至少得以较深入的理解；最后又从理论上概括出“多元共生”的文学史观：这些都是非常令人信服的。

文学历来是在高雅和通俗两部分相对峙中向前发展的。高雅和通俗两部分既相互冲击，又相互推动；既相互制约，又相互影响，构成了文学发展的内在动力。当然，所谓雅，所谓俗，都是历史的概念，不同时代的人们会有不同的说法。在中国古代士大夫眼中，诗文被认为是文学的正宗，小说戏曲则是所谓“鄙俗”的“小道”，不能进入文学的大雅之堂，因此，在长达千年的时间内，雅俗对峙发生在诗文与小说戏曲中间。

到了19世纪80年代，在中西方文化加快交流的情况下，在歌德所称“世界的文学”逐步形成的过程中，中国出现了一批文学上的先知先觉者：像写了《日本国志》、《人境庐诗草》的黄遵宪，像在法国生活了16年用法文写小说《黄衫客传奇》、学术著作《中国人的戏剧》等书的陈季同，还有稍后名声比黄、陈二位还大的梁启超、曾朴等。他们都在看重诗文的同时又非常看重小说戏剧，都以传统士大夫鄙视小说、戏曲的观念为耻。他们都提倡用俗语（白话）代替文言来写文学作品。黄遵宪还主张小说可用方言来写。梁启超更将小说提高到“文学之最上乘”。他们实际上为五四文学革命扫清了道路，构成了中国现代文学的真正起点。

如果说晚清的黄遵宪、陈季同、梁启超、曾朴等人扫除了上千年来士大夫们看不起小说、戏曲的传统陋习的话，那么，五四以来某些新文学者贬低和抹黑通俗文学的错误，则是由20世纪80年代初以来范伯群先生等苏大文学院的一批学者来纠正的。这个功劳，首先应该是归于范伯群先生的。他的功绩应该得到充分肯定，应该得到很好的理解。我想这个问题现在也许不存在了，现在我们的文学界、学术界都不会有过去那样一种保守的看法了。

范伯群先生是很有才华的，但他从不张扬外露，更不会咄咄逼人。他为人非常谦虚，他是靠其科学的研究成果让人感到厚重，感到中肯，让人从心底里感到佩服和敬重的。他的艺术分析之切中肯綮、活泼精到，有些简直可以说是妙笔生花，也是在我们周围的人中少见的。比方说他对张爱玲作品的一些论析，那是非常精到的。我记得本书457页中的专门论述，论述得非常好，我还很少看到论述张爱玲作品有那么准确而精到的。

最后，我想说几句心里话。范伯群先生现在是82岁，他身体还那么健康，思维还那么敏捷，谈吐还那么诙谐，还能继续发表文章，有新的创造。我相信他会有创纪录的高寿。我祝愿范先生健康长寿，寿比南山，这是我真诚的希望。谢谢大家！

推动了文学史观念与方法的探讨

——在范伯群学术论著自选集首发式上的发言

温儒敏[1,2]

(1.北京大学 中文系,北京 100876;2.山东大学 文学院,山东 济南 250100)

首先,请容许我代表中国现代文学研究会,祝贺范伯群先生的学术论著自选集的出版。

该书分为“现当代作家作品论”、“鲁迅小说论”、“通俗文学史论”和“多元共生论”四大部分,能大致代表范伯群先生四个研究领域的贡献。由于篇幅限制,范先生还有很多重要的很有影响的论作没有选进来。比如他早年和曾华鹏先生合作的《郁达夫评传》,影响就很大,我们这一代学生都曾经受惠于它。当然,范先生贡献最大的还是在通俗文学方面。他在这方面收罗的材料之丰、见识之广,在当代学者中首屈一指,无人可及。拿《中国现代通俗文学史(插图本)》来说,近百万字,煌煌巨著,论及的作家作品、报刊社团上千家,相当一部分都是第一次进入文学史,甚至是头一次被当成研究对象。仅从史料价值上讲,就已经做了开山的工作,为后来的研究奠定了基础。这是非常了不起的。

范先生和他的团队十多年来的艰苦钻研,成就了这一浩大的工程,可谓功德无量。范先生的贡献不光是史料,也还在于他的有关通俗文学的一系列的理论构想。就如同这本自选集的书名所标示的那样,他孜孜以求的是做“填平雅俗鸿沟”的工作。范先生此举意义非凡,不只是拓展了

收稿日期:2013-06-06

作者简介:温儒敏(1946—),男,广东紫金人,教授,博士生导师,北京大学原中文系主任,现受聘为山东大学一级教授,中国现代文学学会会长,研究方向:中国现当代文学。

现代文学研究的范围，实际上，是对整个现代文学研究的体系与模式进行了重构的探索。

现代文学研究从20世纪30年代发端，始终都是以“新文学”作为文学史建构的中心，这当然是历史的需求，这也是一种文学史。但人们现在越来越发现，这种文学史可能会丢失或者遮蔽新文学以外的许多其他文学，所以范先生提出的“两翼说”，提出的“多元共生”，都顺应了这种日益生长的新的意识。

范先生的工作甚至还超出了“填平雅俗鸿沟”的范围，他向整个现当代文学学科提出了这样一个很重要的问题：我们是否需要写一种既能包罗雅俗文学，又能容纳港台、海外文学，以及旧体诗、民间文学等多方面的现代中国文学通史？不久前严家炎老师出版了《二十世纪中国文学史》，实际上已经在朝这方面努力做了。

由此也可能会引出进一步思考：把通俗文学“整合”到现代文学史的体系中，到底如何把握好它和纯文学的关系，又如何“落实”所谓现代性评价标准？支持“统合”纯文学与通俗文学这种工作的，到底应该用一个什么样的完整有效的价值评判框架？能否真正做到，在某个相对统一的标准下对复杂多样的文学现象作出选择评判？范先生进行了探索，而且提出了“多元共生”，这是一个很好的思路。范先生的开拓性工作，也启发和推动我们对一些重要的牵涉到文学史观念与方法的问题的探讨。所以，从学术意义上来说，我们都非常感谢范先生，他在相当程度上活跃了现当代文学的学科氛围，也提出了许多新鲜的课题。

我很羡慕范老先生，年逾八旬，身体还那么健朗，思想上还那么富有锐气，学术上还取得如此丰厚的成果。

现代文学界为有范老先生这样宝刀未老的学者而骄傲。

衷心祝愿范伯群先生健康长寿。

还要感谢江苏教育出版社王总编辑、章俊弟主任和周敬芝编辑出版了这么厚重、这么漂亮的自选集。

谢谢你们！

关键在于要有宽阔的胸襟与视界

——在《填平雅俗鸿沟——范伯群学术论著自选集》研讨会上的讲话

陈思和

（复旦大学 中文系，上海 200433）

我认为《填平雅俗鸿沟》首发式暨研讨会的意义远远超出了对一本书的评价，也超出了对范老师个人学术成就的评价。范老师这几年的学术成就是非常引人注目的，都摆在那里。从他文学史“多元共生”概念的提出，到现在的“填平雅俗鸿沟”，每一次他的重要著作的出版，对我们学术界都是一次冲击，我们作为后辈，都在他的这样一次次冲击下恍然大悟，感到境界又提升了一层。今天我们这个会，严家炎老师、温儒敏老师两代现代文学学科带头人都亲自参加，对范老师的学术成就作出了高度评价，我想这个会对我们现代文学学科的深入发展，以及整个方向都会产生非常重大的影响。

我只从两个方面来谈一下自己最深的感受，也是在今天这样的会场上听到范老师的发言和大家的发言时想到的一些问题。第一是范老师的胸怀和眼界。范老师属于我们这个学科第二代学者中的领军人物之一，严老师也是第二代学者。严老师、范老师、曾华鹏老师，他们的研究大概是在20世纪50年代起步的，但是由于当时恶劣的政治环境，他们的真正的学术道路的发展，和我们这些“文革”后起来的一代人几乎是同时的。

收稿日期：2013-06-06

作者简介：陈思和（1954— ），男，广东番禺人，教授，博士生导师，教育部“长江学者”特聘教授，研究方向：中国现当代文学、比较文学。

因为在“文革”（包括“文革”之前）的漫长的岁月里，老一辈学者们没有自由，也没有可能性，在这个学术领域中真正做到有所发挥，但他们从20世纪50年代起就做了很多基础性的工作，显然，严老师、范老师他们是有准备的，他们是受过很好的学术训练的，又有很扎实的学养基础。到了“文革”以后，在新的、比较开放的环境中，他们的成功就非常快，他们重要的学术著作，奠定了我们这个学科的规模。我记得严老师当年对《创业史》的批评、对梁生宝的批评，到今天来看，还是非常经典的，值得我们今天学习的。20世纪70年代，当时我在图书馆工作，我对郁达夫、对现代文学都不了解，尽管我读范老师、曾老师的《郁达夫论》大概要晚十多年，但这篇文章直接把我带入了现代文学这个门槛。我就记住了“范伯群”和“曾华鹏”两个名字，这两个名字一直到我后来到复旦大学读书以后，跟随了贾植芳先生，才知道原来是我的学长。所以到了新时期，他们一下子喷薄而出。范老师和曾老师连续发表的作家论，都让我们耳目一新。我想说的是，为什么他们会有这样一种眼光和胸怀？因为我们当时的主流的学术研究，是在一种非常狭隘的视阈里进行的。我印象很深的是我在20世纪80年代参加第三版《辞海》的“现代文学”条目修订，我负责现代文学部分。当时规定萧红、许地山只能有175—200个字，但萧红与许地山175—200个字是写不清楚的，这点字数连报他们作品的重要篇目也不够，可是规定不允许超出这些字。但是左翼作家就可以有500个字，要将李伟森写成500个字的条目是写不出来的，最后只好把他读过什么中学等经历也都写了进去。也就是说，在那个时代这样一种严格的规定下，文学史中的作家论是不能随便写的。但是我第一次在范老师、曾老师的著作里看到了王鲁彦、郁达夫、冰心等等。他们的学术研究一下子就打开了我们的眼界。范老师、曾老师为何会给我留下这样深的印象？因为他们的东西与众不同。这种与众不同里面就有一种他们的胸怀和他们的视角。他们不是循规蹈矩，不是按照当时的牌理在出牌。这是他们了不起的地方。在范老师的心目中，在他的研究课题中，他往往突破这些规章制度、条条框框，他是不拘一格的。因为不拘一格，苏州大学中文系的学科建立起来并得到了发展。制度是为人服务的。我从范老师身上学到的很重要的一点就是不拘一格。他的胸怀、他的眼光和视界远远超过一般的规章制度，一般的什么主流或支流这些条条框框。因为心中没有这些条条框框，所以他可以跨越我们新文学中最重大的一个界限，就是研究通俗文学。通俗文学从我们自身所受的教育来说也是不喜欢的。我个人在研究巴金以后，也曾打算研究通俗文学，但看了些通俗文学杂志，看看就放下了。当时我访问过郑逸梅先生，做了很多笔记，但后来放弃了，因为兴趣不大。这与我受到的教育有关。我当时受的教育是以新文学为主的，是西方化的、现代化的。通俗文学没有现代主义，没有卡夫卡，于是没有兴趣，于是慢慢我就转到其他方面去了。但范老师开始仅是接受了一项工作，当时是交给他的一个任务，当时他未必像现在这样对通俗文学有如此清晰的认识。因为他当时也是从研究鲁迅等人那里转过来的。我印象很深的是，当时范老师把鸳鸯蝴蝶派文学资料整理好，油印出来，送给贾先生看，贾先生说，还是大批判开路嘛。他的意思就是不要把这些批判鸳鸯蝴蝶派的东西放在前面，要打破这个规矩。在贾先生的指导下，后来就改过来了。

第二是范老师勇于探索的精神。我想每个人都经历过这样的一个过程。但经历过这个过程之后，范老师又非常勇敢地踩出去了。他不仅踩出去了，而且从理论上、从文学史上，建构了许许多多重新评价通俗文学的理论体系。他不局限于某一个作家的专门研究，他关注的是我们的文化。方才我非常敏感地听到范老师提出的“市民大众文学”这样一个概念。我认为中国就需要一个市民阶级文学，有了市民阶级文学我们就可以真正地来填平雅俗鸿沟，重新给中国20世纪甚至是晚清开始的这样一个小说流派，以一个比较客观的文学史的批评。我们的市民阶级是长期被否定的。我读书时候，“小市民”是一个批判性的字眼，所以我们对小市民的文化也是批判的。如果我们现在对市民文化，对现代都市现代化过程当中的市民文化的理解有所突破的话，那么依附在这个阶层上的整个文学、文化、趣味等等，都会有一个新的认识，这个认识我们今天已经开始意识到了，因为有网络文学，大量的网络文学就是市民阶层在阅读和创作。如果能将这些文学现象衔接起来的话，这个学科将会有一个更大的飞跃。这个飞跃范老师已经敏锐地感觉到了，而且已经提到。我很感动的是我有一位学生是研究网络文学的，范老师很认真地和她进行了几场几乎是“爷爷和孙女辈”的对话。范老师对她讲通俗文学的流派和类型；学生对他讲网络文学的发生、发展与现状。我想这就是范老师的胸怀和他的视角。范老师八十多岁了仍不言老，始终处在生活的第一线、文化的第一线，领略新的文化现象。我觉得范老师这种精神上的常青是与他的视角和胸怀紧密配合的。我也很感动于范老师的精神。我亲眼所见，他在复旦大学，每天到上海图书馆去查资料，复旦大学在东北角，上海图书馆在西南角，每天要倒好几次车，我们都很少去，因为太远，但范老师每天去。我邀请他演讲，他都要把去图书馆的时间预留出来。不光是上海图书馆，其他地方的很多图书馆他都去。有一次他对我说：“难怪过去文人要生肺病，旧杂志长期没有人看，上面全都是灰。”他不怕生肺病，始终坚持在第一线，这种精神，是值得我们学习的。这不是一个学问的问题，它是一个如何对待人生的问题。当他真的以学术为自己的生命、为自己的事业的时候，他就舍得把一切都用上去了。我现在已经六十岁了，周围不断听到有人说“你功成名就了”、“好自为之”、“主要是要保养身体了”之类的话，这些话我听得耳朵长了老茧，总觉得有什么不对。但是摆在我面前的范老师就是这样一个人，他就是一直在那里工作、读书，追求自己的理想境界。从范老师身上我感受到一种精神，有了这种精神，他做什么都会做得好，他做什么都会有所创造、有所发现。这不仅是多一本书、少一本书的问题，重要的是有这种精神支撑着。与范老师相比，我们还有更长的路要走下去。所以，“学术无止境”是与我们的“精神无止境”联系在一起的。在这点上，我非常感激范老师，范老师给我们树立了一个活生生的榜样，一个激励我们前进的榜样。

最后要感谢苏州大学文学院王尧院长做了这件好事，这是我一直期望的。范老师是苏州大学的学者，我们都在分享范老师的成就。范老师是苏州大学的一面旗帜。我过去在范老师的一部著作里写过这样的意思：像范老师这样的领军人物，每天还要挤公交车，还要坐地铁去找资料，对他而言是一件很艰难的事情。应该有一个团队去支持他，他提出新思路，有团队为他提供各种各样的服务。对他个人来说，他早就完成了他的学术上的贡献了。他现在做的，很有可能改变我们一个学科、一个时代对文化、文学的见解，要改变人的看法、改变人的偏见是最不容易的。因此，范老师不仅是功在学术，还功在社会，功在未来的。苏州大学有这个可能去配合范老师做这件事，这是非常光荣的。而且我们在范老师周围，能够帮助范老师把这些学术思想普及到整个学术界去，使大家能够接受，改变人们的观念，这也是我们未来的任务。若有什么需要帮助的，我们很愿意参与。希望可以与苏州大学一起，将范老师的贡献继续加以推进。

田晓明(苏州大学副校长):

首先向苏州大学文学院和江苏教育出版社主办的"《填平雅俗鸿沟——范伯群学术论著自选集》首发式暨学术研讨会"的隆重召开表示热烈祝贺。朱秀林校长因博士生答辩不能与会,特地让我转达他对范老师的敬意。其次,对我们各位同仁、各位专家,在百忙之中拨冗来参加我们范先生《填平雅俗鸿沟》的首发式,表示衷心的感谢;也对我们各位专家莅临苏州,还有一直以来对苏州大学文学院的事业,对苏州大学的事业的指教、指点,表示衷心的感谢。特别要感谢范先生,他在退休之前做学术研究是义不容辞,在退休之后,还能突破中国教育体制的某种束缚和藩篱,依旧为学术研究事业作出贡献,在此我表示衷心的感谢。第三,向大家表达祝愿。祝各位同仁、各位学者身体健康,希望你们能常来苏州看看,常来苏州大学指导工作。我想,你们的关心绝对是苏州大学事业发展的宝贵财富,你们带着友谊而来,无论如何要留下宝贵的建议。同时也祝愿范先生身体健康。

范小青(中国作协全委会委员、江苏省作协主席):

这本厚重的《填平雅俗鸿沟》汇集了范老师穿行于雅俗文学间的学术成果精粹。研习知识精英作家的"作家作品论"是文学评论的起步阶段,鲁迅、郁达夫、冰心等一系列现当代作家论,使范老师和他的同窗好友曾华鹏先生在文学评论界声名鹊起,被认为"在新中国成立后的现当代文学研究界具有率先启动之功"。从研究当代名家转移到研究长期被学界诟病的鸳鸯蝴蝶派小说,这样做本身就需要很大的勇气——为人的勇气和为学问的勇气。范老师坐了三年图书馆的冷板凳,阅遍了鸳鸯蝴蝶派代表作家的作品,也掌握了大量的研究资料,换来了变"废"为宝的底气。他用严谨的治学态度、严肃的学术精神,为中国现代文学挖掘了一座丰富无比的矿藏,开启了又一扇堪与精英文学比肩的通俗文学的大门。从冯梦龙到鸳鸯蝴蝶派到当今的网络类型小说,范老师的文学评论具有与时俱进的创新理念,这些为底层、为市民大众服务的文学作品中同样存在精品,同样有传之久远的文学经典。对这些作家我们应该心存敬意,雅俗鸿沟才得以填平。

我从老师的文学史观受益颇多。范老师曾说,中国的现代知识精英文学与市民大众通俗文学不是对立的而是互补的,中国现代文学史不应该一元独步，应当多元共生。就目前的文学现状而言，作为作家和批评家，都应当具有这样的胸怀和包容的心态。兼收并蓄、多元共生才是文学发展的本质和正道。

吴福辉（中国现代文学馆副馆长）：

范先生带动了对通俗文学的研究，我是得到范先生成果之利最早、最多的一个，我在写《中国现代文学三十年》时，系统认真地学习了苏州大学的通俗文学成果，在写通俗文学章节时，就曾受惠于范先生的研究。范老师的学术成果大家已经讲得很多了，我想简略地从他的学术品格的角度来谈三点：

第一，巨大的学术勇气。研究通俗文学在当时有政治压力和学术压力。学术压力来源于研究对象。现代文学界也有陋习，往往将学者的研究成果和研究对象联系起来。范先生领导苏州大学的团队刚开始研究时，研究对象的地位很"低"，通俗文学被认为是"反动"的，可以写，但是应作为批判对象；后来好一点，也只是聊备一格。范老师有那么大的勇气，在当时研究对象被认为地位很低的情况下，冲破政治上和学术上的各种压力，坚持到现在，这是一种品格。

第二，从整个通俗文学研究情况来看，范先生从挖掘第一手材料开始，发现作品，研究作家，给每个作家写评传、写作家论，再进入文学史。这个过程非常具有学术的规范性、科学性。我们目前在培养研究生时发现某些学术的规范性和科学性正在丧失，应该很好地向范老师学习。

第三，适时地从一种研究转向进一步的研究。范先生的学术性格表现出不断创新的能力，具有前瞻性和整体性。如果没有整体性和前瞻性，就不可能从"双翼论"、"多元共生论"很快达到现在这个水平，做不到适时地将研究目标进行转移。范老先生在学术这条路上越来越年轻，这么大岁数，还能不断吸收新事物。范先生大气的学术品格及其眼光，使他取得这么好的通俗文学的研究成果。我拿到这本书后，重点看了三篇文章：《论新文学与通俗文学的互补关系》、《新文学与通俗文学的各自源流与运行轨迹》、《古代与现代市民文学的内在联系与嬗变》。我认为这三篇文章能代表范先生继续往前走的学术精神，整合也仅仅是一步之遥。范老师很谦虚，说真正整合是别人的事了，但我相信范老师会进一步做下去的。

王保生(中国社会科学研究院文学研究所研究员):

范老师在教书育人和著书立说两方面的成就是很大的。我今天主要讲范先生在学术方面的成就。范先生的稿子有一个很大的特色,就是独一无二,因为这是他大量掌握了上海图书馆里尘封的报刊资料后写出来的文章,大家都觉得新鲜,无可取代。范先生在整个中国现代文学研究方面拓展了现代文学的学术生长点,是真正的实践者。我觉得我们要学习范先生的三点精神。首先要学习范先生的为人。范先生为人豁达,他早年研究新文学,我们读大学的时候学中国文学史、学文艺理论,但是不会写,我们是在看了范先生的作家作品论,如《冰心论》、《郁达夫论》这样的范文之后,进入研究领域的。如果说范先生在20世纪80年代不转向,他也可以作出很大的贡献来,但他中年“变法”,从新文学转向通俗文学,对现代文学的贡献更大。因为他开拓了一个更新的门路,走出了新的路子。当时通俗文学的研究资料很少,也没有理论的准备,范先生白手起家,在这条路上走得很辛苦、很寂寞,甚至有些地方还要遭受别人的误解,但是他坚持下来了。最可贵的是范先生退休以后,既没有职称的压力,也没有名利的束缚,但他还是坚持研究,这种精神值得我们学习。第二,我们要学习发扬范先生的学风。我们现在的学风很浮躁,有些人加入一些西方的新名词就认为是一篇很大的文章了。我们在范先生的文章中很少看到对西方半生不熟的理论的运用,而是用史料来说话,他那严谨求实的学风,我觉得对当前的年轻人具有更大的启发作用。第三,范先生为我们提供了一个方法论方面很重要的启示。范老师为年轻人如何脚踏实地地提高自己的研究成果起到了很好的表率、鞭策和启发作用。

张王飞(江苏省作协党组副书记、书记处书记):

读了这本书之后,首先,我深感范先生治学严谨,功夫惊人。回顾先生的治学道路,他在“文革”前十年,与曾华鹏老师接续了“作家作品论”研究的传统。“作家作品论”研究是从茅盾开始的,紧接着到了第二代,就是范老师和曾老师,而最有标志性的就是1957年他们在《人民文学》上发表的《郁达夫论》,产生了轰动效应。在“文革”十年的“地下写作”中,他们完成了《鲁迅小说新论》。从20世纪70年代末80年代初开始,范先生进行了二十多年的通俗文学研究，再到近十年来“多元共生”的现代文学史的宏观的研究。范先生治学严谨，何止是十年的“磨剑”、十年的冷板凳？他从积累资料开始，再到作品选、作品论，再到整体性的文学史，步步为营，扎扎实实地在那里爬坡，为了填平雅俗鸿沟，他是一铲一铲在那里填土。范先生由雅到俗，到中外文学比较史，再到文学史整体的回归与审视，他的学术工程体量浩大，体系完整。其次，范先生定位高远，建树独特，贡献杰出。范老师给我们上课时说过，要做就要做前人没有做的事，要做就要争取做得最好。要做到这一点需要有底气，这个底气就是先生的才情和学养，他的功力，还有他的勤奋。他的选题总是具有开拓性，而且是让后人难以超越、难以企及的，尤其是鸳鸯蝴蝶派的研究，这是带有颠覆性的一项工作。而且在此基础上，他对现代文学进行了全面审视，提出了“多元共生论”，贡献非常杰出。由此想到现在的文学评论界，有些当代评论家恰恰缺少先生的学风，太过浮躁，沉不下去，坐不下来，所写的批评零散，不成体系，那些应时、应景、应邀的文章，更谈不上有什么自己的建树。现在批评的风气很有问题，先生是我们学习的榜样。现在各行各业都有大师，我觉得范老师这个人就是大师，他在我们面前就是一棵大树、后辈仰视的高山。范老师在书中写了这么几句话：“踏遍青山，发全白，心年轻，人未老……”我觉得特别好，这反映了他的心态，我由衷地祝愿范先生思想之树常青，学术之树常青，生命之树常青。

袁进（复旦大学教授）：

范伯群老师是开创中国现代通俗文学研究新思路的大师，我的研究也受到他的影响。我初中的时候读过张恨水的小说，上大学的时候我问老师为什么不讲张恨水，老师说张恨水现在还不能研究。等唐弢先生的文学史出来，我看到里面有一段提到张恨水，后来知道这部分就是范老师写的。这对我来说很重要，因为张恨水后来成为了我的毕业论文，并在《新文学论丛》杂志分上、下两期连载。后来我接到任务要研究徐枕亚，我到苏州来，住在苏州大学，范老师亲自带我去苏州大学图书馆、苏州图书馆，给了我很多帮助。我很感谢范老师。

在我看来，最重要的是，范老师开创了一种研究通俗文学的新的思路，他始终坚信通俗文学存在的合理性，在许多人认为张恨水这一类作家是“垃圾”而不能研究时，范老师始终坚持这些文学都有其存在的合理性。由此，他的理论不断发展，从认为张恨水与鲁迅“双峰并峙”，到纯文学与通俗文学的“互补共生”，到“填平雅俗鸿沟”，立志写一部雅俗合并的文学史，我看到他的理论不断发展。我也很佩服，这需要很大的学术勇气。范老师的研究在这条路上是具有开创性的，提出了最新的，非常有价值、有意义、有学术勇气的独到的见解。我可以说到现在为止，大概世界上还没有一个国家有雅俗合并的文学史。范老师在理论上已经没有障碍，只不过是书还没有出来。所以范老师是值得我学习的榜样。在我看来，范老师是一个献身学术的典范，一般人是做不到的，在“文革”那种动辄得咎的情况下，范老师能够坚持写作，宁可将论文压在抽屉里，有这样的勇气坚持下来，我认为非常不容易。尽管他退休多年，但在我看来，他的成就要比退休前还大，尤其是他所提出的学术见解的意义、他的成果的分量。他的理论思路具有重大的突破性。只有立志献身学术的人，才有这个勇气在那样的环境里这样做，才能这样孜孜不倦地写作。范老师的精神令人佩服，他是苏州大学的宝贵财富，需要重点保护。

范培松(苏州大学教授)：

前面的专家学者对范伯群教授学术意义、价值和贡献作了全方位的评价，我接下来从很小的角度来谈一谈我对范先生的学术研究的认识。首先，我对范老师最大的佩服，就是他对作品的审美的解读，那绝对是一流的。当然范先生研究通俗文学，如果他研究散文，研究戏剧，研究其他方面，那肯定也是非常不错的。我在编《中国散文批评史》的时候，看了范老师的《冰心论》、《郁达夫论》之后非常有启发。这一点我们要向范老师学习，就是要对作品有审美，否则，生搬硬套西方的理论肯定是不行的。其次，范老师一直在前进，这一点也很重要。因为现在我也年过七十了，于我来讲，下面的路怎么走呢？跟范老师走。第一，他生活很绿色，一心研究他的学问。我现在也想走这条路，把学术研究作为自己的养生手段，这是非常好的一种绿色生活。第二点，要前进，不断找一些生长点。我最近一直收到范老师的书，如《周瘦鹃文集》等，我想范老师写了这么多的书，还要来整理这个，真的不得了。范老师选择中年“变法”，建立了自己的学术形象，并将学术研究作为养生的手段，不断前进，不断收获，值得我们学习。

朱栋霖（苏州大学教授）：

我在范老师身边工作已经有三十多年了，范老师是对我影响很深的一位老师，他那种坚韧不拔、百折不挠的精神我是最清楚的。现在他的新著作出版，我觉得不仅是现代文学一个非常重要的成果，而且它必然将成为苏州大学现代文学教研室的同事、我们的历届研究生必读的作品。学术界是非常严格的，我亲自参加了中国现代文学研究会第四届“王瑶学术奖”的评比活动，这个奖很严格，评委们从来不肯马虎。第一届一等奖著作空缺；第二届，范老师主编的《中国近现代通俗文学史》荣获一等奖，九个评委全票通过；第三届一等奖空缺；第四届，也没有，他们说要得一等奖只有范老师的《中国现代通俗文学史（插图本）》，但是这个奖有一个规定，就是同类著作不再第二次授奖，非常严格。虽然，我们 20 年来现代文学界研究成果出了不少，但是要说在研究格局上有重大突破的，范先生确实作出了重大的贡献。

张业松（复旦大学教授）：

范先生在《填平雅俗鸿沟》的序中最后说到，他到目前为止的研究工作大概只是为中国现代通俗文学在“中国现代文学史”中报一个正式“户口”，也许它不再是“黑户”了，再有就是在雅俗鸿沟中填了几铲土而已，“填平这条鸿沟的艰巨而细致的工程也自有后来人。填平有期，填平必定”，这是范先生对往后学术的期待、学术的预言。接下来我也来谈谈对于“填平雅俗鸿沟”的一点想法。“填平雅俗鸿沟”到目前为止所做的工作，就是在一部成文的现代文学史当中，除了叙述过去新文学作家作品的学术思潮之外，再添加进了通俗文学这一过去被忽视的部分，这样一种工作被称为“整合”，将通俗文学部分写进去，确实是“报户口”的工作。但我想说，范先生这些开拓性的贡献，对我们今天的现代文学史的影响，其实已经远远超出了“报户口”的层次。因为在我们学术建制当中，“现代文学史”是一门高校中文系的必修课程，按照教育部的要求也有通行的教材，所以学术建制，对学术本身的制约非常的强，它对我们学术眼光的牵引，也非常有力，以至于我们一谈到现代文学史进展的时候，总是拿一部成文的现代文学史来做衡量，新编的现代文学史中间又写进了些什么东西，又拓展了什么，我们从这个意义上去谈现代文学研究的进展、拓展、突破、增添等等，这构成一个完整的评价体系，也构成我们所谓的学术眼界。但事实上，我想说的是，从20世纪80年代以来，以范先生为代表的这一批卓越的学人，在晚清以来的文学史领域里所作的开拓性贡献，对我们今天所说的不限于文学史成书著作的这样一个研究领域，它的影响已经深远得多了。我们在局限的眼光下去看"新"与"旧"，"新"是"新"，"旧"是"旧"，这两块各归各的，但在最近这些年的现代文学的研究中，实际上，我们已经看到很多人做的工作是，发现"新"中的"旧"、"旧"中的"新"。如何在新文学中看出它的旧的因素，在过去的范式下，我们主要是从诸如鲁迅的古典文学修养这样的角度去谈的。实际上我们今天来看，陈思和先生前几年写《中国当代文学史教程》的时候，他已经写了20世纪50年代的革命文学中的民间因素、它的潜在的结构的原型，这些结构的原型其实就属于"旧"的因素，革命文学在当时是"新"得不能再新的东西，但陈思和先生从里面看出了其中有旧文学那种原型的结构，然后再看出了整个20世纪50年代到70年代文学中都有此类的潜在结构。还有苏州大学非常出色的文学史工作者汤哲声老师，他研究的新文学，论及鲁迅笔下的祥林嫂时，指出寡妇形象在旧文学中的渊源，这个也是在新文学中看出的"旧"。如果要从旧文学中看出"新"的话，我们有更多的成果。比如，非常著名的王德威先生的"没有晚清，何来五四"，他在晚清的所谓旧文学中，看出了新文学中所看出的那些价值，这个就是旧文学中的"新"。所以前两年，我们复旦大学召开了范先生的建构"多元共生"的文学史体系的研讨会，出版了《建构中国现代文学多元共生体系的新思考》论文集，这本书是陈思和老师和王德威老师联合主编的，我觉得这真是一个非常好的搭配。陈思和老师研究新文学中的"旧"，王德威老师研究旧文学中的"新"，他们将范先生的学术贡献更深地引入了我们文学史的研究当中，这个意义，远比我们在成书的现代文学史中给通俗文学上个"户口"重要得多。

（整理：童李君）

在范伯群教授《填平雅俗鸿沟》首发式上的主题发言

王　尧

（苏州大学 文学院，江苏　苏州　215123）

从东吴大学算起，苏州大学文学院有一百一十余年的历史，这百余年历史的重要组成部分是这里产生了一批杰出的中文学科学者。如果循着这条线索，从黄摩西先生到范伯群先生这一代，大致有四代学人。钱仲联先生是第三代，范伯群先生是第四代。这一学术传统偏重于国学，当年苏雪林也曾在东吴大学执教，她也写过许多同时代的作家论，但主要成就是在创作上。近三十年来文学院的学科面貌，一方面是以钱仲联先生为代表的、以明清诗文研究为特色的古典文学研究，另一方面是始于20世纪七八十年代、以范伯群先生为代表的、以近现代通俗文学为特色的现代文学研究。这是我们的两大特色，或者说以此形成了我们的学术传统。我一直觉得，如果没有学术传统，学科是不能往前发展的。近几年来，我们开始重视整理出版一些老师的著作，先后给近十位退休老师出版了论文选，计划出版以中文学科为主的"东吴学术文库"。去年夏天我建议范先生编选一本自选集，是我们规划中的一部分，是集体的意志。当然，范先生这本自选集是规格最高的，因为范先生以前是，现在是，将来还是我们的一面旗帜。

收稿日期：2013－06－06

作者简介：王尧（1960—　），男，江苏东台人，教授，博士生导师，研究方向：中国当代文学与思想文化，中国现当代散文。

我想借此机会，简要谈谈我对范先生的理解，这个发言好比当年的课堂作业，请范先生和在座的老师们批评。

我首先想说的是作为教育家的范伯群。范先生的这一身份一般不为人注意，所以，我要作为第一点来谈。20世纪80年代初，范伯群先生出任中文系主任，中文系办学的转型从这时开始。根据我自己的经历和理解，范先生给中文系带来革命性变化的工作有几个方面：一是突出学术本位，这在经历了“文革”动荡，又长期以教学为主的中文系是一个新的变化，开始时很多老师都不适应；二是突出学科意识，经过几年的积累，在1990年成功申报中国现当代文学博士点，这是当时苏州大学继古代文学之后的第二个文科博士点；三是在办好师范教育的同时，开拓其他非师范专业。范先生和他的同事在当年所做的这些工作，给中文系、文学院带来了深远的影响。正是由于80年代的这一转型，文学院改变了单一的师范教育的格局，开始了中文学科的发展历程。范先生对现代大学的理解以及实践，在苏州大学的背景中是超前的。作为教育家的范先生在学术著述的同时，培养了一批有所作为的学生。今天与会的很多范门弟子，他们取得的成就，也从一个方面突出了范伯群先生作为教育家的身份。

其次，作为批评家的范伯群。范先生的作家作品评论和现代作家评传的成就也是公认的，范先生是当代学者中对作家作品论这一学术文体有重大贡献者之一。范先生曾经在江苏文联工作，编辑《雨花》杂志，始终关注当下的文学创作，这在当年研究现代文学的学者中是比较少的。一直到80年代，范先生仍然关注当代文学，写了研究高晓声、陆文夫等作家的评论，其中的《三论陆文夫》，和严家炎先生研究梁生宝形象的系列论文一样，都是现代文学史家撰写的当代文学批评的代表性作品。这也是填平现代和当代的鸿沟。范先生主政时邀请了很多著名作家来校讲学，为文学教育增添了新的内容。几年前，我曾经在《收获》上撰文《在台下聆听和张望》，记叙了这些文学活动。

第三，作为文学史家的范伯群先生。这一身份是学界公认的。我第一次读到范先生写通俗文学的文章，是他为唐弢先生、严家炎先生主编的《中国现代文学史》写张恨水的一节。范先生从资料文献整理开始，由通俗作家传记到《中国近现代通俗文学史》，再到他一个人撰写的《中国现代通俗文学史(插图本)》,完成了一个大的学术飞跃和突破。从“两只翅膀”到“多元共生”、“填平雅俗鸿沟”,范先生在现代文学史理论和文学史写作方面作出了重大建树和杰出贡献。

我所认识到的这三点,三种身份,在范先生身上是三位一体。范先生的这些工作和成就,于大处说,具有学术史意义;于中处说是苏州大学和文学院的宝贵财富;于小处说,是所有学生的楷模。范先生在退休以后,不受体制的限制,仍然笔耕不辍,不断超越自己,可以说是学术上的常青树,其成就我们这些后学望尘莫及,其精神也令我们这些后学汗颜。我读大学时,范先生给我们讲授现代文学史,那个时候我患神经衰弱,夜间睡眠不好,早上上课特别困,但每次看到范先生调换老花镜和近视镜就特别兴奋,然后听范老师说“我觉得”,这是范老师当年的口头禅。现在的师生关系通常以研究生学历为主,这其实是有局限的。我的研究生导师是范培松先生,但我一直觉得自己也是范伯群先生的学生,范先生也把我看成他的学生。他们这一代老师能够超越门户之见。当范先生喊我“王院长”时,我就很紧张,当他直呼“王尧”时,我就觉得回到了学生时代。今天我既代表文学院,也以我个人的名义,感谢范先生的贡献,表达对范先生的敬意。同时也再次表达对严家炎先生和其他学者的敬意。

请为他们戴上“市民大众文学”的桂冠

范伯群

（苏州大学 文学院，江苏　苏州　215123）

首先容许我对各位光临《填平雅俗鸿沟》首发式暨研讨会表示衷心的感谢！

我今天想向诸位汇报我编选这本自选集的缘起和一些随感。

第一，我的“自选集”分成四个部分，这四部分也是与我的人生四阶段同步发展的。作家作品论部分，基本上是我在“文革”之前的积累，而在粉碎“四人帮”之后才凝成产品。鲁迅小说研究是“文革”中的产物，我们不同意“四人帮”对鲁迅作品的歪曲，我和曾华鹏先生进行了“地下写作”，这是我们人生最苦闷时期的一种智力游戏，到粉碎“四人帮”后我们一下子就将压在抽屉里的十几篇研究鲁迅的文章抛了出去。在20世纪70年代末、80年代初，我们接受文学研究所的统一分工，对“鸳鸯蝴蝶派”进行了资料的搜集整理工作，从而将自己的研究重心转移到通俗文学研究领域中去，那是我第三个阶段的成果。这是一个集团性的研究工程，我和我的同事与研究生用了15年的时间，完成了国家社科重点项目《中国近现代通俗文学史》。这个项目得了四次较高层次的奖项。参加这个集体项目的有徐斯年、汤哲声、刘祥安、陈子平、陈龙、张元卿和已经驾鹤西去的芮和师教授等人。其中方忠、吴培华、张涛甫、季进、范仁平、许其兵等也参加了部分工作。我有两点深切的体会，一是我们选择了一个具有开拓性

收稿日期：2013-06-06

作者简介：范伯群（1931—　），男，浙江湖州人，教授，博士生导师，研究方向：中国近现代通俗文学。

的填补空白的课题；二是我们有一个团结的集体，大家去努力完成一个共同的目标，可以说五个指头握紧成一个拳头，这就是我们教研室的一个拳头产品。第四部分就是21世纪以来，在我退休之后，从提出"雅俗双翼展翅"的形象化的比喻发展到更符合学术规范的"多元共生"文学史新体系的探讨。

第二，我今天发言的核心论点应该称为"摘帽与加冕"；我最近写的三篇一组的系列文章，今天也印出来接受大家的批评与指正。鸳鸯蝴蝶派的作品曾发挥过文学的娱乐性，这是大家都会承认的；但我提出他们的小说在"乡民市民化"的现代化工程中可以称得上是一种启蒙教科书，特别是在上海这个"一市三制"（清政府、法租界和公共租界）共时性社会中，他们是一座"乡民市民化"的引桥，研究"上海学"的历史学家也充分肯定了他们在上海的现代化工程中所建立的功勋，为破产和赤贫的乡民进入大都会如何能"安身立命"提供了应有的人文关怀。这次我又与黄诚合作写了《报人杂感——引领平头百姓舆论导向》的文章，这是我在编辑《周瘦鹃文集》时得到的启发与感悟。我觉得他们所编的杂志是比较侧重于娱乐性的，但他们当中不少人又是"报人"，当他们以另一种身份出现，即作为报人时，他们就会发表许多政论杂感。我请黄诚统计一下周瘦鹃有多少杂感发表在《申报·自由谈》上，他说有1 046篇。我读了这些政论杂感，脑子里产生了八个字：他们代表了"社会良知"，充当了"市民喉舌"。我马上联想到《新闻报·快活林》以及后来的《新闻报·新园林》的编者严独鹤的杂感，据新闻媒体的行内人说过，数量有近万篇之多。于是我请黄诚将袁世凯称帝、张勋复辟、五四运动、曹锟贿选、五卅运动、"三一八"惨案、抗日战争、解放战争时期的严独鹤的杂感搜集扫描给我，他一共给我复印了2 000份资料，大概花了3 800元的资料费，再加上近年出版的《严独鹤杂感集》中的400多篇杂感，我写了这篇用"白纸黑字"来论证他们在政治上的进步性的文章，说明他们的杂感在市民大众中发挥了巨大的正能量，新文学家的杂感老百姓不一定看得懂，但这些报人的杂感都是市民看得懂的杂感，这些文章发挥了一定的政治导向功能，他们虽然不是革命者，但是他们有一定的革命性。根据以上的三点，我认为应该为他们摘去具有贬意的"鸳鸯蝴蝶派"的帽子，重新为他们加冕，戴上"市民大众文学”的桂冠。中国有知识分子的文学，有工农兵的文学，为什么就没有“市民大众文学”？特别是在今天，由于市场经济的逐步回归，一个新市民社会已经屹立在我们面前。我们再也不能无视“市民大众文学”的存在与日益发展的现状。因此，我觉得“冯梦龙们——鸳鸯蝴蝶派——网络类型小说”是古今市民大众文学的文学链。冯梦龙们是古代农业文明时代市民大众文学的产物，鸳鸯蝴蝶派是现代工商时代市民大众文学的产物，而网络类型小说是当代文学，特别是新世纪的产物，从古代的木版雕刻，到现代的机械化媒体，到今天的去油墨、去纸张化的网络文学，说明时代是在更新与发展，它与科学的物质生产的发展是同步的。我们还应该看到冯梦龙与鸳鸯蝴蝶派都发源于我们苏州，这同样是建城两千五百多年的文化古城对文学事业所作贡献的一个重要组成部分。

第三，我认为苏州大学现代文学教研室承担的这一个国家社科重点项目是与我们苏州社会主义文明建设紧密相联的。在2012年12月武汉大学与哈佛大学联合召开的“现当代文学史的回顾与书写研究会议”中，哈佛大学王德威教授谈及通俗文学是否能入史的问题时说，由于苏州大学团队的研究，通俗文学的入史已经在国内形成共识。我想，至少是如《中国现代文学研究会“第二届王瑶学术奖”一等奖的评语》中所说的：“这部极大填补了学术空白的著作，实际已构成对所谓‘残缺不全的文学史’的挑战，无论学界的意见是否一致，都势必引发人们对中国现代文学史的整体性和结构性的重新思考。”对所谓鸳鸯蝴蝶派的不公允的评价曾将苏州在现代文学时段的文化捆绑在耻辱柱上，我们的“乡先贤”老是被某些新文学家告上“文学法庭”，他们老是被置于被告席上，我们今天苏州的文化人就应该肩负起“辩护律师”的职责，我们的辩护词的结论是，我们的“乡先贤”，不仅无罪，而且有功。对过去的历史性的“错判”进行历史性的更正，我们苏州大学应该义不容辞地承担这个光荣的任务。国外的历史学家谈及在上海，新文学与通俗文学同时并存与发展，认为这不是一个“僵局”，而是上海文化魅力之所在。中国的历史学家认真研究了上海发展的历史，他们也认为“鸳鸯蝴蝶派”对上海作出了历史性的贡献。过去，在文学史中，苏州周瘦鹃是受批判的“众矢之的”，但历史学家却认为周瘦鹃是“优秀的作家和文化人”。因此，我认为“摘帽与加冕”将会形成新的历史的定论，如果我在有生之年能再出版一本论文集，书名就应该是《摘帽与加冕》。这就算是我想在研究的道路上再爬一个小坡的初步设想。最后我再一次向诸位的光临表示衷心的感谢。

谈谈我的写作经历

——为什么要从合著→独撰→合著

范伯群

1957年我与曾华鹏在《人民文学》杂志上发表4万字的《郁达夫论》，至今已经过去半个多世纪了。到目前为止，我的大半生经历了从合著→独撰→合著的过程，我为什么要用这样一种写作方式，为什么非要经历这么一个过程？这过程对我说来决不是偶然的，我有我自己的必要，我得在耄耋之年谈谈这个“必要性”，这也算是一种自我写作规律的“解密”。

1955年正当我和华鹏大学毕业前夕，全国性地开展了声势浩大的“反胡风”运动。我们二人“恭逢其盛”。我们的恩师贾植芳教授被划为“胡风集团骨干分子”。因为他提名我们留校做助教，凭着平时密切的师生关系，他又是我们毕业论文《郁达夫论》和《王鲁彦论》的指导教师。“骨干分子”下面当然是有“下级”的，因此，我们也受了几个月的审查，并定性为“胡风集团一般分子”。我们这个班级算是“重灾区”，统一分配的方案须重新做过。大概算是敌我矛盾作人民内部矛盾处理，不过工作得重新改派。于是华鹏就被分配到扬州财经学校教语文，我则要到江苏省教育厅报到才知道所要去的单位。对扬州和我的未知的去处，我们人地生疏，当要离开上海前我们真感到“前路茫茫”，两人到南京路某照相馆合影留念，而且相约虽然分在两地，但肯定是在同一省份，在假期还会有见面的机会，我们一定要相互搀扶着前行，走出困境，重新回到从事文学的岗位上去。我们合作的项目就是先将两篇毕业论文修改出来，设法发表或出版。当1957年，《郁达夫论》在5、6月合刊上发表时，《人民文学》的副主编秦兆阳还在《编后记》中写道:“作家论是我们期盼很久的,文中对于郁达夫的生活道路与创作道路是有独到见解的。我们愿以发表《郁达夫论》作为一个开始,望有志于此者,能够对我国现代以及当前的许多作家进行深入的研究。”当时《人民文学》编辑部也拟将《王鲁彦论》留着备用。可是紧接着“反右”运动开始,《王鲁彦论》当然是搁浅了。我们两人觉得这样的合作形式很好。以后我们确定了论题、经过讨论后,就由一人执笔,谁执笔就将名字列在首位,稿费不论谁出力多少,我们规定均是平分。我们总认为,“名”是重要的,“钱是身外之物”,双方决不会计较。这样我们就亲密合作了十年以上,发表了几十篇文章,出版了五本学术著作,即《王鲁彦论》(上海文艺出版社 1981 年版)、《现代四作家论》(人民文学出版社 1981 年版)、《郁达夫评传》(百花文艺出版社 1983 年版)、《冰心评传》(人民文学出版社 1983 年版)、《鲁迅小说新论》(人民文学出版社 1986 年版)。由于我们二人是同出一个师门,因此,写作风格路子比较接近,有时一个人有其他事情不能执笔了,另一个人可接的下去,基本上看不出是两个人的笔调。如 1964 年在《文学评论》上发表《论冰心的创作》,原题是《冰心论》,但何其芳认为只谈了冰心的创作,而她还是一位翻译家、社会活动家等等,我们都没有涉及,因此他将题名改为《论冰心的创作》。当时,分工是由我执笔的,可是写到一半,领导上要我下乡参加“社教运动”,于是就由华鹏接着完成下半篇。我当时还在一篇文章中谈及 $1+1>2$,或 $1+1=3$,也说明二人的密切合作,能相互切磋和促进,效率也比一个人单干成果更为显著。其时,同行中也有称我们是“双打选手”或“最佳搭档”的。我们二人也凭着努力从事业余创作,华鹏被调到当时的扬州师范学院,从事文学教学;而我则被调到作家协会江苏分会工作。相互搀扶重新回到文学事业的岗位上去的誓愿基本上得到了实现。我后来调到当时的江苏师范学院,那是“文革”以后的事了。

本来,我与华鹏的合作是会继续下去的,但在“文革”后,各校都搞集体科研。那时要申请项目,都由一人牵头,组织一个课题组,也即写作班子;否则是很难得到批准。当时,扬州师院现代文学教研室的集体项目是注释《鲁迅·野草》;而江苏师院现代文学教研室是编写《鸳鸯蝴蝶派文学资料》,这两个课题的“性质”也相差得太远了。我们的十多年的合作也不得不基本中断。以上是我与"同代人"合作撰文的经历。但我以后还得继续与另一代人的合作,那就是要与"下一代"人的合作,即与我的研究生们合撰。当然,此阶段的合作中也包括了我的部分"同事",但参与者多数是我的研究生。后来,几位研究生留校任教,做了我的"同事",那就是基本上都成了同事合著的关系了。我在参编了《鸳鸯蝴蝶派文学资料》之后,在1986年,由我牵头申报了国家社科"七五"重点项目《中国近现代通俗文学史》。学科推举我做"学术带头人",除了和有经验的老教师合作之外,得带领一批刚留校的青年教师,使他们能在教学和科研中迅速成长。除了搞好教学之外,我们提出学科建设的两项重点任务:一是,这一国家重点项目的课题所涉可谓面广量大,凭一己之力是很难完成的,我们得分工各自重点专攻某一个通俗文学的作品类型,如社会言情、武侠会党、侦探推理、历史演义、幽默滑稽、通俗戏剧、通俗期刊,还有通俗文学大事记等等,我们应有明确的分工。二是,学科于1990年由国务院学位委员会批准为博士点。我们的青年教师应该攻读在职博士学位,从而建设一个青年教师全是博士学位的学科,以后学科引进新成员,一定也要是博士。而这些青年教师分工的科研任务,可以作为他们博士学位论文的基础。这样我们在以后的10年中,先是完成了若干中期科研成果,如我编了几套通俗文学代表作家和代表作的"作品选",因为当年批判鸳鸯蝴蝶派的火力是很猛的,国内许多同行很少读过他们的作品,应该选出这些作家的若干代表作,让没有读过他们作品的同行知道他们所反映的是些什么内容和艺术形式的作品,以便思考,是否应该重新评价这个流派的文学史地位。我们也合作编写了40多位通俗作家的评传,出版了一套丛书,初步勾勒了他们的生活与创作道路。另外我们还出版了几部通俗作品类型史。在此基础上我们写出了《中国近现代通俗文学史》,共140万字,由江苏教育出版社于2000年正式出版。另外从1991到1998年间,我们的学科中的青年教师都获得了博士学位。只有我这个首位博士生导师还只是个本科生,但我也在带研究生过程中作自我努力,在合作过程中提高我的教研水平。这部著作,为过去受批判的所谓"鸳鸯蝴蝶派"作出了必要的和公允的评价;说明了它的本质属性是中下层市民能欣赏和看得懂的文艺;除了休闲的作用之外,它还是"乡民市民化"的启蒙教科书;而他们中的优秀或较优秀的作家在作为“报人”的时候，在他们所编的副刊上的时评杂感，还能引领平头百姓的舆论导向。因为这部著作有一定的学术价值，在 2003 年获得教育部“第三届中国高校人文科学优秀成果奖”一等奖，2006 年获中国现代文学学会“第二届王瑶学术著作奖”一等奖。出版 10 年后，我们又进行了一次修订，并于 2010 年出版了“修订本”，这一版本于 2011 年入选中国新闻出版总署“第三届‘三个一百’原创出版工程”，2012 年获国家级“第四届中华优秀图书奖”，于 2013 年获“第三届中国出版政府奖”。能在这五次高层次的评选中“中标”，说明这一著作对现代文学学科说来，是填补了某一历史空白，这也是有助于完善学科的科学研究体系的。我们实行的老中青相结合的科研工作，在传帮带中，对青年学者的成长也是很有帮助的，这也说明了我与学生辈的合作的必要性。我们学科曾被评为省级优秀梯队学科。有梯队就说明了后继有人，这个学科是有后劲和有潜力的。

2001 年 1 月，我在 70 岁时退休。虽然我还有博士研究生在读，但不管你带的研究生是否能有人接着指导，学校领导一定要我停止教学工作——“下课”。这样，我的编制虽还属于苏州大学，但我与它只是领退休金的关系了。这时，我的大学时代的同学章培恒正在复旦大学新建一个“中国文学古今演变”博士点。他就聘我为专职研究员，并供给我足够的科研经费。有了这个条件，我开始考虑我的下一步的科研工作。我觉得我应该进入一个“独立著作”的阶段了。一，我从研究新文学到转型研究通俗文学已有 20 多个年头了，我现在对通俗文学各个作品类型研究已有了一定的知识积累，如果我要进入《中国近现代通俗文学史》研究的第二期工作，经过一定的努力，或许能胜任了。二，每次填成果的表格时，极大部分都是合著或主编，别人可能会想，这个人怎么都是合著或主编，他自己能单独写文章么？还是仅靠集体努力，从他的职务之便利出发，加上他的名字或冠以主编的头衔？因此，从 70 岁到 80 岁之间，我要有自己的独立的著作；再说，我离开了苏州大学的岗位，我也无法再去调动这支昔日的合作队伍了。我的这些学生，他们现在自己也是博士生导师了，各人都能独当一面，他们自己也在做主编了，头上有自己的一爿天空，我也不忍再去打扰他们了。现在我有了经费的资助，退休又使我成了“时间大款”，于是我就以上海图书馆和复旦图书馆为轴心，有时也到北京、天津、芜湖和苏州等地的图书馆，到处看书，进行下一轮原始资料再搜集工作。我花了五年时间，完成了一部《中国现代通俗文学史(插图本)》(北京大学出版社2007年版)，由于体例与过去主编的《中国近现代通俗文学史》不同，内容上也加了若干新资料，再一个特色是有300多幅插图，不少还是首次发掘的，因此，也入选了新闻出版总署的“第二届‘三个一百’原创出版工程”。在这10年中，我还独撰了30多篇论文，在复旦大学出版社出版了一本《多元共生的中国文学现代化历程》的论文集，另外还出版了一部《填平雅俗鸿沟——范伯群学术论著自选集》。就这些算是我的大半生中的独著的成果。我以为在我70—80岁的时间区段中，是我最快乐的写作岁月。集体著作看来有省力的一面，但也有令人揪心的时候。有时极大多数的合作完成了，但总会有一位拖后腿的合作者，迟迟不能完稿，而交稿或结项的期限却已经到了；再有就是交来的文章的水准太参差不齐，有的如果要修改，几乎得全部推翻……而现在是个人独撰，更由于在这段时间中，我的身体尚可，每天坐六七小时图书馆，完全不成问题，能找到新的资料和独得的插图，更是其乐无穷；进度完全可由自己控制，何等逍遥自在。不论自己的水平如何，全书的水准，总是基本统一的。因此，有朋友撰文说我在图书馆《钻故纸堆，不知老之将至》，其实，我知道自己已经“老之已至”，但体力尚可，有时竟还将自己当个“年轻人”。

可是，到有朋友戏称我为“80后”时，我自感体力正在日渐衰退，如果再要一天坐六七小时，那身体就吃不消了。大概在这大半生中坐姿用得太多太久，腰酸背痛，问医生，我这是什么病？医生说，看你拍的片子你没有病。那我为什么总是腰酸背痛？医生说，就因为你老了。医生能治病，却无法“治老”。我不能再像过去十年那样“泡”图书馆了，这是我最大的悲哀。我自己总想追求“文不原创誓不休”的境界，现在失去了“泡”图书馆的乐趣，新资料再也无法源源而来，“原创性”它是不会自天而降的。于是我又考虑了一种“新”的合作形式，具体地说，我开始有了找寻新的合作者的构想。那是与第三代合作。第三代就是我的“再传弟子们”。在我70岁退休后，常要到外地图书馆看书或参加学术活动，我的学生辈做了博士生导师后，很是照顾我。每年录取研究生时，师兄弟之间总要商量，选定一二位研究生做我的助手。他们的主要任务是陪同我外出时的人身安全。如到某地图书馆看书,他们也陪着去,带着做他们自己的研究课题,我们各看各人要看的书;至于参加学术活动,也有助于扩大他们的学术视野,也是向与会的专家学者学习的极好机会。因此,被选中的研究生也总是非常乐意的。但助手不等于合作者。现在情况不同了,我不能久坐图书馆,于是我得物色合作者。我采取让我的助手到上海的某一大学攻读博士学位或做博士后,他可以上海图书馆为基点,帮我搜集资料。这是我与"第三代"人合作的新形式。一般由我出题目,指定新资料在哪个范围的书籍和报刊上去找,再由他们将搜集到的新资料复印或拍成照片,传到我的电脑上来。这样我就可以在我的办公桌上阅读这些新资料,这是使我的文章能继续具有原创性的一个好途径。这些资料传过来后,我就可以与再传弟子共同商量新作具体内容,然后由我执笔撰文,而这样的文章,我当然应该算是与再传弟子的合作成果。例如本书中的《报人杂感:引领平头百姓舆论导向——以〈新闻报〉严独鹤和〈申报〉周瘦鹃的杂感为中心》一文,就是我与再传弟子黄诚合作的产物。我在编著《周瘦鹃文集》时,读到《申报·自由谈》上周瘦鹃的一千多篇时评、杂感,体悟到这些通俗作家的另一个身份是"报人",而作为报人编"副刊"时,是非常关心国内外政治风云与周边的民间疾苦的。我读过《严独鹤杂感录》,但那是他在抗战胜利后到《新闻报》1949 年 5 月停刊期间的杂感。周瘦鹃、严独鹤所写的时评杂感恐怕还很少有研究者系统研究过。那些所谓"鸳蝴派"的作家,一直被认为他们的作品仅是发挥了娱乐作用,其实这样的结论是有偏颇的。因此对他们另一种"报人"身份的阐释就是一个极好的课题,从这方面挖掘下去,肯定可以写出具有"原创性"的文章来。我知道严独鹤是 1914 年进《新闻报》,是他将副刊《庄谐录》改为《快活林》的。我要求黄诚将几个政治关节点上的严独鹤的杂感传给我,如 1915 年袁世凯称帝、1917 年张勋复辟、1919 年"五四"、1923 年曹琨贿选、1925 年"五卅"、1926 年"三一八惨案"直到抗日战争等等。这样他为我拍摄了 2 000 多张资料照片,我们经过商议后,由我执笔成文,发表后,被《中国现代文学研究丛刊》评为 2013 年度优秀论文之一。虽然是我出的题目,也划出了搜集资料的范围,但没有黄诚供给我的 2 000 多张资料照片,再经过我们共同精选其中最有代表性的杂文，我是空有“好题目”，却写不出文章的。因此，这种合著的形式对我这样的年龄段的人是非常需要的。又例如本书中的《中国市民大众文学的前天、昨天和今天》（原题名为《冯梦龙们→鸳蝴派→网络类型小说——古今市民大众文学链》）一文，是我和刘小源合著的。那时还任复旦中文系主任的陈思和教授对我说，他有一位博士生专攻“网络类型小说”研究课题，他希望我到复旦去住一个月，一面给研究生做系列讲座，一面和这位博士生讲讲鸳鸯蝴蝶派与网络类型小说的关系。这是我很乐意的。因为我虽然知道网络类型小说是很值得研究的新鲜课题，搞通俗文学研究的人不能不了解网络类型小说；但我老汉根本没有那种目力去读很多网络类型小说。于是在这一个月中我与刘小源座谈了5次，也即是5个半天。对我们双方来说都大有收获。过去，我知道冯梦龙的嫡系传人就是被新文学某些作家指斥为鸳鸯蝴蝶派的作家，而鸳鸯蝴蝶派与网络类型小说肯定有血缘关系，因为类型小说是在鸳鸯蝴蝶派作家手中正式定型的，而且每个小说类型在他们中间都能找到具有代表性的作家。但是光有这些抽象的认识是构不成文章的，刘小源读过大量网络类型小说，她给了我许多具体的网络小说的知识，而从座谈中鸳鸯蝴蝶派与网络类型小说的血缘关系也更明确而具体化了。陈思和的所谓“祖孙对话”的结果，就是由我执笔写成了这篇关于市民文学链的文章，在《中山大学学报》上发表；我认为广东的网络类型小说创作搞得欣欣向荣，以在广州地区发表为好。

我所想不通的是，过去一直强调要有课题组，否则也无法申报国家项目；现在一看见导师和研究生合著的作品，就疑神疑鬼地首先想到一定是研究生的成果完成后，导师坐享其成地加上一个名字，而且“霸占”了第一作者的位置。我觉得这样的所谓导师毕竟是少数，甚至是极少数。我也曾看到如下的情况：研究生遇到这种霸占学生劳动成果的无良导师，在读时敢怒而不敢言，可是毕业后，他们在网上就揭露了这种导师。我的原则是，凡是研究生出了力的，一定要作为合著的作品，不能侵吞学生的劳动成果；如果我仅是指导，而由学生成文的，我决不加上我的名字，因为指导是我们做导师的应尽的责任与应尽的义务。凡我与他们合著的肯定是以我为主的，也一定是由我执笔的，这样我才配作为第一作者。既然那种霸占学生劳动成果的导师是少数，甚至极少数，那么我们是否不要处处去疑神疑鬼，以致无理由地去贬低这些合著的成果呢?

我不熟悉理工科的情况，就文科而言，以上就是我认为的文科一定要遵循的“导师准则”。我写这篇文章，一是想诉说我与同代人合作，与学生辈合作，再和再传弟子们合作的写作经历，对我这样一个具体的人说来，与“三代人”合作实出于我的实际情况的必要。但还有一个目的，我认为，无良导师是少数，甚至极少数，我们应该相信极大多数的导师的职业道德，我们应该捍卫辛勤培育研究生的导师们的人格尊严。

后　　记

这本书的出版得到了苏州市文联的资助。由于市文联新设立了一个“晚霞工程”的项目，而市财政又为此工程批了一笔预算，使若干手边有创作计划和科研项目的老文艺工作者得到了推出这些计划与项目所需的经费上的支援。他们在大半生所积累的文化底蕴，历经春耕、夏耘、秋收以后，得以冬藏，为繁荣的苏州文化事业，继续增光添彩、锦上添花，这不啻是一项德政。

我还十分欣赏“晚霞工程”这个项目名称。我觉得“晚霞”是自然界中最美的景观之一，它甚至比朝霞更舒展与耐看。朝霞朝气蓬勃，活泼灵动，轰鸣着跳出海面和地平线，浓金泼满太空；但瞬间就红日高升，太阳的光焰万丈使朝霞悄悄地褪去了它的彩裳；而晚霞则在夕阳西下时，展现它的艳丽庄重风采，久久在天际展露它的千姿万态的流光溢彩，最后在幽光中谦逊地向世界告别，撒下一个静谧的世界，令世人享受安宁。但我不喜欢古诗中那歌颂晚景的名句：“夕阳无限好，只是近黄昏。”我总觉得“夕阳无限好”确是无限贴切的写实，而“只是近黄昏”乃是一声无可奈何的低回的惋叹。作为一个教育工作者，我深深感到：“夕阳无限好，明月正东升。”老一辈无私的普照发出的光焰与热能，将月球反射得像皓洁的银盘，又使世界荡漾在一片银白的光华之中。太阳与月亮的交接班，就体现了这生生不息的代代相传，真可谓“复兮旦兮，日月光华”！

自从我的晚霞年龄到来之际，我转型将重点放在研究市民大众的通俗文学上，总想为“鸳鸯蝴蝶派”正名，为他们戴上“市民大众文学”的桂冠。在“正统”的现代文学研究者看来，我为“逆流翻案”，总是一个“野路子”。而我倒是不以为怪的，当年的冯梦龙不是被视为“野路子”吗？他和李贽都被当时的正统派视为“异端文人”。受他们光照的“后代”，我也想发出自己的银辉，虽被戴上“野路子”这顶祖传的帽子，倒是心安理得的。而且我发现，以当代视角观览，可以安慰的是，“野生”的往往比“家养”的更受欢迎，人们往往要争买那野生的动植物；而“杂粮”比“精米”更有益于人们的身体，说那是绿色健康食品。于是我坦然，我欣然！我想，倡导“多元共生”的文学史的路子会越来越宽广。从冯梦龙们到鸳鸯蝴蝶派再到网络类型小说，这支市民大众文学的队伍果真是愈走愈壮大了。通俗文学在大陆断层了30年之后，而今的网络类型小说又掀起了市民大众文学的“文艺复兴”！在“晚霞时刻”能见到市民大众文学的盛世再次光临，就不虚这一生，当然也应该坦然而欣然！

不过，我们也不讳言，“晚霞”在“幽光”中表示了它力量的逐渐衰微。年过80以后，我觉得不像刚退休70多岁时那样能“泡”图书馆了。昔日的“泡”至少要坐定七八个小时，在新发现的资料中漫游，其乐无穷。现在可就觉得腰酸背痛无法持久了。于是就得要有称职的助手与我合作：由我确定题目，指定搜集资料的范围，由助手在图书馆将论题所需的资料复印或拍成照片，传到我的电脑上来，边传边读边商讨文章的内容与结构，然后由我执笔成文和定稿。本书中，我与黄诚合作的《报人杂感——引领平头百姓舆论导向》一文，就是通过这样的工序去完成的。这种合作方式，将成为我以后撰文的“常态”。现在的合作成文者，常会有被怀疑为“导师窃取研究生脑力劳动成果”之嫌。但是我虽属“晚霞年龄”，记忆力是衰退了，行文过程中许多字都忽然想不起来了，要过一会儿，才从脑子里又忽然跳了出来：久违久违了啊！但我是一个急性子，等不及这“一会儿”，更何况那“久违”？于是时时不停地翻查字典，自己对着自己苦笑而已。可是我的“思维能力”至今还没有衰退，所以还能杂凑成一篇篇的拙文，用自己的“野路子”与同行与读者切磋，喜纳同行和读者的批评与指正。但我决不窃取年轻学者和研究生的劳动，我与他们真诚合作，直到我封笔的时刻……

在这本论文集的编纂过程中，我得到多位合作者的帮助，凡此我都在合作撰成的文章注释中加以说明了。但我在这里还是要感谢黄诚与刘小源二位在合撰时所付出的辛勤劳动。我也要感谢我的再传弟子禹玲，在涉及《黄衫客传奇》的法文原本和周瘦鹃的英文译本对照时，为我查找资料和解答疑窦。我也要感谢在“附录”中的《百年后学科架构的多维思考》一文中与我一起座谈的陈国恩等几位教授，那是我们在“白洋淀”开学术会议的间隙中，由陈国恩教授热心邀约在晚上的休息时间，请几位一起在宿舍房间里促膝各抒己见，对我颇有启发。我也要感谢光临“《填平雅俗鸿沟——范伯群学术论文自选集》首发式暨学术研讨会”的诸位领导与两岸三地的专家学者，只开半天会议，不少领导与专家学者不远千百里，赴会指导，令我终身难忘。这本论文集能得以出版，要感谢江苏教育出版社王瑞书总编和苏州市文联成从武主席的关心与苏州市作家协会岑新、朱红梅二位秘书长的多方联络，也感谢本书的策划编辑章俊弟和责编周敬芝所付出的辛劳。我想，要在耄耋之年出版一本论文集，在精力逐渐衰退的时日里，不能像年轻时那样能事事亲力亲为，因此更需要诸位的扶持与帮助，才能得到像现在所展现的成果。